לעילוי נשמת

ר' קלונימוס קלמן בן ר' משה אהרון מאנדעל ז"ל
שנפטר י"ד תשרי תנש"א

ת.נ.צ.ב.ה.

לעילוי נשמת

מרת עזונא פולט ב"ר משה ע"ה
נלב"ע ד' אב תשנ"ה

ת.נ.צ.ב.ה.

לעילוי נשמת הורינו היקרים
טובי עין ולב, אוהבי תורה וחסד
ר' אברהם בר' יעקב אליעזר ז"ל
נלב"ע בשב"ק ר"ח אייר תשנ"ט
מרת שרה בר' אהרון בריש ע"ה
נלב"ע ט' בטבת תשנ"ט

ת.נ.צ.ב.ה.

עמוד	תיאור הציור	מקורות
177	אבק סופרים	שבת פרק יב משנה ה' תפא"י אות מ"ד
		פרק יג
181	שלושה חוטין בתחילה	מס' שבת דף קה. ד"ה כי אתא רבי יצחק וברש"י שם
182	העושה שתי בתי נירין	לפי ה"תפארת ישראל" כלכלת שבת וראה ספר "מעשה אורג"
183	העושה בתי נירין	ראה ספר "מעשה אורג"
187	הצד ציפור למגדל ולבית	שו"ע סימן שט"ז סעיף א' משנ"ב ס"ק א' ובה"ל ד"ה שהם נצודים
193	בא השני	שבת פרק יג משנה ז פירוש התיו"ט
		פרק יד
194	שמונה שרצים	ספר "מראות המשנה"
198	אזוביון	ספר"מראות המשנה"
		פרק יז
224	מגריפה	משנה כלים פרק י"ג משנה ד' בר"ב. תפא"י אות כ"ב
225	רחת לתת לקטן	שבת, פרק י"ז משנה ב' תפא"י אות ט"ו
226	כוש, כרכר	ספר "מעשה אורג"
227	קנה של זיתים	מס' שבת דף קכג: ד"ה תנא משמיה דר' נחמיה ורש"י שם, וכן פירוש המאירי
232	אבן שבקרויה	שו"ע סימן ט"ש סעיף ב' שה"צ ס"ק י"א
235	בור - ודות	ר"ה פרק ג' משנה ז' בר"ב שם ובתפא"י אות ל'
	כיסויי כלים המחוברים לקרקע	מס' שבת דף קכו: רש"י ד"ה ודכ"ע
		פרק יח
239	אין מטלטלין	מס' שבת פרק יח משנה ב' תפא"י אות כ"ג
241	תרנגולת שברחה	שבת פרק יח משנה ב' בתפא"י אות כ"ה
		פרק כ
257	חלתית	"מראות המשנה"
260	אבוס בקרקע	מס' שבת דף קמ: רש"י ד"ה של קרקע
264	התרת מכבש	מס' שבת דף קמא. רש"י ד"ה מכבש
267	מטלטלין תרומה	מס' שבת דף קמב. ד"ה מטלטלין תרומה וכו' ורש"י שם
		פרק כד
314	קשרו המקידה	פרק כ"ד משנה ה' תיו"ט

לע"נ

ר' עקיבא אריה ב"ר חיים חנוך הכהן ע"ה

ומלכה ב"ר פנחס הלוי ע"ה למשפחת גליזר

עמוד	תיאור הציור	מקורות
	נזמי אף	הגר"א שנות אליהו
	מחט שאינה נקובה	מס' שבת דף ס. ד"ה ולא במחט וכו' ורש"י שם
79	סנדל מסומר	לפי פירוש המאירי
80	שריון	שבת פרק ו' משנה ב' תפא"י אות כ"ג, וכן שו"ע סימן ש"א סעיף ז' משנ"ב ס"ק כ"ד
81	כובלת	מס' שבת דף סב. ד"ה ולא בכוליאר ולא בכובלת רש"י ד"ה חומרתא דפילון
82	סיף	שבת פרק ו' משנה ד' תפא"י אות ל"ב
92	בנים יוצאים בקשרים	פירוש המשניות לרמב"ם
93	בני מלכים	מס' שבת דף ס"ז. גמ' ד"ה מאן תנא בר"ן ושלטי הגבורים אות ב'
		פרק ז
98	מעמר	פירוש המשניות לרמב"ם
102	טווה	ספר "מעשה אורג"
	מיסך	שבת פרק ז' משנה ב' תיו"ט וכן ספר "מעשה אורג"
103	עושה בתי נירין	ספר "מעשה אורג"
	אורג	שבת פרק ז' משנה א' תפא"י אות י"ט
106	משרטט	מס' שבת דף עה: רש"י ד"ה ועייל שרטוט
108	בונה וסותר	מס' שבת דף לא: ד"ה כחס על הנר ורש"י שם ותוס' ד"ה וסותר
		פרק ח
119	פי הכור	שבת פרק ח' משנה ד' תפא"י אות ל"ה
121	סיד לבנות	מס' שבת דף פ: ד"ה סיד כדי לסוד
124	זכוכית	ספר "מעשה אורג"
		פרק ט
129	ערוגה	כלאים פרק ג' משנה א' בר"ב ותיו"ט
133	פואה אסטיס	ספר "מראות המשנה"
135	דרבן קטן	כלים פרק ט' משנה ו' ובר"ב שם
		פרק י
140	אסקופה חיצונה	שבת פרק י' משנה ב' תפא"י אות י"ב
142	כלאחר ידו	שבת פרק י' משנה ג' תיו"ט ד"ה כלאחר ידו
	במרפקו	שבת פרק י' משנה ג תפא"י אות ט"ז
143	שפת חלוקו	שבת פרק י' משנה ג' תפא"י אות י"ט
150	פוקסת	מס' שבת דף צד: רש"י ד"ה וכן פוקסת
	כוחלת	מס' שבת דף צד: רש"י ד"ה משום כותבת
		פרק יא
161	הזורק דבלה	פירוש המשניות לרמב"ם
162	נתגלגל לתוך ד"א	פירוש המשניות לרמב"ם, וכן פרק י"א משנה ד' תפא"י אות כ"א
164	רקק המים	שבת פרק י"א משנה ד תפא"י אות כ"ח
		פרק יב
169	הבונה	מס' שבת דף קב: ד"ה אלא שכן בעה"ב ורש"י ד"ה בבירתו
	הקודח	מס' שבת דף קב: רש"י ד"ה והקודח
	מעצד	מסכת שקלים פרק ח' משנה ג' פר' מלאכת שלמה

עמוד	תיאור הציור	מקורות
		פרק א
9	...או שנטל מתוכה והוציא	שבת פרק א׳ משנה א׳ תוס׳ רע״ק אות א ד״ה או שנטל מתוכה
18	ולא יפלה	שבת פרק א׳ משנה ג׳ תיו״ט ד״ה ולא יפלה
24	נתינת אונין	מס׳ שבת דף יז: רש״י ד״ה אונין
25	מצודת חיה ומצודת דגים	מס׳ שבת דף יח. ד״ה מצודת חיה ועוף ודגים דקא עביד מַעשה ורש״י שם
	מצודות עופות	הערוך ערך לח
28,29	בית הבד	מס׳ בבא בתרא דף סז: במשנה ד״ה המוכר בית הבד וגמרא ורש״י שם. בבא בתרא פרק ד׳ משנה ה׳ פירוש הר״ב
32	משלשלין את הפסח	מס׳ פסחים דף עד. ורש״י שם ד״ה ותולין חוצה לו. פסחים פרק ז׳ משנה א׳ בפירוש הר״ב וכן פירוש התפא״י שם
33	מדורת בית המוקד	מס׳ יומא דף טו: רש״י ד״ה במקצוע צפונית מערבית
		פרק ב
35	כלך	מס׳ שבת דף כ: רש״י ד״ה גושקרא
36	זפת	מס׳ שבת דף כ: רש״י ד״ה פסולתא דזיפתא
37	אליה	שבת פרק ב׳ משנה א׳ תפא״י אות יג
39	נפט	שבת פרק ב׳ משנה ב׳ תפא״י אות כד
		פרק ג
50	כירה	שבת פרק ג׳ משנה א׳ תפא״י אות א׳
54	ביצה בצד המיחם	שבת פרק ג׳ משנה ג׳ תיו״ט ד״ה בצד המיחם
	חמי טבריה	שבת פרק ג׳ משנה ד׳ תפא״י אות כ״ז
		פרק ד
61	לא בזבל	שבת פרק ד׳ משנה א׳ תפא״י אות ג׳
62	תבן	שבת פרק ג׳ משנה א׳ תפא״י אות ד׳
		שבת פרק כ׳ משנה ה׳ תפא״י אות לה
		בבא מציעא פרק ט׳ משנה א׳ תפא״י אות ו׳ וכן בועז, ותיו״ט ד״ה בתבן ובקש
63	פירות	מס׳ שבת דף מט. רש״י ד״ה ובפירות
64	קופה מטה על צידה	עיין הגר״א שנות אליהו.
		שבת פרק ד׳ משנה ב׳ תיו״ט ד״ה נוטל את הכיסוי.
		מס׳ שבת דף מט. רש״י ד״ה רבי אלעזר בן עזריה אומר וכו׳
		פרק ה
71	עקוד	שבת פרק ה׳ משנה ג׳ תפא״י אות כב.
		מס׳ שבת דף נד. ד״ה לא עקוד ולא רגול וברש״י שם
72	לא יכרוך	מס׳ שבת דף נד. ד״ה אבל מכניס וברש״י שם ומלאכת שלמה
		שבת פרק ה׳ משנה ג׳ ד״ה ובלבד שלא יכרוך
75	רצועה שבין קרניה	שבת פרק ה׳ משנה ד׳ מלאכת שלמה ד״ה ולא ברצועה וכן בתיו״ט
		פרק ו
76	כבול	מס׳ שבת נז: רש״י ד״ה אבל כיפה של צמר
77	קטלא	מס׳ שבת דף נז: רש״י ד״ה בקטלא עסקינן וכן בהגר״א שנות אליהו

mishna 5

In order to stop the spread of ritual impurity, they closed up the window [of the second house] with an earthenware jug, with only the outside of the jug facing the passageway. (The outside of an earthenware vessel is not subject to ritual impurity, and so would serve to block its spread.)

In the course of time, however, they had to open the window [of the second house] and remove the jug that had been used to close it up. It therefore became necessary to determine whether or not there was an opening of a handbreadth in the vat over the passageway:

If it had an opening of a handbreadth, the vat would not be considered a "tent" which could serve to bring ritual impurity - via the passageway - from house to house. Rather, ritual impurity would leave the passageway, going up and out through the crack in the vat.

If, however, the opening was less than a handbreadth, the vat would be considered a "tent" which could serve to bring ritual impurity from house to house.

[How did they determine the size of the opening in the vat, up above?] They measured an earthenware vessel, tied it with papyrus [to a stick], and lifted it up to the crack in the vat to determine whether there was an opening of a handbreadth, or not.

FROM THEIR WORDS WE LEARN THAT ONE MAY CLOSE UP, MEASURE, AND TIE ON SHABBAT - This is providing that it not be a permanent knot; and that the measuring be for [the sake of fulfilling] a Mitzvah, or in order to learn something pertaining to an Halakhic ruling.

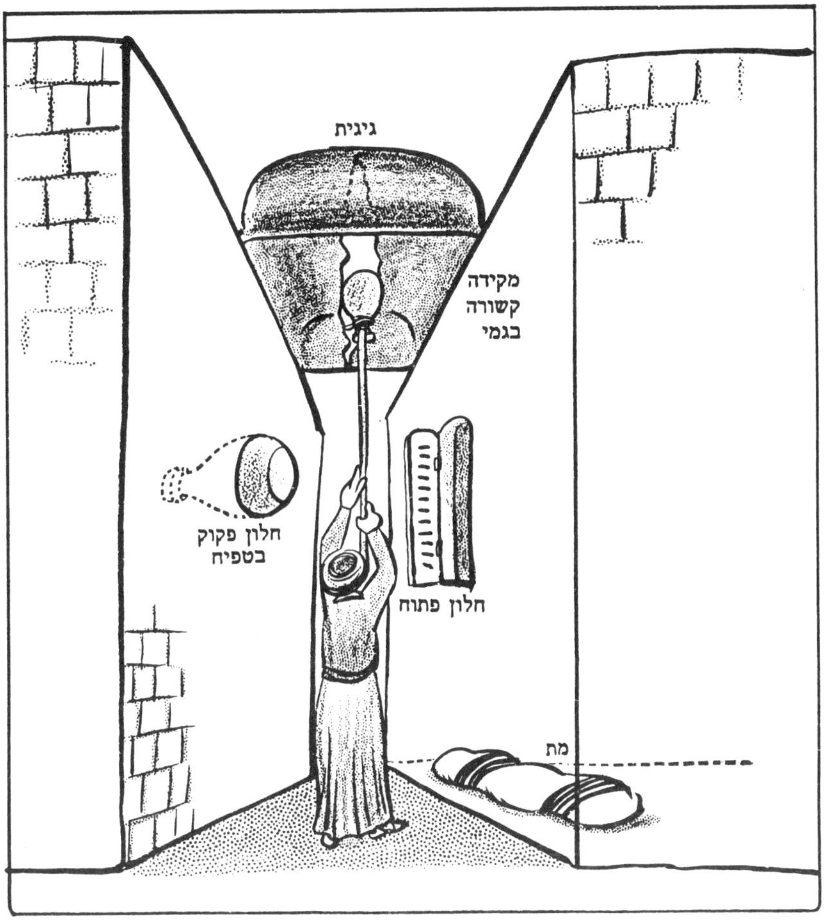

משניות שבת • פרוש ר"ע מברטנורא • פרק כד

סליק מסכת שבת

Chapter 24

mishna 1

In the days of R. Zadok's father and Abba Sha'ul b. Botnit, it once happened that they stopped up the window with a jug, and tied a vessel with papyrus in order to determine whether or not there was an opening of a handbreadth in the vat. From their words we learn that one may stop up, measure, and tie on Shabbat.

THAT THEY CLOSED UP THE WINDOW (hamaor) - A window is called a "maor", because light (ohr) comes in through the window. WITH an earthenware JUG. VESSEL - an earthenware vessel. WITH PAPYRUS - They tied the vessel specifically with papyrus. Why? Since papyrus is fit to be used as animal food, one would not leave it there, tied permanently to the vessel; a knot tied with papyrus is therefore not considered a permanent one, [and may be tied on Shabbat, according to the Torah].

IN ORDER TO DETERMINE WHETHER OR NOT THERE WAS AN OPENING OF A HANDBREADTH IN THE VAT - There was a short passageway between two houses that had no proper roof, (over the passageway) but only a vat [which was cracked] that rested overhead. Each of the houses [on either side of the passageway] had a window which opened out onto the passageway.

Someone was about to die in one of the houses. [Let us keep in mind that any person, utensil, or food that is together with a human corpse inside a "tent" (i.e. under a shared roof or cover) is rendered ritually impure.] The concern was that, upon his death, ritual impurity would spread from that house - through the window - out into the passageway, and from there - through the open window - into the second house.

(Now the spread of ritual impurity from house to house was only possible if the crack in the vat over the passageway was an opening less than a handbreadth. For if the opening in the vat was less than a handbreadth, the vat would be considered a "tent" which could serve to bring ritual impurity - via the passageway - from house to house.)

(המשך) משנה ה

וּמַעֲשֶׂה בִּימֵי אָבִיו שֶׁל רַבִּי צָדוֹק וּבִימֵי אַבָּא שָׁאוּל בֶּן בָּטְנִית — שֶׁפָּקְקוּ אֶת הַמָּאוֹר בְּטָפִיחַ וְקָשְׁרוּ אֶת הַמְּקֵידָה בְּגֶמִי, לֵידַע, אִם יֵשׁ בַּגִּיגִית פּוֹתֵחַ־טֶפַח, אִם לַאו. וּמִדִּבְרֵיהֶם לָמַדְנוּ, שֶׁפּוֹקְקִין וּמוֹדְדִין וְקוֹשְׁרִין בְּשַׁבָּת.

שֶׁפָּקְקוּ אֶת הַמָּאוֹר: אֶת הַחַלּוֹן; וְקָרוּי "מָאוֹר", שֶׁמִּמֶּנּוּ הָאוֹרָה נִכְנֶסֶת. **בְּטָפִיחַ:** פַּךְ שֶׁל חֶרֶס. **מְקֵידָה:** כְּלִי־חֶרֶס. **בְּגֶמִי:** לְהָכִי נָקַט "גֶּמִי", שֶׁרָאוּי לְמַאֲכַל־בְּהֵמָה וְלָא מְבַטֵּל לֵיהּ לִהְיוֹת קֶשֶׁר־שֶׁל־קְיָּימָא. **לֵידַע, אִם יֵשׁ בַּגִּיגִית פּוֹתֵחַ־טֶפַח:** כְּמִין שְׁבִיל קָטָן הָיָה בֵּין שְׁנֵי בָתִּים, שֶׁלֹּא הָיָה מְקוֹרֶה, אֶלָּא שֶׁגִּיגִית מוּנַּחַת עַל גַּבּוֹ, וְהָיוּ חַלּוֹנוֹת פְּתוּחוֹת מִן הַבָּתִּים אֶל הַשְּׁבִיל, וְהָיוּ חוֹשְׁשִׁין, שֶׁמָּא יָמוּת מֵת בְּבַיִת אֶחָד, וּתְהֵא הַטּוּמְאָה בָּא מִן הַחַלּוֹן אֶל הַשְּׁבִיל, וּמִן הַשְּׁבִיל אֶל הַבַּיִת הָאַחֵר דֶּרֶךְ הַחַלּוֹן הַפָּתוּחַ. לְפִיכָךְ פָּקְקוּ אֶת הַחַלּוֹן, הַפָּתוּחַ לַבַּיִת, שֶׁהַטּוּמְאָה בְּתוֹכוֹ, בְּטָפִיחַ־שֶׁל־חֶרֶס, וְגַבּוֹ לְצַד הַשְּׁבִיל, וּכְלִי־חֶרֶס אֵינוֹ מִיטַּמֵּא מִגַּבּוֹ וְחוּצָץ, כִּי חָשְׁשׁוּ, שֶׁמָּא אֵין בְּסֶדֶק הַגִּיגִית פּוֹתֵחַ־טֶפַח, וְנִמְצֵאת הַגִּיגִית מְאַהֶלֶת עַל הַשְּׁבִיל, וְהַטּוּמְאָה בָּאָה דֶּרֶךְ הַשְּׁבִיל מִבַּיִת זֶה לְבַיִת זֶה. אַחַר־כָּךְ הוּצְרְכוּ לִפְתּוֹחַ הַחַלּוֹן וְלִיטּוֹל אוֹתוֹ טָפִיחַ הַפָּקוּק בַּחַלּוֹן, וּבָאוּ לֵידַע, אִם יֵשׁ בְּאוֹתוֹ סֶדֶק שֶׁל גִּיגִית פּוֹתֵחַ־טֶפַח, וְאֵין שָׁם אוֹהֶל בְּאוֹתוֹ שְׁבִיל, לְהָבִיא אֶת הַטּוּמְאָה, שֶׁהַטּוּמְאָה יוֹצְאָה מִן הַשְּׁבִיל דֶּרֶךְ סֶדֶק שֶׁבַּגִּיגִית כְּלַפֵּי מַעְלָה, אוֹ אֵין בַּסֶּדֶק שֶׁל גִּיגִית פּוֹתֵחַ־טֶפַח, וְנִמְצֵאת הַשְּׁבִיל כְּאוֹהֶל וּמְבִיאָה אֶת הַטּוּמְאָה מִבַּיִת לְבַיִת. וּמָדְדוּ מְקֵדָה־שֶׁל־חֶרֶס וּקְשָׁרוּהָ בְּגֶמִי וְהוֹשִׁיטוּהָ כְּלַפֵּי מַעְלָה, לִרְאוֹת, אִם הָיָה בְּסֶדֶק הַגִּיגִית פּוֹתֵחַ־טֶפַח, אִם לַאו. **וּמִדִּבְרֵיהֶם לָמַדְנוּ, שֶׁפּוֹקְקִין וּמוֹדְדִין וְקוֹשְׁרִין בְּשַׁבָּת** — וּבִלְבַד שֶׁלֹּא יִהְיֶה קֶשֶׁר־שֶׁל־קְיָּימָא, וְהַמְּדִידָה תִּהְיֶה שֶׁל מִצְוָה, אוֹ לְהִתְלַמֵּד עַל דְּבַר הוֹרָאָה.

mishna 5

מודדין את המקוה

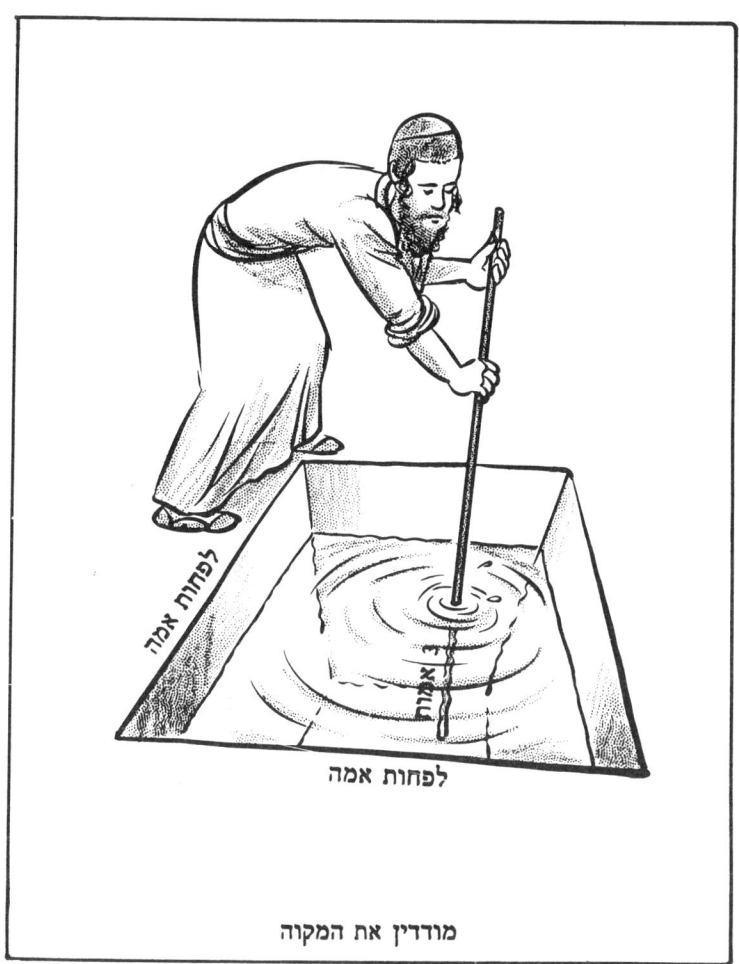

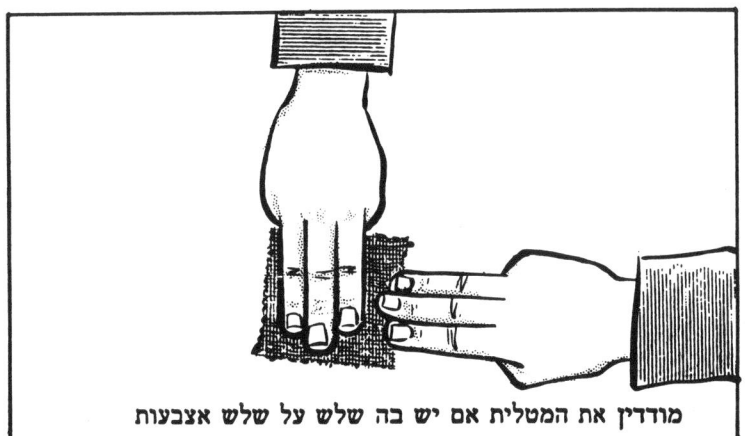

מודדין את המטלית אם יש בה שלש על שלש אצבעות

mishna 5

One may stop up a window, and one may measure (a) a piece of cloth or (b) a Mikveh.

ONE MAY STOP UP A WINDOW through which light enters [the room]. One may stop it up with a board or with whatever is commonly used to stop up windows.

AND ONE MAY MEASURE (a) A PIECE OF CLOTH: Let us say that a piece of cloth had become ritually impure. [It remains ritually impure - and conveys ritual impurity, upon contact - only if it remains at least three fingerbreadths square in size.]

If this piece of cloth - which had become ritually impure - then came into contact with ritually pure food, one may measure it [the piece of cloth] on Shabbat, to determine whether it was [still] three fingerbreadths square, [still] ritually impure, and had, as a result, conveyed ritual impurity to the food, upon contact.

OR (b) A MIKVEH, to determine whether it is [at least] one cubit square and three cubits in height, [as required].

Since these are cases [(a) and (b)] of measuring for [the sake of fulfilling] a Mitzvah, they are permitted on Shabbat.

(המשך) משנה ה

פּוֹקְקִין אֶת הַמָּאוֹר וּמוֹדְדִין אֶת הַמַּטְלִית וְאֶת הַמִּקְוֶה.

פּוֹקְקִין אֶת הַמָּאוֹר: הַחַלּוֹן, שֶׁמִּמֶּנּוּ הָאוֹרָה נִכְנֶסֶת: סוֹתְמִין אוֹתוֹ בְּלוּחַ, אוֹ בִּשְׁאָר כָּל דָּבָר, שֶׁרְגִילִין לִסְתּוֹם בּוֹ. **וּמוֹדְדִין אֶת הַמַּטְלִית,** כְּגוֹן: אִם הָיְתָה טְמֵאָה וְנָגְעָה בִּטְהָרוֹת, מוֹדְדִין אוֹתָהּ, אִם יֵשׁ בָּהּ שָׁלֹשׁ אֶצְבָּעוֹת עַל שָׁלֹשׁ אֶצְבָּעוֹת, לֵידַע, אִם נִטְמְאוּ הַטְּהָרוֹת, אִם לַאו, דְּמַטְלִית פְּחוּתָה מִשָּׁלֹשׁ עַל שָׁלֹשׁ אֵינָהּ לֹא מִיטַּמְּאָה וְלֹא מְטַמְּאָה. **וְאֶת הַמִּקְוֶה** — לֵידַע, אִם יֵשׁ בָּהּ אַמָּה עַל אַמָּה בְּרוּם שָׁלֹשׁ אַמּוֹת: שֶׁאֵלּוּ מְדִידוֹת שֶׁל מִצְוָה הֵן, לְפִיכָךְ מוּתָּר לְמְדוֹד אוֹתָן בְּשַׁבָּת.

פוקקין את המאור

mishna 5

(1) One may annul a vow on Shabbat, and (2) one may ask [for the release of a vow] in matters which pertain to the needs of Shabbat.

---

(1) ONE MAY ANNUL - A husband may annul [certain] vows of his wife, and a father may annul vows of his daughter.

(2) AND ONE MAY ASK a sage.

WHICH PERTAIN TO THE NEEDS OF SHABBAT - For example: if he had vowed not to eat on that day [i.e. on Shabbat].

This clause applies only to the second teaching of the Mishnah: (2) "One may ask [a sage, on Shabbat, for the release of a vow] in matters which pertain to the needs of Shabbat."

The first teaching of the Mishnah, however, applies even to vows which are not related to the needs of Shabbat: (1) "[A husband or a father] may annul a vow on Shabbat - [whether or not it pertains to the needs of Shabbat]."

Why is it that a husband or father may annul a vow on Shabbat, even if it does not pertain to the needs of Shabbat? Because, according to the Torah, he may only annul a vow on the day that he finds out about it. [If he finds out about a vow on Shabbat, he has only until the end of Shabbat to annul it! Consequently, the Rabbis allow him to annul the vows on Shabbat, whether or not they pertain to the needs of Shabbat.]

One may ask a sage, on Shabbat, for the release of a vow which pertains to the needs of Shabbat, even if one had the opportunity before Shabbat to ask the sage for its release.

משנה ה

מְפִירִין נְדָרִים בְּשַׁבָּת; וְנִשְׁאָלִין לִדְבָרִים, שֶׁהֵן לְצוֹרֶךְ הַשַּׁבָּת.

מְפִירִין — בַּעַל לְאִשְׁתּוֹ וְאָב לְבִתּוֹ. וְנִשְׁאָלִין לְחָכָם. שֶׁהֵן לְצוֹרֶךְ הַשַּׁבָּת, כְּגוֹן שֶׁנָּדַר, שֶׁלֹּא יֹאכַל הַיּוֹם. וְאַנִּשְׁאָלִין דַּוְקָא קָאֵי, דְּאִילּוּ בַּעַל אוֹ אָב מֵפֵר בֵּין נְדָרִים, שֶׁהֵן לְצוֹרֶךְ הַשַּׁבָּת, בֵּין נְדָרִים, שֶׁאֵינָן לְצוֹרֶךְ הַשַּׁבָּת, כֵּיוָן שֶׁאֵינוֹ יָכוֹל לְהָפֵר אֶלָּא בְּיוֹם שָׁמְעוֹ בִּלְבַד. וּנְדָרִים, שֶׁהֵן לְצוֹרֶךְ הַשַּׁבָּת, אֲפִילּוּ הָיָה לוֹ פְּנַאי לְהִשָּׁאֵל עֲלֵיהֶם קוֹדֶם הַשַּׁבָּת, נִשְׁאָלִין עֲלֵיהֶם בְּשַׁבָּת.

mishna 4

One may cut up gourds before an animal and a carcass before dogs. R. Yehudah says: if it was not a carcass before Shabbat, it is forbidden, as it was not "prepared" [for use on Shabbat].

BEFORE AN ANIMAL, even though they are not normally used for animal food, but rather for human consumption.

AND A CARCASS - an animal which died on Shabbat. [Its meat is not fit to be eaten, since it did not undergo ritual slaughter. It may, however, be fed to the dogs,] even if, at twilight, it was [alive and was] to be used for human - not animal - consumption.

R. YEHUDAH SAYS: IF IT WAS NOT A CARCASS BEFORE SHABBAT, IT IS FORBIDDEN - If something is fit for man, one has no intention of using it for animals. Even if [the animal] is sick before Shabbat, [the owner] assumes it will recover. [Since the animal was not "prepared," before Shabbat, for use as animal food - on Shabbat, it is Muktzeh.]

The Halakhah does not follow R. Yehudah.

חיתוך הנבלה

משנה ד

מְחַתְּכִין אֶת הַדְּ[י]לוּעִים לִפְנֵי הַבְּהֵמָה, וְאֶת הַנְּבֵלָה לִפְנֵי הַכְּלָבִים.

רַבִּי יְהוּדָה אוֹמֵר: אִם לֹא הָיְתָה נְבֵלָה מֵעֶרֶב־שַׁבָּת — אֲסוּרָה לְפִי שֶׁאֵינָהּ מִן הַמּוּכָן.

מְחַתְּכִין אֶת הַדְּלוּעִים הַתְּלוּשִׁים **לִפְנֵי הַבְּהֵמָה** — וְאַף־עַל־גַּב דִּסְתָמָן לַאו לְמַאֲכַל בְּהֵמָה קָיְמִי, אֶלָּא לְאָדָם. **וְאֶת הַנְּבֵלָה,** שֶׁנִּתְנַבְּלָה הַיּוֹם, וְאַף־עַל־גַּב דְּבֵין־הַשְּׁמָשׁוֹת הָיְתָה עוֹמֶדֶת לְאָדָם, וְלֹא לַבְּהֵמָה. **רַבִּי יְהוּדָה אוֹמֵר: אִם לֹא הָיְתָה נְבֵלָה מֵעֶרֶב־שַׁבָּת — אֲסוּרָה,** דְּכָל מִידֵי דַּחֲזֵי לְאֵינָשׁ לָא מַקְצֶה לֵיהּ לִבְהֵמָה; וַאֲפִילוּ חוֹלָה מֵעֶרֶב־שַׁבָּת — סוֹבֵר, שֶׁתִּתְרַפֵּא. וְאֵין הֲלָכָה כְּרַבִּי יְהוּדָה.

חיתוך הדלועים לפני הבהמה

משניות שבת ✶ פרוש ר"ע מברטנורא ✶ פרק כד

יוני שובך
דבורה

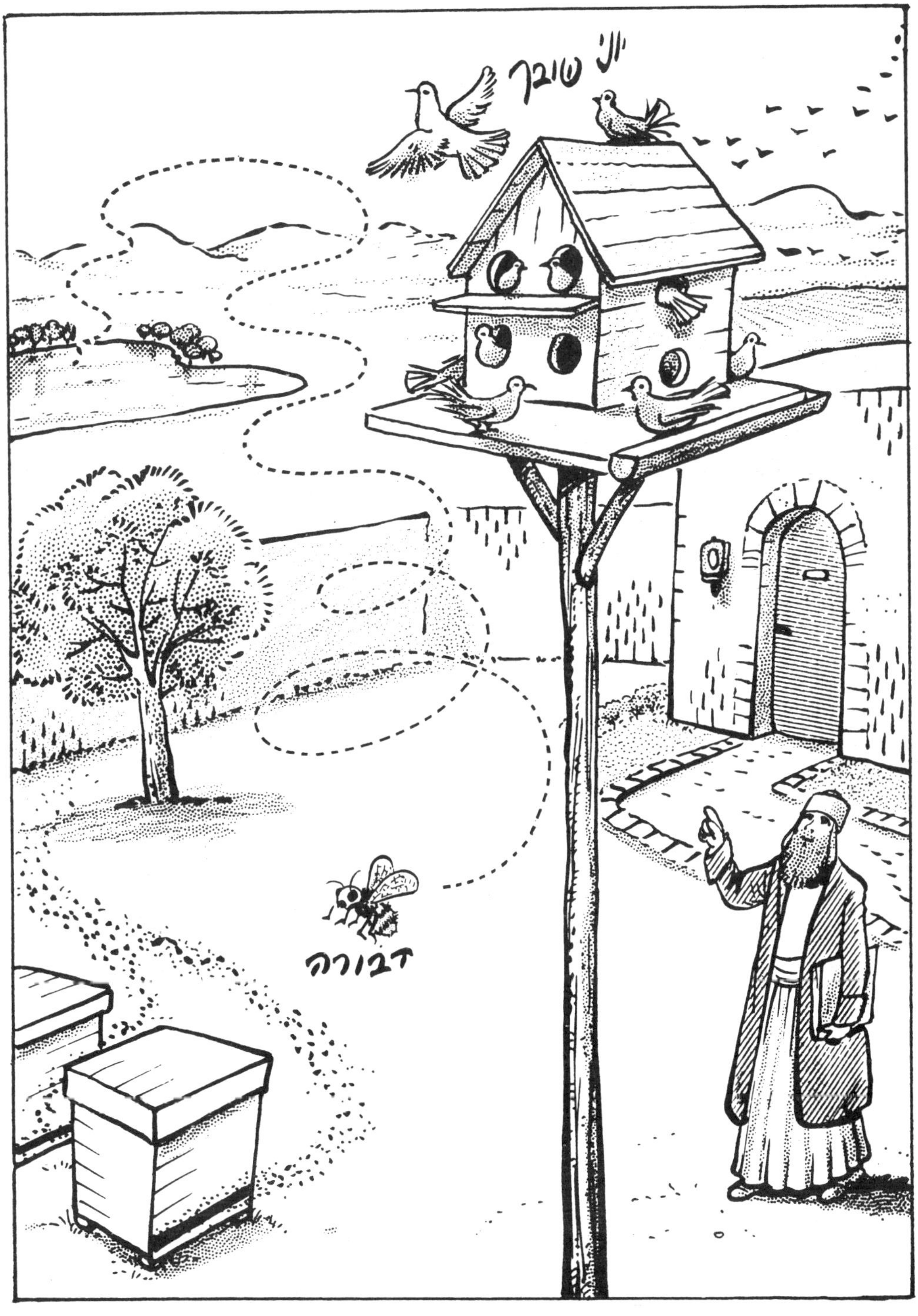

mishna 3

One may put water into bran, but one may not mix it.

One may not put water before bees or before doves in a dovecote, but one may put [water] before geese and chicken, and before Herodian doves.

BUT ONE MAY NOT MIX bran with water.

ONE MAY NOT PUT WATER BEFORE BEES - Bees can find food in the fields and water in pools, and there is no need [for their owner] to feed them.

HERODIAN doves, raised indoors, are named after King Herod, who raised doves in his palace.

(המשך) משנה ג

וְנוֹתְנִין מַיִם לַמּוּרְסָן, אֲבָל לֹא גּוֹבְלִים.
וְאֵין נוֹתְנִין מַיִם לִפְנֵי דְבוֹרִים, וְלִפְנֵי יוֹנִים שֶׁבַּשּׁוֹבָךְ;
אֲבָל נוֹתְנִין לִפְנֵי אַוָּזִים וְתַרְנְגוֹלִים וְלִפְנֵי יוֹנֵי הַרְדֵּיסִיּוֹת.*

* נ"א: דוּרְסִיאוֹת

אֲבָל לֹא גוֹבְלִין: אֵין לָשִׁין אוֹתָן בְּמַיִם. **אֵין נוֹתְנִין מַיִם לִפְנֵי דְבוֹרִים,** שֶׁאֵין מְזוֹנוֹתֵיהֶן עָלָיו, שֶׁיּוֹצְאִין וְאוֹכְלִין בַּשָּׂדֶה, וּמַיִם מְצוּיִין לָהֶם בָּאֲגַמִּים. **דוּרְסִיאוֹת:** יוֹנִים, שֶׁגְּדֵלִים בַּבָּתִּים וְנִקְרָאִים "דוּרְסִיּוֹת" עַל שֵׁם הוֹרְדוֹס הַמֶּלֶךְ, שֶׁהָיָה מְגַדֵּל מֵהֶן בְּאַרְמוֹנוֹ.

מהלקטין לתרנגולים

mishna 3

One may not stuff or cram food into a camel, but one may put food into its mouth. One may not fatten calves, but one may put food into their mouths. One may put food into the mouths of chickens.

ONE MAY NOT STUFF - One may not force-feed a camel by sticking food down its throat. The word "ovsin" derives from "aivus" (feeding-trough); one may not create a "feeding-trough in its stomach" by stuffing it.

OR CRAM FOOD - to cram food down its throat, but not to the extent of stuffing it.

BUT ONE MAY PUT FOOD INTO ITS MOUTH - One may stick food into its mouth to a point where the animal can still eject it.

"Ain m'mrain" means ONE MAY NOT FATTEN, as in the verse "vechalev m'ree'im", "and the fat of fatlings" (Yeshayahu 1:11). "To fatten" is to stick food down its throat to a point where the animal cannot eject it.

ONE MAY PUT FOOD INTO THE MOUTHS OF CHICKENS - One may stick food into their mouths to a place where it can still be ejected.

משנה ג

אֵין אוֹבְסִין אֶת הַגָּמָל וְלֹא דוֹרְסִין, אֲבָל מַלְעִיטִין.
וְאֵין מַמְרִים* אֶת הָעֲגָלִים, אֲבָל מַלְעִיטִין.
וּמְהַלְקְטִין לַתַּרְנְגוֹלִין.

* נ"א: אֵין מַמְרְאִין

אֵין אוֹבְסִין: [אֵין] מַאֲכִילִין אוֹתוֹ עַל־כָּרְחוֹ וְתוֹחֲבִים לוֹ בִּגְרוֹנוֹ. וּפֵירוּשׁ "אוֹבְסִין": עוֹשִׂין לָהּ אֵבוּס בְּתוֹךְ מֵעֶיהָ. **וְלֹא דוֹרְסִין** — שֶׁדּוֹרֵס הַמַּאֲכָל לְתוֹךְ גְּרוֹנָהּ; וּמִיהוּ, לָא הָוֵי כְּמוֹ אוֹבְסִין. **אֲבָל מַלְעִיטִים** — שֶׁתּוֹחֵב לוֹ הַמַּאֲכָל לְמָקוֹם שֶׁיָּכוֹל לְהַחֲזִיר. **אֵין מַמְרְאִין:** מְפַטְּמִין — לְשׁוֹן "וְחֵלֶב מְרִיאִים" (ישעיה א, יא). וּפֵירוּשׁ "הַמְּרָאָה" — שֶׁתּוֹחֵב לוֹ הַמַּאֲכָל לִפְנִים מִבֵּית־הַבְּלִיעָה, בְּמָקוֹם שֶׁאֵינוֹ יָכוֹל לְהַחֲזִיר. **וּמְהַלְקְטִין לַתַּרְנְגוֹלִים** — שֶׁתּוֹחֵב הַמַּאֲכָל לְתוֹךְ פִּיו בְּמָקוֹם שֶׁיָּכוֹל לְהַחֲזִיר.

אובסין או דורסין

מלעיטין

<u>mishna 2</u>

AND ONE MAY SPREAD KIPPIN, i.e. fresh cedar branches. They are scattered and spread out before animals so as to be scented by them; if they were not spread out, they would not be fit for use as fodder.

BUT NOT ZIRIN - "Zirin" are identical with bundles of hay, except [for one detail]: The bundles of hay are tied in two places, namely, at both ends; "Zirin" are tied in three places: [at both ends] and in the middle.

The Mishnah states that one may not spread "Zirin," even though they are packed together and become heated and unappealing to the animals. All that one may do is untie their three ties. Like bundles of hay, they become fit to be used as fodder as soon as they are untied, [and so may not be spread out].

One may chop up neither fodder nor carobs before an animal, be it a small or large [animal]. R. Yehudah permits [this in the case of] carobs for a small [animal].

ONE MAY NOT CHOP UP FODDER - One may not cut up young produce used for fodder, for to do so would be to take unnecessary trouble.

R. YEHUDAH PERMITS [THIS IN THE CASE OF] CAROBS FOR A SMALL ANIMAL: The carobs are too hard for a small animal's thin teeth, [and so it is necessary to chop them up in order to make them fit for use as fodder].

The Halakhah is not like R. Yehudah.

משניות שבת ★ פרוש ר״ע מברטנורא ★ פרק כד

וּמְפַסְפְּסִים אֶת הַכִּיפִים: עֲנָפִים לַחִים שֶׁל אֹרֶז: מְפַזְּרִים וְשׁוֹטְחִים אוֹתָן לִפְנֵי הַבְּהֵמָה, שֶׁתָּרִיחַ רֵיחָן, דִּבְלָאו פִּסְפּוּס לָא הָווּ אוּכְלָא. **אֲבָל לֹא אֶת הַזִּירִין:** הֵן הֵן פְּקִיעֵי־עָמִיר, אֶלָּא שֶׁהַפְּקִיעִין יֵשׁ לָהֶן שְׁנֵי קְשָׁרִים, אֶחָד בְּרֹאשָׁן וְאֶחָד בְּסוֹפָן, וְהַזִּירִין יֵשׁ לָהֶן שְׁלֹשָׁה קְשָׁרִים, קֶשֶׁר אֶחָד יָתֵר בְּאֶמְצָעָן; וְקָאָמְרָה מַתְנִיתִין – שֶׁאֵין מְפַסְפְּסִים אֶת הַזִּירִין וְאַף־עַל־פִּי שֶׁהֵן דְּחוּקִים זֶה בָּזֶה וּמִתְחַמְּמִים, וְהַבְּהֵמָה קָצָה בָּהֶן, אֶלָּא מַתִּיר שְׁלֹשָׁה אֲגָדֵיהֶן בִּלְבַד, דְּהַתָּרַת אֲגָדֵיהֶן מְשַׁוֵּי לְהוּ אוּכְלָא כִּפְקִיעִין.

זירין

מפספסים את הכיפין

(המשך) משנה ב

אֵין מְרַסְּקִין לֹא אֶת הַשַּׁחַת וְלֹא אֶת הֶחָרוּבִין לִפְנֵי בְהֵמָה בֵּין דַּקָּה בֵּין גַּסָּה; רַבִּי יְהוּדָה מַתִּיר בֶּחָרוּבִין – לְדַקָּה.

אֵין מְרַסְּקִין אֶת הַשַּׁחַת: אֵין מְחַתְּכִין עֵשֶׂב שֶׁל תְּבוּאָה, וְהִיא אַסְפַּסְתָּא, מִשּׁוּם דְּטִרְחָא שֶׁלֹּא־לְצוֹרֶךְ הוּא. רַבִּי יְהוּדָה מַתִּיר בֶּחָרוּבִין לִבְהֵמָה דַקָּה, שֶׁשִּׁנֶּיהָ דַּקּוֹת וְקָשִׁין לָהּ. וְאֵין הֲלָכָה כְּרַבִּי יְהוּדָה.

mishna 2

One may untie bundles of straw before an animal, and one may spread Kippin, but not Zirin.

BUNDLES OF STRAW - Bundles of straw that were tied up may be untied [on Shabbat]. Although, while tied up, they are not fit to be used as fodder, nevertheless, one may untie them to make them fit.

One may not, however, spread out bundles of straw in the way that grasses are spread before animals, so as to be scented by - and appealing to - the animals. [The reason:] The bundles of straw had become fit to be used as fodder as soon as they were untied; spreading the straw only serves to make it more appealing. To trouble so much [on Shabbat] over fodder which is already edible is considered excessive, and is forbidden.

משנה ב

מַתִּירִין פְּקִיעֵי־עָמִיר לִפְנֵי בְּהֵמָה; וּמְפַסְפְּסִים אֶת הַכִּיפִין, אֲבָל לֹא אֶת הַזִּירִין.

פְּקִיעֵי עָמִיר — קַשִּׁין שֶׁל שִׁבֳּלִים, שֶׁאֲגָדָן — מַתִּירִין אוֹתָן, דְּכָל זְמַן שֶׁהֵן קְשׁוּרִין לַאו אוּכְלָא נִינְהוּ, וּמַתִּירִין אוֹתָן, לְשַׁוּוּיִנְהוּ אוּכְלָא. אֲבָל פִּסְפּוּס — לְפַזְּרָן כַּדֶּרֶךְ שֶׁרְגִילִין לְפַזֵּר עֲשָׂבִים לִפְנֵי בְּהֵמָה, כְּדֵי שֶׁתָּרִיחַ רֵיחָן, וְיִהְיוּ יָפִין לָהּ לְאָכְלָן — אָסוּר בִּפְקִיעֵי־עָמִיר, דְּמֵאַחַר דְּאִתְעֲבִידוּ אוּכְלָא בְּהֶתֵּר הַפְּקִיעִין, וְהַפִּסְפּוּס אֵינוֹ אֶלָּא לְתַעֲנוּג בְּעָלְמָא; וּמִטְרַח בְּדָבָר, שֶׁהוּא כְּבָר אוֹכֶל, לָא טָרְחִינַן.

מתירין פקיעי עמיר לפני בהמה

mishna 1

(2) When he reaches the outer courtyard, he may remove the objects which may be handled on Shabbat. As for the objects which may not be handled on Shabbat, he unties the ropes, and the sacks fall off by themselves.

WHEN HE REACHES THE OUTER COURTYARD - This is a different issue, unrelated to the matter of the wallet.

THE OUTER COURTYARD of the city, which is the first safe place [to leave things]. When he is ready to unload, objects which may be handled on Shabbat he may take off the donkey by hand.

AS FOR THE OBJECTS WHICH MAY NOT BE HANDLED - HE UNTIES THE ROPES of the saddle, which were tied, and the sacks fall off.

מניחו על החמור

(המשך) משנה א

הִגִּיעַ לֶחָצֵר הַחִיצוֹנָה – נוֹטֵל אֶת הַכֵּלִים הַנִּיטָּלִין בְּשַׁבָּת; וְשֶׁאֵינָן־נִיטָּלִין בְּשַׁבָּת – מַתִּיר אֶת הַחֲבָלִים וְהַשַּׂקִּין נוֹפְלִין מֵאֲ[י]לֵיהֶם.

הִגִּיעַ לֶחָצֵר הַחִיצוֹנָה: מִילְּתָא בְּאַנְפֵּי־נַפְשָׁהּ הִיא, וְלַאו בְּדִין כִּיסוֹ קָא־מַיְירֵי. **לֶחָצֵר הַחִיצוֹנָה** שֶׁל עִיר, שֶׁהוּא מָקוֹם הַמִּשְׁתַּמֵּר רִאשׁוֹן: כְּשֶׁיָּבוֹא לִפְרֹק הַחֲמוֹר, נוֹטֵל בְּיָדוֹ מֵעָלָיו כֵּלִים, הַנִּיטָּלִין בְּשַׁבָּת. **וְשֶׁאֵינָם נִיטָּלִים — מַתִּיר אֶת הַחֲבָלִים** שֶׁל אוּכָּף, שֶׁהֵן קְשׁוּרִים, וְהַשַּׂקִּין נוֹפְלִים.

mishna 1

If someone is on the road and darkness [i.e. Shabbat] overtakes him, (1) he may give his wallet to a gentile. If there is no gentile with him, he may place it on the donkey.

IF...DARKNESS [I.E. SHABBAT] OVERTAKES HIM, (1) HE MAY GIVE HIS WALLET TO A GENTILE while it is still day.

[It is forbidden by rabbinic decree for a Jew to ask a gentile to perform for him on Shabbat work that is forbidden to Jews.] Yet here, a Jew asks a gentile to act on his behalf and carry his wallet for him on Shabbat! Why is this permitted? "[Because] it was clear to the Rabbis that a person is unable to restrain himself when it comes to protecting his money. If you do not allow him [to give his wallet to a gentile], he will end up carrying it four cubits [and more] in the public domain" (Shabbat 153a).

IF THERE IS NO GENTILE WITH HIM, ETC. - "But if there is a gentile with him, he must give [his wallet] to the gentile, [rather than placing it on the donkey]. Why? [Because] one is commanded to rest his donkey on Shabbat, but one is not commanded [to see] that a gentile rest on Shabbat" (ibid.).

When he places his wallet on the donkey after dark, he must place it there while the donkey is moving, i.e. after the donkey has moved from its place and begun to walk. That way, the animal does not remove the wallet from its place of rest. Furthermore, before the animal comes to a stop, he must take the wallet off the animal; after the animal again moves from its place and begins to walk, he may place it back on the animal.

This is to ensure that the animal neither removes the wallet from its place of rest nor brings it to rest. For if he, while leading the animal, lets the animal (1) remove the wallet from its place of rest and then (2) bring it to rest, he becomes liable for leading a loaded animal on Shabbat. This is forbidden, even if the animal is "loaded" with only a very small object. The source of this prohibition is the verse: "You shall not do any work: [this includes] you...and your animal" (Shemot 20:10). Which work is it that is performed by man and animal together? It is when one leads a loaded animal.

משנה א

מִי שֶׁהֶחְשִׁיךְ* בַּדֶּרֶךְ — נוֹתֵן כִּיסוֹ לְנָכְרִי; וְאִם אֵין עִמּוֹ נָכְרִי, מַנִּיחוֹ עַל הַחֲמוֹר.

* נ"א: שֶׁהֶחְשִׁיךְ לוֹ

מִי שֶׁהֶחְשִׁיךְ... נוֹתֵן כִּיסוֹ לְנָכְרִי מִבְּעוֹד־יוֹם. וְאַף־עַל־גַּב דִּשְׁלוּחוֹ שֶׁל יִשְׂרָאֵל הוּא, לִישָּׂא אֶת כִּיסוֹ בְּשַׁבָּת — "קִים לְהוּ לְרַבָּנַן, דְּאֵין אָדָם מַעֲמִיד עַצְמוֹ עַל מָמוֹנוֹ; [וְ]אִי לָא שָׁרֵית לֵיהּ, אָתֵי לְאָתוּיֵי אַרְבַּע אַמּוֹת בִּרְשׁוּת־הָרַבִּים" (שבת קנג, א). **וְאִם אֵין עִמּוֹ נָכְרִי,** וְכוּ': "הָא יֵשׁ עִמּוֹ נָכְרִי — לְנָכְרִי יָהֵיב לֵיהּ. מַאי טַעְמָא? חֲמוֹר — אַתָּה מְצוּוֶּה עַל שְׁבִיתָתוֹ; נָכְרִי — אִי אַתָּה מְצוּוֶּה עַל שְׁבִיתָתוֹ" (שם). **וּכְשֶׁמַּנִּיחַ כִּיסוֹ עַל הַחֲמוֹר** מִשֶּׁתֶּחְשַׁךְ, מַנִּיחוֹ עָלֶיהָ, כְּשֶׁהִיא מְהַלֶּכֶת, כְּלוֹמַר, לְאַחַר שֶׁעָקְרָה רַגְלֶיהָ לֵילֵךְ, דְּלָא עָבְדָא עֲקִירָה, וּכְשֶׁרוֹצָה הַבְּהֵמָה לַעֲמוֹד, נוֹטְלוֹ מֵעָלֶיהָ, וּלְאַחַר שֶׁתַּחֲזוֹר וְתַעֲקוֹר רַגְלֶיהָ לֵילֵךְ, יַנִּיחֶנּוּ עָלֶיהָ, כִּי הֵיכִי דְּלָא תַּעֲבֵיד הַבְּהֵמָה עֲקִירָה וְהַנָּחָה; דְּאִי שָׁבֵיק לַהּ לְמֶעְבַּד עֲקִירָה וְהַנָּחָה, וְהוּא מְחַמֵּר אַחֲרֶיהָ וּמַנְהִיגָהּ, נִמְצָא מְחַמֵּר אַחַר בְּהֶמְתּוֹ בְּשַׁבָּת, וְאָסוּר אַף־עַל־פִּי שֶׁאֵינָהּ טְעוּנָה אֶלָּא כָּל־דְּהוּא, דִּכְתִיב (שמות כ, י): "לֹא־תַעֲשֶׂה כָל־מְלָאכָה אַתָּה... וּבְהֶמְתֶּךָ": אֵיזוֹ הִיא מְלָאכָה, שֶׁנַּעֲשֵׂית בֵּין הָאָדָם וְהַבְּהֵמָה? הֱוֵי אוֹמֵר: זֶה מְחַמֵּר.

נותן כיסו לנכרי

mishna 1

The same is the case with a beam that broke: one may support it with a bench or with the side-boards of a bed, not that it should go up, but that it should go no further. We may not close the eyes of the dead on Shabbat, nor on a weekday at the moment of death: for he that closes the eyes [of a dying person] at the moment of death is a murderer.

on Shabbat,] as it has the status of a "utensil" [and is not Muktzeh].

NOT THAT IT SHOULD GO UP - that would be "building" [and is forbidden].

WE MAY NOT CLOSE his eyes on Shabbat - not even after the moment of death - for that would constitute "moving a limb."

A MURDERER - for the slightest thing can hasten his death.

אין מעמצין את המת בשבת

(המשך) משנה ה

וְכֵן קוֹרָה, שֶׁנִּשְׁבְּרָה — סוֹמְכִין אוֹתָהּ בְּסַפְסָל, אוֹ בַּאֲרוּכוֹת־הַמִּטָּה — לֹא שֶׁתַּעֲלֶה, אֶלָּא שֶׁלֹּא תוֹסִיף.

אֵין מְעַמְּצִין אֶת הַמֵּת בְּשַׁבָּת, וְלֹא בְחוֹל, עִם יְצִיאַת הַנֶּפֶשׁ. וְהַמְעַמֵּץ עִם יְצִיאַת נֶפֶשׁ הֲרֵי זֶה שׁוֹפֵךְ דָּמִים.

סוֹמְכִים אוֹתָהּ בְּסַפְסָל, שֶׁהֲרֵי תּוֹרַת כְּלִי עָלָיו. **וְלֹא שֶׁתַּעֲלֶה**, דַּהֲוָה לֵיהּ ״בּוֹנֶה״. **אֵין מְעַמְּצִין** אֶת עֵינָיו בְּשַׁבָּת אֲפִילוּ לְאַחַר יְצִיאַת נֶפֶשׁ, דַּהֲוָה לֵיהּ ״מֵזִיז אֵבֶר״. **שׁוֹפֵךְ דָּמִים**, שֶׁבְּדָבָר מוּעָט מְקָרֵב מִיתָתוֹ.

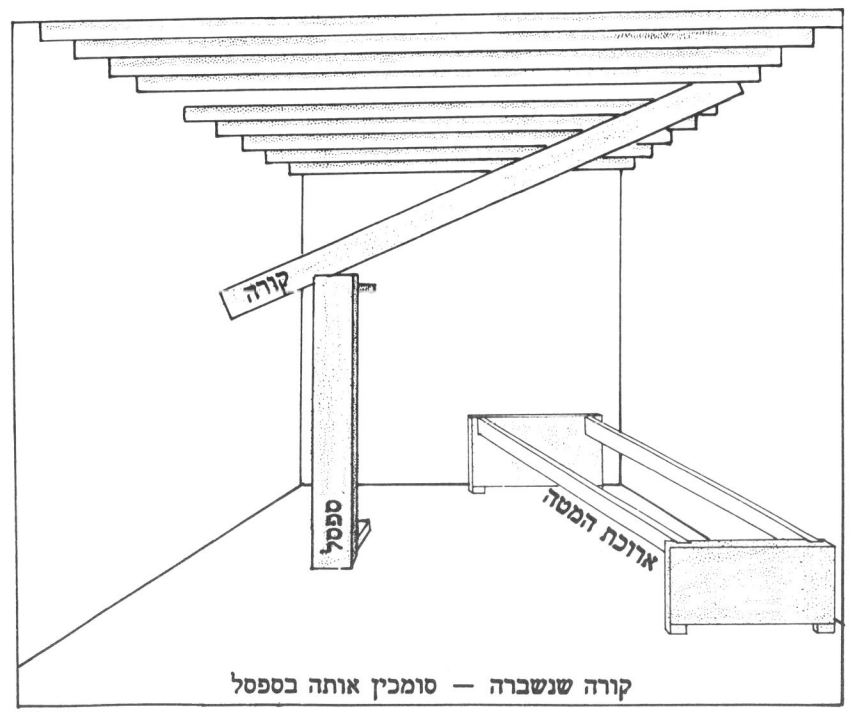

קורה שנשברה — סומכין אותה בספסל

mishna 5

we may tie up the jaw, not that it should close, but that it should [open] no further.

NOT THAT IT SHOULD CLOSE - not to close what had opened up, which would be "moving a limb."

BUT THAT IT SHOULD open NO FURTHER.

ONE MAY SUPPORT IT WITH A BENCH - a bench [may be moved

שומטין את הכר מתחתיו

(המשך) משנה ה

קוֹשְׁרִים אֶת הַלֶּחִי – לֹא שֶׁיַּעֲלֶה, אֶלָּא שֶׁלֹּא יוֹסִיף.

קוֹשְׁרִים אֶת הַלְּחִי שֶׁל מֵת, שֶׁהָיָה פִּיו הוֹלֵךְ וְנִפְתָּח. וְלֹא שֶׁיַּעֲלֶה — לְהִסָּגֵר מַה שֶׁנִּפְתַּח, דְּהַיְינוּ, מֵזִיז אֵבֶר, אֶלָּא שֶׁלֹּא יוֹסִיף לְהִפָּתֵחַ.

mishna 5

We may perform all that need be done for the deceased: We may anoint and rinse him, providing that no limb of his is moved; we may remove the pillow from under him, laying him on the sand, in order that he keep;

WE MAY ANOINT with oil. AND RINSE with water. We may stop up the upper and lower orifices of the deceased with cloth or some other material, in order that air should not enter them and the body begin to swell (Shabbat 151b).

PROVIDING THAT NO LIMB OF HIS IS MOVED - One may not move and lift his hand, or his leg, or his eyelids, as it is forbidden to move a corpse or one of its limbs [on Shabbat], although one may touch it.

This is true of all things that are Muktzeh: they may be touched, but they may not be moved. An egg laid on Shabbat or on Yom Tov may not even be touched: Because of its roundness, to touch it is to move it.

WE MAY REMOVE THE PILLOW FROM UNDER HIM, such that the body is made to lie on the sand. One may not, however, carry the body and place it onto the sand, for the Mishnah states at the outset: "...providing that no limb of his is moved."

IN ORDER THAT HE KEEP - that the body not decay, due to the heat provided by the sheets and pillows.

פְּנֵי שַׁבָּת משניות שבת ★ פרוש ר"ע מברטנורא ★ פרק כג

משנה ה

עוֹשִׂין כָּל צוֹרְכֵי הַמֵּת, סָכִין וּמְדִיחִין אוֹתוֹ, וּבִלְבַד שֶׁלֹּא יָזִיזוּ בּוֹ אֵבָר. שׁוֹמְטִין אֶת הַכַּר מִתַּחְתָּיו וּמַטִּילִין אוֹתוֹ עַל הַחוֹל, בִּשְׁבִיל שֶׁיַּמְתִּין.

סָכִין בְּשֶׁמֶן. **וּמְדִיחִין** בְּמַיִם. "וּפוֹקְקִין [אֶת] נְקָבָיו" (שבת קנא, ב): סוֹתְמִין נְקָבָיו הָעֶלְיוֹנִים וְהַתַּחְתּוֹנִים בְּבֶגֶד אוֹ בְּשׁוּם דָּבָר, "כְּדֵי שֶׁלֹּא תִּכָּנֵס בָּהֶן הָרוּחַ" (שם), וְיִתְפַּח. **וּבִלְבַד שֶׁלֹּא יָזִיז בּוֹ אֵבָר:** שֶׁלֹּא יְטַלְטֵל וְיַגְבִּיהַּ לֹא יָדוֹ וְלֹא רַגְלוֹ וְלֹא רִיסֵי עֵינָיו — שֶׁאָסוּר לְטַלְטֵל הַמֵּת — אוֹ אֵבֶר מֵאֵבָרָיו אַף־עַל־פִּי שֶׁמּוּתָּר לִיגַּע בּוֹ. וְכֵן כָּל מוּקְצֶה מוּתָּר בִּנְגִיעָה וְאָסוּר בְּטִלְטוּל. וּבֵיצָה, שֶׁנּוֹלְדָה בְּשַׁבָּת אוֹ בְּיוֹם־טוֹב, אֲסוּרָה אֲפִילוּ בִּנְגִיעָה, שֶׁמִּפְּנֵי כַּדּוּרִיתָהּ — נְגִיעָתָהּ זֶהוּ טִלְטוּלָהּ. **וְשׁוֹמְטִים אֶת הַכַּר מִתַּחְתָּיו,** וְנִמְצָא מוּטָל עַל הַחוֹל; אֲבָל לֹא מְטַלְטְלִין, לְהַנִּיחוֹ עַל הַחוֹל, דְּהָא תְּנָא רֵישָׁא: "וּבִלְבַד שֶׁלֹּא יָזִיז בּוֹ אֵבָר". **בִּשְׁבִיל שֶׁיַּמְתִּין,** שֶׁלֹּא יַסְרִיחַ מֵחֲמַת חוֹם הַסְּדִינִים וְהַכָּרִים.

צרכי המת: סכין ומדיחין ופוקקין

mishna 4

עשו לו קבר

משניות שבת ★ פרוש ר"ע מברטנורא ★ פרק כג

עשו לו ארון

mishna 4

If a gentile brought flutes on Shabbat, a Jew may not use them to lament with, unless they came from a nearby place. If they made [on Shabbat] a coffin for a gentile, or dug him a grave, a Jew may be buried therein. If, however, [it was made] for a Jew, he may never be buried therein.

FLUTES - hollow musical instruments, whose tone brings one to tears.

A JEW MAY NOT USE THEM TO LAMENT WITH - This is a penalty, as it is clear that [the flutes] were brought for the sake of a Jew.

UNLESS THEY CAME FROM A NEARBY PLACE, i.e. unless we know for sure that they came from a place within the Shabbat limit and were not brought from outside the limit.

A COFFIN that a gentile had made for his own purposes, either to bury another gentile or to sell.

(המשך) משנה ד

נָכְרִי, שֶׁהֵבִיא חֲלִילִין בְּשַׁבָּת – לֹא יִסְפּוֹד בָּהֶן יִשְׂרָאֵל, אֶלָּא־אִם־כֵּן בָּאוּ מִמָּקוֹם קָרוֹב. עָשׂוּ לוֹ אָרוֹן וְחָפְרוּ לוֹ קֶבֶר – יִקָּבֵר בּוֹ יִשְׂרָאֵל; וְאִם בִּשְׁבִיל יִשְׂרָאֵל – לֹא יִקָּבֵר בּוֹ עוֹלָמִית.

חֲלִילִין. כְּלֵי־נִגּוּן חֲלוּלִין, שֶׁקּוֹלָן מְעוֹרֵר הַבֶּכִי. **לֹא יִסְפּוֹד בָּהֶן יִשְׂרָאֵל:** קְנָסָא הוּא – מִשּׁוּם דְּמוֹכְחָא מִלְּתָא, שֶׁבִּשְׁבִיל יִשְׂרָאֵל הוּבְאוּ. **אֶלָּא־אִם־כֵּן בָּאוּ מִמָּקוֹם קָרוֹב:** אֶלָּא־אִם־כֵּן נוֹדַע לָנוּ בְּבֵירוּר, שֶׁבָּאוּ מִמָּקוֹם שֶׁבְּתוֹךְ הַתְּחוּם, וְלֹא הֱבִיאוּם מִחוּץ לַתְּחוּם. **אָרוֹן** לְעַצְמוֹ, שֶׁיִּקָּבֵר בּוֹ נָכְרִי, אוֹ לִמְכּוֹר.

mishna 3

by the Shabbat boundary in order to be poised to bring - after Shabbat - a coffin and shrouds.

The next Mishnah, which teaches: "One may wait for dark by the [Shabbat] boundary to attend to the affairs of a bride; or to the affairs of the deceased," is Abba Sha'ul's position. The Halakhah is also like Abba Sha'ul.

mishna 4

One may wait for dark by the [Shabbat] boundary to attend to the affairs of a bride; or to the affairs of the deceased, to bring a coffin and shrouds for him.

TO ATTEND TO THE AFFAIRS OF A BRIDE - to look into and ask after the needs of the bride.

חֲשֵׁיכָה, לְהָבִיא אָרוֹן וְתַכְרִיכִים. וְסֵיפָא, דִּתְנַן: "מַחְשִׁיכִים עַל הַתְּחוּם, [לְפַקֵּחַ] עַל עִסְקֵי כַּלָּה וְעַל עִסְקֵי הַמֵּת" — אַבָּא שָׁאוּל הִיא. וַהֲלָכָה כְּמוֹתוֹ.

משנה ד

מַחְשִׁיכִין עַל הַתְּחוּם, לְפַקֵּחַ עַל עִסְקֵי כַּלָּה, וְעַל עִסְקֵי הַמֵּת, לְהָבִיא לוֹ אָרוֹן וְתַכְרִיכִין.

לְפַקֵּחַ עַל עִסְקֵי כַּלָּה: לְעַיֵּן וְלַחְקוֹר בְּצָרְכֵי הַכַּלָּה.

מחשיכים —
לפקח על עסקי כלה
ועל עסקי המת.

mishna 3

One may not wait for dark by the [Shabbat] boundary, in order to hire workers or to bring in produce [after Shabbat]. One may, however, wait for dark [by the boundary] in order to guard [produce after Shabbat], and then bring back produce with him.
Abba Sha'ul stated a principle: Whatever I have a right to instruct [that it be done], I am allowed to wait for dark [by the boundary] for it.

ONE MAY NOT WAIT FOR DARK BY THE [SHABBAT] BOUNDARY: One may not go on Shabbat to the edge of the "Shabbat boundary" [the two thousand cubit limit - beyond city limits - that was set by the Rabbis] and wait there for dark, in order to be near the workers; or in order to be close to the orchard, to bring back fruit.

The rule is: one may not wait for dark by the Shabbat boundary in order to perform - after Shabbat - any activity which is forbidden on Shabbat.

"One may, however, wait for dark [by the boundary]" in order to be near one's produce, so as to go out and guard it [after Shabbat], for it is permitted on Shabbat to guard one's produce.

AND THEN BRING BACK PRODUCE WITH HIM - In this instance it is permitted to do so, since this was not the main reason why he waited for dark by the boundary.

ABBA SHA'UL STATED A PRINCIPLE: The anonymous first opinion in the Mishnah prohibits waiting for dark by the Shabbat boundary [to perform - after Shabbat - any activity that is forbidden on Shabbat,] even if it is for the sake of a Mitzvah.

Abba Sha'ul disagrees. According to Abba Sha'ul, if it is for the sake of a Mitzvah, one may wait for dark by the Shabbat boundary. Just as it is permitted to say to one's friend on Shabbat: "Be prepared to go out - after dark - in order to bring a coffin and shrouds for the deceased," so is it permitted to wait for dark

(המשך) משנה ג

אֵין מַחְשִׁיכִין עַל הַתְּחוּם, לִשְׂכּוֹר פּוֹעֲלִים, וּלְהָבִיא פֵּירוֹת; אֲבָל מַחְשִׁיךְ הוּא, לִשְׁמוֹר, וּמֵבִיא פֵּירוֹת בְּיָדוֹ. כְּלָל אָמַר אַבָּא שָׁאוּל: כֹּל שֶׁאֲנִי זַכַּאי בַּאֲמִירָתוֹ — רַשַּׁאי אֲנִי לְהַחְשִׁיךְ עָלָיו.

אֵין מַחְשִׁיכִין עַל הַתְּחוּם, לְקָרֵב עַצְמוֹ בְּשַׁבָּת עַד סוֹף הַתְּחוּם וּלְהַחְשִׁיךְ שָׁם, שֶׁיִּהְיֶה קָרוֹב לִמְקוֹם הַפּוֹעֲלִים, אוֹ לַפַּרְדֵּס, לְהָבִיא פֵּירוֹת, דְּכָל דָּבָר, שֶׁאָסוּר לַעֲשׂוֹתוֹ בְּשַׁבָּת, אָסוּר לְהַחְשִׁיךְ עָלָיו. ״אֲבָל מַחְשִׁיךְ הוּא״, לִהְיוֹת קָרוֹב, לָצֵאת וְלִשְׁמוֹר פֵּירוֹתָיו, דְּזֶה דָּבָר הַמּוּתָּר בְּשַׁבָּת — לִשְׁמוֹר פֵּירוֹתָיו. **וּמֵבִיא פֵּירוֹת בְּיָדוֹ** — הוֹאִיל וְעִיקַּר מַחֲשַׁבְתּוֹ לֹא הָיְתָה לְכָךְ.

כְּלָל אָמַר אַבָּא שָׁאוּל: אַתַּנָּא קַמָּא פְּלִיג, דְּאָסַר כָּל הַחְשָׁכָה וְלָא מְפַלֵּיג בֵּין הַחְשָׁכָה שֶׁל מִצְוָה לְהַחְשָׁכָה שֶׁל רְשׁוּת; וַאֲתָא אִיהוּ וַאֲמַר, דְּהַחְשָׁכָה שֶׁל מִצְוָה שַׁרְיָא, שֶׁכְּשֵׁם שֶׁמּוּתָּר לוֹמַר לַחֲבֵירוֹ בְּשַׁבָּת: ״תְּהְיֶה מְזוּמָּן לֵילֵךְ לְאַחַר חֲשֵׁיכָה, לְהָבִיא אָרוֹן וְתַכְרִיכִים לְמֵת״, כָּךְ מוּתָּר לְהַחְשִׁיךְ עַל הַתְּחוּם, כְּדֵי שֶׁיִּהְיֶה מְזוּמָּן לְאַחַר

מחשיך על התחום

mishna 3

A man may not hire workers on Shabbat, nor may he instruct his friend to hire workers for him.

A MAN MAY NOT HIRE WORKERS ON SHABBAT, as it is written: "[If you refrain from trampling the Shabbat, from pursuing your affairs on My holy day; if you call the Shabbat 'delight,' and the Lord's holy day 'honored'; and if you honor it and go not your ways] nor look to your affairs, nor speaking thereof" (Yeshayahu 58:13).

NOR MAY HE INSTRUCT HIS FRIEND, ETC. - [Of course he may not instruct his friend to do so! Just as it is forbidden to him, it is forbidden to his friend. What, then, is the point of the Mishnah?] To teach us, by inference, that although one may not say to one's friend, "Hire workers for me," one may say to him, "We shall see whether you join me in the evening." Although it is clear to both of them that he says this in order to later hire him, nevertheless, it is permitted, since he does not offer him work explicitly. The Halakhah is: explicit speech is forbidden; thoughts [i.e. hints] are permitted.

משניות שבת ★ פרוש ר"ע מברטנורא ★ פרק כג

משנה ג

לֹא יִשְׂכּוֹר אָדָם פּוֹעֲלִים בְּשַׁבָּת; וְלֹא יֹאמַר אָדָם לַחֲבֵירוֹ, לִשְׂכּוֹר לוֹ פּוֹעֲלִים.

לֹא יִשְׂכּוֹר אָדָם פּוֹעֲלִים, דִּכְתִיב (ישעיה נח, יג): "מִמְּצוֹא חֶפְצְךָ וְדַבֵּר דָּבָר". **וְלֹא יֹאמַר אָדָם לַחֲבֵירוֹ**, וְכוּ': לְדִיוּקָא נַקְטֵיהּ: לֹא יֹאמַר לַחֲבֵירוֹ: "שְׂכוֹר לָנוּ פּוֹעֲלִים"; אֲבָל אוֹמֵר לוֹ: "הֲנִּרְאֶה, שֶׁתַּעֲמוֹד עִמִּי לָעֶרֶב", כְּלוֹמַר: עַכְשָׁיו נִרְאֶה, אִם תָּבוֹא אֵלַי, לִכְשֶׁתֶּחְשַׁךְ. וְאַף־עַל־פִּי שֶׁשְּׁנֵיהֶם יוֹדְעִים, שֶׁעַל־מְנָת לְשָׂכְרוֹ לִפְעוּלָּתוֹ הוּא מַזְהִירוֹ, כֵּיוָן דְּלָא מְפָרֵשׁ לֵיהּ שְׂכִירוּת בְּהֶדְיָא — שְׁרֵי, דְּקָיְימָא לַן: דִּיבּוּר אָסוּר, הִרְהוּר מוּתָּר.

שבת

לא ישכור אדם פועלים בשבת

mishna 2

Lots may be cast for sacrifices on Yom Tov, but not for the portions.

"Chalashim" (LOTS) is used here in the sense of the verse in Yeshayahu: "cholash al goyim", "Thou, who cast lots over the nations!" (14:12).

FOR SACRIFICES ON YOM TOV - which were slaughtered on Yom Tov - to divide them among the Kohanim.

BUT NOT FOR THE PORTIONS of sacrifices of the preceding [week]day.

(המשך) משנה ב

וּמְטִילִין חֲלָשִׁים עַל הַקֳּדָשִׁים בְּיוֹם־טוֹב, אֲבָל לֹא עַל הַמָּנוֹת.

חֲלָשִׁים: גּוֹרָלוֹת, כְּמוֹ "חוֹלֵשׁ עַל־גּוֹיִם" (ישעיה יד, יב). **עַל הַקֳּדָשִׁים בְּיוֹם־טוֹב,** שֶׁנִּשְׁחֲטוּ בְּיוֹם־טוֹב — לְחַלֵּק אוֹתָם בֵּין הַכֹּהֲנִים. **אֲבָל לֹא עַל הַמָּנוֹת** שֶׁל קָדָשִׁים שֶׁל אֶתְמוֹל.

מטילין חלשים

mishna 2

HE MAY CAST LOTS, when giving out the portions, to determine who gets which portion. WITH HIS CHILDREN AND THE MEMBERS OF HIS HOUSEHOLD, who are all his dependents and so are not exacting with each other.

When this is not the case, however, one may not cast lots: Equals, who are insistent about receiving their full share and who are not generous with one another in overlooking imbalances, may not cast lots, lest this lead them to violate the restrictions on measuring, weighing, and dividing up exact portions on Shabbat. They might also be led to speak in terms of loans and repayment of loans on Shabbat, which is forbidden - lest one make a written record of the loan on Shabbat.

PROVIDING THAT HE DOES NOT INTEND, ETC. - There are a few lines which are missing from the Mishnah, [which must be added in order to understand it properly]. This is how it should read:

"He may cast lots with his children and with the members of his household at the table (and even set a large portion against a small one. This is limited to his children and the members of his household; with others, however, he may not do so.

With others, he may not do so on Yom Tov, but he may do so on a weekday. This holds true...) "providing that he does not intend to set a large portion against a small one". (If, however, he intends to set a large portion against a small one, it is forbidden, with others, even during the week,) "because of gambling."

Gambling is prohibited because it is stealing; it is an Asmakhta [a conditional commitment which one expects never to have to fulfill], which is not legally binding. When a person loses a wager, he does not give up his money because he agreed to do so. Rather, he was expecting to win when he agreed to the wager. If he had known from the outset that he was going to lose, he would never have agreed to the wager.

מָנֶה וּמָנֶה. עִם בָּנָיו וְעִם בְּנֵי־בֵיתוֹ, שֶׁהֵן סְמוּכִים עַל שׁוּלְחָנוֹ — שֶׁאֵין כָּאן קְפֵידָא; אֲבָל עִם אַחֵר — לֹא, דִּבְנֵי־חֲבוּרָה הַמַּקְפִּידִים זֶה עַל זֶה, שֶׁאֵין מוֹחֲלִין וְאֵינָן מְוַתְּרִים זֶה לָזֶה, עוֹבְרִים מִשּׁוּם מִדָּה וּמִשּׁוּם מִשְׁקָל וּמִשּׁוּם מִנְיָן וּמִשּׁוּם לוֹוִין וּפוֹרְעִין, דִּגְזוּר בְּהוּ רַבָּנַן, שֶׁמָּא יִכְתֹּבוּ. **וּבִלְבַד שֶׁלֹּא יִתְכַּוֵּין,** וכו': מַתְנִיתִין חַסּוּרֵי־מְחַסְּרָא, וְהָכִי קָתָנֵי: "מֵפִיס אָדָם עִם בָּנָיו וְעִם בְּנֵי־בֵיתוֹ עַל הַשֻּׁלְחָן", וַאֲפִילוּ מָנָה גְּדוֹלָה כְּנֶגֶד מָנָה קְטַנָּה, וְדַוְקָא עִם בָּנָיו וְעִם בְּנֵי־בֵיתוֹ, אֲבָל עִם אַחֵר לֹא — "וּבִלְבַד שֶׁלֹּא יִתְכַּוֵּין לַעֲשׂוֹת מָנָה גְּדוֹלָה כְּנֶגֶד מָנָה קְטַנָּה"; אָז הוּא דִּבְיוֹם־טוֹב אָסוּר וּבְחוֹל שְׁרֵי. אֲבָל, אִם נִתְכַּוֵּין לַעֲשׂוֹת מָנָה גְּדוֹלָה כְּנֶגֶד מָנָה קְטַנָּה, אֲפִילוּ בְּחוֹל אָסוּר מִשּׁוּם קוּבְיָא, דְּגָזֵל הוּא, דְּאַסְמַכְתָּא לָא קָנְיָא; וְהַאי אַסְמַכְתָּא הוּא דְּסָמֵיךְ עַל הַגּוֹרָל: אִם יִפּוֹל לוֹ הַגּוֹרָל עַל הַמָּנָה הַגְּדוֹלָה, יִזְכֶּה בָּהּ, וּלְפִיכָךְ תָּלָה עַצְמוֹ אַף לְגוֹרַל הַקְּטַנָּה עַל הַסָּפֵק; וְאִילּוּ יָדַע מִתְּחִילָּה, שֶׁכֵּן, לֹא הָיָה מִתְרַצֶּה.

מפיס עם בניו ועם בני ביתו.

mishna 2

A man may count his guests and his dessert portions from memory, but not from what is written down.
He may cast lots with his children and with the members of his household at the table, providing that he does not intend to set a large portion against a small one, because of [the prohibition of] gambling.

HIS DESSERT PORTIONS - sweet delicacies.

BUT NOT FROM WHAT IS WRITTEN DOWN: If one had written down before Shabbat - so as not to forget - a tabulation of how many guests were expected for Shabbat, one may not read it on Shabbat. [What is the reason that this is forbidden? Here are two possible explanations:]

(1) It is a preventative measure that was enacted, lest one be led to erase [from the list on Shabbat].

(2) Lest one come to read secular documents on Shabbat. One may read on Shabbat only from the Written Torah [the Bible] and from the "Oral" Torah (which is now in writing) and their commentaries. Other matter, wisdom literature from non-Biblical sources, or their commentaries are forbidden.

משנה ב

מ וֹנֶה אָדָם אֶת אוֹרְחָיו וְאֶת פַּרְפְּרוֹתָיו – מִפִּיו, אֲבָל לֹא מִן הַכְּתָב. וּמֵפִיס* עִם בָּנָיו וְעִם בְּנֵי־בֵיתוֹ עַל הַשֻּׁלְחָן, וּבִלְבַד שֶׁלֹּא יִתְכַּוֵּין לַעֲשׂוֹת מָנָה גְדוֹלָה כְּנֶגֶד קְטַנָּה* – מִשּׁוּם קוּבְיָא.

* נ"א: מֵפִיס אָדָם * נ"א: מָנָה קְטַנָּה

פַּרְפְּרוֹתָיו: מִינֵי מַעֲדַנִּים. **אֲבָל לֹא מִן הַכְּתָב:** אִם כָּתַב מֵעֶרֶב־שַׁבָּת: "כָּךְ וְכָךְ אוֹרְחִים", כְּדֵי שֶׁלֹּא יִשְׁכָּחֵם, לֹא יִקְרָא בְּאוֹתוֹ כְּתָב בְּשַׁבָּת – גְּזֵירָה, שֶׁמָּא יִמְחוֹק; אִי נָמֵי – שֶׁמָּא יִקְרָא בִּשְׁטָרֵי הֶדְיוֹטוֹת – וְאֵין מוּתָּר לִקְרוֹת בְּשַׁבָּת אֶלָּא בַּתּוֹרָה־שֶׁבִּכְתָב וּבַתּוֹרָה־שֶׁבְּעַל־פֶּה לְאַחַר שֶׁכְּתָבוּהָ וּבְפֵירוּשֵׁיהֶן, אֲבָל בִּשְׁאָר דְּבָרִים, אוֹ בְּסִפְרֵי־חָכְמוֹת, שֶׁאֵינָן מִדִּבְרֵי נְבוּאָה, אוֹ מִפֵּירוּשֵׁיהֶן, אֲסוּרִים. **מֵפִיס:** מֵטִיל גּוֹרָל לְחַלֵּק – לְמִי יַגִּיעַ כָּל

מונה את אורחיו ואת פרפרותיו

mishna 1

Similarly, on the day before Passover - in Yerushalayim - when it coincides with Shabbat, he may leave his cloak with him [the seller], take his Passover [lamb], and make a reckoning with him after Yom Tov.

---

(3) ...HE MAY LEAVE HIS CLOAK WITH HIM, if [the seller] does not trust him. He may then take his [lamb], and consecrate it on Shabbat.

[In order to offer an animal as a sacrifice, one must first consecrate it. Normally, one may not consecrate anything on Shabbat. One may, however, consecrate on Shabbat the lamb for the Passover offering.] Since it is an obligatory offering which must be offered at a set time [even on Shabbat] one may [first] consecrate it on Shabbat [as well].

משניות שבת ★ פרוש ר״ע מברטנורא ★ פרק כג

(המשך) משנה א

וְכֵן עֶרֶב־פֶּסַח בִּירוּשָׁלַיִם, שֶׁחָל לִהְיוֹת בְּשַׁבָּת, מַנִּיחַ טַלִּיתוֹ אֶצְלוֹ וְנוֹטֵל אֶת פִּסְחוֹ וְעוֹשֶׂה עִמּוֹ חֶשְׁבּוֹן לְאַחַר יוֹם־טוֹב.

מַנִּיחַ טַלִּיתוֹ אֶצְלוֹ, ״אִם אֵינוֹ מַאֲמִינוֹ״, וְלוֹקֵחַ אוֹתוֹ וּמַקְדִּישׁוֹ בְּשַׁבָּת, דְּחוֹבוֹת, שֶׁקָּבוּעַ לָהֶם זְמַן, יְכוֹלִין לְהַקְדִּישׁ בְּשַׁבָּת.

מניח טליתו אצלו ונוטל פסחו.

mishna 1

A man may borrow pitchers of wine or pitchers of oil from his friend [on Shabbat], providing that he does not say to him: "Lend [them to] me." And so may a woman borrow loaves [of bread] from her friend. If [his friend] does not trust him, he may leave his cloak with him and make a reckoning with him after Shabbat.

---

(1) A MAN MAY BORROW...PROVIDING THAT HE DOES NOT SAY: "LEND [THEM TO] ME" - The word *halvani* "lend me" implies: for a considerable period of time. Furthermore, according to the Halakhah, a loan is for thirty days - unless stated otherwise.

Therefore, in the case of the Mishnah, the lender - if asked [on Shabbat] *halvani* might write down [on Shabbat] in his account book: "I loaned such and such an amount to so and so," in order not to forget [the loan over an extended period].

משנה א

שׁוֹאֵל אָדָם מֵחֲבֵירוֹ כַּדֵּי־יַיִן וְכַדֵּי־שֶׁמֶן, וּבִלְבַד שֶׁלֹּא יֹאמַר לוֹ: "הַלְוֵנִי"; וְכֵן הָאִשָּׁה מֵחֲבֶרְתָּהּ — כִּכָּרוֹת. וְאִם אֵינוֹ מַאֲמִינוֹ, מַנִּיחַ טַלִּיתוֹ אֶצְלוֹ וְעוֹשֶׂה עִמּוֹ חֶשְׁבּוֹן לְאַחַר שַׁבָּת.

שׁוֹאֵל... וּבִלְבַד שֶׁלֹּא יֹאמַר: "הַלְוֵנִי", דְּהַלְוָאָה — לִזְמַן מְרוּבֶּה מַשְׁמַע; וְקַיְימָא לַן: סְתַם־הַלְוָאָה — שְׁלֹשִׁים יוֹם. הִלְכָּךְ אָתֵי מַלְוֶה לִכְתּוֹב עַל פִּנְקָסוֹ: "כָּךְ וְכָךְ הִלְוֵיתִי לִפְלוֹנִי", כְּדֵי שֶׁלֹּא יִשְׁכַּח.

mishna 6

NOR STRAIGHTEN A CHILD'S LIMBS - to correct and reset his bones or his spinal column, for it looks like one is "building." This is only after the passage of some time; but on the day of birth, it is permitted. - like the language of the verse: "yadecha itzvoni vayasooni", "Your hands shaped and fashioned me" (Iyov 10:8).

NOR SET A FRACTURE - a broken bone.

The Halakhah is not in accordance with the ruling of this Mishnah. Rather, the Halakhah is that one may set a fracture on Shabbat.

If one's hand or foot was dislocated, one may not vigorously rub them in cold water; rather, one washes in the usual manner, and if one is healed, one is healed.

IF ONE'S HAND OR FOOT WAS DISLOCATED - the bone slipped out of the joint.

ONE MAY NOT VIGOROUSLY RUB THEM - similar in language to "eggs beaten in a bowl" - it means that one rubs the point of dislocation in cold water. It is apparent that he does so for therapeutic reasons [and it is therefore prohibited].

וְאֵין מְעַצְּבִין אֶת הַקָּטָן, לְתַקְּנוֹ וּלְיַשֵּׁב עַצְמוֹתָיו וְחוּלְיוֹת שִׁדְרָתוֹ — מִשּׁוּם דְּמִיחֲזֵי כְּ״בוֹנֶה״; וְלָא אֲמַרַן, אֶלָּא לְאַחַר זְמַן, אֲבָל בְּיוֹם לֵידָה שְׁרֵי. **מְעַצְּבִין:** לְשׁוֹן ״יָדֶיךָ עִצְּבוּנִי וַיַּעֲשׂוּנִי״ (שם י, ח). **וְאֵין מַחֲזִירִין אֶת הַשֶּׁבֶר:** עֶצֶם, שֶׁנִּשְׁבַּר. וְאֵין הֲלָכָה כְּמִשְׁנָה זוֹ, אֶלָּא הֲלָכָה: מַחֲזִירִין אֶת הַשֶּׁבֶר בְּשַׁבָּת.

אין מחזירין את השבר

(המשך) משנה ו

מִי שֶׁנִּפְרְקָה יָדוֹ, וְרַגְלוֹ, לֹא יִטְרְפֵם בְּצוֹנֵן; אֲבָל רוֹחֵץ הוּא כְּדַרְכּוֹ, וְאִם נִתְרַפֵּא — נִתְרַפֵּא.

שֶׁנִּפְרְקָה יָדוֹ — שֶׁיָּצָא הָעֶצֶם מִן הַפֶּרֶק שֶׁלּוֹ. **לֹא יִטְרְפֵם:** לְשׁוֹן ״בֵּיצִים טְרוּפוֹת בִּקְעָרָה״: שֶׁמִּשְׁתַּטֵּף [בְּצוֹנֵן] עַל מְקוֹם הַשֶּׁבֶר, דְּמִחֲזֵי, דְּלִרְפוּאָה קָעָבֵיד.

לא יטרפם בצונן

רוחץ כדרכו

mishna 6

AN EMETIC (to induce vomiting): The word Afik-tave-zin (emetic) is made up of three smaller words and means "to bring up food from the place where it is 'cooked' (digested)," i.e., the stomach: "Afik" means "to bring out"; "tave" means "cooked" (digested) - "roasted over the fire" (Shemot 12:8) is rendered by the Targum "tave noor"; "zin" means "food."

What is forbidden on Shabbat is to drink a liquid which induces vomiting; one may, however, put one's finger down one's throat in order to vomit. Where one is in pain and vomiting is the cure, one may even [induce vomiting] by taking a liquid.

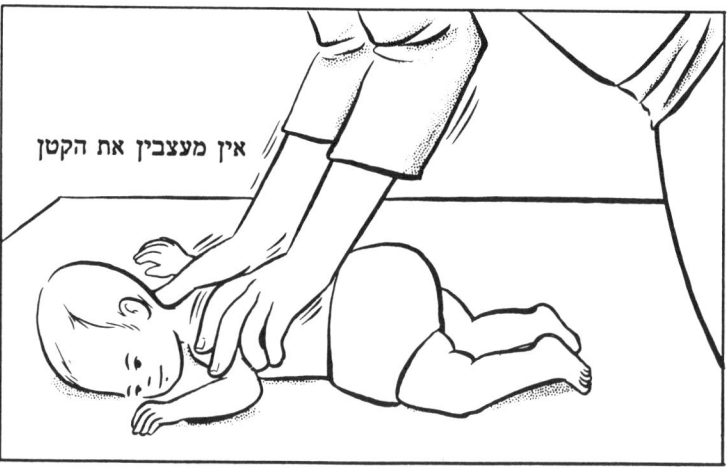

אַפִּיקְטְוִיזִין — לְהָקִיא; וּפֵירוּשׁוֹ: אַפֵּיק־טְוֵי־זִין, כְּלוֹמַר: לְהוֹצִיא הַמָּזוֹן מִמְּקוֹם בִּשּׁוּלוֹ שֶׁהִיא הָאִצְטוּמְכָה: אַפֵּיק — מוֹצִיא; טְוֵי — מִתְבַּשֵּׁל: "צְלִי־אֵשׁ" (שמות יב, ח) — מְתַרְגְּמִינַן: "טְוֵי נוּר"; זִין — מָזוֹן. וְדַוְקָא לִשְׁתּוֹת מַשְׁקֶה, שֶׁמְּבִיאוֹ לְהָקִיא, הוּא שֶׁאָסוּר בְּשַׁבָּת; אֲבָל לְהַכְנִיס אֶצְבָּעוֹ לְתוֹךְ פִּיו, כְּדֵי לְהָקִיא — מוּתָּר. וְהֵיכָא דְּאִית לֵיהּ צַעֲרָא, וְאִם יָקִיא, יִתְרַפֵּא, מוּתָּר אֲפִילּוּ עַל־יְדֵי מַשְׁקֶה.

אין עושין אפיקטוזין
אפיקטוזן

mishna 7

One may not go down to Kordima [Polima]; nor take an emetic; nor straighten a child's limbs; nor set a fracture.

ONE MAY NOT GO DOWN TO POLIMA: a valley, filled with water, with quicksand at the bottom. There are places in the valley where a bather can sink in the quicksand, become stuck and unable to escape, unless a group of people - with great difficulty and trouble - manages to pull him out.

Another explanation: a valley with slippery mud; if a bather slipped there, his clothes would fall into the water and he might then wring them out.

פני שבת משניות שבת ★ פרוש ר"ע מברטנורא ★ פרק כב

(המשך) משנה ו

אֵין יוֹרְדִין לְקוֹרְדִימָא* וְאֵין עוֹשִׂין אַפִּיקְטוֹזִין;* וְאֵין מְעַצְּבִין אֶת הַקָּטָן וְאֵין מַחֲזִירִין אֶת הַשֶּׁבֶר.

* נ"א: לְפוּלִימָא * נ"א: אַפִּיקְטְוִיזִין

אֵין יוֹרְדִין לְפוּלִימָא: בִּקְעָה מְלֵאָה מַיִם, וְתַחְתֶּיהָ טִיט כְּמוֹ דֶּבֶק, וְיֵשׁ בָּהּ מְקוֹמוֹת, שֶׁיִּטְבַּע הָרוֹחֵץ שָׁם בְּאוֹתוֹ טִיט וְיִדְבַּק בּוֹ וְאֵינוֹ יָכוֹל לַעֲלוֹת, עַד שֶׁיִּתְקַבְּצוּ בְּנֵי־אָדָם וְיַעֲלוּהוּ בְּקוֹשִׁי גָּדוֹל וּבְדוֹחַק. פֵּירוּשׁ אַחֵר: בִּקְעָה, שֶׁטִּיט שֶׁלָּהּ מַחֲלִיק, וְהָרוֹחֵץ שָׁם נוֹפֵל, וּבְגָדָיו נוֹשְׁרִים בַּמַּיִם, וְאָתֵי לִידֵי סְחִיטָה.

אין יורדין לקורדימא

mishna 6

One may anoint and massage the stomach, but one may not knead or scrape.

ONE MAY ANOINT with oil on Shabbat.
AND [gently] MASSAGE by hand the entire body, for pleasure.
BUT ONE MAY NOT KNEAD - massage vigorously.
OR SCRAPE with a strigil [an instrument used for scraping the skin], as in "And he took a potsherd to scrape himself with" (Iyov 2:8). [It is forbidden] on account of being similar to a weekday activity.

משנה ו

סָכִין וּמְמַשְׁמְשִׁין בִּבְנֵי־מֵעַיִם, אֲבָל לֹא מִתְעַמְּלִין וְלֹא מִתְגָּרְדִין.

סָכִין שֶׁמֶן בְּשַׁבָּת. **וּמְמַשְׁמְשִׁין** בַּיָּד עַל כָּל הַגּוּף – לַהֲנָאָה. **אֲבָל לֹא מִתְעַמְּלִין** – לְשַׁפְשֵׁף בְּכֹחַ. **וְלֹא מִתְגָּרְדִין** בְּמַגְרֶדֶת – וְדוֹמֶה לוֹ (איוב ב, ח): "וַיִּקַּח־לוֹ חֶרֶשׂ לְהִתְגָּרֵד בּוֹ", – מִשּׁוּם דְּהָוֵי כְּעוּבְדָא־דְחוֹל.

mishna 5

עשרה שנסתפגו באחת מביאין אותה בידן

לא יביאם בידו
אסור!!

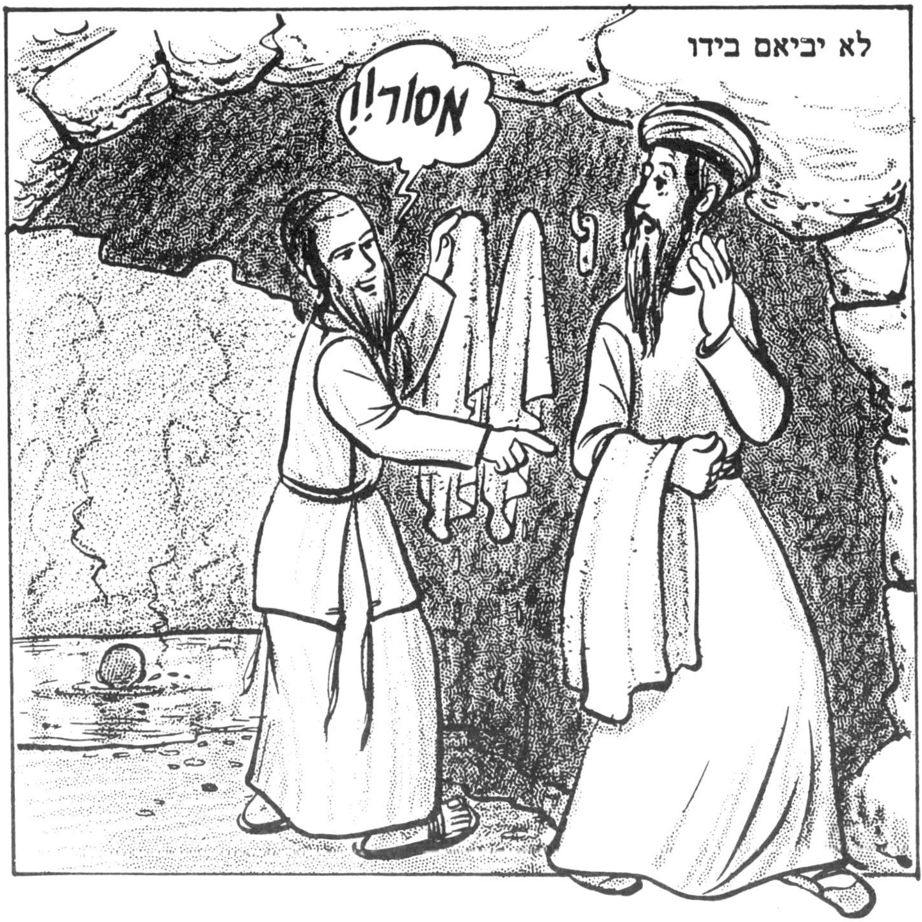

mishna 5

He who bathes in cave water or in the water of Teveriah and dries himself with even ten towels may not carry them in his hand. But ten men may dry their faces, hands, and feet with one towel and carry it in their hands.

AND WIPED HIMSELF [dry]. WITH EVEN TEN TOWELS - He used each towel, one after the other. Although a large amount of water was not absorbed by any one of them, nevertheless, one may not carry them home by hand, even if there is an Eruv and no violation of "carrying out" is involved. The reason for the prohibition? It is a preventative measure, lest one forget and wring out [a wet towel] upon arriving home.

BUT TEN MEN, since they are a large group, will remind each other that it is prohibited, [and so there is no need for a preventative measure]. Even if one towel was used by ten people, and a lot of water was absorbed into the towel, still, they may carry it in their hands [if no violation of "carrying out" is involved]; there is no need for a preventative measure, lest they wring it out, since they are many.

THEIR FACES, HANDS, AND FEET - The Mishnah speaks in terms of what is common, but they may also use the towel to dry off the whole body.

The Halakhah is not in accordance with the ruling of this Mishnah. Rather, even one individual may carry in his hand the towel he used to dry off with, and we are not concerned that he might wring it out.

משנה ה

הָרוֹחֵץ בְּמֵי מְעָרָה וּבְמֵי טְבֶרְיָא וְנִסְתַּפֵּג אֲפִילוּ בְּעֶשֶׂר אֲלוּנְטִיאוֹת* — לֹא יְבִיאֵם בְּיָדוֹ; אֲבָל עֲשָׂרָה בְּנֵי־אָדָם מִסְתַּפְּגִין בַּאֲלוּנְטִית אַחַת — פְּנֵיהֶם, יְדֵיהֶם וְרַגְלֵיהֶם — וּמְבִיאִין אוֹתָהּ בְּיָדָן.

* נ"א: אֲלוּנְטִיוֹת

וְנִסְתַּפֵּג וְקִנֵּחַ. **אֲפִילוּ בְּעֶשֶׂר אֲלוּנְטִיּוֹת:** סְדִינִים, שֶׁמְּקַנְּחִין בָּהֶן — וְנִסְתַּפֵּג בָּהֶן זֶה אַחַר זֶה; אַף־עַל־גַּב דְּלָא נְפִישִׁי מַיָּא בְּכָל חַד וְחַד, אֲפִילוּ הָכִי לֹא יְבִיאֵם בְּיָדוֹ לְתוֹךְ בֵּיתוֹ אֲפִילוּ עַל־יְדֵי עֵירוּב, שֶׁאֵין כָּאן אִיסּוּר הוֹצָאָה, אֶלָּא גְּזֵירָה, שֶׁמָּא יִשְׁכַּח וְיִסְחָטֵם בְּבוֹאוֹ. **אֲבָל עֲשָׂרָה בְּנֵי־אָדָם:** הוֹאִיל וּמְרוּבִּין הֵם — מַדְכְּרֵי אַהֲדָדֵי. וַאֲפִילוּ חֲדָא אֲלוּנְטִית לַעֲשָׂרָה בְּנֵי־אָדָם, דְּהַשְׁתָּא נְפִישׁ בַּהּ מַיָּא — אֲפִילוּ הָכִי מְבִיאִין אוֹתָהּ בְּיָדָם, וְלָא גָּזְרִינַן, שֶׁמָּא יִסְחָטוּהָ, הוֹאִיל וּמְרוּבִּין הֵן. **פְּנֵיהֶם, יְדֵיהֶם וְרַגְלֵיהֶם:** אוֹרְחָא דְּמִלְּתָא נָקַט; וְהוּא הַדִּין לְכָל גּוּפָן. וְאֵין הֲלָכָה כְּמִשְׁנָה זוֹ, אֶלָּא אֲפִילוּ אֶחָד מֵבִיא בְּיָדוֹ אֲלוּנְטִית, שֶׁנִּסְתַּפֵּג בָּהּ, וְלֹא חָיְישִׁינַן, שֶׁמָּא יִסְחוֹט.

mishna 4

One whose clothing fell into water while he was on the road may continue on his way without being concerned. When he reaches the outer courtyard, he may spread them out in the sun, but not in front of people.

One whose clothing fell into water on Shabbat. MAY CONTINUE ON HIS WAY WITHOUT BEING CONCERNED that people might suspect him of having washed his clothes [on Shabbat].

WHEN HE REACHES THE OUTER COURTYARD which is close by the entrance to the city and where it is safe [to leave things].

HE MAY SPREAD THEM OUT IN THE SUN to dry them.

BUT NOT IN FRONT OF PEOPLE, for they will suspect him of having washed them [on Shabbat].

This ruling of the Mishnah is rejected by the Halakhah, as it is an established Halakhah that anything forbidden by the Sages for appearance's sake is also forbidden within the most private of chambers. It would therefore follow that since it is forbidden to spread out clothes to dry in front of people, it is forbidden to do so even in private.

(המשך) משנה ד

מִי שֶׁנָּשְׁרוּ כֵלָיו בַּדֶּרֶךְ בְּמַיִם – מְהַלֵּךְ בָּהֶן וְאֵינוֹ חוֹשֵׁשׁ; הִגִּיעַ לֶחָצֵר הַחִיצוֹנָה – שׁוֹטְחָן בַּחַמָּה, אֲבָל לֹא כְּנֶגֶד הָעָם.

מִי שֶׁנָּשְׁרוּ כֵלָיו, שֶׁנָּפְלוּ בְּמַיִם בְּשַׁבָּת – **מְהַלֵּךְ** עִמָּהֶן **וְאֵינוֹ חוֹשֵׁשׁ**, שֶׁמָּא יַחְשְׁדוּ אוֹתוֹ, שֶׁכִּבְּסָן. **הִגִּיעַ לֶחָצֵר הַחִיצוֹנָה**, הַסְּמוּכָה לִמְבוֹא־הָעִיר – שֶׁהוּא מָקוֹם הַמִּשְׁתַּמֵּר – **שׁוֹטְחָן בַּחַמָּה**, לְיַבְּשָׁן, **אֲבָל לֹא כְּנֶגֶד הָעָם**, שֶׁיַּחְשְׁדוּהוּ, שֶׁכִּבְּסָן. וּמִשְׁנָה זוֹ דְחוּיָה הִיא, שֶׁהֲלָכָה בְּיָדֵינוּ: כָּל דָּבָר, שֶׁאָסְרוּ חֲכָמִים מִפְּנֵי מַרְאִית־הָעַיִן – אֲפִילּוּ בְּחַדְרֵי־חֲדָרִים אָסוּר; הִילְכָּךְ אָסוּר לְשָׁטְחָן אֲפִילּוּ שֶׁלֹּא כְּנֶגֶד הָעָם.

נשרו כליו במים

מהלך בהן

mishna 4

One may put,
(1) a cooked dish into a pit, in order that it be preserved;
(2) fine water into foul water, to be kept cool; and
(3) cold water in the sun, to be warmed up.

INTO A PIT which has no water inside. IN ORDER THAT IT BE PRESERVED - that it not spoil, due to the heat. The Mishnah teaches that there is no need to be concerned that one might come to even out the depressions at the bottom of the pit, to create a flat surface upon which to place the dish.

FINE WATER which is fit to drink. INTO FOUL WATER - into a pool of foul water which is not fit to drink.

This ruling is obvious and was stated in the Mishnah on account of the continuation, "and (3) cold water in the sun, to be warmed up," [which is a novel ruling]: One might otherwise have thought - were it not for the Mishnah - that this [third case] should be prohibited as a preventative measure, lest one bury it in hot ashes.

משנה ד

נוֹתְנִין תַּבְשִׁיל לְתוֹךְ הַבּוֹר, בִּשְׁבִיל שֶׁיְּהֵא שָׁמוּר, וְאֶת הַמַּיִם הַיָּפִים בָּרָעִים, בִּשְׁבִיל שֶׁיִּצַּנּוּ, וְאֶת הַצּוֹנֵן* בַּחַמָּה, בִּשְׁבִיל שֶׁיֵּחַמּוּ.

* נ"א: הַצּוֹנְנִים

לְתוֹךְ הַבּוֹר, שֶׁאֵין בּוֹ מַיִם. שֶׁיְּהֵא שָׁמוּר, שֶׁלֹּא יַסְרִיחַ מֵחֲמַת הַחוֹם. וְהָא קָמַשְׁמַע לָן, דְּלָא חָיְישִׁינָן, דִּלְמָא אָתֵי לְאַשְׁווּיֵי גּוּמוֹת שֶׁבְּקַרְקָעִית הַבּוֹר, כְּדֵי שֶׁיְּהֵא שָׁוֶה לְהוֹשִׁיב שָׁם הַקְּדֵרָה. וְאֶת הַמַּיִם הַיָּפִים, הָרְאוּיִים לִשְׁתִיָּה. בָּרָעִים: בְּתוֹךְ מִקְוֵה מַיִם רָעִים, שֶׁאֵינָן רְאוּיִין לִשְׁתִיָּה. וּמִילְּתָא דִּפְשִׁיטָא הִיא, וּמִשּׁוּם סֵיפָא נָקַט לַהּ, דְּתְנַן: "וְאֶת הַצּוֹנְנִים [בַּחַמָּה] בִּשְׁבִיל שֶׁיֵּחַמּוּ". מַהוּ דְּתֵימָא: נִגְזוֹר, דִּלְמָא אָתֵי לְאַטְמוֹנֵי בְּרֶמֶץ — קָמַשְׁמַע לָן.

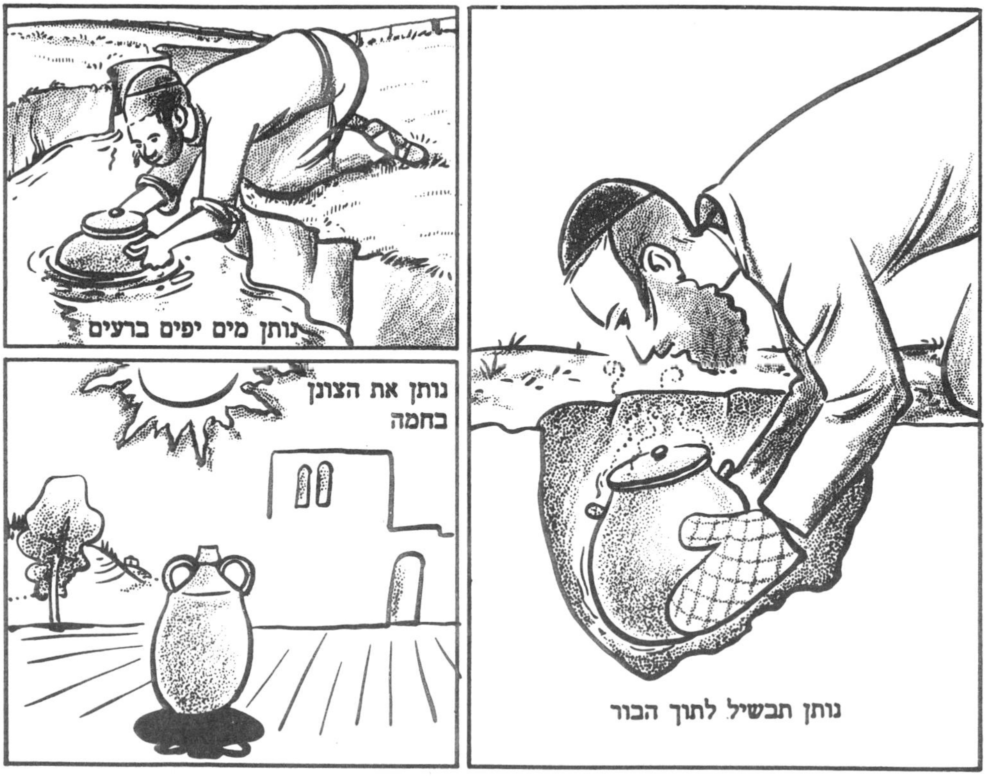

נותן מים יפים ברעים

נותן את הצונן בחמה

נותן תבשיל לתוך הבור

mishna 3

According to R. Yehudah, one may not pierce the plug of a cask; the Sages, however, permit it, but one may not pierce it on its side.

If [a cask] was perforated, one may not put wax on it, for one spreads [it]. Said R. Yehudah: a case came before R. Yohanan b. Zakai in Arav, and he said, "I suspect that he is liable for a sin-offering."

ONE MAY NOT PIERCE THE PLUG which is stuck into the mouth of a cask; rather, one should remove the entire [plug]. In piercing the plug, one creates an opening, [an act which is forbidden on Shabbat].

R. YOSSI, HOWEVER, PERMITS IT, since this is not the kind of opening which is normally made for a cask.

The Halakhah follows R. Yossi's opinion.

BUT ONE MAY NOT PIERCE IT ON ITS SIDE, i.e. R. Yossi only permits one to pierce the plug up above, on the top of the plug, where one would not normally make an opening, but one would simply remove the entire plug.

On the side, however, one would sometimes pierce the plug to create an opening, if one did not want to open it on top so that stones or dirt would not fall into the wine.

SPREADS [IT], which is a violation on account of "smoothing."

IN ARAV - the name of a place. "I SUSPECT THAT HE IS LIABLE FOR A SIN-OFFERING": I suspect that he spread the wax - so that it adhere properly around the hole on the side of the vessel - in which case he would be liable for a sin-offering.

(המשך) משנה ג

וְאֵין נוֹקְבִין מְגוּפָה־שֶׁל־חָבִית — דִּבְרֵי רַבִּי יְהוּדָה; וַחֲכָמִים מַתִּירִין.* וְלֹא יִקְּבֶנָּה מִצִּדָּהּ. וְאִם הָיְתָה נְקוּבָה, לֹא יִתֵּן עָלֶיהָ שַׁעֲוָה מִפְּנֵי שֶׁהוּא מְמָרֵחַ.

אָמַר רַבִּי יְהוּדָה: מַעֲשֶׂה בָּא לִפְנֵי רַבָּן יוֹחָנָן בֶּן זַכַּאי בַּעֲרָב, וְאָמַר: ״חוֹשְׁשַׁנִי לוֹ מֵחַטָּאת״.

* נ״א: [וְ]רַבִּי יוֹסֵי מַתִּיר

אֵין נוֹקְבִין מְגוּפָה, הַדְּבוּקָה בְּפִי חָבִית, אֶלָּא נוֹטֵל אֶת כּוּלָּהּ, דְּכִי נָקֵיב לַהּ, מְתַקֵּן־פִּתְחָא הוּא. **רַבִּי יוֹסֵי מַתִּיר,** דְּאֵין דֶּרֶךְ פֶּתַח חָבִית בְּכָךְ. וַהֲלָכָה כְּרַבִּי יוֹסֵי. **וְלֹא יִקְּבֶנָּה מִצִּדָּהּ** — כְּלוֹמַר: הָא דְּשָׁרֵי רַבִּי יוֹסֵי לִהְיוֹת נוֹקֵב אֶת הַמְּגוּפָה — לָא שָׁרֵי אֶלָּא לְמַעְלָה בְּרֹאשׁ הַמְּגוּפָה, דְּלַאו אוֹרְחָא לְמֶעְבַּד פִּתְחָא הָתָם, אֶלָּא נוֹטֵל כָּל הַמְּגוּפָה; אֲבָל מִצִּדָּהּ — זִמְנִין, דְּעָבֵיד לֵיהּ לְנֶקֶב בְּצַד הַמְּגוּפָה מִשּׁוּם פִּתְחָא, וְאֵינוֹ רוֹצֶה לְפָתְחָהּ לְמַעְלָה, שֶׁלֹּא יִפְּלוּ צְרוֹרוֹת אוֹ עָפָר בַּיַּיִן. **מְמָרֵחַ** — וְיֵשׁ כָּאן מִשּׁוּם ״מְמַחֵק״: **בַּעֲרָב:** שֵׁם מָקוֹם. **״חוֹשְׁשַׁנִי לוֹ מֵחַטָּאת״,** אִם מֵירַח הַשַּׁעֲוָה, לְדַבְּקָהּ בְּדוֹפְנֵי הַכְּלִי סְבִיב הַנֶּקֶב.

ניקוב מגופה
של חבית

לא יקבנה מצדה

mishna 3

One may break open a cask to eat from it dried figs, providing that he does not intend to make a vessel.

ONE MAY BREAK OPEN A CASK, since, [by doing so,] one is engaging in destructive action.

PROVIDING THAT HE DOES NOT INTEND TO MAKE A VESSEL, i.e. to make a proper opening for [the cask].

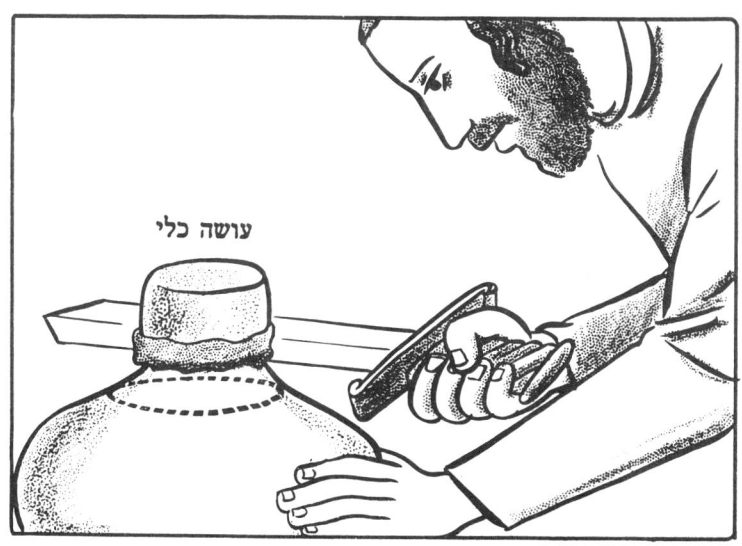

משנה ג

שׁוֹבֵר אָדָם אֶת הֶחָבִית, לֶאֱכוֹל הֵימֶנָּה גְּרוֹגָרוֹת, וּבִלְבַד שֶׁלֹּא יִתְכַּוֵּין לַעֲשׂוֹת כֶּלִי.

שׁוֹבֵר אָדָם אֶת הֶחָבִית — מִפְּנֵי שֶׁהוּא מְקַלְקֵל. וּבִלְבַד שֶׁלֹּא יִתְכַּוֵּין לַעֲשׂוֹת כֶּלִי: לַעֲשׂוֹת לָהּ פֶּה נָאֶה.

שובר אדם את החבית

mishna 2

אלו הדחתן היא
גמר מלאכתן ואסור
מליח הישן
דגים מלוחים
קוליס
האספנין

משניות שבת ★ פרוש ר"ע מברטנורא ★ פרק כב

mishna 2

Whatever was put in hot water before Shabbat may be soaked in hot water on Shabbat; whatever was not put in hot water before Shabbat may be rinsed in hot water on Shabbat, except for old salted fish, small salted fish, and Spanish Kulias, for their rinsing completes their preparation.

WHATEVER WAS PUT IN HOT WATER, i.e. was cooked.

MAY BE RINSED, because rinsing it does not constitute cooking it. One may not, however, soak it.

EXCEPT FOR OLD SALTED FISH - fish that was salted and then aged for [at least] a year.

SPANISH KULIAS: a thin-scaled fish which can be cooked sufficiently by being rinsed in hot water.

משנה ב

כֹּל שֶׁבָּא בְּחַמִּין מֵעֶרֶב־שַׁבָּת — שׁוֹרִין אוֹתוֹ בְּחַמִּין בַּשַּׁבָּת; וְכֹל שֶׁלֹּא בָּא בְּחַמִּין מֵעֶרֶב־שַׁבָּת — מְדִיחִין אוֹתוֹ בְּחַמִּין בַּשַּׁבָּת, חוּץ מִן הַמָּלִיחַ הַיָּשָׁן וְדָגִים מְלוּחִים קְטַנִּים וְקוּלְיַיס־הָאִיסְפָּנִין, שֶׁהֲדָחָתָן — זוֹ הִיא גְּמַר מְלַאכְתָּן.

כֹּל שֶׁבָּא בְּחַמִּין — שֶׁנִּתְבַּשֵּׁל. מְדִיחִין, דַּהֲדָחָתוֹ אֵינָהּ בִּשּׁוּלוֹ; אֲבָל לֹא שׁוֹרִין. חוּץ מִן הַמָּלִיחַ הַיָּשָׁן: דָּג מָלִיחַ, שֶׁעָבְרָה עָלָיו שָׁנָה מִשֶּׁנִּמְלַח. וְקוּלְיַס־הָאִסְפָּנִין: דָּג, שֶׁקְּלִיפָּתוֹ דַּקָּה, וַהֲדָחָתוֹ בְּחַמִּין הוּא גְּמַר בִּשּׁוּלוֹ.

שורין אותו בחמין בשבת

mishna 1

If honeycombs are crushed before Shabbat, and the honey comes out on its own [on Shabbat], it is forbidden. R. Eliezer rules: permitted.

HONEYCOMBS - When they are crushed, the honey flows naturally out of the wax, and one would not normally squeeze it. R. Eliezer therefore permits [such honey]. The Sages [the anonymous first opinion], however, prohibit [such honey] as a preventative measure, on account of honeycombs which were not crushed.

The Halakhah is like R. Eliezer.

(המשך) משנה א

חַלּוֹת־דְּבַשׁ, שֶׁרִיסְּקָן מֵעֶרֶב־שַׁבָּת, וְיָצְאוּ מֵעַצְמָן — אֲסוּרִין; וְרַבִּי אֱלִיעֶזֶר מַתִּיר.

חַלּוֹת־דְּבַשׁ: כְּשֶׁהֵן מְרוּסָּקִין, זָב הַדְּבַשׁ מֵעַצְמוֹ מִתּוֹךְ הַשַּׁעֲוָה, וְאֵין דֶּרֶךְ לְסָחֲטוֹ. הִילְכָּךְ רַבִּי אֱלִיעֶזֶר מַתִּיר; וַחֲכָמִים אוֹסְרִים: גָּזְרוּ, אַטּוּ שֶׁאֵינָן מְרוּסָּקִין. וַהֲלָכָה כְּרַבִּי אֱלִיעֶזֶר.

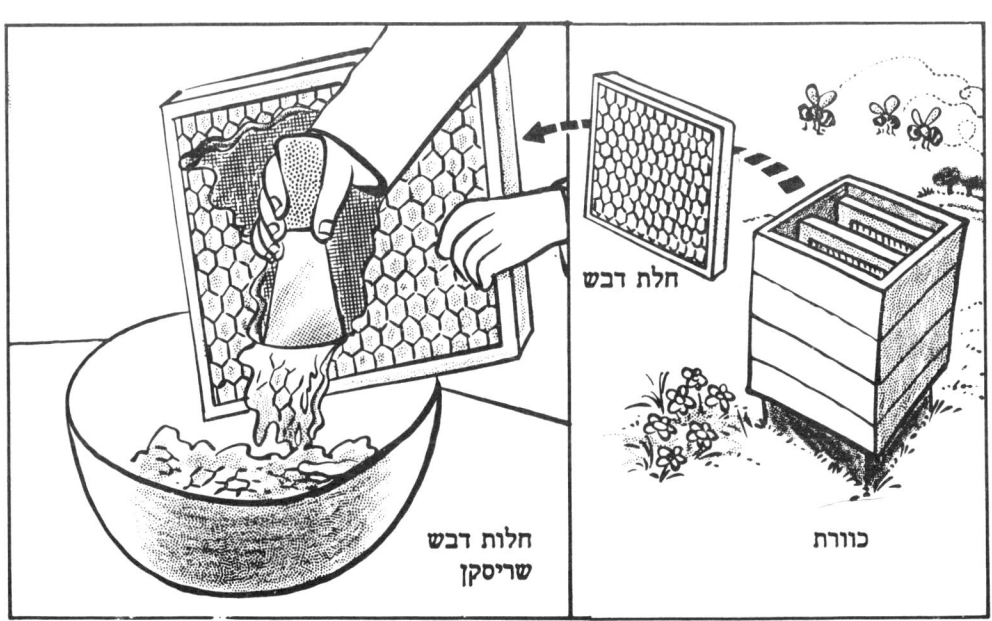

חלות דבש שריסקן · חלת דבש · כוורת

mishna 1

Since they are normally pressed for their liquids, if their liquids come out naturally, one is pleased. [Hence, there is a need for a preventative measure, lest one squeeze out the juice.]

When it comes to other types of fruit, the Sages would agree with R. Yehudah, since they are not normally pressed for their liquids.

The dispute is only in regard to mulberries and pomegranates: R. Yehudah equates them with the other types of fruit, whereas the Sages equate them with olives and grapes.

The Halakhah is like R. Yehudah.

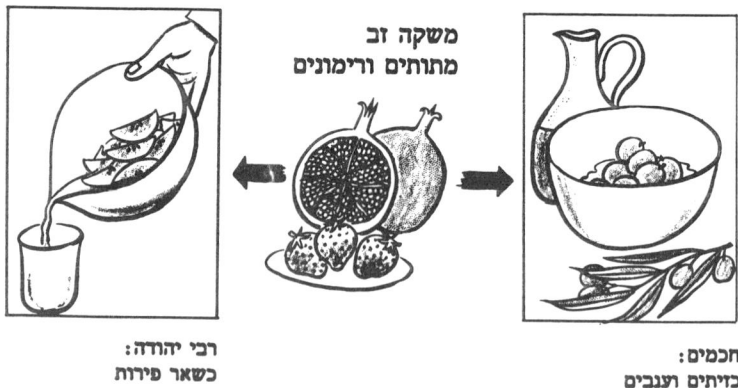

אָסוּר, כֵּיוָן דְּדַרְכָּן לִסְחִיטָה קָיְמִי: כִּי אָתוּ לִידֵי מַשְׁקֶה, יָהֵיב דַּעְתֵּיהּ בְּהָכִי. וּבִשְׁאָר מִינֵי פֵּירוֹת מוֹדִים חֲכָמִים לְרַבִּי יְהוּדָה — כֵּיוָן דְּלַאו דַּרְכָּן לִסְחִיטָה. לֹא נֶחְלְקוּ אֶלָּא בְּתוּתִים וְרִמּוֹנִים, דְּרַבִּי יְהוּדָה מְדַמֶּה לְהוּ לִשְׁאָר פֵּירוֹת, וַחֲכָמִים מְדַמּוּ לְהוּ לְזֵיתִים וַעֲנָבִים. וַהֲלָכָה כְּרַבִּי יְהוּדָה.

שאר פירות

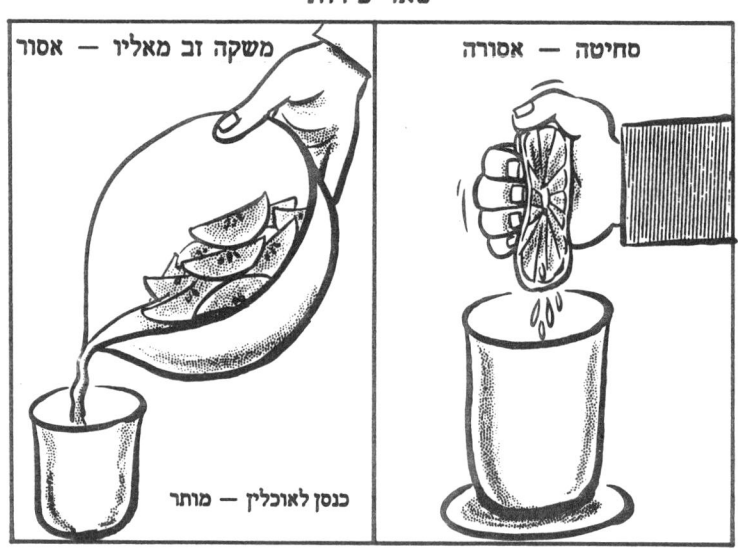

זיתים וענבים

mishna 1

One may not squeeze fruit to extract the juice, and if it comes out on its own, it is prohibited. R. Yehudah says: if they were meant [to be eaten] as food, [the juice] that comes out of them is permitted; if they were intended for drink, what comes out of them is prohibited.

ONE MAY NOT SQUEEZE FRUIT, for to do so would constitute "stripping," which is a Toledah of "threshing." IF IT COMES OUT ON ITS OWN, IT IS PROHIBITED as a preventative measure, lest one squeeze out [the juice].

R. YEHUDAH SAYS: IF THEY WERE MEANT [TO BE EATEN] AS FOOD - If the fruit was stored as food, juice that comes out on its own is permitted. Since he has no interest in the juice coming out, there is no need for a preventative measure, lest he squeeze out [the juice]. IF THEY WERE INTENDED FOR DRINK - If the fruit was stored for drink, in which case he has an interest in the juice coming out, the juice that comes out is prohibited [as a preventative measure], lest he squeeze it out.

When it comes to olives and grapes, however, R. Yehudah would agree with the Sages [the anonymous first opinion] that if their liquids came out on their own, they are forbidden, even if they had been stored as food.

קנוח שמן
ספיגת יין

(המשך) משנה א

אֵין סוֹחֲטִין אֶת הַפֵּירוֹת, לְהוֹצִיא מֵהֶן מַשְׁקִין; וְאִם יָצְאוּ מֵעַצְמָן, אֲסוּרִין.

רַבִּי יְהוּדָה אוֹמֵר: אִם לָאֳ[ו]כָלִין — הַיּוֹצֵא מֵהֶן מוּתָּר; וְאִם לְמַשְׁקִין — הַיּוֹצֵא מֵהֶן אָסוּר.

אֵין סוֹחֲטִין אֶת הַפֵּירוֹת — דְּהָוֵי לֵיהּ "מְפָרֵק", תּוֹלָדָה דְּ"דָשׁ". **אֲסוּרִין** — גְּזֵירָה, שֶׁמָּא יִסְחוֹט לְכַתְּחִלָּה. **רַבִּי יְהוּדָה אוֹמֵר: אִם לָאוֹכָלִין** הָיוּ אוֹתָן פֵּירוֹת מְכוּנָּסִים — **הַיּוֹצֵא מֵהֶן מוּתָּר**, דְּלָא נִיחָא לֵיהּ בְּמֶה שֶׁזָּבוּ, וְלֵיכָּא לְמִיגְזַר בְּהוּ, שֶׁמָּא יִסְחוֹט; **וְאִם לְמַשְׁקִין** הָיוּ מְכוּנָּסִין, דְּנִיחָא לֵיהּ בְּמַאי דְּנָפֵיק מִנַּיְיהוּ — **הַיּוֹצֵא מֵהֶן אָסוּר**, גְּזֵירָה, שֶׁמָּא יִסְחוֹט. וּבְזֵיתִים וַעֲנָבִים מוֹדֶה רַבִּי יְהוּדָה לַחֲכָמִים, דְּאַף־עַל־גַּב דְּכִנְּסָן לָאוֹכָלִים — הַיּוֹצֵא מֵהֶן

mishna 1

If a cask is broken, one may save from it food enough for three meals, and one may say to others: "Come and save for yourselves!" [This is] on condition that one does not sponge it up.

ONE MAY SAVE...FOOD ENOUGH FOR THREE MEALS, even in numerous vessels; for in a single vessel one may save as much as one desires, as we learned in Chapter 16.

FOR YOURSELVES: Each individual may save food for three meals.

ON CONDITION THAT ONE DOES NOT SPONGE IT UP - One may not use a sponge to absorb the wine and then let it drip out into a container. Even if the sponge has a handle, in which case there is no concern that one might squeeze it out, nevertheless one may not use it: to do so would be to act in a weekday manner.

Even to collect oil and honey - thick, sticky substances - by hand and wipe them onto the rim of a container is forbidden: One should not do that which resembles a weekday activity.

משנה א

חָבִית, שֶׁנִּשְׁבְּרָה – מַצִּילִין הֵימֶנָּה מְזוֹן שָׁלֹשׁ סְעוּדוֹת – וְאוֹמֵר לַאֲחֵרִים: ״בֹּאוּ וְהַצִּילוּ לָכֶם!״ – וּבִלְבַד שֶׁלֹּא יִסְפּוֹג.

מַצִּילִין מְזוֹן שָׁלֹשׁ סְעוּדוֹת, וַאֲפִילוּ בְּכֵלִים הַרְבֵּה, דְּאִילוּ בִּכְלִי אֶחָד אֲמַרַן בְּפֶרֶק ״כָּל כִּתְבֵי״, דְּכַמָּה דְּבָעֵי מַצִּיל. **״לָכֶם״**: כָּל אֶחָד – מְזוֹן שָׁלֹשׁ סְעוּדוֹת. **וּבִלְבַד שֶׁלֹּא יִסְפּוֹג**: שֶׁלֹּא יָשִׂים סְפוֹג, לִשְׁאוֹב הַיַּיִן וְלַחֲזוֹר וּלְהַטִּיף וְאַף-עַל-פִּי שֶׁיֵּשׁ לַסְּפוֹג בֵּית-אֲחִיזָה, דְּלֵיכָּא חֲשַׁשׁ סְחִיטָה, שֶׁלֹּא יַעֲשֶׂה כַּדֶּרֶךְ שֶׁהוּא עוֹשֶׂה בְּחוֹל. וַאֲפִילוּ לִיקַּח שֶׁמֶן וּדְבַשׁ, שֶׁהֵן עָבִים וְנִדְבָּקִים, וּלְקַנֵּחַ יָדוֹ בִּשְׂפַת הַכְּלִי – אָסוּר, שֶׁלֹּא יַעֲשֶׂה כְּמַעֲשֵׂה-חוֹל.

חבית שנשברה

mishna 3

One may wipe with a sponge, if it has a leather handle; if not, one may not wipe with it. The Sages say: in either case it may be handled on Shabbat and is not subject to ritual impurity.

A LEATHER HANDLE with which to hold it.

ONE MAY NOT WIPE WITH IT, since, when grasping it with one's fingers, water is [inevitably] squeezed out. This is a case of an act which, inevitably, entails the violation of some prohibition. In such a case R. Shim'on would agree [that it is prohibited].

IN EITHER CASE, whether it has a leather handle, or not. IT MAY BE HANDLED ON SHABBAT, when it is dry. AND IS NOT SUBJECT TO RITUAL IMPURITY, for it is neither a wooden vessel, nor an article of clothing, nor a sack, nor [a] metal [utensil].

משניות שבת ★ פרוש ר"ע מברטנורא ★ פרק כא

(המשך) משנה ג

סְפוֹג: אִם יֶשׁ לוֹ עוֹר בֵּית־אֲחִיזָה, מְקַנְּחִין בּוֹ; וְאִם לַאו — אֵין מְקַנְּחִין בּוֹ. וַחֲכָמִים אוֹמְרִים: בֵּין כָּךְ וּבֵין כָּךְ נִיטָּל בְּשַׁבָּת וְאֵינוֹ מְקַבֵּל טוּמְאָה.

עוֹר בֵּית־אֲחִיזָה: בֵּית־אֲחִיזָה שֶׁל עוֹר, שֶׁיֹּאחֲזֶנּוּ בּוֹ. **אֵין מְקַנְּחִין בּוֹ** — שֶׁכְּשֶׁאוֹחֲזוֹ, נִסְחָט בֵּין אֶצְבְּעוֹתָיו, וַהֲוֵי "פְּסִיק רֵישֵׁיהּ וְלָא יָמוּת", דְּמוֹדֶה בֵּיהּ רַבִּי שִׁמְעוֹן. **בֵּין כָּךְ וּבֵין כָּךְ** — בֵּין יֶשׁ לוֹ בֵּית־אֲחִיזָה, בֵּין אֵין לוֹ בֵּית־אֲחִיזָה — **נִיטָּל בְּשַׁבָּת**, כְּשֶׁהוּא נָגוּב. **וְאֵינוֹ מְקַבֵּל טוּמְאָה**, דְּאֵינוֹ לֹא כְּלִי־עֵץ וְלֹא בֶּגֶד וְלֹא שַׂק וְלֹא מַתֶּכֶת.

קנוח עם ספוג ובית אחיזה

mishna 3

One may remove from the table crumbs less than the size of an olive and the pods of chick-peas and of lentils, because they are food for an animal.

ONE MAY REMOVE FROM THE TABLE CRUMBS LESS THAN THE SIZE OF AN OLIVE, i.e. even if they are less than the size of an olive. What is the reason [they may be removed]? The continuation of the Mishnah explains: because they are fit to be used as animal food.

AND THE PODS OF BEANS - The pods in which the beans grow.

מעבירין פירורין

(המשך) משנה ג

מַעֲבִירִין מִלִּפְנֵי* הַשֻּׁלְחָן פֵּירוּרִין – פָּחוֹת מִכְּזַיִת; וְשֵׂעָר־שֶׁל־אֲפוּנִין* וְשֵׂעָר־שֶׁל־עֲדָשִׁים – מִפְּנֵי שֶׁהוּא מַאֲכַל־בְּהֵמָה.

מַעֲבִירִין מֵעַל הַשֻּׁלְחָן פֵּרוּרִין פָּחוֹת מִכְּזַיִת: אֲפִילוּ פָּחוֹת מִכְּזַיִת, וְטַעְמָא – כִּדְמְפָרֵשׁ בְּסָמוּךְ, שֶׁהֵן רְאוּיִין לְמַאֲכַל־בְּהֵמָה. וְשֵׂעָר שֶׁל פּוֹלִין: שַׂרְבִיטִים, שֶׁהַקִּטְנִית גָּדֵל בָּהֶן.

* נ"א: מֵעַל
* נ"א: פּוֹלִין

נוטל את הטבלה ומנערה

mishna 3

The School of Shammai says: one may take bones and shells off of the table; the School of Hillel says: one must take the entire table-board and shake it.

THE SCHOOL OF SHAMMAI SAYS: ONE MAY TAKE BONES AND SHELLS OFF OF THE TABLE: The Gemara states that the Mishnah - as it stands before us - does not present a reliable version of the dispute between the schools of Hillel and Shammai.

Rather, the opposite is the case: The School of Hillel holds that one may take bones and shells off of the table [on Shabbat]; the School of Shammai holds that one must remove the table-board, which has the status of a utensil, but one may not handle the bones and shells by hand. Thus, the School of Hillel are in line with R. Shim'on's position, and the School of Shammai are in line with R. Yehudah's position.

Nevertheless, the School of Hillel only permits the handling of bones and shells which, although unfit for human consumption, can still be used as animal food; but if they are not even fit to be used as animal food, the School of Hillel would agree that one may not handle them [on Shabbat], as even R. Shim'on would agree in such a case.

משנה ג

בֵּית־שַׁמַּאי אוֹמְרִים: מַגְבִּיהִין מִן* הַשֻּׁלְחָן עֲצָמוֹת וּקְלִיפִּין; וּבֵית־הִלֵּל אוֹמְרִים: נוֹטֵל אֶת הַטַּבְלָה כּוּלָּהּ וּמְנַעֲרָהּ.

* נ״א: מֵעַל

בֵּית־שַׁמַּאי אוֹמְרִים: מַגְבִּיהִין מֵעַל הַשֻּׁלְחָן עֲצָמוֹת וּקְלִיפִּין: בַּגְּמָרָא קָאָמַר, שֶׁאֵין אָנוּ סוֹמְכִין עַל מִשְׁנָתֵנוּ כְּמוֹת שֶׁהִיא שְׁנוּיָה, אֶלָּא מוּחְלֶפֶת הַשִּׁיטָה, שֶׁבֵּית־הִלֵּל אוֹמְרִים: מַגְבִּיהִין מֵעַל הַשֻּׁלְחָן עֲצָמוֹת וּקְלִיפִּין, וּבֵית־שַׁמַּאי אוֹמְרִים: מְסַלֵּק אֶת הַטַּבְלָא, שֶׁיֵּשׁ עָלֶיהָ תּוֹרַת כְּלִי, אֲבָל לֹא יְטַלְטֵל הָעֲצָמוֹת וְהַקְּלִיפִּין בַּיָּדַיִם — דְּבֵית־הִלֵּל כְּרַבִּי שִׁמְעוֹן, וּבֵית־שַׁמַּאי כְּרַבִּי יְהוּדָה. וּמִיהוּ, לָא שְׁרוּ בֵּית־הִלֵּל אֶלָּא בַּעֲצָמוֹת וּקְלִיפִּין, דַּחֲזוּ לְמַאֲכַל־בְּהֵמָה אַף־עַל־גַּב דְּלָא חֲזוּ לְמַאֲכַל־אָדָם; אֲבָל, אִי לָא חֲזוּ אַף לְמַאֲכַל־בְּהֵמָה — מוֹדוּ בֵּית־הִלֵּל, דַּאֲסוּרִים לְטַלְטֵל, דְּבִכְהַאי גַּוְנָא אֲפִילוּ רַבִּי שִׁמְעוֹן מוֹדֶה.

מגביהין מן השלחן עצמות וקליפין

mishna 2

FILTH, i.e. some filthy matter, such as spittle or excrement. ONE WIPES IT OFF WITH A RAG, but one should not pour water on it: Most pillows are made of cloth, and soaking cloth in water is equivalent to washing it, [which is forbidden on Shabbat].

IF [THE FILTH] WAS ON A LEATHER PILLOW - which, [if soaked,] is not considered washed - ONE MAY POUR WATER ON IT UNTIL IT (the filth) DISAPPEARS. One may not, however, subject [a leather pillow] to a full-fledged washing [on Shabbat]: Most pillows and cushions are soft, and soft leather pillows, [if subjected to a full-fledged washing,] are considered washed. Still, soaking them in water is not equivalent to washing them.

נותן עליה מים

לִשְׁלֶשֶׁת: דָּבָר שֶׁל טִנּוּף, כְּגוֹן רוֹק, אוֹ רְעִי, אוֹ צוֹאָה. **מְקַנְּחָהּ בִּסְמַרְטוּט,** וְלֹא יִתֵּן עָלֶיהָ מַיִם, דִּסְתַם־כַּר — שֶׁל בֶּגֶד הוּא, וּבֶגֶד — שְׁרִיָּיתוֹ בְּמַיִם זֶהוּ כִּבּוּסוֹ.

מקנחה בסמרטוט

הָיְתָה עַל כַּר שֶׁל עוֹר — דְּלַאו בַּר־כִּבּוּס הוּא. **נוֹתֵן עָלֶיהָ מַיִם עַד שֶׁתִּכְלֶה** וְתֵלֵךְ הַלִּשְׁלֶשֶׁת. אֲבָל כִּבּוּס מַמָּשׁ — לֹא, דְּהוֹאִיל וּסְתַם כָּרִים וּכְסָתוֹת רַכִּים נִינְהוּ שַׁיָּיךְ בְּהוּ כִּבּוּס בְּעוֹרוֹת רַכִּים. וּמִיהוּ, שְׁרִיָּיתָן לֹא זֶהוּ כִּבּוּסָן.

mishna 2

[If] money is on a pillow, one shakes the pillow, and it [the money] falls off. If there was filth on [the pillow], one wipes it off with a rag. If [the pillow] was made of leather, one may pour water on it until it disappears.

ONE SHAKES THE PILLOW, AND IT [THE MONEY] FALLS OFF:
This is when one needs the pillow, but not the place upon which the pillow rests. If, however, one needs the place upon which the pillow rests, one may lift the pillow with the money on it.

And this applies only if the money had been left unintentionally on the pillow from before Shabbat. If the money was left there intentionally, however, the pillow becomes a "base" to [the money, which is] Muktzeh, and may neither be moved nor may the money be shaken off it.

(המשך) משנה ב

מָעוֹת שֶׁעַל הַכַּר – נוֹעֵר אֶת הַכַּר, וְהֵן נוֹפְלוֹת. הָיְתָה עָלָיו לִשְׁלֶשֶׁת – מְקַנְּחָהּ בִּסְמַרְטוּט. הָיְתָה – שֶׁל־עוֹר:* נוֹתְנִין* עָלֶיהָ מַיִם עַד שֶׁתִּכְלֶה.

* נ״א: הָיְתָה עַל כַּר־שֶׁל־עוֹר * נ״א: נוֹתֵן

נוֹעֵר אֶת הַכַּר, וְהֵן נוֹפְלוֹת, כְּשֶׁהוּא צָרִיךְ לַכַּר, וְאֵינוֹ צָרִיךְ לִמְקוֹם הַכַּר; אֲבָל, אִם צָרִיךְ לִמְקוֹמוֹ, מַגְבִּיהַּ הַכַּר עִם הַמָּעוֹת שֶׁעָלָיו. וְלָא אֲמַרַן, אֶלָּא כְּשֶׁשָּׁכַח הַמָּעוֹת עַל הַכַּר מֵעֶרֶב־שַׁבָּת; אֲבָל, הִנִּיחָן שָׁם בְּמִתְכַּוֵּין – נַעֲשָׂה הַכַּר בָּסִיס לְדָבָר הָאָסוּר, וְאָסוּר לְטַלְטְלוֹ, וְלֹא לְנַעֵר הַמָּעוֹת שֶׁעָלָיו.

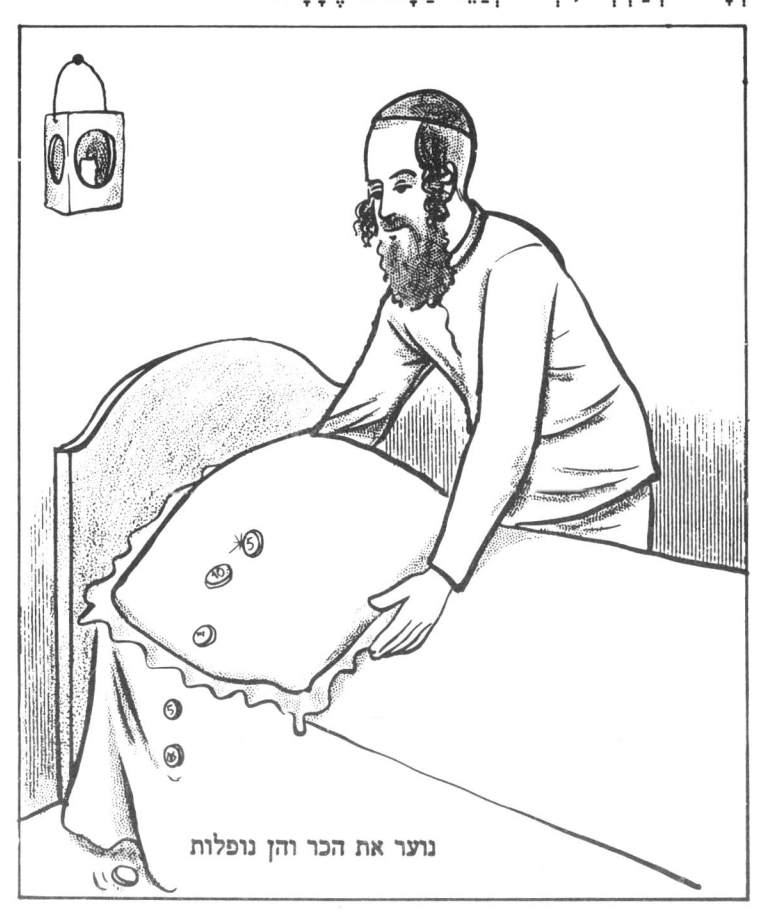

נוער את הכר והן נופלות

mishna 2

[If] a stone is on the mouth of a cask, one tilts it [the cask] on its side, and it [the stone] falls off. If it [the cask with the stone on its mouth] was among [other] casks, one lifts it up and tilts it on its side, and [the stone] falls off.

ONE TILTS IT ON ITS SIDE - One tilts the cask on its side, if one wants to draw wine from it, and the stone falls off. One may not, however, take off the stone by hand.

IF IT [THE CASK WITH THE STONE ON ITS MOUTH] WAS AMONG [OTHER] CASKS, and one fears that if the stone falls off, it might break other casks, ONE LIFTS IT UP - the entire cask - and takes it away from the other casks, and at a [safe] distance one tilts it on its side.

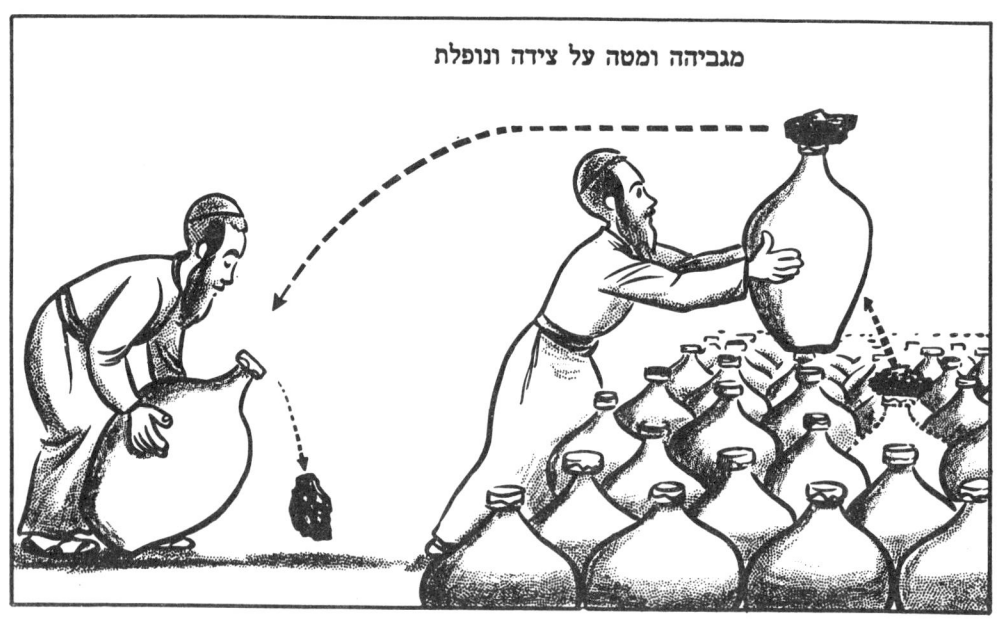

מגביהה ומטה על צידה ונופלת

משנה ב

הָאֶבֶן שֶׁעַל פִּי־הֶחָבִית – מַטָּהּ עַל צִדָּהּ, וְהִיא נוֹפֶלֶת. הָיְתָה בֵּין הֶחָבִיּוֹת – מַגְבִּיהַּ* וּמַטָּהּ עַל צִדָּהּ, וְהִיא נוֹפֶלֶת.

* נ״א: מַגְבִּיהָהּ

מַטָּהּ עַל צִדָּהּ: מַטֶּה הֶחָבִית עַל צִדָּהּ, אִם צָרִיךְ לִטּוֹל מִן הַיַּיִן, וְהָאֶבֶן נוֹפֶלֶת, וְלֹא יִטּוֹל אוֹתָהּ בַּיָּדַיִם. **הָיְתָה בֵּין הֶחָבִיּוֹת** — וּמִתְיָרֵא, שֶׁלֹּא תִּפּוֹל הָאֶבֶן עַל הֶחָבִיּוֹת וּתְשַׁבְּרֵם — **מַגְבִּיהָהּ** לֶחָבִית כּוּלָּהּ וּמְסַלְּקָהּ מִבֵּין הֶחָבִיּוֹת וְשָׁם מַטֶּה אוֹתָהּ עַל צִדָּהּ.

אבן על החבית

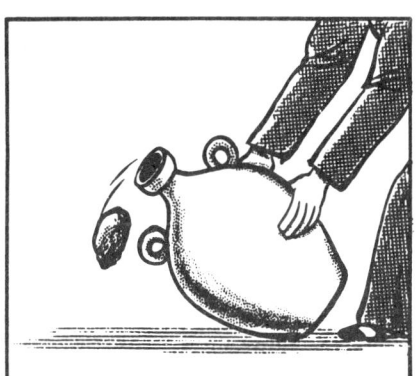

mishna 1

מעלין את המדומע

תרומה טמאה
עם תרומה טהורה
תרומה טמאה
תרומה טהורה

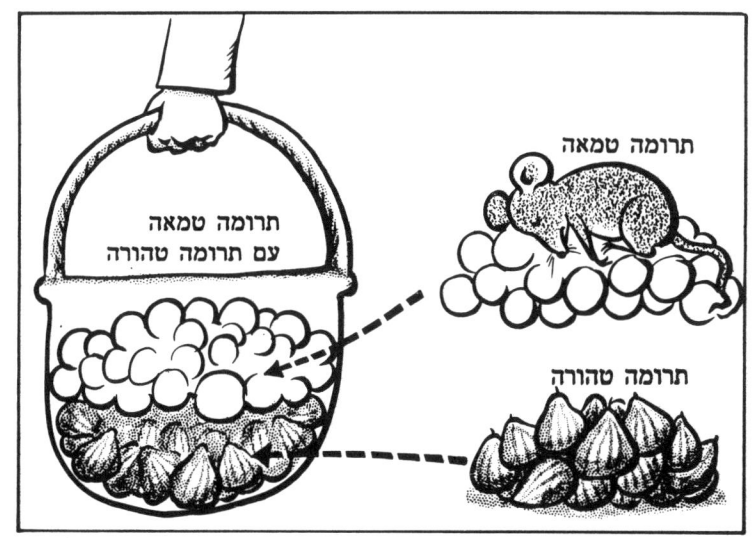

mishna 1

And one may carry ritually impure Terumah along with pure Terumah or with ordinary food.
R. Yehudah says: one may also take out the one part of Terumah that had become mixed in a hundred parts of ordinary food.

RITUALLY IMPURE TERUMAH ALONG WITH PURE TERUMAH OR WITH ORDINARY FOOD - In carrying ritually pure Terumah or ordinary food, one may incidentally carry ritually impure Terumah; but one may not carry ritually impure Terumah by itself [on Shabbat].

ONE MAY TAKE OUT THE ONE PART OF TERUMAH THAT HAD BECOME MIXED IN A HUNDRED PARTS OF ORDINARY FOOD - If a Se'ah measure of Terumah falls into a hundred Se'ahs of ordinary food, one may remove the Se'ah of Terumah from the mixture on Shabbat [to give it to a Kohen], and the rest is permitted, like ordinary food, even to someone who is not a Kohen.

We do not say: [it is forbidden to remove the Se'ah of Terumah on Shabbat, for that is like "repairing a vessel": by removing the Se'ah of Terumah from the mixture,] one "repairs" the mixture [by making it fit to eat. This we do not say, according to R. Yehudah.]

Rather, when the Terumah falls into the ordinary food, we say that it is as if the two elements [(1) the Se'ah of Terumah, which is forbidden to eat, and (2) the hundred Se'ahs of ordinary food,] remain separate and do not mix; and when one removes a Se'ah, we assume that the original Se'ah of Terumah which fell in is the Se'ah that is removed.

In effect, then, one "repairs" nothing [by removing the Se'ah on Shabbat. One does not "repair" the mixture by making it fit to eat, since there was never a mixture to begin with.]

The Halakhah is not like R. Yehudah.

(המשך) משנה א

וּמְטַלְטְלִין תְּרוּמָה טְמֵאָה עִם הַטְּהוֹרָה וְעִם הַחוּלִּין. רַבִּי יְהוּדָה אוֹמֵר: אַף מַעֲלִין אֶת הַמְדוּמָּע בְּאֶחָד וּמֵאָה.

תְּרוּמָה טְמֵאָה עִם הַטְּהוֹרָה וְעִם הַחוּלִּין — אַגַּב הַטְּהוֹרָה וְאַגַּב הַחוּלִּין; אֲבָל טְמֵאָה בְּאַנְפֵּי־נַפְשַׁהּ לַאו בַּת־טִלְטוּל הִיא. **אַף מַעֲלִין אֶת הַמְדוּמָּע בְּאַחַד וּמֵאָה:** סְאָה שֶׁל תְּרוּמָה, שֶׁנָּפְלָה בְּמֵאָה סְאִים שֶׁל חוּלִּין — מוּתָּר לְהַעֲלוֹת לִסְאָה שֶׁל תְּרוּמָה מֵהֶן בְּשַׁבָּת, וְיִהְיוּ כּוּלָּן חוּלִּין וּמוּתָּרִים לְזָרִים, וְלָא אָמְרִינַן: מְתַקֵּן הוּא — דִּתְרוּמָה, שֶׁנָּפְלָה בְּחוּלִּין, חָשְׁבִינַן לַהּ, כְּאִילּוּ מוּנַּחַת לַהּ לְבַדָּהּ וְאֵינָהּ מְעוּרֶבֶת; וּכְשֶׁעוֹלָה בְּאֶחָד וּמֵאָה — הַתְּרוּמָה עַצְמָהּ, שֶׁנָּפְלָה, עוֹלָה. הִילְכָּךְ לַאו מְתַקֵּן הוּא. וְאֵין הֲלָכָה כְּרַבִּי יְהוּדָה.

לקיחת תרומה

mishna 1

A man may pick up his son while a stone is in [his son's] hand, and [a man may pick up] a basket with a stone in it.

A MAN MAY PICK UP HIS SON in a courtyard WHILE A STONE IS IN [HIS SON'S] HAND. [Although a stone is Muktzeh and may not be handled on Shabbat,] the father is not considered to be handling the stone.

[A MAN MAY PICK UP] A BASKET WITH A STONE IN IT: Three conditions must be met for this to be permissible:

(1) Fruit must also be in the basket; otherwise, [if there is only a stone in the basket,] the basket may not be moved, as it becomes a "base" to [the stone, which is] Muktzeh. [That which serves as a "base" to Muktzeh - even if it is not itself Muktzeh - also becomes Muktzeh.]

(2) The fruit in the basket must be of the type that would be damaged and spoiled if shaken out onto the ground, such as mulberries, grapes, and the like. If, however, fruit such as nuts or almonds are in the basket, one can simply shake them out.

(3) Even if the fruit in the basket are of the type that would be damaged and spoiled [if shaken out] - such as mulberries and grapes - nevertheless, if they can be moved out of the away to the sides of the basket while only the stone is shaken out, one may not carry the basket with the stone in it. The Mishnah is talking about a basket with a hole in its side or bottom; the stone fills the gap and serves as part of the wall of the basket, such that it is impossible to use the basket without the stone.

פְּנֵי שַׁבָּת משניות שבת ★ פרוש ר"ע מברטנורא ★ פרק כא

משנה א

נוֹטֵל אָדָם אֶת בְּנוֹ, וְהָאֶבֶן בְּיָדוֹ, וְכַלְכָּלָה, וְהָאֶבֶן בְּתוֹכָהּ.

נוֹטֵל אָדָם אֶת בְּנוֹ בֶּחָצֵר, **וְהָאֶבֶן בְּיָדוֹ**, וְלָא אָמְרִינַן, דִּמְטַלְטֵל לָאֶבֶן. **כַּלְכָּלָה**: סַל. **וְהָאֶבֶן בְּתוֹכָהּ**: וְהוּא — שֶׁיִּהְיוּ פֵּירוֹת בַּסַּל, שֶׁאִם אֵין בּוֹ פֵּירוֹת, נַעֲשֶׂה בָּסִיס לְדָבָר הָאָסוּר, וְאָסוּר לְטַלְטְלוֹ. וְצָרִיךְ נָמִי שֶׁיִּהְיוּ בְּתוֹכוֹ פֵּירוֹת, שֶׁאִם יַשְׁלִיכֵם בָּאָרֶץ, יִמָּאֲסוּ, כְּגוֹן תּוּתִים וַעֲנָבִים, וְכַיּוֹצֵא־בָּהֶם; אֲבָל, אִם הָיוּ בּוֹ פֵּירוֹת, כְּגוֹן אֱגוֹזִים וּשְׁקֵדִים, מְנַעֵר אֶת הַפֵּירוֹת, וְהֵן נוֹפְלִים. וּפֵירוֹת הַנִּמְאָסִים, נָמִי, כְּגוֹן תּוּתִים, וַעֲנָבִים — אִם אֶפְשָׁר לְסַלְּקָם לְצִדֵּי הַכַּלְכָּלָה וּלְנַעֵר הָאֶבֶן לְבַדָּהּ וּלְהַשְׁלִיכָהּ, אָסוּר לְטַלְטְלָהּ עִם הָאֶבֶן. וּמַתְנִיתִין אַיְירִי כְּגוֹן שֶׁנִּפְחַת מִצִּדֵּי הַכַּלְכָּלָה, אוֹ שׁוּלֶיהָ, וְהָאֶבֶן דּוֹפֶן לָהּ, שֶׁאִי־אֶפְשָׁר לְהִשְׁתַּמֵּשׁ בַּכַּלְכָּלָה בְּלֹא הָאֶבֶן.

נוטל את בנו והאבן בידו

בסיס לדבר אסור

האבן היא דופן לכלכלה

mishna 5

One may loosen - but not tighten - the press of a householder; a laundryman's [press] one may not touch. R. Yehudah says: if it was loosened before Shabbat, one may loosen it completely [on Shabbat] and remove [clothing] from it.

THE PRESS was made up of two boards. After clothes were washed, they were placed in between the two boards to be pressed. The upper board was pressed down upon the clothes which rested on the lower board. ONE MAY LOOSEN [the press] to remove one's clothes for Shabbat use, but one may not tighten it, which would be for the sake of weekday use.

A LAUNDRYMAN'S [PRESS] ONE MAY NOT TOUCH: Since it is made for shaping clothing and is pressed together tightly, loosening it is comparable to "demolishing," [one of the prime categories of work prohibited on Shabbat].

The Halakhah is not like R. Yehudah.

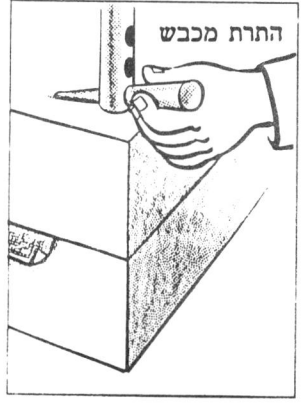

(המשך) משנה ה

מַכְבֵּשׁ שֶׁל בַּעֲלֵי־בָתִּים — מַתִּירִין, אֲבָל לֹא כּוֹבְשִׁין; וְשֶׁל־כּוֹבְסִין — לֹא יִגַּע בּוֹ. רַבִּי יְהוּדָה אוֹמֵר: אִם הָיָה מוּתָּר מֵעֶרֶב־שַׁבָּת, מַתִּיר אֶת כּוּלּוֹ וְשׁוֹמְטוֹ.

מַכְבֵּשׁ: שְׁנֵי לוּחוֹת שֶׁמְּשִׂימִין בֵּינֵיהֶם הַבְּגָדִים לְאַחַר כְּבִיסָתָן וּמְהַדְּקִין הַלּוּחַ הָעֶלְיוֹן עַל הַבְּגָדִים, הַמּוּנָּחִים בַּלּוּחַ הַתַּחְתּוֹן, כְּדֵי שֶׁיְּהֵא קִיפּוּלָן נָאֶה. **מַתִּירִין,** דְּהַיְינוּ, לְצוֹרֶךְ שַׁבָּת, לִיטּוֹל אֶת הַבְּגָדִים; אֲבָל לֹא כּוֹבְשִׁים, דְּהַיְינוּ, צוֹרֶךְ חוֹל. **וְשֶׁל־כּוֹבְסִים — לֹא יִגַּע בּוֹ** מִפְּנֵי שֶׁהוּא עָשׂוּי לְתַקֵּן בְּגָדִים וּמְהַדֵּק טְפֵי, וְהַתָּרָתוֹ דּוֹמָה לִסְתִירָה. וְאֵין הֲלָכָה כְּרַבִּי יְהוּדָה.

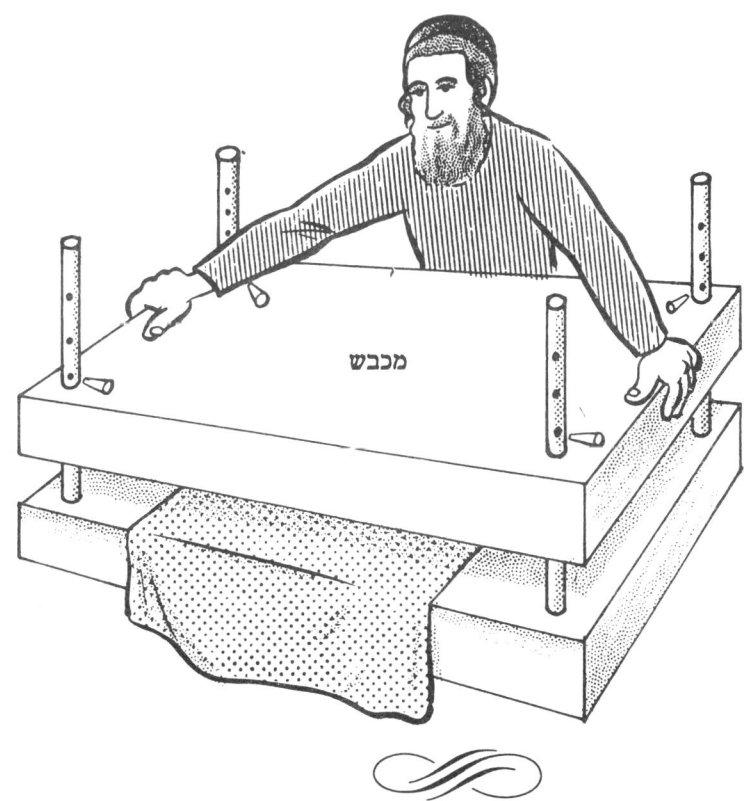

מכבש

mishna 5

One may not move the straw that is on a bed with one's hand; rather, one may move it with one's body. If, however, [the straw] was [meant for] animal fodder, or if a pillow or sheet had been upon it, one may move it with one's hand.

STRAW THAT IS ON A BED - It's general purpose is for kindling and is considered muktzeh on Shabbat.

Our Mishnah speaks of a case where someone wants to lie down on the straw and would like to move it so that it be soft and flat, [comfortable] to lie on.

ONE MAY NOT MOVE THE STRAW...WITH ONE'S HAND, since it is Muktzeh. Rather, one may move it indirectly, with one's body (e.g., with one's shoulders): indirect handling is not considered "handling."

OR IF A PILLOW OR SHEET HAD BEEN UPON IT - in which case it would be clear that he intended to use the straw [not for kindling but] for sleeping. The straw would then have the status of a utensil [and would not be Muktzeh].

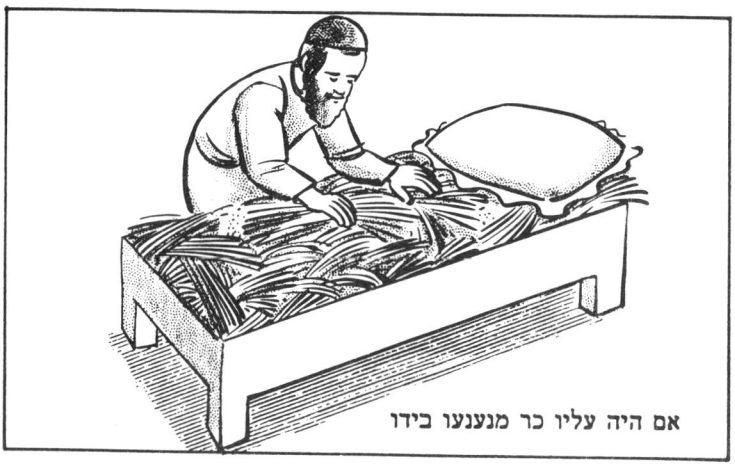

אם היה עליו כר מנענעו בידו

משנה ה

הַקַּשׁ שֶׁעַל־גַּבֵּי* הַמִּטָּה — לֹא יְנַעְנְעוֹ בְּיָדוֹ, אֶלָּא מְנַעְנְעוֹ בְּגוּפוֹ. וְאִם הָיָה מַאֲכַל בְּהֵמָה, אוֹ שֶׁהָיָה עָלָיו כַּר, אוֹ סָדִין, מְנַעְנְעוֹ בְּיָדוֹ.

* נ״א: שֶׁעַל

הַקַּשׁ שֶׁעַל הַמִּטָּה: סְתָמָא לְהַסָּקָה וּמוּקְצֶה הוּא, וּבָא לִשְׁכַּב עָלָיו וּמְנַעְנְעוֹ, כְּדֵי שֶׁיְּהֵא רַךְ וְצָף, לִשְׁכַּב עָלָיו. **לֹא יְנַעְנְעוֹ בְּיָדוֹ,** דְּמוּקְצֶה הוּא; אֲבָל מְנַעְנְעוֹ בְּגוּפוֹ, בִּכְתֵפָיו, דְּטִלְטוּל־מִן־הַצַּד הוּא, וְלַאו שְׁמֵיהּ ״טִלְטוּל״. **אוֹ שֶׁהָיָה עָלָיו כַּר, אוֹ סָדִין** — דְּגַלֵּי דַּעְתֵּיהּ, דְּאַקְצְיֵיהּ לִשְׁכִיבָה: מֵעַתָּה תּוֹרַת־כְּלִי עָלָיו.

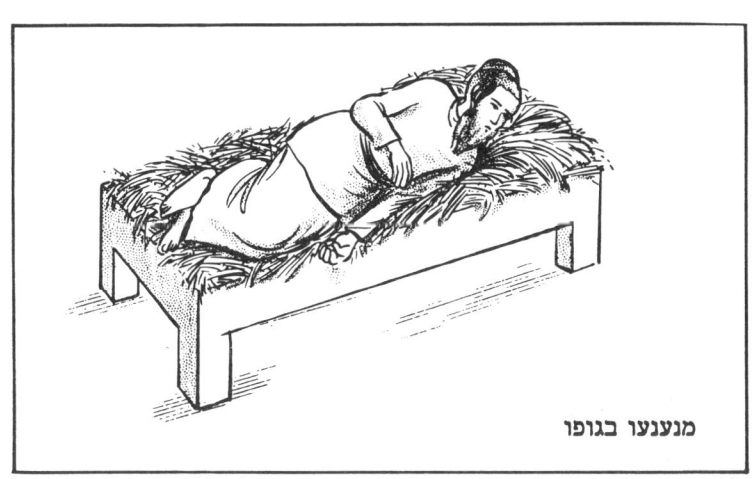

מנענעו בגופו

mishna 4

One may take [food] from before one animal and place it before another animal on Shabbat.

ONE MAY TAKE [FOOD] FROM BEFORE ONE ANIMAL AND PLACE IT BEFORE ANOTHER, and we do not say that he moves it for no purpose. There is certainly a purpose, since one animal will not refuse to eat the food that another animal was eating.

This is permitted, if one takes the food of a donkey and places it before an ox, and the like. One may not, however, take the food of an ox - which becomes soiled with the ox's saliva - and place it before a donkey: Since the donkey will find it foul and will refuse to eat it, to put it before the donkey serves no purpose and is prohibited.

(המשך) משנה ד

נוֹטְלִין מִלִּפְנֵי בְּהֵמָה זוֹ וְנוֹתְנִין לִפְנֵי בְּהֵמָה זוֹ בְּשַׁבָּת.

נוֹטְלִים מִלִּפְנֵי בְּהֵמָה זוֹ וְנוֹתְנִים לִפְנֵי זוֹ: וְלָא אָמְרִינַן: טִלְטוּל דְּלָא חֲזֵי הָוֵי, אֶלָּא וַדַּאי חֲזֵי, דְּאֵין בְּהֵמָה קָצָה בְּמַאֲכָל, הַנִּיטָּל מִלִּפְנֵי חֲבֶרְתָּהּ; וְדַוְקָא מִלִּפְנֵי הַחֲמוֹר — וְנוֹתְנִים לִפְנֵי הַשּׁוֹר וְכַיּוֹצֵא־בָּזֶה, אֲבָל לֹא מִלִּפְנֵי הַשּׁוֹר — וְנוֹתְנִים לִפְנֵי הַחֲמוֹר, שֶׁמַּאֲכַל הַשּׁוֹר מָאוּס בְּרִירִין, הַיּוֹצְאִים מִפִּיו, וְאֵין הַחֲמוֹר אוֹכֵל מִמֶּנּוּ.

נוטלין מלפני חמור ונותנין לפני שור

mishna 4

משניות שבת ★ פרוש ר"ע מברטנורא ★ פרק כ

גריפה מלפני הפטם

mishna 4

One may (1) sweep out before a fattened ox and (2) move [straw] to the sides on account of the dung; this is the opinion of R. Dosa. The Sages, however, prohibit [doing so].

ONE MAY (1) SWEEP OUT on Shabbat the feeding-trough of an ox which was being fattened, so that the dirt in the trough not get into the straw and oats which are put before him, and he refuse to eat. AND (2) MOVE the straw that is put before the ox - if there is a lot of it - to the sides, so that he not tread on it and dirty it with dung.

THE SAGES, HOWEVER, PROHIBIT [DOING SO] in both cases: one may neither (1) sweep out the feeding-trough nor (2) move the straw that is put before the ox to the sides.

Where the feeding-trough has an earthen floor, there is no dispute between the Sages and R. Dosa. In that case all would agree - even R. Dosa - that it is forbidden to sweep out the trough [on Shabbat], lest one even out the depressions in the floor [which would be a violation of "building"].

The dispute between them is in respect to a trough which is a utensil [and has no earthen floor]. As a preventative measure, the Sages prohibited [sweeping out] a trough that has no earthen floor on account of one that does, [whereas R. Dosa felt there was no need for such a measure].

The Halakhah follows the opinion of the Sages.

משנה ד

גּוֹרְפִין מִלִּפְנֵי הַפְּטָם וּמְסַלְּקִין לַצְּדָדִין מִפְּנֵי הָרְעִי — דִּבְרֵי רַבִּי דוֹסָא; וַחֲכָמִים אוֹסְרִין.

גּוֹרְפִין בְּשַׁבָּת אֵבוּס שֶׁלִּפְנֵי הַשּׁוֹר, שֶׁמְּפַטְּמִים אוֹתוֹ, שֶׁלֹּא יִתְעָרֵב הָעַפְרוּרִית שֶׁבָּאֵבוּס בַּתֶּבֶן וּבַשְּׂעוֹרִים, שֶׁנּוֹתְנִים לְפָנָיו, וְיָקוּץ בְּמַאֲכָלוֹ. **וּמְסַלְּקִין** תֶּבֶן שֶׁלְּפָנָיו "לַצְּדָדִים", כְּשֶׁהוּא רַב, כְּדֵי שֶׁלֹּא יִדְרְסֶנּוּ בְּרַגְלָיו וְיִתְלַכְלֵךְ בָּרְעִי. **וַחֲכָמִים אוֹסְרִים**: אַתַּרְוַיְיהוּ קָאֵי: אֶחָד — גְּרִיפַת הָאֵבוּס, וְאֶחָד — תֶּבֶן שֶׁלְּפָנָיו לֹא יְסַלְּקֶנּוּ לַצְּדָדִים. וְלֹא נֶחְלְקוּ רַבִּי דוֹסָא וַחֲכָמִים אֶלָּא בְּאֵבוּס-שֶׁל-כְּלִי; אֲבָל בְּאֵבוּס-שֶׁל-קַרְקַע — הַכֹּל מוֹדִים, שֶׁאֵין גּוֹרְפִים, דִּלְמָא אָתֵי לְאַשְׁוּוּיֵ גּוּמוֹת. וְרַבָּנָן גָּזְרוּ אֵבוּס-שֶׁל-כְּלִי אַטּוּ אֵבוּס-שֶׁל-קַרְקַע. וַהֲלָכָה כַּחֲכָמִים.

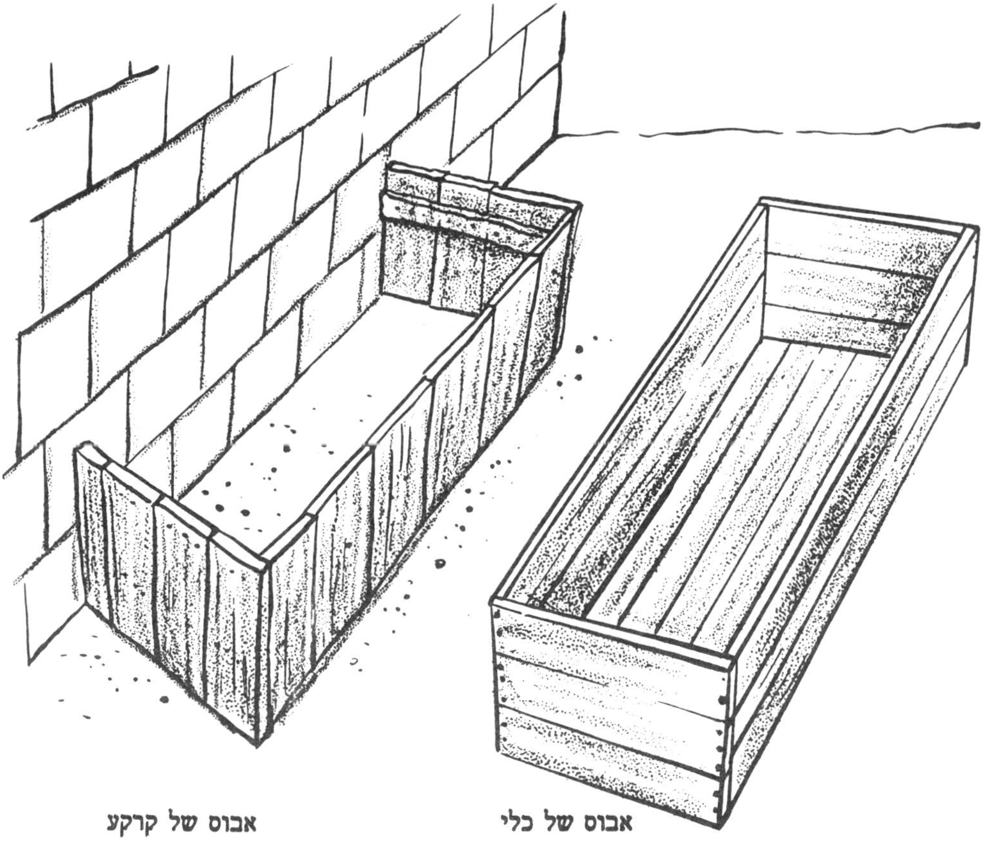

אבוס של כלי　　　　אבוס של קרקע

mishna 3

One may not sift stubble in a sieve or put it on top of a high place so that the chaff drops down. One may, however, take it in a sieve and put it into a feeding trough.

STUBBLE made of straw that was chopped with a threshing-sledge; the entire stalk would be made into stubble. CHAFF - part of the upper shaft, it is not fit for animal fodder. One sifts the stubble in a sieve so that the chaff falls out.

ONE MAY, HOWEVER, TAKE IT IN A SIEVE AND PUT IT INTO A FEEDING-TROUGH, even if the chaff falls out as a natural consequence. This is based on the principle that if one performs [otherwise forbidden] work unintentionally, it is permitted. This is the view of R. Shim'on.

(המשך) משנה ג

אֵין כּוֹבְרִין אֶת הַתֶּבֶן בִּכְבָרָה וְלֹא יִתְּנֶנּוּ עַל־גַּבֵּי מָקוֹם גָּבוֹהַּ, בִּשְׁבִיל שֶׁיֵּרֵד הַמּוֹץ; אֲבָל נוֹטֵל הוּא בִּכְבָרָה וְנוֹתֵן לְתוֹךְ הָאֵבוּס.

הַתֶּבֶן, שֶׁהָיוּ עוֹשִׂים מִן הַקַּשׁ, שֶׁמְּחַתְּכִין אוֹתָן בְּמוֹרִיגִים, וְנַעֲשֶׂה כָּל זְנַב הַשִּׁבֳּלִים תֶּבֶן. מוֹץ: הוּא מְזַקַּן הַשִּׁבּוֹלֶת הָעֶלְיוֹן וְאֵינוֹ רָאוּי לְמַאֲכַל־בְּהֵמָה, וְכוֹבְרִין אוֹתוֹ בִּכְבָרָה, שֶׁיִּפּוֹל הַמּוֹץ. אֲבָל נוֹטֵל בִּכְבָרָה וְנוֹתֵן לְתוֹךְ הָאֵבוּס, וְאַף־עַל־פִּי שֶׁהַמּוֹץ נוֹפֵל מֵאֵלָיו, דְּדָבָר, שֶׁאֵינוֹ מִתְכַּוֵּין, מוּתָּר — כְּרַבִּי שִׁמְעוֹן.

לא יתננו על מקום גבוה

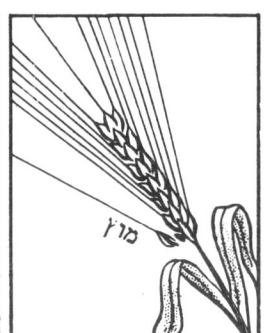

מוץ

mishna 3

One may not soak vetches or rub them, but one may put them into a sieve or a basket.

VETCHES - [One may not] pour water over them in a container to separate the refuse from them. (The refuse would float to the top).

ONE MAY NOT...RUB THEM by hand to separate the refuse from them, for that would be a violation of "selecting."

BUT ONE MAY PUT THEM INTO A SIEVE - even if the refuse occasionally falls out through the holes of the sieve and they be sorted as a natural consequence.

(המשך) משנה ג

וְאֵין שׁוֹרִין אֶת הַכַּרְשִׁינִין וְלֹא שָׁפִין אוֹתָן, אֲבָל נוֹתֵן לְתוֹךְ הַכְּבָרָה אוֹ לְתוֹךְ הַכַּלְכָּלָה.

אֶת הַכַּרְשִׁינִין: מֵצִיף עֲלֵיהֶם מַיִם בִּכְלִי, לִבְרוֹר פְּסוֹלְתָּן, שֶׁהַפְּסוֹלֶת צָף לְמַעְלָה. **וְלֹא שָׁפִין אוֹתָן בַּיָּד**, לְהַשִּׁיר פְּסוֹלְתָּן, דַּהֲוָה לֵיהּ "בּוֹרֵר". **אֲבָל נוֹתֵן בְּתוֹךְ הַכְּבָרָה**, וְאַף־עַל־פִּי שֶׁפְּסוֹלְתָּן נוֹפֵל לִפְעָמִים דֶּרֶךְ נִקְבֵי הַכְּבָרָה, וְנִמְצָא מִתְבָּרֵר מֵאֵלָיו.

שריית כרשינין

שפין

mishna 3

One may not soak Hiltit in warm water, but one may put it into vinegar.

HILTIT - It is called by the same name in Arabic. It is [a] hot [spice], and is popular in cold regions. It may not be soaked on Shabbat, for this appears to be a weekday activity.

משניות שבת ★ פרוש ר"ע מברטנורא ★ פרק ב

משנה ג

אֵין שׁוֹרִין אֶת הַחִילְתִּית בְּפוֹשְׁרִין, אֲבָל נוֹתֵן לְתוֹךְ הַחוֹמֶץ.

חִלְתִּית: כָּךְ שְׁמָהּ בְּעַרְבִי, וְהִיא חַמָּה, וְנוֹהֲגִין לְאָכְלָהּ בַּמְּקוֹמוֹת הַקָּרִים, וְאֵין שׁוֹרִין אוֹתָהּ בְּשַׁבָּת, דְּמִיחֲזֵי כְּמַעֲשֵׂה־חוֹל.

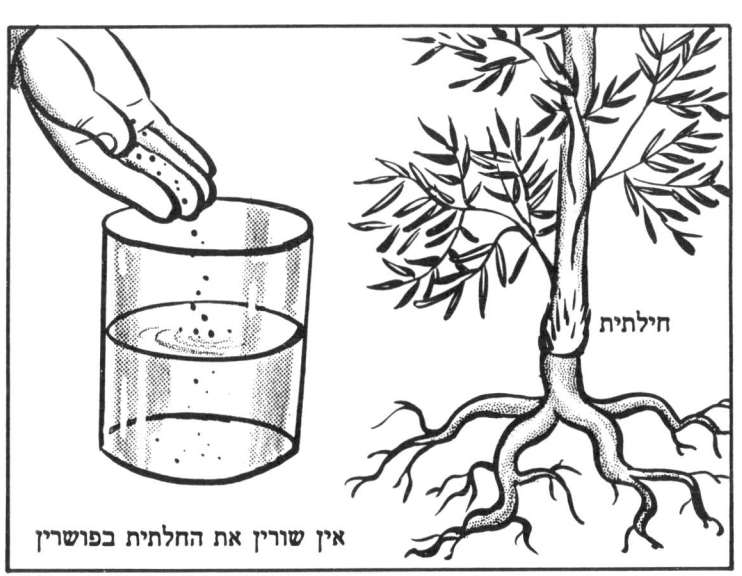

אין שורין את החלתית בפושרין

חילתית

mishna 2

One may prepare Enomelin on Shabbat. R. Yehudah says: on Shabbat - in a cup; on Yom Tov - in a Lagin; on intermediate days of festivals - in a barrel. R. Zadok says: it all depends on the [number of] guests.

Enomelin in The Mishna but Yenomolin in Bartenura)

IN A "LAGIN," [which is] larger than a cup, but smaller than a barrel.

IT ALL DEPENDS ON THE [NUMBER OF] GUESTS - If one has many guests, one may prepare a large amount, whether on Shabbat, on Yom Tov, or during the intermediate days of a festival.

The Halakhah follows the anonymous first opinion: "One may prepare Yenomolin on Shabbat" - as much as one wants.

HILTIT - It is called by the same name in Arabic. It is [a] hot [spice].

(המשך) משנה ב

וְעוֹשִׂין אֲנוּמְלִין* בְּשַׁבָּת; רַבִּי יְהוּדָה אוֹמֵר: בְּשַׁבָּת – בְּכוֹס, בְּיוֹם־טוֹב – בְּלָגִין, וּבְמוֹעֵד – בְּחָבִית; רַבִּי צָדוֹק אוֹמֵר: הַכֹּל לְפִי הָאוֹרְחִין.

* נ"א: יֵ[י]נוּמוֹלִין

יֵנוּמוֹלִין: יַיִן וּדְבַשׁ וּפִלְפְּלִין. **בְּלָגִין:** גָּדוֹל מִכּוֹס וְקָטָן מֵחָבִית. **הַכֹּל לְפִי הָאוֹרְחִים:** אִם יֵשׁ לוֹ אוֹרְחִין מְרוּבִּין, עוֹשֶׂה הַרְבֵּה בֵּין בְּשַׁבָּת, בֵּין בְּיוֹם־טוֹב, בֵּין בְּמוֹעֵד. וַהֲלָכָה כְּתַנָּא קַמָּא – שֶׁעוֹשִׂין יֵנוּמוֹלִין בְּשַׁבָּת כְּפִי מַה שֶּׁהֵן רוֹצִים.

mishna 2

and one may put an egg into a mustard strainer.

AND ONE MAY PUT AN EGG INTO A...STRAINER, containing mustard, to filter through. They used to put a beaten egg into turbid matter to lighten and purify it.

(המשך) משנה ב

וְנוֹתְנִין בֵּיצָה בְּמַסְנֶנֶת שֶׁל חַרְדָּל.

וְנוֹתְנִין בֵּיצָה בְּמַסְנֶנֶת, שֶׁנָּתְנוּ בָהּ חַרְדָּל לְהִסְתַּנֵּן — שֶׁרְגִילִין לִיתֵּן בֵּיצָה טְרוּפָה בִּדְבָרִים הָעֲכוּרִין, וְהֵם מִתְלַבְּנִים וּמִזְדַּכְּכִים עַל יָדָהּ.

mishna 2

One may pour water over wine dregs so that they become clarified. One may strain wine through cloths or a basket made of palm twigs,

---

ONE MAY POUR WATER on Shabbat OVER WINE DREGS which were placed in a strainer before Shabbat, in order that they become clarified, i.e. that the dregs become clear so that the wine may ooze out of them.

A different explanation: "[One may pour water] over wine dregs" which remained in the barrel. The water absorbs the taste of the wine. The water may be removed on Shabbat and one may drink of them. This involves no violation of "selecting."

ONE MAY STRAIN WINE to filter out the floury, white particles of mould which develop in it.

THROUGH CLOTHS, which were used strictly for this purpose. Since the cloths are used for this purpose, there is no reason to suspect that one might wring them out, [which would be forbidden to do on Shabbat].

One may not, however, make a depression in the surface of the cloth (as it lies stretched across the mouth of the container). On a weekday, one would ordinarily do so, in order that the wine flow down the incline. On Shabbat, however, one may not [strain wine] in the manner that one is accustomed to during the week.

KEFIFA MITZRIT- a basket made of palm twigs. The basket may not be used, however, if it rests a handbreadth [or more] above the base of the lower container. This is to ensure that a temporary "tent" not be created.

משנה ב

נוֹתְנִין מַיִם עַל־גַּבֵּי הַשְּׁמָרִים, בִּשְׁבִיל שֶׁיִּצַּלּוּ; וּמְסַנְּנִין אֶת הַיַּיִן בְּסוּדָרִין וּבִכְפִיפָה מִצְרִית;

נוֹתְנִים מַיִם בְּשַׁבָּת **עַל־גַּבֵּי שְׁמָרִים,** הַנְּתוּנִים בְּמַשְׁמֶרֶת מִבְּעוֹד יוֹם, כְּדֵי שֶׁיִּצַּלּוּ, שֶׁיִּהְיוּ הַשְּׁמָרִים צְלוּלִים, וְיָזוּב כָּל יֵינָם. פֵּירוּשׁ אַחֵר: "עַל גַּבֵּי שְׁמָרִים", שֶׁנִּשְׁאֲרוּ בֶּחָבִית, וְקוֹלְטִין הַמַּיִם טַעַם הַיַּיִן, וּמוֹצִיאִין אוֹתָן בְּשַׁבָּת וְשׁוֹתִין אוֹתָן, וְאֵין בָּזֶה מִשּׁוּם "בּוֹרֵר". **אֶת הַיַּיִן** — מִפְּנֵי הַקְּמָחִים לְבָנִים, שֶׁמִּתְהַוִּים בּוֹ. **בְּסוּדָרִין,** הַמְיוּחָדִין לְכָךְ, וְלֵיכָּא לְמִיגְזַר, דִּלְמָא סָחֵיט לְהוּ, הוֹאִיל וַעֲשׂוּיִין לִמְלָאכָה זוֹ, וְהוּא — שֶׁלֹּא יַעֲשֶׂה בְּיָדוֹ בַּסּוּדָר כְּמִין גּוּמָּא בְּפִי הַכְּלִי, כְּדֵי שֶׁיֵּרֵד הַיַּיִן בַּמִּדְרוֹן, שֶׁלֹּא יַעֲשֶׂה כַּדֶּרֶךְ שֶׁהוּא עוֹשֶׂה בְּחוֹל. **וּבִכְפִיפָה מִצְרִית:** סַל, הֶעָשׂוּי מִצּוּרֵי הַדֶּקֶל, וְהוּא — שֶׁלֹּא תִּהְיֶה הַכְּפִיפָה גְּבוֹהָה מִקַּרְקָעִית הַכְּלִי הַתַּחְתּוֹן טֶפַח, שֶׁלֹּא יַעֲשֶׂה אֹהֶל עֲרַאי.

נותנין מים
על גבי השמרים

פרוש אחר: "על גבי שמרים" שנשארו בחבית

mishna 1

R. Eliezer says: one may suspend a strainer on Yom Tov, and one may pour into a suspended [strainer] on Shabbat. The Sages say: one may not suspend a strainer on Yom Tov, and one may not pour into a suspended [strainer] on Shabbat, but one may pour into a suspended [strainer] on Yom Tov.

R. ELIEZER SAYS: ONE MAY SUSPEND A STRAINER - used to strain wine dregs - and tighten it all around [the opening of a container], such that a "tent" is formed over the hollow of the container.

Although one fashions a tent, R. Eliezer is of the opinion that this is permitted on Yom Tov, as he holds that preliminaries that are necessary for the preparation of food may be done on Yom Tov, even if they could have been done before Yom Tov.

On Shabbat, however, one may not initially suspend a strainer. If the strainer had already been suspended, though, one may place inside it wine dregs to strain, [and one would not be liable for "selecting,"] as this is not the way "selecting" is performed.

The Sages disagree with R. Eliezer

ONE MAY NOT SUSPEND A STRAINER, for one thereby constructs a temporary tent and appears to be engaged in a weekday activity.

AND ONE MAY NOT POUR INTO A SUSPENDED [STRAINER] ON SHABBAT - to do so is forbidden on account of being a Toledah of "selecting" or of "sifting." [A "Toledah" (lit. "offspring") is "derivative" work, prohibited because it is classified under one of the "Avot" or primary categories of work.]

The Halakhah follows the opinion of the Sages.

משנה א

רַבִּי אֱלִיעֶזֶר אוֹמֵר: תּוֹלִין אֶת הַמְשַׁמֶּרֶת בְּיוֹם־טוֹב; וְנוֹתְנִין לַתְּלוּיָה בְּשַׁבָּת. וַחֲכָמִים אוֹמְרִים: אֵין תּוֹלִין אֶת הַמְשַׁמֶּרֶת בְּיוֹם־טוֹב, וְאֵין נוֹתְנִין לַתְּלוּיָה בְּשַׁבָּת, אֲבָל נוֹתְנִין לַתְּלוּיָה בְּיוֹם־טוֹב.

רַבִּי אֱלִיעֶזֶר אוֹמֵר: תּוֹלִין אֶת הַמְשַׁמֶּרֶת, שֶׁמְּסַנְּנִין בָּהּ שִׁמְרֵי־יַיִן, וּמוֹתֵחַ אֶת פִּיהָ לְכָל צַד בְּעִגּוּל, וְנַעֲשָׂה כְּאֹהֶל עַל חֲלַל הַכְּלִי; וְאַף־עַל־גַּב דְּעָבֵיד אֹהֶל, שָׁרֵי בְּיוֹם־טוֹב, דִּסְבִירָא לֵיהּ לְרַבִּי אֱלִיעֶזֶר: מַכְשִׁירֵי אוֹכֶל־נֶפֶשׁ, שֶׁאֶפְשָׁר לַעֲשׂוֹתָן מֵעֶרֶב־יוֹם־טוֹב, מוּתָּר לַעֲשׂוֹתָן בְּיוֹם־טוֹב. אֲבָל בְּשַׁבָּת [תּוֹלֶה] לְכַתְּחִלָּה — לֹא; אֲבָל, אִם תְּלוּיָה הִיא, נוֹתְנִין לְתוֹכָהּ שְׁמָרִים וּמְסַנְּנִין, דְּאֵין דֶּרֶךְ "בּוֹרֵר" בְּכָךְ. אֵין תּוֹלִין אֶת הַמְשַׁמֶּרֶת, דְּעָבֵיד אֹהֶל־עֲרַאי וּמִחְזֵי כְּמַעֲשֵׂה־חוֹל. וְאֵין נוֹתְנִים לַתְּלוּיָה בְּשַׁבָּת, דְּהָוֵי תּוֹלֶדֶת "בּוֹרֵר" אוֹ "מְרַקֵּד". וַהֲלָכָה כַּחֲכָמִים.

תלית משמרת

נתינה לתלויה

mishna 5
An infant who is ill may not be circumcised until he recovers.

UNTIL HE RECOVERS - Seven complete days (of 24 hours) must pass after the day of his recovery before he may be circumcised.

mishna 6
These are the shreds which invalidate the circumcision: flesh which covers the greater part of the corona. [Furthermore,] he [who has such flesh] may not eat Terumah. If he is fleshy, it should be corrected for appearance's sake. If he [the Mohel] circumcised but did not uncover [the corona], it is as if he did not circumcise.

SHREDS - fragments of flesh which remain from the foreskin. CORONA - the elevated rim which surrounds the male organ and from which there is a descent to its tip. When the Mishnah speaks of "flesh which covers the greater part of the corona," this is not only over the greater part of its circumference, but even over the greater part of its height in one place. HE [WHO HAS SUCH FLESH] MAY NOT EAT TERUMAH, if he is a Kohen. [That] an uncircumcised Kohen may not eat Terumah [we learn as follows]: In regard to the Passover sacrifice it says, "If a [gentile] is a temporary resident or a hired hand, he may not eat [the Passover sacrifice]"; and in regard to Terumah it says, "If a person resides with a Kohen or is his hired hand, he may not eat of the sacred offering." Just as the Passover sacrifice is forbidden to one who is uncircumcised, so Terumah is forbidden to one who is uncircumcised. IF HE IS FLESHY - If he is fat, and the corona still appears to be covered up by the flesh above the foreskin, even after the foreskin is removed entirely. FOR APPEARANCE'S SAKE - so that he should not appear to be uncircumcised. IT IS AS IF HE DID NOT CIRCUMCISE, and so he should resume and uncover [the corona], even if he had withdrawn his hand [from working on the circumcision].

So long as he is at work on the circumcision on Shabbat, he may cut away shreds of flesh, whether they invalidate [the circumcision] or not. Once he withdraws his hand [from working on the circumcision], he resumes work to cut away shreds that invalidate the circumcision, but he may not resume work to cut away shreds that do not invalidate the circumcision.

(המשך) משנה ה

קָטָן הַחוֹלֶה – אֵין מוֹהֲלִין אוֹתוֹ עַד שֶׁיַּבְרִיא.

עַד שֶׁיַּבְרִיא, וְיַעַבְרוּ עָלָיו שִׁבְעָה יָמִים שְׁלֵמִים מֵעֵת־לְעֵת מִיּוֹם שֶׁהִבְרִיא, וְאַחַר־כָּךְ מָלִין אוֹתוֹ.

משנה ו

אֵלּוּ הֵן צִיצִין, הַמְעַכְּבִין אֶת הַמִּילָה: בָּשָׂר הַחוֹפֶה אֶת רוֹב הָעֲטָרָה;* – וְאֵינוֹ אוֹכֵל בַּתְּרוּמָה. וְאִם הָיָה בַּעַל־בָּשָׂר, מְתַקְּנוֹ מִפְּנֵי מַרְאִית־הָעַיִן. מָל וְלֹא פָרַע אֶת הַמִּילָה – כְּאִילוּ לֹא מָל.

* נ״א: אֶת הָעֲטָרָה

צִיצִין: כְּמִין נִימִין שֶׁל בָּשָׂר, שֶׁנִּשְׁאֲרוּ מִן הָעָרְלָה. **עֲטָרָה**: הִיא שָׂפָה גְּבוֹהָה, הַמַּקֶּפֶת אֶת הַגִּיד סָבִיב, וּמִמֶּנָּה מְשַׁפֵּעַ וְיוֹרֵד לְרֹאשׁוֹ; וּ״בָשָׂר, הַחוֹפֶה אֶת [רוֹב] הָעֲטָרָה״, דְּקָתָנֵי מַתְנִיתִין – לָא תֵּימָא: רוֹב הֶקֵּיפָהּ, אֶלָּא אֲפִילוּ רוֹב גָּבְהָהּ בְּמָקוֹם אֶחָד. **וְאֵינוֹ אוֹכֵל בַּתְּרוּמָה**, אִם כֹּהֵן הוּא, דְּכֹהֵן עָרֵל אָסוּר לֶאֱכוֹל בַּתְּרוּמָה: נֶאֱמַר בְּפֶסַח (שמות יב, מה): ״תּוֹשָׁב וְשָׂכִיר לֹא־יֹאכַל בּוֹ״, וְנֶאֱמַר בַּתְּרוּמָה (ויקרא כב, י): ״תּוֹשַׁב כֹּהֵן וְשָׂכִיר לֹא־יֹאכַל קֹדֶשׁ״: מַה פֶּסַח אָסוּר לְעָרֵל, אַף תְּרוּמָה אֲסוּרָה לְעָרֵל. **וְאִם הָיָה בַּעַל־בָּשָׂר**, שֶׁהָיָה שָׁמֵן וְנִרְאֶה בָּשָׂר שֶׁלְּמַעְלָה מֵעָרְלָתוֹ לְאַחַר שֶׁנִּטְּלָה הָעָרְלָה כּוּלָּהּ – כְּאִילוּ אוֹתוֹ בָּשָׂר חוֹזֵר וְחוֹפֶה אֶת הַגִּיד. **מְתַקְּנוֹ** וּמְשַׁפְּעַ בְּאִזְמֵל מֵאוֹתוֹ עוֹבִי – **מִפְּנֵי מַרְאִית־הָעַיִן** – שֶׁלֹּא יְהֵא נִרְאֶה כְּעָרֵל. **וְלֹא פָרַע**: לֹא גִילָּה. **כְּאִילוּ לֹא מָל**: וְיָשׁוּב וְיִפְרַע, וַאֲפִילוּ סִילֵּק יָדוֹ מִמֶּנָּה. וְכָל זְמַן שֶׁהוּא מִתְעַסֵּק בַּמִּילָה בְּשַׁבָּת – חוֹתֵךְ בֵּין צִיצִין הַמְעַכְּבִין בֵּין צִיצִין, שֶׁאֵין מְעַכְּבִין. לְאַחַר שֶׁסִּילֵּק יָדוֹ – עַל צִיצִין הַמְעַכְּבִין חוֹזֵר, עַל צִיצִין, שֶׁאֵינָן מְעַכְּבִין, אֵינוֹ חוֹזֵר.

Chapter 19

mishna 5 — **An infant might be circumcised on the eighth, ninth, tenth, eleventh, or twelfth [day], neither earlier or later. How so? Under normal circumstances, [he is circumcised] on the eighth; if he was born at twilight, he is circumcised on the ninth. [born] at twilight on the eve of Shabbat, he is circumcised on the tenth; [when] Yom Tov falls after Shabbat, he is circumcised on the eleventh; [when] the two festival days of Rosh HaShanah [fall after Shabbat], he is circumcised on the twelfth.**

IF HE WAS BORN AT TWILIGHT, HE IS CIRCUMCISED ON THE NINTH - [Twilight is the time when there is doubt as to whether it is still day (still part of the preceding day) or whether it is night (and part of the following day). If an infant is born during twilight, we assume that twilight is part of the night that is to come,] and he is circumcised eight days after the following day. (But if twilight is actually part of the preceding day, then it turns out that he is circumcised on the ninth day after birth.)   Let us say, however, that an infant is born during twilight on Friday. [If we assume that twilight is part of the night that is to come, i.e. the night of Shabbat,] then the day of circumcision falls out on the following Shabbat. But it is forbidden to circumcise him then, for perhaps [twilight is actually part of the preceding day: If that is the case, then] Shabbat turns out to be the ninth day after birth, which is not the proper time for circumcision, and such a circumcision does not suspend Shabbat. Consequently, one should wait until Sunday to circumcise the infant, which is the tenth day [after Friday]. [WHEN] YOM TOV FALLS AFTER SHABBAT, HE IS CIRCUMCISED ON THE ELEVENTH - A circumcision which is not performed at its proper time does not suspend Yom Tov. Consequently, "he is circumcised on the eleventh" [day after Friday].

[WHEN] THE TWO FESTIVAL DAYS OF ROSH HASHANAH [FALL AFTER SHABBAT] - The two festival days of Rosh HaShanah constitute one period of sanctity: a circumcision which is not performed at its proper time does not suspend the second festival day of Rosh HaShanah - HE IS CIRCUMCISED ON THE TWELFTH.

משנה ה

קָטָן נִמּוֹל לִשְׁמוֹנָה, לְתִשְׁעָה, וְלַעֲשָׂרָה, וּלְאַחַד־עָשָׂר, וְלִשְׁנֵים־עָשָׂר — לֹא פָּחוֹת וְלֹא יוֹתֵר. הָא כֵּיצַד? כְּדַרְכּוֹ — לִשְׁמוֹנָה; נוֹלַד לְבֵין־הַשְּׁמָשׁוֹת — נִמּוֹל לְתִשְׁעָה; בֵּין־הַשְּׁמָשׁוֹת שֶׁל עֶרֶב־שַׁבָּת — נִמּוֹל לַעֲשָׂרָה; יוֹם־טוֹב לְאַחַר הַשַּׁבָּת — נִמּוֹל לְאַחַד־עָשָׂר; שְׁנֵי יָמִים־טוֹבִים שֶׁל רֹאשׁ־הַשָּׁנָה — נִמּוֹל לִשְׁנֵים־עָשָׂר.

נוֹלַד בֵּין־הַשְּׁמָשׁוֹת — נִמּוֹל לְתִשְׁעָה, שֶׁהֲרֵי יוֹם שְׁמִינִי שֶׁל מָחָר הוּא נִמּוֹל — וְשֶׁמָּא בֵּין־הַשְּׁמָשׁוֹת יוֹם הוּא, וְנִמּוֹל לַתְּשִׁיעִי. הָיָה הַיּוֹם עֶרֶב־שַׁבָּת, אִי־אֶפְשָׁר לְמוֹלוֹ בַּשַּׁבָּת הַבָּא, דְּשֶׁמָּא תְּשִׁיעִי הוּא, וְהָוְיָא לַהּ מִילָה שֶׁלֹּא־בִּזְמַנָּהּ וְאֵינָהּ דּוֹחָה שַׁבָּת, וְצָרִיךְ לְהַמְתִּין עַד לְאַחַר הַשַּׁבָּת, שֶׁהוּא עֲשִׂירִי. **חָל יוֹם־טוֹב לִהְיוֹת אַחַר הַשַּׁבָּת** — אֵין מִילָה שֶׁלֹּא־בִּזְמַנָּהּ דּוֹחָה אוֹתָהּ, וְ״נִמּוֹל לְאַחַד־עָשָׂר״. **שְׁנֵי יָמִים־טוֹבִים שֶׁל רֹאשׁ־הַשָּׁנָה**, דִּקְדוּשָּׁה אַחַת הֵן, וְאֵין מִילָה שֶׁלֹּא־בִּזְמַנָּהּ דּוֹחָה אֶת יוֹם־טוֹב־הַשֵּׁנִי שֶׁל רֹאשׁ־הַשָּׁנָה — **נִמּוֹל לִשְׁנֵים־עָשָׂר**.

נמול לתשעה
שני
נמול לעשרה
נמול לאחד עשר
נמול לשנים עשר

mishna 4

[If he has] one to circumcise before Shabbat and one to circumcise on Shabbat, and by mistake circumcises the one to be circumcised before Shabbat on Shabbat, R. Eliezer declares him liable for a sin-offering and R. Yehoshuah exempts him.

The explanation of the Mishnah is as follows:

Case 1

If he, by mistake, circumcises the one to be circumcised after Shabbat on Shabbat, all would agree that he is liable. [Why so?] Because, while attempting to perform a Mitzvah, he erred and performed no Mitzvah at all: It was no Mitzvah at all to circumcise on Shabbat the infant that was to be circumcised after Shabbat, [since the infant was not yet eight days old]. In this case, even R. Yehoshuah agrees [that he is liable].

Case 2

[IF HE HAS] ONE TO CIRCUMCISE ON SHABBAT AND ONE TO CIRCUMCISE BEFORE SHABBAT, AND BY MISTAKE CIRCUMCISES THE ONE TO BE CIRCUMCISED BEFORE SHABBAT ON SHABBAT, R. ELIEZER DECLARES HIM LIABLE FOR A SIN-OFFERING. The reason: a circumcision which is not performed at its proper time [on the eighth day after birth] does not suspend Shabbat.

This is a case of someone who erred while attempting to perform a Mitzvah - he had become so caught up in preparing to circumcise the infant who was supposed to be circumcised on Shabbat, that he then confused him with the other - and in fact did perform a Mitzvah: The infant he circumcised was fit to be circumcised - he was more than eight days old; it's just that the circumcision of such an infant does not suspend Shabbat.

In R. Eliezer's opinion, however, if one erred, while attempting to perform a Mitzvah [on Shabbat], and performed a Mitzvah which does not suspend Shabbat, one is liable.

R. YEHOSHUAH EXEMPTS HIM - In R. Yehoshuah's opinion, if a person erred, while attempting to perform a Mitzvah [on Shabbat], and performed a Mitzvah which does not suspend Shabbat, he is exempt, since he thought he was acting in accordance with the Halakhah.

The Halakhah follows the opinion of R. Yehoshuah.

(המשך) משנה ד

אֶחָד לָמוּל בְּעֶרֶב־שַׁבָּת וְאֶחָד לָמוּל בַּשַּׁבָּת — וְשָׁכַח וּמָל אֶת שֶׁל־עֶרֶב־שַׁבָּת בַּשַּׁבָּת: רַבִּי אֱלִיעֶזֶר מְחַיֵּיב חַטָּאת, וְרַבִּי יְהוֹשֻׁעַ פּוֹטֵר.

אֶחָד לָמוּל בַּשַּׁבָּת וְאֶחָד לָמוּל בְּעֶרֶב־שַׁבָּת — וְשָׁכַח וּמָל אֶת שֶׁל־עֶרֶב־שַׁבָּת בַּשַּׁבָּת: רַבִּי אֱלִיעֶזֶר מְחַיֵּיב חַטָּאת, דְּמִילָה שֶׁלֹּא־בִזְמַנָּהּ אֵינָהּ דוֹחָה שַׁבָּת. וְאַף־עַל־גַּב דְּטָעָה בִּדְבַר־מִצְוָה — שֶׁהָיָה טָרוּד בְּאוֹתוֹ־שֶׁל־שַׁבָּת וּמִתּוֹךְ כָּךְ טָעָה בָּזֶה, וְאַף בָּזֶה עָשָׂה מִצְוָה, שֶׁהֲרֵי רָאוּי הוּא לְמוּל, אֶלָּא שֶׁאֵינוֹ דוֹחֶה שַׁבָּת — סְבִירָא לֵיהּ לְרַבִּי אֱלִיעֶזֶר: טָעָה בִּדְבַר־מִצְוָה וְעָשָׂה מִצְוָה, שֶׁאֵינָהּ דוֹחָה אֶת הַשַּׁבָּת — חַיָּיב. וְרַבִּי יְהוֹשֻׁעַ פּוֹטֵר, דִּסְבִירָא לֵיהּ: טָעָה בִּדְבַר־מִצְוָה וְעָשָׂה מִצְוָה, שֶׁאֵינָהּ דוֹחָה אֶת הַשַּׁבָּת — פָּטוּר, כֵּיוָן דְּסָבוּר הָיָה, שֶׁבִּרְשׁוּת בֵּית־דִּין הוּא עוֹשֶׂה. וַהֲלָכָה כְּרַבִּי יְהוֹשֻׁעַ.

mishna 4

He who has two infants, one to circumcise after Shabbat and one to circumcise on Shabbat, and by mistake circumcises the one to be circumcised after Shabbat on Shabbat, is liable.

HE WHO HAS TWO INFANTS, ETC. - There is a dispute in the Gemara as to the correct text of the Mishnah. The correct text, as assumed by my teachers, is as follows:

"He who has two infants, one to circumcise after Shabbat and one to circumcise on Shabbat, and by mistake circumcises the one to be circumcised after Shabbat on Shabbat, is liable.

"[If he has] one to circumcise before Shabbat and one to circumcise on Shabbat, and by mistake circumcises the one to be circumcised before Shabbat on Shabbat, R. Eliezer declares him liable for a sin-offering and R. Yehoshuah exempts him."

משנה ד

מִי שֶׁהָיוּ לוֹ שְׁתֵּי* תִּינוֹקוֹת, אֶחָד לָמוּל אַחַר־הַשַּׁבָּת וְאֶחָד לָמוּל בַּשַּׁבָּת, וְשָׁכַח וּמָל אֶת שֶׁל־אַחַר־הַשַּׁבָּת בַּשַּׁבָּת – חַיָּיב;

* נ"א: שְׁנֵי

מִי שֶׁהָיוּ לוֹ שְׁתֵּי תִינוֹקוֹת, וְכוּ׳: פְּלִיגִי אָמוֹרָאֵי בַּגְּמָרָא בְּגִרְסַת מִשְׁנָה זוֹ; וְהַגִּרְסָא, שֶׁתָּפְסוּ רַבּוֹתַי, עִיקָּר: כָּךְ הִיא: "מִי שֶׁהָיוּ לוֹ שְׁתֵּי תִינוֹקוֹת, אֶחָד לָמוּל אַחַר שַׁבָּת וְאֶחָד לָמוּל בַּשַּׁבָּת, וְשָׁכַח וּמָל אֶת שֶׁל־אַחַר־שַׁבָּת בַּשַּׁבָּת – חַיָּיב. אֶחָד לָמוּל בְּעֶרֶב־שַׁבָּת וְאֶחָד לָמוּל בַּשַּׁבָּת – וְשָׁכַח וּמָל אֶת שֶׁל־עֶרֶב־שַׁבָּת בַּשַּׁבָּת: רַבִּי אֱלִיעֶזֶר מְחַיֵּיב חַטָּאת, וְרַבִּי יְהוֹשֻׁעַ פּוֹטֵר". וְהָכִי פֵּירוּשָׁהּ: שָׁכַח וּמָל אֶת שֶׁל־אַחַר־הַשַּׁבָּת בַּשַּׁבָּת – חַיָּיב לְדִבְרֵי הַכֹּל, שֶׁהֲרֵי טָעָה בִּדְבַר־מִצְוָה וְלֹא עָשָׂה מִצְוָה, כְּשֶׁהִקְדִּים וּמָל אֶת שֶׁל־אַחַר־הַשַּׁבָּת בַּשַּׁבָּת; וּבְהָא – אֲפִילּוּ רַבִּי יְהוֹשֻׁעַ מוֹדֶה.

mishna 3

ONE MAY BATHE THE INFANT [ON SHABBAT] - The Mishnah does not mean that one may bathe the infant in the normal fashion. Rather, the continuation of the Mishnah explains just what is permitted: "One may bathe the infant...(How may one bathe him?) By sprinkling water with the hand; if one uses a utensil, however, one may not (even) sprinkle water. (Certainly, then, one may not bathe him normally!)"

R. ELIEZER B. AZARIAH disagrees with the anonymous first opinion in the Mishnah. He holds that one may bathe the infant [on Shabbat] in normal fashion, both before and after the circumcision. Furthermore, he holds that on the third day after circumcision one may bathe the infant in hot water that was heated up before Shabbat, or even in hot water that was heated up on Shabbat itself, since [the infant's] life is in danger.

The Halakhah follows R. Eliezer b. Azariah.

[AN INFANT WHO IS IN] A CASE OF DOUBT - whether he was born in the eighth or ninth month. If he was born in the eighth month, the Halakhah considers him [dead], as if he were a mere stone, and one may not violate Shabbat in order to circumcise him.

R. YEHUDAH PERMITS IT IN THE CASE OF AN ANDROGYNE, because of the verse: "You must circumcise every male" (BeReshit 17:10) - "every" includes an androgyne. The anonymous first opinion [with which R. Yehudah disagrees] counters with the verse: "The uncircumcised male whose foreskin has not been circumcised" (BeReshit 17:14) - the verse speaks of someone who is strictly an uncircumcised one, not of someone who is half female.

The Halakhah is not like R. Yehudah.

משניות שבת ★ פרוש ר״ע מברטנורא ★ פרק יט

כְּרַבִּי אֱלִיעֶזֶר בֶּן עֲזַרְיָה: מרחיצין את הקטן

מַרְחִיצִין אֶת הַקָּטָן: הַאי "מַרְחִיצִין" לַאו כְּדַרְכּוֹ הוּא, דִּתְנָא סֵיפָא לְפָרוּשֵׁי רֵישָׁא — כֵּיצַד מַרְחִיצִין, כְּגוֹן לְזַלֵּף בַּיָּד; אֲבָל בִּכְלִי — אֲפִילוּ לְזַלֵּף אָסוּר, וְכָל־שֶׁכֵּן לִרְחוֹץ כְּדַרְכּוֹ. **רַבִּי אֱלִיעֶזֶר בֶּן עֲזַרְיָה**, וכו׳: פְּלִיג אַתַּנָּא קַמָּא וְסָבַר: "מַרְחִיצִין אֶת הַקָּטָן" כְּדַרְכּוֹ בֵּין לִפְנֵי הַמִּילָה בֵּין לְאַחַר הַמִּילָה, וּ"בַיּוֹם הַשְּׁלִישִׁי" לַמִּילָה נָמִי, בֵּין בְּחַמִּין, שֶׁהוּחַמּוּ בְּעֶרֶב־שַׁבָּת, בֵּין בְּחַמִּין, שֶׁהוּחַמּוּ בַּשַּׁבָּת עַצְמוֹ, דְּסַכָּנַת־נְפָשׁוֹת הִיא. וַהֲלָכָה כְּרַבִּי אֱלִיעֶזֶר בֶּן עֲזַרְיָה. **סָפֵק** בֶּן שְׁמוֹנָה חֳדָשִׁים, סָפֵק בֶּן תִּשְׁעָה, דְּאִי בֶּן שְׁמוֹנָה — כְּאֶבֶן בְּעָלְמָא הוּא, וְאֵין מִילָתוֹ דוֹחָה שַׁבָּת. **וְרַבִּי יְהוּדָה מַתִּיר בְּאַנְדְּרוֹגִינוֹס** — מִדִּכְתִיב (בראשית יז, י): "הִמּוֹל לָכֶם כָּל־זָכָר" — לְרַבּוֹת אַנְדְּרוֹגִינוֹס. וְתַנָּא קַמָּא: "עָרְלָתוֹ" כְּתִיב (בראשית יז, יד): מִי שֶׁהוּא כוּלוֹ עָרֵל; יָצָא זֶה, שֶׁחֶצְיוֹ נְקֵבָה. וְאֵין הֲלָכָה כְּרַבִּי יְהוּדָה.

Mishnayot Shabbat * Commentary of Rabbi Ovadia M'Bartenura * Chapter 19

mishna 2

If one did not mix wine and oil before Shabbat, each should be added [to the bowl] by itself. One may not make a jacket for it initially [on Shabbat]; rather, one wraps a cloth around it. If [a cloth] was not prepared before Shabbat, one may wrap it around one's finger and bring it, even from a different courtyard.

IF ONE DID NOT MIX WINE AND OIL - They used to mix wine and oil together by beating them in a bowl, as one would beat an egg. The mixture was used as medication after circumcision.

A JACKET: a piece of cloth with an opening. The corona is placed into the opening, to prevent the skin from covering it again.

WAS NOT PREPARED - was not readied. ONE MAY WRAP IT AROUND ONE'S FINGER like an article of clothing, so as not to carry it in normal weekday fashion.

EVEN FROM A DIFFERENT COURTYARD - not only from house to house in the same courtyard which was not "merged" [i.e. which lacked an "Eruv of courtyards"], but even from one courtyard to another, when the two courtyards were not "merged."

mishna 3

One may bathe the infant [on Shabbat] both before and after the circumcision and sprinkle [water] on him by hand - but not with a utensil. R. Eliezer b. Azariah says: one may bathe the infant on the third day [even] if it coincides with Shabbat, as it says: "And it came to pass on the third day, when they were in pain..." We may not violate Shabbat for [an infant in] a case of doubt or for [an infant who is] an androgyne. R. Yehudah permits it in the case of an androgyne.

(המשך) משנה ב

אִם לֹא טָרַף יַיִן וָשֶׁמֶן מֵעֶרֶב־שַׁבָּת, יִנָּתֵן זֶה בְּעַצְמוֹ וְזֶה בְּעַצְמוֹ. וְאֵין עוֹשִׂין לָהּ חָלוּק לְכַתְּחִלָּה, אֲבָל כּוֹרֵךְ עָלֶיהָ סְמַרְטוּט. אִם לֹא הִתְקִין מֵעֶרֶב־שַׁבָּת, כּוֹרֵךְ עַל אֶצְבָּעוֹ וּמֵבִיא, וַאֲפִילּוּ* מֵחָצֵר אַחֶרֶת.

אִם לֹא טָרַף יַיִן וָשֶׁמֶן: רְגִילִים הָיוּ שֶׁהָיוּ טוֹרְפִים בִּקְעָרָה יַיִן וָשֶׁמֶן, וּמְעָרְבִין אוֹתָן יַחַד לִרְפוּאָה עַל הַמִּילָה, כְּדֶרֶךְ שֶׁטּוֹרְפִים בֵּיצִים בִּקְעָרָה. **חָלוּק:** חֲתִיכָה־שֶׁל־בֶּגֶד נְקוּבָה, וּמַכְנִיסִין הַמִּילָה בְּאוֹתוֹ הַנֶּקֶב, כְּדֵי שֶׁלֹּא יַחֲזוֹר הָעוֹר וִיכַסֶּה אֶת הַגִּיד. **לֹא הִתְקִין:** לֹא הִזְמִין. **כּוֹרֵךְ עַל אֶצְבָּעוֹ** דֶּרֶךְ מַלְבּוּשׁ, לְשַׁנּוֹתוֹ מִדֶּרֶךְ הוֹצָאָה בְּחוֹל. **אֲפִילּוּ מֵחָצֵר אַחֶרֶת:** לָא מִיבַּעְיָא מִבַּיִת לְבַיִת בְּאוֹתוֹ חָצֵר אַף־עַל־פִּי שֶׁלֹּא עֵרְבוּ, אֶלָּא אֲפִילּוּ לְחָצֵר אַחֶרֶת, שֶׁאֵינָהּ מְעוֹרֶבֶת עִמָּהֶם.

משנה ג

מַרְחִיצִין אֶת הַקָּטָן בֵּין לִפְנֵי הַמִּילָה וּבֵין לְאַחַר הַמִּילָה; וּמְזַלְּפִין עָלָיו בַּיָּד, אֲבָל לֹא בִּכְלִי. רַבִּי אֱלִיעֶזֶר בֶּן עֲזַרְיָה אוֹמֵר: מַרְחִיצִין אֶת הַקָּטָן בַּיּוֹם הַשְּׁלִישִׁי, שֶׁחָל לִהְיוֹת בְּשַׁבָּת, שֶׁנֶּאֱמַר (בְּרֵאשִׁית לד, כה)**: "וַיְהִי בַיּוֹם הַשְּׁלִישִׁי בִּהְיוֹתָם כֹּאֲבִים".**

סָפֵק, וְאַנְדְּרוֹגִינוֹס — אֵין מְחַלְּלִין עָלָיו אֶת הַשַּׁבָּת. וְרַבִּי יְהוּדָה מַתִּיר בְּאַנְדְּרוֹגִינוֹס.

mishna 2

One may perform all that is necessary for circumcision on Shabbat: One may circumcise, split the membrane, draw out, and apply a bandage and cumin to [the wound]. If one did not crush the cumin before Shabbat, one may chew it with one's teeth and apply it.

ONE MAY CIRCUMCISE - cut off the foreskin. SPLIT the [thin] membrane which covers the corona.

ONE MAY...DRAW OUT the blood, even though this causes a wound: the blood is separated from the skin by being drawn out. [Normally, it is forbidden to inflict a wound on Shabbat.]

Àesplonit - a bandage.

ONE MAY CHEW IT WITH ONE'S TEETH - [To crush cumin on Shabbat is prohibited by the Torah. If, however, one does so in an unusual manner - by chewing it - it is not prohibited by the Torah: Only Melacha which is performed in normal fashion is prohibited by the Torah.

Therefore, even though one is permitted - even obligated - to violate Shabbat in caring for an infant after circumcision, nevertheless,] if it is possible to do so in an unusual manner, one does so.

משנה ב

עוֹשִׂין כָּל צָרְכֵי מִילָה בְּשַׁבָּת: מוֹהֲלִין וּפוֹרְעִין וּמוֹצְצִין וְנוֹתְנִין עָלֶיהָ אִיסְפְּלָנִית וְכַמּוֹן. אִם לֹא שָׁחַק מֵעֶרֶב־שַׁבָּת, לוֹעֵס בְּשִׁינָּיו וְנוֹתֵן.

מוֹהֲלִין: חוֹתֵךְ אֶת הָעָרְלָה. **וּפוֹרְעִין** הָעוֹר, הַמְכַסֶּה רֹאשׁ הַגִּיד. **וּמוֹצְצִין** אֶת הַדָּם וְאַף־עַל־פִּי שֶׁהוּא עוֹשֶׂה חַבּוּרָה, שֶׁאֵין הַדָּם נִיתָּק מֵחִיבּוּרוֹ אֶלָּא עַל־יְדֵי מְצִיצָה. **אִסְפְּלָנִית:** תַּחְבּוֹשֶׁת. **לוֹעֵס בְּשִׁינָּיו,** דְּכֹל מַה שֶּׁאֶפְשָׁר לְשַׁנּוֹת — מְשַׁנֶּה.

ברית מילה

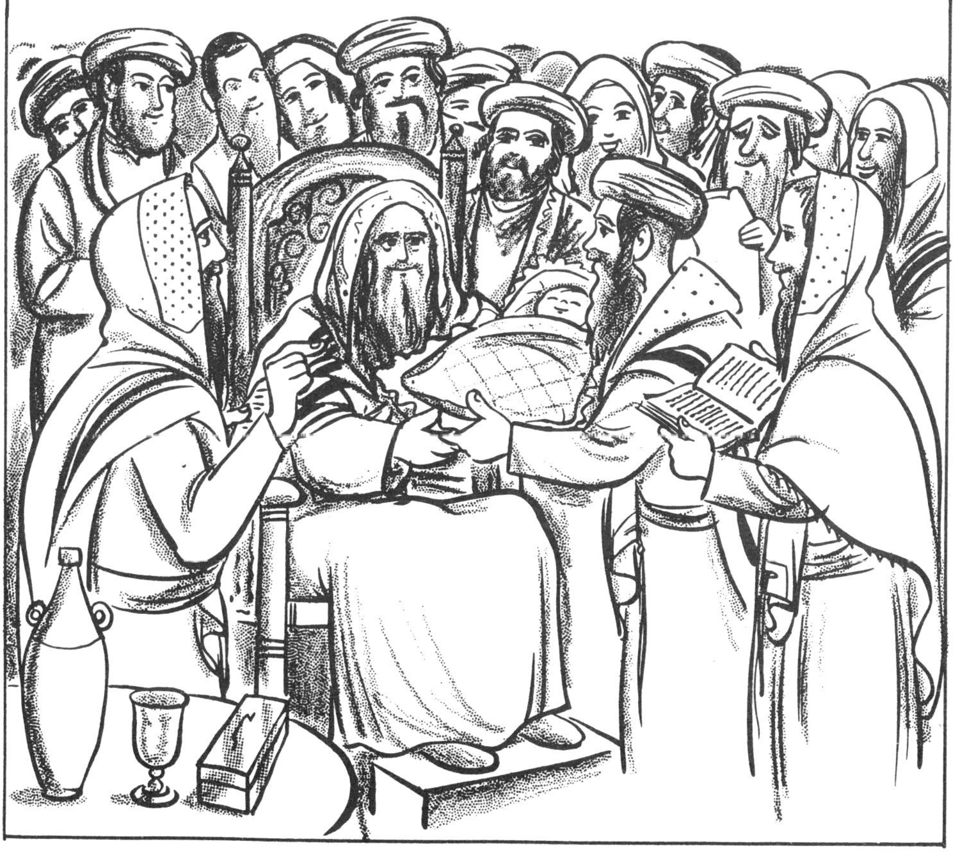

mishna 1

R. Eliezer stated further: one may cut wood [on Shabbat] to make charcoal and to make an iron instrument.
R. Akiva stated a principle: any work that can be done before Shabbat does not suspend Shabbat; [work] that cannot be done before Shabbat suspends Shabbat.

AND TO MAKE IRON - in order to make a knife for circumcision.

ANY WORK THAT CAN BE DONE - such as the preliminaries of circumcision [e.g., preparing the knife]: since they can be done before Shabbat, they do not suspend Shabbat. R. Akiva here is at odds with R. Eliezer's opinion.

[WORK] THAT CANNOT BE DONE BEFORE SHABBAT - such as the circumcision itself, which must be performed on the eighth day and not beforehand - SUSPENDS SHABBAT.

The Halakhah is like R. Akiva.

(המשך) משנה א

וְעוֹד אָמַר רַבִּי אֱלִיעֶזֶר: כּוֹרְתִים עֵצִים, לַעֲשׂוֹת פֶּחָמִין וְלַעֲשׂוֹת כְּלִי־בַּרְזֶל. כְּלָל אָמַר רַבִּי עֲקִיבָא: כָּל מְלָאכָה, שֶׁאֶפְשָׁר לַעֲשׂוֹתָהּ מֵעֶרֶב־שַׁבָּת, אֵינָהּ דּוֹחָה אֶת הַשַּׁבָּת; וְשֶׁאִי־אֶפְשָׁר לַעֲשׂוֹתָהּ מֵעֶרֶב־שַׁבָּת – דּוֹחָה אֶת הַשַּׁבָּת.

וְלַעֲשׂוֹת בַּרְזֶל, כְּדֵי לַעֲשׂוֹת אִיזְמֵל לְמִילָה.

כָּל מְלָאכָה, שֶׁאֶפְשָׁר לַעֲשׂוֹתָהּ, כְּגוֹן מַכְשִׁירֵי מִילָה: הוֹאִיל וְאֶפְשָׁר לַעֲשׂוֹתָן מֵעֶרֶב־שַׁבָּת אֵין דּוֹחִין אֶת הַשַּׁבָּת; וּפְלִיג אַדְּרַבִּי אֱלִיעֶזֶר. **שֶׁאִי־אֶפְשָׁר לַעֲשׂוֹתָהּ מֵעֶרֶב־שַׁבָּת,** כְּגוֹן מִילָה עַצְמָהּ, שֶׁאִי־אֶפְשָׁר לָהּ לֵיעָשׂוֹת, דִּזְמַנָּהּ בַּשְּׁמִינִי, דּוֹחָה שַׁבָּת. וַהֲלָכָה כְּרַבִּי עֲקִיבָא.

מלאכת מכשירי מילה

mishna 1

R. Eliezer says: if one did not bring an instrument before Shabbat, one brings it - in full view - on Shabbat. In time of danger, [however,] one should cover it up in the presence of witnesses.

R. ELIEZER SAYS: IF ONE DID NOT BRING AN INSTRUMENT - a knife for circumcising the infant.

ONE BRINGS IT - IN FULL VIEW - ON SHABBAT, so as to publicly demonstrate how beloved this Mitzvah is: we even violate Shabbat on its account.

IN TIME OF DANGER [HOWEVER] - when circumcision is banned by decree [of the oppressor].

ONE SHOULD COVER IT UP IN THE PRESENCE OF WITNESSES, who can testify that he carries a circumcision knife (for the sake of a Mitzvah), so that no one suspect him of carrying his other belongings.

משנה א

רַבִּי אֱלִיעֶזֶר אוֹמֵר: אִם לֹא הֵבִיא כְּלִי מֵעֶרֶב־שַׁבָּת, מְבִיאוֹ בַּשַּׁבָּת, מְגוּלֶּה; וּבְסַכָּנָה – מְכַסֵּהוּ עַל־פִּי עֵדִים.

רַבִּי אֱלִיעֶזֶר אוֹמֵר: אִם לֹא הֵבִיא כְּלִי — אִיזְמֵל, לָמוּל אֶת הַתִּינוֹק — **מְבִיאוֹ בַּשַּׁבָּת, מְגוּלֶּה,** לְהוֹדִיעַ, שֶׁחֲבִיבָה מִצְוָה זוֹ, שֶׁמְּחַלְּלִים עָלֶיהָ אֶת הַשַּׁבָּת. **וּבְסַכָּנָה,** שֶׁגָּזְרוּ גְּזֵרָה עַל הַמִּילָה – **מְכַסֵּהוּ עַל־פִּי עֵדִים,** שֶׁיָּעִידוּ, שֶׁאִיזְמֵל־שֶׁל־מִצְוָה הוּא מֵבִיא, וְלֹא יַחְשְׁדוּהוּ, שֶׁהוּא נוֹשֵׂא שְׁאָר חֲפָצָיו.

מביאו מגולה

מכסהו על פי עדים

mishna 3

WE DO...VIOLATE SHABBAT ON HER BEHALF:
(a) From the time that she goes into advanced labor and begins to bleed steadily, until three days after the delivery, we violate the Shabbat [on her behalf, providing for her care,] whether or not she says "I need it."

(b) From then until seven days after the delivery, if she says "I need it," we violate Shabbat for her; if she does not say "I need it," we may not violate Shabbat for her.

(c) From then until thirty days after the delivery, even if she says "I need it," we may not violate Shabbat for her. We may, however, ask a non-Jew to perform work on Shabbat that is needed for her care. Her condition at this stage is considered like that of a sick person [e.g., someone bedridden] who is [more than slightly ill, but] not dangerously ill, for whom work may be performed on Shabbat - by a non-Jew.

WE TIE THE UMBILICAL CORD of the newborn [ON SHABBAT] - It is long, and if it is not tied, the newborn's intestines may come out. We may not, however, cut the umbilical cord on Shabbat, according to the anonymous first opinion in the Mishnah.

R. YOSSI SAYS: WE MAY EVEN CUT IT - The Halakhah is like R. Yossi: we may cut it, clean it, and apply medication to it, such as myrtle powder.

ALL THAT IS REQUIRED FOR CIRCUMCISION MAY BE PERFORMED ON SHABBAT - The requirements of circumcision are explained in the next chapter.

משניות שבת ★ פרוש ר"ע מברטנורא ★ פרק יח

עַל הַמַּשְׁבֵּר, וּמַתְחִיל הַדָּם לִהְיוֹת שׁוֹתֵת, עַד כָּל שְׁלֹשָׁה יָמִים אַחַר שֶׁיָּלְדָה, בֵּין אָמְרָה: "צְרִיכָה אֲנִי", בֵּין לֹא אָמְרָה: "צְרִיכָה אֲנִי" — מְחַלְּלִין. מִשְּׁלֹשָׁה וְעַד שִׁבְעָה: אָמְרָה: "צְרִיכָה אֲנִי" — מְחַלְּלִין; לֹא אָמְרָה: "צְרִיכָה אֲנִי" — אֵין מְחַלְּלִין. מִשִּׁבְעָה וְעַד שְׁלֹשִׁים: אֲפִילוּ אָמְרָה: "צְרִיכָה אֲנִי" — אֵין מְחַלְּלִין, אֲבָל עוֹשִׂים צְרָכֶיהָ עַל־יְדֵי נָכְרִי מִפְּנֵי שֶׁהִיא כְּחוֹלֶה, שֶׁאֵין בּוֹ סַכָּנָה, וְדָבָר, שֶׁאֵין בּוֹ סַכָּנָה, עוֹשִׂין צְרָכָיו עַל־יְדֵי נָכְרִי. **וְקוֹשְׁרִים הַטִּבּוּר** שֶׁל וָלָד, שֶׁהוּא אָרוֹךְ, וְאִם לֹא יִקְשְׁרוּהוּ וִיכְרְכוּהוּ, יֵצְאוּ מֵעָיו; אֲבָל אֵין כּוֹרְתִין אוֹתוֹ בְּשַׁבָּת לְדִבְרֵי תַּנָּא קַמָּא. **רַבִּי יוֹסֵי אוֹמֵר: אַף חוֹתְכִין**: וַהֲלָכָה כְּרַבִּי יוֹסֵי, שֶׁחוֹתְכִין אוֹתוֹ וּמְנַקִּין אוֹתוֹ וְנוֹתְנִין עָלָיו אֲבַק־הֲדַס וְכַיּוֹצֵא־בּוֹ. **וְכָל צָרְכֵי מִילָה עוֹשִׂין בְּשַׁבָּת**: וּלְקַמָּן, בְּאִידָךְ פִּרְקָא, מְפָרֵשׁ לְצָרְכֵי מִילָה מַאי נִיהוּ.

mishna 3

We may not deliver the young of an animal on Yom Tov, but we may support [it].

not mean to argue with the preceding words of the Sages but to explain them. Consequently, what he says is accepted by the Halakhah.

WE MAY NOT DELIVER THE YOUNG - We may not draw the young from the womb on Yom Tov, since that would involve excessive effort [which would not be in keeping with the spirit of the day as a day of rest].

We do deliver the young of a woman on Shabbat, summon a midwife for her from place to place, and violate Shabbat on her behalf. We tie the umbilical cord [on Shabbat]. R. Yossi says: we may even cut it.

All that is required for circumcision may be performed on Shabbat.

BUT WE MAY SUPPORT [IT] - We may hold the young, that it not fall onto the ground.

Chachamah (lit. a wise woman), i.e. a skilled MIDWIFE.

FROM PLACE TO PLACE - She may be summoned even from beyond the Shabbat limit.

קורין לה חכמה

משנה ג

אֵין מְיַלְּדִין אֶת הַבְּהֵמָה בְּיוֹם־טוֹב, אֲבָל מְסַעֲדִין.

אֵין מְיַלְּדִין: אֵין מוֹשְׁכִין הַוָּלָד מִן הָרֶחֶם בְּיוֹם־טוֹב, דְּאִיכָּא טִרְחָא יְתֵירָא. אֲבָל מְסַעֲדִין: אוֹחֵז אֶת הַוָּלָד, שֶׁלֹּא יִפּוֹל לָאָרֶץ.

מסעדין את הבהמה

(המשך) משנה ג

וּמְיַלְּדִין אֶת הָאִשָּׁה בְּשַׁבָּת וְקוֹרִין לָהּ חֲכָמָה מִמָּקוֹם לְמָקוֹם וּמְחַלְּלִין עָלֶיהָ אֶת הַשַּׁבָּת; וְקוֹשְׁרִין אֶת הַטַּבּוּר. רַבִּי יוֹסֵי אוֹמֵר: אַף חוֹתְכִין.

וְכָל צָרְכֵי מִילָה עוֹשִׂין בְּשַׁבָּת.

חֲכָמָה: מְיַלֶּדֶת בְּקִיאָה. מִמָּקוֹם לְמָקוֹם: וְאֵין חוֹשְׁשִׁין לְאִיסּוּר תְּחוּמִין. וּמְחַלְּלִין עָלֶיהָ אֶת הַשַּׁבָּת: מִשָּׁעָה שֶׁהִיא יוֹשֶׁבֶת

mishna 2

A woman may help her son walk. Said R. Yehudah: when [may she do so]? If he lifts one foot and puts down the other; but if he drags [them], it is forbidden.

A WOMAN MAY HELP HER SON WALK - While she holds his arms from behind, he moves his legs and walks.

IF HE LIFTS ONE FOOT AND PUTS DOWN THE OTHER - When the child moves his feet, he sets one down and then lifts the other. BUT IF HE DRAGS [THEM], IT IS FORBIDDEN, for then she is, in effect, carrying him [in the public domain].

Wherever R. Yehudah says "When [is this so]?" in the Mishnah, he does not mean to argue with the preceding words of the Sages but to explain them. Consequently, what he says is accepted by the Halakhah.

(המשך) משנה ב

אִשָּׁה מְדַדָּה אֶת בְּנָהּ. אָמַר רַבִּי יְהוּדָה: אֵימָתַי? בִּזְמַן שֶׁהוּא נוֹטֵל אַחַת וּמַנִּיחַ אַחַת; אֲבָל, אִם הָיָה גּוֹרֵר, אָסוּר.

וְהָאִשָּׁה מְדַדָּה אֶת בְּנָהּ: אוֹחַזְתּוֹ בִּזְרוֹעָיו מֵאֲחוֹרָיו, וְהוּא מֵנִיעַ רַגְלָיו וְהוֹלֵךְ. **שֶׁנּוֹטֵל אַחַת וּמַנִּיחַ אַחַת**: כְּשֶׁהַתִּינוֹק מֵנִיעַ אֶת רַגְלָיו, מַנִּיחַ אַחַת וּמַגְבִּיהַּ אַחַת. **אֲבָל, גּוֹרֵר — אָסוּר**, שֶׁנּוֹשְׂאתוֹ. וְכָל מָקוֹם, שֶׁאָמַר רַבִּי יְהוּדָה: "אֵימָתַי?" בַּמִּשְׁנָה, לֹא בָא לַחֲלוֹק, אֶלָּא לְפָרֵשׁ דִּבְרֵי חֲכָמִים. הִילְכָּךְ הִלְכְתָא כְּוָתֵיהּ.

אשה מדדה את בנה

נוטל אחת ומניח אחת

היה גורר

mishna 2

CALVES...MAY BE HELPED TO WALK - Holding the animal's neck and sides, one drags it along, helping it and moving its legs.

מדדין עגלים וסייחין ברשות הרבים

משניות שבת ★ פרוש ר"ע מברטנורא ★ פרק יח

תרנגולת שברחה דוחין אותה עד שתכנס

מְדַדִּין עֲגָלִים: אוֹחֵז בְּצַוָּארוֹ וּבִצְדָדָיו וְגוֹרְרוֹ וּמְסַיְּעוֹ וּמְנַעְנֵעַ לוֹ רַגְלָיו.

mishna 2

One may overturn a basket before chicks, so that they can go up and down [on it]. A hen that escapes may be pushed until it goes back in. Calves and foals may be helped to walk in the public domain.

ONE MAY OVERTURN A BASKET BEFORE CHICKS - This does not undermine [the basket's] state of "preparedness" for use on Shabbat, since the chicks do not stay on the basket.

This ruling of the Mishnah - that one may overturn a basket on Shabbat before chicks - would seem to contradict the principle (stated in the Gemara) that "a vessel may be handled [on Shabbat] only for the sake of that which may be handled itself [on Shabbat]": [Chicks may not be handled on Shabbat (they are Muktzeh), and yet the Mishnah teaches that one may overturn a basket for their sake!

Precisely this question was put to R. Yitzhak (who subscribed to this principle), and he answered as follows:] The Mishnah's ruling is limited to a case where one needs the place upon which the basket rests. [Since it is permissible to move the basket because one needs its place, one may then move it even for the sake of chicks. (See Shabbat 43a, Bezah 36a, and Rashi's comments on the Mishnah, Shabbat 42b.)]

THAT ESCAPES from the house. MAY BE PUSHED with one's hands. UNTIL IT GOES BACK IN - One may push it, but one may not help it walk: Since a hen lifts itself fully off the ground, if one were to help it walk one would in effect be carrying it, [which is forbidden on account of Muktzeh]. One may, however, help geese and other fowl to walk.

(המשך) משנה ב

כּוֹפִין אֶת הַסַּל לִפְנֵי הָאֶפְרוֹחִים, כְּדֵי שֶׁיַּעֲלוּ וְיֵרְדוּ. תַּרְנְגוֹלֶת, שֶׁבָּרְחָה — דּוֹחִין אוֹתָהּ, עַד שֶׁתִּכָּנֵס. מְדַדִּין עֲגָלִין וּסְיָיחִין בִּרְשׁוּת־הָרַבִּים.

כּוֹפִין אֶת הַסַּל לִפְנֵי הָאֶפְרוֹחִים: וּמְבַטֵּל־כְּלִי־מֵהֲכָנוֹ לָא הָוֵי, שֶׁאֵין הָאֶפְרוֹחִים עוֹמְדִים עָלָיו. וְהָאוֹמֵר: "אֵין כְּלִי נִיטָּל [בְּשַׁבָּת] אֶלָּא לְצוֹרֶךְ דָּבָר הַנִּיטָּל [בְּשַׁבָּת]" (ע"פ שבת מג, א וביצה לו, א; ורש"י שבת מב, ב למשנה) — מוֹקֵי לְמַתְנִיתִין (שם, בשבת): "בְּצָרִיךְ לִמְקוֹמוֹ" שֶׁל כְּלִי. **שֶׁבָּרְחָה** מִן הַבַּיִת. **דּוֹחִין אוֹתָהּ** בַּיָּדַיִם. **עַד שֶׁתִּכָּנֵס:** וְדַוְקָא דּוֹחִין, אֲבָל לֹא מְדַדִּין, לְפִי שֶׁהַתַּרְנְגוֹלֶת מַגְבַּהַת עַצְמָהּ מִן הָאָרֶץ, וְנִמְצָא, שֶׁהוּא מְטַלְטְלָהּ. אֲבָל אַוָּזִין וּשְׁאָר עוֹפוֹת — מְדַדִּין.

כופין את הסל לפני האפרוחין

mishna 2

Bundles of straw, bundles of twigs, and bundles of young shoots may be handled [on Shabbat], if they were prepared as animal feed [before Shabbat]. If they were not [so prepared], they may not be handled.

(Cont. from previous page)
if he first separates "Terumah of the tithe" from the "first tithe" that he takes, nevertheless, since he did not separate from it "great Terumah," what he takes has the status of "produce which must be tithed" and may not be handled on Shabbat.

(9) SECOND TITHE OR (10) CONSECRATED THINGS WHICH WERE NOT REDEEMED, i.e. even if they were redeemed, it was not done in accordance with the Halakhah. Examples of this would be:

(a) if one redeemed second tithe by exchanging it with uncoined silver discs (second tithe can be redeemed only with minted coins imprinted with a figure, as it is written: "The silver in your hand must consist of coinage" [Devarim 14:25]).

(b) [if one redeemed consecrated things with land] (consecrated things cannot be redeemed with land, as it is written: "On that day [anyone] can [redeem it by] giving its evaluation" [VaYikra 27:23] - [i.e. they can be redeemed only] with something that is given from hand to hand).

(11) LUF - a kind of legume which cannot be eaten raw, not even by animals. According to the Rambam it is a species of onion.

FOR RAVENS - The wealthy would raise ravens as pets.

The Halakhah is not like R. Shim'on b. Gamliel.

mishna 2

BUNDLES...OF YOUNG SHOOTS - young tree branches which are cut off for fodder.

משניות שבת * פרוש ר"ע מברטנורא * פרק יח

משנה ב

חֲבִילֵי קַשׁ וַחֲבִילֵי עֵצִים וַחֲבִילֵי זְרָדִים: אִם הִתְקִינָן לְמַאֲכַל בְּהֵמָה, מְטַלְטְלִין אוֹתָן; וְאִם לָאו – אֵין מְטַלְטְלִין אוֹתָן.

חֲבִילֵי: אֲגוּדוֹת. זְרָדִים: עַנְפֵי הָאִילָן, לַחִים, שֶׁמְּזָרְדִין אוֹתָם לְמַאֲכַל בְּהֵמוֹת.

חבילת קש   חבילת עצים   חבילת זרדים

אין מטלטלין

מטלטלין

mishna 1 Kohen, and then he would separate from his produce (b) "first tithe," which is given to a Levi. The Levi, too, must separate (c) "Terumah of the tithe" - to be given to a Kohen - from the "first tithe" that is given to him. As a rule, if "first tithe" is given to a Levi before "great Terumah" is separated from the produce, the Levi cannot eat the "first tithe" (hence, it would be "Muktzeh" on Shabbat) unless he first takes off from it both "great Terumah" and "Terumah of the tithe" (both of which are to be given to a Kohen). Our Mishnah speaks of an exception to this rule:] If a Levi takes "first tithe" from a Jew's produce at an early stage, while the grain is still in the ear, before the separation of "great Terumah" from that produce becomes mandatory, he may eat the "first tithe" even without first separating from it "great Terumah." He must, however, first separate "Terumah of the tithe."   [Since this "first tithe" is fit (for the Levi) to eat, it is not "Muktzeh" and may be handled and cleared away on Shabbat. We now understand what the Mishnah says: "One may clear away (on Shabbat)...(3) first tithe whose Terumah (i.e. "Terumah of the tithe") has been separated - (but whose "great Terumah" has not been separated)."] (The separation of "great Terumah" from produce becomes mandatory only after the grain has been piled into a heap and smoothed over [after threshing].)   (4) SECOND TITHE OR (5) CONSECRATED THINGS WHICH WERE REDEEMED: [Instead of bringing the second tithe to Yerushalayim and eating it there, one may redeem it (i.e. exchange it) with money and eat it anywhere. Consecrated food may also be redeemed and eaten. When the owner redeems them, he must then add on a fifth of their value.   If, however, they are not redeemed, second tithe (outside of Yerushalayim) and consecrated food may not be eaten; as a result, they are considered "Muktzeh," and may not be handled or cleared away on Shabbat.]
What if the owner redeemed them, but neglected to add on the required fifth? [Does this block their redemption?] The point of our Mishnah is to teach that [it does not block their redemption.] They are considered redeemed [and may be eaten; as a result, they are not considered "Muktzeh," and may be handled and cleared away on Shabbat]. The required fifth simply remains a debt that the owner must pay.
What may not be cleared away   [ONE MAY] NOT, HOWEVER, [CLEAR AWAY] (7) PRODUCE WHICH MUST BE TITHED, even if the obligation to tithe is only rabbinical in origin (e.g. produce grown in an unperforated pot). [Until the tithes are taken, the produce may not be eaten; as a result, it may not be handled or cleared away on Shabbat.]   (8) FIRST TITHE WHOSE TERUMAH, i.e. "great Terumah," HAS NOT BEEN SEPARATED, even if "Terumah of the tithe" was separated: [If "first tithe" is given to a Levi before "great Terumah" is separated from the produce, the Levi cannot eat the "first tithe" (hence, it would be "Muktzeh" on Shabbat) unless he first separates from it both "great Terumah" and "Terumah of the tithe" (both of which are to be given to a Kohen).] If a Levi takes "first tithe" from a Jew's grain after the separation of "great Terumah" from that grain has become mandatory (i.e. after the grain has been piled into a heap and smoothed over) but before "great Terumah" has actually been separated, he may not handle this "first tithe" on Shabbat. Even

— זֶהוּ מַעֲשֵׂר־רִאשׁוֹן, שֶׁלֹּא נִטְּלָה תְּרוּמָתוֹ, הָאָמוּר כָּאן: שֶׁכֵּיוָן שֶׁנִּתְמָרְחָה בַּכְּרִי וְנִתְחַיְּיבָה בִּתְרוּמָה — כְּשֶׁלּוֹקֵחַ הַמַּעֲשֵׂר־רִאשׁוֹן, אַף־עַל־פִּי שֶׁמַּפְרִישׁ מִמֶּנּוּ תְּרוּמַת־מַעֲשֵׂר, כָּל זְמַן שֶׁלֹּא הִפְרִישׁ מִמֶּנּוּ תְּרוּמָה־גְּדוֹלָה — טֶבֶל הָוֵי, וְאָסוּר לְטַלְטְלוֹ בְּשַׁבָּת. **וְלֹא אֶת מַעֲשֵׂר־שֵׁנִי, וְהֶקְדֵּשׁ, שֶׁלֹּא נִפְדּוּ**, כְּגוֹן שֶׁנִּפְדּוּ, אֲבָל לֹא נִפְדּוּ כַּהֲלָכָה, כְּגוֹן שֶׁפָּדָה מַעֲשֵׂר־שֵׁנִי עַל גְּרוּטָאוֹת שֶׁל כֶּסֶף, וְאֵין מַעֲשֵׂר־שֵׁנִי נִפְדֶּה אֶלָּא בְּמָעוֹת, שֶׁיֵּשׁ עֲלֵיהֶם צוּרָה, דִּכְתִיב (דברים יד, כה): "וְצַרְתָּ הַכֶּסֶף בְּיָדְךָ". וְהֶקְדֵּשׁ אֵינוֹ נִפְדֶּה בְּקַרְקַע, דִּכְתִיב (ויקרא כז, כג): "וְנָתַן אֶת־הָעֶרְכְּךָ בַּיּוֹם הַהוּא": דָּבָר, הַנִּיתָּן מִיָּד לְיָד. **לוּף**: מִין קִטְנִית, שֶׁאֵינוֹ רָאוּי חַי אֲפִילּוּ לִבְהֵמָה. וְרַמְבַּ"ם פֵּירַשׁ: מִין מִמִּינֵי הַבְּצָלִים. **לָעוֹרְבִין** — כְּגוֹן עֲשִׁירִים, שֶׁמְּגַדְּלִים עוֹרְבִים לִגְדוּלָּה. וְאֵין הֲלָכָה כְּרַבָּן שִׁמְעוֹן בֶּן גַּמְלִיאֵל.

Chapter 18

mishna 1 — One may clear away (1) Terumah that is ritually pure, (2) Demai, (3) first tithe whose Terumah has been separated, (4) second tithe and (5) consecrated things which were redeemed, or (6) dried line, since it is food for poor people. [One may] not, however, [clear away] (7) produce which must be tithed, (8) first tithe whose Terumah has not been separated, (9) second tithe and (10) consecrated things which were not redeemed, (11) Luf, or (12) mustard. R. Shim'on b. Gamliel permits [clearing away] Luf, since it is food for ravens.

What may be cleared away

ONE MAY CLEAR AWAY (1) TERUMAH THAT IS RITUALLY PURE: Since it is fit for a Kohen to eat, [it is not considered Muktzeh,] and any Jew - although he may not eat it - may handle it and clear it away. (2) DEMAI [is the produce of an Am-Ha'aretz, someone who, out of ignorance, may have been careless about tithing. The Rabbis decreed that one should tithe such produce - to remove any uncertainty - before eating it. However, since most Amei-Ha'aretz do tithe their produce, the Rabbis did not feel compelled to include the poor in this decree:] The poor may eat Demai without first tithing it, as it says in the Mishnah: "One may feed the poor Demai" (Demai 3:1) [Our Mishnah states that "one may clear away...Demai" on Shabbat. The question is: how can this be permissible? Demai should be considered "Muktzeh" - and forbidden to be handled - because of the following reasoning: 1. Demai may not be eaten until it is first tithed. 2. One may not tithe on Shabbat. 3. Since one may not tithe the Demai that is in one's possession on Shabbat, it is not fit to eat on Shabbat and should therefore be considered "Muktzeh"! The answer:] If a person wanted to, he could relinquish ownership of all his possessions and become poor; Demai would then be fit for him to eat (without tithing)! Therefore, Demai is considered fit for him to eat even now, [and is not considered "Muktzeh"]. (3) FIRST TITHE WHOSE TERUMAH, i.e. "Terumah of the tithe," HAS BEEN SEPARATED - but whose "great Terumah" has not been separated. Background [A Jew would first separate from his produce (a) "great Terumah," which is given to a

(המשך) משנה א

מְפַנִּין תְּרוּמָה טְהוֹרָה, וּדְמַאי, וּמַעֲשֵׂר־רִאשׁוֹן, שֶׁנִּטְּלָה תְּרוּמָתוֹ, וּמַעֲשֵׂר־שֵׁנִי, וְהֶקְדֵּשׁ, שֶׁנִּפְדּוּ, וְהַתּוּרְמוֹס הַיָּבֵשׁ מִפְּנֵי שֶׁהוּא מַאֲכָל לַעֲנִיִּים; אֲבָל לֹא אֶת הַטֶּבֶל, וְלֹא מַעֲשֵׂר־רִאשׁוֹן, שֶׁלֹּא נִטְּלָה תְּרוּמָתוֹ, וְלֹא אֶת מַעֲשֵׂר־שֵׁנִי, וְהֶקְדֵּשׁ, שֶׁלֹּא נִפְדּוּ, וְלֹא אֶת הַלּוּף וְלֹא אֶת הַחַרְדָּל.
רַבָּן שִׁמְעוֹן בֶּן גַּמְלִיאֵל מַתִּיר בְּלוּף מִפְּנֵי שֶׁהוּא מַאֲכַל עוֹרְבִין.

מְפַנִּין תְּרוּמָה טְהוֹרָה: וַאֲפִילוּ יִשְׂרָאֵל, דְּלָא חַזְיָא לֵיהּ, יוּכַל לְטַלְטְלָהּ וּלְפַנּוֹתָהּ כֵּיוָן דְּחַזְיָא לְכֹהֵן. **וּדְמַאי,** דַּחֲזֵי לָעֲנִיִּים, כִּדְתְנַן (דמאי ג, א): "מַאֲכִילִין אֶת הָעֲנִיִּים דְּמַאי"; וְאִי בָּעֵי, הֲוָה מַפְקִיר לְנִכְסֵיהּ וַהֲוֵי עָנִי, וְחַזְיָא לֵיהּ — הַשְׁתָּא נָמִי חֲזֵי לֵיהּ. **וּמַעֲשֵׂר־רִאשׁוֹן, שֶׁנִּטְּלָה תְּרוּמָתוֹ:** שֶׁנִּטְּלָה מִמֶּנּוּ תְּרוּמַת־מַעֲשֵׂר, וְלֹא נִטְּלָה מִמֶּנּוּ תְּרוּמָה־גְּדוֹלָה, כְּגוֹן שֶׁהִקְדִּים בֶּן־לֵוִי וְלָקַח הַמַּעֲשֵׂר בְּשִׁבֳּלִין, דַּעֲדַיִין לֹא חָלָה עָלֶיהָ חוֹבַת תְּרוּמָה, שֶׁאֵין הַדָּגָן חַיָּיב בִּתְרוּמָה־גְּדוֹלָה עַד שֶׁיִּתְמָרַח בַּכְּרִי, וְזֶה שֶׁהִקְדִּים וְלָקַח הַמַּעֲשֵׂר בְּשִׁבֳּלִין אֵינוֹ מַפְרִישׁ אֶלָּא תְּרוּמַת־מַעֲשֵׂר בִּלְבַד, וּמוּתָּר בַּאֲכִילָה אַף־עַל־פִּי שֶׁלֹּא הִפְרִישׁ מִמֶּנּוּ תְּרוּמָה־גְּדוֹלָה. **וּמַעֲשֵׂר־שֵׁנִי, וְהֶקְדֵּשׁ, שֶׁנִּפְדּוּ** — שֶׁפָּדוּ אוֹתָן הַבְּעָלִים וְנָתְנוּ אֶת הַקֶּרֶן, וְלֹא נָתְנוּ אֶת הַחוֹמֶשׁ; וְשָׁמְעִינַן מֵהָכָא, שֶׁהֵם פְּדוּיִין, וְהַחוֹמֶשׁ הָוֵי מִלְוֶה גַּבֵּי בְּעָלִים. **אֲבָל לֹא אֶת הַטֶּבֶל,** וַאֲפִילוּ טֶבֶל דְּרַבָּנָן, כְּגוֹן הַזָּרוּעַ בְּעָצִיץ, שֶׁאֵינוֹ נָקוּב. **וְלֹא אֶת מַעֲשֵׂר־רִאשׁוֹן, שֶׁלֹּא נִטְּלָה תְּרוּמָתוֹ:** אִם הִקְדִּים בֶּן־לֵוִי וְלָקַח הַמַּעֲשֵׂר אַחַר שֶׁנִּתְמָרְחָה הַתְּבוּאָה בַּכְּרִי, קוֹדֶם שֶׁהִפְרִישׁוּ מִמֶּנּוּ תְּרוּמָה־גְּדוֹלָה, וְהִפְרִישׁ מִמֶּנּוּ תְּרוּמַת־מַעֲשֵׂר וְלֹא הִפְרִישׁ תְּרוּמָה־גְּדוֹלָה

mishna 1

One may clear away even four or five baskets of straw or grain on account of guests or because the study hall would [otherwise] be neglected. [One may] not, however, [clear out] a storeroom.

ONE MAY CLEAR AWAY if their place is needed to make room for guests, to serve them a meal, or for students so that they may attend a Torah lecture. Ordinarily, it is forbidden on Shabbat to engage in strenuous activity [that would not be in keeping with the spirit of the day as a day of rest]. For the sake of a Mitzvah, however, it is permitted.

FOUR OR FIVE - The Mishnah does not mean to set a limit; one may clear away even more.

[ONE MAY] NOT, HOWEVER, [CLEAR AWAY] A STOREROOM - That is, one may not clear it out entirely, such that one reaches the bare floor of the storeroom. This was prohibited, lest one uncover depressions in the floor and even them out [on Shabbat, which would be a violation of "building."]

משניות שבת ★ פרוש ר"ע מברטנורא ★ פרק יח

משנה א

מְפַנִּין אֲפִילּוּ אַרְבַּע, וְחָמֵשׁ, קוּפּוֹת שֶׁל תֶּבֶן, וְשֶׁל תְּבוּאָה, מִפְּנֵי הָאוֹרְחִים וּמִפְּנֵי בִּיטּוּל בֵּית־הַמִּדְרָשׁ; אֲבָל לֹא אֶת הָאוֹצָר.

מְפַנִּין, אִם צָרִיךְ לִמְקוֹמָן, לְהוֹשִׁיב שָׁם אוֹרְחִין, לְהָסֵב בִּסְעוּדָה, אוֹ תַּלְמִידִים, לִשְׁמוֹעַ הַדְּרָשָׁה. וְדַוְקָא לִדְבַר־מִצְוָה שְׁרֵי, וְלָא חָיְישִׁינַן לְטִרְחָא בְּשַׁבָּת. **אַרְבַּע, וְחָמֵשׁ**: לַאו דַּוְקָא, דְּאִי בְּעֵי — אֲפִילּוּ טוּבָא נָמִי. **אֲבָל לֹא אֶת הָאוֹצָר**: כְּלוֹמַר, וּבִלְבַד שֶׁלֹּא יִגְמוֹר אֶת הָאוֹצָר כּוּלּוֹ, עַד שֶׁיַּגִּיעַ לְקַרְקָעִיתוֹ, דִּלְמָא אָתֵי לְאַשְׁוּוֹיֵי גוּמוֹת.

מפנין תבן בקופות מתוך האוצר

mishna 8

All utensil covers that have handles may be handled on Shabbat. Said R. Yossi: when was that said? In regard to ground covers. But in regard to utensil covers, they may be handled on Shabbat in either case, [with or without handles].

WHEN WAS THAT SAID? IN REGARD TO GROUND COVERS - The Gemara comments on the dispute in the Mishnah as follows:

1. In regard to utensil covers there is no argument; all would agree that they may be handled on Shabbat, even if they lack handles.

2. In regard to ground covers - such as a covering of a pit or a cistern - there is also no argument; all would agree that they may not be handled on Shabbat, if they have no handles.

3. In which case do they disagree? In the case of covers of utensils that are attached to the ground. According to the anonymous first opinion in the Mishnah, the law in this case is like that of ground covers; according to R. Yossi, the law in this case is like that of utensil covers.

The Halakhah follows the opinion of the Sages [i.e., the anonymous first opinion in the Mishnah], for [the rule is:] that which is attached to the ground is like the ground.

משנה ח

כָּל כְּסוּיֵ[י] הַכֵּלִים, שֶׁיֵּשׁ לָהֶם בֵּית־אֲחִיזָה, נִיטָּלִים בְּשַׁבָּת. אָמַר רַבִּי יוֹסֵי: בַּמֶּה דְּבָרִים אֲמוּרִים? בִּכְסוּיֵ[י] קַרְקַע;* אֲבָל בִּכְסוּיֵ[י] הַכֵּלִים — בֵּין כָּךְ וּבֵין כָּךְ נִיטָּלִים בְּשַׁבָּת.

* נ"א: קַרְקָעוֹת

בַּמֶּה דְּבָרִים אֲמוּרִים? בִּכְסוּיֵי־קַרְקָעוֹת: בַּגְּמָרָא קָאָמַר, דְּבִכְסוּיֵי־כֵלִים — כּוּלֵּי עָלְמָא לָא פְּלִיגֵי, דִּשְׁרֵי אַף־עַל־גַּב דְּלֵית לְהוֹ בֵּית־אֲחִיזָה; וּבִכְסוּיֵי־קַרְקָעוֹת, כְּגוֹן כְּסוּי שֶׁל בּוֹר, וְדוּת — כּוּלֵּי עָלְמָא לָא פְּלִיגֵי, דְּאָסוּר, אִי לֵית לְהוֹ בֵּית־אֲחִיזָה. כִּי פְּלִיגֵי — בִּכְסוּיֵי־כֵלִים, הַמְחוּבָּרִים לַקַּרְקָעוֹת — מָר סָבַר: כַּקַּרְקָעוֹת דַּמְיָין, וּמָר סָבַר: לַאו כַּקַּרְקָעוֹת דַּמְיָין. וַהֲלָכָה כַּחֲכָמִים, שֶׁהַמְחוּבָּר לַקַּרְקַע הֲרֵי הוּא כַּקַּרְקַע.

כסויי הקרקע
עם בית אחיזה
דות
דות
בור

כי פליגי בכסויי כלים
המחוברים
לקרקע

mishna 7

משניות שבת * פרוש ר"ע מברטנורא * פרק יז

קשור ותלוי

פקק החלון

שאינו קשור ותלוי

נגרר

mishna 7

R. Eliezer says: if a window shutter is tied on and suspended, one may shut [the window] with it; if not, one may not shut [the window] with it. The Sages say: either way, one may shut [the window] with it.

A WINDOW SHUTTER - a board, curtain, or anything else that is used to close up a window. AND SUSPENDED - it does not hang down onto the ground.

IF NOT, ONE MAY NOT SHUT [THE WINDOW] WITH IT - If it does hang down onto the ground, then, when one lifts it off the ground to shut the window, it looks like one is making a [temporary] addition to the building. According to R. Eliezer, [it is forbidden to appear to be making a temporary addition, since he is of the opinion that] it is forbidden to add to a temporary structure on Shabbat.

EITHER WAY, whether it is tied on or not. ONE MAY SHUT [THE WINDOW] WITH IT - The Sages are of the opinion that it is permitted to add to a temporary structure on Shabbat, and so it is not a problem if one appears to be making a temporary addition to the building by closing up the window with the board.

The board [is not considered "Muktzeh" since it] was "prepared" for such use before Shabbat. [In order to use or handle something on Shabbat, it must first be "prepared" - before Shabbat - for such use. Anything lacking such preparation is termed "Muktzeh."]

The Halakhah follows the opinion of the Sages.

זמורה שהיא קשורה בטפיח

משנה ז

פְּקַק הַחַלּוֹן: רַבִּי אֱלִיעֶזֶר אוֹמֵר: בִּזְמַן שֶׁהוּא קָשׁוּר וְתָלוּי — פּוֹקְקִין בּוֹ; וְאִם לַאו — אֵין פּוֹקְקִין בּוֹ.

וַחֲכָמִים אוֹמְרִים: בֵּין כָּךְ וּבֵין כָּךְ — פּוֹקְקִין בּוֹ.

פְּקַק הַחַלּוֹן, כְּגוֹן לוּחַ, וּמָסָךְ, אוֹ שְׁאָר כָּל דָּבָר, שֶׁסּוֹתְמִים בּוֹ חַלּוֹן. **וְתָלוּי** — שֶׁאֵינוֹ נִגְרָר בָּאָרֶץ. **וְאִם לַאו — אֵין פּוֹקְקִין בּוֹ**, שֶׁאִם נִגְרָר עַל־גַּבֵּי קַרְקַע, כְּשֶׁהוּא שׁוֹמְטוֹ מֵעַל הָאָרֶץ, לִסְתּוֹם בּוֹ, מִחֲזֵי כְּמוֹסִיף עַל הַבִּנְיָן. וְסָבַר רַבִּי אֱלִיעֶזֶר: אֵין מוֹסִיפִין עַל אֹהֶל־עֲרַאי בְּשַׁבָּת. **בֵּין כָּךְ וּבֵין כָּךְ** — בֵּין קָשׁוּר, בֵּין אֵינוֹ קָשׁוּר — **פּוֹקְקִין בּוֹ** — הוֹאִיל וְהָיָה מוּכָן מֵאֶתְמוֹל לְכָךְ, דְּסָבְרִי רַבָּנַן: מוֹסִיפִין עַל אֹהֶל־עֲרַאי בְּשַׁבָּת. וַהֲלָכָה כַּחֲכָמִים.

mishna 6

If one can draw water with a pumpkin shell that has a stone inside of it, without the stone falling out, one may draw water with it; and if not, one may not draw water with it.

If a branch is tied to a pitcher, one may draw water with it on Shabbat.

A PUMPKIN SHELL THAT HAS A STONE INSIDE OF IT - A dried out pumpkin shell is used to draw water. Because it is light in weight, however, it floats on the surface of the water and will not draw water, unless weighted down with a stone placed inside of it.

IF ONE CAN DRAW WATER with the pumpkin shell WITHOUT THE STONE FALLING OUT - as the stone is well secured to the mouth of the pumpkin shell - it [the stone] is considered a utensil [and is not Muktzeh].

AND IF NOT, the stone is considered Muktzeh, like any other stone. The pumpkin shell, then, may not be moved, as it becomes a "base" to the stone, which it holds. [That which serves as a "base" to Muktzeh - even if it is not itself Muktzeh - also becomes Muktzeh.]

IF A BRANCH IS TIED TO A small PITCHER that is used to draw water from a well or spring, one may use it to draw water [on Shabbat], for the branch has become a utensil.

משניות שבת ★ פרוש ר"ע מברטנורא ★ פרק יז

משנה ו

הָאֶבֶן שֶׁבַּקֵּרוּיָה – אִם מְמַלְאִין בָּהּ, וְאֵינָהּ* נוֹפֶלֶת, מְמַלְאִין בָּהּ; וְאִם לַאו – אֵין מְמַלְאִין בָּהּ. זְמוֹרָה, שֶׁהִיא קְשׁוּרָה בְּטָפִיחַ – מְמַלְאִין בָּהּ בְּשַׁבָּת.

* נ"א: וְאֵין הָאֶבֶן

הָאֶבֶן שֶׁבַּקֵּרוּיָה: דְּלַעַת יְבֵשָׁה, וּמְמַלְאִים בָּהּ מַיִם; וּמִתּוֹךְ שֶׁהִיא קַלָּה אֵינָהּ שׁוֹאֶבֶת, אֶלָּא צָפָה, וְנוֹתְנִין בָּהּ אֶבֶן, לְהַכְבִּידָהּ. **אִם מְמַלְאִין** בַּקֵּרוּיָה, **וְאֵין הָאֶבֶן נוֹפֶלֶת** – שֶׁהִדְּקוּהָ יָפֶה בְּפִי הַקֵּרוּיָה – הֲוָה כְּלִי; **וְאִם לַאו** – הֲרֵי הִיא כִּשְׁאָר אֲבָנִים, וְאֵין מְטַלְטְלִין אֶת הַקֵּרוּיָה, שֶׁנַּעֲשֵׂית בָּסִיס לָאֶבֶן, שֶׁנּוֹשֵׂאתָהּ. **זְמוֹרָה, שֶׁהִיא קְשׁוּרָה בְּטָפִיחַ**: לְפַךְ קָטָן, שֶׁשּׁוֹאֲבִין בּוֹ מַיִם מִן הַבּוֹר, אוֹ מִן הַמַּעְיָן: מְמַלְאִים בּוֹ, דְּשַׁוְיָא לְהָךְ זְמוֹרָה כְּלִי.

האבן שבקרויה

mishna 5

R. Yehudah says: provided that they can be used to perform some kind of work similar to the original. [For example:] fragments of a kneading trough [can be used] by pouring porridge into them; fragments of glass [can be used] by pouring oil into them.

SOME KIND OF WORK, whatever work it may be, even if it is not similar to the work of the original utensil.

BY POURING PORRIDGE INTO THEM - a thick porridge, like dough mixed with water.

The dispute [between R. Yehudah and the anonymous first opinion in the Mishnah] is only with regard to utensils which break into fragments on Shabbat. If, however, utensils break before Shabbat, all would agree that the fragments may be handled [on Shabbat], even if they cannot be used to perform work similar to the original.

The Halakhah is not like R. Yehudah.

(המשך) משנה ה

רַבִּי יְהוּדָה אוֹמֵר: וּבִלְבַד שֶׁיִּהְיוּ עוֹשִׂין מֵעֵין־מְלַאכְתָּן: שִׁבְרֵי עֲרֵיבָה – לָצוּק לְתוֹכָן מִקְפָּה; וְשֶׁל־זְכוּכִית – לָצוּק לְתוֹכָן שֶׁמֶן.

מֵעֵין־מְלָאכָה: אֵיזוֹ מְלָאכָה שֶׁתִּהְיֶה, וַאֲפִילוּ אֵינָהּ מֵעֵין מְלַאכְתָּן הָרִאשׁוֹנָה. **לָצוּק לְתוֹכָן מִקְפָּה** עָבָה, דוּמְיָא דְעִיסָּה מְעוֹרֶבֶת בְּמַיִם. וְלָא פְּלִיגֵי אֶלָּא בְּנִשְׁבְּרוּ בְּשַׁבָּת; אֲבָל, נִשְׁבְּרוּ מֵעֶרֶב־שַׁבָּת – כּוּלֵּי עָלְמָא מוֹדוּ, דְנִיטָּלִים אֲפִילוּ אֵין עוֹשִׂין מֵעֵין מְלַאכְתָּן הָרִאשׁוֹנָה. וְאֵין הֲלָכָה כְּרַבִּי יְהוּדָה.

שברי עריבה
לצוק לתוכן מקפה

שברי זכוכית
לצוק לתוכן שמן

mishna 5

All utensils that may be handled on Shabbat, their fragments may also be handled, provided that they can be used to perform some kind of work. [For example:] fragments of a kneading trough [can be used] to cover the mouth of a jar; fragments of glass [can be used] to cover the mouth of a flask.

משנה ה

כָּל הַכֵּלִים הַנִּיטָּלִין בְּשַׁבָּת – שִׁבְרֵיהֶן נִיטָּלִין עִמָּהֶן וּבִלְבַד שֶׁיִּהְיוּ עוֹשִׂין מֵעֵין־מְלָאכָה: שִׁבְרֵי עֲרֵיבָה – לְכַסּוֹת בָּהֶן אֶת פִּי־הֶחָבִית; שִׁבְרֵי זְכוּכִית – לְכַסּוֹת בָּהֶן אֶת פִּי־הַפַּךְ.

mishna 4

ALL UTENSILS MAY BE HANDLED [ON SHABBAT] WHEN THEY ARE NEEDED AND WHEN THEY ARE NOT NEEDED - The Mishnah should be understood as follows:

Utensils normally used for functions permitted on Shabbat

All utensils which are normally used for functions permitted [on Shabbat] - such as plates and cups - may be handled (a) when they are needed for a use which is permitted on Shabbat or (b) when their place is needed, [in which case they may be moved].

When they are not needed - neither for some permitted use nor for their place - they may nevertheless be moved from the sun into the shade or to be protected from theft.

Utensils normally used for work that on Shabbat would be prohibited

Utensils which are normally used to perform work that [on Shabbat] would be prohibited - such as mortars, millstones, and the like - may be handled (a) when they are needed for a use which is permitted on Shabbat or (b) when their place is needed, in which case they may be moved.

They may not be moved, however, from the sun into the shade or to be protected from theft.

R. NEHEMIAH SAYS: THEY MAY BE HANDLED ONLY WHEN THEY ARE NEEDED - The Gemara understands this position as follows:

[Even a utensil normally used for a permitted function] may only be used for its customary purpose; it may not be used for some other permitted function. For example, a knife may only be used for cutting, not to support a plate.

The Halakhah is not like R. Nehemiah.

משניות שבת ★ פרוש ר״ע מברטנורא ★ פרק יז

כָּל הַכֵּלִים נִיטָּלִים לְצוֹרֶךְ וְשֶׁלֹּא-לְצוֹרֶךְ: הָכִי קָאָמַר: כָּל הַכֵּלִים, שֶׁמְּלַאכְתָּן לְהֶיתֵּר, כְּגוֹן קְעָרוֹת וְכוֹסוֹת, נִיטָּלִים לְצוֹרֶךְ גּוּפוֹ וּלְצוֹרֶךְ מְקוֹמוֹ שֶׁל כְּלִי; וְשֶׁלֹּא-לְצוֹרֶךְ, אֲפִילוּ שֶׁאֵינוֹ צָרִיךְ לְגוּפוֹ וְלִמְקוֹמוֹ שֶׁל כְּלִי, אֶלָּא לְטַלְטְלוֹ מֵחַמָּה לְצֵל, אוֹ שֶׁלֹּא יִגְנְבוּהוּ הַגַּנָּבִים — שְׁרֵי בִּכְלִי, שֶׁמְּלַאכְתּוֹ לְהֶיתֵּר. וּכְלִי, שֶׁמְּלַאכְתּוֹ לְאִיסּוּר, כְּגוֹן מְדוֹכוֹת וְרֵחַיִם וְכַיּוֹצֵא-בָּהֶן — לְצוֹרֶךְ גּוּפוֹ וּלְצוֹרֶךְ מְקוֹמוֹ — מוּתָּר; מֵחַמָּה לְצֵל, אוֹ מִפְּנֵי הַגַּנָּבִים — אָסוּר. **רַבִּי נְחֶמְיָה אוֹמֵר: אֵין נִיטָּלִין אֶלָּא לְצוֹרֶךְ**: מְפָרֵשׁ בַּגְּמָרָא: לְצוֹרֶךְ תַּשְׁמִישׁ, הַמְיוּחָד לוֹ בִּלְבַד, וְלֹא לְצוֹרֶךְ דָּבָר אַחֵר; וַאֲפִילוּ לְצוֹרֶךְ גּוּפוֹ, כְּגוֹן סַכִּין — לַחְתּוֹךְ בּוֹ בִּלְבַד שְׁרֵי, וְלֹא לִסְמוֹךְ בּוֹ אֶת הַקְּעָרָה. וְאֵין הֲלָכָה כְּרַבִּי נְחֶמְיָה.

mishna 4

**R. Yossi says: all utensils may be handled [on Shabbat] except for (1) a large saw or (2) a ploughshare.
All utensils may be handled [on Shabbat] when they are needed and when they are not needed. R. Nehemiah says: they may be handled only when they are needed.**

---

(1) A LARGE SAW, used for sawing beams. OR (2) A PLOUGHSHARE, the large tool, shaped like a blade, that is used to make furrows when plowing. One is careful not to use these tools for any other function and appoints them a special place. Since, as a rule, they are not used for any function [that is permitted on Shabbat, they are "Muktzeh," and may not be handled on Shabbat.]

יתד של מחרישה

משנה ד

רַבִּי יוֹסֵי אוֹמֵר; כָּל הַכֵּלִים נִיטָּלִין חוּץ מִן הַמַּסָּר הַגָּדוֹל וְיָתֵד־שֶׁל־מַחֲרֵישָׁה. כָּל הַכֵּלִים נִיטָּלִין לְצוֹרֶךְ וְשֶׁלֹּא־לְצוֹרֶךְ. רַבִּי נְחֶמְיָה אוֹמֵר: אֵין נִיטָּלִין אֶלָּא לְצוֹרֶךְ.

מַסָּר הַגָּדוֹל: מְגֵרָה גְּדוֹלָה, שֶׁנּוֹסְרִים בָּהּ קוֹרוֹת. **וְיָתֵד־שֶׁל־מַחֲרֵישָׁה**: כְּלִי גָּדוֹל, הֶעָשׂוּי כְּסַכִּין, שֶׁבּוֹ עוֹשִׂין חָרִיץ שֶׁל תֶּלֶם הַמַּעֲנֶה. וְהָנָךְ קָפֵיד עֲלַיְיהוּ וּמְיַיחֵד לְהוּ מָקוֹם, דְּלָא חֲזוּ לִמְלָאכָה אַחֲרִיתִי.

המסר הגדול

mishna 3

A reed for olives, if it has a knot at its end, is subject to ritual impurity; if not, it is not subject to ritual impurity. Either way, it may be handled on Shabbat.

A REED FOR OLIVES, used to check olives in the vat, to see if the oil had collected within them and they were ready to be pressed. IF IT HAS A KNOT AT ITS END - like a plug [at one end] of the reed. IS SUBJECT TO RITUAL IMPURITY - [In order to be subject to ritual impurity, a wooden vessel must have a receptacle. What about this case of the reed? Does it have a receptacle? Yes.] Since [the reed] is plugged up by a knot [at one end], the reed functions like a receptacle: some of the oil which exudes from the olives remains in the reed. One can then check the oil to determine whether the olives are ready to be pressed.

IF NOT, if [the reed] does not have a knot [at one end], even if it is a hollow reed, it is not fit to hold anything. It is therefore considered an unformed wooden utensil [that has no receptacle] and is not subject to ritual impurity.

EITHER WAY, IT MAY BE HANDLED ON SHABBAT - [Even if the reed has no knot at one end,] it is still considered a utensil: it is fit to be used for turning over olives. [(If it were not fit for any use, however, it would not be considered a utensil and would be Muktzeh.)

One may not handle such a reed on Shabbat, however, unless it is (a) to perform an act which is permitted on Shabbat or (b) because its place is needed, in which case one may move it.]

משנה ג

קָנֶה־שֶׁל־זֵיתִים, אִם יֵשׁ קֶשֶׁר בְּרֹאשׁוֹ, מְקַבֵּל טוּמְאָה; וְאִם לַאו, אֵין מְקַבֵּל טוּמְאָה. בֵּין כָּךְ וּבֵין כָּךְ נִיטָּל בְּשַׁבָּת.

קָנֶה־שֶׁל־זֵיתִים: קָנֶה, שֶׁעָשׂוּי לִבְדּוֹק הַזֵּיתִים שֶׁבַּמַּעֲטָן, אִם נִתְאַסֵּף שַׁמְנָן בְּתוֹכָן, וְהִגִּיעוּ לִהְיוֹת רְאוּיִין לְבֵית־הַבַּד. **אִם יֵשׁ קֶשֶׁר בְּרֹאשׁוֹ:** כְּעֵין פְּקָק שֶׁבַּקָּנֶה. **מְקַבֵּל טוּמְאָה** — לְפִי שֶׁעַל־יְדֵי שֶׁהוּא פָּקוּק בְּקֶשֶׁר מִשְׁתַּיֵּיר בּוֹ מִן הַשֶּׁמֶן, הַזָּב מִן הַזֵּיתִים, וּבוֹדֵק בּוֹ, אִם הִגִּיעַ לְעִצּוּר, וַהֲוָה לֵיהּ בֵּית־קִבּוּל. **וְאִם לַאו** — שֶׁאֵין בּוֹ קֶשֶׁר, אַף־עַל־פִּי שֶׁהוּא חָלוּל אֵין חֲלָלוֹ עָשׂוּי לְקַבֵּל כְּלוּם; הִלְכָּךְ הֲוָה לֵיהּ פְּשׁוּטֵי־כְלֵי־עֵץ וְאֵינוֹ מְקַבֵּל טוּמְאָה. **בֵּין כָּךְ וּבֵין כָּךְ נִיטָּל בְּשַׁבָּת,** דְּהָא כְּלִי הוּא וְעָשׂוּי לַהֲפוֹךְ בּוֹ אֶת הַזֵּיתִים.

קנה של זיתים
קנה

mishna 2

משניות שבת ★ פרוש ר״ע מברטנורא ★ פרק יז

mishna 2

(7) a spindle or (8) a shuttle to spear with; (9) a hand-needle to take out a thorn; or (10) a sack maker's needle in order to open a door.

---

(7) A SPINDLE, used by women in spinning. OR (8) A SHUTTLE - A weaver's reed which resembles a sack maker's needle. TO SPEAR WITH, when eating mulberries or any other tender fruit.

(9) A HAND NEEDLE: a small needle, used to sew clothing. TO TAKE OUT A THORN that had entered one's skin. It is permitted to remove it on Shabbat, just as one may open an abscess on Shabbat in order to draw out the pus (providing that he does not have the intention of making for it an opening).

OR (10) A SACK MAKER'S large needle, used for sewing sacks. IN ORDER TO OPEN A DOOR, if one lost his key.

רחת ומזלג לתת עליו לקטן

(המשך) משנה ב

אֶת הַכּוּשׁ, וְאֶת הַכִּרְכָּר — לִתְחוֹב בּוֹ; מַחַט־שֶׁל־יָד — לִיטּוֹל בּוֹ אֶת הַקּוֹץ; וְשֶׁל־סַקָּאִים — לִפְתּוֹחַ בּוֹ אֶת הַדֶּלֶת.

כּוּשׁ: פֶּלֶךְ, שֶׁטּוֹווֹת בּוֹ הַנָּשִׁים. **כִּרְכָּר:** עֵץ שֶׁל אוֹרְגִים וְדוֹמֶה לְמַחַט־שֶׁל־סַקָּאִין. **לִתְחוֹב בּוֹ:** לֶאֱכוֹל בּוֹ תּוּתִים וְכָל מִינֵי פְּרִי רַךְ. **מַחַט־שֶׁל־יָד:** מַחַט קְטַנָּה, שֶׁתּוֹפְרִים בָּהּ בְּגָדִים. **לִיטּוֹל בּוֹ אֶת הַקּוֹץ,** שֶׁנִּכְנַס בִּבְשָׂרוֹ, שֶׁמּוּתָּר לִיטְּלוֹ בְּשַׁבָּת, כְּמוֹ שֶׁמּוּתָּר לְהָפִיס מוּרְסָא, לְהוֹצִיא מִמֶּנָּה לֵיחָא, וּבִלְבַד שֶׁלֹּא יִתְכַּוֵּין לַעֲשׂוֹת לָהּ פֶּה. **שֶׁל־סַקָּאִים:** מַחַט גָּדוֹל, שֶׁתּוֹפְרִין בּוֹ שַׂקִּין. **לִפְתּוֹחַ בּוֹ אֶת הַדֶּלֶת** — מִי שֶׁאָבְדָה לוֹ מַפְתֵּחַ.

mishna 2

[On Shabbat] a person may take (1) a hammer in order to crack nuts; (2) an axe to slice a cake of figs; (3) a saw to saw through cheese; (4) a rake to rake out dried figs; (5) a winnowing shovel or (6) a pitchfork upon which to put something for a child;

[A utensil, normally used to perform work that on Shabbat would be prohibited, is "Muktzeh" (lit. "set aside") - it may not be used or handled on Shabbat. There are, however, exceptions to this rule. For instance: one may use such a utensil to perform an act which is permitted on Shabbat.

Our Mishnah provides examples of utensils - normally used to perform acts of work forbidden on Shabbat - which may, however, be used on Shabbat for certain permitted functions.]

(1) A "kardom" is a hammer.

(2)...A CAKE OF FIGS: After it is made into a round cake it is very thick and hard and one needs an axe to cut it.

(3) A SAW - a kind of long knife with a jagged edge. TO SAW THROUGH CHEESE - to slice it and divide it into parts. With its jagged edge it can quickly slice even that which is thick.

(4) A RAKE to rake out the dried figs from a barrel.

(5) A WINNOWING SHOVEL has a flat surface, two sides and a handle. It is used for winnowing wheat. OR (6) A PITCHFORK - a tool with three prongs, used to turn over the wheat of the threshing floor.

משנה ב

נוֹטֵל אָדָם קוּרְנָס – לְפַצֵּעַ בּוֹ אֶת הָאֱגוֹזִים; וְקוּרְדּוֹם – לַחְתּוֹךְ אֶת הַדְּבֵלָה; מְגֵירָה – לִגְרוֹר בָּהּ אֶת הַגְּבִינָה; מַגְרֵיפָה – לִגְרוֹף בָּהּ אֶת הַגְּרוֹגָרוֹת; אֶת הָרַחַת, וְאֶת הַמַּזְלֵג – לָתֵת עָלָיו לְקָטָן;

קוּרְנָס: פַּטִּישׁ. **הַדְּבֵלָה:** לְאַחַר שֶׁעֲשָׂאָהּ עִגּוּל הִיא עָבָה וְקָשָׁה וּצְרִיכָה קַרְדּוֹם לַחֲתְכָהּ. **מְגֵרָה:** כְּעֵין סַכִּין אָרוֹךְ, וְיֵשׁ בּוֹ פְּגִימוֹת הַרְבֵּה. **לִגְרוֹר בָּהּ אֶת הַגְּבִינָה:** לַחֲתְכָהּ וּלְחַלְּקָהּ לַחֲלָקִים, שֶׁעַל־יְדֵי פְּגִימוֹתָיו מְמַהֵר וְחוֹתֵךְ הַדָּבָר הֶעָב. **מַגְרֵיפָה** — לִגְרוֹף בָּהּ אֶת הַגְּרוֹגָרוֹת מִן הֶחָבִית. **רַחַת:** לוּחַ, שֶׁיֵּשׁ בָּהּ בֵּית־יָד וּשְׁתֵּי דְּפָנוֹת, וְזוֹרִין בָּהּ אֶת הַחִטָּה. **וּמַזְלֵג:** כְּלִי, שֶׁיֵּשׁ לוֹ שָׁלֹשׁ שִׁנַּיִם, וּמְהַפְּכִים בּוֹ אֶת הַקַּשׁ בַּגּוֹרֶן.

קורנס

קרדום

מגירה

מגריפה

mishna 1

All utensils may be carried about on Shabbat and their doors along with them, even if [the doors] had been detached on Shabbat, as they [the doors of utensils] are unlike the doors of houses, which are not "prepared" [for use on Shabbat].

ALL UTENSILS that have doors MAY BE CARRIED ABOUT ON SHABBAT AND THEIR DOORS ALONG WITH THEM: Even though the doors were detached from the utensils before Shabbat, they may be carried about on Shabbat, as [they are considered] parts of the utensils. [The Mishnah should be read as follows: "All utensils may be carried about on Shabbat; and their doors along with them - even if they had been detached (before Shabbat) - (may also be carried about) on Shabbat..."]

AS THEY [THE DOORS OF UTENSILS] ARE UNLIKE THE DOORS OF HOUSES: The doors of houses may not be carried about on Shabbat, not even if they were detached on Shabbat, for they were not "prepared" for such use on Shabbat: they were not made to be carried about.

משניות שבת ★ פרוש ר"ע מברטנורא ★ פרק יז

משנה א

כָּל הַכֵּלִים נִיטָּלִין בְּשַׁבָּת, וְדַלְתוֹתֵיהֶן עִמָּהֶן אַף־עַל־פִּי שֶׁנִּתְפָּרְקוּ בְּשַׁבָּת — שֶׁאֵינָן דּוֹמִין לְדַלְתוֹת הַבַּיִת לְפִי שֶׁאֵינָן מִן הַמּוּכָן.

כָּל הַכֵּלִים, שֶׁיֵּשׁ לָהֶם דְּלָתוֹת — **נִיטָּלִים בְּשַׁבָּת, וְדַלְתוֹתֵיהֶן עִמָּהֶן**: וְאַף־עַל־פִּי שֶׁנִּתְפָּרְקוּ הַדְּלָתוֹת מִן הַכֵּלִים קוֹדֶם הַשַּׁבָּת, נִיטָּלִים בְּשַׁבָּת אַגַּב הַכֵּלִים. **וְאֵינָן דּוֹמִין לְדַלְתוֹת הַבַּיִת**, שֶׁאֲפִילוּ נִתְפָּרְקוּ בְּשַׁבָּת, אֵין נִיטָּלִין לְפִי שֶׁדַּלְתוֹת הַבַּיִת אֵינָן מִן הַמּוּכָן, כְּלוֹמַר, לֹא נַעֲשׂוּ לְטִלְטוּל.

ניטלים ודלתותיהן עמהן

דלתות הבית

mishna 8

If a gentile makes a gangway upon which to disembark, a Jew may disembark after him. If, however, [a gentile does so] for the sake of a Jew, it is forbidden [to then disembark after him].

It once happened that R. Gamliel and the elders came in on a ship and a gentile made a gangway upon which to disembark, and R. Gamliel and the elders disembarked upon it.

A GANGWAY is made for a large ship so that [passengers] may disembark onto dry land.

Why the Mishnah teaches all three cases

[Which are quite similar to each other.] Why was it necessary to teach all three cases?

If the Mishnah had taught only Case 1, where a gentile lights a lamp for himself on Shabbat, we might have mistaken!y assumed that only in that case is it permissible for a Jew to then make use of its light: Since "a lamp for one can serve a hundred [as well]" (Shabbat 122a), there is no reason to suspect that the gentile will increase the light for the Jew's sake. But where a gentile draws water for his own animal on Shabbat, we might have thought it necessary to prohibit a Jew from then using the water, [lest the gentile intentionally draw more than his own needs, so that the Jew may have use of the surplus.]

And if the Mishnah had taught only Case 2, where a gentile draws water on Shabbat for the sake of a Jew, we might have mistakenly assumed that only in that case is it forbidden for the Jew to then make use of the water. But where a gentile lights a lamp on Shabbat for a Jew's benefit, we might have thought it permitted for a Jew to then make use of the light. Why? Because the gentile also makes uses of the light, and "a lamp for one can serve a hundred."

Although Case 3 - the case of a gentile who makes a gangway - is similar in principle to the case of the lamp (Case 1) in that "a gangway for one can serve a hundred [as well]," nevertheless the Mishnah included it, because of the incident with R. Gamliel and the elders, as an account of actual practice is most authoritative! [even more than a theoretical ruling].

(המשך) משנה ח

עָשָׂה עוֹבֵד־כּוֹכָבִים כֶּבֶשׁ, לֵירֵד בּוֹ — יוֹרֵד אַחֲרָיו יִשְׂרָאֵל; וְאִם בִּשְׁבִיל יִשְׂרָאֵל — אָסוּר. מַעֲשֶׂה בְּרַבָּן גַּמְלִיאֵל וּזְקֵנִים, שֶׁהָיוּ בָּאִין בִּסְפִינָה, וְעָשָׂה עוֹבֵד־כּוֹכָבִים כֶּבֶשׁ, לֵירֵד בּוֹ, וְיָרְדוּ בוֹ רַבָּן גַּמְלִיאֵל וּזְקֵנִים.

כֶּבֶשׁ: עוֹשִׂין בִּסְפִינָה גְּדוֹלָה, לֵירֵד בּוֹ מִן הַסְּפִינָה לַיַּבָּשָׁה. וְאִצְטְרִיךְ תַּנָּא לְאַשְׁמוֹעִינַן "נֵר" וּ"מַיִם", דְּאִי תְּנָא "נֵר", הֲוָה אָמֵינָא: נֵר הוּא דִּשְׁרֵי, דְּלֵיכָּא לְמִגְזַר, שֶׁמָּא יַרְבֶּה בִּשְׁבִיל יִשְׂרָאֵל, דְּ"נֵר לְאֶחָד — נֵר לְמֵאָה" (שבת קכב, א), אֲבָל מַיִם, דְּאִיכָּא לְמִגְזַר — אָסוּר; וְאִי אַשְׁמוֹעִינַן "מַיִם", הֲוָה אָמֵינָא: מַיִם — הוּא דְּבִשְׁבִיל יִשְׂרָאֵל אָסוּר, אֲבָל נֵר, אַף־עַל־גַּב דְּבִשְׁבִיל יִשְׂרָאֵל, כֵּיוָן דְּאִיהוּ נָמֵי צָרִיךְ לֵיהּ, שְׁרֵי, דְּ"נֵר לְאֶחָד — נֵר לְמֵאָה". צְרִיכָא. וְכֶבֶשׁ, אַף־עַל־גַּב דְּדָמֵי לְנֵר, דְּכֶבֶשׁ לְאֶחָד — כֶּבֶשׁ לְמֵאָה, מִשּׁוּם מַעֲשֶׂה דְּרַבָּן גַּמְלִיאֵל וּזְקֵנִים תְּנָא לֵיהּ דְּמַעֲשֶׂה־רַב.

עשה נכרי כבש לירד בו

mishna 8

If a gentile lights a lamp, a Jew may make use of its light. If, however, [a gentile does so] for the sake of a Jew, it is forbidden [to then make use of its light]. If [a gentile] draws water for his animal to drink, a Jew may give drink [to his animal] after him. If, however, [the gentile does so] for the sake of a Jew, it is forbidden [to then use the water].

DRAWS WATER from a well in the public domain.

משנה ח עוֹבֵד־כּוֹכָבִים, שֶׁהִדְלִיק אֶת הַנֵּר – מִשְׁתַּמֵּשׁ לְאוֹרוֹ יִשְׂרָאֵל; וְאִם בִּשְׁבִיל יִשְׂרָאֵל – אָסוּר. מִילֵּא מַיִם, לְהַשְׁקוֹת בְּהֶמְתּוֹ – מַשְׁקֶה אַחֲרָיו יִשְׂרָאֵל; וְאִם בִּשְׁבִיל יִשְׂרָאֵל – אָסוּר.

מִילֵּא מַיִם מִבּוֹר בִּרְשׁוּת־הָרַבִּים.

נכרי שהדליק את הנר

mishna 7

Said R. Yehudah: a case came before R. Yohanan b. Zakai in Arav, and he said, "I suspect that he is liable for a sin-offering."

A CASE of putting a dish over a scorpion CAME BEFORE...IN a place called ARAV.

"I SUSPECT THAT HE IS LIABLE FOR A SIN-OFFERING" - Since [it was a case where] the scorpion was not pursuing him, I suspect that he is liable for a sin-offering on account of "trapping."

The Halakhah is as follows: (a) Any poisonous creature whose bite is known to be fatal - such as a poisonous snake or a rabid dog - may be killed [on Shabbat] as soon as one sees them, even if they are not pursuing anyone. (b) A creature whose bite is only sometimes fatal may be killed [on Shabbat], if it pursues someone; if it is not pursuing anyone, one may put a dish over it. One may, however, kill such a creature - even if it is not pursuing anyone - if one does so in passing, as if accidentally, crushing it underfoot as one goes by. (c) To trap a snake in order to play with it is forbidden.

(המשך) משנה ז

אָמַר רַבִּי יְהוּדָה: מַעֲשֶׂה בָּא לִפְנֵי רַבָּן יוֹחָנָן בֶּן זַכַּאי בַּעֲרָב, וְאָמַר: "חוֹשְׁשְׁנִי* לוֹ מֵחַטָּאת".

* נ"א: חוֹשֵׁשׁ אֲנִי

מַעֲשֶׂה בָּא — כְּפִיַּית כְּלִי עַל עַקְרָב. **בַּעֲרָב**: שֵׁם מָקוֹם. **"חוֹשֵׁשׁ אֲנִי לוֹ מֵחַטָּאת"**, דְּכֵיוָן שֶׁלֹּא הָיָה עַקְרָב רָץ אַחֲרָיו, חוֹשֵׁשׁ אֲנִי, שֶׁמָּא חַיָּיב חַטָּאת מִשּׁוּם צֵידָה. וּלְעִנְיַן פְּסַק־הַהֲלָכָה, אוֹתָן בַּעֲלֵי־הָאָרֶס, שֶׁנּוֹשְׁכִין וּמְמִיתִין וַדַּאי, כְּגוֹן הַנְּחָשִׁים הַשְּׂרָפִים וְכֶלֶב שׁוֹטֶה — מוּתָּר לְהָרְגָן מִיָּד כְּשֶׁיִּרְאֶה אוֹתָן, וַאֲפִילוּ שֶׁאֵין רָצִים אַחֲרָיו; וְאוֹתָן שֶׁאֵינָן נוֹשְׁכִין וּמְמִיתִין וַדַּאי, אֶלָּא פְּעָמִים מְמִיתִין וּפְעָמִים אֵינָן מְמִיתִין — אִם רָצִים אַחֲרָיו, מוּתָּר לְהָרְגָן, וְאִם אֵין רָצִים אַחֲרָיו, כּוֹפֶה עֲלֵיהֶם כְּלִי; וְאִם דְּרָסָן וַהֲרָגָן לְפִי תּוּמּוֹ — מוּתָּר. וְלָצוּד נָחָשׁ מִפְּנֵי שֶׁרוֹצֶה לְצַחֵק בּוֹ — אָסוּר.

הממיתין ודאי —
מותר להרגן מיד כשיראה אותן

mishna 7

One may put a dish (1) over a lamp so that it not set fire to a beam; (2) over excrement of a child; or (3) over a scorpion so that it not sting.

ONE MAY PUT an earthenware DISH (1) OVER A LAMP, providing that one does not extinguish [the flame].

This ruling of the Mishnah - that one may overturn a dish on Shabbat in order to shield a beam - would seem to contradict the principle (stated in the Gemara) that "a vessel may be handled [on Shabbat] only for the sake of that which may be handled itself [on Shabbat]": A beam may not be handled on Shabbat [it is Muktzeh], and yet the Mishnah teaches that one may handle a dish for the sake of the beam!

Precisely this question was put to R. Yitzhak (who subscribed to this principle), and he answered as follows: The Mishnah's ruling is limited to a case where one needs the place upon which the dish rests. Since it is permissible to move the dish because one needs its place, one may then move it even for the sake of shielding a beam. [See Shabbat 43a, Bezah 36a, and Rashi's comments on the Mishnah, Shabbat 42b.]

(2) OVER EXCREMENT OF A CHILD - The Mishnah could not be referring to the excrement of a child, for in that case it would be permissible not only to cover it with a dish but also to remove it and throw it out [because of its repulsiveness], just as a vessel for excrement may be removed [because of its repulsiveness].

Rather, the Mishnah here refers to chicken excrement in the trash heap out in the yard. Since people generally do not come into contact with what is in the trash heap out in the yard, the repulsiveness factor - i.e. what people find offensive - is not taken into consideration, and so the chicken excrement may not be moved or removed [because of repulsiveness] but only covered with a dish, to prevent a child from getting to it.

The Mishnah should be understood as follows: "One may put a dish...over (chicken) excrement (because) of a child," i.e. so that a child not be dirtied by it.

משנה ז

כּוֹפִין קְעָרָה עַל־גַּבֵּי הַנֵּר, בִּשְׁבִיל שֶׁלֹּא תֶּאֱחוֹז בַּקּוֹרָה; וְעַל צוֹאָה שֶׁל קָטָן; וְעַל עַקְרָב, שֶׁלֹּא תִּישַּׁךְ.

כּוֹפִין קְעָרָה שֶׁל חֶרֶס **עַל־גַּבֵּי הַנֵּר**, וּבִלְבַד שֶׁלֹּא יִכְבֶּה. וְאַף־עַל־פִּי שֶׁנּוֹטֵל כְּלִי לְהַצָּלַת קוֹרָה, שֶׁאֵינָהּ נִיטֶּלֶת בְּשַׁבָּת, הָא אוֹתֵיבְנָא מִינַּהּ לְרַבִּי יִצְחָק, דַּאֲמַר: ״אֵין כְּלִי נִיטָּל [בְּשַׁבָּת] אֶלָּא לְצוֹרֶךְ דָּבָר הַנִּיטָּל [בְּשַׁבָּת]״ (ע״פ שבת מג, א וביצה לו, א; ורש״י שבת מב, ב למשנה); וְשַׁנֵּי לַהּ (שם, בשבת): ״בְּצָרִיךְ לִמְקוֹמוֹ״ שֶׁל כְּלִי, דִּשְׁרֵי לְטַלְטְלוֹ לְצוֹרֶךְ מְקוֹמוֹ. **וְעַל צוֹאָה שֶׁל קָטָן**: לַאו צוֹאָה שֶׁל נַעַר קָטָן קָאָמַר, דְּהָא גְּרָף־שֶׁל־רְעִי הוּא, וּמוּתָּר לְטַלְטְלוֹ וּלְהוֹצִיאוֹ לָאַשְׁפָּה; אֶלָּא הָכִי קָאָמַר: וְעַל צוֹאָה שֶׁל תַּרְנְגוֹלִים — מִפְּנֵי הַקָּטָן, שֶׁלֹּא יְטַפֵּחַ וְיִתְלַכְלֵךְ בָּהּ — וּכְגוֹן שֶׁצּוֹאָה זוֹ מוּנַּחַת בָּאַשְׁפָּה שֶׁבֶּחָצֵר, דְּלָא רַמְיָא קַמֵּיהּ, וְלַאו גְּרָף־שֶׁל־רְעִי הוּא, הִלְכָּךְ אֵין מוּתָּר לְטַלְטְלָהּ וּלְהוֹצִיאָהּ, אֲבָל כּוֹפִין עָלֶיהָ קְעָרָה בִּשְׁבִיל הַקָּטָן, שֶׁלֹּא יִתְלַכְלֵךְ.

כופין קערה ע״ג הנר
... על צואה של קטן ...
... ועל עקרב.

mishna 6

If a gentile comes to put out a fire, we may not say to him, "Put out [the fire]"; nor [must we say,] "Do not put out the fire," since we are not obligated to see that he rests [on Shabbat].

If, however, a [Jewish] minor comes to put out a fire, we may not allow him [to do so], since we are obligated to see that he rests [on Shabbat].

WE MAY NOT SAY TO HIM, "PUT OUT [THE FIRE]" - It is forbidden by rabbinic decree [for a Jew] to ask a non-Jew [to perform for him on Shabbat work that is forbidden to Jews]. OR "DO NOT PUT OUT THE FIRE" - One does not have to protest; rather, one may allow the gentile to put out the fire. This is because a Jew is not obligated to see that a gentile - who is not his bond servant - rests [on Shabbat].

משנה ו

עוֹבֵד־כּוֹכָבִים, שֶׁבָּא לְכַבּוֹת – אֵין אוֹמְרִים לוֹ: "כַּבֵּה", וְ"אַל תְּכַבֶּה", מִפְּנֵי שֶׁאֵין שְׁבִיתָתוֹ עֲלֵיהֶן. אֲבָל קָטָן, שֶׁבָּא לְכַבּוֹת – אֵין שׁוֹמְעִין לוֹ מִפְּנֵי שֶׁשְּׁבִיתָתוֹ עֲלֵיהֶן.

אֵין אוֹמְרִים לוֹ: "כַּבֵּה", דַּאֲמִירָה לְנָכְרִי – שְׁבוּת. וְ"אַל תְּכַבֶּה": אֵין צָרִיךְ לִמְחוֹת בְּיָדוֹ, אֶלָּא יַנִּיחֶנּוּ, וִיכַבֶּה – מִפְּנֵי שֶׁאֵין שְׁבִיתַת הַנָּכְרִי עֲלֵיהֶן, דְּיִשְׂרָאֵל אֵינוֹ מוּזְהָר עַל שְׁבִיתַת הַנָּכְרִי, כְּשֶׁאֵינוֹ עַבְדּוֹ.

נכרי שבא לכבות

קטן שבא לכבות

mishna 5

חדשים... מתבקעים ומכבין את הדליקה

משניות שבת ★ פרוש ר"ע מברטנורא ★ פרק טז

עושין מחיצה בכל הכלים

mishna 5

R. Shim'on b. Nannas says: one spreads a goat skin over a chest, a box, or a closet that has caught fire, because it will [only] singe.

And one may make a barrier with all vessels, whether full or empty, so that the fire will not spread. R. Yossi, however, forbids using new earthenware vessels that are full of water, for they cannot withstand the flames, they crack, and put out the fire.

A CHEST (cabinet), a money-changer's small BOX, OR A CLOSET "armadio" in Italian, or "minsar" in Arabic; all three are made out of wood.

BECAUSE IT WILL [ONLY] SINGE: [A goat skin] does not catch fire and so prevents a wooden object from burning.

WHETHER FULL of water.

FOR THEY CANNOT WITHSTAND THE FLAMES since they are new.

R. Yossi's view is that indirectly causing a flame to go out is prohibited, even where financial loss is involved.

The Halakhah, however, is not like R. Yossi.

משנה ה

רַבִּי שִׁמְעוֹן בֶּן נַנָּס אוֹמֵר: פּוֹרְסִין עוֹר שֶׁל גְּדִי עַל־גַּבֵּי שִׁידָּה, תֵּיבָה, וּמִגְדָּל, שֶׁאָחַז בָּהֶן אֶת הָאוּר, מִפְּנֵי שֶׁהוּא מְחָרֵךְ.
וְעוֹשִׂין מְחִיצָּה בְּכָל הַכֵּלִים, בֵּין מְלֵאִים בֵּין רֵיקָנִים, בִּשְׁבִיל שֶׁלֹּא תַּעֲבוֹר הַדְּלֵיקָה.
רַבִּי יוֹסֵי אוֹסֵר בִּכְלֵי־חֶרֶשׂ חֲדָשִׁים, מְלֵאִין מַיִם, לְפִי שֶׁאֵין יְכוֹלִין לְקַבֵּל אֶת הָאוּר וְהֵן מִתְבַּקְּעִין וּמְכַבִּין אֶת הַדְּלֵיקָה.

שִׁידָּה, הָעֲשׂוּיָה כְּמִין אָרוֹן. **תֵּיבָה** קְטַנָּה שֶׁל שׁוּלְחָנִי. **וּמִגְדָּל:** "ארמאדיאו" בְּלַעַ"ז, וּבְעַרְבִי "מנשאר". וּשְׁלָשְׁתָּן שֶׁל עֵץ. **מִפְּנֵי שֶׁהוּא מְחָרֵךְ**, וְאֵין הָאוּר נֶאֱחֶזֶת בּוֹ, וּמַצִּיל עַל כְּלֵי־עֵץ, שֶׁלֹּא יִשָּׂרֵף. **בֵּין מְלֵאִים** מַיִם. **שֶׁאֵין יְכוֹלִין לְקַבֵּל אֶת הָאוּר** מִפְּנֵי שֶׁחֲדָשִׁים הֵם. וְסָבַר רַבִּי יוֹסֵי: גְּרַם־כִּיבּוּי אָסוּר אֲפִילּוּ בִּמְקוֹם הֶפְסֵד־מָמוֹן. וְאֵין הֲלָכָה כְּרַבִּי יוֹסֵי.

פורסין עור של גדי

mishna 4

9-10 מנעלים

11-12. בתי שוקיים

13-14. בתי ידיים

15-16. רדידים להתנגב

17. טלית קטן

18. סודר שבצוארו

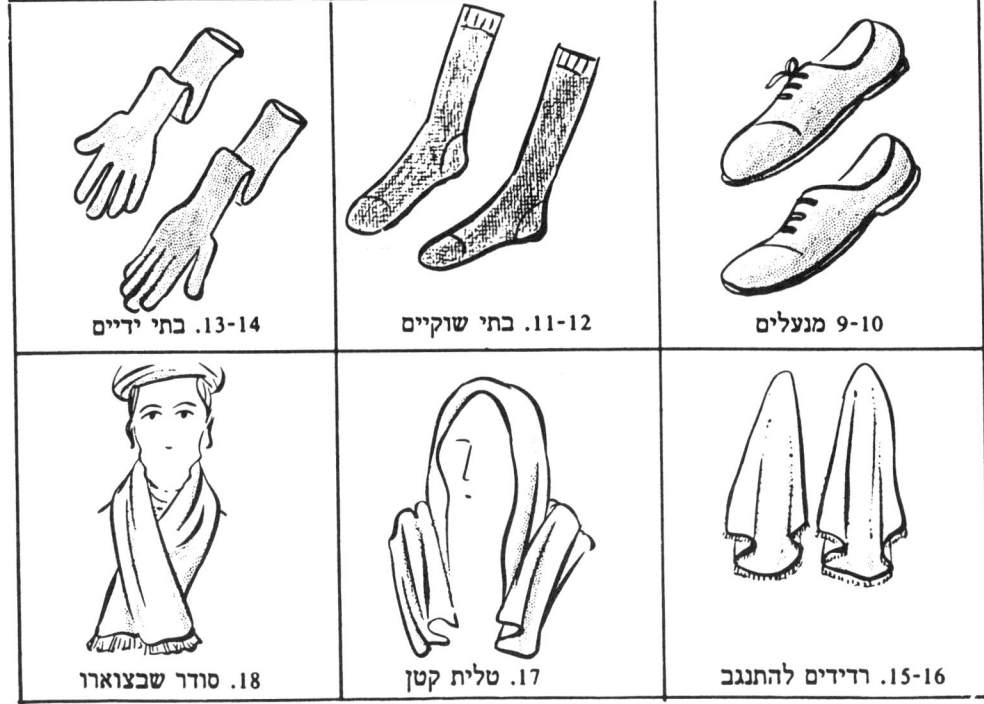

1. סרבל עליון
2. מלבוש מלא מוך
3. חגור רחב
4. בגד צר וקצר
5. חלוק
6. חגור
7. כובע
8. מצנפת

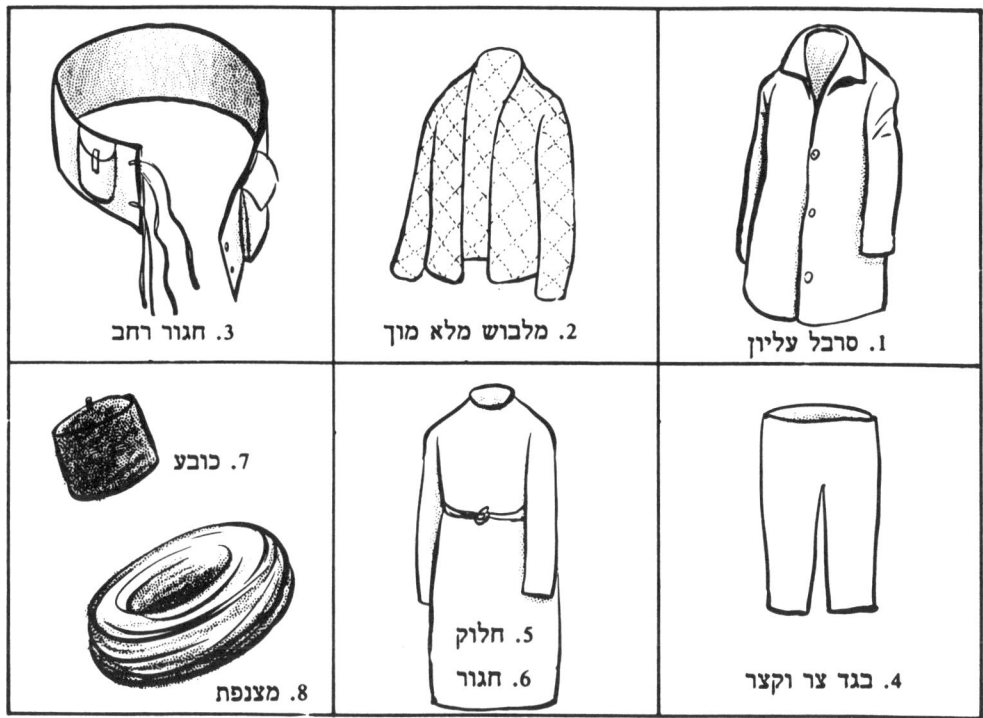

mishna 4

[R. Yossi says: one may put on the] EIGHTEEN ARTICLES [OF CLOTHING] that one would normally wear all at once on a weekday, but no more. They are: (1) a cloak; (2) a quilted garment, called מחשיא , in Arabic; (3) a wide belt, worn over one's clothing; (4) a close-fitting and short garment, called גונא , in Italian; (5) an undershirt, called קמיזא ; (6) a belt that is tied around the undershirt; (7) a hat; (8) a turban; (9 & 10) a pair of shoes; (11 & 12) a pair of leggings; (13 & 14) a pair of gloves, worn on the hands and which cover the arms until the elbows; (15 & 16) two handkerchiefs, used like towels; (17) a small shawl to cover the head and shoulders; (18) a scarf, the two ends of which are worn in front, called שיד , in Arabic.

One may then go back and put on [more clothing] and bring it out. And one may say to others: "Come and save with me!"

"COME AND SAVE WITH ME!" - "with me" implies that they can save just as much as he can save. In the case of saving food (Mishnah 3), however, he says "Come and save for yourselves!" That is because they do not necessarily save the same amount: if he has not yet had a meal but they did have a meal, he may save more than what they are allowed (and vice versa).

שְׁמוֹנָה־עָשָׂר כֵּלִים, שֶׁהוּא רָגִיל לִלְבּוֹשׁ בְּחוֹל בְּבַת־אַחַת, וְתוּ לֹא. וְאֵלּוּ הֵן: הַסַּרְבָּל הָעֶלְיוֹן; וּמַלְבּוּשׁ, שֶׁמְּמַלְאִין אוֹתוֹ מוֹךְ וְצֶמֶר־גֶּפֶן בֵּין תְּפִירָה לִתְפִירָה, שֶׁקּוֹרִין בְּעַרְבִי "מחשיא"; וַחֲגוֹר רָחָב, שֶׁחוֹגֵר מִמַּעַל לְמַדָּיו; וּבֶגֶד צַר וְקָצָר, שֶׁקּוֹרִין בְּלַעַ"ז "גונא"; וְחָלוּק, שֶׁלּוֹבֵשׁ עַל בְּשָׂרוֹ, שֶׁקּוֹרִין "קמיזא"; וַחֲגוֹר, שֶׁחוֹגְרִים עָלֶיהָ; וְכוֹבַע שֶׁבְּרֹאשׁוֹ; וּמִצְנֶפֶת; וּשְׁנֵי מִנְעָלִים שֶׁבְּרַגְלָיו; וּשְׁנֵי בָּתֵּי־שׁוֹקַיִם; וּשְׁנֵי בָּתֵּי־יָדַיִם, שֶׁמַּלְבִּישִׁים אוֹתָם עַל הַיָּדַיִם וּמְכַסִּין בָּהֶן הַזְּרוֹעוֹת עַד הָאַצִּילִים; וּשְׁנֵי רְדִידִים, שֶׁמִּתְנַגֵּב בָּהֶן; וְטַלִּית־קָטָן, שֶׁמְּכַסֶּה בּוֹ רֹאשׁוֹ וּכְתֵפוֹ; וְסוּדָר שֶׁבְּצַוָּארוֹ, וּתְלוּיִין שְׁנֵי רָאשָׁיו לְפָנָיו, וְקוֹרִין לוֹ בְּעַרְבִי "שיד".

(המשך) משנה ד

וְחוֹזֵר וְלוֹבֵשׁ וּמוֹצִיא וְאוֹמֵר לַאֲחֵרִים: "בּוֹאוּ וְהַצִּילוּ עִמִּי!"

"בּוֹאוּ וְהַצִּילוּ עִמִּי!" — שֶׁכְּשֵׁם שֶׁהוּא מַצִּיל, כָּךְ הֵם מַצִּילִים. אֲבָל לְעֵיל (משנה ג׳) אָמַר: "בּוֹאוּ וְהַצִּילוּ לָכֶם!" — שֶׁפְּעָמִים, שֶׁהוּא מַצִּיל יוֹתֵר מִמַּה שֶׁהֵם יְכוֹלִים לְהַצִּיל, כְּגוֹן שֶׁהוּא לֹא סָעַד, וְהֵן סָעֲדוּ, אוֹ אִיפְּכָא.

חוזר ולובש ומוציא

mishna 4

To that place one may carry out all of one's utensils; one may put on as much [clothing] as one can put on, and cloak oneself [in as many wraps] as one can. R. Yossi says: eighteen articles [of clothing].

TO THAT PLACE - according to the anonymous first opinion of the previous Mishnah, to an [enclosed] courtyard where an Eruv was made; according to Ben Beterah, even to an [enclosed] courtyard where an Eruv was not made

ONE MAY CARRY OUT...ONE'S UTENSILS, i.e. those that he needs for that day's meals.

משנה ד

וּלְשָׁם מוֹצִיא כָּל כְּלֵי תַשְׁמִישׁוֹ; וְלוֹבֵשׁ כֹּל מַה שֶׁיָּכוֹל לִלְבּוֹשׁ וְעוֹטֵף כֹּל מַה שֶׁיָּכוֹל לַעֲטוֹף.

רַבִּי יוֹסֵי אוֹמֵר: שְׁמוֹנָה־עָשָׂר כֵּלִים.

וּלְשָׁם הוּא מוֹצִיא: לְתַנָּא קַמָּא — לְחָצֵר הַמְעוֹרֶבֶת; וּלְבֶן־בְּתֵירָא — אֲפִילוּ לְחָצֵר, שֶׁאֵינָהּ מְעוֹרֶבֶת. **כְּלֵי תַשְׁמִישׁוֹ,** שֶׁצְּרִיכִים לוֹ לְאוֹתוֹ הַיּוֹם לַסְּעוּדָה.

מוציא כלי תשמישו

לובש כל מה שיכול ללבוש

<u>mishna 3</u>

Where may one take [food] in saving it? To an [enclosed] courtyard where an Eruv was made. Ben Beterah says: even to an [enclosed] courtyard where an Eruv was not made.

אומר לאחרים: בואו והצילו לכם!

(המשך) משנה ג

לְהֵיכָן מַצִּילִין אוֹתָן? לֶחָצֵר הַמְעוֹרֶבֶת. בֶּן־בְּתֵירָא אוֹמֵר: אַף לְשֶׁאֵינָהּ־מְעוֹרֶבֶת.

סל מלא ככרות

חבית של יין   עגול של דבילה

mishna 3

One may save a basket full of loaves [of bread], even if it has enough for a hundred meals; a round cake of pressed figs; or a barrel of wine.
And [the owner] may say to others: "Come and save for yourselves!" Then, if they are knowledgeable, they make a reckoning with him after Shabbat.

ONE MAY SAVE A BASKET FULL OF LOAVES [OF BREAD] - Since he saves [the whole lot] at one time, what difference does it make how many [loaves are inside]? A ROUND CAKE OF PRESSED FIGS, even if it is large and is enough for many meals.

THEN, IF THEY ARE KNOWLEDGEABLE and are aware that if they ask to be compensated for their efforts, it is not like taking a fee for work done on Shabbat [it is forbidden to take a fee for services rendered on Shabbat], they can make a reckoning with [the owner] after Shabbat.

Why, you may ask, is taking compensation in this case not like charging a fee for services rendered on Shabbat? Because this is basically not a case of collecting a fee for saving the food. Rather, the food that they save rightfully belongs to them, since it had become ownerless property [the original owner had said: "Come and save for yourselves!"].

Why, then, do they not regard all of what they save as rightfully theirs, but only take what a workman would have charged? Because they are God-fearing people who do not wish to benefit at the expense of someone who, [because of misfortune], was compelled to relinquish ownership of his possessions. On the other hand, they are not willing to trouble for nothing.

הראוי לבהמה — לבהמה.

משנה ג

מַצִּילִין סַל מָלֵא כִּכָּרוֹת, וְאַף־עַל־פִּי שֶׁיֵּשׁ בּוֹ מֵאָה סְעוּדוֹת, וְעִיגּוּל שֶׁל דְּבֵילָה, וְחָבִית שֶׁל יַיִן, וְאוֹמֵר לַאֲחֵרִים: ״בּוֹאוּ וְהַצִּילוּ לָכֶם!״ וְאִם הָיוּ פִּקְחִין, עוֹשִׂין עִמּוֹ חֶשְׁבּוֹן אַחַר הַשַּׁבָּת.

מַצִּילִין סַל מָלֵא כִּכָּרוֹת: הוֹאִיל וּבְבַת־אַחַת הוּא מַצִּיל — מַה לִּי פּוּרְתָּא מַה לִי טוּבָא. **וְעִגּוּל שֶׁל דְּבֵילָה** — אַף־עַל־פִּי שֶׁהוּא גָּדוֹל, וְיֵשׁ בּוֹ סְעוּדוֹת הַרְבֵּה. **וְאִם הָיוּ פִּקְחִים** וְיוֹדְעִים, שֶׁאִם יִשְׁאֲלוּ שָׂכָר כְּפוֹעֲלִים, לַאו שְׂכַר שַׁבָּת שָׁקְלִי, כֵּיוָן דְּמֵעִיקָּרָא לַאו אַדַּעְתָּא דִשְׂכַר פְּעוּלָּה בָּאוּ, עוֹשִׂין עִמּוֹ חֶשְׁבּוֹן לְאַחַר שַׁבָּת. וּבִירְאֵי־שָׁמַיִם עָסְקִינַן, דְּאַף־עַל־גַּב דְּמֵהֶפְקֵירָא קָא־זָכֵי, וּמַה שֶּׁהִצִּיל — דִּידֵיהּ הָוֵי, מִכָּל־מָקוֹם לָא נִיחָא לֵיהּ, דְּלִתְהֲנֵי מֵאֲחֵרִים, דְּיָדַע, דְּעַל כָּרְחֵיהּ אַפְקְרֵיהּ. וּבְחִנָּם נָמִי לָא נִיחָא לֵיהּ, דְּלִטְרַח; הִלְכָּךְ שָׁקֵיל אַגְרֵיהּ.

mishna 2

One may save food enough for three meals: what is fit for man - for man, what is fit for animals - for animals. How so? If a fire breaks out on the night of Shabbat, one may save food for three meals. [If it breaks out] on Shabbat morning, one may save food for two meals. [If it breaks out] on Shabbat afternoon, [one may save] food for one meal. R. Yossi says: one may always save food for three meals.

ONE MAY SAVE FOOD ENOUGH FOR THREE MEALS: In saving food [- as opposed to the Holy Scriptures -] one may take it out only to a courtyard where an "Eruv of courtyards" was arranged for [see Mishnah 3]. Since, in general, it is entirely permissible - even if a fire does not break out - to carry out from a private domain into an enclosed courtyard that has an "Eruv," why may one carry out of a burning house only enough food for three meals? Why not carry out as much as one desires? The answer: the Rabbis were concerned that if a person were allowed a free hand, he might - in a desperate rush to save his possessions - extinguish a flame, one of the primary categories of work prohibited on Shabbat. [To counteract this tendency, they limited a person's hand: if he knows that he is limited in what he may save, he is unlikely to lose himself in desperation.]

IF A FIRE BREAKS OUT ON THE NIGHT OF SHABBAT, before one has begun to eat [the evening meal].

MORNING, before the meal.

R. YOSSI SAYS: since the day requires three meals, and since, after all, it is permissible [to carry out into an enclosed courtyard where an Eruv was made],

ONE MAY ALWAYS SAVE FOOD FOR THREE MEALS.

The Halakhah does not follow R. Yossi's opinion.

משנה ב

מַצִּילִין מְזוֹן שָׁלֹשׁ סְעוּדוֹת: הָרָאוּי לָאָדָם – לָאָדָם, הָרָאוּי לַבְּהֵמָה – לַבְּהֵמָה. כֵּיצַד? נָפְלָה דְלֵיקָה בְּלֵילֵי־שַׁבָּת – מַצִּילִין מְזוֹן שָׁלֹשׁ סְעוּדוֹת; בַּשַּׁחֲרִית – מַצִּילִין מְזוֹן שְׁתֵּי סְעוּדוֹת; בַּמִּנְחָה – מְזוֹן סְעוּדָה אַחַת. רַבִּי יוֹסֵי אוֹמֵר: לְעוֹלָם מַצִּילִין מְזוֹן שָׁלֹשׁ סְעוּדוֹת.

מַצִּילִין מְזוֹן שָׁלֹשׁ סְעוּדוֹת: וְאַף־עַל־גַּב דִּבְהֶתֵּירָא קָא־טָרַח, דְּהָא לָא שְׁרוֹ לֵיהּ לְאַצּוֹלֵי אֶלָּא לְחָצֵר הַמְעוֹרֶבֶת בִּלְבַד — אֲפִילּוּ הָכִי לָא שְׁרֵי לֵיהּ לְאַצּוֹלֵי טְפֵי מִפְּנֵי שֶׁאָדָם בָּהוּל עַל מָמוֹנוֹ, וְאִי שָׁרֵית לֵיהּ, אָתֵי לְכַבּוּיֵי. **נָפְלָה דְלֵיקָה בְּלֵילֵי־שַׁבָּת** קוֹדֶם אֲכִילָה. **שַׁחֲרִית** קוֹדֶם סְעוּדָה. **רַבִּי יוֹסֵי אוֹמֵר: לְעוֹלָם הוּא מַצִּיל** הוֹאִיל וְיוֹמָא בַּר־הָכִי הוּא, וּבְהֶתֵּירָא טָרַח. וְאֵין הֲלָכָה כְּרַבִּי יוֹסֵי.

מצילין מזון

mishna 1

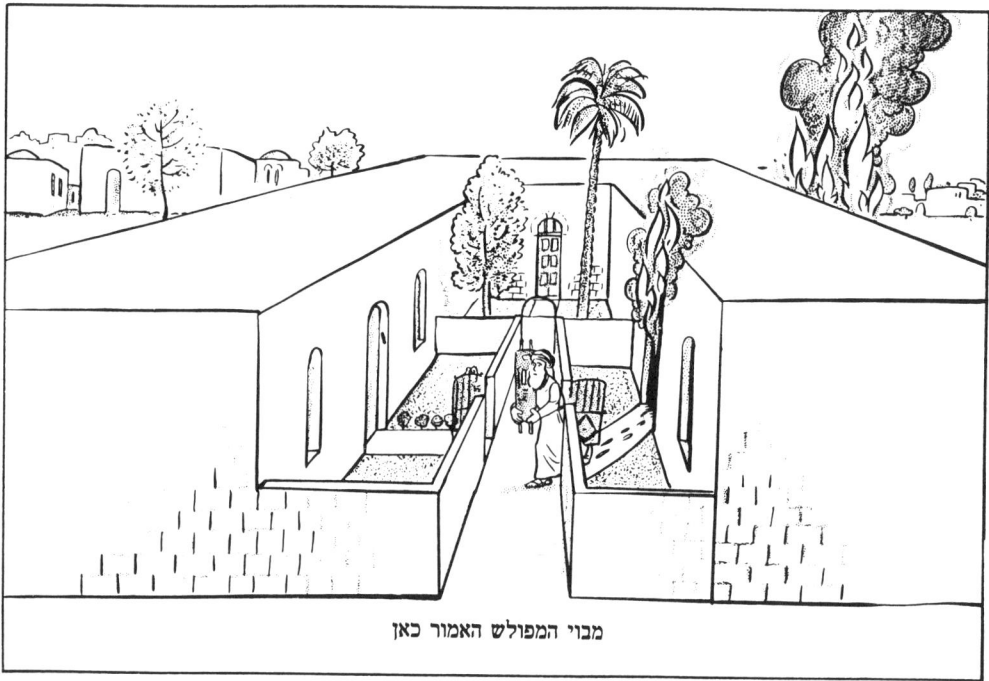

מבוי המפולש האמור כאן

משניות שבת ★ פרוש ר"ע מברטנורא ★ פרק טז

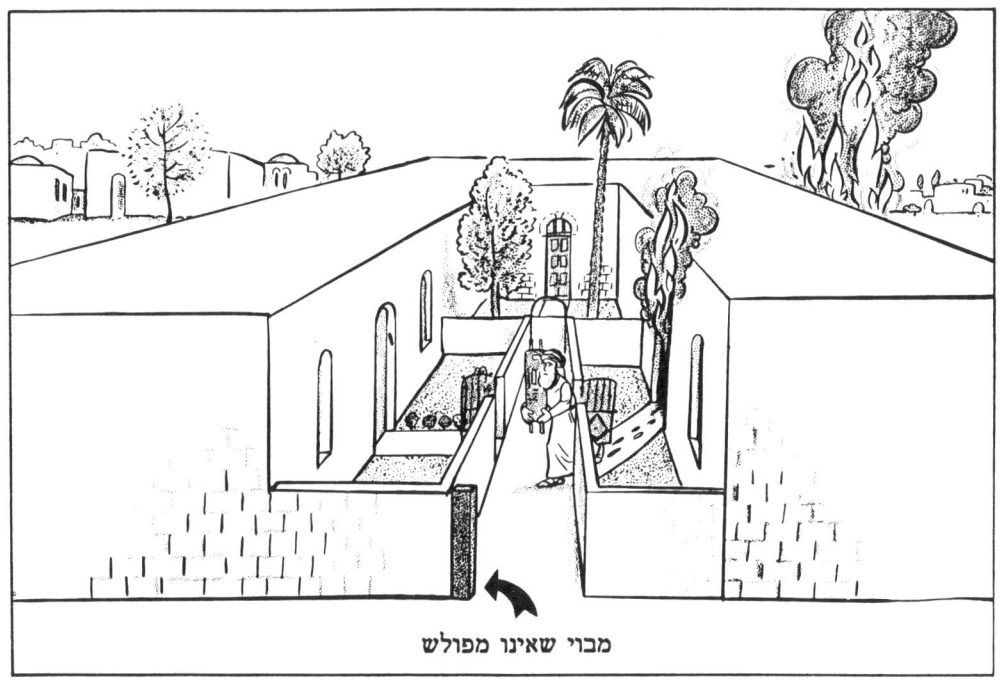

מבוי שאינו מפולש

mishna 1

One may save the case of the scroll with the scroll and the case of the Tefillin with the Tefillin, even if they [also] contain money.
And where may one take them in saving them? To a closed alley. Ben Beteirah says: even to an open one.

TO A CLOSED ALLEY: What is meant, here, by a "closed alley"? An alley that has three walls and on the fourth [open] side a side-post. What is an "open alley"? An alley that has three walls but no side-post on the fourth [open] side. This is how the Gemara explains it.

The Halakhah is not like Ben Beterah.

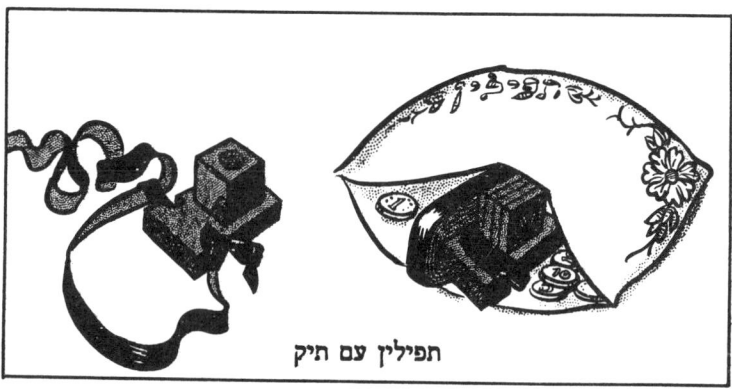

תפילין עם תיק

(המשך) משנה א

מַצִּילִין תִּיק־הַסֵּפֶר עִם הַסֵּפֶר, וְתִיק־הַתְּפִילִין עִם הַתְּפִילִין וְאַף־עַל־פִּי שֶׁיֵּשׁ בְּתוֹכָן מָעוֹת. וּלְהֵיכָן מַצִּילִין אוֹתָן? לְמָבוֹי, שֶׁאֵינוֹ מְפוּלָּשׁ. בֶּן־בְּתֵירָא אוֹמֵר: אַף לִמְפוּלָּשׁ.

לְמָבוֹי, שֶׁאֵינוֹ מְפוּלָּשׁ — שֶׁיֵּשׁ לוֹ שָׁלֹשׁ מְחִיצוֹת וּלְחִי אֶחָד בְּרוּחַ רְבִיעִית: זֶהוּ מָבוֹי, שֶׁאֵינוֹ מְפוּלָּשׁ, הָאָמוּר כָּאן. שָׁלֹשׁ מְחִיצוֹת בְּלֹא לֶחִי — זֶהוּ מָבוֹי מְפוּלָּשׁ. וְהָכִי מְפָרֵשׁ לַהּ בַּגְּמָרָא. וְאֵין הֲלָכָה כְּבֶן־בְּתֵירָא.

כתבי הקודש

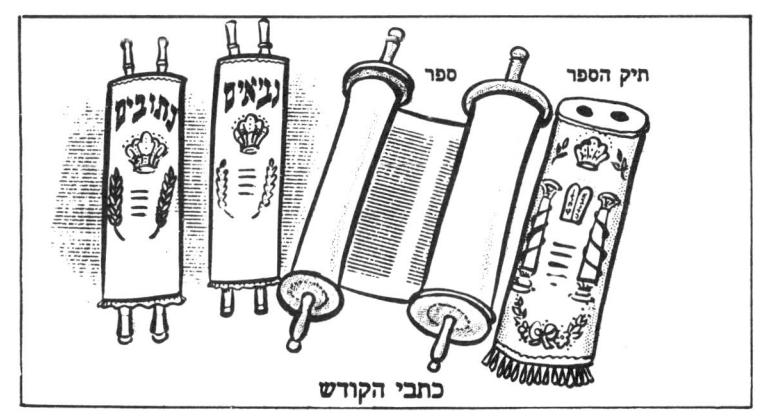

Mishnayot Shabbat * Commentary of Rabbi Ovadia M'Bartenura * Chapter **16**

<u>mishna 1</u> **All Holy Scriptures may be saved from a fire, whether we read from them or whether we do not read from them. Even if they are written in any language [other than Hebrew], they must [nevertheless] be put away. And why do we not read from them? Because [if we did read from them], the [public lectures in the] study hall would be neglected.**

ALL HOLY SCRIPTURES - even The Prophets and The Writings - may be saved [removed] from a courtyard where a fire broke out, and be taken to another courtyard in the same alley, even if that courtyard lacked an "Eruv." [An "Eruv of courtyards" (lit. the merging of courtyards) is a legal arrangement which allows one to carry to and fro (on Shabbat) in an enclosed courtyard that is shared by several apartments.]

This is permitted, however, only in respect to what is written in Hebrew, in Assyrian script. [Assyrian script - comprised of the Hebrew characters that we use today in our Torah scrolls and Mezuzot - replaced the ancient Hebrew script.]

WHETHER WE READ FROM THEM - such as The Prophets, selections of which we read [publicly] on Shabbat in synagogue for the Haftarah.

OR WHETHER WE DO NOT READ FROM THEM - such as The Writings, which one may not even read privately on Shabbat at the time of the public lectures.

Why reading from The Writings was banned

During the [working] week, working people were busy making a living. On Shabbat, however, they would gather in the study halls for sermons and for lectures in vital areas of Jewish law. The Rabbis prohibited reading from The Writings at the time of these lectures. Their concern was that, since The Writings make such fascinating reading, the people might become so involved in reading them that they would miss the public lectures.

EVEN IF THEY ARE WRITTEN IN ANY LANGUAGE [OTHER THAN HEBREW]: According to one opinion, one may not read the Holy Scriptures in a foreign language nor save them from a fire on Shabbat [if they are in a foreign language]. Nevertheless, if they become worn, they may not be discarded but should be put away, together with other worn, holy objects.

משנה א

כָּל כִּתְבֵי־הַקּוֹדֶשׁ — מַצִּילִין אוֹתָן מִפְּנֵי הַדְּלֵיקָה בֵּין שֶׁקּוֹרִין בָּהֶן וּבֵין שֶׁאֵין קוֹרִין בָּהֶן; וְאַף־עַל־פִּי שֶׁכְּתוּבִים בְּכָל לָשׁוֹן — טְעוּנִים גְּנִיזָה. וּמִפְּנֵי־מָה אֵין קוֹרִין בָּהֶן? מִפְּנֵי בִּיטּוּל בֵּית־הַמִּדְרָשׁ.

כָּל כִּתְבֵי־הַקּוֹדֶשׁ — אֲפִילוּ נְבִיאִים וּכְתוּבִים — מַצִּילִין אוֹתָן מֵחָצֵר, שֶׁנָּפְלָה בּוֹ הַדְּלֵיקָה, לְחָצֵר אַחֶרֶת, שֶׁבְּאוֹתוֹ מָבוֹי, אַף־עַל־פִּי שֶׁלֹּא עֵרְבוּ, וְהוּא — שֶׁיִּהְיוּ כְּתוּבִים בִּכְתָב אַשּׁוּרִי וּבִלְשׁוֹן־הַקֹּדֶשׁ — **בֵּין שֶׁקּוֹרִין בָּהֶן**, כְּגוֹן נְבִיאִים, שֶׁמַּפְטִירִין בָּהֶן בְּשַׁבָּת בְּבֵית־הַכְּנֶסֶת, **בֵּין שֶׁאֵין קוֹרִין בָּהֶן**, כְּגוֹן כְּתוּבִים, דְּאַף יְחִידִים אֵין קוֹרִין בָּהֶן בְּשַׁבָּת מִפְּנֵי בִּטּוּל בֵּית־הַמִּדְרָשׁ, כִּדְלְקַמָּן, שֶׁהָיוּ דּוֹרְשִׁים לָעָם בְּשַׁבָּת וּמוֹרִין לָהֶן הִלְכוֹת אִיסּוּר וְהֶיתֵּר לְפִי שֶׁכָּל יְמוֹת הַחוֹל הֵם עֲסוּקִים בִּמְלַאכְתָּן; וְאָסְרוּ לִקְרוֹת בַּכְּתוּבִים בְּשַׁבָּת בִּשְׁעַת בֵּית־הַמִּדְרָשׁ מִשּׁוּם דְּמָשְׁכִי לִבָּא, וְאָתוּ לְאִמְּנוֹעֵי מִלִּשְׁמוֹעַ הַדְּרָשָׁה. **וְאַף־עַל־פִּי שֶׁכְּתוּבִים בְּכָל לָשׁוֹן**: וְאִיכָּא לְמַאן דְּאָמַר, דְּלֹא נָתְנוּ לִקְרוֹת בָּהֶן, וְאֵין מַצִּילִין אוֹתָן — אֲפִילוּ הָכִי טְעוּנִים גְּנִיזָה, וְאָסוּר לְהַנִּיחָן בִּמְקוֹם הֶפְקֵר.

מצילין לחצר אחרת באותו מבוי

mishna 3

R. Yishma'el says: one may fold up garments and make the beds on Yom Kippur for Shabbat, and the fats of Shabbat [sacrifices] may be offered on Yom Kippur.

ON YOM KIPPUR FOR SHABBAT - when Yom Kippur falls on Erev Shabbat [Friday] - since [the penalty for the violation of] Shabbat is more severe than that of Yom Kippur.

Furthermore, [the fats] of Yom Kippur [sacrifices] may not be offered on Shabbat: To do so would be like burning the burnt-offering of a weekday on Shabbat, [which is not permitted].

R. Akiva says: neither may those of Shabbat be offered on Yom Kippur, nor may those of Yom Kippur be offered on Shabbat.

R. AKIVA SAYS: The two [Shabbat and Yom Kippur] are equal; the sacrifices of one may not be burned on the other.

The Halakhah is like R. Akiva.

(המשך) משנה ג

רַבִּי יִשְׁמָעֵאל אוֹמֵר: מְקַפְּלִין אֶת הַכֵּלִים וּמַצִּיעִין אֶת הַמִּטּוֹת מִיּוֹם־הַכִּפּוּרִים לַשַּׁבָּת. וְחֶלְבֵי שַׁבָּת קְרֵיבִין בְּיוֹם־הַכִּפּוּרִים.

מִיּוֹם־הַכִּפּוּרִים לַשַּׁבָּת, כְּשֶׁחָל יוֹם־הַכִּפּוּרִים לִהְיוֹת בְּעֶרֶב־שַׁבָּת, לְפִי שֶׁשַּׁבָּת חָמוּר מִיּוֹם־כִּפּוּר. וְשֶׁל־יוֹם־הַכִּפּוּרִים אֵינָן קְרֵיבִין בְּשַׁבָּת, דַּהֲוֵי כְּעוֹלַת־חוֹל בְּשַׁבָּת.

מציעין את המטות

(המשך) משנה ג

רַבִּי עֲקִיבָא אוֹמֵר: לֹא שֶׁל־שַׁבָּת קְרֵיבִין בְּיוֹם־הַכִּפּוּרִים, וְלֹא שֶׁל־יוֹם־הַכִּפּוּרִים קְרֵיבִין בְּשַׁבָּת.

רַבִּי עֲקִיבָא אוֹמֵר: שָׁוִין הֵן, וְאֵין קָרְבָּנוֹ שֶׁל אֶחָד מֵהֶן קָרֵב בַּחֲבֵירוֹ. וַהֲלָכָה כְּרַבִּי עֲקִיבָא.

mishna 3

One may fold up garments even four or five times. One may make the beds on Shabbat eve [Friday night] for Shabbat [the next day], but not on Shabbat for after Shabbat.

ONE MAY FOLD UP GARMENTS - clothing that one has taken off - even four or five times, in order to wear them again on Shabbat.

The four conditions

The Mishnah permits folding clothing on Shabbat only on the following conditions:

(a) One person may fold clothing, but not two together, who would appear to be improving [the condition of the clothing].

(b) Even if it is only one person, he may fold only new clothes, which are stiff and do not wrinkle easily. Old clothes, however, benefit more from folding, and so to do so would appear to be improving their condition.

(c) Only new clothes that are white may be folded; if they are colored, however, they may not be folded, since folding greatly improves their condition.

(d) One may fold white clothing only if one has no other change of clothing to wear in honor of Shabbat. If, however, one has a change of clothing to change into in honor of Shabbat, one may not fold [the clothing].

משנה ג

מְקַפְּלִין אֶת הַכֵּלִים אֲפִילוּ אַרְבָּעָה וַחֲמִשָּׁה פְּעָמִים; וּמַצִּיעִין אֶת הַמִּטּוֹת מִלֵּילֵי־שַׁבָּת לְשַׁבָּת, אֲבָל לֹא מִשַּׁבָּת לְמוֹצָאֵי־שַׁבָּת.

מְקַפְּלִין אֶת הַכֵּלִים: בְּגָדִים, שֶׁפּוֹשְׁטָן, מְקַפְּלָן, אֲפִילוּ אַרְבָּעָה וַחֲמִשָּׁה פְּעָמִים, כְּדֵי לַחֲזוֹר וּלְלָבְשָׁם בּוֹ־בַּיּוֹם. וְלֹא שָׁנוּ אֶלָּא בְּאָדָם אֶחָד; אֲבָל בִּשְׁנֵי בְּנֵי־אָדָם — לֹא, שֶׁנִּרְאִים כִּמְתַקְּנִין. וּבְאָדָם אֶחָד נָמִי לָא אֲמַרַן, אֶלָּא בִּבְגָדִים חֲדָשִׁים, שֶׁהֵם קָשִׁים וְאֵינָן מְמַהֲרִים לִקְמוֹט; אֲבָל יְשָׁנִים — קִפּוּלָן מְתַקְּנָן טְפֵי וּמִיחֲזֵי כִּמְתַקֵּן. וּבַחֲדָשִׁים נָמִי לָא אֲמַרַן, אֶלָּא בִּלְבָנִים; אֲבָל צְבוּעִים — לֹא, שֶׁהַצְּבוּעִים — קִפּוּלָן מְתַקְּנָן בְּיוֹתֵר. וּבִלְבָנִים נָמִי לָא אֲמַרַן, אֶלָּא שֶׁאֵין לוֹ בְּגָדִים אֲחֵרִים לְהַחֲלִיף; אֲבָל, יֵשׁ לוֹ בְּגָדִים אֲחֵרִים לְהַחֲלִיף לִכְבוֹד שַׁבָּת — אָסוּר לְקַפֵּל.

מקפלים כלים לבנים וחדשים לחזור ללבשם בו ביום.

mishna 2

R. Eliezer b. Ya'akov says: one may tie [a rope] before an animal, that it not go out.

One may tie a bucket with a belt but not with a rope.

R. Yehudah permits it.

A principle was stated by R. Yehudah: one is not liable for any knot that is not permanent.

ONE MAY TIE [A ROPE] BEFORE AN ANIMAL - A rope [is tied] across the opening [of a pen] to fence in the animal, that it not go out. The Halakhah is in agreement with this ruling.

ONE MAY TIE A BUCKET WITH A BELT at the mouth of a well in order that the bucket be suspended, since one will surely not leave the belt there permanently. BUT NOT WITH A ROPE - One would leave a rope there permanently, and so the knot would be a permanent one.

R. YEHUDAH PERMITS IT - R. Yehudah permits tying a rope to the bucket only in the case of a weaver's rope. Since the weaver needs his rope to work at his craft, he would not leave it there permanently.

The Sages [- i.e. the anonymous opinion in the Mishnah with which R. Yehudah takes issue - would agree that a weaver's rope is not tied permanently to the bucket. Nevertheless, their concern was that] if a weaver's rope was permitted, other ropes would also come to be used, as one rope is confused with another.

The Halakhah follows the opinion of the Sages.

(המשך) משנה ב

רַבִּי אֱלִיעֶזֶר בֶּן יַעֲקֹב אוֹמֵר: קוֹשְׁרִין לִפְנֵי הַבְּהֵמָה, בִּשְׁבִיל שֶׁלֹּא תֵּצֵא.
קוֹשְׁרִין דְּלִי בִּפְסִיקְיָא, אֲבָל לֹא בְחֶבֶל. רַבִּי יְהוּדָה מַתִּיר;
כְּלָל אָמַר רַבִּי יְהוּדָה: כָּל קֶשֶׁר, שֶׁאֵינוֹ שֶׁל קְיָּמָא — אֵין חַיָּבִין עָלָיו.

קוֹשְׁרִין לִפְנֵי בְּהֵמָה — חֶבֶל בְּרוֹחַב הַפֶּתַח, לִנְעוֹל בְּפָנֶיהָ, שֶׁלֹּא תֵּצֵא. וְכֵן הֲלָכָה. **קוֹשְׁרִים דְּלִי בִּפְסִיקְיָא** עַל פִּי הַבּוֹר, שֶׁיִּהְיֶה קָשׁוּר וְתָלוּי שָׁם, דִּפְסִיקְיָא לָא מְבַטֵּל לֵיהּ הָתָם. **אֲבָל לֹא בְּחֶבֶל**, דִּמְבַטֵּל לֵיהּ הָתָם, וַהֲוֵי קֶשֶׁר־שֶׁל־קְיָמָא. **רַבִּי יְהוּדָה מַתִּיר:** לֹא הִתִּיר רַבִּי יְהוּדָה אֶלָּא בְּחֶבֶל־שֶׁל־גַּרְדִּי, שֶׁצָּרִיךְ לוֹ לִמְלַאכְתּוֹ, וְלָא מְבַטֵּל לֵיהּ הָתָם. וְרַבָּנָן סָבְרִי: אִי שָׁרֵית לֵיהּ חֶבֶל־שֶׁל־גַּרְדִּי, יִקְשׁוֹר נָמִי בִּשְׁאָר חֲבָלִים, דְּחֶבֶל בְּחֶבֶל מִיחַלֵּף. וַהֲלָכָה כַּחֲכָמִים.

קושרין לפני הבהמה

דלי קשור בפסיקיא

mishna 2

A woman may tie the strap of her jumper, the strings of her hair-net and belt, and the straps of her shoes and sandals. [One may tie] bags of wine and oil and a meat pot.

A WOMAN MAY TIE THE STRAPS OF HER JUMPER - Straps on either side are tied to the opposite shoulder: the straps on the right side are tied to the left shoulder; the straps on the left are tied to the right shoulder. Since they are untied daily, these knots are unlike permanent knots, and are permitted [on Shabbat]. HER HAIR-NET: a net-like bonnet. BELT - a wide belt that one ties by the strings at its ends.

BAGS OF WINE - leather bags; their spouts are folded over and then tied. We do not say that since the bottle has two tied up spouts, surely one of them is left closed permanently and hence its knot is a permanent knot. AND A MEAT POT - a cloth would, at times, be tied over the mouth of the pot. Even though the pot has spigots out of which soup can be poured, and hence the knotted cloth can be kept in place, nevertheless the knot of the cloth is not regarded as a [permanent] knot.

קדירה של בשר

רצועות מנעל וסנדל

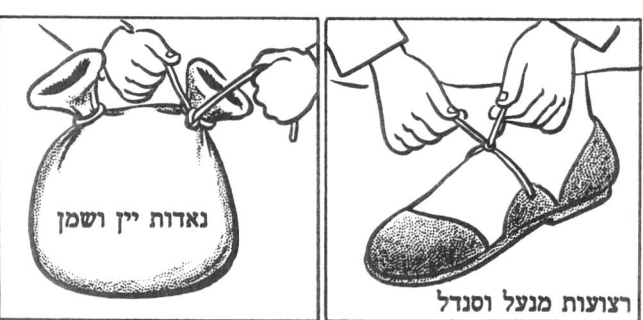

(המשך) משנה ב

קוֹשֶׁרֶת אִשָּׁה מַפְתֵּחַ חֲלוּקָהּ;* וְחוּטֵי סְבָכָה וְשֶׁל פְּסִיקְיָא וּרְצוּעוֹת מִנְעָל וְסַנְדָּל; וְנוֹדוֹת יַיִן וְשֶׁמֶן וּקְדֵרָה שֶׁל בָּשָׂר.

* נ"א: מַפְתְּחֵי חָלוּק

קוֹשֶׁרֶת אִשָּׁה מַפְתְּחֵי חָלוּק: כְּעֵין לְשׁוֹנוֹת לְכָאן וּלְכָאן, וְקוֹשְׁרִין שֶׁל־יָמִין בְּכֶתֶף־שְׂמֹאל וְשֶׁל־שְׂמֹאל — בְּכֶתֶף־יָמִין, דְּכֵיוָן דְּכָל יוֹמָא שָׁרֵי לֵיהּ לָא דָּמֵי לְקֶשֶׁר־שֶׁל־קְיָּימָא, וּמוּתָּר לְכַתְּחִלָּה. **סְבָכָה:** מִגְבַּעַת שֶׁעַל הָרֹאשׁ, עֲשׂוּיָה כְּעֵין רֶשֶׁת. **פְּסִיקְיָא:** אֵזוֹר רָחָב, וְחוּטִין תְּלוּיִין בְּרֹאשׁוֹ, לְקָשְׁרוֹ בָּהֶן. **וְנוֹדוֹת־יַיִן** שֶׁל עוֹר, שֶׁכּוֹפְפִים פִּיהֶם וְקוֹשְׁרִין אוֹתָן — אַף־עַל־גַּב דְּאִית לַהּ תַּרְתֵּי אֶסָרֵי, וְלָא אָמְרִינַן חַד מִנַּיְיהוּ בַּטּוֹלֵי מְבַטַּל לַהּ — וַהֲוֵי קֶשֶׁר־שֶׁל־קְיָּימָא. **וּקְדֵירָה שֶׁל בָּשָׂר:** פְּעָמִים, שֶׁקּוֹשֵׁר בָּהּ בֶּגֶד סָבִיב לְפִיהָ. וְאַף־עַל־פִּי שֶׁיֵּשׁ לָהּ דַּדִּין, שֶׁיְּכוֹלִין לְהוֹצִיא הַמָּרָק מֵהֶן בְּלֹא הֶיתֵּר הַקֶּשֶׁר, אֲפִילוּ הָכִי לָא הָוֵי קֶשֶׁר.

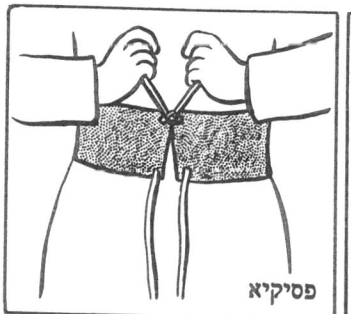

מפתח חלוקה

חוטי סבכה

פסיקיא

mishna 2

There are knots for which one is not liable, as one is [liable] for [tying] a camel driver's knot or a sailor's knot.

THERE ARE KNOTS FOR WHICH ONE IS NOT LIABLE for a sin-offering, as one is liable for tying a camel driver's knot or a sailor's knot; rather, one is exempt - but prohibited [from tying them]. Which knots are these? The Mishnah does not say! The Gemara, however, gives us examples: (a) A long strap is tied to the camel's nose ring; (b) A long rope is tied to the ring (made of rope) that is inserted into the hole at the head of a ship. This long rope is left tied there for a week or two and then is untied.

Similarly, one is not liable for any knot which one ties to last for a limited amount of time and not forever.

משנה ב

יֵשׁ לְךָ קְשָׁרִים, שֶׁאֵין חַיָּבִין עֲלֵיהֶן כְּקֶשֶׁר הַגַּמָּלִין וּכְקֶשֶׁר הַסַּפָּנִין.

יֵשׁ לְךָ קְשָׁרִים, שֶׁאֵין חַיָּבִים עֲלֵיהֶן חַטָּאת, כְּמוֹ שֶׁחַיָּבִים עַל קֶשֶׁר־גַּמָּלִים וְקֶשֶׁר־שֶׁל־סַפָּנִים, אֶלָּא פָּטוּר, אֲבָל אָסוּר. וְלֹא נִזְכְּרוּ קְשָׁרִים הַלָּלוּ בַּמִּשְׁנָה; וּבַגְּמָרָא מְפָרֵשׁ, כְּגוֹן: רְצוּעָה אֲרוּכָּה, שֶׁקּוֹשְׁרִים בַּטַּבַּעַת שֶׁבְּחוֹטֶם הַנָּאקָה; וּכְמוֹ־כֵן חֶבֶל אָרוֹךְ, שֶׁקּוֹשְׁרִים בַּחֶבֶל, הֶעָשׂוּי כְּמִין טַבַּעַת, הַתָּלוּי בַּנֶּקֶב שֶׁבְּרֹאשׁ הַסְּפִינָה, וּפְעָמִים מַנִּיחָהּ שָׁם שָׁבוּעַ וּשְׁבוּעַיִם וּמַתִּירָהּ; וְכֵן כָּל קֶשֶׁר, שֶׁקּוֹשֵׁר אוֹתוֹ, לַעֲמוֹד כָּךְ זְמַן יָדוּעַ, לֹא שֶׁיִּהְיֶה קַיָּם לְעוֹלָם — אֵין חַיָּבִין עָלָיו.

קשר
שאין חייבים עליו

mishna 1

**These are the knots for which one is liable: a camel driver's knot and a sailor's knot. Just as one is liable for tying them, one is liable for untying them.
R. Meir says: any knot that can be untied with one hand, one is not liable for.**

THESE ARE THE KNOTS...A CAMEL DRIVER'S KNOT: A camel's nose ring is made of a strap which is inserted through the hole in its nose and is permanently tied. Similarly, at the head of a ship a hole is made, into which a rope is inserted and permanently knotted, never to be untied. [One is liable for tying such knots on Shabbat], because of the parallel to the Tabernacle: Curtain threads that tore would be permanently tied up.

The three types of knots

(1) If one ties a permanent knot which is not a craftsman's knot, or a craftsman's knot but not a permanent knot, one is
exempt - but prohibited from doing so.

(2) Only if one ties a permanent, craftsman's knot is one liable.

(3) It is entirely permissible to tie a knot which is neither permanent nor a craftsman's knot.

JUST AS ONE IS LIABLE FOR TYING THEM, ONE IS LIABLE FOR UNTYING THEM, [because of the parallel to the Tabernacle:] Those who caught the Hilazon [to make dye] would periodically have to untie the knots of their nets in order to shorten or lengthen them.

THAT CAN BE UNTIED - because it was not tightened. ONE IS NOT LIABLE FOR - even if one tied it to be permanent.

The Halakhah does not follow R. Meir.

משנה א

אֵלּוּ קְשָׁרִים, שֶׁחַיָּבִין עֲלֵיהֶן: קֶשֶׁר־הַגַּמָּלִין וְקֶשֶׁר־הַסַּפָּנִין. וּכְשֵׁם שֶׁהוּא חַיָּב עַל קִישּׁוּרָן כָּךְ הוּא חַיָּב עַל הֶתֵּירָן.
רַבִּי מֵאִיר אוֹמֵר: כָּל קֶשֶׁר, שֶׁהוּא יָכוֹל לְהַתִּירוֹ בְּאַחַת מִיָּדָיו — אֵין חַיָּבִין עָלָיו.

אֵלּוּ קְשָׁרִים...: קֶשֶׁר־הַגַּמָּלִים, שֶׁנּוֹקְבִין לַגָּמָל בְּחוֹטְמוֹ וְנוֹתְנִין בּוֹ רְצוּעָה וְקוֹשְׁרִין אוֹתָהּ קֶשֶׁר־עוֹלָם. וּכְמוֹ־כֵן נוֹקְבִים בְּרֹאשׁ הַסְּפִינָה נֶקֶב וְנוֹתְנִין בּוֹ חֶבֶל וְקוֹשְׁרִין אוֹתוֹ קֶשֶׁר־שֶׁל־קַיָּימָא, שֶׁאֵינוֹ מַתִּירוֹ לְעוֹלָם. וְהָוֵי דּוּמְיָא דְּקוֹשְׁרֵי חוּטֵי יְרִיעוֹת הַנִּפְסָקִים בַּמִּשְׁכָּן. וְקֶשֶׁר־שֶׁל־קְיָימָא, וְאֵינוֹ מַעֲשֵׂה־אוּמָּן, אוֹ מַעֲשֵׂה־אוּמָּן, וְאֵינוֹ־שֶׁל־קְיָימָא — פָּטוּר, אֲבָל אָסוּר. וְאֵינוֹ חַיָּב, עַד שֶׁיְּהֵא שֶׁל־קְיָימָא וּמַעֲשֵׂה־אוּמָּן; וְשֶׁאֵינוֹ־שֶׁל־קְיָימָא וְלֹא־מַעֲשֵׂה־אוּמָּן — מוּתָּר לְכַתְּחִלָּה. **וּכְשֵׁם שֶׁחַיָּב עַל קִישּׁוּרָן כָּךְ חַיָּב עַל הֶתֵּירָן**, שֶׁכֵּן צַיָּידֵי חִלָּזוֹן הָיוּ נִצְרָכִין לִפְרָקִים לְהַתִּיר קִשְׁרֵי רְשָׁתוֹת הַקַּיָּימִים, כְּדֵי לְקַצְּרָן אוֹ לְהַרְחִיבָן. **שֶׁיָּכוֹל לְהַתִּירוֹ**, דְּלָא הַדְקֵיהּ — **אֵין חַיָּבִין עָלָיו**, וַאֲפִילּוּ עֲשָׂאוֹ לְקַיָּימָא. וְאֵין הֲלָכָה כְּרַבִּי מֵאִיר.

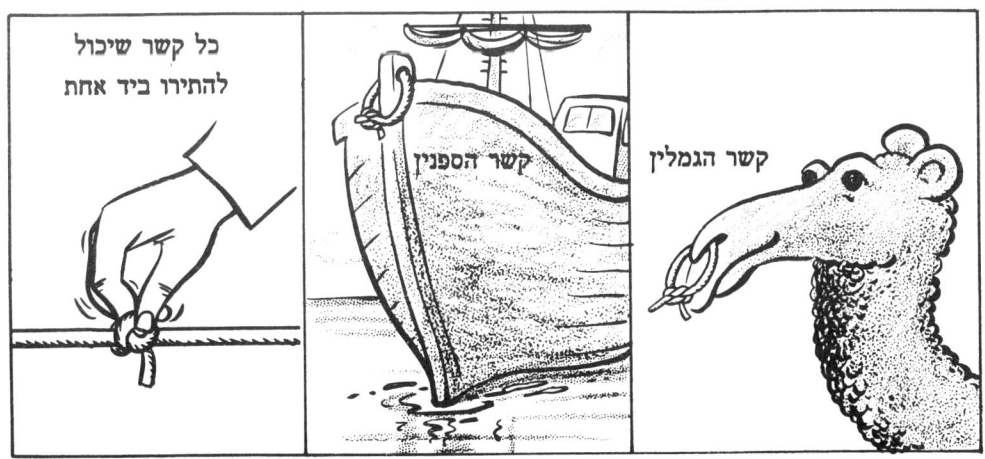

mishna 4

One whose teeth bother him may not sip vinegar through them. He may, however, dip [his bread in vinegar] in the usual manner, and if he is cured, he is cured. One whose loins bother him may not rub them with wine or vinegar. He may, however, rub them with oil, but not with rose oil. Princes may rub rose oil on their wounds, for such is their custom during the week. R. Shim'on says: all of Israel are princes.

MAY NOT SIP VINEGAR and then spit it out, for it is clear that he does so as a cure. He may, however, sip and swallow it.

MAY NOT RUB THEM WITH WINE OR VINEGAR, for no one would use them for a rub except therapeutically.

BUT NOT WITH ROSE OIL - It is very expensive, and so one who uses it obviously does so for therapeutic reasons.

PRINCES MAY RUB ROSE OIL...FOR SUCH IS THEIR CUSTOM, even if they have no sore.

R. SHIM'ON SAYS, ETC. - The Halakhah is not like R. Shim'on.

משניות שבת ★ פרוש ר"ע מברטנורא ★ פרק יד

משנה ד

הַחוֹשֵׁשׁ בְּשִׁינָּיו לֹא יִגְמַע בָּהֶן אֶת* הַחוֹמֶץ, אֲבָל מְטַבֵּל הוּא כְדַרְכּוֹ, וְאִם נִתְרַפֵּא — נִתְרַפֵּא.

הַחוֹשֵׁשׁ בְּמָתְנָיו לֹא יָסוּךְ* יַיִן, וְחוֹמֶץ, אֲבָל סָךְ הוּא אֶת הַשֶּׁמֶן, וְלֹא* שֶׁמֶן־וֶרֶד. בְּנֵי־מְלָכִים סָכִין שֶׁמֶן־וֶרֶד עַל מַכּוֹתֵיהֶן, שֶׁכֵּן דַּרְכָּם לָסוּךְ בְּחוֹל. רַבִּי שִׁמְעוֹן אוֹמֵר: כָּל יִשְׂרָאֵל בְּנֵי־מְלָכִים הֵם.

* נ"א: לֹא יִגְמַע אֶת הַחוֹמֶץ * נ"א: לֹא יָסוּךְ בָּהֶן * נ"א: אֲבָל לֹא

לֹא יִגְמַע אֶת הַחוֹמֶץ וְיִפְלוֹט, דְּמוֹכְחָא מִלְּתָא, דְּלִרְפוּאָה הוּא; וְאִם מְגַמֵּעַ וּבוֹלֵעַ, שַׁפִּיר דָּמֵי. **לֹא יָסוּךְ בָּהֶן יַיִן, וְחוֹמֶץ,** דְּאֵין אָדָם סָךְ מֵהֶן אֶלָּא לִרְפוּאָה. **אֲבָל לֹא שֶׁמֶן־וֶרֶד** — לְפִי שֶׁדָּמָיו יְקָרִים; וּמוֹכְחָא מִלְּתָא, דְּלִרְפוּאָה קָעָבֵיד. **שֶׁכֵּן דַּרְכָּם לָסוּךְ** — בְּלֹא מַכָּה. **רַבִּי שִׁמְעוֹן אוֹמֵר, וְכוּ':** וְאֵין הֲלָכָה כְּרַבִּי שִׁמְעוֹן.

mishna 3

ABUV RO'EH - a tree that grows alone and that has no branches. It is called "etzel rei" in Arabic, and it is beneficial for someone who drank uncovered [poisoned] water.

A MAN MAY EAT ANY FOOD...AS A REMEDY: Anything which is eaten as a food by healthy people may be eaten on Shabbat, even if one does so for therapeutic reasons.

EXCEPT FOR PALM TREE WATER: There were two trees (of a species of palm) in Eretz Yisrael with a spring of water between them. If one drank from the waters of this spring, the first cup would loosen the bowels, the second cup would move them, and the third cup would purge the bowels, such that it would come out as clear as it was when it went in.

OR A POTION OF ROOTS: One takes (a) gum of trees, called "zog alexandria" in Arabic; (b) grass, called "esba alsdor", i.e. "grass of happiness"; and (c) garden crocus, and crushes them. The powder is then put into wine. A Zavah [a woman who has had an abnormal discharge from her womb] who would drink three cups of this mixture would be cured.

FOR THEY ARE [MEDICINES] FOR JAUNDICE - They would cure jaundice but would cause sterility. That is why the "potion of roots" is called "kos ikkarin", the "cup of the infertile." TO QUENCH ONE'S THIRST, if one is not ill.

כָּל הָאוֹכָלִים אוֹכֵל אָדָם לִרְפוּאָה: כָּל דָּבָר, שֶׁהוּא אוֹכֶל, וְהַבְּרִיאִים אוֹכְלִים אוֹתוֹ, יָכוֹל אָדָם לְאָכְלוֹ בְּשַׁבָּת אַף־עַל־פִּי שֶׁהוּא מִתְכַּוֵּין לִרְפוּאָה. **חוּץ מִמֵּי־דְקָלִים:** הֵם שְׁנֵי אִילָנוֹת מִמִּינֵי הַדְּקָלִים, שֶׁהָיוּ בְּאֶרֶץ־יִשְׂרָאֵל, וּבֵינֵיהֶם מַעְיַן־מַיִם; וְהַשּׁוֹתֶה מֵהֶם — כּוֹס רִאשׁוֹן מְרַפֶּה הַזֶּבֶל שֶׁבְּמֵעָיו, וְכוֹס שֵׁנִי מְשַׁלְשֵׁל, וְכוֹס שְׁלִישִׁי מְנַקֶּה אֶת בְּנֵי־מֵעַיִם, עַד שֶׁאָדָם מוֹצִיאָם צְלוּלִים כְּדֶרֶךְ שֶׁהִכְנִיסָם. **וְכוֹס שֶׁל עִיקָּרִין:** לוֹקְחִין שְׂרַף־אִילָן, שֶׁקּוֹרִין לוֹ בְּעַרְבִי "זאג אלכסנדריא", וְעֵשֶׂב, שֶׁקּוֹרִין לוֹ "עשבא אלסדור" — פֵּירוּשׁ: עֵשֶׂב שֶׁל שִׂמְחָה — וְכַרְכּוֹם, וְכוֹתְשִׁין אוֹתָן וְנוֹתְנִין אֶת עֲפָרָן בְּיַיִן. וְהָאִשָּׁה זָבָה, שֶׁתִּשְׁתֶּה מֵהֶן שָׁלֹשׁ כּוֹסוֹת, תֵּרָפֵא. **מִפְּנֵי שֶׁהֵן לַיְרוֹקָה:** בַּעַל חוֹלִי, הַנִּקְרָא יֵרָקוֹן, אִם יִשְׁתֶּה מֵהֶן, יֵרָפֵא מֵחָלְיֵי הַיֵּרָקוֹן, אֲבָל יִשָּׁאֵר עָקָר וְלֹא יוֹלִיד; וּלְכָךְ נִקְרָא "כּוֹס־עִיקָּרִין". **לִצְמָאוֹ,** אִם אֵינוֹ חוֹלֶה.

הכנת מי עיקרין
כוס עיקרין
מי דקלים
מותר לשתות לצמאו
סך שמן עיקרין שלא לרפואה

mishna 3

One may not eat Greek hyssop on Shabbat, because it is not a food that a healthy person would eat. One may, however, eat the Yo'ezer [plant] or drink the Abuv Ro'eh [plant].

GREEK HYSSOP - a species of hyssop which grows among thorn bushes and which is used to kill intestinal worms. BECAUSE IT IS NOT A FOOD THAT A HEALTHY PERSON WOULD EAT, and so, if one nevertheless eats it, it is clear that one does so for medicinal purposes, and that is forbidden on Shabbat. [Why is it forbidden?] The Rabbis prohibited taking medication on Shabbat as a preventative measure, lest one crush the herbs that are used for medicines. (Crushing herbs is forbidden on account of being a Toledah of "grinding," one of the prohibited categories of work.)

[It should be noted that a dangerously ill person is permitted - even obligated - to take medication on Shabbat. Even someone who is not dangerously ill may take medication on Shabbat, under certain circumstances.]

ONE MAY, HOWEVER, EAT THE YO'EZER [PLANT]: Since many people eat it even when they are healthy, [it is not clear that one eats it for medicinal purposes, and so it is permitted]. The Yo'ezer [plant], "fulin" in Italian, kills worms in the liver.

A man may eat any food or drink any beverage - as a remedy - except for palm tree water or a potion of roots, for they are [medicine] for jaundice. One may, however, drink palm tree water to quench one's thirst, or apply root oil - [if it is] not for healing purposes.

משנה ג

אֵין אוֹכְלִין אֵיזוֹב־יָוֵן בְּשַׁבָּת לְפִי שֶׁאֵינוֹ מַאֲכַל בְּרִיאִים; אֲבָל אוֹכֵל הוּא אֶת יוֹעֶזֶר וְשׁוֹתֶה אַבּוּב־רוֹעֶה.

אֵזוֹב־יָוֵן: מִין אֵזוֹב, שֶׁגָּדֵל בֵּין הַקּוֹצִים וּמֵמִית הַתּוֹלָעִים שֶׁבַּמֵּעַיִם. **שֶׁאֵינוֹ מַאֲכַל בְּרִיאִים** — וּמוֹכְחָא מִלְּתָא, דִּלְרְפוּאָה אָכֵיל לֵיהּ, וְאָסוּר לְאָכְלוֹ בְּשַׁבָּת — גְּזֵירָה, שֶׁמָּא יִשְׁחוֹק סַמְמָנִים, דְּהָוֵי תּוֹלָדָה דְ"טוֹחֵן". **אֲבָל אוֹכֵל הוּא אֶת יוֹעֶזֶר**, דְּהַרְבֵּה אוֹכְלִין אוֹתוֹ, כְּשֶׁהֵן בְּרִיאִים. יוֹעֶזֶר — "פולין" בְּלַעַ"ז — וְהוּא מְכַלֶּה הַתּוֹלָעִים שֶׁבַּכָּבֵד. **אַבּוּב־רוֹעֶה**: עֵץ, שֶׁגָּדֵל יְחִידִי, וְאֵין לוֹ עֲנָפִים, וְקוֹרִין אוֹתוֹ בְּעַרְבִי "עצאל רעי", וְהוּא טוֹב לְמִי שֶׁנִּיזַּק עַל שֶׁשָּׁתָה מַיִם מְגוּלִּים.

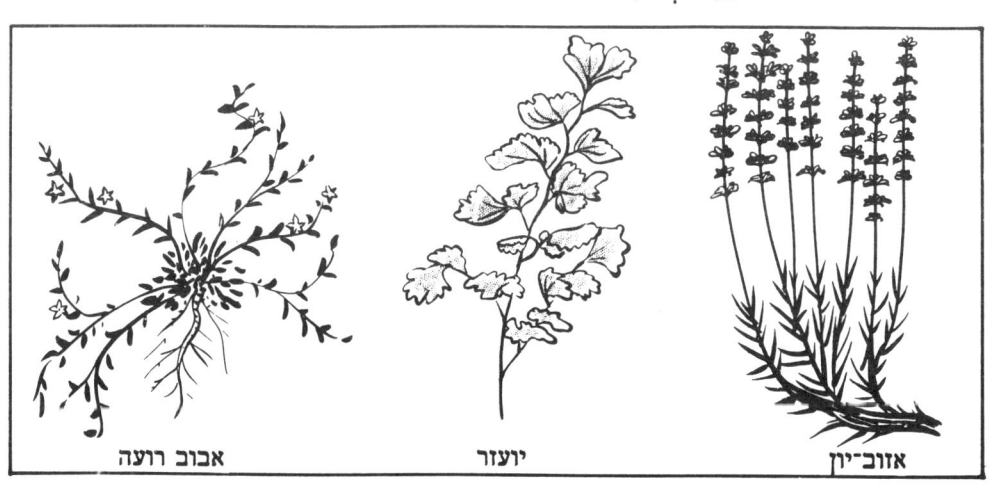

אבוב רועה
יועזר
אזוב־יון

(המשך) משנה ג

כָּל הָאֳ[וֹ]כָלִין אוֹכֵל אָדָם לִרְפוּאָה, וְכָל הַמַּשְׁקִין שׁוֹתֶה חוּץ מִמֵּי־דְקָלִים וְכוֹס־עִיקָּרִים מִפְּנֵי שֶׁהֵן לַיְּרוֹקָה; אֲבָל שׁוֹתֶה הוּא מֵי־דְקָלִים לְצִמָאוֹ וְסָךְ שֶׁמֶן־עִיקָּרִין שֶׁלֹּא־לִרְפוּאָה.

mishna 2

Rather, this is the salt water that is permitted: One first puts oil into the water or into the salt.

RATHER, THIS IS...PERMITTED: ONE FIRST PUTS OIL into the water, before salt is added [to the water], or one first puts oil INTO THE SALT, before the water is poured [into the salt]. That way the oil prevents the salt from mixing in well with the water, and weakens its strength. One should not, however, first mix the salt with the water and then put in the oil, for if he were to mix salt and water he would appear to be engaged in an activity similar to "tanning."

The Halakhah does not follow R. Yossi.

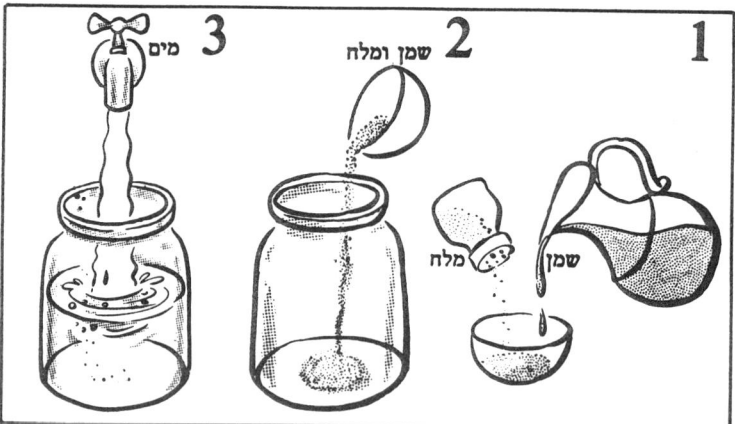

(המשך) משנה ב

וְאֵלּוּ הֵן מֵי־מֶלַח הַמּוּתָּרִין: נוֹתֵן שֶׁמֶן בַּתְּחִלָּה לְתוֹךְ הַמַּיִם, אוֹ לְתוֹךְ הַמֶּלַח.

וְאֵלּוּ הֵן... הַמּוּתָּרִים: **נוֹתֵן שֶׁמֶן** בְּתוֹךְ הַמַּיִם **בַּתְּחִלָּה** קוֹדֶם שֶׁיִּתֵּן הַמֶּלַח, אוֹ נוֹתֵן שֶׁמֶן בַּתְּחִלָּה **לְתוֹךְ הַמֶּלַח** קוֹדֶם שֶׁיִּתֵּן אֶת הַמַּיִם, דְּהַשֶּׁמֶן מְעַכְּבוֹ, שֶׁאֵין הַמֶּלַח מִתְעָרֵב יָפֶה עִם הַמַּיִם וּמַתִּישׁ אֶת כּוֹחוֹ. אֲבָל לֹא יִתֵּן מַיִם וָמֶלַח בַּתְּחִלָּה וְאַחַר־כָּךְ אֶת הַשֶּׁמֶן, דְּמִשָּׁעָה שֶׁנּוֹתֵן מַיִם וָמֶלַח יַחַד הוּא נִרְאֶה כִּמְעַבֵּד. וְאֵין הֲלָכָה כְּרַבִּי יוֹסֵי.

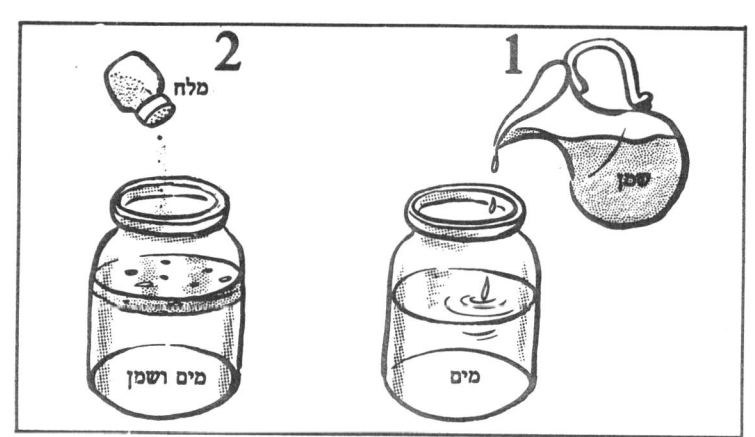

mishna 2

One may not make pickling brine on Shabbat, but one may make salt water and dip his bread in it or put it into cooked food. Said R. Yossi: but is it not pickling brine [all the same], whether a large or small amount?

ONE MAY NOT MAKE PICKLING BRINE, the large quantity of salt water that is used to pickle vegetables, to preserve them. BUT ONE MAY MAKE a small quantity of SALT WATER, in order to dip one's bread into it or to add to cooked food.

SAID R. YOSSI: BUT IS IT NOT PICKLING BRINE [ALL THE SAME], WHETHER A LARGE OR SMALL AMOUNT? i.e. if a large amount [of salt water] may not be prepared, so should a small amount be prohibited, lest people mistakenly conclude: much work is forbidden, but a little work is permitted. Rather, it is forbidden to make both large and small amounts of salt water, because that is like "tanning hides," in that one treats food by placing it in salt water, to preserve it.

משניות שבת ★ פרוש ר"ע מברטנורא ★ פרק יד

משנה ב

אֵין עוֹשִׂין הִילְמִי בְּשַׁבָּת, אֲבָל עוֹשֶׂה הוּא אֶת מֵי־הַמֶּלַח* וְטוֹבֵל בָּהֶן פִּתּוֹ וְנוֹתֵן לְתוֹךְ הַתַּבְשִׁיל.

אָמַר רַבִּי יוֹסֵי: וַהֲלֹא הוּא הִילְמִי, בֵּין מְרוּבֶּה וּבֵין מוּעָט!?

* נ"א: עוֹשִׂין מֵי־מֶלַח

אֵין עוֹשִׂין הִילְמִי: מֵי־מֶלַח מְרוּבִּים, שֶׁנּוֹתְנִים לְתוֹךְ יְרָקוֹת, שֶׁכּוֹבְשִׁין אוֹתָן, לְהִתְקַיֵּם. **אֲבָל עוֹשִׂין מֵי־מֶלַח** מוּעָטִים, כְּדֵי לְטַבֵּל בָּהֶן פִּתּוֹ, אוֹ לְתוֹךְ הַתַּבְשִׁיל. **וַהֲלֹא הוּא הִילְמִי, בֵּין מְרוּבֶּה בֵּין מוּעָט!?** — כְּלוֹמַר: אִם הַמְּרוּבִּים אֲסוּרִים, אַף הַמּוּעָטִים אֲסוּרִים — דְּיֹאמְרוּ: מְלָאכָה מְרוּבָּה אֲסוּרָה, וּמְלָאכָה מוּעֶטֶת מוּתֶּרֶת; אֶלָּא אֵלּוּ וָאֵלּוּ אֲסוּרִים מִפְּנֵי שֶׁהוּא כִּמְעַבֵּד וּמְתַקֵּן אֶת הָאוֹכֶל, הַנִּיתָּן בְּתוֹכוֹ, כְּדֵי שֶׁיִּתְקַיֵּם.

הכנת הילמי

מי מלח לטבל בהם פיתו

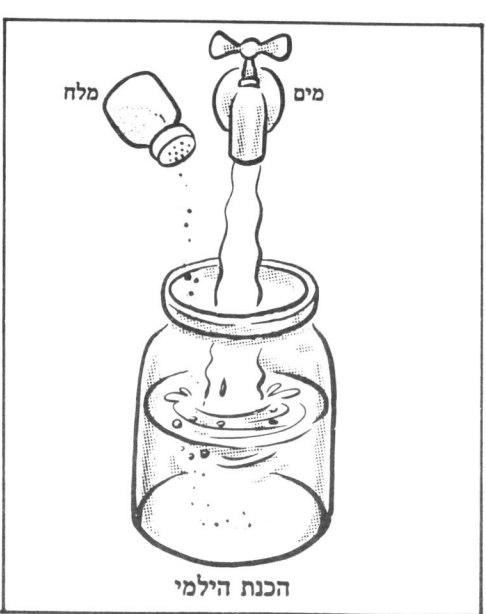

Chapter 14

mishna 1

חובל

צד

חובל חיה שברשותו

צד עוף שברשותו

משניות שבת ★ פירוש ר״ע מברטנורא ★ פרק יד

החולד

העכבר

הצב

לפי רש״י, פרשת שמיני.

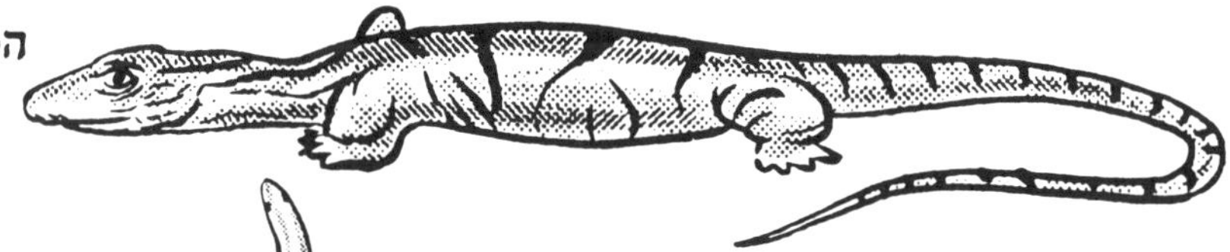

הכח

החומט

הלטאה

האנקה

התנשמת

mishna 1

The eight creeping things mentioned in the Torah (VaYikra 11:29-30), he who traps or wounds them is liable.

As for all other creeping and crawling things, he who wounds them is exempt. He who traps them for use is liable; if for no [particular] use, he is exempt.

As for beasts and birds in one's domain, he who traps them is exempt; he who wounds them is liable.

---

(1) THE EIGHT: "The weasel, the mouse, etc.," as listed in Parashat Shemini (VaYikra 11:29-30). HE WHO TRAPS...THEM IS LIABLE, since their species are commonly trapped. HE WHO WOUNDS THEM IS LIABLE - Since they have skin, the wound does not heal [immediately].

[He who wounds them, causing blood to be separated from the skin,] is liable on account of "stripping" [he strips blood from the skin], which is a Toledah of "threshing." Alternatively, their skins are colored by the blood that collects underneath them [as a result of the wound], and he is liable on account of "dyeing," [one of the primary categories of work prohibited on Shabbat].

(2) AS FOR ALL OTHER CREEPING AND CRAWLING THINGS - such as worms, cuttlefish, and scorpions - HE WHO WOUNDS THEM IS EXEMPT, as they have no skin.

IF FOR NO [PARTICULAR] USE, HE IS EXEMPT, since their species are not trapped.

(3) AS FOR BEASTS AND BIRDS IN ONE'S DOMAIN, HE WHO TRAPS THEM IS EXEMPT, for they are already trapped [in his domain, prior to his action]. HE WHO WOUNDS THEM IS LIABLE, since they do have skin.

Whenever our Mishnah states that "he who wounds them is liable," that is only if he does so for a constructive purpose, but if he wounds them merely to cause them harm, the rule is that "all those who engage in destructive action are exempt."

משנה א

שְׁמוֹנָה שְׁרָצִים, הָאֲמוּרִים בַּתּוֹרָה (ויקרא יא, כט – ל): הַצָּדָן, וְהַחוֹבֵל בָּהֶן — חַיָּב; וּשְׁאָר שְׁקָצִים וּרְמָשִׂים — הַחוֹבֵל בָּהֶן פָּטוּר. הַצָּדָן לְצוֹרֶךְ חַיָּב; שֶׁלֹּא־לְצוֹרֶךְ — פָּטוּר. חַיָּה, וְעוֹף, שֶׁבִּרְשׁוּתוֹ: הַצָּדָן פָּטוּר, וְהַחוֹבֵל בָּהֶן חַיָּב.

שְׁמוֹנָה: ״הַחוֹלֶד וְהָעַכְבָּר״, וכו׳, הַמְּנוּיִין בְּפָרָשַׁת ״וַיְהִי בַּיּוֹם הַשְּׁמִינִי״ (ויקרא יא, כט – ל). **הַצָּדָן... חַיָּב,** שֶׁיֵּשׁ בְּמִינָן נִיצּוֹד. **וְהַחוֹבֵל בָּהֶן חַיָּב,** דְּיֵשׁ לָהֶן עוֹר, וְהָוְיָא לַהּ חַבּוּרָה, שֶׁאֵינָהּ חוֹזֶרֶת, וְחַיָּב מִשּׁוּם ״מְפָרֵק״, שֶׁהִיא תּוֹלָדָה דְ״דָשׁ״. אִי נַמִּי — כֵּיוָן דְּיֵשׁ לָהֶן עוֹר, נִצְבָּע הָעוֹר בְּדָם, הַנִּצְרָר בּוֹ, וְחַיָּב מִשּׁוּם ״צוֹבֵעַ״. **וּשְׁאָר שְׁקָצִים וּרְמָשִׂים,** כְּגוֹן תּוֹלָעִים וְחֶלְזוֹנוֹת וְעַקְרַבִּים — **הַחוֹבֵל בָּהֶן פָּטוּר,** דְּאֵין לָהֶן עוֹר. **שֶׁלֹּא־לְצוֹרֶךְ — פָּטוּר,** דְּאֵין בְּמִינָן נִיצּוֹד. **חַיָּה, וְעוֹף, שֶׁבִּרְשׁוּתוֹ: הַצָּדָן פָּטוּר,** שֶׁהֲרֵי נִיצּוֹדִים וְעוֹמְדִים הֵם. **וְהַחוֹבֵל בָּהֶן חַיָּב,** דְּיֵשׁ לָהֶן עוֹר. וְאֵין הַחוֹבֵל חַיָּב בְּכָל הָנֵי דִּתְנֵינַן בְּמַתְנִיתִין, אֶלָּא בְּצָרִיךְ לַדָּם; אֲבָל, אִם לֹא חָבַל אֶלָּא לְהַזִּיק — הָא קַיְימָא לַן: ״כָּל הַמְקַלְקְלִין פְּטוּרִים״.

mishna 7

משניות שבת ★ פרוש ר״ע מברטנורא ★ פרק י״ג

ישב הראשון

בא השני

mishna 7

[Let us say that a deer had entered a house:]

(1) If someone sat in the doorway without fully blocking it, [and then] a second person sat down, blocking it fully, the second one is liable.

(2) If someone sat in the doorway, completely blocking it, and then a second person came along and sat down beside him: even if the first person were to get up and walk away, the first person would be liable, but the second one exempt. To what does this case compare? To one who locked his house in order to protect it, and thereby secured a deer that was inside.

---

(1)...THE SECOND ONE IS LIABLE, for he is the one that traps the deer.

(2)...TO WHAT DOES THIS CASE - where the deer was already trapped by the first person - COMPARE? TO ONE WHO LOCKED HIS HOUSE IN ORDER TO PROTECT IT, not to trap an animal. AND THEREBY SECURED A DEER THAT WAS already trapped INSIDE. So too in this case: even though the first person gets up and walks away, the second one is judged to be like someone who guards a deer that had already been trapped. When the Mishnah states that "the second one [is] exempt," not only is he exempt but he is permitted to do so.

משנה ז

יָשַׁב הָאֶחָד עַל הַפֶּתַח, וְלֹא מִלְאָהוּ, יָשַׁב הַשֵּׁנִי וּמִלְאָהוּ — הַשֵּׁנִי חַיָּב.

יָשַׁב הָרִאשׁוֹן עַל הַפֶּתַח וּמִלְאָהוּ, וּבָא הַשֵּׁנִי וְיָשַׁב בְּצִדּוֹ: אַף־עַל־פִּי שֶׁעָמַד הָרִאשׁוֹן וְהָלַךְ לוֹ — הָרִאשׁוֹן חַיָּב, וְהַשֵּׁנִי פָּטוּר. הָא לְמַה זֶה דּוֹמֶה? לְנוֹעֵל אֶת בֵּיתוֹ, לְשָׁ[וֹ]מְרוֹ, וְנִמְצָא צְבִי שָׁמוּר בְּתוֹכוֹ.

הַשֵּׁנִי חַיָּב — שֶׁהוּא צָד אוֹתוֹ. **הָא לְמַה זֶה דּוֹמֶה** — מֵאַחַר שֶׁנִּצּוֹד עַל־יְדֵי הָרִאשׁוֹן? **לְנוֹעֵל אֶת בֵּיתוֹ, לְשָׁמְרוֹ**, וְלֹא לָצוּד — **וְנִמְצָא צְבִי**, שֶׁהוּא נִצּוֹד כְּבָר, **שָׁמוּר בְּתוֹכוֹ** — כָּךְ זֶה: אַף־עַל־פִּי שֶׁעָמַד הָרִאשׁוֹן, אֵין זֶה אֶלָּא כְּשׁוֹמְרוֹ לַצְּבִי, שֶׁהָיָה לוֹ מֵאֶתְמוֹל, ״וְהַשֵּׁנִי פָּטוּר״, הָאָמוּר בְּמַתְנִיתִין — פָּטוּר וּמוּתָּר.

ישב אחד
ישב השני

נעלו שניים

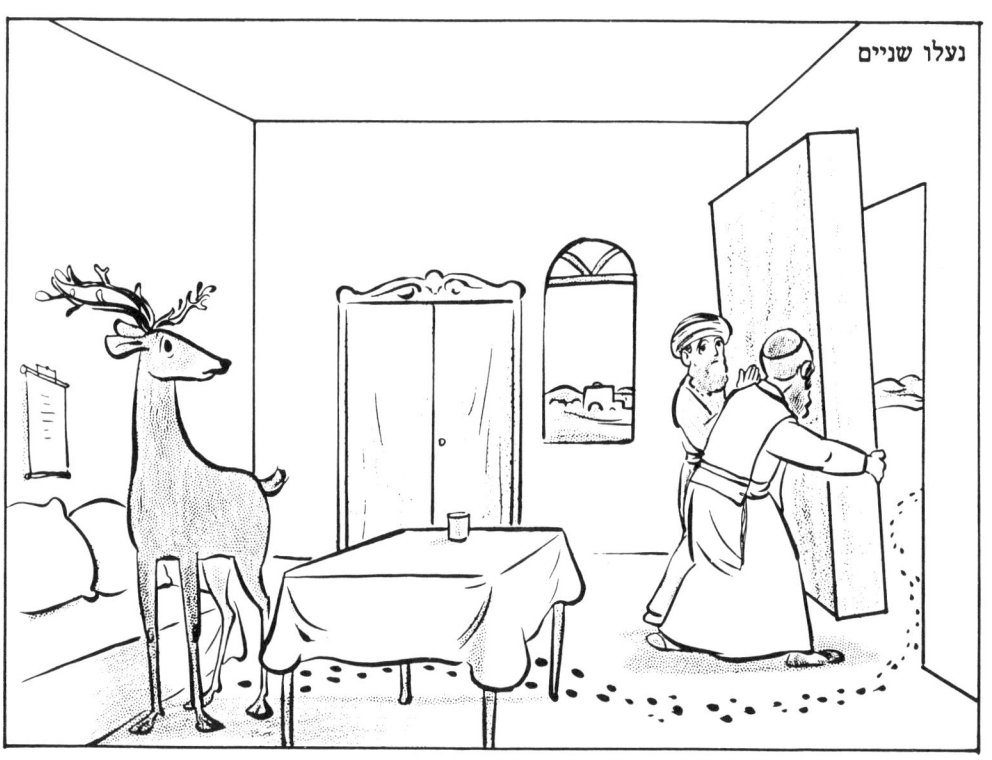

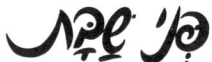

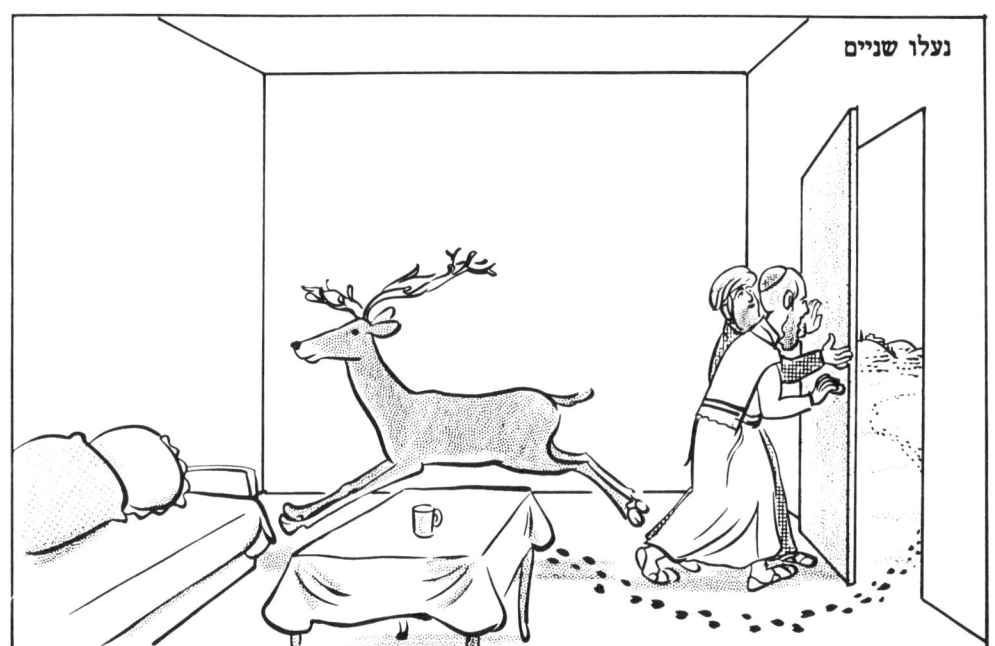

נעלו שניים

mishna 6

(1) If a deer entered a house, and someone locked it in, he is liable. (2) If two people locked [it in], they are exempt. (3) If one person [alone] could not have locked it in, but two people [together] succeeded in doing so, they are liable. R. Shim'on, however, exempts [them].

---

(1) IF A DEER, on its own accord, ENTERED A HOUSE, AND SOMEONE LOCKED IT IN, it is thereby trapped perfectly.

(2) IF TWO PEOPLE LOCKED [IT IN], THEY ARE EXEMPT, because of the rule: "Two people who, together, perform a prohibited act, [are exempt]."

(3) IF ONE PERSON [ALONE] COULD NOT HAVE LOCKED [IT IN] - [Apparently, the door was so heavy that] it generally took two people to close it. In such a case we say that each one performed the Melacha, since without him it could not have been done.

R. SHIM'ON EXEMPTS [THEM] - The Halakhah is not like R. Shim'on.

משנה ו

צְבִי, שֶׁנִּכְנַס לְבַיִת, וְנָעַל אֶחָד בְּפָנָיו – חַיָּיב.
נָעֲלוּ שְׁנַיִם – פְּטוּרִין.
לֹא יָכוֹל אֶחָד לִנְעוֹל, וְנָעֲלוּ שְׁנַיִם – חַיָּיבִין;
וְרַבִּי שִׁמְעוֹן פּוֹטֵר.

צְבִי, שֶׁנִּכְנַס מֵאֵלָיו **לְבַיִת, וְנָעַל אֶחָד בְּפָנָיו** – זוֹ הִיא צִידָתוֹ. **נָעֲלוּ שְׁנַיִם – פְּטוּרִים**, דַּהֲווּ לְהוּ "שְׁנַיִם שֶׁעֲשָׂאוּהָ". **לֹא יָכוֹל אֶחָד לִנְעוֹל**: אוֹרְחֵיהּ הוּא לְנוֹעֲלוֹ בִּשְׁנַיִם, וַהֲרֵי לְכָל אֶחָד מְלָאכָה, דִּבְלָאו אִיהוּ, לָא מִתְעַבְדָּא. **וְרַבִּי שִׁמְעוֹן פּוֹטֵר**: וְאֵין הֲלָכָה כְּרַבִּי שִׁמְעוֹן.

נעל בפניו

Mishnayot Shabbat * Commentary of Rabbi Ovadia M'Bartenura * Chapter **13**

ביבר גדול

ביבר קטן

משניות שבת ★ פרוש ר"ע מברטנורא ★ פרק יג

הצד צבי לבית

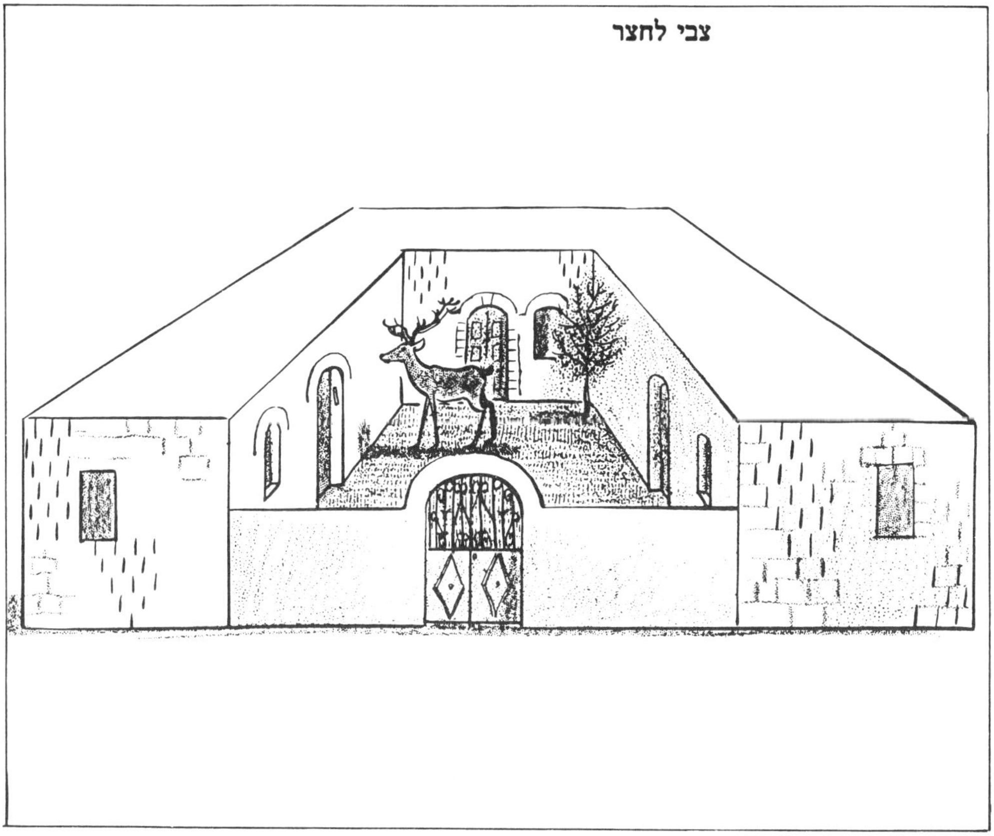

צבי לחצר

mishna 5

Reb Yehudah says: he who traps a bird into a closet or a deer into a house is liable.

The Sages say: [one is liable for] trapping a bird into a closet or a deer into a house, a courtyard, or a corral.

R. Shim'on b. Gamliel says: not all corrals are the same. This is the principle: if it needs further trapping, one is exempt; if it does not need further trapping, one is liable.

HE WHO TRAPS A BIRD, by driving it into a wooden wardrobe ("armadio" in Italian) is liable, for it is considered trapped. If one were to drive it into a house, however, it would [still] not be trapped.

A DEER is trapped if driven into a house and locked inside. If one were to drive it into a garden or a courtyard, however, it would [still] not be trapped.

OR A CORRAL: a fenced-in area in which animals are held securely.

WHATEVER NEEDS FURTHER TRAPPING, for it is in a place where it remains difficult to catch, where, if one were to lunge after it once, one would not succeed in catching it.

The Halakhah is like R. Shim'on b. Gamliel, who merely interprets the words of the Sages.

הצד צפור למגדל

משנה ה

רַבִּי יְהוּדָה אוֹמֵר: הַצָּד צִפּוֹר לְמִגְדָּל, וּצְבִי לְבַיִת – חַיָּיב.
וַחֲכָמִים אוֹמְרִים: צִפּוֹר לְמִגְדָּל, וּצְבִי לְבַיִת, וּלְחָצֵר, וּלְבֵיבָרִין.
רַבָּן שִׁמְעוֹן בֶּן גַּמְלִיאֵל אוֹמֵר: לֹא כָּל הַבֵּיבָרִין שָׁוִין.
זֶה הַכְּלָל: מְחוּסַּר־צִידָה – פָּטוּר; וְשֶׁאֵינוֹ־מְחוּסַּר־צִידָה – חַיָּיב.

הַצָּד צִפּוֹר, עַד שֶׁהִכְנִיסוֹ לְמִגְדָּל שֶׁל עֵץ – "ארמאדיאו" בלע"ז – חַיָּיב, שֶׁזּוֹ הִיא צִידָתוֹ. אֲבָל, אִם הִכְנִיסוֹ לְבַיִת, אֵינוֹ נִצּוֹד בְּכָךְ. **וּצְבִי** נִצּוֹד מִשֶּׁהִכְנִיסוֹ לְבַיִת וְנָעַל בְּפָנָיו; אֲבָל, אִם הִכְנִיסוֹ לְגִינָּה, אוֹ לְחָצֵר, אֵין זוֹ צִידָה. **וּלְבֵיבָרִין**. קַרְפִּיפוֹת, הַמּוּקָּפִים חוֹמָה, שֶׁמַּכְנִיסִין שָׁם חַיּוֹת, וְנִשְׁמָרִים שָׁם. **כֹּל הַמְחוּסָּר־צִידָה** – שֶׁקָּשֶׁה לְתָפְשׂוֹ שָׁם, כְּגוֹן שֶׁאֵינוֹ מַגִּיעַ לוֹ בִּשְׁחִיָּה אַחַת, שֶׁשּׁוֹחֶה, לְתָפְשׂוֹ. וַהֲלָכָה כְּרַבָּן שִׁמְעוֹן בֶּן גַּמְלִיאֵל [דִּמְפָרֵשׁ] לְמִלְּתַיְיהוּ דְּרַבָּנַן.

הצד ציפור לבית

mishna 4

The measure [for which one is liable] for weaving two threads is a "Sit."

WEAVING TWO THREADS - [To be liable,] one must weave them for at least the length of a Sit, across the width of the cloth. One is liable for doing so, even though this does not span the entire width of the cloth.

(המשך) משנה ד

וְהָאוֹרֵג שְׁנֵי חוּטִין – שִׁיעוּרוֹ כִּמְלֹא־הַסִּיט.

הָאוֹרֵג שְׁנֵי חוּטִין – שִׁיעוּרָן בְּרוֹחַב הַבֶּגֶד כִּמְלֹא הַסִּיט, שֶׁאַף־עַל־פִּי שֶׁלֹּא אֲרָגָן עַל פְּנֵי כָּל רוֹחַב הַבֶּגֶד – חַיָּיב.

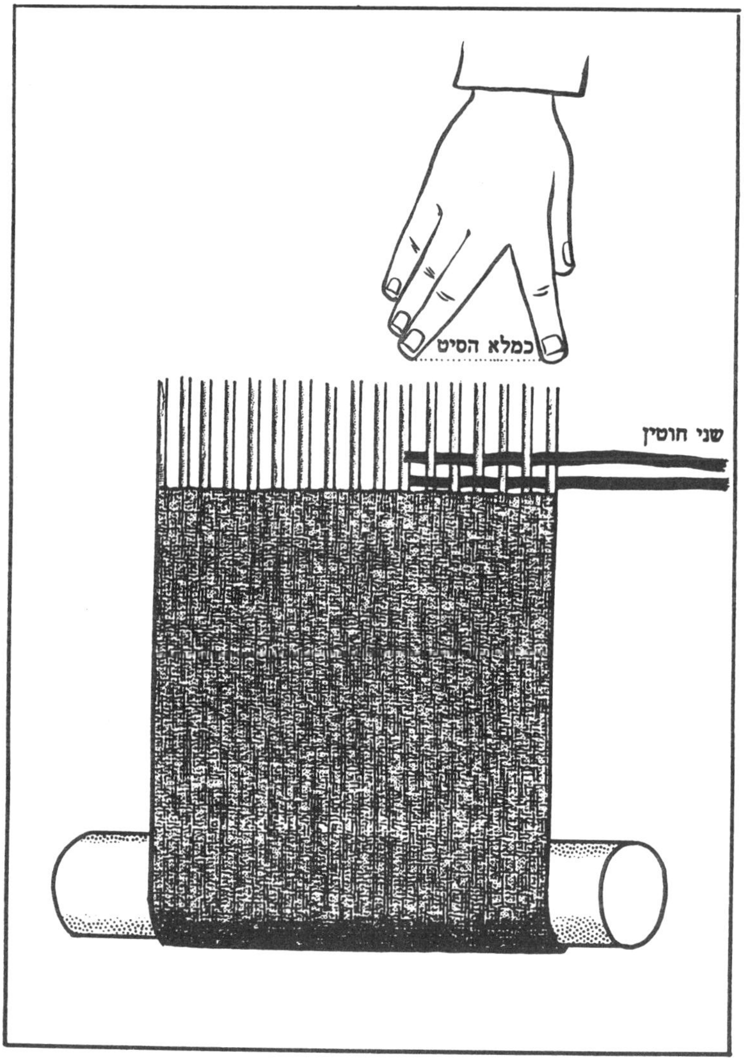

mishna 4

The minimum measure of washing, combing, dying, or spinning [for which one is liable] is double the width of a "Sit."

WASHING wool, combing it, dyeing it, and spinning it are all primary categories of prohibited work. What is the minimum measure [for which one is liable]? If one washes, combs, dyes, or spins wool - enough to produce a thread which is double the width of a Sit - [one is liable].

And what is a "Sit"? The space between the middle finger and the index finger, when the two are stretched apart as far as possible. Double this length is a "double Sit." The space between the thumb and the index finger - which is twice the length of the space between the middle and index fingers - is equal to a double Sit.

משנה ד

שִׁיעוּר הַמְלַבֵּן וְהַמְנַפֵּץ וְהַצּוֹבֵעַ וְהַטּוֹוֶה — כִּמְלֹא רוֹחַב הַסִּיט כָּפוּל.

הַמְלַבֵּן אֶת הַצֶּמֶר וְהַמְנַפְּצוֹ וְהַצּוֹבְעוֹ וְהַטּוֹוֶה מִמֶּנּוּ, שֶׁהֵן כּוּלָּן אֲבוֹת־מְלָאכוֹת — שִׁיעוּרָן כְּדֵי שֶׁיִּטְוֶה מֵאוֹתוֹ הַצֶּמֶר חוּט אָרוֹךְ כִּמְלֹא רוֹחַב הַסִּיט כָּפוּל. וְהַסִּיט הוּא כְּדֵי הֶפְסֵק שֶׁיֵּשׁ בֵּין אַמָּה לְאֶצְבַּע כֹּל מַה שֶׁיּוּכַל אָדָם לְהַרְחִיבוֹ, וּכְשִׁיעוּר הָרֶיוַח הַזֶּה שְׁתֵּי פְּעָמִים הוּא הַסִּיט כָּפוּל. וְרֶיוַח שֶׁבֵּין גּוֹדֶל לְאֶצְבַּע פַּעַם אַחַת הוּא גַּם־כֵּן כִּמְלֹא רוֹחַב הַסִּיט כָּפוּל מִפְּנֵי שֶׁיֵּשׁ בּוֹ כִּפְלַיִם כְּאוֹתוֹ שֶׁיֵּשׁ בֵּין אַמָּה לְאֶצְבַּע.

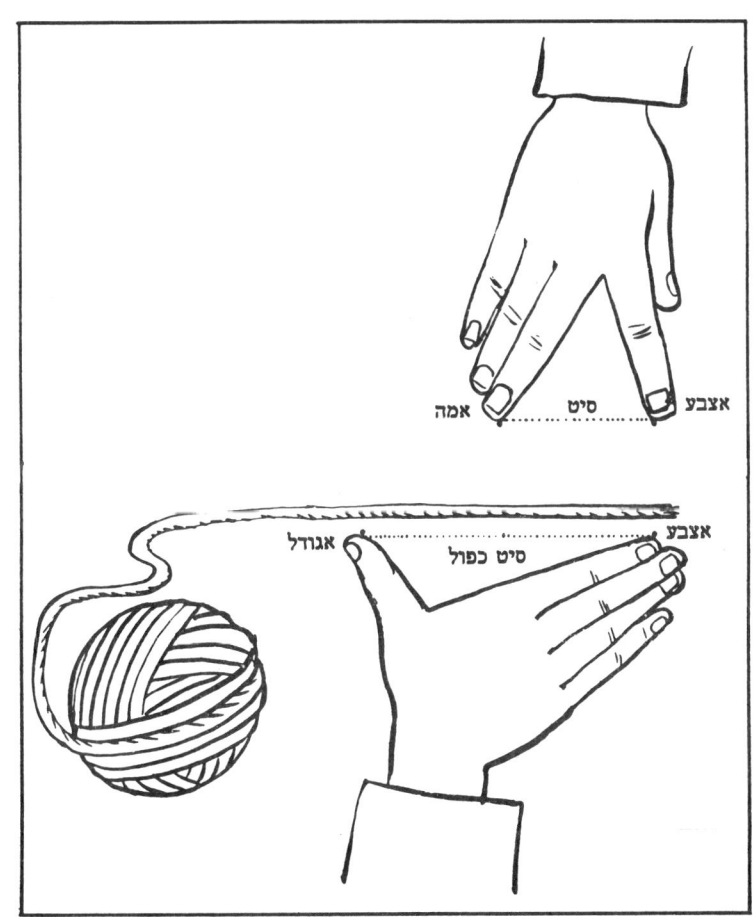

mishna 3

He who tears in anger or on account of his dead, and all those who engage in destructive action, are exempt.
As for one who destroys in order to repair, the minimum measure [for which he is liable] is that of one who repairs.

HE WHO TEARS ON ACCOUNT OF HIS DEAD, etc. Tearing one's garments out of mourning - when not obligated to do so by the Halakhah - is considered a destructive act, for which one is exempt on Shabbat. If, however, one is obligated by the Halakhah to do so, it is considered a constructive act, for which one is liable on Shabbat. IN HIS ANGER, AND ALL THOSE WHO ENGAGE IN DESTRUCTIVE ACTION ARE EXEMPT- As opposed to the view of this Mishnah (which was rejected), the ruling of the Halakhah is that one who tears in his anger is liable. Even though what he does is destructive vis-a-vis the garment, it is constructive vis-a-vis his stormy state of mind, for it calms him down.

משנה ג

הַקּוֹרֵעַ בַּחֲמָתוֹ, וְעַל מֵתוֹ,* וְכָל הַמְקַלְקְלִין — פְּטוּרִין. וְהַמְקַלְקֵל עַל־מְנָת לְתַקֵּן — שִׁיעוּרוֹ כִּמְתַקֵּן.

* נ"א: הַקּוֹרֵעַ עַל מֵתוֹ, וּבַחֲמָתוֹ

הַקּוֹרֵעַ עַל מֵתוֹ, וְכוּ': בְּמֵת, שֶׁאֵינוֹ חַיָּיב לִקְרוֹעַ עָלָיו, הוּא דְּהָוֵי מְקַלְקֵל וּפָטוּר; אֲבָל עַל מֵת, שֶׁחַיָּיב לִקְרוֹעַ עָלָיו, מְתַקֵּן הוּא וְחַיָּיב. **וּבַחֲמָתוֹ, וְכָל הַמְקַלְקְלִים — פְּטוּרִין**: הָא מַתְנִיתִין אַדַּחְיָא לַהּ. וַהֲלָכָה — שֶׁהַקּוֹרֵעַ בַּחֲמָתוֹ חַיָּיב, שֶׁאַף־עַל־פִּי שֶׁמְּקַלְקֵל הוּא אֵצֶל הַבֶּגֶד, מְתַקֵּן הוּא אֵצֶל יִצְרוֹ, וְדַעְתּוֹ מִתְיַשֶּׁבֶת עָלָיו בְּכָךְ.

הקורע על מתו

הקורע בחמתו

mishna 2

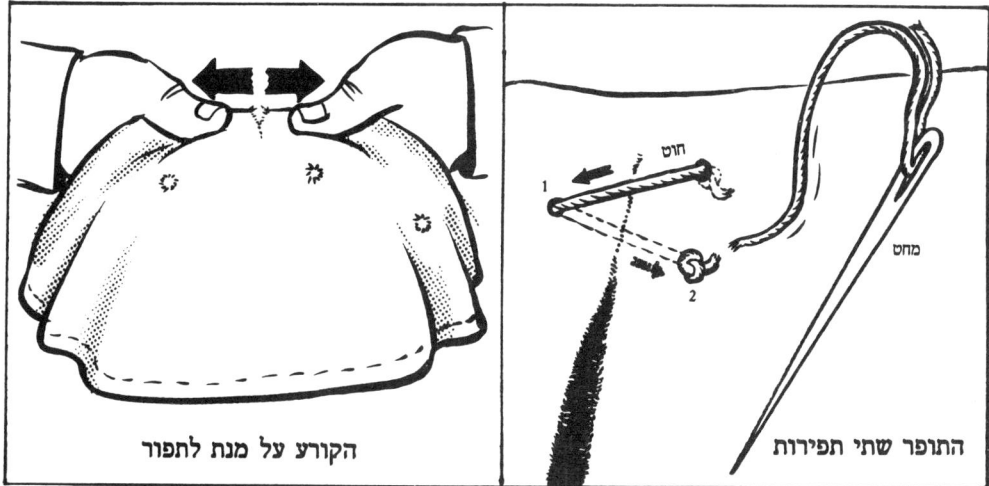

הקורע על מנת לתפור | התופר שתי תפירות

קירוס לפי "תפארת ישראל"

העושה שתי בתי נירין

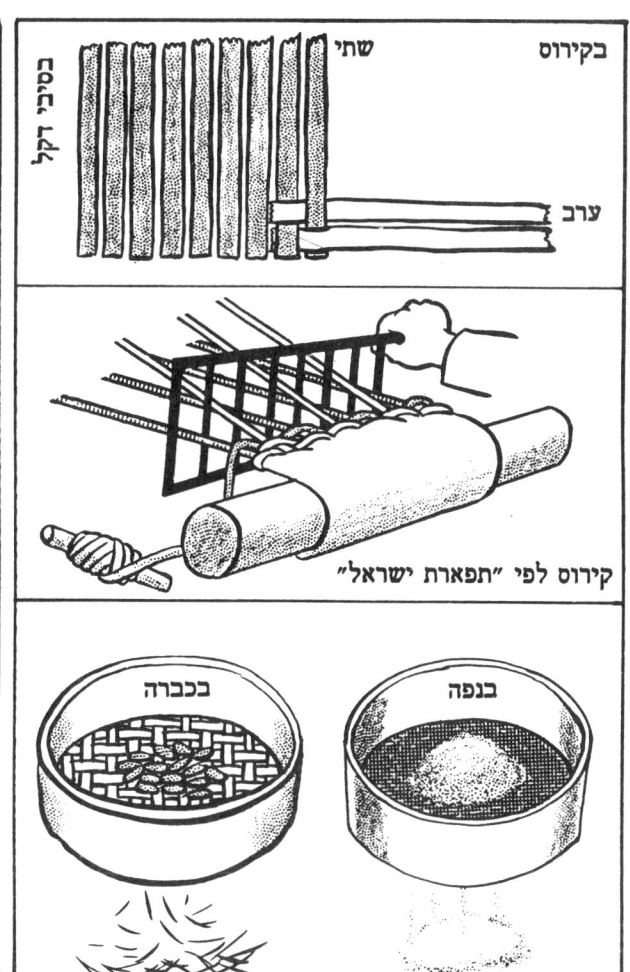

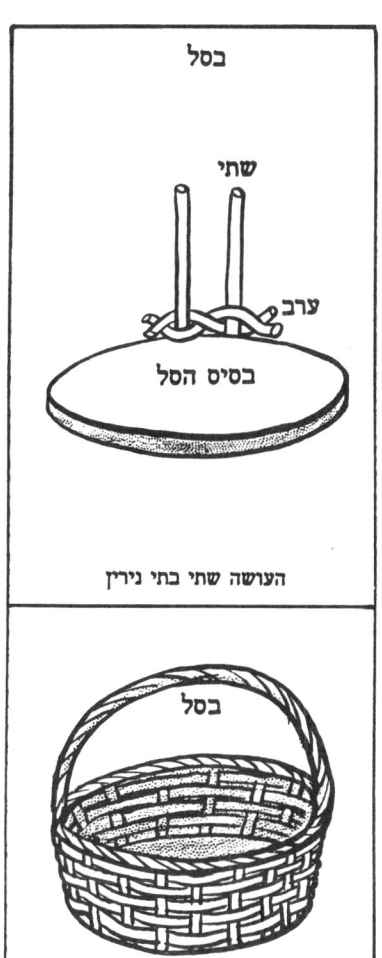

mishna 2

He who makes two meshes between the heddles, or [weaves] Kiros, a sifter, a sieve, or a basket, is liable.

He who sews two stitches, or who tears in order to sew two stitches, [is liable].

TWO MESHES - He runs two threads of the warp through a heddle [a looped thread], which is called "litzsh". BETWEEN THE HEDDLES - The Gemara explains that each thread of the warp is passed twice through a heddle and then, for a third time, over a thread on a cross-piece.

OR [WEAVES] KIROS - material made of palm fiber.

משנה ב

הָעוֹשֶׂה שְׁתֵּי בָתֵּי־נִירִין בַּנִּירִין, בַּקֵּירוּס, בְּנָפָה, בִּכְבָרָה, וּבְסַל — חַיָּיב; וְהַתּוֹפֵר שְׁתֵּי תְפִירוֹת, וְהַקּוֹרֵעַ עַל־מְנָת לִתְפּוֹר שְׁתֵּי תְפִירוֹת.

שְׁתֵּי בָתֵּי־נִירִין — שֶׁנָּתַן שְׁנֵי חוּטִים שֶׁל שְׁתִי בַּנִּיר, שֶׁקּוֹרִין ״ליצש״. **בַּנִּירִין**: מְפָרֵשׁ בַּגְּמָרָא, שֶׁמַּרְכִּיב שְׁנֵי פְּעָמִים [כָּל] חוּט שֶׁל שְׁתִי בַּנִּיר וּבַפַּעַם הַשְּׁלִישִׁית מַרְכִּיבוֹ עַל חוּט, הַמּוּרְכָּב עַל הַקָּנֶה. **בַּקֵּירוּס**: יְרִיעָה אֲרוּגָה מְסִיב שֶׁל דֶּקֶל.

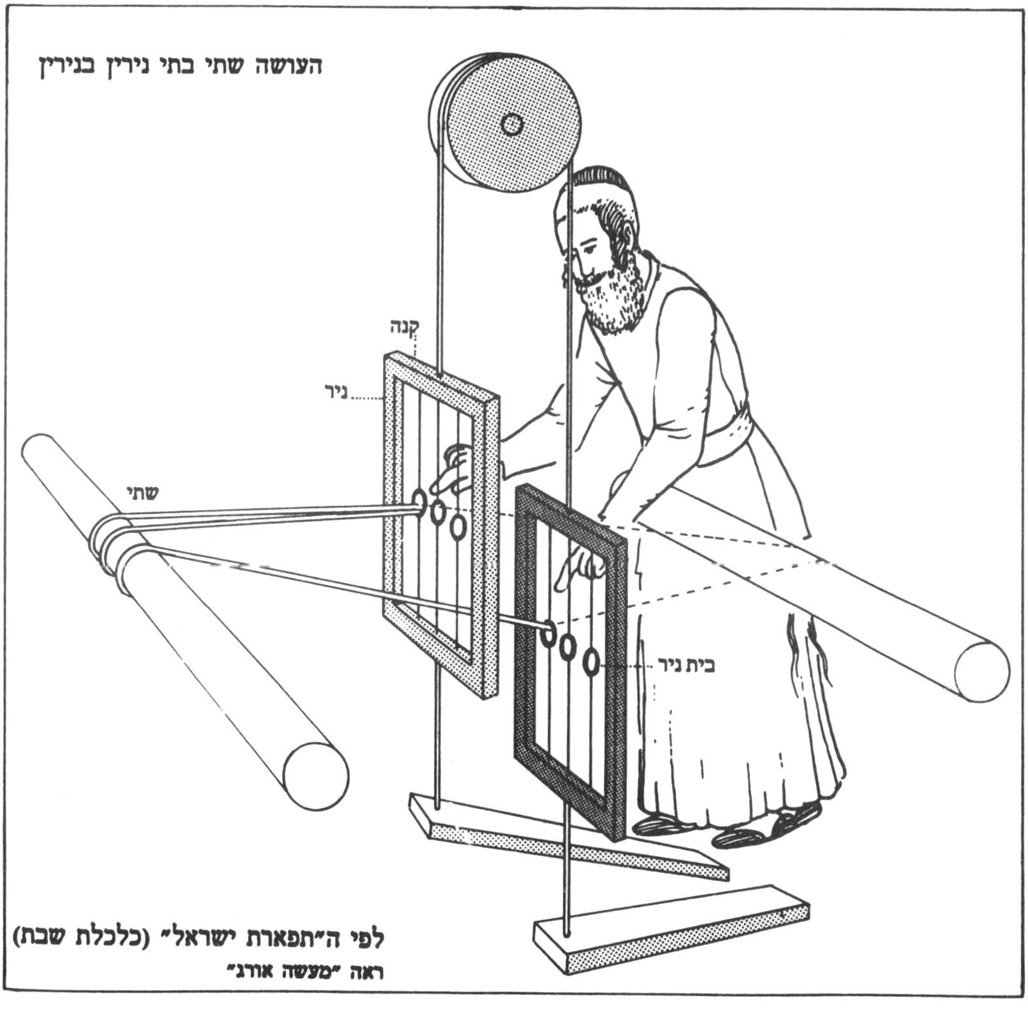

העושה שתי בתי נירין בנירין
קנה
ניר
שתי
בית ניר

לפי ה״תפארת ישראל״ (כלכלת שבת)
ראה ״מעשה אורג״

mishna 1

R. Eliezer says: he who weaves (a) three threads at the beginning or (b) one [thread] onto fabric that is already woven, is liable. The Sages say: whether at the beginning or at the end, the standard minimum measure [for which one is liable] is two threads.

R. ELIEZER SAYS: HE WHO WEAVES (a) THREE THREADS AT THE BEGINNING: If he is starting to weave a garment from the very beginning, he must weave at least three threads to be liable. If, however, he is (b) ADDING ONTO FABRIC THAT IS ALREADY WOVEN, he need only weave one thread to be liable. [Why should he liable for weaving only one thread?] Because it combines with the woven fabric [to form lasting work].

The Halakhah is not like R. Eliezer.

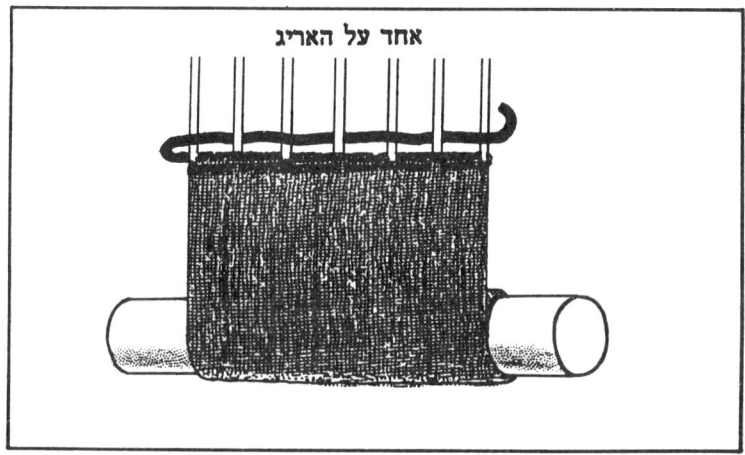

משניות שבת ★ פרוש ר"ע מברטנורא ★ פרק יג

משנה א

רַבִּי אֱלִיעֶזֶר אוֹמֵר: הָאוֹרֵג שְׁלשָׁה חוּטִין בַּתְּחִלָּה, וְאֶחָד עַל הָאָרִיג – חַיָּב. וַחֲכָמִים אוֹמְרִים: בֵּין בַּתְּחִלָּה בֵּין בַּסּוֹף – שִׁיעוּרוֹ שְׁנֵי חוּטִין.

רַבִּי אֱלִיעֶזֶר אוֹמֵר: הָאוֹרֵג שְׁלשָׁה חוּטִין בַּתְּחִלָּה: אִם זוֹ תְּחִלַּת אֲרִיגָתוֹ שֶׁל בֶּגֶד, אֵינוֹ חַיָּב, עַד שֶׁיֶּאֱרוֹג שְׁלשָׁה חוּטִין; וְאִם מוֹסִיף הוּא עַל הָאָרִיג, שִׁיעוּרוֹ בְּאֶחָד, דְּמִצְטָרֵף עִם הַשְּׁאָר. וְאֵין הֲלָכָה כְּרַבִּי אֱלִיעֶזֶר.

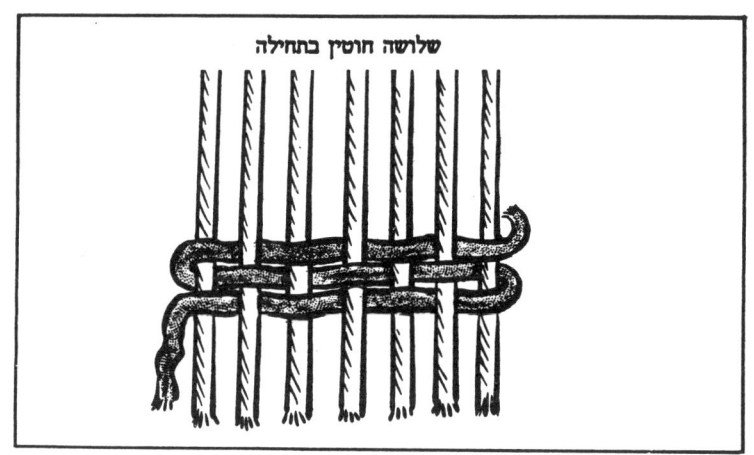

שלושה חוטין בתחילה

mishna 6

Case 2
[Or let us say that someone, without the awareness that what he is doing is prohibited, writes] ONE letter IN THE MORNING AND ONE letter IN THE AFTERNOON, [without becoming aware in between that he had sinned]. Since a sufficient amount of time had elapsed - between morning and afternoon - for him to have had the opportunity to become aware that he had sinned, we say that it is as if he actually became aware of his sin and then forgot again, constituting a second spell of unawareness.

R. GAMLIEL DECLARES [HIM] LIABLE [for a sin-offering. Even though he wrote only one letter - which is less than the minimum measure - in each of (what would appear to be) two separate spells of unawareness,] R. Gamliel is of the opinion that becoming aware of having performed less than the minimum measure of a forbidden act [e.g. writing one letter] does not serve to create two separate spells of unawareness. [Consequently, Cases 1 and 2 above are considered to be cases where two letters are written during one long spell of unawareness, for which one is liable.]

BUT THE SAGES EXEMPT [HIM] - In their view, becoming aware of having performed less than the minimum measure of a forbidden act [e.g. writing one letter] serves to create two separate spells of unawareness. Consequently, Cases 1 and 2 are considered to be cases where one letter is written in each of two separate spells of unawareness, for which one is not liable.

The Halakhah follows the opinion of the Sages.

(המשך) משנה ה

וְאַחַת בֵּין־הָעַרְבַּיִם: כֵּיוָן דְּהָוֵי לֵיהּ שְׁהוּת בֵּינְתַיִם, כְּדֵי לֵידַע — הָוָה לֵיהּ כִּשְׁתֵּי הַעְלָמוֹת. **רַבָּן גַּמְלִיאֵל מְחַיֵּיב**, דְּסָבַר: אֵין יְדִיעָה לַחֲצִי שִׁיעוּר, לְחַלֵּק, שֶׁלֹּא יִצְטָרֵף עִמּוֹ הַחֲצִי הָאַחֵר. **וַחֲכָמִים פּוֹטְרִין**, דְּסָבְרִי: הַיְדִיעָה שֶׁבֵּין שְׁנֵי חֲצָאֵי שִׁיעוּר מְחַלֶּקֶת בֵּינֵיהֶם, וְלֹא נַעֲשָׂה כְּאִילּוּ הָיוּ שְׁנֵי חֲצָאֵי שִׁיעוּר בְּהֶעְלֵם אַחַת. וַהֲלָכָה כַּחֲכָמִים.

mishna 5
If one writes one letter as an abbreviation, R. Yehoshuah b. Beteira declares [him] liable, but the Sages exempt [him].

ONE LETTER AS AN ABBREVIATION, marking the top of the letter to indicate that the letter stands for a complete word: K' for korban; T' for terumah; M' for maaser.

R. YEHOSHUAH B. BETEIRA DECLARES [HIM] LIABLE - Since this one letter clearly stands for a complete word, it is as if he wrote out all the letters of the word. BUT THE SAGES EXEMPT HIM, for he did not actually write two letters.

The Halakhah follows the opinion of the Sages.

mishna 6
One who writes two letters in two spells of unawareness, one in the morning and one in the afternoon: R. Gamliel declares [him] liable, but the Sages exempt [him].

[In approaching this Mishnah, it is important to bear in mind the following three points:

(a) In order to be liable for a sin-offering, one must violate a given prohibition - at least to the extent of its standard minimum measure - in one spell of unawareness.

(b) The standard minimum measure of "writing" on Shabbat - for which one is liable - is two letters.

(c) One is not liable for a sin-offering for performing a prohibited act to an extent that is less than its standard minimum measure (e.g. writing one letter on Shabbat), but one is nevertheless forbidden to do so.

Let us now consider the two cases in the Mishnah:]

Case 1
IN TWO SPELLS OF UNAWARENESS: Someone writes one letter on Shabbat, without the awareness that what he is doing is prohibited. Subsequently, he becomes aware that he sinned, but then he forgets again that this is prohibited and writes a second letter - without awareness of sin - alongside the first letter.   Cont. on next page

(המשך) משנה ה

כָּתַב אוֹת אַחַת נוֹטָרִיקוֹן: רַבִּי יְהוֹשֻׁעַ בֶּן־בְּתֵירָא מְחַיֵּיב, וַחֲכָמִים פּוֹטְרִין.

אוֹת אַחַת עַל שֵׁם נוֹטָרִיקוֹן — שֶׁעוֹשֶׂה סִימָּן נְקוּדָּה עָלֶיהָ, וּמְבִינִים מֵאוֹתָהּ הָאוֹת תֵּיבָה שְׁלֵימָה, כְּגוֹן: ק׳ — קָרְבָּן, מ׳ — מַעֲשֵׂר, ת׳ — תְּרוּמָה. **רַבִּי יְהוֹשֻׁעַ בֶּן בְּתֵירָא אוֹמֵר: חַיָּיב** — כֵּיוָן שֶׁהַכֹּל מְבִינִים מֵאוֹתָהּ הָאוֹת תֵּיבָה שְׁלֵימָה — כְּאִילּוּ כָּתַב אוֹתִיּוֹת שֶׁל כָּל הַתֵּיבָה. **וַחֲכָמִים פּוֹטְרִין**, שֶׁהֲרֵי לֹא כָּתַב שְׁתֵּי אוֹתִיּוֹת. וַהֲלָכָה כַּחֲכָמִים.

משנה ו

הַכּוֹתֵב שְׁתֵּי אוֹתִיּוֹת בִּשְׁתֵּי הַעֲלָמוֹת; אַחַת שַׁחֲרִית, וְאַחַת בֵּין־הָעַרְבַּיִם: רַבָּן גַּמְלִיאֵל מְחַיֵּיב, וַחֲכָמִים פּוֹטְרִין.

בִּשְׁתֵּי הַעֲלָמוֹת: לְאַחַר שֶׁכָּתַב אוֹת אַחַת בְּשׁוֹגֵג נוֹדַע לוֹ, שֶׁעָבַר, וְחָזַר, וְנֶעְלַם מִמֶּנּוּ, וְשָׁגַג וְכָתַב אוֹת שְׁנִיָּה בְּצִדָּהּ. **אַחַת בַּשַּׁחֲרִית**

mishna 5

one [letter] on the ground and one on a beam; if one writes [a letter] on two walls of the house or on two pages of a ledger that cannot be read together, one is exempt.

ON TWO WALLS which are not adjoining. ON TWO PAGES OF A LEDGER which has separate columns. One writes a letter in one column and a letter in a second column (of another page), and the two columns cannot be placed side by side, unless one cuts out the part that separates them.

The Mishnah first cites [the ruling that one is exempt if one writes a letter on each of] two walls - which are far apart from each other - and then cites [the more novel ruling that even if one writes a letter in each of] two columns of the same ledger, [one is exempt]. This technique, employed here by the Mishnah, is known as "Not only this, but also that" (Eruvin 75a).

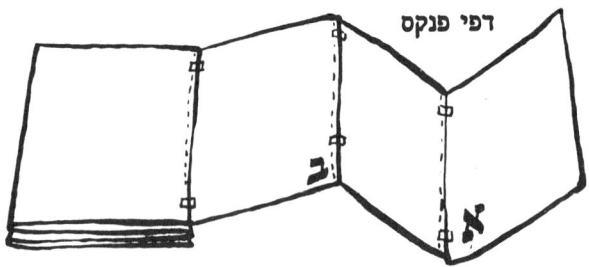

(המשך) משנה ה

אֶחָד בָּאָרֶץ, וְאֶחָד בַּקּוֹרָה; כָּתַב עַל שְׁנֵי כּוֹתְלֵי הַבַּיִת; עַל שְׁנֵי דַּפֵּי פִּנְקֵס, וְאֵין נֶהְגִּין זֶה עִם זֶה – פָּטוּר.

עַל שְׁנֵי כּוֹתְלֵי הַבַּיִת, שֶׁאֵינָן בַּמִּקְצוֹעַ. עַל שְׁנֵי דַּפֵּי פִּנְקֵס, שֶׁעֲשׂוּיִין עַמּוּדִים־עַמּוּדִים, וְכָתַב אוֹת אַחַת בְּעַמּוּד זֶה וְאוֹת אַחַת בְּעַמּוּד זֶה וְאֵינוֹ יָכוֹל לְקָרְבָן, אֶלָּא־אִם־כֵּן יַחְתּוֹךְ מַה שֶּׁמַּפְסִיק בֵּינֵיהֶן. וּתְנָא בְּרֵישָׁא: "כּוֹתְלֵי הַבַּיִת", הַמְרוּחָקִים זֶה מִזֶּה, וַהֲדַר תְּנָא: "דַּפֵּי פִּנְקֵס" – וְ"לֹא זוֹ אַף זוֹ" קָתָנֵי (ערובין עה, א).

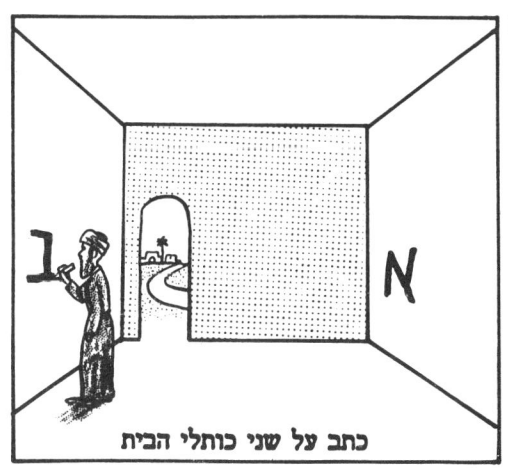

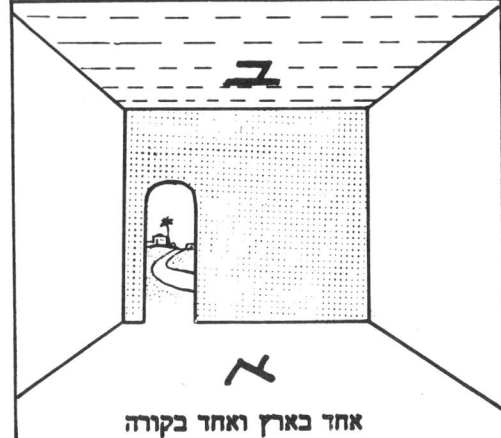

אחד בארץ ואחד בקורה

כתב על שני כותלי הבית

mishna 5

[If one writes] backhanded, or with one's foot, mouth or elbow; if one writes one letter alongside that which was [already] written; if one writes over that which was [already] written; if one intended to write [the letter] Het but instead wrote two Zayins;

BACKHANDED - with the back of the hand: Holding a pen in one's fingers, one turns the hand over and writes. OR ELBOW - the middle joint of the arm.

ONE LETTER ALONGSIDE THAT WHICH WAS [ALREADY] WRITTEN, i.e. alongside a written letter one adds another letter, making them a pair.

IF ONE WRITES OVER THAT WHICH WAS [ALREADY] WRITTEN - One goes over, with a pen, letters that were previously written and reinforces them.

BUT INSTEAD WROTE TWO ZAYINS - The two "legs" of the letter Het, without the "roof" that joins them, appear to be two Zayins.

נתכוון לכתוב חי״ת
וכתב שני זיי״נין

כתב על גבי כתב

(המשך) משנה ה

לְאַחַר יָדוֹ, בְּרַגְלוֹ, בְּפִיו, וּבְמַרְפְּקוֹ; כָּתַב אוֹת אַחַת סָמוּךְ לִכְתָב, כָּתַב עַל־גַּבֵּי כְתָב; נִתְכַּוֵּין לִכְתּוֹב חֵי״ת, וְכָתַב שְׁנֵי זַיִי״נִין;

לְאַחַר יָדוֹ: עַל גַּב־יָדוֹ — שֶׁאָחַז הַקּוּלְמוֹס בְּאֶצְבְּעוֹתָיו וְהָפַךְ יָדוֹ וְכָתַב. **וּבְמַרְפְּקוֹ:** הַפֶּרֶק הָאֶמְצָעִי שֶׁבַּזְּרוֹעַ. **אוֹת אַחַת סָמוּךְ לִכְתָב:** אֵצֶל אוֹת כְּתוּבָה זִיוֵּג לָהּ אַחַת וְהִשְׁלִימָהּ לִשְׁתַּיִם. **כָּתַב עַל־גַּבֵּי כְתָב:** הֶעֱבִיר קוּלְמוֹס עַל אוֹתִיּוֹת הַכְּתוּבוֹת־כְּבָר וְחִידְּשָׁם. **וְכָתַב שְׁנֵי זַיִי״נִין** — שֶׁלֹּא נִרְאָה הַגָּג שֶׁל חֵי״ת, אֶלָּא שְׁתֵּי הָרַגְלַיִם: נִרְאֶה כְּאִילּוּ הֵם שְׁנֵי זַיִי״נִין.

mishna 5

If one writes with liquids, fruit juice, in the dust of the road, in the powder of scribes, or with anything else that is not lasting, one is exempt.

WITH LIQUIDS that darken, such as mulberry juice and the like. FRUIT JUICE from other fruits.

IN THE DUST OF THE ROAD - If one etched letter figures into the sand and dust of the road with one's finger. IN THE POWDER OF SCRIBES - the sandy residue of the inkwell.

משניות שבת ⋆ פרוש ר״ע מברטנורא ⋆ פרק יב

משנה ה

כָּתַב בְּמַשְׁקִין, בְּמֵי־פֵירוֹת, בַּאֲבַק־דְּרָכִים, בַּאֲבַק־הַסּוֹפְרִים, וּבְכָל דָּבָר, שֶׁאֵינוֹ מִתְקַיֵּים – פָּטוּר;

בְּמַשְׁקִין, שֶׁמַּשְׁחִירִין, כְּמוֹ מֵי־תוּתִים וְכַיּוֹצֵא־בָּהֶן. **בְּמֵי־פֵירוֹת** שֶׁל כָּל שְׁאָר פֵּירוֹת. **בַּאֲבַק־דְּרָכִים**, כְּגוֹן שֶׁסָּרַט בְּאֶצְבָּעוֹ צוּרַת אוֹתִיּוֹת עַל הַחוֹל וְהָאָבָק שֶׁבַּדְּרָכִים. **בַּאֲבַק־סוֹפְרִים**: עַפְרוּרִית שֶׁל קֶסֶת־הַסּוֹפֵר.

כותב במשקין

במי פירות

mishna 4

He who writes on his flesh is liable. He who scratches a mark on his flesh is liable for a sin-offering, according to R. Eliezer; R. Yehoshuah, however, exempts [him].

HE WHO WRITES ON HIS FLESH - with ink. HE WHO SCRATCHES A MARK ON HIS FLESH - Using a metal [implement], he carves letter figures into his flesh.

R. YEHOSHUAH, HOWEVER, EXEMPTS HIM, even if he draws blood, for this is not the normal way of writing. The Halakhah follows the opinion of R. Yehoshuah.

(המשך) משנה ד

הַכּוֹתֵב עַל בְּשָׂרוֹ חַיָּב.
הַמְסָרֵט עַל בְּשָׂרוֹ: רַבִּי אֱלִיעֶזֶר מְחַיֵּב חַטָּאת,
וְרַבִּי יְהוֹשֻׁעַ פּוֹטֵר.

הַכּוֹתֵב עַל בְּשָׂרוֹ בִּדְיוֹ. **וְהַמְסָרֵט עַל בְּשָׂרוֹ** בְּבַרְזֶל: עוֹשֶׂה צוּרַת אוֹתִיּוֹת בִּבְשָׂרוֹ. **רַבִּי יְהוֹשֻׁעַ פּוֹטֵר** — וַאֲפִילּוּ הוֹצִיא דָּם, לְפִי שֶׁאֵין דֶּרֶךְ כְּתִיבָה בְּכָךְ. וַהֲלָכָה כְּרַבִּי יְהוֹשֻׁעַ.

כותב על בשרו

mishna 4

He who writes two letters in a single spell of unawareness is liable.

If one writes with ink, chemical, Sikra, Komos, Kankantum, or with anything that marks; on the two walls of a corner or on two pages of a ledger that can be read together, one is liable.

CHEMICAL - [orpiment] in old French. SIKRA - a type of stone which yields a red mark. KOMOS - a type of black earth. Alternatively, it is gum arabic, "guma" in old French. KANKANTUM - "zag" in Arabic, [vitriol] in old French.   OR WITH ANYTHING THAT MARKS - This includes water in which gallnuts were soaked, "galish" in old French. THAT MARKS, that leaves a lasting mark.

ON THE TWO WALLS OF A CORNER, e.g. one [letter] on the eastern wall and one on the northern wall, next to each other at the corner.

ON TWO PAGES OF A LEDGER, the storekeeper's book in which he keeps his records. Even though the letters are written on separate pages, if they are close enough to each other - e.g. both written close to the margin - to be read together, one is liable.

משנה ד

הַכּוֹתֵב שְׁתֵּי אוֹתִיּוֹת בְּהֶעְלֵם אֶחָד חַיָּיב. כָּתַב בִּדְיוֹ, בְּסַם, בְּסִיקְרָא, בְּקוֹמוֹס, וּבְקַנְקַנְתּוֹם, וּבְכָל דָּבָר, שֶׁהוּא רוֹשֵׁם; עַל שְׁנֵי כוֹתְלֵי זָוִיּוֹת, וְעַל שְׁנֵי לוּחֵי פִּנְקֵס, וְהֵן נֶהְגִּין זֶה עִם זֶה — חַיָּיב.

בְּסַם: ״אורפימנט״ בְּלַעַ״ז. **בְּסִיקְרָא:** מִין אֶבֶן, שֶׁצּוֹבַע אָדוֹם. **בְּקוֹמוֹס:** מִין עָפָר, וְצִבְעוֹ שָׁחוֹר. פֵּירוּשׁ אַחֵר: שְׂרַף אִילָן: ״גומא״ בְּלַעַ״ז. **בְּקַנְקַנְתּוֹם:** ״זאג״ בְּעַרְבִי, וּבְלַעַ״ז וידריאולי״. **וּבְכָל דָּבָר, שֶׁהוּא רוֹשֵׁם,** לְאָתוּיֵי מַיִם, שֶׁשָּׁרוּ בָּהֶם עֲפָצִים: ״גאלי״ש״ בְּלַעַ״ז. **שֶׁהוּא רוֹשֵׁם:** שֶׁרִשּׁוּמוֹ מִתְקַיֵּים. **עַל שְׁנֵי כּוֹתְלֵי זָוִיּוֹת:** אַחַת בַּמִּזְרָח וְאַחַת בַּצָּפוֹן, סְמוּכוֹת זוֹ לָזוֹ בַּמִּקְצוֹעַ. **עַל שְׁנֵי לוּחֵי פִּנְקֵס:** סֵפֶר, שֶׁהַחֶנְוָנִי כּוֹתֵב בּוֹ חֶשְׁבּוֹנוֹתָיו. וְאַף־עַל־גַּב דְּלַאו עַל לוּחַ אֶחָד הֵן, אִם נֶהְגִּין וְנִקְרִין זֶה עִם זֶה, כְּגוֹן שֶׁכְּתוּבִין עַל שְׁתֵּי שִׂפְתֵי הַלּוּחִין, הַסְּמוּכִין זֶה לָזֶה — חַיָּיב.

על שני כתלי זוית

על שני לוחי פנקס

mishna 3

Said R. Yossi: they declared one liable for [writing] two letters only on account of "marking," for that was the manner in which they used to write on the boards of the Tabernacle, to identify pairs [of boards].

Said Rabbi [Yehudah HaNassi]: we find a short name that is part of a long name: SHeM from SHiM'on, or SHeMu'el, NoaH from NaHor, DaN from DaNiel, GaD from GaDiel.

ON ACCOUNT OF "MARKING" - Each of the boards of the Tabernacle was marked so that, when the Tabernacle was taken apart and then reassembled, the boards could be identified and their order not be changed.

In R. Yossi's view, even if one did not write but only made two marks as signs, one is liable. The Halakhah does not accept his opinion.

WE FIND A SHORT NAME: Even if he does not complete what he had originally intended to do - for instance, if he had intended to write a long word, but he writes only part of it - nevertheless, since what he writes is itself a word [or "name"] that stands on its own, he is liable. This position is accepted by the Halakhah.

(המשך) משנה ג

אָמַר רַבִּי יוֹסֵי: לֹא חִיְּבוּ — שְׁתֵּי אוֹתִיּוֹת, אֶלָּא מִשּׁוּם רוֹשֶׁם, שֶׁכָּךְ הָיוּ כּוֹתְבִין עַל קַרְשֵׁי הַמִּשְׁכָּן, לֵידַע, אֵיזוֹ בֶּן־זוּגוֹ.
אָמַר רַבִּי: מָצִינוּ שֵׁם קָטָן מִשֵּׁם גָּדוֹל: "שֵׁם" מִ"שִּׁמְעוֹן", וּ"שְׁמוּאֵל", "נֹחַ" מִ"נָּחוֹר", "דָּן" מִ"דָּנִיֵּאל", "גָּד" מִ"גַּדִּיאֵל".

מִשּׁוּם רוֹשֶׁם: סִימָן, שֶׁהָיוּ עוֹשִׂין בְּקַרְשֵׁי הַמִּשְׁכָּן מִפְּנֵי שֶׁמְּפָרְקִים אוֹתָן, וְלִכְשֶׁיַּקִימוּהוּ, לֹא יַחֲלִיפוּ סֵדֶר הַקְּרָשִׁים; וַאֲתָא רַבִּי יוֹסֵי לְמֵימַר, דַּאֲפִילּוּ לֹא כָּתַב, אֶלָּא שֶׁרָשַׁם שְׁתֵּי רְשִׁימוֹת בְּעָלְמָא לְסִימָן — חַיָּיב. וְאֵין הֲלָכָה כְּרַבִּי יוֹסֵי. **מָצִינוּ שֵׁם קָטָן:** כְּלוֹמַר, אַף־עַל־פִּי שֶׁלֹּא נִגְמַר מְלַאכְתּוֹ — שֶׁנִּתְכַּוֵּין לִכְתּוֹב תֵּיבָה גְּדוֹלָה וְכָתַב מִקְצָתָהּ — הוֹאִיל וְאוֹתָהּ מִקְצָת הָוְיָא תֵּיבָה וּמִתְקַיֶּימֶת בְּמָקוֹם אַחֵר — חַיָּיב. וְכֵן הֲלָכָה.

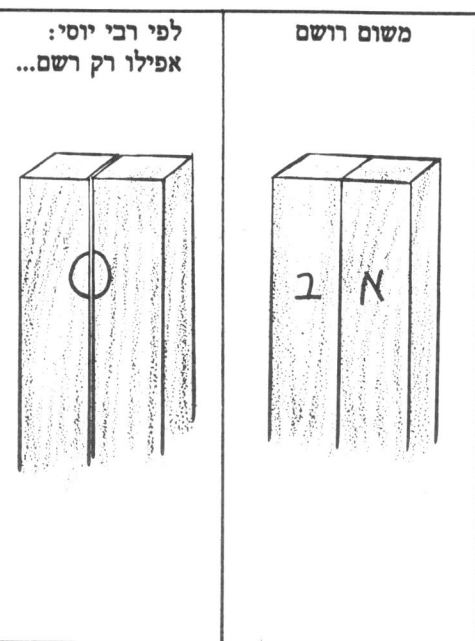

שם קטן משם גדול

משום רושם
לפי רבי יוסי:
אפילו רק רשם...

mishna 3

He who writes two letters, whether with his right or with his left [hand], whether the same letter or two different letters, in two different pigments, in any language, is liable.

WHETHER WITH HIS RIGHT OR WITH HIS LEFT [HAND] - [The Mishnah here speaks] of someone who is ambidextrous. For most people, however, [who are right-handed,] writing with the left hand is not a normal way of writing. [According to the Torah, then, they would not be liable for doing so.]

WHETHER THE SAME LETTER, e.g. two Alephs. TWO DIFFERENT LETTERS, e.g. Aleph, Bet.

IN TWO DIFFERENT PIGMENTS סַמְמָנִיּוֹת , one [letter] in [black] ink and one in Sikra (red paint). Other texts read: "Two different symbols") e.g. "A" meaning "one," or "B" meaning "two."

IN ANY LANGUAGE or script of any nation.

משנה ג

הַכּוֹתֵב שְׁתֵּי אוֹתִיּוֹת, בֵּין בִּימִינוֹ, בֵּין בִּשְׂמֹאלוֹ, בֵּין מִשֵּׁם אֶחָד, בֵּין מִשְּׁנֵי שֵׁמוֹת, בֵּין מִשְּׁנֵי סַמְמָנִיּוֹת, בְּכָל לָשׁוֹן — חַיָּב.

בֵּין בִּימִינוֹ, בֵּין בִּשְׂמֹאלוֹ: בְּאָדָם, שֶׁהוּא שׁוֹלֵט בִּשְׁתֵּי יָדָיו, דְּאִילוּ בִּשְׁאָר כָּל אָדָם כְּתִיבַת שְׂמֹאל אֵינָהּ כְּתִיבָה. **בֵּין מִשֵּׁם אֶחָד:** שְׁתֵּיהֶן אָלֶ"פִין. **מִשְּׁנֵי שֵׁמוֹת:** אָלֶ"ף, בֵּי"ת. **מִשְּׁנֵי סַמְמָנִיּוֹת:** אֶחָד בִּדְיוֹ וְאֶחָד בְּסִיקְרָא. וְאִית סְפָרִים, דְּגָרְסִי: מִשְּׁנֵי סִימָנִיּוֹת, כְּלוֹמַר, מִשְּׁנֵי סִימָנִים, כְּגוֹן שֶׁכּוֹתְבִים א' לְסִימָן "אֶחָד", וּב' לְסִימָן "שְׁנַיִם". **בְּכָל לָשׁוֹן** וּכְתָב שֶׁל כָּל אוּמָּה וְאוּמָּה.

mishna 2

He who gathers wood, if [it is] to effect an improvement, [is liable for] any amount; if [it is] for fuel, [he is liable if he gathers] enough to cook a "light" egg.

He who gathers herbs, if [it is] to effect an improvement, [is liable for any amount; if [it is] for animal fodder, [he is liable if he gathers] the equivalent of a kid's mouthful.

IF [IT IS] TO EFFECT AN IMPROVEMENT in the tree or in the soil, and one detaches it from its source. A "LIGHT" EGG - a dried fig's measure of a chicken egg, which cooks easier than other eggs.

משניות שבת ★ פרוש ר״ע מברטנורא ★ פרק יב

(המשך) משנה ב

הַמְלַקֵּט עֵצִים: אִם לְתַקֵּן – כָּל־שֶׁהֵן; אִם לְהֶיסֵּק – כְּדֵי לְבַשֵּׁל בֵּיצָה קַלָּה.
הַמְלַקֵּט עֲשָׂבִים: אִם לְתַקֵּן – כָּל־שֶׁהוּא; אִם לִבְהֵמָה – כִּמְלֹא־פִי־הַגְּדִי.

אִם לְתַקֵּן אֶת הָאִילָן, אוֹ אֶת הַקַּרְקַע, וְקִצְּצוֹ מִן הַמְחוּבָּר.
בֵּיצָה קַלָּה: כִּגְרוֹגֶרֶת מִבֵּיצַת־תַּרְנְגוֹלֶת, שֶׁהִיא קַלָּה לְהִתְבַּשֵּׁל יוֹתֵר מִשְּׁאָר בֵּיצִים.

המלקט עצים

כדי לבשל ביצה קלה

mishna 2

He who plows any amount; he who (1) weeds, (2) prunes dead growth, or (3) prunes excess growth in any amount is liable.

HE WHO (1) WEEDS, i.e. he uproots unwanted weeds from among cultivated plants. Alternatively, it is the digging around the roots of plants, work similar to plowing. (2) PRUNES dead branches from a tree, in order to improve its growth. (3) PRUNES fresh, young shoots, which - if overly abundant and allowed to grow freely - may weaken the tree. That is why one cuts them off the tree.

משנה ב

הַחוֹרֵשׁ כָּל־שֶׁהוּא, הַמְנַכֵּשׁ, וְהַמְקַרְסֵם, וְהַמְזָרֵד — כָּל־שֶׁהוּא — חַיָּיב.

הַמְנַכֵּשׁ: תּוֹלֵשׁ עֲשָׂבִים רָעִים מִתּוֹךְ טוֹבִים. פֵּירוּשׁ אַחֵר: חוֹפֵר סָבִיב עִיקְּרֵי הַצְּמָחִים — וְהִיא מְלָאכָה מֵעֵין חֲרִישָׁה. **מְקַרְסֵם**: קוֹצֵץ עֲנָפִים יְבֵשִׁים מִן הָאִילָן, לְתַקְּנוֹ. **מְזָרֵד** זְרָדִים לַחִים, חֲדָשִׁים, שֶׁל שָׁנָה זוֹ; וּפְעָמִים, שֶׁהֵן מְרוּבִּים וּמִתְגַּדְּלִים וּמַכְחִישִׁים כֹּחַ הָאִילָן, וְקוֹצְצִין אוֹתָן מִמֶּנּוּ.

החורש

המנכש

mishna 1

R. Shim'on b. Gamliel says: he who strikes the anvil with a hammer when working is also liable, for he is as one who improves the work.

A HAMMER - "martil" [in old French]. THE ANVIL - "inkodina" in old French.

FOR HE IS AS ONE WHO IMPROVES THE WORK - Even though he does not strike the article that he is working on but rather the anvil, he is considered one who "improves the work." Why? Because that is what those who beat out the plating for the Tabernacle used to do: They would strike the plating three times and then the anvil once, in order to ensure that the hammer remained smooth and not crack the thin plating.

The Halakhah is not like R. Shim'on b. Gamliel.

הקורה

המכה במעצד

משנה א (המשך)

רַבָּן שִׁמְעוֹן בֶּן גַּמְלִיאֵל אוֹמֵר: אַף הַמַּכֶּה בְּקוּרְנָס עַל הַסַּדָּן בִּשְׁעַת מְלָאכָה – חַיָּיב מִפְּנֵי שֶׁהוּא כִּמְתַקֵּן מְלָאכָה.

קוּרְנָס: "מרטיל". **סַדָּן**: "אינקודינא" בְּלַעַ"ז. **מִפְּנֵי שֶׁהוּא כִּמְתַקֵּן מְלָאכָה**: אַף-עַל-פִּי שֶׁאֵינוֹ מַכֶּה עַל הַמְּלָאכָה, אֶלָּא עַל הַסַּדָּן, מְתַקֵּן הוּא, שֶׁכֵּן מְרַדְּדֵי טַסֵּי מִשְׁכָּן הָיוּ עוֹשִׂים: מַכִּין עַל הַטַּס שָׁלֹשׁ הַכָּאוֹת, וְעַל הַסַּדָּן הַכָּאָה אַחַת, לְהַחֲלִיק הַקּוּרְנָס, שֶׁלֹּא יְבַקֵּעַ הַטַּס, שֶׁהוּא דַּק. וְאֵין הֲלָכָה כְּרַבָּן שִׁמְעוֹן בֶּן גַּמְלִיאֵל.

mishna 1

He who builds - how much must he build to be liable? He who builds any amount; he who (1) chisels, (2) hits with a hammer or adze, or (3) bores in any amount is liable.
This is the principle: Whoever performs work and his work endures on Shabbat is liable.

HE WHO BUILDS, one of the primary categories of [prohibited] work, listed in Mishnah 7:2. HOW MUCH MUST HE BUILD TO BE LIABLE? Any amount.

HE WHO CHISELS stone into a square shape, smooths it out, or prepares it for use - however local practice dictates. This is a Toledah of "hitting with the hammer." [A "Toledah" (lit. "offspring") is "derivative" work, prohibited because it is classified under one of the "Avot" or primary categories of work.]

HITS WITH A HAMMER, i.e. the finishing touch in the work of quarrying. After the stone has been hewn almost entirely from the mountain side, a final, massive blow is administered to it with the hammer so that it detaches and falls off. Putting the finishing touch on any act of work on Shabbat is prohibited as a Toledah of "hitting with a hammer." OR ADZE - a small hatchet.

OR BORES a hole.

IN ANY AMOUNT - This is true of all three: (1) chiseling, (2) hitting with a hammer or adze, and (3) boring a hole.

AND HIS WORK ENDURES, i.e. no further work need be added [for it to be of use].

משנה א

הַבּוֹנֶה – כַּמָּה יִבְנֶה, וִיהֵא חַיָּב? הַבּוֹנֶה כָּל־שֶׁהוּא; וְהַמְסַתֵּת, וְהַמַּכֶּה בַּפַּטִּישׁ, וּבְמַעֲצָד, הַקּוֹדֵחַ – כָּל־שֶׁהוּא – חַיָּב. זֶה הַכְּלָל: כָּל הָעוֹשֶׂה מְלָאכָה, וּמְלַאכְתּוֹ מִתְקַיֶּמֶת בְּשַׁבָּת – חַיָּב.

הַבּוֹנֶה – שֶׁאָמְרוּ בַּאֲבוֹת־מְלָאכוֹת – **כַּמָּה יִבְנֶה, וְיִהְיֶה חַיָּב?** כָּל־שֶׁהוּא. **מְסַתֵּת**: מְרַבֵּעַ אֶת הָאֶבֶן, אוֹ מַחֲלִיקָהּ וּמְתַקְּנָהּ – הַכֹּל לְפִי מִנְהַג הַמָּקוֹם – וְהִיא תּוֹלָדָה דְ"מַכֶּה־בַּפַּטִּישׁ". **וְהַמַּכֶּה בַּפַּטִּישׁ**: הוּא גְּמַר־מְלָאכָה שֶׁל חוֹצְבֵי־אֶבֶן: לְאַחַר שֶׁחָצַב הָאֶבֶן מִן הָהָר סָבִיב וְהִבְדִּילָהּ מַכֶּה עָלֶיהָ בַּפַּטִּישׁ מַכָּה גְּדוֹלָה, וְהִיא מִתְפָּרֶקֶת וְנוֹפֶלֶת. וְכָל הַגּוֹמֵר מְלָאכָה בְּשַׁבָּת – תּוֹלָדָה דְ"מַכֶּה בַּפַּטִּישׁ" הִיא. **מַעֲצָד**: קוֹפִיץ קָטָן. **וְהַקּוֹדֵחַ**: הַנּוֹקֵב. **כָּל־שֶׁהוּא**: אַכּוּלְּהוּ קָאֵי, אַמְסַתֵּת וְאַמַּכֶּה בַּפַּטִּישׁ וּבְמַעֲצָד וְהַקּוֹדֵחַ. **וּמְלַאכְתּוֹ מִתְקַיֶּמֶת** – שֶׁאֵין צָרִיךְ לְהוֹסִיף עָלֶיהָ.

mishna 6

This is the principle: All those who [may be] liable for a sin-offering are not liable unless both the beginning and the end of their actions are performed unwittingly. Unless both the beginning and the end are unwitting.

(Cont. from page 166)

If, however, he does not forget again [that it is Shabbat but rather the object lands on the ground with his awareness that it is Shabbat, he is exempt.] Why? Because [one is not liable for a sin-offering] "unless both the beginning and the end of one's actions are performed unwittingly." [In this case, however, the beginning is unwitting but the end is not unwitting, since he is aware, when the object lands, that it is Shabbat.]

THIS IS THE PRINCIPLE - This includes the case of one who, unaware that it is Shabbat, starts to carry an object in the public domain and, though he then remembers that it is Shabbat, nevertheless continues to carry it until setting it down after four cubits. In this case he is exempt, since the end of his action is performed intentionally with the knowledge that it is Shabbat.

משניות שבת ★ פרוש ר"ע מברטנורא ★ פרק יא

(המשך) משנה ו

זֶה הַכְּלָל: כָּל חַיָּיבֵי חַטָּאוֹת אֵינָן חַיָּיבִין עַד שֶׁתְּהֵא תְחִלָּתָן וְסוֹפָן שְׁגָגָה.
תְּחִלָּתָן שְׁגָגָה וְסוֹפָן זָדוֹן, תְּחִלָּתָן זָדוֹן וְסוֹפָן שְׁגָגָה — פְּטוּרִין עַד שֶׁתְּהֵא תְחִלָּתָן וְסוֹפָן שְׁגָגָה.*

* נ"א: בִּשְׁגָגָה

זֶה הַכְּלָל: לְאָתוּיֵי נָמִי מַעֲבִיר חֵפֶץ מִמָּקוֹם לְמָקוֹם, שֶׁאִם עָקַר בִּשְׁגָגָה וְנִזְכַּר, שֶׁהוּא שַׁבָּת, קוֹדֶם שֶׁיַּנִּיחַ — פָּטוּר.

mishna 6

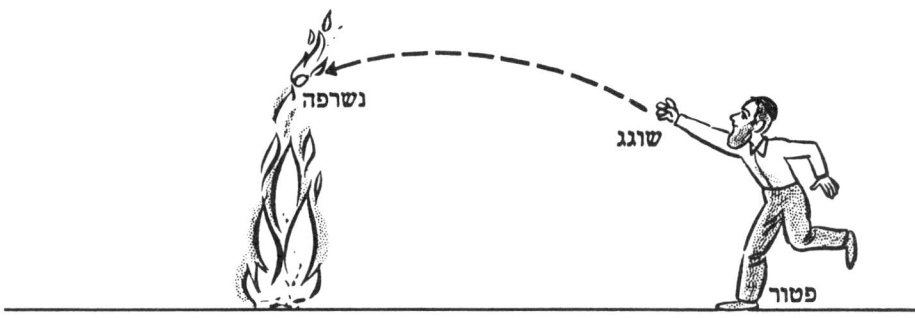

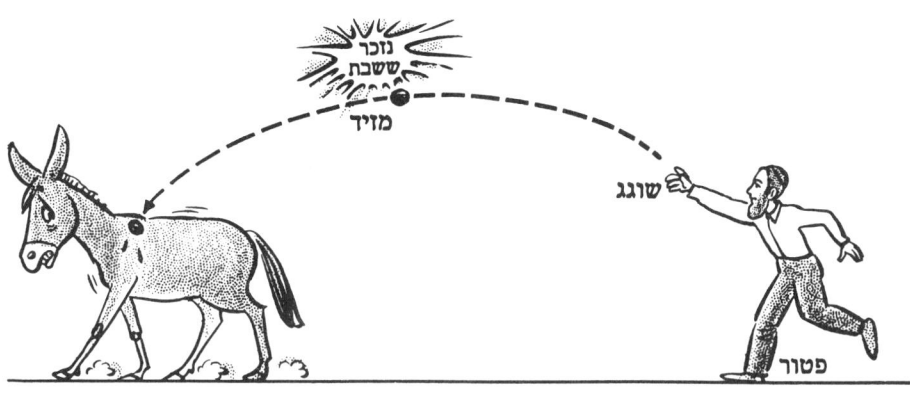

משניות שבת ★ פרוש ר"ע מברטנורא ★ פרק י"א

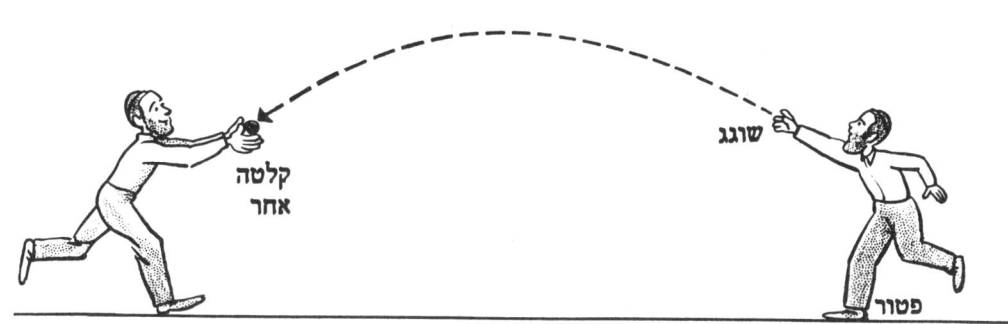

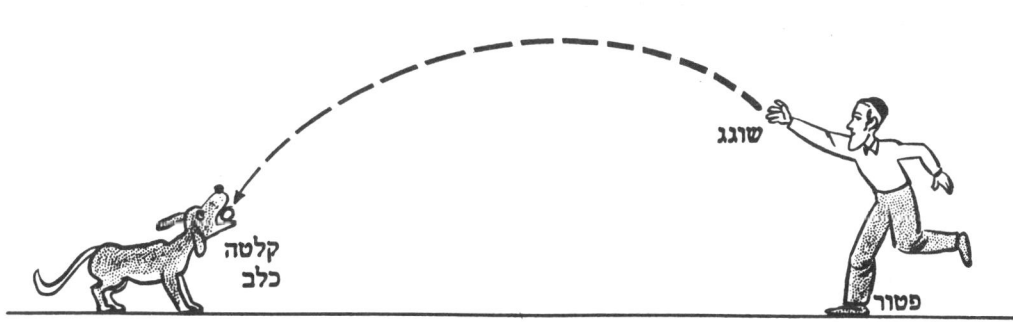

mishna 6

One who throws [an object] and (1) then remembers - after it has already left his hand - [that it is Shabbat]; (2) another person catches it, or a dog catches it, or it burns up, is exempt. If he threw it with the intention of inflicting a wound on either man or beast and then remembered - before the wound was inflicted - [that it was Shabbat], he is exempt.

ONE WHO THROWS [AN OBJECT] on Shabbat, (having forgotten that it was Shabbat,) and then remembers - after the stone has already left his hand - that it is Shabbat, even if no one catches the stone but it simply lands on the ground, he is exempt. Why? Because, as the Mishnah is about to state, [one is not liable for a sin-offering] "unless both the beginning and the end of one's actions are performed unwittingly." In this case, the beginning is unwitting but the end is not unwitting, (since he remembers that it is Shabbat before the stone lands.)

The Mishnah should be understood as follows:
One who throws [an object] on Shabbat [having forgotten that it was Shabbat,]...

(1) and then remembers - after it has already left his hand - [that it is Shabbat]...

(2) or else, even if he does not remember [that it is Shabbat] but another person catches it, or a dog catches it, or it burns up......[in the second case too] he is exempt [from a sin-offering. Why?] On account of the principle that "two people, who join together to perform one prohibited act, are exempt"; [he who does the entirety of an action is liable, not he who does only part of it. In the second case, he does not perform the entirety of the action by himself, and so he is exempt.

In the first case,] if the object comes to rest on the ground, he is liable for a sin-offering. Under what conditions? If, [after remembering that it is Shabbat,] he subsequently forgets again [- before the object lands on the ground - that it is Shabbat. That way both the beginning and the end of his action were performed unwittingly.] (Cont. on page 168)

משנה ו

הַזּוֹרֵק, וְנִזְכַּר לְאַחַר שֶׁיָּצְתָה מִיָּדוֹ, קְלָטָהּ אַחֵר, קְלָטָהּ כֶּלֶב, אוֹ שֶׁנִּשְׂרְפָה — פָּטוּר. זָרַק, לַעֲשׂוֹת חַבּוּרָה בֵּין בְּאָדָם, בֵּין בִּבְהֵמָה, וְנִזְכַּר עַד שֶׁלֹּא נַעֲשָׂה חַבּוּרָה — פָּטוּר.

הַזּוֹרֵק בְּשַׁבָּת בְּשׁוֹגֵג, וְנִזְכַּר, שֶׁהוּא שַׁבָּת, לְאַחַר שֶׁיָּצָאת הָאֶבֶן מִתַּחַת יָדוֹ, קוֹדֶם שֶׁתָּנוּחַ, אֲפִילוּ לֹא קְלָטָהּ אַחֵר, אֶלָּא שֶׁנָּחָה כְּדַרְכָּהּ — פָּטוּר, דְּהָכִי תְּנַן לְקַמָּן: "עַד שֶׁתְּהֵא תְּחִלָּתָן וְסוֹפָן בִּשְׁגָגָה"; וְהַאי — תְּחִלָּתוֹ בִּשְׁגָגָה וְסוֹפוֹ מֵזִיד, הוֹאִיל וְנִזְכַּר, שֶׁהוּא שַׁבָּת, קוֹדֶם שֶׁתָּנוּחַ. וּמַתְנִיתִין הָכִי מְפָרְשָׁא: הַזּוֹרֵק, וְנִזְכַּר לְאַחַר שֶׁיָּצְאָה מִתַּחַת יָדוֹ; אִי נָמִי — לֹא נִזְכַּר, אֶלָּא שֶׁקְּלָטָהּ אַחֵר, וְכוּ' — פָּטוּר, דַּהֲוֵי לֵיהּ "שְׁנַיִם, שֶׁעֲשָׂאוּהָ, פְּטוּרִים". הָא נָחָה — חַיָּיב חַטָּאת. בַּמֶּה דְּבָרִים אֲמוּרִים? כְּשֶׁחָזַר וְשָׁכַח; אֲבָל, לֹא חָזַר וְשָׁכַח — פָּטוּר, שֶׁ"כָּל חַיָּיבֵי", וְכוּ'.

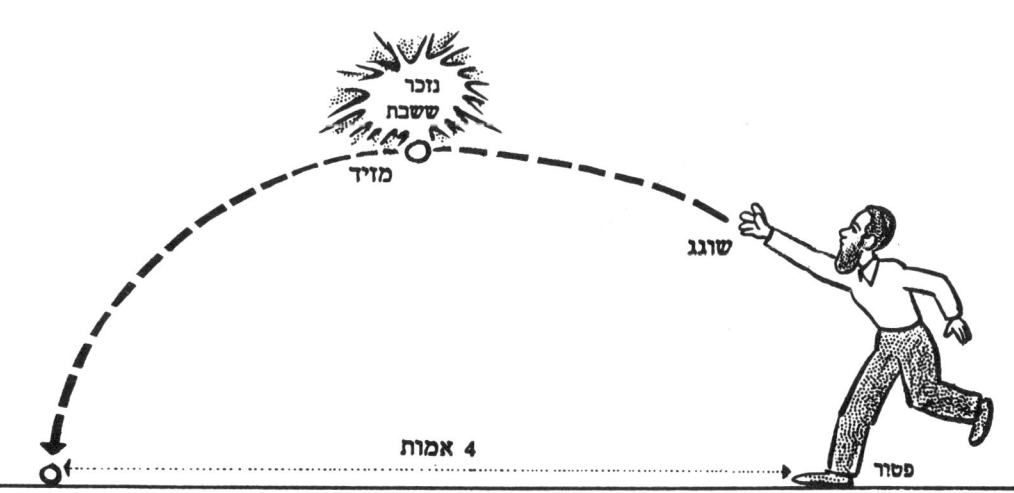

mishna 5

FROM THE SEA TO DRY LAND, i.e. from a Karmelit to a public domain.

FROM THE SEA TO A SHIP, i.e. from a Karmelit to a private domain.

ONE MAY MOVE THINGS FROM ONE TO THE OTHER - even if [the two ships] belong to two different individuals - by preparing an "Eruv of courtyards." [An "Eruv of courtyards" (lit. the merging of courtyards) is a legal arrangement which allows one to carry to and fro (on Shabbat) in an enclosed courtyard that is shared by several apartments.] The two ships, in this case, are like two courtyards.

ALONGSIDE EACH OTHER , as in: " ayn makifin b'buay", "We do not place other cysts beside it" (Hullin 46b).

ONE MAY NOT MOVE THINGS FROM ONE TO THE OTHER, for when they move apart, a Karmelit lies between them, and the Eruv is invalidated.

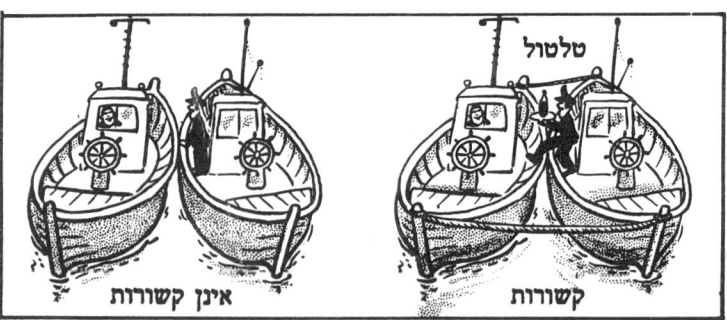

מִן הַיָּם לַיַּבָּשָׁה: מִכַּרְמְלִית לִרְשׁוּת־הָרַבִּים. **מִן הַיָּם לִסְפִינָה:** מִכַּרְמְלִית לִרְשׁוּת־הַיָּחִיד. **מְטַלְטְלִין מִזּוֹ לָזוֹ:** אִם הֵן שֶׁל שְׁנֵי בְּנֵי־אָדָם, מְטַלְטְלִים עַל־יְדֵי עֵירוּב, דְּהָווּ לְהוּ כִּשְׁתֵּי חֲצֵרוֹת. **מוּקָּפוֹת:** סְמוּכוֹת זוֹ לָזוֹ — כְּמוֹ: ״אֵין מַקִּיפִין בְּבוּעֵי״ (חולין מו, ב). **אֵין מְטַלְטְלִין מִזּוֹ לָזוֹ:** דְּכִי מְפָרְשִׁי מֵהֲדָדֵי, כַּרְמְלִית מַפְסֶקֶת בֵּינֵיהֶן, וּבָטֵל הָעֵירוּב.

מן הים ליבשה

מן הים לספינה

mishna 4

One who throws four cubits in a shallow pool of water, which the public way passes through, is liable.

A SHALLOW POOL OF WATER, WHICH THE PUBLIC WAY PASSES THROUGH -This line of the Mishnah is repeated in order to teach the following additional points:

(1) Even if a shallow pool of water is four cubits wide, since it is less than ten handbreadths deep, it is still considered [part of] the public domain.

(2) Although the public can pass through it only with difficulty, [it is still considered to be a pool "which the public...passes through"]; passage with difficulty is passage, nonetheless.

mishna 5

One who throws [an object] from the sea to dry land, from dry land to the sea, from the sea to a ship, from a ship to the sea, or from one ship to another is exempt.

If ships are tied together, one may move things from one to the other; if they are not tied [together], even if they lie alongside each other, one may not move things from one to the other.

משניות שבת ★ פרוש ר"ע מברטנורא ★ פרק יא

(המשך) משנה ד

וְרַקק־מַיִם — וּרְשׁוּת־הָרַבִּים מְהַלֶּכֶת בּוֹ: הַזּוֹרֵק בְּתוֹכוֹ אַרְבַּע אַמּוֹת חַיָּב.

וּרְקק־מַיִם — וּרְשׁוּת־הָרַבִּים מְהַלֶּכֶת בּוֹ: הַאי דְּכַפְלֵיהּ תַּנָּא לְמִלְּתֵיהּ — לְאַשְׁמוּעִינַן, דַּאֲפִילוּ רְקָק רָחָב אַרְבָּעָה — הוֹאִיל וְהוּא פָּחוּת מֵעֲשָׂרָה נִדּוֹן כִּרְשׁוּת־הָרַבִּים. וְכָפַל נָמִי: "וּרְשׁוּת־הָרַבִּים מְהַלֶּכֶת בּוֹ" — לְאַשְׁמוּעִינַן, דְּאַף־עַל־גַּב דְּאֵין מְהַלְּכִים בּוֹ רַבִּים אֶלָּא עַל־יְדֵי הַדְּחָק — הִלּוּךְ עַל־יְדֵי הַדְּחָק שְׁמֵיהּ הִלּוּךְ.

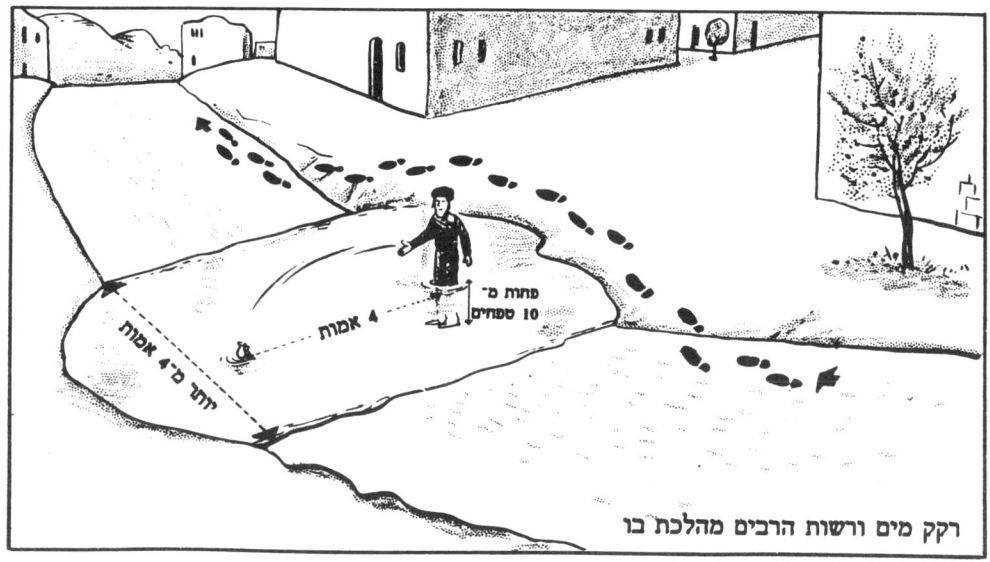

רקק מים ורשות הרבים מהלכת בו

משנה ה

הַזּוֹרֵק מִן הַיָּם לַיַּבָּשָׁה, וּמִן הַיַּבָּשָׁה לַיָּם, וּמִן הַיָּם לִסְפִינָה, וּמִן הַסְּפִינָה לַיָּם, וּמִן הַסְּפִינָה לַחֲבֶרְתָּהּ — פָּטוּר.
סְפִינוֹת קְשׁוּרוֹת זוֹ בָּזוֹ — מְטַלְטְלִין מִזּוֹ לָזוֹ; אִם אֵינָן קְשׁוּרוֹת, אַף־עַל־פִּי שֶׁמּוּקָּפוֹת — אֵין מְטַלְטְלִין מִזּוֹ לָזוֹ.

mishna 4

One who throws [an object] four cubits in the sea is exempt. One who throws four cubits into a shallow pool of water, which the public way passes through, is liable. And what is the measure of a "shallow" pool? Less than ten handbreadths.

ONE WHO THROWS AN [OBJECT]...IN THE SEA a distance of exactly four cubits is exempt, because the sea is a Karmelit. [One is liable only if one throws an object four cubits in the public domain. A Karmelit, however, is a neutral area, which is neither a public nor a private domain.]

A SHALLOW POOL . A body of shallow, muddy water is called a "rakak mayim". WHICH THE PUBLIC WAY PASSES THROUGH - Many people pass through this pool.

AND WHAT IS THE MEASURE OF A "SHALLOW" POOL? - How deep can it be, such that it retains its status as [part of] the public domain and is not considered a Karmelit?

משנה ד

הַזּוֹרֵק בַּיָּם אַרְבַּע אַמּוֹת פָּטוּר. אִם הָיָה רְקַק־מַיִם, וּרְשׁוּת־הָרַבִּים מְהַלֶּכֶת בּוֹ: הַזּוֹרֵק לְתוֹכוֹ אַרְבַּע אַמּוֹת חַיָּיב. וְכַמָּה הוּא רְקַק־מַיִם? פָּחוֹת מֵעֲשָׂרָה טְפָחִים.

הַזּוֹרֵק בַּיָּם מִתְּחִלַּת אַרְבַּע לְסוֹף אַרְבַּע — פָּטוּר, דְּכַרְמְלִית הוּא. **רְקַק...:** מַיִם, שֶׁאֵינָם גְּבוֹהִים מִן הָאָרֶץ, וְיֵשׁ בָּהֶם רֶפֶשׁ וְטִיט, נִקְרָאִים ״רְקָק״. **וּרְשׁוּת־הָרַבִּים מְהַלֶּכֶת בּוֹ** — שֶׁרַבִּים מְהַלְּכִים בּוֹ. **וְכַמָּה הוּא רְקָק?** כַּמָּה הוּא עָמְקוֹ — דְּנֵימָא: אַכַּתִּי רְשׁוּת־הָרַבִּים הוּא וְלֹא נַעֲשָׂה כַּרְמְלִית.

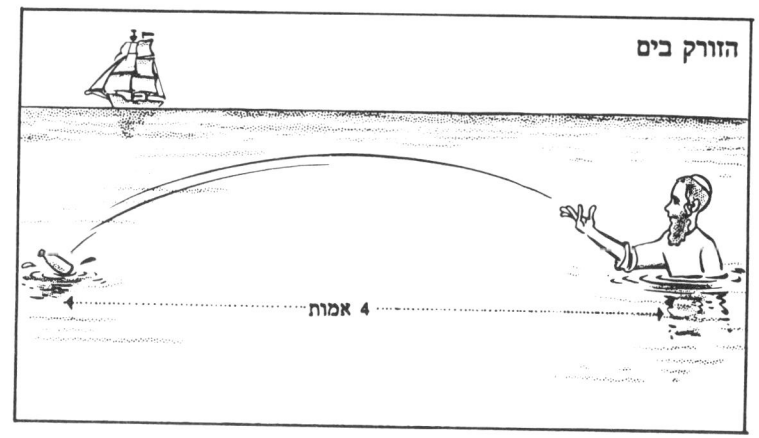

הזורק בים
4 אמות

mishna 3

One who throws [an object] four cubits [in the public domain] onto the ground is liable. If he intended to throw it within four cubits, and it rolled beyond four cubits, he is exempt. [If he intended to throw it] beyond four cubits, and it rolled [back] to within four cubits, he is liable.

IF HE INTENDED TO THROW IT WITHIN FOUR CUBITS, AND IT ROLLED BEYOND FOUR CUBITS, HE IS EXEMPT, since he had no intention of throwing it a distance which would make one liable.

AND IT ROLLED [BACK] TO WITHIN FOUR CUBITS, HE IS LIABLE, providing that it first came to rest - however briefly - beyond four cubits, before rolling back in.

(המשך) משנה ג

הַזּוֹרֵק בָּאָרֶץ אַרְבַּע אַמּוֹת חַיָּיב. זָרַק לְתוֹךְ אַרְבַּע אַמּוֹת, וְנִתְגַּלְגֵּל חוּץ לְאַרְבַּע אַמּוֹת – פָּטוּר; חוּץ לְאַרְבַּע אַמּוֹת – וְנִתְגַּלְגֵּל לְתוֹךְ אַרְבַּע אַמּוֹת – חַיָּיב.

וְנִתְגַּלְגֵּל חוּץ לְאַרְבַּע אַמּוֹת – פָּטוּר, שֶׁהֲרֵי לֹא נִתְכַּוֵּין לִזְרִיקָה שֶׁל חִיּוּב. וְנִתְגַּלְגֵּל לְתוֹךְ אַרְבַּע אַמּוֹת – חַיָּיב, וְהוּא – דְּנָח מַשֶּׁהוּ חוּץ לְאַרְבַּע אַמּוֹת קוֹדֶם שֶׁנִּתְגַּלְגֵּל לִפְנִים.

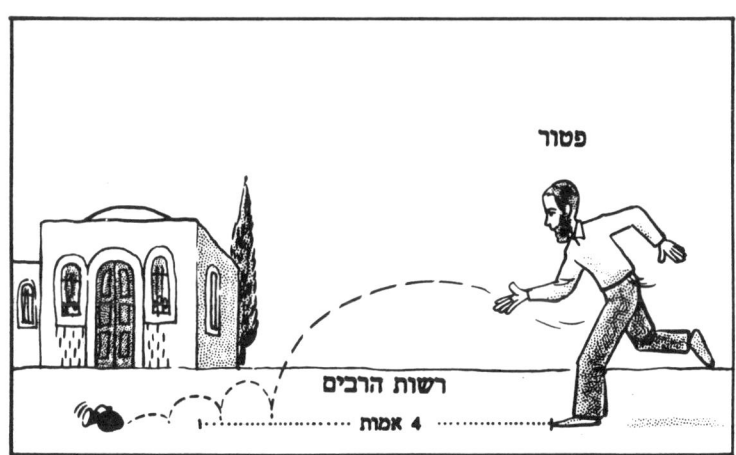

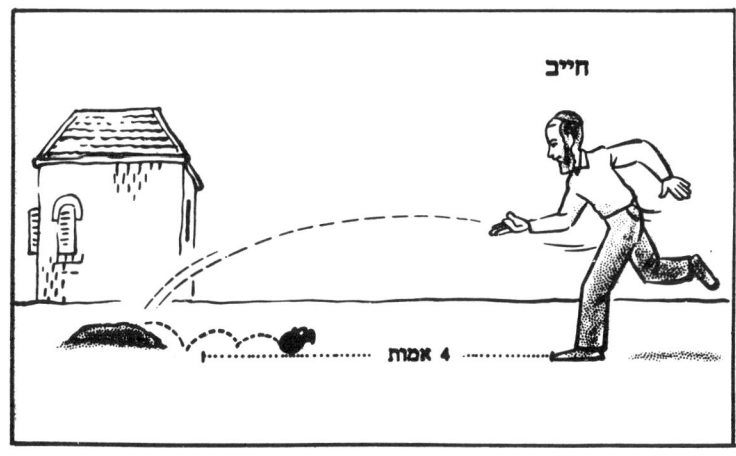

mishna 3

One who throws [an object] four cubits [in the public domain] onto a wall: higher than ten handbreadths is like one who throws it into the air; lower than ten handbreadths is like one who throws it onto the ground.

ONE WHO THROWS [AN OBJECT] FOUR CUBITS, i.e. exactly four cubits. ONTO A WALL: bordering the public domain, and the object comes to rest on the wall.

HIGHER THAN TEN HANDBREADTHS - If, for example, one throws a cake of ripe figs, which then sticks to the wall at a height above ten handbreadths, protruding into the airspace of the public domain, one is exempt. Why? Because the airspace over the public domain - at a height greater than ten handbreadths - is considered an exempt area.

LOWER THAN TEN HANDBREADTHS [on the wall] IS LIKE THROWING IT exactly four cubits ONTO THE GROUND, for which one is liable.

Although there are no more than four cubits between the wall and the point from which the figs were launched, we do not deduct the thickness of the figs [which protrude back into the airspace of the public domain] from the distance travelled and rule that the figs did not travel four complete cubits. Rather, since he did not intend for the figs to become part of the wall, the thickness of the figs does not affect at all the evaluation of distance travelled.

משנה ג

הַזּוֹרֵק אַרְבַּע אַמּוֹת — בְּכֹתֶל: לְמַעְלָה מֵעֲשָׂרָה טְפָחִים — כְּזוֹרֵק בָּאֲוִיר; לְמַטָּה מֵעֲשָׂרָה טְפָחִים — כְּזוֹרֵק בָּאָרֶץ.

הַזּוֹרֵק אַרְבַּע אַמּוֹת — מִתְּחִלַּת אַרְבַּע לְסוֹף אַרְבַּע — **בְּכוֹתֶל** — וְנָח בַּכּוֹתֶל הַסָּמוּךְ לִרְשׁוּת־הָרַבִּים — **לְמַעְלָה מֵעֲשָׂרָה טְפָחִים**, כְּגוֹן שֶׁהָיְתָה דְּבֵלָה שְׁמֵינָה וְנִדְבְּקָה בַּכּוֹתֶל לְמַעְלָה מֵעֲשָׂרָה בַּאֲוִיר־רְשׁוּת־הָרַבִּים — פָּטוּר, דְּכֹל לְמַעְלָה מֵעֲשָׂרָה בִּרְשׁוּת־הָרַבִּים מְקוֹם־פְּטוּר הוּא. **לְמַטָּה מֵעֲשָׂרָה — כְּזוֹרֵק בָּאָרֶץ** מִתְּחִלַּת אַרְבַּע לְסוֹף אַרְבַּע בִּרְשׁוּת־הָרַבִּים, וְחַיָּב; אַף־עַל־פִּי שֶׁאֵין מִמְּקוֹם עֲקִירַת הַחֵפֶץ לַכּוֹתֶל אֶלָּא אַרְבַּע אַמּוֹת מְצוּמְצָמוֹת, לָא אָמְרִינַן, דְּעָבְיֵי הַדְּבֵלָה מְמַעֵט בְּאַרְבַּע אַמּוֹת, וְאֵין כָּאן מִתְּחִלַּת אַרְבַּע לְסוֹף אַרְבַּע, דְּכֵיוָן שֶׁאֵינוֹ מְבַטֵּל אֶת הַדְּבֵלָה בַּכּוֹתֶל אֵין עָבְיָהּ מְמַעֵט כְּלוּם.

הזורק ארבע אמות בכתל
רשות הרבים
4 אמות

mishna 2

He who removes [an object] from - or places [an object] upon -(1) the earthen bank of a pit or (2) a rock, both of which are ten [handbreadths] high and four wide, is liable. [If their dimensions] are any smaller, one is exempt [for doing so].

AN EARTHEN BANK OF A PIT - The earth that was dug out of a pit would be piled up around it like a wall. The Mishnah's intention is to teach that a pit and its earthen bank combine to reach the height of ten [handbreadths, making it a private domain].

The pit is a case of something [ten] deep, the rock - a case of something [ten] high.

HE WHO REMOVES AN OBJECT FROM [the bank of a pit or from a rock] and sets it down in the public domain, or he who removes an object from the public domain and sets it down into (or upon) them, is liable.

(המשך) משנה ב

חוּלְיַת־הַבּוֹר, וְהַסֶּלַע, שֶׁהֵן גְּבוֹהִין עֲשָׂרָה, וְרָחְבָּן אַרְבָּעָה: הַנּוֹטֵל מֵהֶן, וְהַנּוֹתֵן עַל גַּבָּן, חַיָּיב; פָּחוֹת מִכֵּן — פָּטוּר.

חוּלְיַת־הַבּוֹר: עָפָר, שֶׁמּוֹצִיאִין מֵחֲפִירַת הַבּוֹר, רְגִילִין לִיתֵּן סְבִיבוֹת פִּי הַבּוֹר כְּמִין חוֹמָה לְהַקִּיף; וְאַשְׁמְעִינַן, דְּבוֹר וְחוּלְיָתוֹ מִצְטָרְפִין לַעֲשָׂרָה. וּתְנָא ״בּוֹר״ — לְעָמְקוֹ; וּתְנָא ״סֶלַע״ — לְגָבְהוֹ. **הַנּוֹטֵל מֵהֶן** וּמַנִּיחַ בִּרְשׁוּת־הָרַבִּים, אוֹ הַנּוֹטֵל מֵרְשׁוּת־הָרַבִּים וְנוֹתֵן עַל גַּבָּן, חַיָּיב.

mishna 2

FOR JUST SO WAS THE SERVICE OF THE LEVIYIM: They would hand over [the boards of the Tabernacle] from one private domain to another, through the intervening airspace of the (length of the) public domain, at a height of more than ten handbreadths. How did they work it? TWO WAGONS - each of which was considered a private domain - STOOD ONE BEHIND THE OTHER IN THE PUBLIC DOMAIN. Those Leviyim who dismantled the boards of the Tabernacle would hand them to [the Leviyim] on the wagon nearest them, who in turn would hand them to [the Leviyim on the wagon that stood] in front of them. BUT THEY WOULD NOT THROW THEM - The boards could not be thrown, due to their great weight.

שֶׁכֵּן הָיְתָה עֲבוֹדַת הַלְוִיִּם: מוֹשִׁיטִים מִזֶּה לָזֶה לְמַעְלָה מֵעֲשָׂרָה, וְאוֹרֶךְ רְשׁוּת־הָרַבִּים בָּאֶמְצַע — כֵּיצַד? [שְׁתֵּי] עֲגָלוֹת, זוֹ אַחַר זוֹ, בִּרְשׁוּת־הָרַבִּים, וּפוֹרְקֵי הַמִּשְׁכָּן הָיוּ מוֹשִׁיטִין לְאוֹתָם שֶׁעַל הָעֲגָלוֹת, שֶׁאֶצְלָן הֵן סְמוּכוֹת וּקְרוֹבוֹת, וְהֵן מוֹשִׁיטִין לָאֵלּוּ שֶׁלִּפְנֵיהֶם; וְכָל אַחַת מֵהָעֲגָלוֹת רְשׁוּת־הַיָּחִיד הֵן. **אֲבָל לֹא זוֹרְקִים,** שֶׁאֵין הַקְּרָשִׁים נִזְרָקִין מִפְּנֵי כּוֹבְדָן.

עבודת הלויים

המשכן
רשות היחיד
רשות היחיד
רשות הרבים

mishna 2

If the two [balconies] were on the same floor, he who reaches over [an object from one to the other] is liable, but he who throws [from one to the other] is exempt. [Why is he exempt?] For just so was the service of the Leviyim: two wagons stood one behind the other in the public domain; [the Leviyim] would reach over the boards [of the Tabernacle] from one [wagon] to the other, but would not throw [them].

IF THE TWO [BALCONIES] WERE ON THE SAME FLOOR along one side of the public domain, and were separated by the air-space of the public domain. HE WHO THROWS [AN OBJECT FROM ONE TO THE OTHER] IS EXEMPT, since the object passes over the public domain at a height of more than ten handbreadths, [which is considered an exempt area,] and we do not find - in the work that went into the construction of the Tabernacle - an instance of throwing from one private domain to another through the airspace of the public domain.

He who reaches over [an object from one balcony to the other], however, is liable, even at a height of more than ten handbreadths. Why? Because we do find such an instance - in the construction of the Tabernacle - where an object was handed over from one private domain to another, the two private domains separated by the length of the public domain...

(המשך) משנה ב

הָיוּ שְׁתֵּיהֶן בְּדִיּוֹטָא אַחַת: הַמּוֹשִׁיט חַיָּב, וְהַזּוֹרֵק פָּטוּר — שֶׁכָּךְ הָיְתָה עֲבוֹדַת הַלְוִיִּם: שְׁתֵּי עֲגָלוֹת, זוֹ אַחַר זוֹ, בִּרְשׁוּת־הָרַבִּים: מוֹשִׁיטִין הַקְּרָשִׁים מִזּוֹ לָזוֹ, אֲבָל לֹא זוֹרְקִין.

הָיוּ שְׁתֵּיהֶן בְּדִיּוֹטָא אַחַת, כְּלוֹמַר, בַּעֲלִיָּה אַחַת בְּאוֹרֶךְ רְשׁוּת־הָרַבִּים, וְיֵשׁ הֶפְסֵק רְשׁוּת־הָרַבִּים בֵּינֵיהֶן. הַזּוֹרֵק פָּטוּר הוֹאִיל וּלְמַעְלָה מֵעֲשָׂרָה הוּא — וְלֹא מָצִינוּ זְרִיקָה מֵרְשׁוּת־הַיָּחִיד לִרְשׁוּת־הַיָּחִיד דֶּרֶךְ רְשׁוּת־הָרַבִּים בַּמִּשְׁכָּן. וְהַמּוֹשִׁיט חַיָּב וְאַף־עַל־פִּי שֶׁמּוֹשִׁיט לְמַעְלָה מֵעֲשָׂרָה — שֶׁמָּצִינוּ הוֹשָׁטָה כַּיּוֹצֵא־בָהּ בַּמִּשְׁכָּן מֵרְשׁוּת־הַיָּחִיד לִרְשׁוּת־הַיָּחִיד, וְאוֹרֶךְ רְשׁוּת־הָרַבִּים מַפְסִיק בֵּינֵיהֶן.

גזוזטרא
רשות היחיד

הזורק

המושיט

mishna 2

How so?
[Let us say there were] two balconies facing each other over the public domain. He who reaches over or throws [an object] from one to the other is exempt.

HOW SO? - The Sages, mentioned at the end of the previous Mishnah, are the ones who pose this question.

TWO BALCONIES - made of planks which protrude from the walls of the upper story of a house and which extend into the public domain. The balconies, themselves, are considered private domains. If the balconies face each other from opposite sides of the public domain, he who reaches over an object or throws an object from one balcony to the other is exempt. Why is he exempt? Because we do not find - in the work that went into the construction of the Tabernacle - an instance of throwing or reaching over an object from one private domain to another, with the intervening width of the public domain between them.

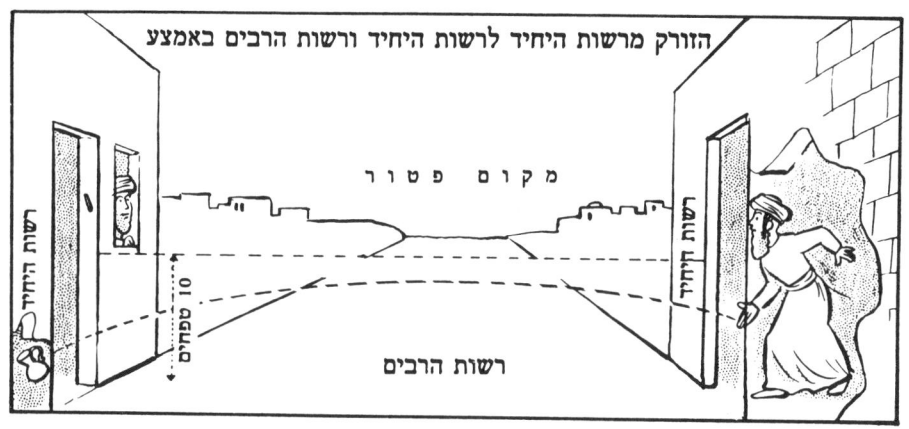

משנה ב

כֵּיצַד? שְׁתֵּי גְזוּזְטְרָאוֹת, זוֹ כְּנֶגֶד זוֹ בִּרְשׁוּת־הָרַבִּים: הַמּוֹשִׁיט, וְהַזּוֹרֵק, מִזּוֹ לָזוֹ — פָּטוּר.

כֵּיצַד? רַבָּנַן קָאָמְרִי לֵיהּ. **שְׁתֵּי גְזוּזְטְרָאוֹת**, וְהֵן נְסָרִים יוֹצְאִים מִכּוֹתֶל הָעֲלִיָּה וְלַחוּץ עַל רְשׁוּת־הָרַבִּים, וְהַגְּזוּזְטְרָאוֹת עַצְמָן הֵן רְשׁוּת־הַיָּחִיד. וּכְשֶׁהֵן זוֹ כְּנֶגֶד זוֹ בִּשְׁנֵי צִדֵּי רְשׁוּת־הָרַבִּים — הַמּוֹשִׁיט וְהַזּוֹרֵק מִזּוֹ לָזוֹ פָּטוּר, שֶׁלֹּא מָצִינוּ זְרִיקָה וְהוֹשָׁטָה בִּמְלֶאכֶת־הַמִּשְׁכָּן מֵרְשׁוּת־הַיָּחִיד לִרְשׁוּת־הַיָּחִיד, וְרוֹחַב רְשׁוּת־הָרַבִּים מַפְסִיק בֵּינֵיהֶן.

mishna 1

[If he throws an object] from one private domain to another - with the public domain in the middle - R. Akiva declares [him] liable, but the Sages exempt [him].

Carrying from one domain to another

He who carries out [an object] from the private to the public domain or who carries in [an object] from the public to the private domain is liable for a sin-offering.

One who carries from the public domain to a Karmelit, from the private domain to a Karmelit, or from a Karmelit to either one of the two is exempt - but prohibited [from doing so]; from the private or public domain to an exempt area, or from an exempt area to either one of the two is entirely permissible. It goes without saying that carrying from a Karmelit to an exempt area or vice versa is permissible.

One who carries [an object] a distance of four cubits in the public domain is liable for a sin-offering; in a Karmelit he is exempt - but prohibited [from doing so]; in a private domain and in an exempt area it is entirely permissible to carry about [objects] throughout the entire domain, even if it be for many miles!

R. AKIVA DECLARES [HIM] LIABLE, for in his view, once the object passes through the airspace of the public domain within ten handbreadths of the ground, it is as if it actually came to rest there. [Consequently, it is as if one has removed an object from the private domain and set it down in the public domain, for which one is liable.]

According to the Sages, however, an object that passes through the airspace of the public domain within ten handbreadths of the ground is not considered to have actually come to rest there. [In this case, then, one is not liable for "carrying out" from the private to the public domain, since the object never came to rest in the public domain but only passed through its airspace.]

[If one throws an object - from one private domain to another - and the object passes, en route, through the airspace of the public domain] at a height of more than ten handbreadths from the ground, even R. Akiva would agree that he is exempt. The reason? The airspace at that height is considered - not the public domain but rather - an exempt area.

The Halakhah follows the opinion of the Sages.

(המשך) משנה א

מֵרְשׁוּת־הַיָּחִיד לִרְשׁוּת־הַיָּחִיד, וּרְשׁוּת־הָרַבִּים בָּאֶמְצַע — רַבִּי עֲקִיבָא מְחַיֵּב, וַחֲכָמִים פּוֹטְרִין.

וְהַמּוֹצִיא מֵרְשׁוּת־הַיָּחִיד לִרְשׁוּת־הָרַבִּים, אוֹ הַמַּכְנִיס מֵרְשׁוּת־הָרַבִּים לִרְשׁוּת־הַיָּחִיד, חַיָּב חַטָּאת; מֵרְשׁוּת־הָרַבִּים לַכַּרְמְלִית, אוֹ מֵרְשׁוּת־הַיָּחִיד לַכַּרְמְלִית, וּמִכַּרְמְלִית לִשְׁתֵּיהֶן — פָּטוּר, אֲבָל אָסוּר. מֵרְשׁוּת־הַיָּחִיד, אוֹ מֵרְשׁוּת־הָרַבִּים, לִמְקוֹם־פְּטוּר, אוֹ מִמְּקוֹם־פְּטוּר לִשְׁתֵּיהֶן — מוּתָּר לְכַתְּחִילָּה; וְאֵינוֹ צָרִיךְ לוֹמַר מִכַּרְמְלִית לִמְקוֹם־פְּטוֹר, אוֹ מִמְּקוֹם־פְּטוּר לַכַּרְמְלִית — שֶׁהוּא מוּתָּר. וְהַמַּעֲבִיר מִתְּחִילַּת אַרְבַּע אַמּוֹת לְסוֹף אַרְבַּע אַמּוֹת בִּרְשׁוּת־הָרַבִּים חַיָּב חַטָּאת; בְּכַרְמְלִית — פָּטוּר, אֲבָל אָסוּר; בִּרְשׁוּת־הַיָּחִיד וּבִמְקוֹם־פְּטוּר — מוּתָּר לְכַתְּחִילָּה לְטַלְטֵל וּלְהַעֲבִיר בְּכָל הָרְשׁוּת כּוּלוֹ, וַאֲפִילוּ הוּא כַּמָּה מִילִין. **רַבִּי עֲקִיבָא מְחַיֵּב**, דִּסְבִירָא לֵיהּ: מִכִּי עָבַר הַחֵפֶץ בַּאֲוִיר־רְשׁוּת־הָרַבִּים בְּתוֹךְ עֲשָׂרָה, הֲרֵי הוּא כְּאִילּוּ נָח. וְרַבָּנַן סָבְרִי: קְלוּטָה בְּתוֹךְ עֲשָׂרָה בַּאֲוִיר־רְשׁוּת־הָרַבִּים לָאו כְּמִי שֶׁהוּנְּחָה דָּמְיָא. אֲבָל לְמַעְלָה מֵעֲשָׂרָה, שֶׁהוּא מְקוֹם־פְּטוּר, כּוּלֵּי עָלְמָא לָא פְּלִיגִי, דְּפָטוּר. וַהֲלָכָה כַּחֲכָמִים.

הוצאות מרשות לרשות

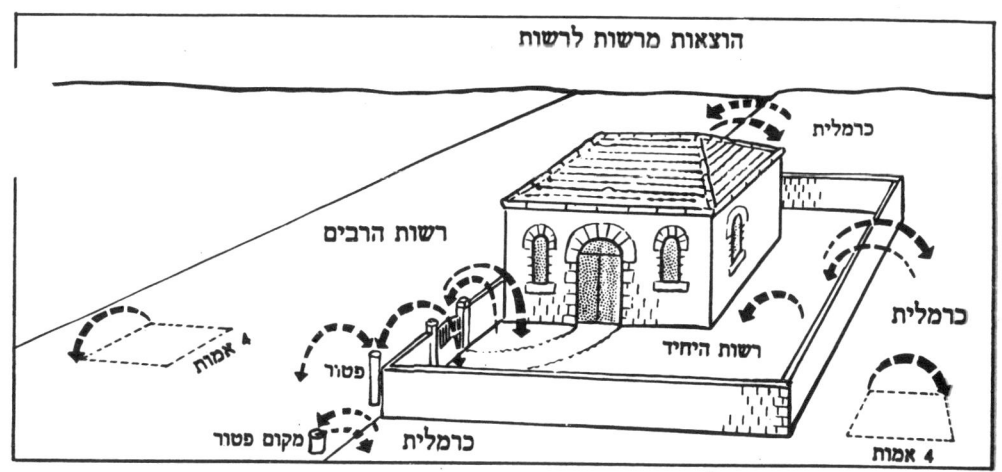

mishna 1

4. A neutral area ("Karmelit")

The following are all considered neutral areas ("Karmelit"): an area, four handbreadths square, enclosed by four walls between three and ten handbreadths high; a mound at least four handbreadths square and between three and ten handbreadths high; a trench at least four handbreadths square and between three and ten handbreadths deep; an alley that has three walls but lacks a sidepost or a cross-bar on its fourth [open] side; the sea; a plain.

"Karmelit" means "KeArmelit," i.e. "like a widow," who is neither a virgin nor a married woman; so too, a Karmelit is neither a private nor a public domain.

The airspace of a Karmelit extends only up to ten handbreadths; the area above ten handbreadths is considered an exempt area.

משניות שבת ★ פרוש ר"ע מברטנורא ★ פרק יא

וּמָקוֹם, שֶׁהוּקַּף אַרְבַּע מְחִיצוֹת — גּוֹבְהָן מִשְּׁלֹשָׁה וְעַד עֲשָׂרָה, שֶׁיֵּשׁ בּוֹ אַרְבָּעָה עַל אַרְבָּעָה, אוֹ יוֹתֵר; אוֹ תֵּל, שֶׁיֵּשׁ בּוֹ אַרְבָּעָה עַל אַרְבָּעָה, אוֹ יוֹתֵר, גָּבוֹהַּ מִשְּׁלֹשָׁה וְעַד עֲשָׂרָה; אוֹ חָרִיץ, שֶׁיֵּשׁ בּוֹ אַרְבָּעָה עַל אַרְבָּעָה, עָמוֹק מִשְּׁלֹשָׁה וְעַד עֲשָׂרָה; וּמָבוֹי סָתוּם מִשָּׁלֹשׁ רוּחוֹתָיו, שֶׁאֵין לוֹ לְחִי, אוֹ קוֹרָה, בְּרוּחַ רְבִיעִית; וְהַיָּם וְהַבִּקְעָה — כָּל אֵלוּ כַּרְמְלִית הֵן. וּפֵירוּשׁ "כַּרְמְלִית" — "כְּאַרְמְלִית", כְּלוֹמַר: כְּמוֹ אַלְמָנָה, שֶׁאֵינָהּ בְּתוּלָה וְלֹא נְשׂוּאָה לְבַעַל — כָּךְ רְשׁוּת זוֹ אֵינָהּ לֹא רְשׁוּת־הַיָּחִיד וְלֹא רְשׁוּת־הָרַבִּים. וַאֲוִיר־כַּרְמְלִית — כַּכַּרְמְלִית עַד עֲשָׂרָה; וּמֵעֲשָׂרָה וּלְמַעְלָה בַּכַּרְמְלִית הָוֵי מְקוֹם־פְּטוּר.

צורות של כרמלית

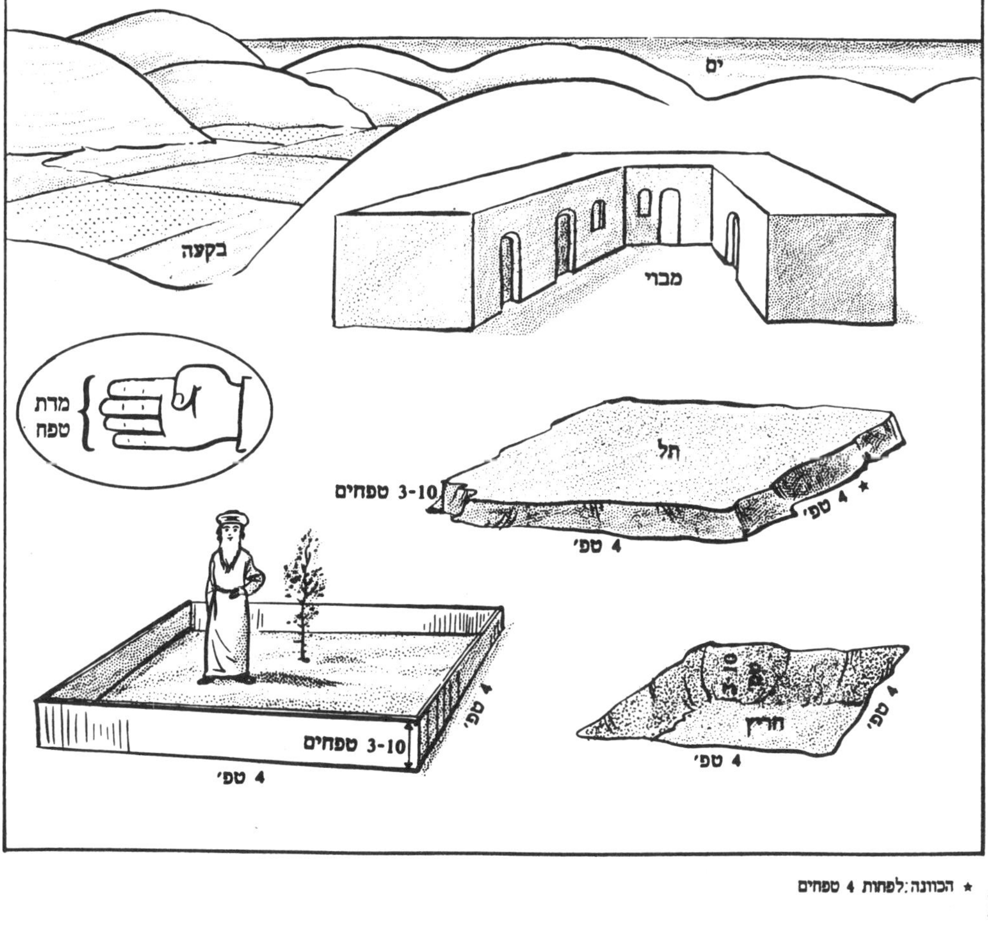

ים
בקעה
מבוי
מדת
טפח
תל
3-10 טפחים
4 טפ'
4 טפ'
3-10 טפחים
4 טפ'
4 טפ'
חריץ
4 טפ'
4 טפ'

★ הכוונה: לפחות 4 טפחים

mishna 1

The private domain extends all the way up until the heavens. The top surface of the walls that encompass the private domain is also considered to be the private domain.

2. The public domain

Examples of the public domain are: a marketplace, a main street, the desert, and the thru-streets that lead into them. Streets must be at least sixteen cubits wide and without a roof. According to one opinion, 600,000 people must pass through them each day - as in the encampment of Benei Yisrael in the wilderness - in order that they be considered a public domain.

The airspace of the public domain extends only up to ten handbreadths; the area above ten handbreadths is considered an exempt area.

3. An exempt area

A space that is less than four handbreadths square and is at least three handbreadths high is an exempt area. Even thorns, thistles, or dung in the public domain can become an exempt area, if they reach a height of three handbreadths or more in an area less than four handbreadths square. An enclosed area that is less than four square handbreadths, and a trench that is less than four by four in area and is at least three handbreadths deep are also exempt areas.

וַאֲוִיר־רְשׁוּת־הַיָּחִיד — כִּרְשׁוּת־הַיָּחִיד עַד לָרָקִיעַ. וַעֲבִי־הַכְּתָלִים שֶׁל רְשׁוּת־הַיָּחִיד נִדּוֹן כִּרְשׁוּת־הַיָּחִיד. וּרְשׁוּת־הָרַבִּים הוּא כְּגוֹן: הַשְּׁוָקִים, הָרְחוֹבוֹת, הַמִּדְבָּרוֹת, וְהַדְּרָכִים הַמְפוּלָּשִׁים לָהֶם, וְהוּא — שֶׁיִּהְיֶה רוֹחַב הַדֶּרֶךְ שֵׁשׁ־עֶשְׂרֵה אַמָּה, וְלֹא יִהְיֶה עָלָיו תִּקְרָה; וְאִיכָּא לְמַאן דְּאָמַר, שֶׁצָּרִיךְ נָמֵי שֶׁיִּהְיוּ בוֹקְעִים בָּהֶם שִׁשִּׁים־רִבּוֹא בְּכָל יוֹם כְּדִגְלֵי־מִדְבָּר. וַאֲוִיר־רְשׁוּת־הָרַבִּים אֵינוֹ כִּרְשׁוּת הָרַבִּים אֶלָּא עַד עֲשָׂרָה טְפָחִים; וּלְמַעְלָה מֵעֲשָׂרָה בִּרְשׁוּת־הָרַבִּים — מְקוֹם־פְּטוּר הוּא. וּמָקוֹם, שֶׁאֵין בּוֹ אַרְבָּעָה עַל אַרְבָּעָה, וְגָבוֹהַּ מִשְּׁלֹשָׁה טְפָחִים וּלְמַעְלָה, הוּא מְקוֹם־פְּטוּר; אֲפִילוּ קוֹצִים וּבַרְקָנִין וּגְלָלִין בִּרְשׁוּת־הָרַבִּים, גְּבוֹהִים מִשְּׁלֹשָׁה וּלְמַעְלָה, וְאֵין בָּהֶם אַרְבָּעָה עַל אַרְבָּעָה — הֲרֵי הֵן מְקוֹם־פְּטוּר. וְכֵן מָקוֹם, הַמּוּקָּף מְחִיצוֹת, וְאֵין בּוֹ אַרְבָּעָה עַל אַרְבָּעָה, אוֹ חָרִיץ, שֶׁאֵין בּוֹ אַרְבָּעָה עַל אַרְבָּעָה, וְעָמְקוֹ מִשְּׁלֹשָׁה וְעַד הַתְּהוֹם — הֲרֵי זֶה מְקוֹם־פְּטוּר.

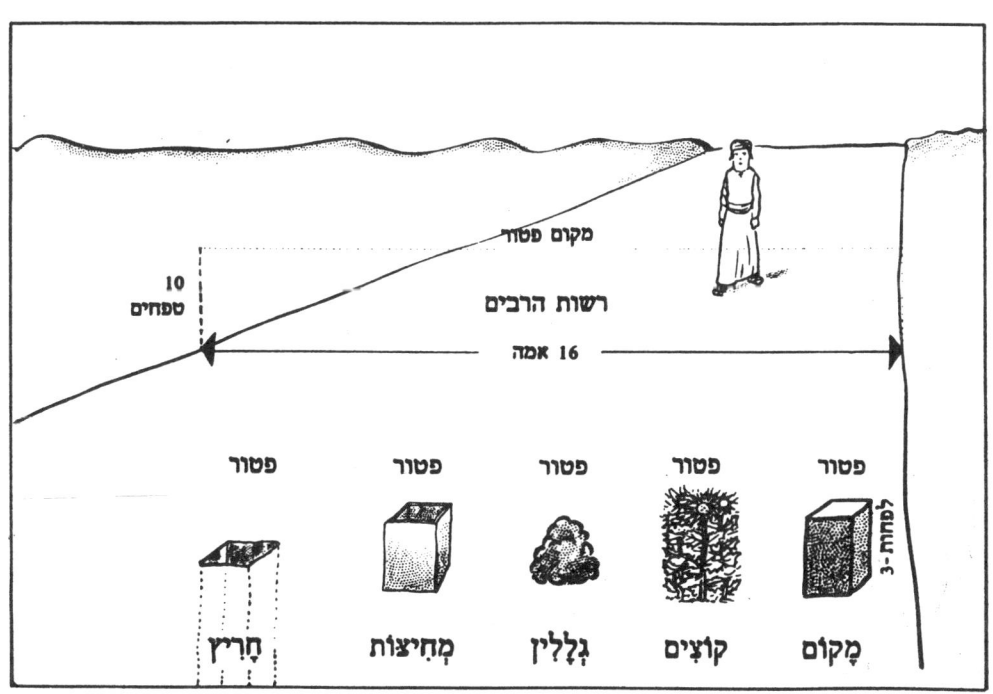

mishna 1

כלים

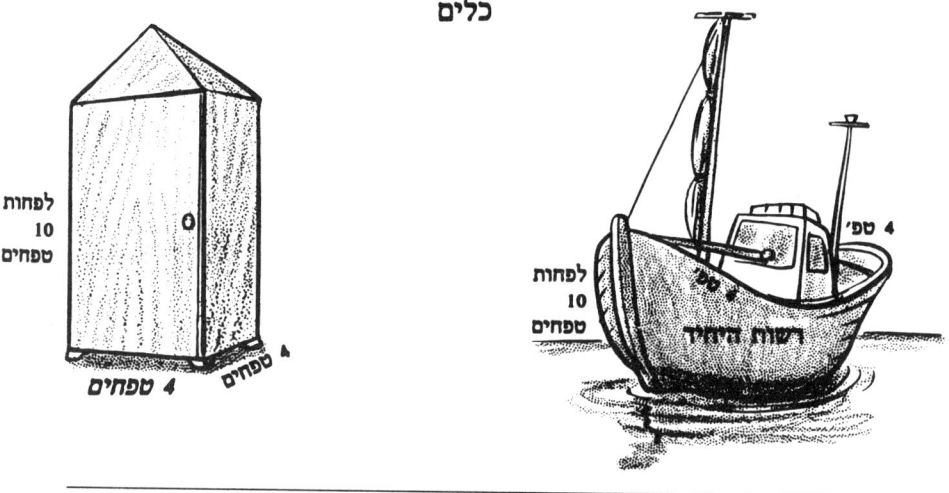

מגורים

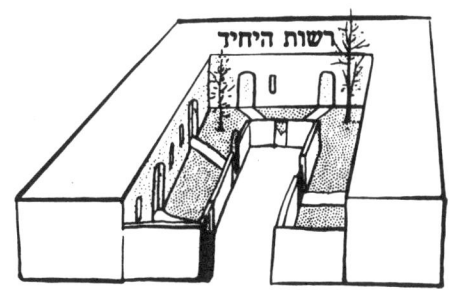

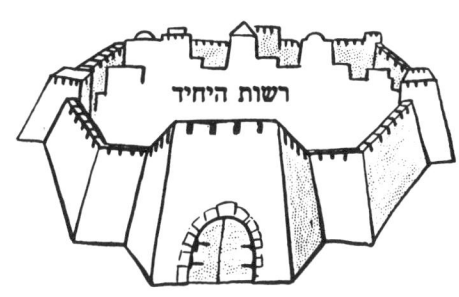

מקומות

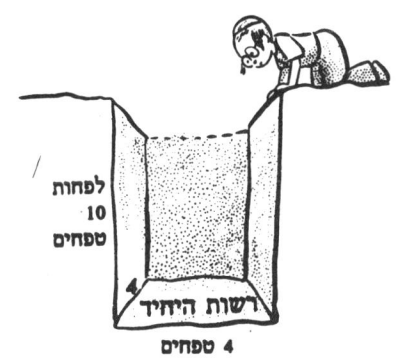

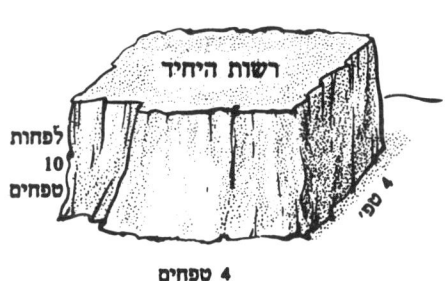

mishna 1

He who throws [an object] from the private domain to the public domain, or from the public domain to the private domain, is liable.

HE WHO THROWS [AN OBJECT] FROM THE PRIVATE DOMAIN TO THE PUBLIC DOMAIN:

The Four Domains

1. The private domain

A private domain is an area at least four handbreadths square, enclosed by four walls at least ten handbreadths high. It could even be an area of many square miles, providing that it was enclosed for residential purposes.

Examples are: a walled city, where the gates are closed at night; an alley that has three walls and on the fourth side a side-post. Further examples: a mound, ten handbreadths high and four handbreadths wide; a trench, ten handbreadths deep and four handbreadths wide; even a large object, such as a vessel or a wooden wardrobe, if it is four by four and ten handbreadths high. These are all examples of a private domain.

משנה א

הַזּוֹרֵק מֵרְשׁוּת־הַיָּחִיד לִרְשׁוּת־הָרַבִּים, מֵרְשׁוּת־הָרַבִּים לִרְשׁוּת־הַיָּחִיד, חַיָּב.

הַזּוֹרֵק מֵרְשׁוּת־הַיָּחִיד לִרְשׁוּת־הָרַבִּים: רְשׁוּת־הַיָּחִיד הוּא מָקוֹם, שֶׁהוּקַּף אַרְבַּע מְחִיצוֹת גְּבוֹהוֹת עֲשָׂרָה טְפָחִים, וּבֵינֵיהֶן אַרְבָּעָה טְפָחִים עַל אַרְבָּעָה טְפָחִים, אוֹ יוֹתֵר עַל כֵּן, אֲפִילוּ יֵשׁ בּוֹ כַּמָּה מִילִין, אִם הוּקַּף לְדִירָה — כְּגוֹן: מְדִינָה, שֶׁמּוּקֶּפֶת חוֹמָה, וְדַלְתוֹתֶיהָ נְעוּלוֹת בַּלַּיְלָה; וּמְבוֹאוֹת, שֶׁיֵּשׁ לָהֶן שְׁלֹשָׁה כְּתָלִים וּלְחִי בְּרוּחַ רְבִיעִית; וְכֵן תֵּל גָּבוֹהַּ עֲשָׂרָה וְרָחָב אַרְבָּעָה, אוֹ חָרִיץ, שֶׁהוּא עָמוֹק עֲשָׂרָה וְרָחָב אַרְבָּעָה; וַאֲפִילוּ כֵּלִים, כְּגוֹן סְפִינָה וּמִגְדָּל־שֶׁל־עֵץ, וְכַיּוֹצֵא בָּהֶם, אִם יֵשׁ בָּהֶם אַרְבָּעָה עַל אַרְבָּעָה בְּגוֹבַהּ עֲשָׂרָה — כָּל אֵלּוּ רְשׁוּת־הַיָּחִיד הֵן.

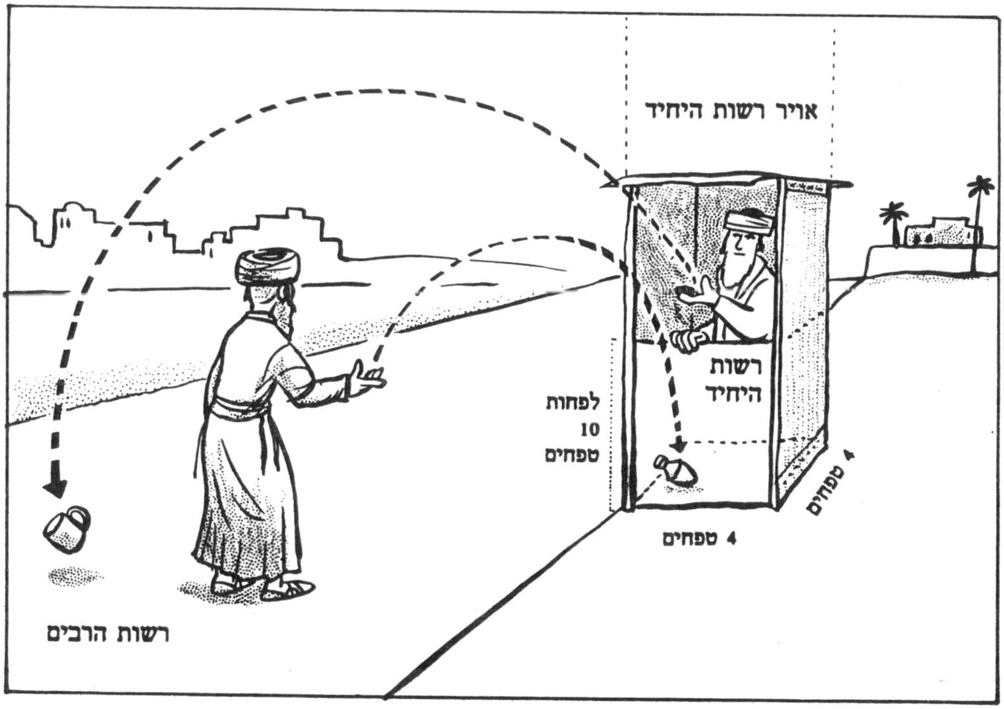

The Illustrated

MISHNAYOTH SHABBATH

פרקי שבת

CONTENTS

Chapter	Page		
Chapter 11	152	פרק יא	הַזּוֹרֵק
Chapter 12	169	פרק יב	הַבּוֹנֶה
Chapter 13	181	פרק יג	הָאוֹרֵג
Chapter 14	194	פרק יד	שְׁמוֹנָה שְׁרָצִים
Chapter 15	201	פרק טו	אֵלּוּ קְשָׁרִים
Chapter 16	207	פרק טז	כָּל כִּתְבֵי
Chapter 17	223	פרק יז	כָּל הַכֵּלִים
Chapter 18	236	פרק יח	מְפַנִּין
Chapter 19	245	פרק יט	רַבִּי אֱלִיעֶזֶר דְּמִילָה
Chapter 20	253	פרק כ	תּוֹלִין
Chapter 21	265	פרק כא	נוֹטֵל
Chapter 22	274	פרק כב	חָבִית
Chapter 23	290	פרק כג	שׁוֹאֵל
Chapter 24	303	פרק כד	מִי שֶׁהֶחְשִׁיךְ

Due to technical reasons illustrations may appear on pages following text.

Copyright © 1999 by
Yoni Gerstein

All rights reserved

No part of this publication may be translated, reproduced,
stored in a retrieval system or transmitted, in any form
or by any means, electronic, mechanical, photocopying,
recording or otherwise, without prior permission in writing
from the publishers.

FELDHEIM PUBLISHERS
200 Airport Executive Park
Nanuet NY 10954

POB 35002 / Jerusalem, Israel

www.feldheim.com

Printed in Israel

The Illustrated MISHNAYOTH SHABBATH

with the commentary of
R' OVADIA M'BARTENURA

Volume II
Chapters 11-24

English Translation by
R' Daniel Haberman

Edited by
R' Dovid Oratz

Illustrated by
Yoni Gerstein

FELDHEIM PUBLISHERS
JERUSALEM · NEW YORK

בס"ד

משניות

שבת

עם פרוש רבינו עובדיה מברטנורא

בתוספת

ציורים בעניני המשנה

פני שבת

מאת

יונתן גרשטין

בלאו"מ ר' ישראל יצחק הכ"מ

ולע"נ א"מ מרת פנינה ע"ה

מהדורה מתוקנת

הוצאת ספרים

פלדהיים

The Illustrated
MISHNAYOTH SHABBATH
מסכת שבת

mishna 6

One who detaches [a plant] from a perforated flower pot is liable; if it is unperforated, he is exempt. R. Shim'on exempts him in both cases.

A perforated flower pot

[Ordinarily, one does not violate "reaping," one of the categories of work prohibited on Shabbat, unless one detaches a plant that is connected to the ground.

What about a plant in a flower pot? Is such a plant considered to be "attached to the ground"? Does one violate "reaping" by detaching it? These questions are the source of a dispute between R. Shim'on and the anonymous first opinion in our Mishnah:]

ONE WHO DETACHES [A PLANT] FROM A PERFORATED FLOWER POT IS LIABLE, because the plant is considered to be attached to the ground. [Why should it be considered attached to the ground, if it is planted in a flower pot?] Because it draws sustenance from the ground through the hole in the pot, absorbing moisture from the soil. The hole may even be on the side of the flower pot, and must be large enough for a small root to penetrate.

R. SHIM'ON EXEMPTS HIM IN BOTH CASES - He does not consider a plant in a perforated flower pot to be attached to the ground, such that one would be subject to the penalty of death by stoning [if one detached it intentionally on Shabbat, in violation of "reaping."]

The Halakhah is not like R. Shim'on.

(המשך) משנה ו

הַתּוֹלֵשׁ מֵעָצִיץ־נָקוּב חַיָּיב; וְשֶׁאֵינוֹ־נָקוּב — פָּטוּר.
וְרַבִּי שִׁמְעוֹן פּוֹטֵר בָּזֶה וּבָזֶה.

הַתּוֹלֵשׁ מֵעָצִיץ־נָקוּב חַיָּיב, דְּהָוֵי כִּמְחוּבָּר, דְּיוֹנֵק מִן הַקַּרְקַע עַל־יְדֵי הַנֶּקֶב, שֶׁמֵּרִיחַ לַחְלוּחִית הַקַּרְקַע, וַאֲפִילוּ הַנֶּקֶב בְּצִדּוֹ. וְשִׁיעוּר הַנֶּקֶב — כְּדֵי שׁוֹרֶשׁ קָטָן. **וְרַבִּי שִׁמְעוֹן פּוֹטֵר בָּזֶה וּבָזֶה,** דְּלָא חָשֵׁיב לֵיהּ כִּמְחוּבָּר, לְחַיְּיבוֹ סְקִילָה. וְאֵין הֲלָכָה כְּרַבִּי שִׁמְעוֹן.

Mishnayot Shabbat * Commentary of Rabbi Ovadia M'Bartenura * Chapter 10

גודלת

פוקסת

כוחלת

משניות שבת ★ פרוש ר״ע מברטנורא ★ פרק ו

נוטל שפמו

נוטל שערו

נוטל זקנו

150

mishna 6

He who pares his fingernails one with the other or with his teeth; or [who pulls out] the hair of his head, his moustache, or his beard; or who braids her hair, paints her eyes, or parts her hair, R. Eliezer declares one liable, but the Sages forbid doing so on account of rabbinic decree.

OR [WHO PULLS OUT] THE HAIR OF HIS HEAD with his hand.

OR WHO BRAIDS HER HAIR - The Targum of (braided) is *"avos"* PAINTS HER EYES - She puts on eyeshadow. OR PARTS HER HAIR, dividing it into two sections, drawn towards the temples.

R. ELIEZER DECLARES ONE LIABLE FOR A SIN-OFFERING: Painting the eyes - on account of "writing"; braiding and parting the hair - on account of "building."

BUT THE SAGES FORBID DOING SO ON ACCOUNT OF RABBINIC DECREE - In their view, painting the eyes is not the way writing is normally performed; braiding and parting the hair is not the way "building" is normally performed, [etc.].

The Halakhah follows the opinion of the Sages. The Sages exempt one from a sin-offering or from death by stoning, if one pares his nails or pulls out his hair by hand. However, if one uses a utensil to do so, the Sages agree that one is liable for a sin-offering.

One is liable for cutting hair, if one cuts at least two hairs. One is liable for pulling out someone else's hair, even if done by hand. It is entirely permissible to remove by hand a fingernail or a hair, the greater part of which is already fallen off and which is physically irritating.

משנה ו

הַנּוֹטֵל צִפָּרְנָיו זוֹ בָּזוֹ, אוֹ בְּשִׁנָּיו, וְכֵן שְׂעָרוֹ, וְכֵן שְׂפָמוֹ, וְכֵן זְקָנוֹ; וְכֵן הַגּוֹדֶלֶת, וְכֵן הַכּוֹחֶלֶת, וְכֵן הַפּוֹקֶסֶת: רַבִּי אֱלִיעֶזֶר מְחַיֵּיב,* וַחֲכָמִים אוֹסְרִין מִשּׁוּם שְׁבוּת.

* נ"א: מְחַיֵּיב חַטָּאת

וְכֵן שְׂעָרוֹ: הַתּוֹלֵשׁ שְׂעַר רֹאשׁוֹ בְּיָדוֹ. **וְכֵן הַגּוֹדֶלֶת** שְׂעַר רֹאשָׁהּ וְקוֹלַעַת אוֹתוֹ: תַּרְגּוּם "עֲבֹת" (שמות כח, יד) — "גְּדִילוּ". **הַכּוֹחֶלֶת:** נוֹתֶנֶת כְּחוֹל בְּעֵינֶיהָ. **הַפּוֹקֶסֶת:** מְחַלֶּקֶת שֵׂעָר שֶׁבְּאֶמְצַע הָרֹאשׁ מִכָּאן וּמִכָּאן אֵצֶל הַצְּדָעִים. **רַבִּי אֱלִיעֶזֶר מְחַיֵּיב חַטָּאת:** כּוֹחֶלֶת — מִשּׁוּם "כּוֹתֶבֶת"; גּוֹדֶלֶת וּפוֹקֶסֶת — מִשּׁוּם "בּוֹנֶה". **וַחֲכָמִים אוֹסְרִין מִשּׁוּם שְׁבוּת,** דְּסָבְרִי: אֵין דֶּרֶךְ כְּתִיבָה בְּכָךְ, וְאֵין דֶּרֶךְ בִּנְיָן בְּכָךְ. וַהֲלָכָה כַּחֲכָמִים. וְדַוְקָא הַנּוֹטֵל צִפָּרְנָיו, וּשְׂעָרוֹ, בְּיָדָיו — הוּא דְּפָטְרִי רַבָּנַן מֵחַטָּאת וּמִסְּקִילָה; אֲבָל הַנּוֹטֵל שְׂעָרוֹ, אוֹ צִפָּרְנָיו, בִּכְלִי — מוֹדִים חֲכָמִים, דְּחַיָּיב חַטָּאת; וּמִכִּי נָטַל שְׁתֵּי שְׂעָרוֹת, חַיָּיב. וְהַנּוֹטֵל שְׂעַר רֹאשׁ חֲבֵירוֹ, אֲפִילוּ בַּיָּד, חַיָּיב. וְצִפּוֹרֶן, שֶׁפָּרְשָׁה רוּבָּהּ, אוֹ שֵׂעָר, שֶׁנִּתְלַשׁ רוּבּוֹ, וּמְצַעֵר אוֹתוֹ — מוּתָּר לִיטְּלוֹ בַּיָּד לְכַתְּחִלָּה.

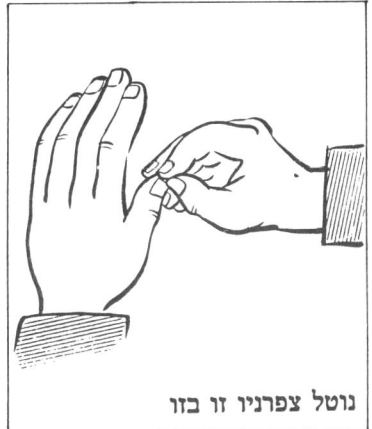

נוטל צפרניו זו בזו

או בשיניו

mishna 5

HE IS ALSO LIABLE [IF HE CARRIES OUT] AN OLIVE'S MEASURE OF A CORPSE - An olive's measure is a quantity that is sufficient to convey ritual impurity. Therefore, if one carries out such an amount on Shabbat, it is considered a significant enough measure to be liable: by taking it out one avoids ritual impurity! Similarly, AN OLIVE'S MEASURE OF AN ANIMAL'S CARCASS, OR A LENTIL'S MEASURE OF A SHERETZ - as these are their respective minimum measures for conveying ritual impurity.

R. SHIM'ON, HOWEVER, EXEMPTS [HIM], even if he carries out an entire corpse. Why? Because it is "work not needed for itself" [but only for some other purpose]. Any work that is performed strictly to remove something from one's presence [as in this case, where he removes a corpse] is considered "work not needed for itself" and thus not "creative work," [meant to achieve some positive purpose. Only "creative work" is forbidden by the Torah on Shabbat.]

The Halakhah does not follow R. Shim'on.

וְכֵן כְּזַיִת מִן הַמֵּת: חַיָּיב, אִם הוֹצִיאוֹ, דְּהוֹאִיל וּמְטַמֵּא, הוֹצָאָה חֲשׁוּבָה הִיא, לְהַצִּיל עַצְמוֹ מִן הַטּוּמְאָה. וְכֵן — **כְּזַיִת מִן הַנְּבֵלָה, וְכַעֲדָשָׁה מִן הַשֶּׁרֶץ**, דְּהָכִי הָוֵי שִׁיעוּרָן לְטוּמְאָה. **וְרַבִּי שִׁמְעוֹן פּוֹטֵר** אֲפִילוּ בְּמֵת שָׁלֵם, דְּהָוֵי מְלָאכָה, שֶׁאֵינָהּ צְרִיכָה לְגוּפָהּ, דְּכֹל שֶׁאֵינוֹ אֶלָּא לְסַלְּקוֹ מֵעָלָיו הָוֵי מְלָאכָה, שֶׁאֵינָהּ צְרִיכָה לְגוּפָהּ, וְלַאו מְלֶאכֶת־מַחֲשֶׁבֶת הִיא. וְאֵין הֲלָכָה כְּרַבִּי שִׁמְעוֹן.

המוציא את החי במטה

mishna 5

He who carries out less than the minimum measure of food in a vessel is exempt even in respect to the vessel, because the vessel is secondary to [the food].

[He who carries out] a living person in a bed is exempt even with respect to the bed, because the bed is secondary to [the person]. [If he carries out] a corpse in a bed, he is liable.

He is also liable [if he carries out] an olive's measure of a corpse, an olive's measure of an animal's carcass, or a lentil's measure of a Sheretz [a dead creeping thing]. R. Shim'on, however, exempts [him].

A LIVING PERSON IN A BED - He is not liable for carrying out a living person who is not bound, because "a living creature carries itself." This principle is true of man; but as for domestic beast, wild animal, or fowl, it is as if they were bound, [and a creature that is bound certainly cannot carry itself].

(המשך) משנה ה

הַמּוֹצִיא אֳ[ו]כָלִין, פָּחוֹת מִכַּשִּׁיעוּר, בִּכְלִי – פָּטוּר אַף עַל הַכְּלִי, שֶׁהַכְּלִי טְפֵילָה לוֹ; אֶת הַחַי בְּמִטָּה – פָּטוּר אַף עַל הַמִּטָּה, שֶׁהַמִּטָּה טְפֵילָה לוֹ; אֶת הַמֵּת בַּמִּטָּה – חַיָּב. וְכֵן כְּזַיִת מִן הַמֵּת, וּכְזַיִת מִן הַנְּבֵלָה, וְכַעֲדָשָׁה מִן הַשֶּׁרֶץ – חַיָּב.
וְרַבִּי שִׁמְעוֹן פּוֹטֵר.

אֶת הַחַי בְּמִטָּה: עַל הַחַי לֹא מְחַיֵּיב בְּהוֹצָאָתוֹ, אִם אֵינוֹ כָּפוּת, לְפִי שֶׁהוּא נוֹשֵׂא אֶת עַצְמוֹ. וְהָנֵי מִילֵּי – אָדָם; אֲבָל בְּהֵמָה, חַיָּה וְעוֹף – לֹא, דִּכְמַאן דִּכְפוּתִי דָּמוּ.

mishna 5

He who carries out a loaf of bread into the public domain is liable; if two [people] carry it out, they are exempt. Where, [however,] one [person] cannot carry it out [by himself], if two [people] carry it out, they are liable. R. Shim'on exempts [them].

IF TWO [PEOPLE] CARRY IT OUT, THEY ARE EXEMPT - This is learned from a verse in VaYikra: "...When he does any one of the things prohibited by Divine command" (4:27) - he who does the entirety of an action [is liable], not he who does only part of it. [A single individual who performs a forbidden act is liable; two people who, together, perform a prohibited act, are exempt.]

R. SHIM'ON EXEMPTS [THEM] - In his view, even where a single individual cannot do it [by himself], if two do it together, they are exempt.

The Halakhah does not follow R. Shim'on.

משניות שבת ★ פרוש ר"ע מברטנורא ★ פרק י

משנה ה

הַמּוֹצִיא כִּכָּר לִרְשׁוּת־הָרַבִּים חַיָּב; הוֹצִיאוּהוּ שְׁנַיִם — פְּטוּרִין. לֹא יָכוֹל אֶחָד לְהוֹצִיאוֹ, וְהוֹצִיאוּהוּ שְׁנַיִם — חַיָּבִים; וְרַבִּי שִׁמְעוֹן פּוֹטֵר.

הוֹצִיאוּהוּ שְׁנַיִם — פְּטוּרִים, כִּדְיַלְפִינַן (ויקרא ד, כז): "בַּעֲשֹׂתָהּ אַחַת מִמִּצְוֹת ה'": הָעוֹשֶׂה אֶת כּוּלָּהּ, וְלֹא הָעוֹשֶׂה מִקְצָתָהּ. **וְרַבִּי שִׁמְעוֹן פּוֹטֵר**, דְּסָבַר: אֲפִילּוּ כְּשֶׁאֵין יָחִיד יָכוֹל לַעֲשׂוֹת — אִם עֲשָׂאוּהָ שְׁנַיִם, פְּטוּרִים. וְאֵין הֲלָכָה כְּרַבִּי שִׁמְעוֹן.

mishna 4

מקבלי פיתקין

התכוון להוציא לפניו
ובא לו לאחוריו
רשות
הרבים
רשות היחיד

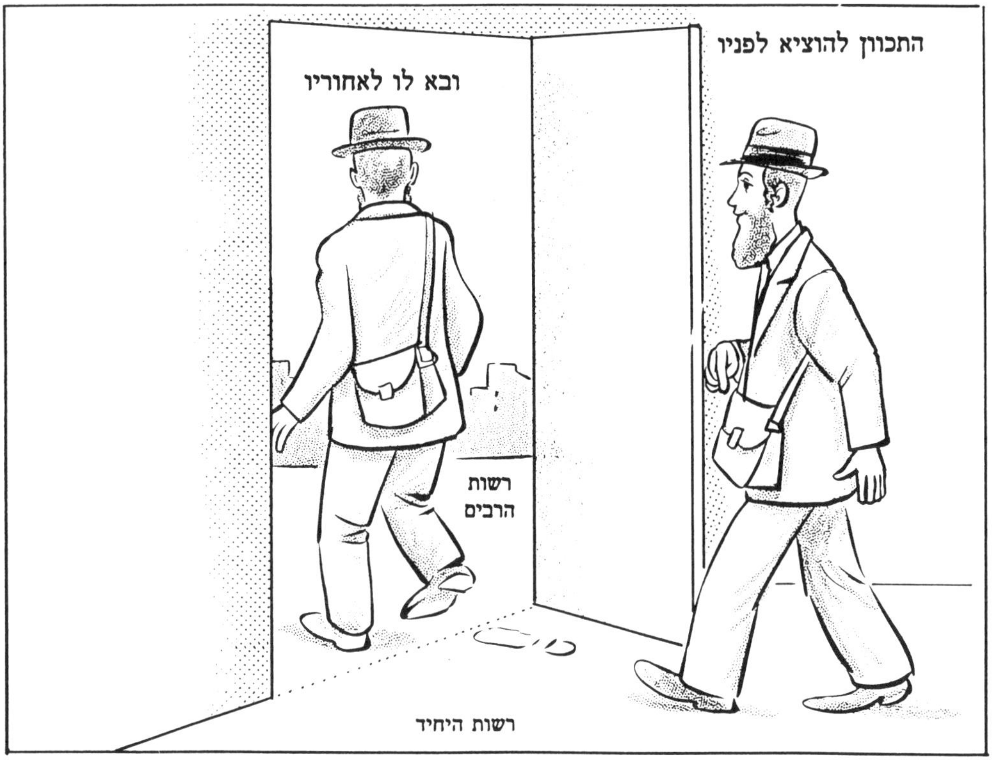

mishna 4

He who intends to carry out [an object] with it [the object] in front of him - but it slips behind him - is exempt. [If he intends to carry it out] behind him and it slips in front of him, he is liable.

They have stated as [established] truth: a woman who wears a petticoat [and carries out something in it] - whether in front of her or in back of her - is liable, for it tends to move around. R. Yehudah says: the same is true of couriers.

IN FRONT OF HIM - BUT IT SLIPS BEHIND HIM - IS EXEMPT, [for what he intended to do was not accomplished:] He had intended to provide high level care for the object, but actually [since the object slipped behind him] he provided low level care.

BEHIND HIM AND IT SLIPS IN FRONT OF HIM, HE IS LIABLE, [for what he intended to do was more than accomplished!] He had intended to provide low level care for the object, but actually [since the object slipped in front of him] he provided high level care.

A PETTICOAT - a short petticoat, worn for modesty's sake. If she hung something onto it [on one side] to carry out and it moved over to the other side, she is liable, FOR IT TENDS TO MOVE AROUND: It is normal for a petticoat to move around and change position. Since she was aware from the start that it would likely change position, [her intention was accomplished, even if it changed position].

R. YEHUDAH SAYS: THE SAME IS TRUE OF COURIERS of a king, runners who carried letters. They would insert letters into hollow, reed-shaped wooden holders which they wore around the neck. These holders would move around to the front and to the back while on the neck, and the runner was aware of this. [The runner would therefore be liable for carrying it out on Shabbat, even if it changed position.]

The Halakhah is not like R. Yehudah.

משנה ד

הַמִּתְכַּוֵּין לְהוֹצִיא לְפָנָיו, וּבָא לוֹ לְאַחֲרָיו — פָּטוּר; לְאַחֲרָיו — וּבָא לוֹ לְפָנָיו — חַיָּיב. בֶּאֱמֶת אָמְרוּ: הָאִשָּׁה, הַחוֹגֶרֶת בְּסִינָר, בֵּין מִלְּפָנֶיהָ וּבֵין מִלְּאַחֲרֶיהָ, חַיֶּיבֶת, שֶׁכֵּן רָאוּי לִהְיוֹת חוֹזֵר.
רַבִּי יְהוּדָה אוֹמֵר; אַף מְקַבְּלֵי פִתְקִין.

לְפָנָיו, וּבָא לוֹ לְאַחֲרָיו — פָּטוּר, דְּנִתְכַּוֵּין לִשְׁמִירָה מְעוּלָּה, וְעָלְתָה בְּיָדוֹ שְׁמִירָה פְּחוּתָה. **לְאַחֲרָיו — וּבָא לוֹ לְפָנָיו — חַיָּיב**, דְּנִתְכַּוֵּין לִשְׁמִירָה פְּחוּתָה, וְעָלְתָה בְּיָדוֹ שְׁמִירָה מְעוּלָּה. **סִינָר**: כְּעֵין מִכְנָסַיִם קְטַנִּים: חוֹגְרוֹת אוֹתָן לִצְנִיעוּת; וְאִם תָּלְתָה בָּהֶן שׁוּם דָּבָר לְהוֹצִיא, וּבָא לָהּ לְצַד אַחֵר — חַיֶּיבֶת. **שֶׁכֵּן רָאוּי לִהְיוֹת חוֹזֵר**: דַּרְכּוֹ לִהְיוֹת חוֹזֵר וְסוֹבֵב סְבִיבוֹתֶיהָ; וּמִתְּחִלָּה יָדְעָה, שֶׁסּוֹפוֹ לְהִתְהַפֵּךְ. **רַבִּי יְהוּדָה אוֹמֵר: אַף מְקַבְּלֵי פִתְקִין** שֶׁל מֶלֶךְ: הָרָצִים, הַנּוֹשְׂאִים אִגְּרוֹת, נוֹתְנִים אוֹתָם בְּעֵצִים חֲלוּלִים כִּדְמוּת קָנִים וְתוֹלִים בְּצַוָּארָם; וְדֶרֶךְ אוֹתוֹ קָנֶה לִהְיוֹת חוֹזֵר וְסוֹבֵב מִלְּפָנָיו וּמִלְּאַחֲרָיו סָבִיב לְצַוָּארוֹ, [וְ]יוֹדֵעַ הָיָה, שֶׁסּוֹפוֹ לְהִתְהַפֵּךְ. וְאֵין הֲלָכָה כְּרַבִּי יְהוּדָה.

mishna 3

משניות שבת ★ פירוש ר"ע מברטנורא ★ פרק י

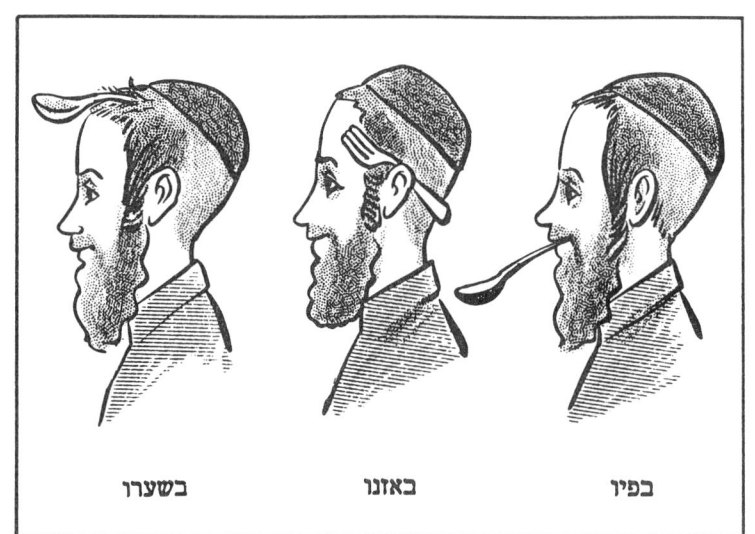

בפיו · באזנו · בשערו

mishna 3

[If he carries out something] in an unusual manner, on his foot, in his mouth, with his elbow, in his ear, in his hair, in his moneybelt with its opening downwards, between his moneybelt and his cloak, in the hem of his cloak, in his shoe, or his sandal, he is exempt, for he did not "carry out" in normal fashion.

ELBOW - the middle joint of the arm; in Arabic [as in Hebrew] it is called "marpek".

IN HIS MONEYBELT - a hollow belt. WITH ITS OPENING DOWNWARDS - The normal way of "carrying out" in a moneybelt is with its opening facing up; if it faces down, it is not a normal way of "carrying out."

Alternatively, "A Chaluk" is an undershirt, worn to absorb perspiration and usually made with pockets. When worn upside down, the pocket openings are face down.

THE HEM OF HIS CLOAK - the lower hem of the cloak.

(המשך) משנה ג

כִּלְאַחַר־יָדוֹ, בְּרַגְלוֹ, בְּפִיו, וּבְמַרְפְּקוֹ, בְּאָזְנוֹ, וּבִשְׂעָרוֹ, וּבְפוּנְדָּתוֹ, וּפִיהָ לְמַטָּה, בֵּין פוּנְדָּתוֹ לַחֲלוּקוֹ, וּבִשְׂפַת חֲלוּקוֹ, בְּמִנְעָלוֹ, בְּסַנְדָּלוֹ — פָּטוּר, שֶׁלֹּא הוֹצִיא כְּדֶרֶךְ הַמּוֹצִיאִין.

מַרְפְּקוֹ: הַפֶּרֶק הָאֶמְצָעִי שֶׁבַּזְּרוֹעַ; וּבְעַרְבִי כָּךְ שְׁמוֹ: ״מרפק״. **בַּאֲפוּנְדָּתוֹ:** אֵזוֹר חָלוּל. **פִּיהָ לְמַטָּה:** אֵין דֶּרֶךְ הוֹצָאָה בְּכָךְ; אֲבָל פִּיהָ לְמַעְלָה — דֶּרֶךְ הוֹצָאָה בְּכָךְ. פֵּירוּשׁ אַחֵר: אֲפוּנְדָּתוֹ — בֶּגֶד, שֶׁלּוֹבֵשׁ סָמוּךְ לִבְשָׂרוֹ, לְקַבֵּל הַזֵּיעָה; וּרְגִילִין לַעֲשׂוֹת בּוֹ כְּעֵין כִּיסִין, וּכְשֶׁמְּהַפְּכִים אוֹתוֹ מִלְּמַטָּה לְמַעְלָה, נִמְצָא פִּי הַכִּיס לְמַטָּה. **שְׂפַת חֲלוּקוֹ:** הַשָּׂפָה הַתַּחְתּוֹנָה שֶׁל חָלוּק.

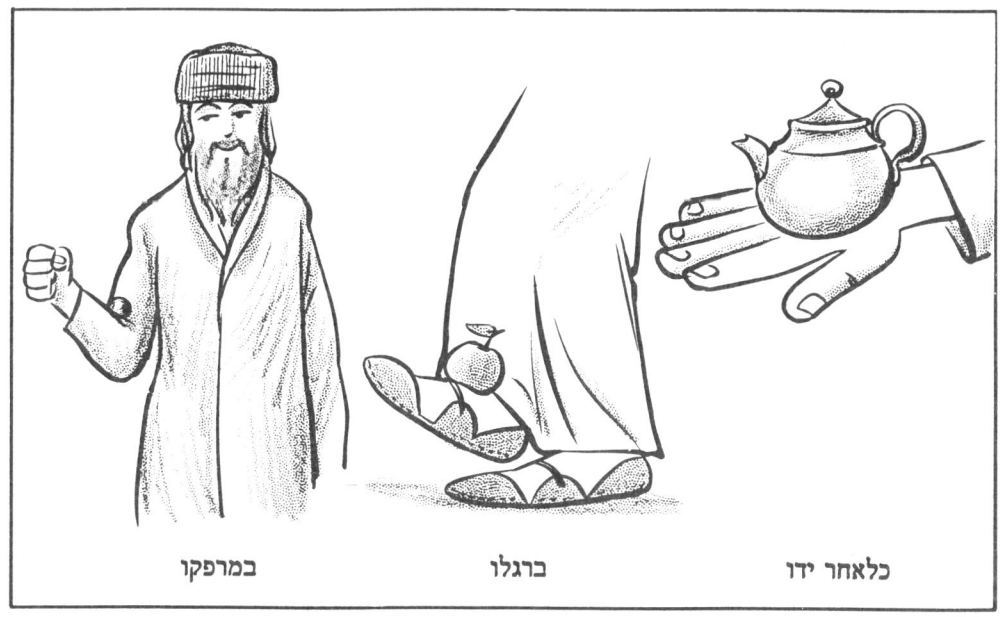

כלאחר ידו — ברגלו — במרפקו

mishna 3

He who carries out [something] with his right or left [hand], [or] tucked against his chest, or on his shoulder is liable, for so was the manner of carrying of Benei Kehat.

FOR SO WAS THE MANNER OF CARRYING OF BENEI KEHAT, [as it says:] "...which they had to carry on their shoulders" (BaMidbar 7:9). As for carrying with the right or left hand, or tucked against the chest - those are common ways of carrying.

משנה ג

הַמּוֹצִיא, בֵּין בִּימִינוֹ, בֵּין בִּשְׂמֹאלוֹ, בְּתוֹךְ חֵיקוֹ, אוֹ עַל כְּתֵיפוֹ — חַיָּיב, שֶׁכֵּן מַשָּׂא בְּנֵי־קְהָת.

שֶׁכֵּן מַשָּׂא בְּנֵי־קְהָת: "בַּכָּתֵף יִשָּׂאוּ" (במדבר ז, ט): וְיָמִין וּשְׂמֹאל וָחֵיק — אוֹרְחָא דְאַרְעָא.

mishna 2

If he placed a basket full of produce on the outer threshold, even though the greater part of the produce is outside, he is exempt, until he carries out the entire basket.

THE OUTER THRESHOLD, i.e. the step, at the entrance of the house, that is closest to the public domain, [and which is considered part of the public domain].

UNTIL HE CARRIES OUT, i.e. unless he carries out the entire basket in one successive act. [In the case of the Mishnah, however, part of the basket - and part of the produce - remains inside the private domain.]

Cucumbers and gourds vs. mustard seeds

The Mishnah here speaks of a basket full of produce - such as cucumbers and gourds - which are long and run the entire length of the basket. Thus, when part of the basket remains inside, so do part of the cucumbers and gourds. Not one of the cucumbers or gourds has been "carried out" - in its entirety - into the public domain.

If, however, a basket is full of small produce - such as mustard seeds - even when part of the basket remains inside, nevertheless, the mustard seeds in the other part of the basket are entirely outside. In such a case one is liable for "carrying out," as if one had carried out the entire basket.

(המשך) משנה ב

קוּפָּה, שֶׁהִיא מְלֵיאָה פֵּירוֹת, וּנְתָנָהּ עַל אִסְקוּפָּה הַחִיצוֹנָה, אַף־עַל־פִּי שֶׁרוֹב הַפֵּירוֹת מִבַּחוּץ — פָּטוּר עַד שֶׁיּוֹצִיא אֶת כָּל הַקּוּפָּה.

אִסְקוּפָּה הַחִיצוֹנָה: אִצְטַבָּא שֶׁלִּפְנֵי פֶּתַח הַבַּיִת לְצַד רְשׁוּת־הָרַבִּים. **עַד שֶׁיּוֹצִיא,** כְּלוֹמַר: אֶלָּא־אִם־כֵּן הוֹצִיא בָּרִאשׁוֹנָה כָּל הַקּוּפָּה. וְלֹא שָׁנוּ, אֶלָּא בְּקוּפָּה מְלֵאָה קִשׁוּאִין וּדְלוּעִין, שֶׁהֵן אֲרוּכִין, וַעֲדַיִין יֵשׁ מֵהֶן לִפְנִים; אֲבָל מְלֵאָה חַרְדָּל, שֶׁהֲרֵי יֵשׁ הַרְבֵּה מִמֶּנּוּ כּוּלּוֹ מִבַּחוּץ — נַעֲשֶׂה כְּמִי שֶׁהוֹצִיא אֶת כָּל הַקּוּפָּה, וְחַיָּיב.

mishna 2

He who takes out food [from the private domain] and puts it down on the threshold, whether he then goes on to take it out [into the public domain] or whether someone else does so, he is exempt, because he did not perform the [complete] act of work at one time.

When a basket is set down in a "Karmelit"

ON THE THRESHOLD, which is a "Karmelit" [i.e., an area which is neither the public domain nor the private domain]. A Karmelit is between three and nine handbreadths high and is at least four handbreadths square wide. [For more information on "the four domains," including Karmelit, see beginning of Chapter 11.]

BECAUSE HE DID NOT PERFORM THE [COMPLETE] ACT OF WORK AT ONE TIME - [One violates the Melacha of "carrying out," according to the Torah, only if one both removes an object from the private domain and then sets it down in the public domain (or vice versa). In the case of our Mishnah, however,] he did not perform the Melacha in its entirety [at one time]: He did not both remove [the food] from the private domain and then set it down in the public domain, in one continuous act. Rather, he removed it from the private domain and set it down in a Karmelit, an act for which he is exempt; only then did he go on to remove [the food] from the Karmelit and set it down in the public domain.

When only part of the basket is carried out

[In Case 1 of our Mishnah, a basket is removed from the private domain and set down in a "Karmelit." In Case 2, the problem is not that it was set down in a Karmelit; rather, the problem is that only part of the basket is set down in the public domain; the other part remains in the private domain. The question is: does this constitute a violation of "carrying out"?]

משנה ב

הַמּוֹצִיא אֳ[וֹ]כָלִין וּנְתָנָן עַל הָאִסְקוּפָּה, בֵּין שֶׁחָזַר וְהוֹצִיאָן, בֵּין שֶׁהוֹצִיאָן אַחֵר – פָּטוּר מִפְּנֵי שֶׁלֹּא עָשָׂה מְלַאכְתּוֹ בְּבַת־אַחַת.

עַל הָאִסְקוּפָּה, שֶׁהִיא כַּרְמְלִית, כְּגוֹן שֶׁגְּבוֹהָה מִשְּׁלֹשָׁה וְעַד תִּשְׁעָה וּרְחָבָה אַרְבָּעָה. **שֶׁלֹּא עָשָׂה מְלַאכְתּוֹ בְּבַת־אַחַת:** לֹא עָשָׂה עֲקִירָה מֵרְשׁוּת־הַיָּחִיד וְהַנָּחָה בִּרְשׁוּת־הָרַבִּים, שֶׁהֵם מְקוֹם־חִיּוּב, דִּבְהָכִי הָוְיָא מְלָאכָה גְּמוּרָה; אֶלָּא עָקַר מִמְּקוֹם־חִיּוּב וְהִנִּיחַ בַּכַּרְמְלִית, שֶׁהוּא פָּטוּר בְּאוֹתָהּ הַנָּחָה, וַהֲדַר עֲקַר לַהּ מִכַּרְמְלִית, שֶׁאֵינוֹ מְקוֹם־חִיּוּב, וְהִנִּיחַ בִּרְשׁוּת־הָרַבִּים; וְנִמְצָא, שֶׁלֹּא נַעֲשֵׂית עֲקִירָה מִמְּקוֹם־חִיּוּב וְהַנָּחָה בִּמְקוֹם־חִיּוּב בְּפַעַם אַחַת.

mishna 1

He who puts aside [something]- for sowing, for a sample, or for a medicine - and then carries it out on Shabbat is liable, whatever its size.

Any other person, however, would be liable only [if he carried out] the standard [minimum] measure.

If he changed his mind and [then] carried it back in, he is liable only if it is of the standard [minimum] measure.

(1) HE WHO PUTS ASIDE [SOMETHING], before Shabbat, FOR SOWING, FOR A SAMPLE of his goods to show customers, in order that they buy from him, OR FOR A MEDICINE, and yet, on Shabbat, forgets why he had put it aside and carries it out for no special purpose, IS LIABLE, WHATEVER ITS SIZE, [i.e even if it is a very small quantity, less than the standard minimum measure.

Even though, ordinarily, one is not liable for carrying out such a small, insignificant quantity, in this case] we assume that he carried it out for the original reason [for which he had put it aside], and hence even such a small quantity is - to him at least -important.

(2) ...ONLY [IF HE CARRIED OUT] THE STANDARD [MINIMUM] MEASURE, each case according to its specified measure.

(3) IF HE CHANGED HIS MIND AND [THEN] CARRIED IT BACK IN, i.e., he who put aside something [for sowing] which was less than the standard minimum measure and who then carried it out, if he changed his mind about using it for sowing and brought it back in again, HE IS LIABLE for carrying it back in ONLY IF IT IS OF THE STANDARD [MINIMUM] MEASURE: Because he changed his mind about using it for sowing, his original intentions are null and void, and he is like everyone else: [The standard minimum measure applies to him, as well.]

משנה א

הַמַּצְנִיעַ לְזֶרַע, וּלְדוּגְמָא, וְלִרְפוּאָה, וְהוֹצִיאוֹ בְּשַׁבָּת, חַיָּב בְּכָל־שֶׁהוּא; — וְכָל אָדָם אֵין חַיָּב עָלָיו אֶלָּא כְּשִׁיעוּרוֹ — ; חָזַר וְהִכְנִיסוֹ — אֵינוֹ חַיָּב עָלָיו אֶלָּא כְּשִׁיעוּרוֹ.

הַמַּצְנִיעַ קוֹדֶם הַשַּׁבָּת — **לְזֶרַע, וּלְדוּגְמָא,** לְהַרְאוֹת, שֶׁיֵּשׁ לוֹ סַמְמָנִים, וְיִקְנוּ מִמֶּנּוּ; **וְלִרְפוּאָה** — וְשָׁכַח בְּשַׁבָּת לָמָּה הִצְנִיעוֹ וְהוֹצִיאוֹ סְתָם — חַיָּב עָלָיו בְּכָל־שֶׁהוּא, שֶׁעַל דַּעַת הָרִאשׁוֹנָה הוֹצִיאוֹ, וְהָא אַחְשְׁבֵיהּ. **אֶלָּא כְּשִׁיעוּרוֹ:** כָּל אֶחָד — שִׁיעוּר הַמְפוֹרָשׁ בּוֹ. **חָזַר וְהִכְנִיסוֹ** זֶה, שֶׁהִצְנִיעַ פָּחוֹת מִכַּשִּׁיעוּר וְהוֹצִיאוֹ — אִם נִמְלַךְ בּוֹ, שֶׁלֹּא לְזָרְעוֹ, וְחָזַר וְהִכְנִיסוֹ — **אֵינוֹ חַיָּב** בְּהַכְנָסָה זוֹ, אֶלָּא־אִם־כֵּן יֵשׁ בּוֹ שִׁיעוּר שָׁלֵם, דְּכֵיוָן דְּנִמְלַךְ, שֶׁלֹּא לְזָרְעוֹ, בָּטְלָה מַחֲשַׁבְתּוֹ, וַהֲרֵי הוּא כְּכָל אָדָם.

המצניע לרפואה

mishna 7

a live, kosher locust - of any size; a dead one - the size of a dried fig; a vineyard bird, whether alive or dead - of any size, for it is kept as medicine.

R. Yehudah says: even for carrying out a live, non-kosher locust, [one is liable for] any size, since it is kept for a child to play with.

A LIVE...LOCUST - OF ANY SIZE, since it is kept for a child to play with; A DEAD ONE - THE SIZE OF A DRIED FIG, the standard [minimum measure] for food.

A VINEYARD BIRD - a bird commonly found among young palm trees. WHETHER ALIVE OR DEAD - OF ANY SIZE, for it was used to make a medicine that increased alertness and intelligence.

R. YEHUDAH SAYS...A LIVE, NON-KOSHER LOCUST, [ONE IS LIABLE FOR] ANY SIZE, ETC. - The anonymous first opinion [in Part 1 of our Mishnah] holds that a non-kosher locust is not kept as a child's plaything, lest it die and the child eat it.

The Halakhah does not follow R. Yehudah.

(המשך) משנה ז

חָגָב חַי טָהוֹר – כָּל-שֶׁהוּא. מֵת – כִּגְרוֹגֶרֶת; צִיפּוֹרֶת-כְּרָמִים, בֵּין חַיָּה בֵּין מֵתָה – כָּל-שֶׁהוּא, שֶׁמַּצְנִיעִין אוֹתָהּ לִרְפוּאָה. רַבִּי יְהוּדָה אוֹמֵר: אַף הַמּוֹצִיא חָגָב חַי טָמֵא – כָּל שֶׁהוּא, שֶׁמַּצְנִיעִין אוֹתוֹ לְקָטָן, לִשְׂחוֹק בּוֹ.

חָגָב חַי... – כָּל-שֶׁהוּא, שֶׁמַּצְנִיעִין אוֹתוֹ לְקָטָן, לִשְׂחוֹק בּוֹ. מֵת – כִּגְרוֹגֶרֶת, כְּדִין שְׁאָר אוֹכָלִין. צִיפּוֹרֶת-כְּרָמִים: עוֹף, שֶׁמָּצוּי בֵּין הַדְּקָלִין הַבְּחוּרִים. בֵּין חַיָּה בֵּין מֵתָה – כָּל-שֶׁהוּא, שֶׁעוֹשִׂין מִמֶּנּוּ רְפוּאָה, לְפַקֵּחַ וּלְהַחְכִּים. חָגָב חַי טָמֵא – כָּל-שֶׁהוּא: וְתַנָּא קַמָּא סָבַר: טָמֵא – אֵין מַצְנִיעִין אוֹתוֹ לְתִינוֹק, דִּילְמָא מָיֵית, וְאָכֵיל לֵיהּ. וְאֵין הֲלָכָה כְּרַבִּי יְהוּדָה.

צפורת הכרמים

שמצניעין אותו לקטן לשחוק בו

חגב חי

mishna 7

He who carries out a peddler's basket is liable for only one sin-offering, even though it may contain many sorts of things. [The minimum measure for which one is liable for carrying out] garden seeds [is] less than a dried fig's worth. R. Yehudah b. Beteira says: five [seeds]. Cucumber seeds - two; gourd seeds - two; Egyptian bean seeds - two;

A PEDDLER'S BASKET - Peddlers of spices for women's cosmetics had small baskets for bunches of spices. IS LIABLE FOR ONLY ONE SIN-OFFERING, as only one act of carrying out is involved.

LESS THAN A DRIED FIG'S WORTH - Even though the standard minimum measure [for which one is liable] for [carrying out] food is a dried fig's worth, in the case of these seeds, since they are [also] fit for sowing, one is liable even for less than a dried fig's worth.

The Halakhah is not like R. Yehudah b. Beteira, who says [that the minimum measure is] five [seeds].

CUCUMBER SEEDS...GOURD SEEDS...EGYPTIAN BEAN SEEDS are more valuable than other garden seeds.

משנה ז

הַמּוֹצִיא קוּפַּת־הָרוֹכְלִין, אַף־עַל־פִּי שֶׁיֵּשׁ בָּהּ מִינִין הַרְבֵּה, אֵינוֹ חַיָּיב אֶלָּא חַטָּאת אַחַת. זֵרְעוֹנֵי־גִּינָּה — פָּחוֹת מִכִּגְרוֹגֶרֶת; רַבִּי יְהוּדָה בֶּן־בְּתֵירָא אוֹמֵר: חֲמִשָּׁה. זֶרַע־קִשּׁוּאִין — שְׁנַיִם; זֶרַע־דְּלוּעִין — שְׁנַיִם; זֶרַע פּוֹל־הַמִּצְרִי — שְׁנַיִם.

הָרוֹכְלִין: מוֹכְרֵי בְשָׂמִים לְקִשּׁוּטֵי נָשִׁים, וְיֵשׁ לָהֶם קוּפּוֹת קְטַנּוֹת לִצְרוֹרוֹת הַבְּשָׂמִים. **אֵינוֹ חַיָּיב אֶלָּא חַטָּאת אַחַת**, דְּכוּלָּן חֲדָא הוֹצָאָה הִיא. **פָּחוֹת מִכִּגְרוֹגֶרֶת**: אַף־עַל־גַּב דְּכָל הָאֳכָלִין שִׁיעוּרָן כִּגְרוֹגֶרֶת — הָנֵי, כֵּיוָן דִּלְזְרִיעָה קָיְימִי, אֲפִילוּ בְּפָחוֹת מִכִּגְרוֹגֶרֶת נָמִי מְחַיֵּיב. וְאֵין הֲלָכָה כְּרַבִּי יְהוּדָה בֶּן בְּתֵירָא, שֶׁאוֹמֵר: "חֲמִשָּׁה". **זֶרַע קִשּׁוּאִין**: חָשׁוּב מִשְּׁאָר זֵרְעוֹנֵי גִּינָּה, וְכֵן זֶרַע דְּלוּעִין; וְזֶרַע פּוֹל־הַמִּצְרִי, וְהוּא שֶׁקּוֹרִין לוֹ "פאס[ו]לי" בְּלַעַ"ז.

קופת הרוכלין

mishna 6

R. Yehudah says: he who carries out accessories of idolatry - in any quantity - is also [liable], as it is said, "Let nothing that has been declared taboo remain in your hands (Devarim 13:18)."

[HE WHO CARRIES OUT] PILPELET - IN ANY QUANTITY AT ALL - [IS LIABLE], since it can be used as a breath freshener. This is not the pepper [Pilpel] that we commonly use.

TAR - IN ANY QUANTITY, as it is used to cure a migraine.

VARIOUS KINDS OF SPICES - for fragrance - IN ANY QUANTITY. VARIOUS KINDS OF METALS - IN ANY QUANTITY, as they may be used to make a small prod.

DECAYED MATTER, OF HOLY SCROLLS OR THEIR worn-out COVERS. is like the language in Zechariah: "Their flesh shall rot away" (14:12). AS WE KEEP THEM TO PUT THEM AWAY - Every holy article, [when worn-out,] must be put away.

"...NOTHING..." - From this verse we see that, in regard to accessories of idolatry, the Torah attaches significance even to the smallest of quantities, and that removing them from one's home is significant and productive work, [for which one is liable on Shabbat].

The Halakhah does not follow R. Yehudah.

משניות שבת ★ פרוש ר״ע מברטנורא ★ פרק ט

(המשך) משנה ו

רַבִּי יְהוּדָה אוֹמֵר: אַף הַמּוֹצִיא מְמַשַּׁמְּשֵׁי עֲבוֹדַת־כּוֹכָבִים — כָּל־שֶׁהוּא, שֶׁנֶּאֱמַר (דברים יג, יח): "וְלֹא־יִדְבַּק בְּיָדְךָ מְאוּמָה מִן־הַחֵרֶם."

פִּלְפֶּלֶת — כָּל־שֶׁהוּא, דַּחֲזְיָא לְרֵיחַ הַפֶּה. וְאֵין זֶה פִּלְפֵּל הַמָּצוּי בֵּינֵינוּ. **[וְ]עִטְרָן — כָּל־שֶׁהוּא**, שֶׁמְּרַפְּאִים בּוֹ מִי שֶׁיֵּשׁ לוֹ כְּאֵב חֲצִי־הָרֹאשׁ. **מִינֵי בְּשָׂמִים — כָּל־שֶׁהֵן**: לְרֵיחַ טוֹב. **מִינֵי מַתָּכוֹת — כָּל־שֶׁהֵן**: שֶׁרָאוּי לַעֲשׂוֹת מֵהֶן דָּרְבָן קָטָן. **מֶקֶק**: רֶקֶב, הַנּוֹפֵל מִסְּפָרִים, אוֹ מִמִּטְפָּחוֹת, שֶׁבָּלוּ: לְשׁוֹן "הָמֵק בְּשָׂרוֹ" (זכריה יד, יב). **שֶׁמַּצְנִיעִים אוֹתָן לְגוֹנְזָן** — שֶׁכָּל דְּבַר־קוֹדֶשׁ טָעוּן גְּנִיזָה. **"מְאוּמָה"**: אַלְמָא — אַחְשְׁבֵיהּ קְרָא לְאִיסּוּרֵיהּ. וְתִקּוּן גָּדוֹל הוּא עוֹשֶׂה, כְּשֶׁמּוֹצִיא עֲבוֹדָה־זָרָה מִבֵּיתוֹ. וְאֵין הֲלָכָה כְּרַבִּי יְהוּדָה.

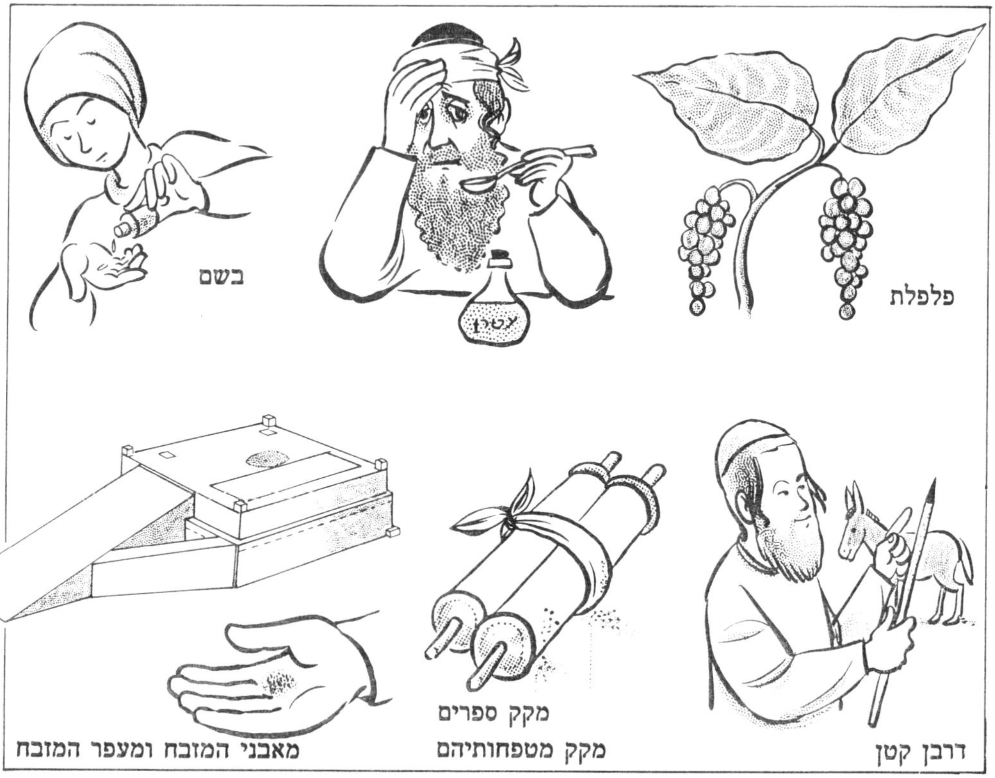

פלפלת
בשם
דרבן קטן
מקק ספרים
מקק מטפחותיהם
מאבני המזבח ומעפר המזבח

mishna 5

Urine, soda, soapwort, Kimonia, or Eshlag - enough to launder the small cloth of a hair-net. R. Yehudah says: enough to spread over a stain.

SODA - a shiny type of earth, called "alum" in old French. SOAPWORT - a type of plant, used for cleaning and purifying. KIMONIA - grass, which is dried and used for cleaning grime off of hands. Its nickname in the Talmud is "pull out, stick in" (Shabbat 90a); in Arabic it is called אלקלי. OR ESHLAG - It is not clear to me what this is.

OVER A STAIN on a garment, to determine whether it is a result of menstrual blood or not. Seven cleaning materials (including the last four materials mentioned in the Mishnah) were spread over the stain, to test it.

The Halakhah does not follow R. Yehudah.

mishna 6

[He who carries out] Pilpelet - in any quantity at all - [is liable]; tar - in any quantity; various kinds of spices and metals - in any quantity; stones of the altar or earth of the altar, decayed matter of holy scrolls or their covers - in any quantity, as we keep them to put them away.

משניות שבת ★ פרוש ר״ע מברטנורא ★ פרק ט

(המשך) משנה ה

מֵי־רַגְלַיִם, נֶתֶר וּבוֹרִית, קִמוֹנְיָא וְאֶשְׁלָג — כְּדֵי לְכַבֵּס בָּהֶן בֶּגֶד קָטָן בִּסְבָכָה; רַבִּי יְהוּדָה אוֹמֵר: כְּדֵי לְהַעֲבִיר עַל הַכֶּתֶם.

נֶתֶר: מִין אֲדָמָה הוּא, וּמַזְהִיר, וְקוֹרְאִים לוֹ ״אלום״ בְּלַעַ״ז. **בּוֹרִית**: מִין צֶמַח, שֶׁמְּנַקֶּה וּמְטַהֵר. **קִמוֹנְיָא**: עֵשֶׂב, שֶׁמְּנַקִּים בַּעֲפָרוֹ אֶת הַיָּדַיִם, לְהַעֲבִיר אֶת הַזּוּהֲמָא; וּבִלְשׁוֹן תַּלְמוּד (שבת צ, א) קָרוּי ״שְׁלוֹף דּוֹץ״, וּבְעַרְבִי קוֹרִין לוֹ ״אלקלי״. **וְאֶשְׁלָג**: לָא אִתְפְּרֵשׁ לִי מַה הוּא. **עַל הַכֶּתֶם**, הַנִּמְצָא בַּבֶּגֶד, וְאֵין יָדוּעַ, אִם דַּם נִדָּה הוּא, אִם לַאו: מַעֲבִירִין עָלָיו שִׁבְעָה דְּבָרִים, לִבְדּוֹק אוֹתוֹ בָּהֶם, וּמִכְּלָלָם אַרְבָּעָה סַמָּנִין הַלָּלוּ. וְאֵין הֲלָכָה כְּרַבִּי יְהוּדָה.

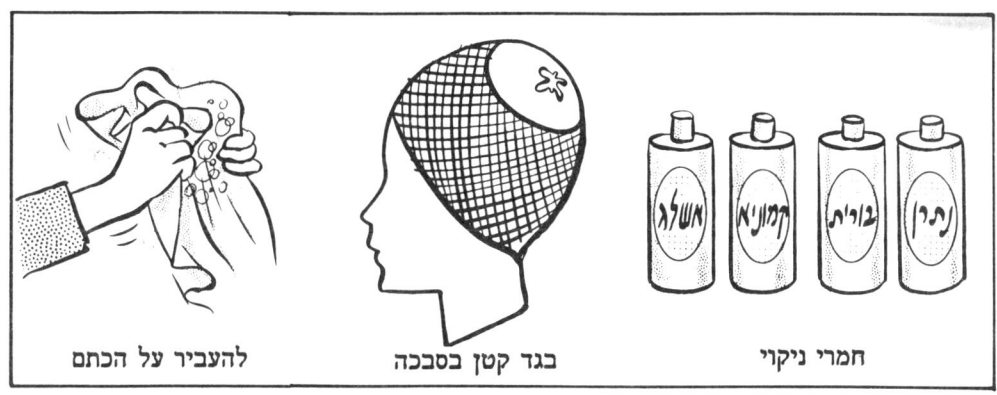

חמרי ניקוי — בגד קטן בסבכה — להעביר על הכתם

משנה ו

פִּלְפֶּלֶת — כָּל־שֶׁהוּא; וְעִטְרָן — כָּל־שֶׁהוּא. מִינֵי בְשָׂמִים וּמִינֵי מַתָּכוֹת — כָּל־שֶׁהֵן. מֵאַבְנֵי הַמִּזְבֵּחַ וּמֵעֲפַר הַמִּזְבֵּחַ, מֶקֶק סְפָרִים וּמֶקֶק מִטְפְּחוֹתֵיהֶם — כָּל־שֶׁהוּא, שֶׁמַּצְנִיעִין אוֹתָן לְגָנְזָן.

mishna 5

AND THEY (different kinds of spices) COMBINE WITH ONE ANOTHER [TOWARDS THE MINIMUM MEASURE].

WOAD ני"ל ,in Arabic; its dye is close to sky-blue in color.

OR MADDER אלפוה , in Arabic; it is used for red dye. THE SMALL CLOTH OF A HAIR-NET: A small cloth is placed at the top of a plaited hair-net.

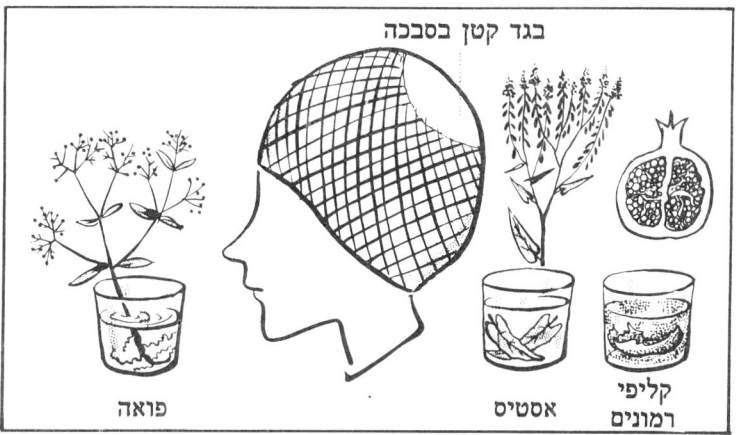

וּנְתוּנָה בְּאִילְפָּס״. **וּמִצְטָרְפִין** כָּל מִינֵי תְּבָלִין זֶה עִם זֶה. **אִסְטִיס:** נ״ל בִּלְשׁוֹן עֲרָבִי; וְצִבְעוֹ דּוֹמֶה לִתְכֵלֶת. **וּפוּאָה:** שׁוֹרֶשׁ־עֵשֶׂב, שֶׁצּוֹבְעִין בָּהֶם אָדוֹם; וּבְעַרְבִי: ״אלפוה״. **בִּסְבָכָה:** בְּרֹאשׁ הַסְּבָכָה, שֶׁעֲשׂוּיָה כִּקְלִיעָה, נוֹתְנִים מְעַט בֶּגֶד.

בֵּיצַת תַּרְנְגוֹלֶת

mishna 4 How do we know that on Yom Kippur anointing is like drinking? Although there is no proof of the matter, there is a hint of it, as it is said: "May it enter his body like water, his bones like oil" (Tehillim 109:18).

HOW DO WE KNOW THAT ON YOM KIPPUR ANOINTING IS LIKE DRINKING? i.e., not exactly like drinking - which carries with it the penalty of premature death (lit. being "cut off") - but only in that it, too, is forbidden.

mishna 5 [He who carries out] wood [is liable, if he carries out (at least)] enough to cook a "light" egg; spices - enough to season a "light" egg, and they combine with one another [towards the minimum measure].

Nutshells, pomegranate shells, woad, or madder - enough to dye the small cloth of a hair-net.

ENOUGH TO COOK A "LIGHT" EGG - the egg of a chicken. Why does the Mishnah call it a light egg? It is the most easily cooked of all eggs. ENOUGH TO COOK not a whole egg but a dried fig's worth of an egg, "mixed [with oil] and put in a [preheated] pan," [in which an egg cooks rapidly].

משנה ד

מִנַּיִן לַסִּיכָה, שֶׁהִיא כַּשְּׁתִיָּה בְּיוֹם־הַכִּפּוּרִים? אַף־עַל־פִּי שֶׁאֵין רְאָיָה לַדָּבָר — זֵכֶר לַדָּבָר, שֶׁנֶּאֱמַר (תהלים קט, יח)**: "וַתָּבֹא כַמַּיִם בְּקִרְבּוֹ וְכַשֶּׁמֶן בְּעַצְמוֹתָיו".**

מִנַּיִן לַסִּיכָה, שֶׁהִיא כַּשְּׁתִיָּה? — לֹא כִּשְׁתִיָּה מַמָּשׁ, לְחַיּוּבֵי עֲלַהּ כָּרֵת, אֶלָּא שֶׁהִיא אֲסוּרָה.

סיכה אסורה

משנה ה

הַמּוֹצִיא עֵצִים — כְּדֵי לְבַשֵּׁל בֵּיצָה קַלָּה. תְּבָלִין — כְּדֵי לְתַבֵּל בֵּיצָה קַלָּה; וּמִצְטָרְפִין זֶה עִם זֶה. קְלִיפֵּי אֱגוֹזִים, קְלִיפֵּי רִמּוֹנִים, אִסְטִיס וּפוּאָה — כְּדֵי לִצְבּוֹעַ בָּהֶן בֶּגֶד קָטָן בִּסְבָכָה.

בֵּיצָה קַלָּה: בֵּיצַת תַּרְנְגוֹלֶת, שֶׁהִיא קַלָּה לְבַשֵּׁל יוֹתֵר מִכָּל שְׁאָר בֵּיצִים; וְלֹא כְּדֵי לְבַשֵּׁל כּוּלָּהּ, אֶלָּא כִּגְרוֹגֶרֶת מִמֶּנָּה, "טְרוּפָה

mishna 3

How do we know that a red strap should be tied on the head of the goat that is sent [to Azazel]? Because it is said: "Though your sins be as scarlet, they can turn as white as snow" (Yeshayahu 1:18).

(Cont. from previous page)
HOW DO WE KNOW THAT WE MAY BATHE, ETC., even in hot water that was heated up on Shabbat. [It is permissible - even obligatory - to heat up water on Shabbat in this case,] because on the third day after circumcision (all the more so on the first and second days) the infant is considered to be dangerously ill, [and so Shabbat prohibitions are suspended]. Hot water has a strengthening and healing effect on the infant.

A RED STRAP - They would [divide] a strap of red wool and tie one half on the head of the goat that is sent to Azazel, and one half to the rock of the cliff. When the goat was pushed off, the wool would turn white, and they would know that their sins were atoned for.

(המשך) משנה ג

מִנַּיִן שֶׁקּוֹשְׁרִין לָשׁוֹן-שֶׁל-זְהוֹרִית בְּרֹאשׁ שָׂעִיר-הַמִּשְׁתַּלֵּחַ? שֶׁנֶּאֱמַר (ישעיה א, יח): "אִם-יִהְיוּ חֲטָאֵיכֶם כַּשָּׁנִים כַּשֶּׁלֶג יַלְבִּינוּ".

לָשׁוֹן-שֶׁל-זְהוֹרִית: כְּמִין לָשׁוֹן שֶׁל צֶמֶר אָדוֹם הָיוּ קוֹשְׁרִין — חֶצְיוֹ בְּרֹאשׁ שָׂעִיר-הַמִּשְׁתַּלֵּחַ-לַעֲזָאזֵל, וְחֶצְיוֹ בַּצּוּק; וּכְשֶׁהָיָה דּוֹחֶה הַשָּׂעִיר לְמַטָּה, הָיָה הַלָּשׁוֹן הַהוּא מַלְבִּין, וְיוֹדְעִין, שֶׁנִּתְכַּפְּרוּ עֲוֹנוֹתֵיהֶם.

שעיר המשתלח

mishna 3 — **How do we know that a woman who discharges semen on the third day [after cohabitation] is ritually impure? Because it is said: "Keep yourselves in readiness for three days. [Do not come near a woman]" (Shemot 19:15).**

How do we know that we may bathe a circumcised child on the third day [after circumcision], even if [the third day] falls on Shabbat? Because it is said: "And it came to pass on the third day, when they were in agony" (BeReshit 34:25).

IS RITUALLY IMPURE - On the third day after cohabitation, the semen has not yet decayed and is still fit to be absorbed and to produce a child; it has the status of "semen that is capable of fertilizing."

"...FOR THREE DAYS" - Scripture declared that those who were ritually impure on account of contact with semen were unfit to be present at the Giving of the Torah, and bid them to refrain from intercourse for three days. Apparently, if a woman discharges semen on the fourth day after intercourse, she is not considered unfit, as semen decays by the fourth day and is not capable of fertilizing.

According to the Halakhah, however, a woman who discharges semen on the third day after cohabitation is ritually pure. There is a mistake in the text of the Mishnah, which should read: "How do we know that a woman who discharges semen on the third day is ritually pure? Because it is said: 'Keep yourselves in readiness for three days.'" [understood, above, in the sense of "for three days"] should be understood in the sense of "for the third day," since it was on the third day - after two days of refraining from intercourse - that the Torah was given.

Alternatively, one may say that there is no mistake in the text of the Mishnah. Rather, the Mishnah follows the opinion of the Sages who differed with R. Elazar b. Azariah and held that a woman who discharges semen on the third day is ritually impure. The Halakhah does not follow their opinion, however. (Cont. next page)

משנה ג

מִנַּיִן לְפוֹלֶטֶת שִׁכְבַת־זֶרַע בַּיּוֹם הַשְּׁלִישִׁי, שֶׁהִיא טְמֵאָה? שֶׁנֶּאֱמַר (שמות יט, טו): "הֱיוּ נְכוֹנִים לִשְׁלֹשֶׁת יָמִים".

מִנַּיִן שֶׁמַּרְחִיצִין אֶת הַמִּילָה בַּיּוֹם הַשְּׁלִישִׁי, שֶׁחָל לִהְיוֹת בְּשַׁבָּת? שֶׁנֶּאֱמַר (בראשית לד, כה): "וַיְהִי בַיּוֹם הַשְּׁלִישִׁי בִּהְיוֹתָם כֹּאֲבִים".

שֶׁהִיא טְמֵאָה — דְּיוֹם הַשְּׁלִישִׁי אַכַּתִּי לָא מַסְרְחָא שִׁכְבַת־זֶרַע וּרְאוּיָה לִקְלוֹט, וְלִהְיוֹת וָלָד נוֹצָר מִמֶּנָּה, וְקָרֵינַן בֵּיהּ "שִׁכְבַת־זֶרַע הָרָאוּי לְהַזְרִיעַ". **"לִשְׁלֹשֶׁת יָמִים"** — דְּהִקְפִּיד הַכָּתוּב עַל טְמֵאֵי־קְרִי בְּמַתַּן תּוֹרָה, לְכָךְ הִפְרִישָׁן שְׁלֹשָׁה יָמִים, וְלֹא חָשׁ, אִם יַפְלִיטוּ אַחַר־כָּךְ בְּיוֹם רְבִיעִי לַהַפְרָשָׁה, דְּמַסְרִיחַ וְאֵינוֹ רָאוּי לְהַזְרִיעַ. וּפְסַק־הַהֲלָכָה — שֶׁהַפּוֹלֶטֶת בַּיּוֹם הַשְּׁלִישִׁי טְהוֹרָה, וּמַתְנִיתִין מְשַׁבֶּשְׁתָּא הִיא, וְתָנֵי: "מִנַּיִן לְפוֹלֶטֶת שִׁכְבַת־זֶרַע בַּיּוֹם הַשְּׁלִישִׁי, שֶׁהִיא טְהוֹרָה? שֶׁנֶּאֱמַר: 'הֱיוּ נְכוֹנִים לִשְׁלֹשֶׁת יָמִים'": וּ"שְׁלֹשֶׁת יָמִים", דַּאֲמַר קְרָא, הַיְינוּ, לַיּוֹם הַשְּׁלִישִׁי, דְּבְיוֹם שְׁלִישִׁי לַהַפְרָשָׁה נִתְּנָה תּוֹרָה. אִי נָמִי, לָא מְשַׁבֶּשְׁתָּא הִיא, אֶלָּא [רַבָּנַן, דְּרַבִּי] אֶלְעָזָר בֶּן עֲזַרְיָה הִיא, דִּסְבִירָא [לְהוּ]: הַפּוֹלֶטֶת בַּיּוֹם הַשְּׁלִישִׁי טְמֵאָה, וְלֵית הִלְכְתָא [כְּוָתַיְיהוּ]. **מִנַּיִן שֶׁמַּרְחִיצִין**, וְכוּ' — אֲפִילוּ בְּחַמִּין, שֶׁהוּחַמּוּ בְּשַׁבָּת, דְּאַף בַּיּוֹם הַשְּׁלִישִׁי מְסוּכָּן הוּא, וְכָל־שֶׁכֵּן רִאשׁוֹן וְשֵׁנִי; וְהַמַּיִם חַמִּין מַחֲזִיקִין לְגוּף הַתִּינוֹק וּמַבְרִיאִין אוֹתוֹ.

מרחיצין את המילה

mishna 2

The intermingling of seeds [The Torah states: "You shall not sow your field with two kinds of seed" (VaYikra 19:19).] HOW DO WE KNOW THAT A GARDEN BED...MAY BE SOWN WITH FIVE DIFFERENT KINDS OF SEEDS, and that there is enough space to keep the proper distance between them, that there be no intermingling of seeds. FOUR ON THE FOUR SIDES OF THE GARDEN BED - [Seeds of one type may be sown] along the entire length of each side, except for the corners. In the middle of the garden bed, however, only one seed - of a fifth variety - may be sown, in order to keep a distance of three handbreadths between it and the other varieties of seeds on the four surrounding sides. [Why must a distance of three handbreadths be maintained?] Because a seed draws sustenance up to a distance of one and a half handbreadths. [Thus, a distance of three handbreadths - one and a half handbreadths on each side - must be maintained between the center seed and each of the far sides.]

Even though - at the corners, where the sides converge - seeds of two different varieties grow in proximity to each other, without a distance of three handbreadths separating them, and draw sustenance one from the other, nevertheless this is not a concern. Why not? Because what the Torah forbids is only the intermingling of diverse kinds of seeds, that they not mix together. That they draw sustenance one from another is not itself problematic, as we see clearly from the following Mishnah: If there was a fence in between, this one plants near the wall on one side, and that one plants near the wall on the other side. (Bava Batra 2:12)

Even though the roots of the one draw sustenance - under the wall - from the other, it is permissible. This is permissible, however, only where it is apparent that the diverse kinds of seeds were sown separately, [as in the Mishnah in Bava Batra, where they were planted on different sides of a fence, and] as in the case of the seeds at the corners - in our Mishnah - where one kind of seed was planted north to south, and another east to west.

In the case of the seed in the middle of the garden bed and the seeds of the far sides, however, it is not apparent that they were planted apart from each other. Hence, if they were sown in close proximity to each other, they would be [considered] mixed together. That is why distance - far enough that they not draw sustenance one from the other - must be maintained [between them].

BECAUSE IT IS SAID: "FOR AS THE EARTH BRINGS FORTH HER BUD, AND AS A GARDEN SHOOTS UP ITS SEEDS" - [What support is there from this verse that five different kinds of seeds may be sown in such a garden bed? The verse may be expounded as follows:] ("brings forth") is one, " ("her bud") is one, ("its seeds" - [in the plural]) stands for two, ("shoots up") is one, five [different kinds of seeds] in all. That a garden bed - sown with five different kinds of seeds - must be at least six handbreadths square is not derived from this verse. Rather, the Sages were aware that this is the minimum area that is required, in order that the seeds of the far sides not draw sustenance from the middle seed (and vice versa), since a seed draws sustenance up to a distance of one and a half handbreadths. And so, when Scripture alludes to a garden bed sown with five different kinds of seeds, the allusion must surely be to a garden bed, six handbreadths square.

In Tractate Kil'ayim I have explained the Halakhot pertaining to such a garden bed in great detail; here, however, I have been brief.

שֶׁזּוֹרְעִים בָּהּ חֲמִשָּׁה זֵרְעוֹנִים, וְיֵשׁ בָּהּ כְּדֵי לְהַפְרִישׁ בֵּינֵיהֶן הֶפְרֵשׁ הָרָאוּי, וְלָא הָוֵי עִרְבּוּב. **אַרְבָּעָה — בְּאַרְבַּע רוּחוֹת הָעֲרוּגָה**: מְמַלֵּא אֶת כָּל הָרוּחַ עַד סָמוּךְ לַקֶּרֶן, וּבָאֶמְצַע אֵינוֹ זוֹרֵעַ אֶלָּא גַּרְעִין אֶחָד, כְּדֵי שֶׁיִּהְיֶה הַגַּרְעִין שֶׁבָּאֶמְצַע רָחוֹק שְׁלֹשָׁה טְפָחִים מִן הַזָּרוּעַ שֶׁבְּכָל רוּחַ, דְּשִׁיעוּר יְנִיקַת כָּל זֶרַע טֶפַח וָמֶחֱצָה. וְאַף־עַל־פִּי שֶׁאֵצֶל הַקְּרָנוֹת שֶׁבָּרוּחוֹת הַזְּרָעִים קְרוֹבִים זֶה לָזֶה, וְאֵין בֵּינֵיהֶם הַרְחָקָה שְׁלֹשָׁה טְפָחִים, וְיוֹנְקִים זֶה מִזֶּה, אֵין כָּאן בֵּית־מֵיחוּשׁ, דְּאַכִּלְאַיִם בִּלְבַד קָפֵיד קְרָא, דְּלָא לֶהֱוֵי עִרְבּוּב, וְלִינִיקָה לָא חָיְישִׁינַן — כִּדְתְנַן (בבא־בתרא ב, יב): "הָיָה גָּדֵר בֵּינְתַיִים, זֶה סוֹמֵךְ לַגָּדֵר מִכָּאן, וְזֶה סוֹמֵךְ לַגָּדֵר מִכָּאן", וְאַף־עַל־גַּב דְּיָנְקִי מִתַּתָּאֵי — וְכָאן יֵשׁ הֶיכֵּר גָּדוֹל, שֶׁרוּחַ זוֹ זְרוּעָה צָפוֹן וְדָרוֹם, וְרוּחַ זוֹ זְרוּעָה מִזְרָח וּמַעֲרָב. אֲבָל בֵּין זֶרַע הָאֶמְצָעִי לְזֵרְעוֹנֵי הָרוּחוֹת אֵין הֶיכֵּר, וְאִי מְקָרְבִי, הָוֵי עִרְבּוּב; הִלְכָּךְ צָרִיךְ הֶרְחֵק כְּדֵי יְנִיקָה.

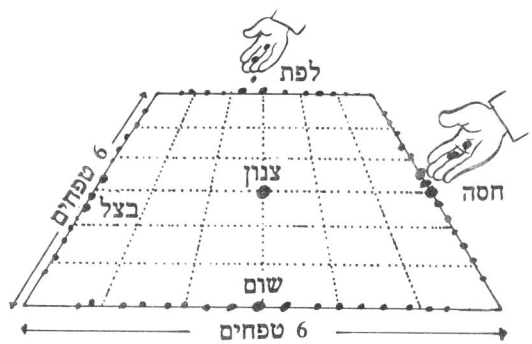

שֶׁנֶּאֱמַר: "כִּי כָאָרֶץ תּוֹצִיא צִמְחָהּ": "תּוֹצִיא" — חַד, "צִמְחָהּ" — חַד, "זֵרוּעֶיהָ" — תְּרֵי, "תַצְמִיחַ" — חַד: הֲוֵי חֲמִשָּׁה. וְשִׁשָּׁה טְפָחִים לֵיכָּא לְמֵילַף מִקְּרָא, אֶלָּא קִים לְהוּ לְרַבָּנַן (ע"פ שבת פה, א), דַּחֲמִשָּׁה זֵרְעוֹנִים בְּשִׁשָּׁה טְפָחִים־לָא יָנְקִי הָרוּחוֹת מִן הָאֶמְצָעִי, וְלֹא הָאֶמְצָעִי מִן הָרוּחוֹת, דְּשִׁיעוּר יְנִיקַת כָּל זֶרַע טֶפַח וָמֶחֱצָה; הִילְכָּךְ, כִּי רָמֵיז לִקְרָא חֲמִשָּׁה זֵרְעוֹנִים — בַּעֲרוּגָה בַּת שִׁשָּׁה טְפָחִים קָאָמַר. וּבְמַסֶּכֶת "כִּלְאַיִם" פֵּירַשְׁתִּי הִלְכוֹת עֲרוּגָה וּפְרָטוֹתֶיהָ וְדִקְדּוּקֶיהָ, וְכָאן קִיצַּרְתִּי.

mishna 2

How do we know that a ship is ritually pure? Because it is said: "The way of a ship in the midst of the sea" (Mishlei 30:19).

...IS RITUALLY PURE? i.e., is not subject to ritual impurity. "IN THE MIDST OF THE SEA" - It goes without saying that a ship travels in the midst of the sea. [Why, then, did Scripture state this?] To teach us that a ship is like the sea: Just as the sea is not subject to ritual impurity, so a ship is not subject to ritual impurity, even if it is (a) made of earthenware or (b) light enough to be loaded on dry land and then lowered into the water. [There is an opinion, cited in the Gemara, that in the latter two cases a ship would be subject to ritual impurity. That opinion is at odds with our Mishnah.]

How do we know that a garden bed, six handbreadths square, may be sown with five different kinds of seeds: four on the four sides of the garden bed and one in the middle? Because it is said: "For as the earth brings forth her bud, and as a garden shoots up its seeds" (Yeshayahu 61:11) - "its seed" is not said, but "its seeds."

משנה ב

מִנַּיִן לִסְפִינָה, שֶׁהִיא טְהוֹרָה? שֶׁנֶּאֱמַר (משלי ל,יט): "דֶּרֶךְ־אֳנִיָּה בְלֶב־יָם".

שֶׁהִיא טְהוֹרָה — שֶׁאֵינָהּ מְקַבֶּלֶת טוּמְאָה. "בְּלֶב־יָם": וּפְשִׁיטָא דָּאֳנִיָּה בְּלֶב־יָם הִיא! אֶלָּא לְאַשְׁמוֹעִינַן, דִּסְפִינָה הֲרֵי הִיא כַּיָּם: מַה יָּם טָהוֹר, אַף סְפִינָה טְהוֹרָה, וַאֲפִילּוּ הִיא שֶׁל חֶרֶס, וַאֲפִילּוּ טְעוּנָה בַּיַּבָּשָׁה, וְהוֹרִידוּהָ לַיָּם.

ספינה

(המשך) משנה ב

מִנַּיִן לַעֲרוּגָה, שֶׁהִיא שִׁשָּׁה עַל שִׁשָּׁה טְפָחִים, שֶׁזּוֹרְעִין בְּתוֹכָהּ* חֲמִשָּׁה זֵרְעוֹנִין: אַרְבָּעָה — בְּאַרְבַּע רוּחוֹת הָעֲרוּגָה, וְאֶחָד בָּאֶמְצַע? שֶׁנֶּאֱמַר (ישעיה סא, יא): "כִּי כָאָרֶץ תּוֹצִיא צִמְחָהּ וּכְגַנָּה זֵרוּעֶיהָ תַצְמִיחַ": "זַרְעָהּ" לֹא נֶאֱמַר, אֶלָּא: "זֵרוּעֶיהָ".

* נ״א: בָּהּ

Chapter 9

mishna 1 — Said R. Akiva: how do we know that [an object of] idolatry imparts ritual impurity when it is carried, as does a Niddah [a menstruous woman]? Because it is said: "You will cast them away like a Davah [i.e. a Niddah], 'Out!' you will call to them" (Yeshayahu 30:22). Just as a menstruous woman imparts ritual impurity when she is carried, so does [an object of] idolatry impart ritual impurity when it is carried.

SAID R. AKIVA: HOW DO WE KNOW THAT [AN OBJECT OF] IDOLATRY IMPARTS RITUAL IMPURITY WHEN IT IS CARRIED...

[The first four Mishnayot of Chapter 9 would seem to be out of place and do not appear to be in any logical order. Why were they arranged to be taught at this point? For two reasons:] (1) Just as the previous Mishnah, in the case of the potsherd, brought Scriptural supports, [the first four Mishnayot of Chapter 9] also bring Scriptural supports [in their respective cases]. Furthermore, the verse, "You will cast them away like a Davah," cited here, is from the same chapter as the verse, "There shall not be found among the pieces thereof a potsherd," cited in the previous Mishnah. (2) Since the Mishnah wanted to bring at this point the teaching: "How do we know that we may bathe a circumcised child...on Shabbat" [Mishnah 3], the rest of the teachings of the first four Mishnayot - which also begin with the question, "How do we know, etc." - were also cited.

IMPARTS RITUAL IMPURITY WHEN IT IS CARRIED - He who carries it must wash his clothes, even if he does not come into direct contact with the object (e.g. if it is in a basket, and he carries the basket, etc.).

The Sages [cited not in the Mishnah but in the Gemara] disagree with R. Akiva. They hold that objects of idolatry impart ritual impurity only by direct contact, like a Sheretz [a dead creeping thing, decreed by the Torah to be a prime source of ritual impurity]. The Halakhah follows their opinion.

"YOU WILL CAST THEM AWAY LIKE A (woman) DAVAH," i.e., you will estrange yourselves from [objects of idolatry] as from a woman in menstrual infirmity. (A "Davah" is a woman in menstrual infirmity, as in the verse: "And concerning her who is in menstrual infirmity..." [VaYikra 15:33].)

משנה א

אָמַר רַבִּי עֲקִיבָא: מִנַּיִן לַעֲבוֹדַת־כּוֹכָבִים,* שֶׁמְּטַמְּאָה בְּמַשָּׂא כְּנִדָּה? שֶׁנֶּאֱמַר (ישעיה ל, כב)**: "תִּזְרֵם כְּמוֹ דָוָה צֵא תֹּאמַר לוֹ": מַה נִּדָּה מְטַמְּאָה בְּמַשָּׂא — אַף עֲבוֹדַת־כּוֹכָבִים מְטַמְּאָה בְּמַשָּׂא.**

* נ"א: לַעֲבוֹדָה־זָרָה

אָמַר רַבִּי עֲקִיבָא: מִנַּיִן לַעֲבוֹדָה־זָרָה, שֶׁמְּטַמְּאָה בְּמַשָּׂא? — אַיְּידֵי דְּאַיְירֵי לְעֵיל בְּאַסְמַכְתָּא גַּבֵּי חֶרֶס — נְקַט נָמֵי לְהָנֵי קְרָאֵי דְּאַסְמַכְתָּא; וּקְרָא דְּ"תִזְרֵם כְּמוֹ דָוָה" הוּא סָמוּךְ לִקְרָא דְּ"[וְ]לֹא־יִמָּצֵא בִמְכִתָּתוֹ חֶרֶשׂ", דְּאַיְיתִי לְעֵיל. אִי נָמֵי — מִשּׁוּם דִּבְעֵי לְמִתְנֵי: "מִנַּיִן שֶׁמַּרְחִיצִין אֶת הַמִּילָה", וְכוּ', תְּנָא לְהָנָךְ "מִנַּיִן", דְּדָמוּ לַהּ. **מְטַמְּאָה בְּמַשָּׂא**: הַנּוֹשֵׂא אוֹתָהּ יְכַבֵּס בְּגָדָיו, וַאֲפִילוּ לֹא נָגַע בָּהּ, כְּגוֹן שֶׁהָיְתָה בְּקוּפָּה, וְכַיּוֹצֵא־בָּהּ. וְאִפְלִיגוּ רַבָּנַן עֲלֵיהּ דְּרַבִּי עֲקִיבָא וַאֲמַרֵי: אֵינוֹ מְטַמֵּא אֶלָּא בְּמַגָּע כְּשֶׁרֶץ. וַהֲלָכָה כַּחֲכָמִים. **"תִּזְרֵם כְּמוֹ"** [אִשָּׁה] **"דָוָה"** — כְּלוֹמַר: יְהוּ בְּעֵינֶיךָ כְּזָרִים כְּמוֹ דָוָה, כְּאִשָּׁה נִדָּה, כְּדִכְתִיב (ויקרא טו, לג): "וְהַדָּוָה בְּנִדָּתָהּ"; וּבַעֲבוֹדָה־זָרָה מִשְׁתַּעֵי קְרָא.

mishna 7

משניות שבת ★ פרוש ר"ע מברטנורא ★ פרק ח

חרס לחתות בו את האור

mishna 7

[He who carries out] potsherd [is liable, if it is large] enough to place between one board and another; [these are] the words of R. Yehudah. R. Meir says: [large] enough to take out fire with. R. Yossi says: [large] enough to hold a quarter Log [measure].

Said R. Meir: although there is no proof of the matter, there is a hint of it: "...There shall not be found among the pieces thereof a potsherd to take fire from the hearth..." (Yeshayahu 30:14). Said to him R. Yossi: [do you think you have] support from there?! [The continuation of the verse reads:] "...or to ladle water from a puddle"!

BETWEEN ONE BOARD AND ANOTHER - When boards, pillars, and beams are arranged into stacks on the ground, potsherds are inserted into the open spaces between the boards, so that they not become warped.

THERE IS A HINT TO IT, that a potsherd has value in that it can be used to take out fire. [Hence, according to R. Meir, the minimum measure for potsherd is "enough to take out fire with"; a smaller piece would be of no value and insignificant.]

OR TO LADLE...FROM A PUDDLE - Thus we see that a potsherd also has value in that it can be used to hold water.

The Halakhah follows R. Yossi.

משנה ז

חֶרֶס — כְּדֵי לִיתֵּן בֵּין פַּצִּים לַחֲבֵירוֹ: דִּבְרֵי רַבִּי יְהוּדָה;
רַבִּי מֵאִיר אוֹמֵר: כְּדֵי לַחְתּוֹת בּוֹ אֶת הָאוּר;
רַבִּי יוֹסֵי אוֹמֵר: כְּדֵי לְקַבֵּל בּוֹ רְבִיעִית.
אָמַר רַבִּי מֵאִיר: אַף־עַל־פִּי שֶׁאֵין רְאָיָה לַדָּבָר — זֵכֶר לַדָּבָר (ישעיה ל, יד): "וְלֹא־יִמָּצֵא בִמְכִתָּתוֹ חֶרֶשׂ לַחְתּוֹת אֵשׁ מִיָּקוּד".
אָמַר לוֹ רַבִּי יוֹסֵי: מִשָּׁם רְאָיָה?! "וְלַחְשֹׂף מַיִם מִגֶּבֶא" (שם)!

בֵּין פַּצִּים לַחֲבֵירוֹ: כְּשֶׁמְּסַדְּרִין פַּצִּימִין וְעַמּוּדִין וְקוֹרוֹת וְעוֹשִׂין שׁוּרוֹת שֶׁל קוֹרוֹת עַל הָאָרֶץ, וְיֵשׁ חָלָל בֵּין זוֹ לָזוֹ, סוֹמְכוֹ תַּחְתָּיו, שֶׁלֹּא יִתְעַקֵּם. **זֵכֶר לַדָּבָר,** דַּחֲשִׁיב "חֶרֶס" בַּחֲתִיַּית הָאוּר. **"[וְ]לַחְשֹׂף":** לִדְלוֹת. **"מִגֶּבֶא":** גּוּמָא קְטַנָּה, שֶׁהַמַּיִם נִקְבָּצִים: אַלְמָא — חֲשִׁיב "חֶרֶס" נָמִי בְּקַבָּלַת הַמַּיִם. וַהֲלָכָה כְּרַבִּי יוֹסֵי.

חרס כדי ליתן בין פצים לחבירו

mishna 6

Glass - enough to scrape the point of a shuttle; a pebble or a stone - large enough to throw at a bird. R. Eliezer b. Ya'akov says: large enough to throw at an animal.

A weaver's SHUTTLE, which he passes over the taut warp to line up the threads.

LARGE ENOUGH TO THROW AT AN ANIMAL - But one would not take the bother of throwing a stone at a bird to drive it away, since one can do that merely by shouting at it.

אבן — כדי לזרוק בבהמה

משניות שבת ★ פרוש ר״ע מברטנורא ★ פרק ח

(המשך) משנה ו

זְכוּכִית – כְּדֵי לִגְרוֹר בּוֹ רֹאשׁ הַכַּרְכָּר. צְרוֹר, אוֹ אֶבֶן – כְּדֵי לִזְרוֹק בְּעוֹף; רַבִּי אֱלִיעֶזֶר בַּר יַעֲקֹב אוֹמֵר: כְּדֵי לִזְרוֹק בִּבְהֵמָה.

כַּרְכָּר שֶׁל אוֹרְגִין: וּמַעֲבִירוֹ עַל הַשְּׁתִי, כְּשֶׁהוּא מָתוּחַ לְפָנָיו, וְשׁוֹבֵט בּוֹ הַחוּטִין. **כְּדֵי לִזְרוֹק בִּבְהֵמָה** – דְּלָא טָרַח אֱינָשׁ לְמִשְׁקַל צְרוֹר מִשּׁוּם עוֹף, לְהַבְרִיחוֹ, דִּבְקָלָא בְּעָלְמָא סַגֵּי לֵיהּ.

זכוכית

צרור או אבן

mishna 5

A reed - [tall] enough to make a pen; if it was thick or broken - enough to cook with it the easiest of eggs, mixed and put in a pan.

mishna 6

[He who carries out] bone [is liable, if he carries out (at least)] enough to make a Tarvad. R. Yehudah says: enough to make a Haf with it.

[TALL] ENOUGH TO MAKE A PEN that reaches the middle joint of the finger.

THICK - unfit for writing. BROKEN and crushed. THE EASIEST OF EGGS - the egg of a chicken. Why does the Mishnah call it an easy egg? It is the most easily cooked of all eggs. The amount of reed [for which one is liable if one carried it out,] is ENOUGH TO COOK a dried fig's worth of an egg. MIXED with oil AND PUT IN A preheated PAN - in which an egg cooks rapidly.

Mishnah 6

TARVAD - a spoon. HAF - a tooth of a key, used to open a door. The Halakhah is not like R. Yehudah.

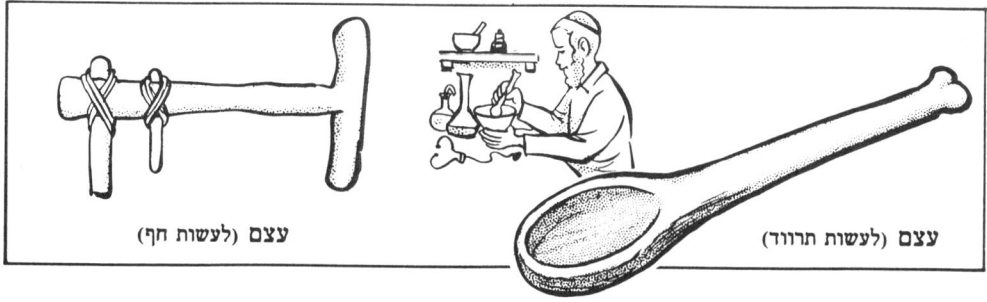

עצם (לעשות חף)　　　　עצם (לעשות תרווד)

(המשך) משנה ה

קָנֶה — כְּדֵי לַעֲשׂוֹת קוּלְמוּס; וְאִם הָיָה עָב,* אוֹ מְרוּסָּס — כְּדֵי לְבַשֵּׁל בּוֹ בֵּיצָה קַלָּה שֶׁבַּבֵּיצִים, טְרוּפָה וּנְתוּנָה בְּאִילְפָּס.

משנה ו

עֶצֶם — כְּדֵי לַעֲשׂוֹת תַּרְוָד; רַבִּי יְהוּדָה אוֹמֵר: כְּדֵי לַעֲשׂוֹת מִמֶּנּוּ חָף.

* נ"א: עָבֶה

כְּדֵי לַעֲשׂוֹת קוּלְמוּס, הַמַּגִּיעַ לַקֶּשֶׁרִין שֶׁל אֶמְצַע אֶצְבְּעוֹתָיו. **עָבֶה** — שֶׁאֵינוֹ רָאוּי לִכְתִיבָה. **מְרוּסָּס**: מְרוּצָּץ וְשָׁבוּר. **בֵּיצָה קַלָּה**: בֵּיצַת תַּרְנְגוֹלֶת. וְאַמַּאי קָרֵי לַהּ: "בֵּיצָה קַלָּה"? שֶׁקַּלָּה לְהִתְבַּשֵּׁל יוֹתֵר מִשְּׁאָר בֵּיצִים. וְהַשִּׁיעוּר הוּא כְּדֵי לְבַשֵּׁל כִּגְרוֹגֶרֶת מִמֶּנָּה. **טְרוּפָה**: מְעוֹרֶבֶת בְּשֶׁמֶן. **וּנְתוּנָה בְּאִילְפָּס**, שֶׁהוּחַם כְּבָר — שֶׁהִיא מְמַהֶרֶת לְהִתְבַּשֵּׁל.

תַּרְוָד: כַּף. **חָף**: שֵׁן מִשִּׁינֵּי הַמַּפְתֵּחַ, שֶׁפּוֹתְחִים בָּהּ הַדְּלָתוֹת. וְאֵין הֲלָכָה כְּרַבִּי יְהוּדָה.

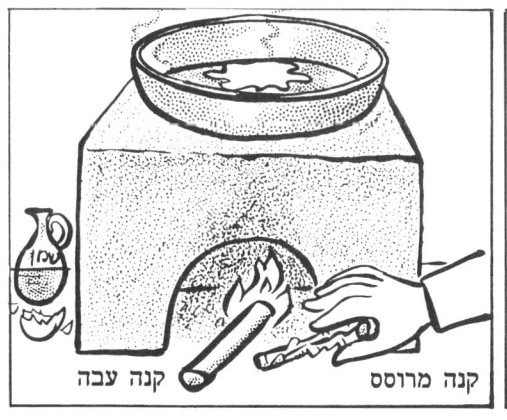

קנה עבה
קנה מרוסס

קנה לקולמוס

mishna 5

Manure or fine sand - enough to fertilize a cabbage stalk; [these are] the words of R. Akiva. The Sages say: enough to fertilize a leek. Coarse sand - enough to put on a full trowel of lime.

"ENOUGH TO FERTILIZE A LEEK" is a smaller measure than "enough to fertilize a cabbage stalk." The Halakhah follows the opinion of the Sages.

A FULL TROWEL OF LIME - a plasterer's trowel.

משניות שבת ★ פרוש ר״ע מברטנורא ★ פרק ח

(המשך) משנה ה

זֶבֶל, וְחוֹל הַדַּק – כְּדֵי לְזַבֵּל קֶלַח שֶׁל כְּרוּב: דִּבְרֵי רַבִּי עֲקִיבָא; וַחֲכָמִים אוֹמְרִים: כְּדֵי לְזַבֵּל כְּרֵישָׁא.
חוֹל הַגַּס – כְּדֵי לִיתֵּן עַל מְלֹא כַּף סִיד.

כְּדֵי לְזַבֵּל כְּרֵישָׁא: כְּרֵתִי; וְשִׁיעוּרֵיהּ זוּטָר מִקֶּלַח-שֶׁל-כְּרוּב. וַהֲלָכָה כַּחֲכָמִים. **מְלֹא כַּף סִיד:** כַּף שֶׁל סַיָּידִין.

לפי ר׳ עקיבא:

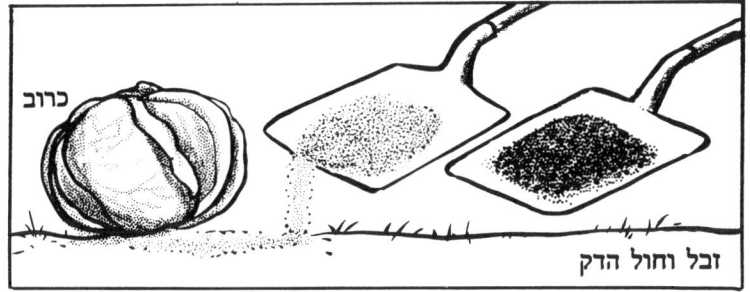

לפי חכמים:

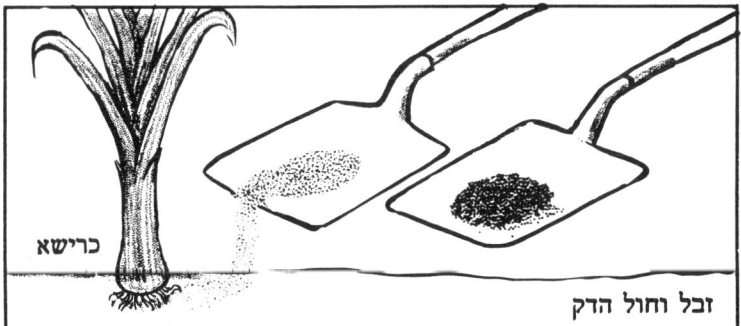

mishna 5

[He who carries out] clay [is liable, if he carries out (at least)] enough for the seal of a large packing sack; [these are] the words of R. Akiva. The Sages say: enough for the seal of a letter.

CLAY - red clay. A LARGE PACKING SACK, used as a container-sack on ships to transport merchandise. They were sealed just like a letter.

The measure of the Sages is smaller than that of R. Akiva. The Halakhah follows the opinion of the Sages.

משנה ה

אֲדָמָה – כְּחוֹתַם הַמַּרְצוּפִים: דִּבְרֵי רַבִּי עֲקִיבָא; וַחֲכָמִים אוֹמְרִים: כְּחוֹתַם הָאִיגְּרוֹת.

אֲדָמָה: טִיט אָדוֹם. **מַרְצוּפִין:** שַׂקִּין גְּדוֹלוֹת, שֶׁנּוֹשְׂאִין בָּהֶן פְּרַקְמַטְיָא בַּסְּפִינוֹת וְחוֹתְמִין אוֹתָן כְּדֶרֶךְ שֶׁחוֹתְמִים הָאִיגְּרוֹת. וְשִׁיעוּר דְּרַבָּנָן זוּטָר מִדְּרַבִּי עֲקִיבָא. וַהֲלָכָה כַּחֲכָמִים.

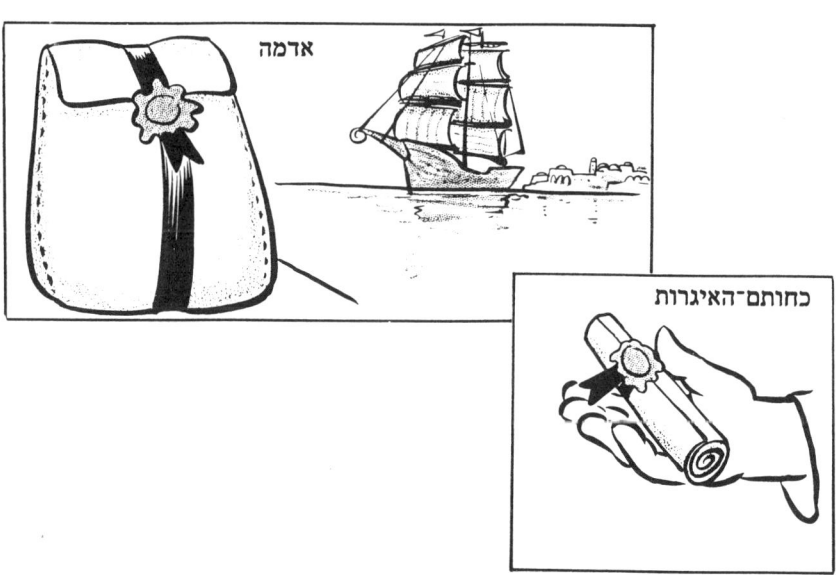

mishna 4

Bran - enough to put on the opening of the goldsmith's crucible; quicklime - enough to smear the little finger of a girl. R. Yehudah says: enough for Kilkul; R. Nehemiah says: enough for Andifi.

BRAN - ENOUGH TO PUT ON THE OPENING OF THE GOLDSMITH'S CRUCIBLE: Where charcoal was unavailable, they would refine gold, using bran as fuel. Another interpretation: they would put bran into the opening of the crucible when melting down the gold.

TO SMEAR THE LITTLE FINGER OF A GIRL - They would apply lime to young girls who had reached puberty and yet had not experienced menstruation, in order to induce it. It also was used to remove unwanted hair. Lime was used by the poor; the wealthy would use fine flour; princesses would use oil of olives not yet a third grown.

KILKUL - They would apply lime to flatten down the hair at the temples.

ANDIFI - [They would apply lime] just below the temples.

The Halakhah follows neither R. Yehudah nor R. Nehemiah.

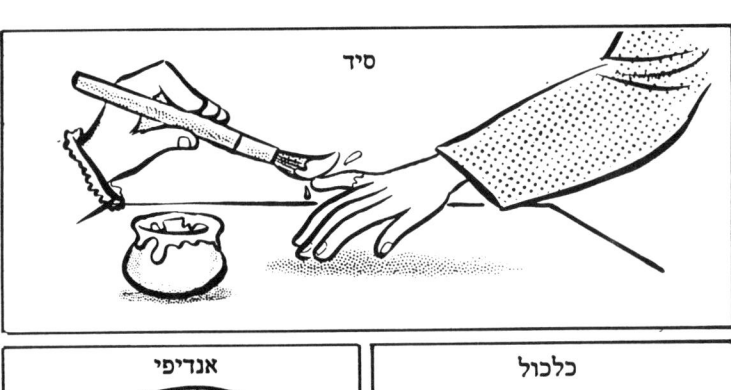

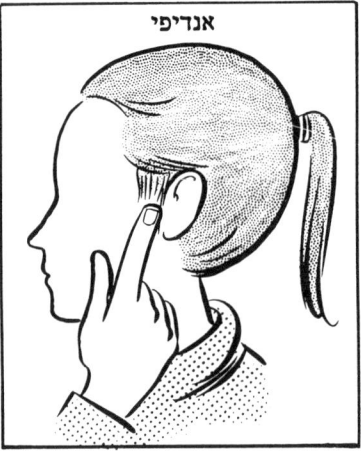

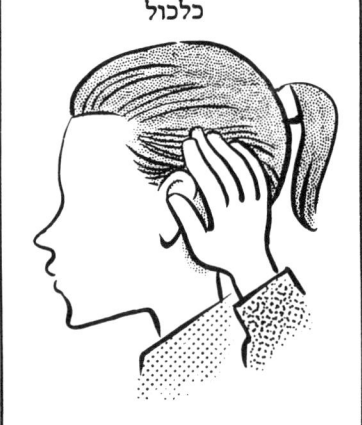

(המשך) משנה ד

סוּבִּין — כְּדֵי לִיתֵּן עַל פִּי כּוּר שֶׁל צוֹרְפֵי־זָהָב.
סִיד — כְּדֵי לָסוּד קְטַנָּה שֶׁבַּבָּנוֹת;
רַבִּי יְהוּדָה אוֹמֵר: כְּדֵי לַעֲשׂוֹת כִּלְכּוּל;
רַבִּי נְחֶמְיָה אוֹמֵר: כְּדֵי לַעֲשׂוֹת אַנְדִּיפִי.

סוּבִּין — כְּדֵי לִיתֵּן עַל פִּי הַכּוּר שֶׁל צוֹרְפֵי־זָהָב: בִּמְקוֹם שֶׁאֵין פֶּחָמִין צוֹרְפִין הַזָּהָב בְּאֵשׁ שֶׁל סוּבִּין. פֵּירוּשׁ אַחֵר — שֶׁרְגִילִין לָתֵת סוּבִּין עַל פִּי הַכּוּר, כְּשֶׁמַּתִּיכִין הַזָּהָב.
לָסוּד קְטַנָּה שֶׁבַּבָּנוֹת: בָּנוֹת, שֶׁהִגִּיעוּ לְפִרְקָן, וְלֹא בָּא לָהֶן הָאוֹרַח: בְּנוֹת עֲנִיִּים — טוֹפְלוֹת אוֹתָן בְּסִיד, וְהָאוֹרַח מְמַהֵר לָבוֹא, וּמַשִּׁיר נָמֵי אֶת הַשֵּׂעָר; וּבְנוֹת עֲשִׁירִים — טוֹפְלוֹת בְּסוֹלֶת; וּבְנוֹת מְלָכִים — בְּשֶׁמֶן־זַיִת, שֶׁלֹּא הֵבִיא שְׁלִישׁ. **כִּלְכּוּל**: הַצְּדָעִין; וְסָדִין אוֹתָן בְּסִיד, לְהַשְׁכִּיב אֶת הַשֵּׂעָר. **אַנְדִּיפִי**: לְמַטָּה מִן הַצְּדָעִין מְעַט, שֶׁקּוֹרִין: "בַּת־צִדְעָא". וְאֵין הֲלָכָה לֹא כְּרַבִּי יְהוּדָה וְלֹא כְּרַבִּי נְחֶמְיָה.

mishna 4

clay - enough for the opening of the goldsmith's crucible. R. Yehudah says: enough to make a leg.

CLAY - crushed brick. FOR THE OPENING OF THE GOLDSMITH'S CRUCIBLE into which the bellows is inserted.

A LEG for the platform which was made to hold the crucible.

(המשך) משנה ד

חַרְסִית – כְּדֵי לַעֲשׂוֹת פִּי כוּר שֶׁל צוֹרְפֵי־זָהָב; רַבִּי יְהוּדָה אוֹמֵר: כְּדֵי לַעֲשׂוֹת פִּטְפּוּט.

חַרְסִית: לְבֵינָה כְּתוּשָׁה. **לַעֲשׂוֹת פִּי כוּר**, שֶׁהַמַּפּוּחַ נִכְנָס בּוֹ.
פִּטְפּוּט: רֶגֶל לִמְקוֹם מוֹשַׁב הַכּוּר, שֶׁמּוֹשִׁיבִין אוֹתוֹ עַל כַּן וּבָסִיס, הֶעָשׂוּי לְכָךְ.

mishna 4

[He who carries out] paste [is liable, if he carries out (at least)] enough to put on the top of a bird trapper's branch; pitch or sulphur - enough to perforate; wax - enough to cover the mouth of a small hole;

A BIRD TRAPPER'S BRANCH - The trappers would attach to the end of a pole a small plank, upon which they would put paste. Birds would alight upon it and be stuck. It was necessary to apply a large amount of paste in order for a bird to become stuck.

ENOUGH TO MAKE IN IT A SMALL PERFORATION - The mouth of the vessel used to hold mercury was plugged with pitch or sulphur. A small perforation was made in the plug in order to extract the mercury.

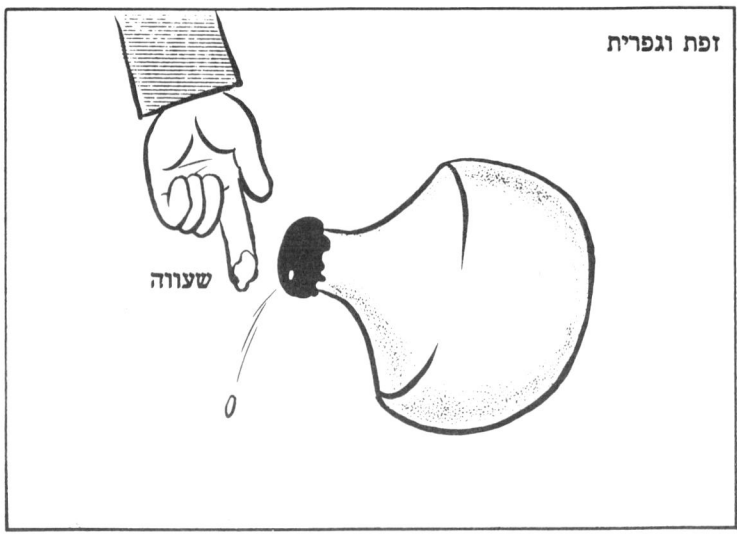

משנה ד

דְּבֶק – כְּדֵי לִיתֵּן בְּרֹאשׁ הַשַּׁבְשֶׁבֶת; זֶפֶת, וְגָפְרִית – כְּדֵי לַעֲשׂוֹת נֶקֶב; שַׁעֲוָה – כְּדֵי לִיתֵּן עַל פִּי נֶקֶב קָטָן.

הַשַּׁבְשֶׁבֶת: הַצַּיָּדִין מוֹשִׁיבִין נֵסֶר קָטָן בְּרֹאשׁ הַקָּנֶה וְנוֹתְנִין עָלָיו דֶּבֶק, וְהָעוֹף יוֹשֵׁב עָלָיו וְנִדְבָּק בּוֹ; וְצָרִיךְ לָתֵת עָלָיו דֶּבֶק הַרְבֵּה, כְּדֵי שֶׁיְּהֵא הָעוֹף נִדְבָּק בּוֹ. **לַעֲשׂוֹת בּוֹ נֶקֶב קָטָן:** כְּלִי, שֶׁמְּשִׂימִין בּוֹ כֶּסֶף חַי – סוֹתֵם פִּיו בְּזֶפֶת, אוֹ בְּגָפְרִית, וְעוֹשֶׂה בִּסְתִימָה נֶקֶב קָטָן, לְהוֹצִיא מִמֶּנּוּ הַכֶּסֶף חַי.

דבק

mishna 3

[He who carries out] leather [is liable, if he carries out (at least)] enough to make an amulet; parchment - enough to write the smallest portion of the Tefillin, which is "Shema Yisrael"; ink - enough to write two letters; eye paint - enough to paint one eye.

TO MAKE AN AMULET, i.e., with which to encase an amulet.
PARCHMENT - ENOUGH TO WRITE THE SMALLEST PORTION: Since parchment is very expensive, it was not used for tax collector receipts, but rather for Tefillin and Mezuzot. Thus, one would not be liable for carrying out such a small measure, [i.e., "enough to write on it a receipt for a tax collector"].
INK - ENOUGH TO WRITE TWO LETTERS: to mark two parts of a utensil or two boards as a pair.
ENOUGH TO PAINT ONE EYE - Modest women, who would go out veiled, would uncover only one eye, which they would paint.

משניות שבת ★ פרוש ר"ע מברטנורא ★ פרק ח

משנה ג

עוֹר – כְּדֵי לַעֲשׂוֹת קָמֵיעַ; קְלָף – כְּדֵי לִכְתּוֹב עָלָיו פָּרָשָׁה קְטַנָּה שֶׁבַּתְּפִלִּין, שֶׁהִיא "שְׁמַע יִשְׂרָאֵל"; דְּיוֹ – כְּדֵי לִכְתּוֹב שְׁתֵּי אוֹתִיּוֹת; כְּחוֹל – כְּדֵי לִכְחוֹל עַיִן אַחַת.

לַעֲשׂוֹת בּוֹ קָמֵיעַ: לְכַסּוֹת בּוֹ אֶת הַקָּמֵיעַ. **קְלָף – כְּדֵי לִכְתּוֹב עָלָיו פָּרָשָׁה קְטַנָּה:** דְּאַיְּדֵי דְּדָמֵיו יְקָרִין לָא עָבֵד מִינֵּיהּ קֶשֶׁר־מוּכְסִין, אֶלָּא תְּפִילִּין וּמְזוּזוֹת, וְלָא מְחַיֵּיב בְּשִׁיעוּרָא זוּטָא. **דְּיוֹ – כְּדֵי לִכְתּוֹב שְׁתֵּי אוֹתִיּוֹת,** לִרְשׁוֹם עַל שְׁתֵּי חוּלְיוֹת שֶׁל כְּלִי, אוֹ עַל שְׁנֵי קְרָשִׁים, לְזַוְּוגָן. **כְּדֵי לִכְחוֹל עַיִן אַחַת** – שֶׁכֵּן צְנוּעוֹת, הַהוֹלְכוֹת מְעוּטָּפוֹת, אֵין מְגַלּוֹת אֶלָּא עַיִן אַחַת וְכוֹחֲלוֹת אוֹתָהּ.

עור

קלף

Mishnayot Shabbat * Commentary of Rabbi Ovadia M'Bartenura * Chapter 8

mishna 2 **He who carries out rope [is liable, if he carries out (at least)] enough to make a handle for a basket; papyrus - enough to make a hanger for a sifter or a sieve. R. Yehudah says: enough to take the measure of a child's shoe; paper - enough to write on it a receipt for a tax collector. (He who carries out a tax collector's receipt is liable.) Erased paper - enough to wrap over the mouth of small bottle of perfume.**

A HANDLE FOR A BASKET, with which to hold it.

A HANGER, with which to hang it up. This is a smaller measure than what is required to make a handle for a basket.

THE MEASURE OF A CHILD'S SHOE, in order to tell the shoemaker: "This is the size that I need." This is a smaller measure than what is required to make a hanger.

PAPER, made out of grasses. A RECEIPT FOR A TAX COLLECTOR - A toll collector on one side of the river would issue a stamped receipt, as proof of payment, to be shown to the collector on the other side. The receipt was usually in code - two large letters - in larger lettering than we are used to.

ERASED PAPER, no longer fit to write upon. That is why its measure is larger: large enough TO WRAP OVER THE MOUTH OF SMALL BOTTLE.

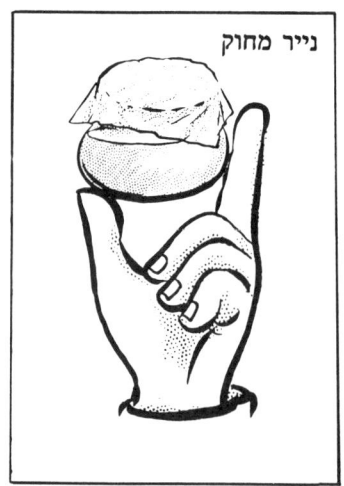
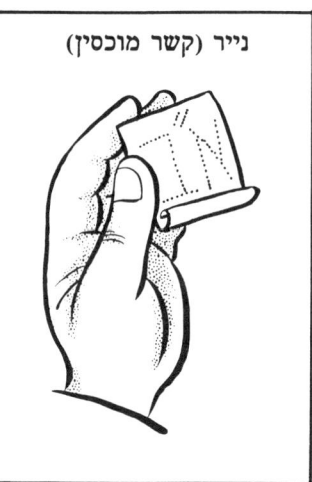
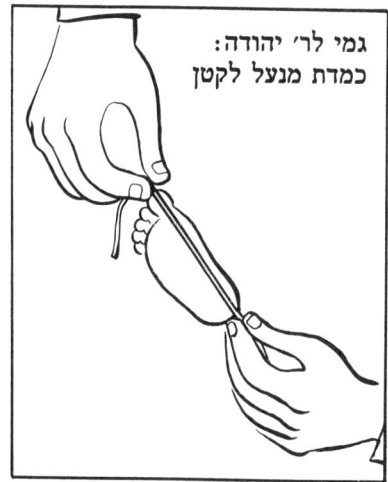

משנה ב

הַמּוֹצִיא חֶבֶל – כְּדֵי לַעֲשׂוֹת אֹזֶן לְקוּפָּה. גֶּמִי – כְּדֵי לַעֲשׂוֹת תְּלַאי לְנָפָה, וְלִכְבָרָה; רַבִּי יְהוּדָה אוֹמֵר: כְּדֵי לִיטּוֹל מִמֶּנּוּ מִדַּת מִנְעָל לְקָטָן. נְיָיר – כְּדֵי לִכְתּוֹב עָלָיו קֶשֶׁר־מוֹכְסִין; וְהַמּוֹצִיא קֶשֶׁר־מוֹכְסִין חַיָּיב. נְיָיר מָחוּק – כְּדֵי לִכְרוֹךְ עַל פִּי צְלוֹחִית קְטַנָּה שֶׁל פַּלְיָיטוֹן.

אֹזֶן לְקוּפָּה, לְאוֹחֲזָהּ בָּהּ. **תְּלַאי**, לְתָלוֹתוֹ בּוֹ – וּבְצִיר מִשִּׁיעוּר אוֹזֶן לְקוּפָּה. **מִדַּת מִנְעָל**, לְהַרְאוֹת לָאוּמָּן: "כְּמִדָּה זוֹ אֲנִי צָרִיךְ"; וְשִׁיעוּרֵיהּ בְּצִיר מִתְּלַאי. **נְיָיר**: מֵעֲשָׂבִים עוֹשִׂין אוֹתוֹ. **קֶשֶׁר־שֶׁל־מוֹכְסִין**: פְּעָמִים, שֶׁאָדָם נוֹתֵן מֶכֶס בְּרֹאשׁ הַנָּהָר מִזֶּה, וְהוּא מוֹסֵר לוֹ חוֹתָם, לְהַרְאוֹת לַמּוֹכֵס שֶׁבָּעֵבֶר הָאַחֵר מִן הַנָּהָר – לְהַרְאוֹתוֹ, שֶׁכְּבָר פָּרַע הַמֶּכֶס; וְדַרְכּוֹ לִכְתּוֹב שְׁתֵּי אוֹתִיּוֹת גְּדוֹלוֹת לְסִימָן, וְהֵן גְּדוֹלוֹת מִשְּׁתֵּי אוֹתִיּוֹת שֶׁלָּנוּ. **נְיָיר מָחוּק**: שׁוּב אֵינוֹ רָאוּי לִכְתּוֹב, לְפִיכָךְ צָרִיךְ שִׁיעוּר גָּדוֹל – לִכְרוֹךְ עַל פִּי צְלוֹחִית.

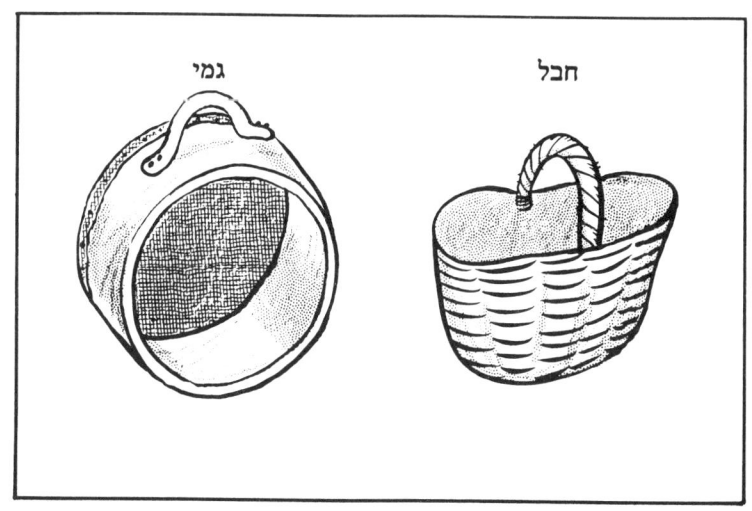

mishna 1

ALL OTHER LIQUIDS - not used as curatives.

WASTE WATER - foul water can be used to knead clay.

[IN] ALL OF THESE CASES, including wine, milk, and honey, [ONE IS LIABLE] FOR A QUARTER LOG - When the Mishnah spoke of other [smaller] measures, they were meant to apply only to those people who keep these liquids. All others, however, would be liable only for carrying out a quarter Log.

Apparently, R. Shim'on is of the opinion that - even for those who keep these liquids - there is a minimum measure; if they carry out less than the minimum, they are not liable. R. Shim'on does not agree that "Whatever is not worth keeping, and people do not keep it as such, only he who had kept it is liable" for carrying out even a minute amount (see Mishnah 7:3).

The Halakhah is not like R. Shim'on.

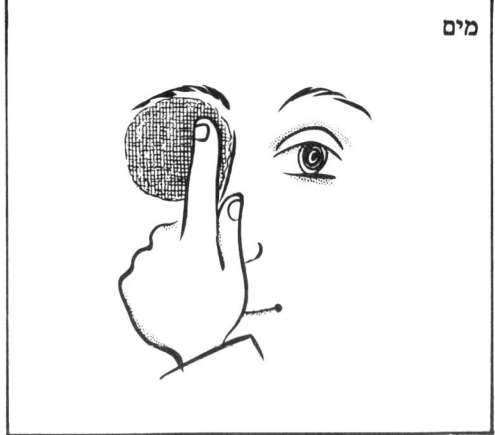

משניות שבת ★ פרוש ר"ע מברטנורא ★ פרק ח

חלב

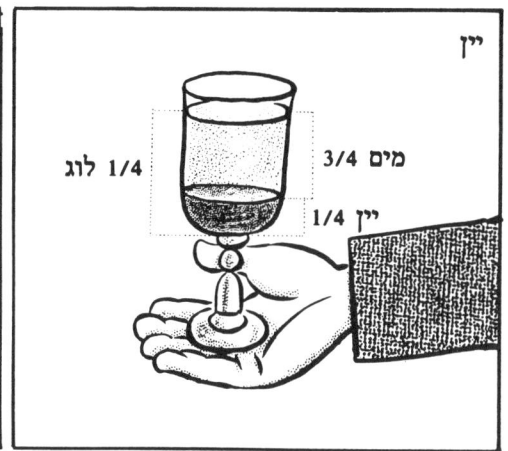

יין

מים 3/4 — 1/4 לוג
יין 1/4

שמן

דבש

Chapter 8

mishna 1 — He who carries out wine [is liable, if he carries out (at least)] enough to mix the cup; milk - enough for a gulp; honey - enough to apply to a sore; oil - enough to anoint a small member [of the body]; water - enough to rub eye salve; all other liquids - a quarter Log; all waste water - a quarter Log.

R. Shim'on says: [In] all of these cases, [one is liable] for a quarter Log. All of the other measures that were stated apply only to those who keep [these liquids].

HE WHO CARRIES OUT WINE [IS LIABLE, IF HE CARRIES OUT (AT LEAST)] ENOUGH TO MIX THE CUP that is used for Grace after Meals, i.e., 1/16 [of a Log] of strong wine, which was mixed [with water], one part wine to three parts water. Together, the mix came to a quarter Log, which is the standard minimum measure of wine needed for a "cup of benediction," e.g. Grace after Meals.

ENOUGH FOR A GULP - what a person can swallow at one time. As for the milk of a non-kosher animal, which is not fit for drinking, the relevant measure is a quantity sufficient to paint one eye.

ENOUGH TO APPLY TO A SORE on the back of a horse or donkey, caused by the burden it bears. I have also seen it identified as the head of a boil that has swelled up.

Even though honey is primarily a food, [and the standard measure for food is the equivalent of a dried fig], nevertheless, since it is also commonly used in minute amounts as a curative, we adopt the smaller, more stringent measure of the curative as its standard measure.

A SMALL MEMBER [OF THE BODY] of a newborn, i.e., the little toe.
TO RUB and dissolve EYE SALVE.

(cont. on next page)

משנה א

הַמּוֹצִיא יַיִן — כְּדֵי מְזִיגַת־הַכּוֹס; חָלָב — כְּדֵי גְמִיעָה; דְּבַשׁ — כְּדֵי לִיתֵּן עַל הַכָּתִית; שֶׁמֶן — כְּדֵי לָסוּךְ אֵבֶר קָטָן; מַיִם — כְּדֵי לָשׁוּף בָּהֶם אֶת הַקִּילוֹר. וּשְׁאָר כָּל הַמַּשְׁקִין — בִּרְבִיעִית; וְכָל הַשּׁוֹפָכִין — בִּרְבִיעִית.

רַבִּי שִׁמְעוֹן אוֹמֵר: כּוּלָּן בִּרְבִיעִית; וְלֹא אָמְרוּ כָּל הַשִּׁיעוּרִין הַלָּלוּ אֶלָּא לְמַצְנִיעֵיהֶן.

הַמּוֹצִיא יַיִן — כְּדֵי מְזִיגַת הַכּוֹס שֶׁל בִּרְכַּת־הַמָּזוֹן, שֶׁהוּא רוֹבַע רְבִיעִית יַיִן חַי, כְּדֵי שֶׁיִּמְזְגֶנּוּ לְחֶשְׁבּוֹן עַל חַד שֶׁל יַיִן תְּלָתָא מַיִם, וְיַעֲמוֹד עַל רְבִיעִית הַלּוֹג, שֶׁהוּא שִׁיעוּר כּוֹס־שֶׁל־בְּרָכָה. **כְּדֵי גְמִיעָה** — מַה שֶּׁאָדָם בּוֹלֵעַ בְּבַת־אַחַת. וַחֲלֵב בְּהֵמָה טְמֵאָה, דְּלָא חֲזֵי לִשְׁתִיָּה — שִׁיעוּרוֹ כְּדֵי לִכְחוֹל עַיִן אַחַת. **עַל הַכָּתִית:** מַכָּה שֶׁעַל־גַּבֵּי הַסּוּסִים וְהַחֲמוֹרִים מֵחֲמַת הַמַּשּׂאוֹי. וּמָצָאתִי כָּתוּב, שֶׁשְּׁחִין, הַיּוֹצֵא בְּעוֹר הַבָּשָׂר, כְּשֶׁמַּגִּיעַ לְהִתְבַּשֵּׁל, הוּא עוֹשֶׂה רֹאשׁ לְמַעְלָה, וְקָרוּי "פִּי־כָתִית". וְאַף־עַל־פִּי שֶׁהַדְּבַשׁ — עִיקָּרוֹ לַאֲכִילָה כֵּיוָן שֶׁרְפוּאָתוֹ מְצוּיָה, וְהוּא מַשֶּׁהוּ, אָזְלִינַן בָּתַר שִׁיעוּרָא זוּטְרָא לְחוּמְרָא. **אֵבֶר קָטָן** שֶׁל תִּינוֹק בֶּן־יוֹמוֹ — וְהִיא אֶצְבַּע קְטַנָּה שֶׁבָּרֶגֶל. **לָשׁוּף:** לְשַׁפְשֵׁף וּלְמַחוֹת בָּהֶן. **קִילוֹר**, שֶׁנּוֹתְנִין עַל הָעַיִן. **וּשְׁאָר כָּל הַמַּשְׁקִין**, שֶׁאֵין עוֹשִׂין מֵהֶן רְפוּאָה. **שׁוֹפָכִין:** מַיִם סְרוּחִין, וַחֲזוּ לְגַבֵּל בָּהֶן אֶת הַטִּיט. **כּוּלָּן בִּרְבִיעִית** — אַף הַיַּיִן וְהֶחָלָב וְהַדְּבַשׁ, דְּלֹא אָמְרוּ שִׁיעוּרִין בַּמִּשְׁנָה, אֶלָּא לְמַצְנִיעֵיהֶן; אֲבָל שְׁאָר כָּל אָדָם אֵין חַיָּבִין אֶלָּא בִּרְבִיעִית. וּסְבִירָא לֵיהּ לְרַבִּי שִׁמְעוֹן, דְּמַצְנִיעַ־עַצְמוֹ בָּעֵי שִׁיעוּרָא זוּטָא, וּבִבְצִיר מֵהַאי שִׁיעוּרָא לָא מִחַיֵּיב, דְּלֵית לֵיהּ לְרַבִּי שִׁמְעוֹן "כֹּל שֶׁאֵינ[וֹ] כָּשֵׁר לְהַצְנִיעַ, וְאֵין מַצְנִיעִין כָּמוֹהוּ", שֶׁיִּתְחַיֵּיב עָלָיו מַצְנִיעוֹ בְּכָל־שֶׁהוּא. וְאֵין הֲלָכָה כְּרַבִּי שִׁמְעוֹן.

mishna 4

He who carries out foodstuffs the equivalent of a dried fig is liable. They do combine with one another [towards the minimum measure], because their measures are uniform, except for their shells, their pits, their stems, their coarse bran, and their fine bran. R. Yehudah says: excluding the shells of lentils, which are cooked with them.

THEY (all foodstuffs for human consumption) DO COMBINE WITH ONE ANOTHER [TOWARDS THE MINIMUM MEASURE]...EXCEPT FOR THEIR SHELLS, which are not considered food and which therefore are not counted as part of the minimum measure. THEIR STEMS, which are not considered food but rather wood parts. THEIR COARSE BRAN -the wheat shells, which fall off when the wheat is pounded. AND THEIR FINE BRAN which remains in the sifter. The Rambam reversed the definitions:

EXCLUDING THE SHELLS OF LENTILS, which are counted as part of the minimum measure. WHICH ARE COOKED WITH THEM - This clause of the Mishnah is meant to eliminate the outer shells, which tend to fall off at harvest time.

The shells of fresh beans - which, like the shells of lentils, are cooked - combine with the foodstuffs towards the minimum measure (a dried fig). The shells of dry beans do not combine, however; they are not eaten, because in the dish they look just like flies.

The Halakhah is not like R. Yehudah.

(המשך) משנה ד

הַמּוֹצִיא אֳ[וֹ]כָלִים כִּגְרוֹגֶרֶת חַיָּיב; וּמִצְטָרְפִין זֶה עִם זֶה מִפְּנֵי שֶׁשָּׁווּ בְּשִׁיעוּרֵיהֶן — חוּץ מִקְּלִיפֵּיהֶן וְגַרְעִינֵיהֶן וְעוּקְצֵיהֶן וְסוּבָּן וּמוּרְסָנָן.

רַבִּי יְהוּדָה אוֹמֵר: חוּץ מִקְּלִיפֵּי עֲדָשִׁים, שֶׁמִּתְבַּשְּׁלוֹת עִמָּהֶן.

וּמִצְטָרְפִין כָּל אֳ[וֹ]כְלֵי אָדָם זֶה עִם זֶה. **חוּץ מִקְּלִיפֵּיהֶן,** שֶׁאֵינָן אוֹכֶל וְאֵין מַשְׁלִימִין הַשִּׁיעוּר. **וְעוּקְצֵיהֶן**: זְנַב הַפְּרִי, דְּהוּא עֵץ בְּעָלְמָא. **וְסוּבָּן**: קְלִיפַּת הַחִטִּים, הַנּוֹשֶׁרֶת מֵחֲמַת הַכְּתִישָׁה. **וּמוּרְסָנָן**: הַנִּשְׁאָר בַּנָּפָה. וְרַמְבַּ"ם פֵּירֵשׁ אִפְּכָא — דְּ"מוּרְסָנָן" הוּא עָבֶה וְגָרוּעַ מִסּוּבִּין. **חוּץ מִקְּלִיפֵּי עֲדָשִׁים,** שֶׁמִּצְטָרְפִין. **שֶׁהֵן מִתְבַּשְּׁלוֹת עִמָּהֶן** — לְאַפּוּקֵי הַקְּלִיפּוֹת הַחִיצוֹנוֹת, שֶׁהֵן נוֹשְׁרוֹת, כְּשֶׁעוֹשֶׂה מֵהֶן גּוֹרֶן. וּקְלִיפֵּי הַפּוֹל, בִּזְמַן שֶׁהֵן לַחִים וּמִתְבַּשְּׁלִין עִם קְלִיפָּתָן — לְרַבִּי יְהוּדָה מִצְטָרְפִין עִם הָאוֹכָלִים לְשִׁיעוּר גְּרוֹגֶרֶת; אֲבָל יְבֵשִׁים — לֹא, שֶׁאֵינָן נֶאֱכָלִין בִּקְלִיפָּתָן לְפִי שֶׁהֵן נִרְאִין כִּזְבוּבִין בַּקְּעָרָה. וְאֵין הֲלָכָה כְּרַבִּי יְהוּדָה.

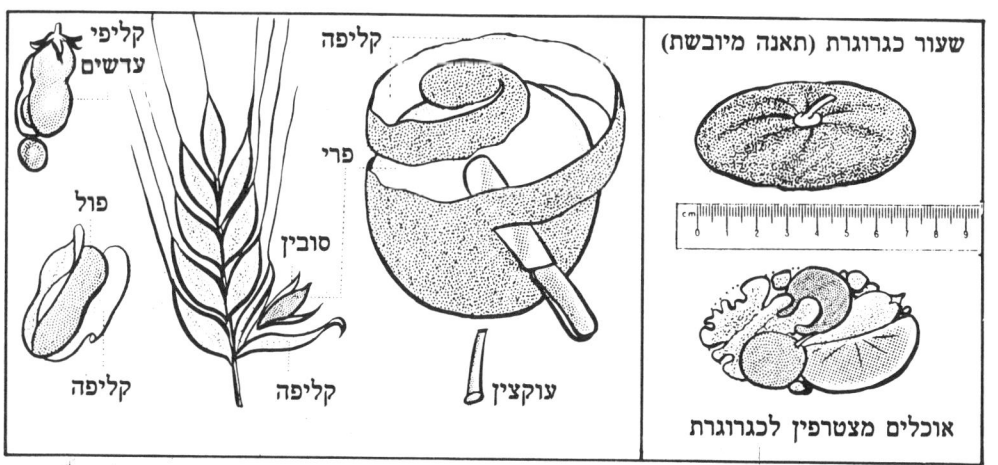

mishna 4

leaves of garlic or onion, if they are fresh - the equivalent of a dried fig; if they are dry - the equivalent of a kid's mouthful. They do not combine with one another [towards the minimum measure], because their measures are not uniform.

IF THEY ARE FRESH, i.e., fit for human consumption.

THE EQUIVALENT OF A DRIED FIG, which is the standard measure, vis-a-vis Shabbat, for all foodstuffs that are for human consumption. One would not be liable for carrying out a kid's mouthful of fresh garlic or onion leaves, since they are not appropriate food for a kid.

(המשך) משנה ד

עֲלֵי־שׁוּם וַעֲלֵי־בְצָלִים: לַחִים — כִּגְרוֹגֶרֶת; יְבֵשִׁים — כִּמְלֹא־פִי־גְדִי; וְאֵין מִצְטָרְפִין זֶה עִם זֶה מִפְּנֵי שֶׁלֹּא שָׁווּ בְשִׁיעוּרֵיהֶן.

לַחִין: הָרְאוּיִין לָאָדָם. **כִּגְרוֹגֶרֶת** — דְּזֶה שִׁיעוּר לְכָל מַאֲכַל אָדָם בְּשַׁבָּת; אֲבָל כִּמְלֹא־פִי־גְדִי — לֹא, דְּלַחִים לָא חֲזוּ לִגְדִי.

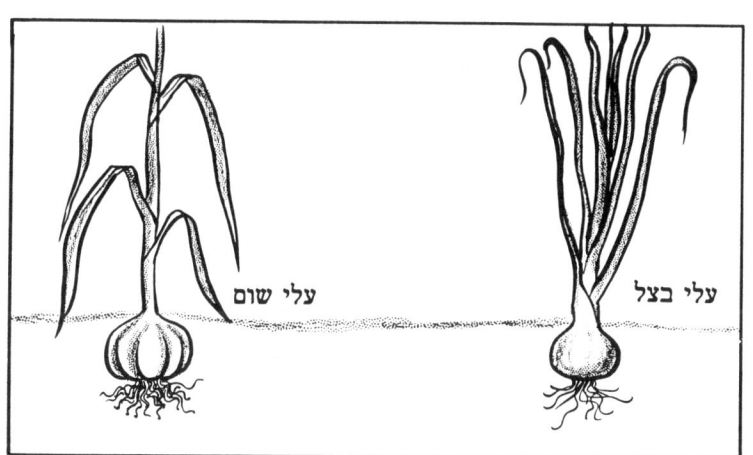

mishna 4

He who carries out straw [is liable, if he carries out (at least)] a measure equivalent to a cow's mouthful; Atzah - [if he carries out] a measure equivalent to a camel's mouthful; Amir - a measure equivalent to a lamb's mouthful; grass - a measure equivalent to a goat's mouthful;

ATZAH - The stalks of various kinds of legumes. A MEASURE EQUIVALENT TO A CAMEL'S MOUTHFUL, which is a larger measure than a cow's mouthful. One would not be liable for carrying out a cow's mouthful of Atzah. Why not? Since Atzah is not fit for use as cow fodder, [a cow's mouthful is not the relevant measure].

AMIR - The straw of ears of grain. A LAMB'S MOUTHFUL, which is a larger measure than a kid's mouthful. One would not be liable for carrying out a kid's mouthful of Amir. Why not? Since Amir is not fit for a kid, the relevant measure is [not a kid's mouthful but rather] a lamb's mouthful.

GRASS, however, is fit for both a kid and a lamb. One would therefore be liable for carrying out even a kid's mouthful of grass.

משניות שבת ★ פרוש ר״ע מברטנורא ★ פרק ז

משנה ד

הַמּוֹצִיא תֶּבֶן — כִּמְלֹא־פִּי־פָרָה; עֵצָה — כִּמְלֹא־פִּי־גָמָל; עָמִיר — כִּמְלֹא־פִּי־טָלֶה; עֲשָׂבִים — כִּמְלֹא־פִּי־גְדִי.

עֵצָה: תֶּבֶן שֶׁל מִינֵי קִטְנִיּוֹת. **כִּמְלֹא־פִּי־גָמָל:** שִׁיעוּרוֹ גָּדוֹל מִמְּלֹא־פִּי־פָרָה. וְכִמְלֹא־פִּי־פָרָה — לָא מְחַיֵּיב בְּעֵצָה, דְּהָא לָא חֲזֵי לְפָרָה. **עָמִיר:** קַשִּׁין שֶׁל שִׁבֳּלִים. **פִּי־טָלֶה:** נְפִישׁ מִפִּי־גְדִי; הִלְכָּךְ עָמִיר, דְּלָא חֲזֵי לִגְדִי — לָא מְחַיֵּיב כִּמְלֹא־פִּי־גְדִי, עַד דְּאִיכָּא מְלֹא־פִּי־טָלֶה. אֲבָל עֲשָׂבִים — הוֹאִיל וַחֲזֵי לִגְדִי וּלְטָלֶה — מְחַיֵּיב אֲפִילוּ כִּמְלֹא־פִּי־גְדִי.

mishna 3

**They stated yet another principle:
(1) Whatever is worth keeping, and people keep it as such, if one carried it out on Shabbat, one is liable for a sin-offering on its account.
(2) Whatever is not worth keeping, and people do not keep it as such, only he who had kept it is liable, if he then carried it out on Shabbat.**

(1) WHATEVER IS WORTH KEEPING, something which is normally of use to people. AND PEOPLE KEEP IT AS SUCH, i.e., it is of a quantity worth keeping.

(2) ...ONLY HE WHO HAD KEPT IT IS LIABLE - If a particular individual developed a fondness for the item and decided to keep it, he would be liable if he then carried it out on Shabbat. Anyone else, however, would not be liable [for carrying it out]; for him it would not be considered Melacha.

משנה ג

ועוֹד כְּלָל אַחֵר אָמְרוּ: כֹּל הַכָּשֵׁר לְהַצְנִיעַ, וּמַצְנִיעִין כָּמוֹהוּ — וְהוֹצִיאוֹ בְּשַׁבָּת - חַיָּב עָלָיו חַטָּאת; וְכֹל שֶׁאֵינוֹ כָּשֵׁר לְהַצְנִיעַ, וְאֵין מַצְנִיעִין כָּמוֹהוּ — וְהוֹצִיאוֹ בְּשַׁבָּת — אֵינוֹ חַיָּב אֶלָּא הַמַּצְנִיעוֹ.

כֹּל הַכָּשֵׁר לְהַצְנִיעַ, שֶׁהוּא דָּבָר הֶעָשׂוּי לְצוֹרֶךְ הָאָדָם. **וּמַצְנִיעִין כָּמוֹהוּ** — שֶׁיֵּשׁ בּוֹ שִׁיעוּר הָרָאוּי לְהַצְנִיעוֹ. **אֵין חַיָּב אֶלָּא הַמַּצְנִיעוֹ:** אִם נַעֲשָׂה חָבִיב עַל אָדָם אֶחָד, וְהִצְנִיעוֹ, חַיָּב עַל הוֹצָאָתוֹ, אִם הוֹצִיאוֹ; אֲבָל אָדָם אַחֵר אֵינוֹ חַיָּב עָלָיו, דִּלְגַבֵּיהּ לַאו מְלָאכָה הִיא.

Mishnayot Shabbat * Commentary of Rabbi Ovadia M'Bartenura * Chapter 7

mishna 1

המכה בפטיש

המוציא מרשות לרשות

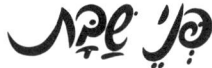

המבעיר

המכבה

המכבה לצורך פחמים

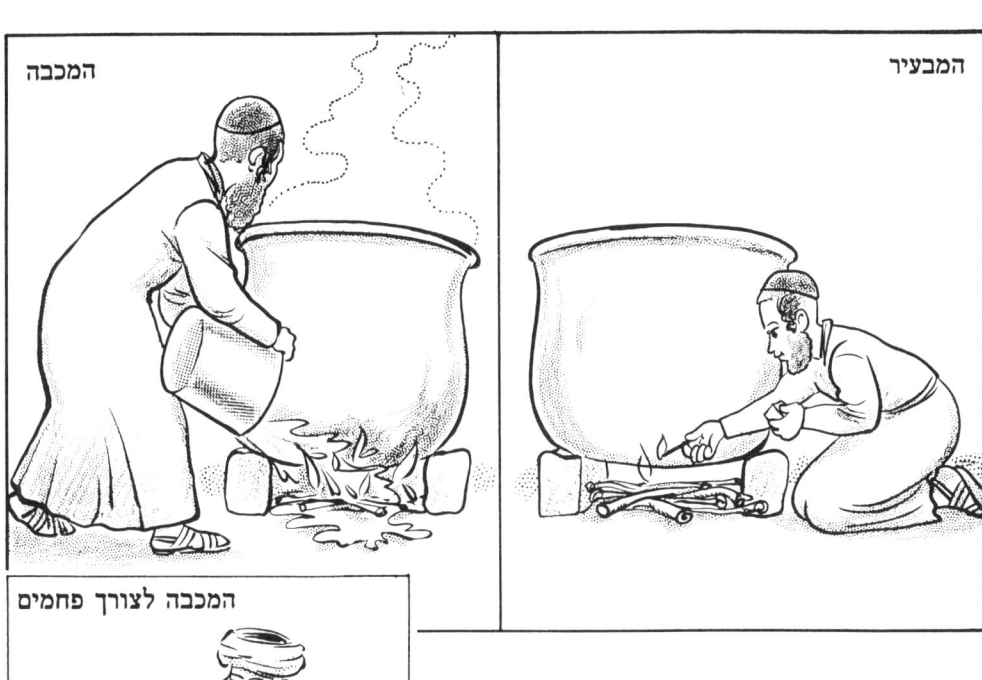

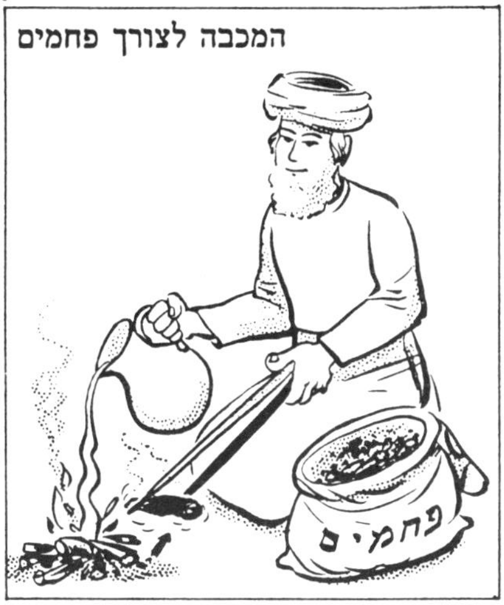

mishna 2

He who (34) builds or (35) demolishes. He who (36) extinguishes or (37) kindles. He who (38) "hits with a hammer." He who (39) carries out from one domain to another: These are the primary categories of [prohibited] work, forty less one.

HE WHO (36) EXTINGUISHES OR (37) KINDLES - They would extinguish and kindle the fire underneath the vat of dyes.

HE WHO (38) HITS WITH A HAMMER, i.e., puts the finishing touch on an act of work, just as an artisan would strike the anvil upon finishing a job. (One is liable for striking with a hammer only as the final blow which completes the work.)

Why the Mishnah counted the number of categories

Let us now go back to the beginning: The Mishnah opens with a count, "The primary categories...are forty less one." The question is, since the Mishnah then goes on to list individually each one of these categories, why bother to state their total number at the outset?

[Apparently, the Mishnah stated the total number of categories in order] to teach that even if a person performed - on one Shabbat and in one spell of unawareness - all the forms of prohibited work that were possible, he would nevertheless be liable to no more than thirty-nine sin-offerings. The many forms of work could all be classified under the [thirty-nine] primary categories of work, as Toledot ("derivative" work). In performing many forms of work of the same category (i.e., the Av and its Toledot), he would be liable to only one sin-offering per category.

(המשך) משנה ב

הַבּוֹנֶה וְהַסּוֹתֵר. הַמְכַבֶּה וְהַמַּבְעִיר. הַמַּכֶּה־בַּפַּטִּישׁ. הַמּוֹצִיא מֵרְשׁוּת לִרְשׁוּת — הֲרֵי אֵלּוּ אֲבוֹת־מְלָאכוֹת אַרְבָּעִים־חָסֵר־אַחַת.

מְכַבֶּה וּמַבְעִיר — בָּאֵשׁ שֶׁתַּחַת דּוּד הַסַּמְמָנִין. **מַכֶּה־בַּפַּטִּישׁ:** הוּא גְּמַר־מְלָאכָה, שֶׁכֵּן אוּמָּן מַכֶּה בַּסַּדָּן בִּגְמַר־מְלָאכָה; וְאֵין מַכֶּה־בַּפַּטִּישׁ חַיָּיב אֶלָּא בִּגְמַר־מְלָאכָה. וּמִנְיָנָא דְּרֵישָׁא, דְּמָנָה ״אֲבוֹת־מְלָאכוֹת — אַרְבָּעִים חָסֵר אַחַת״, אַף־עַל־גַּב דַּהֲדַר חֲשֵׁיב לְהוֹ חֲדָא חֲדָא, אֲתָא לְאַשְׁמוֹעִינַן, דַּאֲפִילוּ עֲבֵיד אֵינָשׁ כָּל מְלָאכוֹת שֶׁבָּעוֹלָם בְּשַׁבָּת אַחַת בְּהֶעְלֵם אַחַת, אִי־אֶפְשָׁר שֶׁיִּתְחַיֵּיב יוֹתֵר מֵאַרְבָּעִים חַטָּאוֹת, דְּכוּלְּהוֹ שְׁאָר מְלָאכוֹת — תּוֹלָדוֹת לְהָנָךְ אָבוֹת; וְאִשְׁתַּכַּח, דְּעָבֵיד אָב וְתוֹלָדָה דִּילֵיהּ, וְלָא מִחַיֵּיב אֶלָּא חֲדָא.

הסותר

הבונה

mishna 2

He who (32) writes two letters or (33) erases in order to write two letters.

HE WHO (32) WRITES...OR (33) ERASES: These Melachot played a role in the construction of the Tabernacle as follows: In order to identify the boards of the Tabernacle as pairs, they would write a letter on one board and a letter on the adjoining one. Sometimes, they would err in writing these letters; they would then have to erase them.

(המשך) משנה ב

הַכּוֹתֵב שְׁתֵּי אוֹתִיּוֹת וְהַמּוֹחֵק עַל־מְנָת לִכְתּוֹב שְׁתֵּי אוֹתִיּוֹת.

וְכוֹתֵב... וּמוֹחֵק: הֲווֹ בַּמִּשְׁכָּן, שֶׁכֵּן רוֹשְׁמִים בַּקְּרָשִׁים, לֵידַע אֵיזֶה בֶּן־זוּגוֹ, וְכוֹתֵב אוֹת בָּזֶה וְאוֹת בָּזֶה; וּפְעָמִים, שֶׁטָּעָה וּמוֹחֵק.

הכותב שתי אותיות
והמוחק

mishna 2

(28) SALTS IT, (29) TANS ITS HIDE - The Gemara asks: "Salting and tanning the hide are one and the same thing?" (Shabbat 75b). [Why, then, does the Mishnah list them as two separate categories?] The Gemara concludes that, indeed, one of the two should be omitted from the Mishnah's list. In its stead, "tracing of lines" [for cutting] should be inserted as one of the primary categories of prohibited work.

(30) SMOOTHS IT - He scrapes the hair off the hide.

(31) CUTS IT - He trims the hide and cuts it into straps or sandals.

המחתך

המשרטט

הַמּוֹלְחוֹ וְהַמְעַבְּדוֹ: בַּגְּמָרָא (שבת עה, ב) מַקְשֶׁה — דְּ"הַיְינוּ מוֹלֵחַ הַיְינוּ מְעַבֵּד?!" אֶלָּא "אַפֵּיק חַד מִנַּיְיהוּ וְעַיֵּיל שְׂרְטוּט בִּמְקוֹמוֹ" — שֶׁמְּשַׂרְטֵט מֵאֲבוֹת-מְלָאכוֹת הוּא. הַמְמַחֲקוֹ: מְגָרֵד שְׂעָרוֹ. מְחַתְּכוֹ: מַקְצִיעוֹ וּמְחַתְּכוֹ לִרְצוּעוֹת וְסַנְדָּלִים.

הממחק

המולח

המעבד

Mishnayot Shabbat * Commentary of Rabbi Ovadia M'Bartenura * Chapter 7

mishna 2

He who (25) traps a deer, (26) slaughters it, (27) skins it, (28) salts it, (29) tans its hide, (30) smooths it, or (31) cuts it.

HE WHO (25) TRAPS A DEER, and all of the Melachot - relating to the preparation of hides - which follow, figured in the preparation of the Tahash skins [for the covering of the Tabernacle].

המפשיט

השוחט

פני שבת משניות שבת ★ פרוש ר"ע מברטנורא ★ פרק ז

(המשך) משנה ב

הַצָּד צְבִי, הַשּׁוֹחֲטוֹ וְהַמַּפְשִׁיטוֹ, הַמּוֹלְחוֹ וְהַמְעַבֵּד אֶת עוֹרוֹ* וְהַמּוֹחֲקוֹ* וְהַמְחַתְּכוֹ.

* נ"א: וְהַמְעַבְּדוֹ * נ"א: [וְ]הַמְמַחֲקוֹ

הַצָּד צְבִי: וְכָל מְלֶאכֶת עוֹרוֹ נוֹהֶגֶת בַּתְּחָשִׁים בְּעוֹרוֹתֵיהֶן.

הצד

Mishnayot Shabbat * Commentary of Rabbi Ovadia M'Bartenura * Chapter 7

mishna 2

HE WHO (21) TIES [A KNOT] OR (22) UNTIES [A KNOT] - Those who caught the Hilazon (from which was made the sky-blue dye for the tapestries of the Tabernacle) would knot and untie their nets, if they had to remove string from one net in order to add it to another.

HE WHO (23) SEWS...HE WHO (24) TEARS - These categories of work were also performed in connection with the tapestries. The small, round holes of a moth-eaten tapestry would have to be slit up and down, so that the mending not come out wrinkled.

HE WHO (23) SEWS TWO STITCHES - providing that he knots the ends of the threads; otherwise, the stitches will not hold, [and he will not be liable]. This makes him twice liable: for "knotting" and for "sewing."

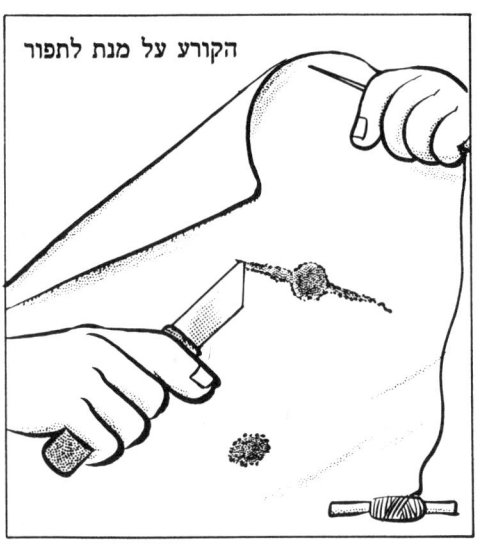

הקורע על מנת לתפור

התופר

וְהַקּוֹשֵׁר וְהַמַּתִּיר — שֶׁכֵּן צָדֵי חִלָּזוֹן, שֶׁמִּמֶּנּוּ עוֹשִׂין הַתְּכֵלֶת, קוֹשְׁרִין וּמַתִּירִין, שֶׁפְּעָמִים צָרִיךְ לִיטּוֹל חוּטִין מֵרֶשֶׁת זוֹ, לְהוֹסִיף עַל זוֹ, וּמַתִּיר בְּכָאן וְקוֹשֵׁר כָּאן. **וְהַתּוֹפֵר... וְקוֹרֵעַ...** — נָמִי הֲוִי בִּירִיעוֹת, שֶׁכֵּן יְרִיעָה, שֶׁאֲכָלָהּ עָשׁ, וְנִקְּבָה בָּהּ נֶקֶב קָטֹן וְעָגוֹל — צָרִיךְ לִקְרוֹעַ לְמַטָּה וּלְמַעְלָה אֶת הַנֶּקֶב, שֶׁלֹּא תְּהֵא הַתְּפִירָה עֲשׂוּיָה קְמָטִין־קְמָטִין. **וְהַתּוֹפֵר שְׁתֵּי תְפִירוֹת,** וְהוּא — שֶׁקְּשָׁרָן, דְּאִי לֹא קְשָׁרָן, לָא קָיְימִי; וּמִחַיֵּיב תַּרְתֵּי: מִשּׁוּם "קוֹשֵׁר" וּמִשּׁוּם "תּוֹפֵר".

mishna 2

(18) MAKES TWO LOOPS - He runs two threads through a loop.

(20) REMOVES TWO THREADS - He removes horizontal threads from the vertical threads, or vertical threads from the horizontal threads, for weaving purposes.

בָּתֵּי־נִירִין — שֶׁנּוֹתֵן שְׁנֵי חוּטִין בְּתוֹךְ הַבֵּית־נִיר. **הַפּוֹצֵעַ**: מֵסִיר חוּטֵי־הָעֵרֶב מֵעַל הַשְּׁתִי, אוֹ הַשְּׁתִי מֵעַל הָעֵרֶב, לְצוֹרֶךְ אֲרִיגָה.

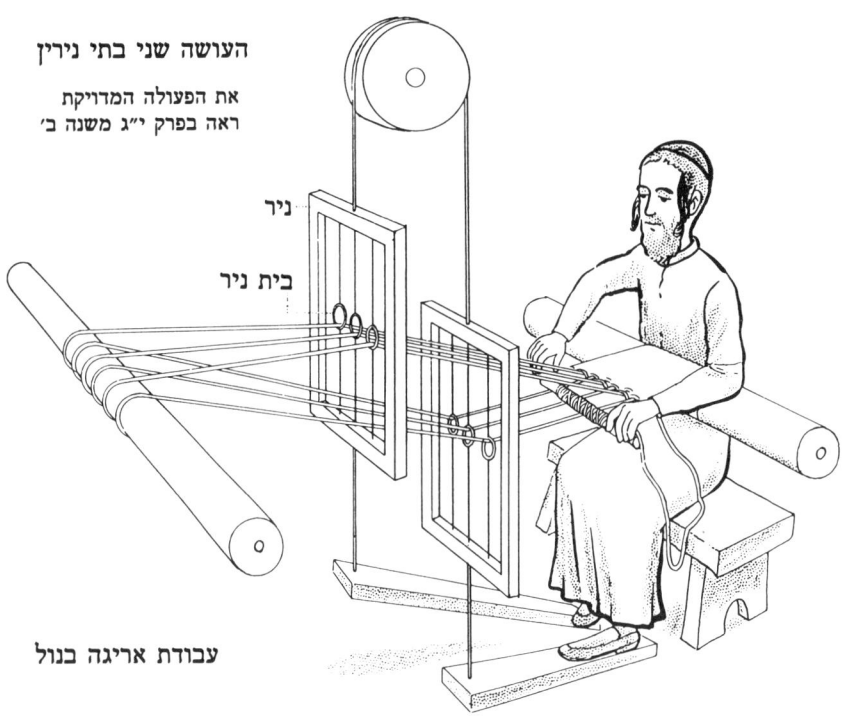

העושה שני בתי נירין

את הפעולה המדויקת
ראה בפרק י״ג משנה ב׳

ניר
בית ניר

עבודת אריגה בנול

mishna 2

(14) He who beats it with a rod, or, alternatively: he who combs it with a comb.

(17) SETS UP THE WARP -

משניות שבת ★ פרוש ר"ע מברטנורא ★ פרק ז

הַמְנַפְּצוֹ: חוֹבְטוֹ בְּשֵׁבֶט. אִי נָמִי – סוֹרְקוֹ בְּמַסְרֵק. הַמֵּיסֵךְ: "אורדיר" בְּלַעַ"ז.

הצובע

המנפץ

mishna 2

He who (12) shears wool, (13) washes it, (14) combs it, or (15) dyes it; he who (16) spins, (17) sets up the warp, (18) makes two loops, (19) weaves two threads, or (20) removes two threads; he who (21) ties [a knot] or (22) unties [a knot]; he who (23) sews two stitches; he who (24) tears in order to sew two stitches.

HE WHO (12) SHEARS WOOL - The next group of Melachot figured in the preparation of the sky-blue wool that was used in the Tabernacle.
(13) WASHES IT [the wool] in a river, [for example].

(המשך) משנה ב

הַגּוֹזֵז אֶת הַצֶּמֶר, הַמְלַבְּנוֹ וְהַמְנַפְּצוֹ וְהַצּוֹבְעוֹ; וְהַטּוֹוֶה וְהַמֵּיסֵךְ וְהָעוֹשֶׂה שְׁתֵּי בָתֵּי־נִירִין וְהָאוֹרֵג שְׁנֵי חוּטִין וְהַפּוֹצֵעַ שְׁנֵי חוּטִין; הַקּוֹשֵׁר וְהַמַּתִּיר; וְהַתּוֹפֵר שְׁתֵּי תְפִירוֹת; הַקּוֹרֵעַ עַל־מְנָת לִתְפּוֹר שְׁתֵּי תְפִירוֹת.

הַגּוֹזֵז צֶמֶר: וְכָל שְׁאָר מַלְאֲכוֹתֶיהָ שָׁיְיכִי בְּצֶמֶר־תְּכֵלֶת שֶׁל מְלֶאכֶת־הַמִּשְׁכָּן. **הַמְלַבְּנוֹ:** מְכַבְּסוֹ בַּנָּהָר.

הגוזז את הצמר

המלבן

mishna 2

(11) BAKES - Baking, i.e., bread-making, played no role in the construction of the Tabernacle; what did figure in the Tabernacle was cooking. (Cooking figured in the preparation of the blue, purple and crimson dyes that were used in the Tabernacle.) [Why, then, did the Mishnah cite "baking" - instead of "cooking" - as one of the primary categories, which correspond to the types of work that were involved in the construction of the Tabernacle]?

The answer is that the first eleven categories of the Mishnah are arranged according to the order of the bread-making process, [starting with plowing and sowing and culminating with baking]. That is why the Mishnah counted "baking" - which is of the same class as "cooking" - [in its list of the primary categories of work prohibited on Shabbat].

One who stirs a pot which is on the fire - or puts a cover on it - is liable for "cooking."

All of the categories of work that were stated until now in the Mishnah - sowing, reaping, threshing, etc. - figured in the preparation of the dyes that were used in the Tabernacle.

הָאוֹפֶה: לָא הָוְיָא בַּמִּשְׁכָּן, דְּאֵין אֲפִיָּיה אֶלָּא בְּפַת, וּפַת לָא שָׁיְיכָא בִּמְלֶאכֶת־הַמִּשְׁכָּן, אֶלָּא תַּנָּא סִידּוּרָא דְּפַת נָקַט. וּמִיהוּ, ״מְבַשֵּׁל״, שֶׁהוּא מֵעֵין מְלֶאכֶת אוֹפֶה, הֲוָה בַּמִּשְׁכָּן — בַּסַּמְמָנִין שֶׁל צֶבַע תְּכֵלֶת וְאַרְגָּמָן וְתוֹלַעַת שָׁנִי. וְהַמֵּגִיס בִּקְדֵירָה וְהַנּוֹתֵן כִּיסּוּי עַל גַּבֵּי קְדֵירָה, הָעוֹמֶדֶת עַל הָאֵשׁ, חַיָּיב מִשּׁוּם ״מְבַשֵּׁל״. וְכָל הָנָךְ קַמָּאֵי דַּחֲשֵׁיב בְּמַתְנִיתִין — ״הַזּוֹרֵעַ״, ״הַקּוֹצֵר״, ״הַדָּשׁ״, וְכוּ׳ — כּוּלְּהוּ הֲווֹ בַּסַּמְמָנִין בַּצֶּבַע שֶׁל מְלֶאכֶת־הַמִּשְׁכָּן.

mishna 2

(9) SIFTS with a sifter. Even though winnowing, selecting, and sifting all share the same purpose - that of separating unwanted from wanted portions of food - nevertheless, the Mishnah counts them as three separate categories. [Why? There are two possible answers:]

(a) Because all three were performed in [connection with the construction of] the Tabernacle in the wilderness, they are each listed separately, despite the similarity between them. [Note: The primary categories of work prohibited on Shabbat correspond to the types of work that were involved in the construction of the Tabernacle.]

(b) Because they are performed at different stages, they were each listed separately.

משניות שבת ★ פרוש ר״ע מברטנורא ★ פרק ז

וְהַמְרַקֵּד בְּנָפָה. וְאַף־עַל־גַּב דְּהָנֵי כּוּלְּהוֹ חֲדָא נִינְהוּ, דִּלְהַפְרִישׁ פְּסוֹלֶת מִתּוֹךְ אוֹכֶל נַעֲשׂוּ שְׁלָשְׁתָּן — מִשּׁוּם דִּשְׁלָשְׁתָּן הֲווֹ בַּמִּשְׁכָּן, אַף־עַל־גַּב דְּדָמֵי לַהֲדָדֵי, חָשֵׁיב לְהוֹ כָּל חֲדָא בְּאַנְפֵּי נַפְשָׁהּ. אִי נָמִי — לְפִי שֶׁאֵינָן בְּבַת־אַחַת, אֶלָּא זֶה אַחַר זֶה.

הטוחן

המרקד

mishna 2

(3) REAPS - He who detaches a plant or cuts off a branch from a tree is liable for "reaping."

(4) GATHERS TOGETHER detached plants into a pile.

(6) WINNOWS with a winnowing shovel into the wind.

(7) SELECTS unwanted [from wanted] portions [of food], by hand or with a sieve.

הבורר

הזורה

הַקּוֹצֵר בִּזְרָעִים, וְהַמְלַקֵּט בְּאִילָנוֹת — חַיָּב מִשּׁוּם ״קוֹצֵר״. **הַמְעַמֵּר**: אוֹסֵף זְרָעִים תְּלוּשִׁים וְצוֹבְרָם אֶל מָקוֹם אֶחָד. **וְהַזּוֹרֶה** בְּרַחַת לָרוּחַ. **הַבּוֹרֵר** פְּסוֹלֶת בְּיָדָיו, אוֹ בִּכְבָרָה.

הקוצר

המעמר

הדש

mishna 1

The primary categories of [prohibited] work are forty less one: He who (1) sows, (2) ploughs, (3) reaps, or (4) gathers together; he who (5) threshes or (6) winnows; he who (7) selects, (8) grinds, (9) sifts, (10) kneads, or (11) bakes.

HE WHO (1) SOWS, (2) PLOWS - The natural order of things is to first plow and then to sow. Why did the Mishnah list "sowing" before "plowing"? To teach that, where the ground was hard, and one therefore plowed a second time (after having first plowed and sowed), one violates - with this second plowing - the category of "plowing."

החורש

משנה ב

אֲבוֹת־מְלָאכוֹת — אַרְבָּעִים־חָסֵר־אַחַת: הַזּוֹרֵעַ וְהַחוֹרֵשׁ וְהַקּוֹצֵר וְהַמְעַמֵּר; הַדָּשׁ וְהַזּוֹרֶה; הַבּוֹרֵר, הַטּוֹחֵן וְהַמְרַקֵּד וְהַלָּשׁ וְהָאוֹפֶה.

הַזּוֹרֵעַ וְהַחוֹרֵשׁ: הָא דְּלָא תְּנָא ״הַחוֹרֵשׁ״ בְּרֵישָׁא וַהֲדַר ״הַזּוֹרֵעַ״ — כְּדֶרֶךְ כָּל הָאָרֶץ — לְאַשְׁמוֹעִינַן, שֶׁאִם הָיָה קַרְקַע קָשֶׁה, וַחֲרָשׁוֹ וּזְרָעוֹ וְאַחַר־כָּךְ חָזַר וַחֲרָשׁוֹ, מְחַיֵּיב אַחֲרִישָׁה שְׁנִיָּה מִשּׁוּם ״חוֹרֵשׁ״.

הזורע

Chapter 7

mishna 1

(2) HE WHO KNOWS OF THE ESSENCE OF SHABBAT, that the Mitzvah of Shabbat exists in the Torah and that Melachot have been prohibited on that day. AND PERFORMS MANY MELACHOT ON MANY DIFFERENT SHABBATOT - He lost track of the days of the week, and was unaware that it was Shabbat. IS LIABLE for a sin-offering FOR EACH AND EVERY SHABBAT. This idea [- that the inadvertent violation of each and every Shabbat constitutes a separate, independent oversight for which one is liable -] is found in Scripture: "Benei Yisrael shall keep the Sabbath" (Shemot 31:16) -"Sabbath" is written here, in the singular: this implies that one is responsible for the observance of each and every Shabbat, i.e one is liable for a sin-offering for each and every Shabbat. [This ruling of the Mishnah seems difficult for the following reason: One had lost track of the days of the week, had become unaware of when Shabbat was to be, and, as a result, inadvertently violated many consecutive Sabbaths in one long and uninterrupted spell of unawareness.] Since here, too, it was one basic oversight - that of losing track of the days of the week - which led to the violation of many Shabbatot, he should be liable for only one sin-offering. [Why does the Mishnah state that he is liable for a sin-offering for each and every Sabbath? The explanation is as follows: The Mishnah assumes that] it is impossible that he did not find out, in the intervening weekdays between Shabbatot, which day had been Shabbat. Consequently, when he loses track of the days again (and inadvertently violates Shabbat again), [this constitutes a second spell of unawareness that makes him liable for a second sin-offering, and so on;] each and every Shabbat is considered a separate oversight. (He remained unaware, however, of having violated any of the Melachot Shabbat.)

(3) HE WHO KNOWS THAT IT IS SHABBAT - AND PERFORMS MANY MELACHOT - without being aware that these Melachot are forbidden, and performs them several times over the course of several Shabbatot - IS LIABLE [FOR A SIN-OFFERING] FOR EACH AND EVERY AV MELACHA: Even though he repeated the violation of an Av Melacha on several Shabbatot, it is counted as one oversight only, since he had no "awareness of sin" between violations. In this case we do not say - as above - that in the intervening days between Shabbatot he must have become aware of his sin. He may well have remained ignorant of the forbidden Melachot, unless he had taken up the study of Hilkhot Shabbat with Torah scholars. He would likewise be liable for two separate sin-offerings, if he performed two Toledot, deriving from two separate Avot Melacha. [A "Toledah" (lit. "offspring") is "derivative" work, prohibited because it is classified under one of the "Avot" or primary categories of work.] If, however, he performed an Av and its Toledah, or two Toledot deriving from the same Av, he would be liable for only one sin-offering, as stated at the end of the Mishnah: HE WHO PERFORMS MANY MELACHOT, ALL BELONGING TO ONE CATEGORY OF WORK [without being aware that these Melachot are forbidden], IS LIABLE FOR ONLY ONE SIN-OFFERING, e.g. if he performs two Toledot deriving from the same Av, because that is like repeating the same act of work in one spell of unawareness. (When numerous inadvertent violations are committed in one spell of unawareness, one is liable for more than one sin-offering only in the case of two dissimilar sins, or in the case of unawareness of Shabbat, where we distinguish between Shabbatot.

הַיּוֹדֵעַ, שֶׁהוּא שַׁבָּת, וְעָשָׂה מְלָאכוֹת הַרְבֵּה — שֶׁלֹּא יָדַע, שֶׁמְּלָאכוֹת הַלָּלוּ אֲסוּרוֹת, וַעֲשָׂאָן כַּמָּה פְּעָמִים בְּכַמָּה שַׁבָּתוֹת — חַיָּיב עַל כָּל אַב־מְלָאכָה חַטָּאת אַחַת; וְאַף־עַל־פִּי שֶׁחָזַר וּכְפָלָן בְּכַמָּה שַׁבָּתוֹת — כָּל אַב מֵהֶן חֲדָא שְׁגָגָה הִיא, דְּהָא לֹא נוֹדַע לוֹ בֵּינְתַיִים. וְהָכָא לֵיכָּא לְמֵימַר: יָמִים שֶׁבֵּינְתַיִים הָוְיָין יְדִיעָה, לְחַלֵּק — דְּמִשּׁוּם יָמִים שֶׁבֵּינְתַיִים אֵין לוֹ לָדַעַת אֵיזוֹ מְלָאכָה אֲסוּרָה וְאֵיזוֹ מְלָאכָה מוּתֶּרֶת, אֶלָּא־אִם־כֵּן יָשַׁב וְעָסַק לִפְנֵי חֲכָמִים בְּהִלְכוֹת־שַׁבָּת. וְהוּא הַדִּין, שֶׁחַיָּיב עַל שְׁתֵּי תּוֹלָדוֹת שֶׁל שְׁתֵּי אָבוֹת חֲלוּקוֹת — עַל כָּל אַחַת חַטָּאת אַחַת. אֲבָל, אִי עֲבֵיד אָב וְתוֹלָדָה דִּידֵיהּ, אוֹ שְׁתֵּי תּוֹלָדוֹת שֶׁל אָב אֶחָד, לָא מְחַיֵּיב אֶלָּא חֲדָא, כִּדְקָתָנֵי סֵיפָא: ״הָעוֹשֶׂה מְלָאכוֹת הַרְבֵּה מֵעֵין מְלָאכָה אַחַת — אֵינוֹ חַיָּיב אֶלָּא [חַטָּאת] אַחַת״, כְּגוֹן שְׁתֵּי תּוֹלָדוֹת שֶׁל אָב אֶחָד, מִשּׁוּם דְּהָוֵי כְּעוֹשֶׂה וְחוֹזֵר וְעוֹשֶׂה בְּהֶעְלֵם אַחַת, וְאֵין חִילּוּק חַטָּאוֹת בְּהֶעְלֵם אַחַת, אֶלָּא בְּגוּפֵי־עֲבֵירָה, שֶׁאֵינָן דּוֹמִים, אוֹ בְּחִילּוּק שַׁבָּתוֹת לְעִנְיַן שִׁגְגַת שַׁבָּת.

Chapter 7

mishna 1 **A great principle was stated, regarding Shabbat: Whoever forgets the very essence of Shabbat - and performs many Melachot [acts of work prohibited on Shabbat] on many different Sabbaths - is liable for only one sin-offering. He who knows of the essence of Shabbat - and performs many Melachot on many different Shabbatot - is liable [for a sin-offering] for each and every Shabbat.**

A GREAT PRINCIPLE... (1) WHOEVER FORGETS THE VERY ESSENCE OF SHABBAT, i.e., he is unaware that there is such a Mitzvah as Shabbat in the Torah - even if he was once aware and has since forgotten - IS LIABLE FOR ONLY ONE SIN-OFFERING for all of the Shabbatot [Sabbaths] that he violates.
One sin-offering for one error [Why is he liable for only one sin-offering, if he transgressed many Shabbat prohibitions in violating many different Shabbatot?] Because it is all due to one, fundamental error: [that of forgetting the very existence of Shabbat. This idea - that the violation of many different Shabbatot may be due to a single but fundamental oversight - is] found in Scripture: "You must keep my Sabbaths" (Shemot 31:13) - "Sabbaths" is written here, in the plural: this implies that there is one, fundamental element of observance which is responsible for the keeping of many Sabbaths.

He who knows that it is Shabbat - and performs many Melachot on many different Shabbatot - is liable [for a sin-offering] for each and every Av Melacha [lit., "father" or primary category of work]. He who performs many Melachot, all belonging to one category of work, is liable for only one sin-offering.

משנה א

כְּלָל גָּדוֹל אָמְרוּ בַּשַּׁבָּת: כׇּל הַשּׁוֹכֵחַ עִיקַּר־שַׁבָּת וְעָשָׂה מְלָאכוֹת הַרְבֵּה בְּשַׁבָּתוֹת הַרְבֵּה — אֵינוֹ חַיָּיב אֶלָּא חַטָּאת אַחַת.
הַיּוֹדֵעַ עִיקַּר־שַׁבָּת וְעָשָׂה מְלָאכוֹת הַרְבֵּה בְּשַׁבָּתוֹת הַרְבֵּה — חַיָּיב עַל כׇּל שַׁבָּת וְשַׁבָּת.

כְּלָל גָּדוֹל...: הַשּׁוֹכֵחַ עִיקַּר־שַׁבָּת: כְּסָבוּר — אֵין שַׁבָּת בַּתּוֹרָה, וְאַף־עַל־גַּב דְּמֵעִיקָּרָא שָׁמַע וְעַכְשָׁיו שְׁכָחוֹ. **אֵינוֹ חַיָּיב אֶלָּא חַטָּאת אַחַת** עַל כׇּל הַשַּׁבָּתוֹת, שֶׁחִילֵּל, דְּכוּלָּהּ שְׁגָגָה חֲדָא הִיא, דִּכְתִיב (שמות לא, יג): ״אֶת שַׁבְּתֹתַי תִּשְׁמֹרוּ״ — וּמַשְׁמָע: שְׁמִירָה אַחַת לְשַׁבָּתוֹת הַרְבֵּה. **הַיּוֹדֵעַ עִיקַּר־שַׁבָּת** — שֶׁיֵּשׁ שַׁבָּת בַּתּוֹרָה, וְנֶאֶסְרוּ בּוֹ מְלָאכוֹת — **וְעָשָׂה מְלָאכוֹת הַרְבֵּה בְּשַׁבָּתוֹת הַרְבֵּה** עַל־יְדֵי שִׁגְגַת שַׁבָּת — שֶׁאֵינוֹ יוֹדֵעַ, שֶׁשַּׁבָּת הַיּוֹם — **חַיָּיב עַל כׇּל שַׁבָּת וְשַׁבָּת** חַטָּאת אַחַת. וְעַל זֶה נֶאֱמַר (שם שם, טז): ״וְשָׁמְרוּ בְנֵי־יִשְׂרָאֵל אֶת־הַשַּׁבָּת״, דְּמַשְׁמָע: שְׁמִירָה לְכׇל שַׁבָּת וְשַׁבָּת, כְּלוֹמַר, שֶׁחַיָּיב חַטָּאת עַל כׇּל שַׁבָּת וְשַׁבָּת; וְאַף־עַל־פִּי שֶׁלֹּא נוֹדַע לוֹ בֵּינְתַיִים, וְהֶעְלֵם אַחַת הִיא — אָמְרִינַן: יָמִים שֶׁבֵּינְתַיִים הָוְיָין יְדִיעָה, שֶׁאִי־אֶפְשָׁר שֶׁלֹּא שָׁמַע בֵּינְתַיִים, שֶׁאוֹתוֹ הַיּוֹם שַׁבָּת הָיָה, אֶלָּא שֶׁלֹּא נִזְכַּר בַּמְּלָאכוֹת, שֶׁעָשָׂה בּוֹ. הִלְכָּךְ כׇּל שַׁבָּת וְשַׁבָּת שְׁגָגָה אַחַת הִיא.

(המשך) משנה א

הַיּוֹדֵעַ, שֶׁהוּא שַׁבָּת, וְעָשָׂה מְלָאכוֹת הַרְבֵּה בְּשַׁבָּתוֹת הַרְבֵּה — חַיָּיב עַל כׇּל אַב־מְלָאכָה־וּמְלָאכָה.
הָעוֹשֶׂה מְלָאכוֹת הַרְבֵּה מֵעֵין מְלָאכָה אַחַת — אֵינוֹ חַיָּיב אֶלָּא חַטָּאת אַחַת.

mishna 10

OR WITH A NAIL OF A GALLOWS - It was placed on a wound, to remove the swelling. Rambam explained: it was hung about the neck as a cure for a steady fever.

R. MEIR, HOWEVER, PROHIBITS THESE - EVEN DURING THE WEEK: The Halakhah does not follow R. Meir, since the rule is: anything that is found to heal is not forbidden on account of "the ways of the Emori" [superstitious practices of non-Jews] and is not included in the prohibition, "...nor shall you follow their customs" (VaYikra 18:3).

וּבְמַסְמֵר־הַצָּלוּב: מַסְמֵר שֶׁבְּעֵץ הַתָּלוּי: אִם יַנִּיחוּהוּ עַל נֶפַח שֶׁבַּמַּכָּה, יָסִיר הַנֶּפַח. וְרַמְבַּ"ם פֵּירַשׁ, שֶׁמְּשִׂימִין אוֹתוֹ בְּצַוָּאר מִי שֶׁיֵּשׁ לוֹ קַדַּחַת שְׁלִישִׁית, וִירַפְּאֶנּוּ. **וְרַבִּי מֵאִיר אוֹמֵר: אַף בְּחוֹל אָסוּר** — וְאֵין הֲלָכָה כְּרַבִּי מֵאִיר, דְּקָיְימָא לַן: כָּל דָּבָר, שֶׁיֵּשׁ בּוֹ מִשּׁוּם רְפוּאָה, אֵין בּוֹ מִשּׁוּם דַּרְכֵי הָאֱמוֹרִי, וְלָא קָרֵינַן בְּהוֹ: "וּבְחֻקֹּתֵיהֶם לֹא תֵלֵכוּ" (ויקרא יח, ג).

ביצת החרגול

שן שועל חי כדי להקיצו

שן שועל מת כדי שיישן

mishna 10

One may go out with an egg of a Hargol, with the tooth of a fox, or with a nail of a gallows, for healing purposes. This is the view of R. Yossi; R. Meir, however, prohibits these - even during the week - on account of "the ways of the Emori."

A HARGOL - a type of locust, as it is written: אֶת הַחַרְגּוֹל לְמִינֵהוּ ["the spotted grey locust family"](VaYikra 11:22). It was hung from the ear as a cure for an ear ache.

WITH THE TOOTH OF A FOX for sleep disorders. For excessive sleepiness, they would wear a tooth from a live fox; for insomnia, they would wear a tooth from a dead fox.

משניות שבת ★ פרוש ר"ע מברטנורא ★ פרק ו

משנה י

יוֹצְאִין בְּבֵיצַת הַחַרְגּוֹל וּבְשֵׁן־שׁוּעָל וּבְמַסְמֵר־מִן־הַצָּלוּב — מִשּׁוּם רְפוּאָה: דִּבְרֵי רַבִּי מֵאִיר;*
וַחֲכָמִים אוֹמְרִים:* אַף בְּחוֹל אָסוּר מִשּׁוּם דַּרְכֵי הָאֱמוֹרִי.

* נ"א: רַבִּי יוֹסֵי * נ"א: וְרַבִּי מֵאִיר אוֹמֵר

הַחַרְגּוֹל: מִן חָגָב, כִּדְכְתִיב (ויקרא יא, כב): "[וְ]אֶת־הַחַרְגֹּל לְמִינֵהוּ"; וְתוֹלִין אוֹתוֹ בָּאוֹזֶן וּמְרַפְּאִין בּוֹ כְּאֵב הָאֹזֶן. **וּבְשֵׁן־שֶׁל־שׁוּעָל,** דְּעָבְדֵי לְשֵׁינְתָא: לְמַאן דְּנָיֵים — לַהֲקִיצוֹ, תּוֹלִין עָלָיו שֵׁן שֶׁל שׁוּעָל חַי; וּלְמַאן דְּלָא נָיֵים — כְּדֵי שֶׁיִּישַׁן, תּוֹלִין עָלָיו שֵׁן שֶׁל שׁוּעָל מֵת.

mishna 9

Boys may go out with laces, and princes with bells; and so, too, may any person: the Sages were speaking in terms of what was most common.

WITH LACES - When a boy would miss his father terribly, the father would take off his right shoelace and tie it to his son's left [arm]. As long as the lace was upon him, it would serve as a charm, helping the boy bear his father's absence. The Mishnah speaks of boys - not girls - since girls do not miss their fathers to the extent that boys do.

WITH זוגים , little BELLS - The Targum of "a golden bell" (Shemot 28:34) is זַגָּא דְדַהֲבָא

ובני מלכים בזוגין

משנה ט

הַבָּנִים יוֹצְאִין בַּקְּשָׁרִים, וּבְנֵי־מְלָכִים — בְּזוֹגִין; וְכָל אָדָם — אֶלָּא שֶׁדִּבְּרוּ חֲכָמִים בַּהֹוֶה.

בַּקְּשָׁרִים: בֵּן, שֶׁיֵּשׁ לוֹ גַּעְגּוּעִים עַל אָבִיו — נוֹטֵל הָאָב רְצוּעָה שֶׁל מִנְעַל־יָמִין וְקוֹשְׁרָהּ לוֹ לַבֵּן בִּשְׂמֹאלוֹ; וְכָל זְמַן שֶׁאוֹתוֹ קֶשֶׁר עָלָיו — סָרִים הַגַּעְגּוּעִים מֵעָלָיו בִּסְגֻלָּה. וּלְהָכִי תָּנֵי: "הַבָּנִים" — שֶׁאֵין לַבָּנוֹת גַּעְגּוּעִים עַל אֲבִיהֶן כְּמוֹ לַבָּנִים.

בְּזוֹגִים: כְּמוֹ פַּעֲמוֹנִים קְטַנִּים: תַּרְגּוּם "פַּעֲמוֹן זָהָב" (שמות כח, לד) — "זַגָּא דְדַהֲבָא".

בנים יוצאין בקשרים

mishna 8

An Ankatmin is not subject to ritual impurity, and one may not go out with one [on Shabbat].

ANKATMIN - A mask with strange human features, that was used to give children a good scare. Another explanation: a donkey getup, which clowns would make and carry on their shoulders.

IS NOT SUBJECT RITUAL IMPURITY, since it is neither a "utensil of service" nor an ornament.

(המשך) משנה ח

אַנְקַטְמִין – טְהוֹרִין, וְאֵין יוֹצְאִין בָּהֶן.

אַנְקַטְמִין: כְּמִין פַּרְצוּף־אָדָם מְשׁוּנֶּה, שֶׁמְּשִׂימִין עַל הַפָּנִים, לְהַבְעִית בּוֹ הַתִּינוֹקוֹת. פֵּירוּשׁ אַחֵר: חֲמוֹר, שֶׁהַלֵּיצָנִים עוֹשִׂין וְנוֹשְׂאִין אוֹתוֹ עַל כִּתְפֵיהֶן. **טְהוֹרִים** מִלְּקַבֵּל טוּמְאָה, דְּלֹא כְּלִי תַּשְׁמִישׁ וְלֹא תַּכְשִׁיט הוּא.

mishna 8

HIS CHAIR - A cripple, whose leg muscles have atrophied, cannot even walk on his knees and legs. How, then, would he get around? Seated on a low chair, he would lean forward onto two small supports, lift himself up by the arms and swing forward, then sit himself back on the chair, which was tied to him. AND HIS SUPPORTS - Such a cripple would also have leather or wooden leg supports for his dangling stumps: When he would lift himself up by the arms, he would also support himself slightly with his legs.

HE MAY NOT GO OUT WITH THEM ON SHABBAT - Since he would not actually walk on these dangling [leg supports], they would tend to fall off, raising the concern that he might then come to carry them in the public domain. Another explanation: since they are not essential to the cripple for propelling himself along, they are [not] considered ["ornaments" but] a burden, and he may not go out wearing them. AND MAY NOT ENTER THE SANCTUARY COURT WITH THEM, since they are considered shoes.

כִּסֵּא: יֵשׁ קִיטֵּעַ, שֶׁיָּבְשׁוּ וְנִכְוְוצוּ גִּידֵי שׁוֹקָיו, וְאַף עַל אַרְכּוּבוֹתָיו אֵינוֹ יָכוֹל לֵילֵךְ; וְעוֹשֶׂה כְּמוֹ כִּסֵּא נָמוּךְ וְיוֹשֵׁב עָלָיו, וּכְשֶׁהוּא מְהַלֵּךְ, נִסְמָךְ עַל יָדָיו בְּסַפְסָלִים קְטַנִּים וְעוֹקֵר גּוּפוֹ מִן הָאָרֶץ וְנִדְחָף לְפָנָיו וְחוֹזֵר וְנָח עַל אֲחוֹרָיו, וְהַכִּסֵּא קָשׁוּר לַאֲחוֹרָיו. **סָמוֹכוֹת** שֶׁל אוֹתוֹ קִיטֵּעַ: עוֹשֶׂה לוֹ סָמוֹכוֹת שֶׁל עוֹר, אוֹ שֶׁל עֵץ, לְרָאשֵׁי שׁוֹקָיו אוֹ רַגְלָיו הַתְּלוּיִין, וּכְשֶׁהוּא נִשְׁעָן עַל יָדָיו וְהוּא עוֹקֵר עַצְמוֹ, נִשְׁעָן גַּם עַל רַגְלָיו קְצָת. **וְאֵין יוֹצְאִין בָּהֶן בְּשַׁבָּת**. דְּאַיְּדֵי דִּתְלוֹ וְלָא [מארגי] מַנְחֵי אַאַרְעָא — זִמְנִין, דְּמִשְׁתַּלְפִי, וְאָתֵי לְאַתוּיִינְהוּ. וְאִית דְּאָמְרִי: מִפְּנֵי שֶׁאֵין צְרִיכִין לוֹ כָּל כָּךְ וְהָווּ מַשּׂאוֹי. **וְאֵין נִכְנָסִין בָּהֶן לָעֲזָרָה**, דְּמִנְעָל נִינְהוּ.

כסא וסמוכות שלו

mishna 8

His leg guards are subject to ritual impurity "by treading." He may go out with them on Shabbat and may enter the Sanctuary court with them.

His chair and his supports are subject to ritual impurity "by treading." He may not go out with them on Shabbat and may not enter the Sanctuary court with them.

HIS LEG GUARDS - A cripple, who lost both feet, can walk on his knees and legs by wearing leather leg guards on the legs.

ARE SUBJECT TO RITUAL IMPURITY "BY TREADING" - If the cripple is a Zav [a man who has had an abnormal discharge from his organ], the leg guards become ritually impure on account of his treading upon them. (When a Zav treads - or sits, leans, lies, or otherwise brings his weight to bear - upon a support of some kind, the support becomes an אַב הַטֻּמְאָה, [lit., "father" or primary source of ritual impurity].)

HE MAY GO OUT WITH THEM ON SHABBAT, since these are the "ornaments" that a cripple wears. AND MAY ENTER THE SANCTUARY COURT WITH THEM - Even though the Mishnah states: "One should not enter the Sanctuary mount with his shoes," [this case is different;] the leg guards are not considered shoes, since he does not wear them on the end of the foot.

(המשך) משנה ח

סָמוֹכוֹת שֶׁלּוֹ – טְמֵאִין־מִדְרָס, וְיוֹצְאִין בָּהֶן בְּשַׁבָּת וְנִכְנָסִין בָּהֶן בָּעֲזָרָה.*
כִּסֵּא וְסָמוֹכוֹת שֶׁלּוֹ – טְמֵאִין־מִדְרָס, וְאֵין יוֹצְאִין בָּהֶן בְּשַׁבָּת וְאֵין נִכְנָסִין בָּהֶן בָּעֲזָרָה.*

* נ״א: לָעֲזָרָה

סָמוֹכוֹת שֶׁלּוֹ: יֵשׁ קִיטֵּעַ־שְׁתֵּי־רַגְלָיו וְהוֹלֵךְ עַל שׁוֹקָיו וְעַל אַרְכּוּבוֹתָיו וְעוֹשֶׂה סָמוֹכוֹת שֶׁל עוֹר בְּשׁוֹקָיו. **טְמֵאִין־מִדְרָס** — אִם זָב הוּא, דְּהָא לִסְמִיכוּת גּוּפוֹ עֲבִידִי, וּמִדְרָס הֵן, וְנַעֲשׂוּ אַב־הַטּוּמְאָה. **וְיוֹצְאִין בָּהֶן בְּשַׁבָּת,** דְּתַכְשִׁיט דִּידֵיהּ הֵן. **וְנִכְנָסִין בָּהֶן לָעֲזָרָה:** וְאַף־עַל־גַּב דִּתְנַן (ברכות ט, ה): ״לֹא יִכָּנֵס [אָדָם] לְהַר־הַבַּיִת בְּמִנְעָלוֹ״ — הָנֵי לַאו מִנְעָל נִינְהוּ, דְּלַאו בְּרֹאשׁ רַגְלָיו הֵן.

סמוכות

mishna 8

A stump-legged person may go out with his wooden foot. This is the view of R. Meir; R. Yossi, however, forbids this. And if it [the wooden foot] has a receptacle for padding, it is subject to ritual impurity [lit. "it is ritually impure"].

A STUMPED-LEGGED PERSON, who has lost his foot, MAY GO OUT WITH HIS WOODEN FOOT - an artificial foot, made of wood, with a cavity into which fits the stump. The cripple does not put his full weight upon the artificial foot.

[According to R. Meir,] a cripple's artificial foot is like his shoe, and so he may go out with it [on Shabbat]. R. Yossi - who holds that an artificial foot is neither like a shoe nor like an ornament - forbids going out with it.

The Halakhah follows the opinion of R. Yossi.

AND IF IT [THE WOODEN FOOT] HAS A RECEPTACLE FOR PADDING - If the cavity in the wood [of the artificial foot] is fit to hold not only a stump but also padding, the artificial foot IS SUBJECT TO RITUAL IMPURITY "by contact" [with a human corpse, for instance]. If, however, the cavity is fit to hold only a stump, it is not subject to ritual impurity "by contact."

[Why should it make a difference whether the cavity (or: receptacle) is also fit to hold padding? The explanation is as follows:

1. In order for a wooden vessel to be subject to ritual impurity, it must be like a sack. This rule is derived from the fact that they (a wooden vessel and a sack) are mentioned together in the same verse, regarding ritual impurity: "...Any vessel of wood...or sack...shall be ritually impure..." (VaYikra 11:32).

2. It follows, then, that just as a sack, which is subject to ritual impurity, has a receptacle, so must a wooden vessel have a receptacle, in order to be subject to ritual impurity.

3. Furthermore, in order for a wooden vessel to be subject to ritual impurity,] its receptacle must be comparable to the receptacle of a sack: Just as the receptacle of a sack is fit to carry what is placed within it, [so too must the receptacle of a wooden vessel be fit to carry what is placed within it.

It follows, then, that if the receptacle of an artificial foot is fit to hold both stump and padding, it is subject to ritual impurity. Why? Because the receptacle can be said to carry the padding that is placed within it, just as the receptacle of a sack carries that which is placed within it.

If, however, the receptacle of an artificial foot is fit to hold only the stump, it is not subject to ritual impurity. Why?] Since the receptacle cannot be said to carry the stump, it is not comparable to the receptacle of sack. It is therefore not considered to be a receptacle at all (in so far as ritual impurity is concerned), and the vessel has the status of a wooden vessel that is flat, that has no receptacle, and that is therefore not subject to ritual impurity.

משנה ח

הַקִּיטֵּעַ יוֹצֵא בְּקַב שֶׁלּוֹ — דִּבְרֵי רַבִּי מֵאִיר; וְרַבִּי יוֹסֵי אוֹסֵר.
וְאִם יֶשׁ לוֹ בֵּית־קִבּוּל־כְּתוּתִין,* טָמֵא.

* נ"א: כְּתִיתִין

הַקִּיטֵּעַ — שֶׁנִּקְטְעָה רַגְלוֹ. **יוֹצֵא בְּקַב שֶׁלּוֹ:** עוֹשִׂין לוֹ כְּמִין דְּפוּס־רֶגֶל, וְחוֹקֵק בּוֹ מְעַט, לָשׂוּם רֹאשׁ שׁוֹקוֹ בְּתוֹכוֹ, וְאֵינוֹ נִסְמָךְ עָלָיו; וּמוּתָּר לָצֵאת בּוֹ, דְּמִנְעָל דִּידֵיהּ הָוֵי. וְרַבִּי יוֹסֵי אוֹסֵר, דְּלָאו תַּכְשִׁיט הוּא. וַהֲלָכָה כְּרַבִּי יוֹסֵי. **וְאִם יֶשׁ לוֹ בֵּית־קִבּוּל־כְּתִיתִין** — שֶׁנֶּחְקַק בּוֹ כְּדֵי קִיבּוּל שֶׁל כְּתִיתִין דַּקִּין וּמוֹכִין, לְהַנִּיחַ רֹאשׁ שׁוֹקוֹ עֲלֵיהֶן — מְקַבֵּל טוּמְאַת־מַגָּע; אֲבָל, אִם אֵין לוֹ אֶלָּא בֵּית־קִיבּוּל־שׁוֹקוֹ בִּלְבַד, בְּלֹא כְּתִיתִין, לָאו בֵּית־קִיבּוּל הוּא לְטוּמְאָה וְהָוֵי לֵיהּ כִּפְשׁוּטֵי־כְלֵי־עֵץ — דְּדוּמְיָא דְּשַׂק בָּעֵינַן, דְּקִיבּוּל שֶׁלּוֹ עָשׂוּי לִיטַּלְטֵל עַל יָדוֹ מַה שֶּׁנּוֹתְנִין בּוֹ, אֲבָל שׁוֹקוֹ אֵינוֹ מִיטַּלְטֵל עַל־גַּבֵּי הַכֶּלִי.

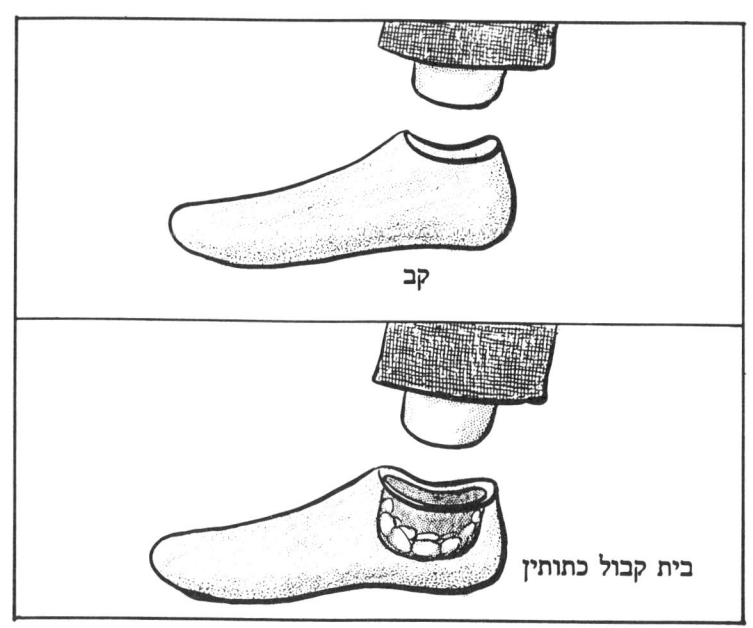

קב

בית קבול כתותין

mishna 7

She may fasten [her cloak] with a stone, with a nut, or with a coin, provided that she not fasten it initially on Shabbat.

SHE MAY FASTEN פּוֹרֶפֶת , The Targum of קְרָסִים , ["clasps" (Shemot 26:1, et al.)] is פּוּרְפִּין .

PROVIDED THAT SHE NOT FASTEN IT INITIALLY [ON SHABBAT] - This condition applies only to fastening a cloak with a coin: Since a coin is Muktzeh and may not be handled on Shabbat, she may not initially fasten her cloak with it on Shabbat.

פרופות / רעולות

משנה ז

פוֹרֶפֶת עַל הָאֶבֶן, וְעַל הָאֱגוֹז, וְעַל הַמַּטְבֵּעַ – וּבִלְבַד שֶׁלֹּא תִפְרוֹף לְכַתְּחִלָּה בְּשַׁבָּת.

פּוֹרֶפֶת: מְחַבֶּרֶת; תַּרְגּוּם "קְרָסִים" (שמות כו, א, ועוד) — "פּוּרְפִין".
וּבִלְבַד שֶׁלֹּא תִפְרוֹף לְכַתְּחִלָּה: אַמַּטְבֵּעַ לְחוּדֵיהּ קָאֵי — שֶׁלֹּא תִפְרוֹף לְכַתְּחִלָּה עַל הַמַּטְבֵּעַ מִפְּנֵי שֶׁאָסוּר לְטַלְטְלוֹ.

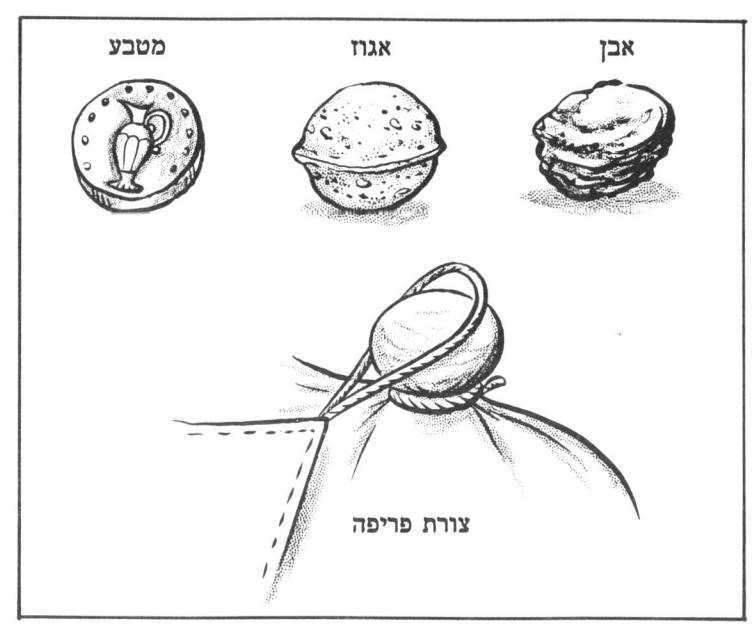

אבן / אגוז / מטבע

צורת פריפה

mishna 6

A woman may go out with a Sela on a bunion. Young girls may go out with the threads or even with the slivers that are [placed] in their ear lobes.

Arabian women may go out veiled; Median women [may go out] with their cloaks fastened over the shoulder; and so, too, may any person: the Sages were speaking in terms of what was common practice.

WITH A SELA - a coin that had on it an engraved figure. ON A BUNION - a sore on the sole of the foot; a coin with an engraved figure was bound over the sore, that it might heal.

YOUNG GIRLS MAY GO OUT WITH THE THREADS...IN THEIR EAR LOBES - Girls would have their ears pierced at a young age, but would not wear earrings until they were older. Until then, threads or slivers were inserted into the holes to prevent them from closing up.

OR EVEN WITH THE SLIVERS - The Mishnah, here, adds a surprising, new element: These slivers are not ornaments and have no aesthetic value. [One would think, then, that going out with them on Shabbat would be like carrying a "burden" - as opposed to wearing an ornament - and should be forbidden! The Mishnah here teaches:] since this is the common way that young girls go about, it is not like carrying a burden and is permitted.

ARABIAN WOMEN, i.e., Jewish women, living in Arabia, MAY GO OUT VEILED, with their heads wrapped up and their faces covered, except for the eyes, in the manner of Arabian women.

MEDIAN WOMEN, i.e., Jewish women, living in Media, [MAY GO OUT] WITH THEIR CLOAKS FASTENED OVER THEIR SHOULDER: They would wrap themselves in a cloak, with the strap - that was attached to one end of the cloak - at the neck; at the other end of the cloak, a stone or nut was bundled up like a lump, inside. They would tie the strap to the lump, so that the cloak would not fall off.

משניות שבת ★ פרוש ר"ע מברטנורא ★ פרק ו

משנה ו

יוֹצְאָה בְּסֶלַע שֶׁעַל הַצִּינִית; הַבָּנוֹת קְטַנּוֹת יוֹצְאוֹת* בְּחוּטִין, וַאֲפִילוּ בְקֵיסָמִין שֶׁבְּאָזְנֵיהֶם. עַרְבִיּוֹת יוֹצְאוֹת רְעוּלוֹת, וּמָדִיּוֹת – פְּרוּפוֹת; וְכָל אָדָם – אֶלָּא שֶׁדִּבְּרוּ חֲכָמִים בַּהוֹוֶה.

* נ"א: הַבָּנוֹת יוֹצְאוֹת

בְּסֶלַע: מַטְבֵּעַ, שֶׁיֵּשׁ עָלָיו צוּרָה. **שֶׁעַל הַצִּינִית:** מַכָּה שֶׁתַּחַת פַּרְסוֹת הָרֶגֶל, וְקוֹשְׁרִים בָּהּ מַטְבֵּעַ, שֶׁיֵּשׁ עָלָיו צוּרָה, לִרְפוּאָה. **הַבָּנוֹת יוֹצְאוֹת בְּחוּטִין:** הַקְּטַנּוֹת מְנַקְּבוֹת אֶת אָזְנֵיהֶן, וְאֵין עוֹשִׂין לָהֶן נְזָמִין, עַד שֶׁיִּגְדְּלוּ, וְנוֹתְנִין חוּטִין אוֹ קֵיסָמִין בְּאָזְנֵיהֶן, שֶׁלֹּא יִסָּתְמוּ אָזְנֵיהֶן. **וַאֲפִילוּ בְקֵיסָמִין:** רְבוּתָא קָאָמַר: אַף־עַל־גַּב דְּלַאו תַּכְשִׁיט שֶׁל נוֹי הוּא – אוֹרְחַיְיהוּ בְּהָכִי, וְלַאו מַשּׂאוֹי הוּא. **עַרְבִיּוֹת:** בְּנוֹת־יִשְׂרָאֵל שֶׁבַּעֲרַבְיָא. **יוֹצְאוֹת רְעוּלוֹת:** מְעוּטָּפוֹת בְּרֹאשָׁן, וּפְנֵיהֶן מְכוּסּוֹת חוּץ מִן הָעֵינַיִם – כְּדֶרֶךְ הָעַרְבִיּוֹת. **וּמָדִיּוֹת:** בְּנוֹת־יִשְׂרָאֵל שֶׁבְּמָדַי. **פְּרוּפוֹת:** שֶׁמִּתְעַטְּפוֹת בְּטַלִּית וְתוֹלוֹת רְצוּעָה בִּשְׂפָתָהּ אַחַת כְּנֶגֶד צַוָּארָהּ, וּבִשְׂפָתָהּ הַשֵּׁנִית כּוֹרֶכֶת אֶבֶן אוֹ אֱגוֹז וְקוֹשֶׁרֶת הָרְצוּעָה בַּכֶּרֶךְ, וְאֵין הַטַּלִּית נוֹפֶלֶת מֵעָלֶיהָ.

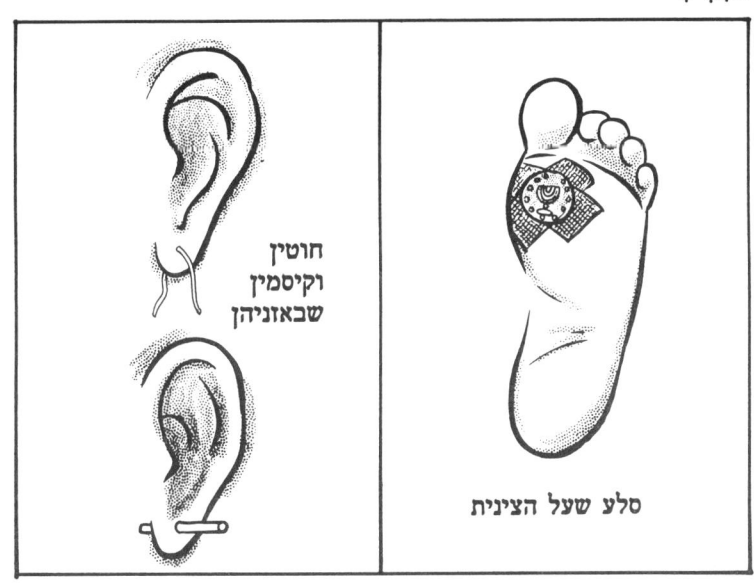

חוטין
וקיסמין
שבאזניהן
סלע שעל הצינית

mishna 5

[She may go out] with wadding in her ear, in her sandal, and with the wadding she prepared for her menstrual flow. [She may go out] with a pepper or with a lump of salt or anything else that she puts in her mouth, provided that she not put it there initially on Shabbat. If it fell out [on Shabbat], she should not put it back.
A false tooth or a gold tooth - Rabbi [Yehudah HaNassi] permits [them], but the Sages prohibit [them].

WITH WADDING IN HER EAR, to absorb ear wax; IN HER SANDAL, to protect the sole of her foot; AND WITH THE WADDING SHE PREPARED FOR HER MENSTRUAL FLOW - to absorb the menstrual flow, that it not soil her clothing.

The wadding in the ear and in the sandal must be attached securely, lest it fall out and one carry it about in the public domain. The wadding for the menstrual flow, however, need not be tied on; since it is repulsive, even if it were to fall out, she would not carry it about.

WITH A PEPPER that she puts in her mouth to counter bad breath. OR WITH A LUMP OF SALT in the mouth as relief for a toothache.

A FALSE TOOTH, set onto the gums, to replace a fallen tooth. OR A GOLD TOOTH - a tooth, discolored by decay, that is covered with gold. RABBI [YEHUDAH HANASSI] PERMITS her to go out with them; she would not remove them to show a friend, for that would reveal her defect. BUT THE SAGES PROHIBIT [THEM] - Since they are unlike her other teeth, she may remove them - to avoid ridicule - and carry them in the public domain.

The Halakhah follows the opinion of the Sages.

(המשך) משנה ה

בְּמוֹךְ שֶׁבְּאָזְנָהּ וּבְמוֹךְ שֶׁבְּסַנְדָּלָהּ, וּבְמוֹךְ, שֶׁהִתְקִינָה לְנִדָּתָהּ; בְּפִילְפֵּל וּבְגַרְגִּיר־מֶלַח וּבְכָל דָּבָר, שֶׁתִּתֵּן לְתוֹךְ פִּיהָ — וּבִלְבַד שֶׁלֹּא תִּתֵּן לְכַתְּחִלָּה בְּשַׁבָּת; וְאִם נָפַל, לֹא תַחֲזִיר.

שֵׁן־תּוֹתֶבֶת וְשֵׁן־שֶׁל־זָהָב — רַבִּי מַתִּיר; וַחֲכָמִים אוֹסְרִים.

בְּמוֹךְ שֶׁבְּאָזְנֶיהָ, שֶׁנּוֹתֶנֶת לִבְלוֹעַ לֵיחָה שֶׁל צוֹאַת־הָאוֹזֶן. **שֶׁבְּסַנְדָּלָהּ** — שֶׁלֹּא יַזִּיק הַסַּנְדָּל לְכַף־רַגְלָהּ. **לְנִדָּתָהּ** — בְּאוֹתוֹ מָקוֹם, שֶׁיִּבְלַע בּוֹ הַדָּם וְלֹא יְטַנֵּף בְּגָדֶיהָ, וְאַף־עַל־פִּי שֶׁאֵינוֹ קָשׁוּר, דְּאִי נָפֵל, לָא אָתְיָא לְאָתוּיֵי מִפְּנֵי מְאִיסוּתוֹ. אֲבָל מוֹךְ שֶׁבְּאָזְנָהּ וְשֶׁבְּסַנְדָּלָהּ לֹא תֵּצֵא בּוֹ, אֶלָּא־אִם־כֵּן קָשׁוּר וּמְהוּדָּק. **בְּפִלְפֵּל**, שֶׁנּוֹתֶנֶת בְּפִיהָ מִפְּנֵי רֵיחַ הַפֶּה. **וּבְגַרְגִּיר־מֶלַח**, שֶׁנּוֹתֶנֶת לִרְפוּאַת חֳלִי הַשִּׁינַּיִם. **שֵׁן־תּוֹתֶבֶת**: נוֹשֶׁבֶת בַּלְּחָיַיִם בִּמְקוֹם הַשֵּׁן, שֶׁנָּפַל לָהּ. **וְשֵׁן־שֶׁל־זָהָב**: שֵׁן, שֶׁנִּשְׁתַּנָּה מַרְאִיתוֹ מֵחֲמַת עִיפּוּשׁ — מְכַסֶּה אוֹתוֹ בְּזָהָב. **רַבִּי מַתִּיר** לָצֵאת בָּהּ, דְּלָא שָׁלְפָא וּמַחְוְיָא, שֶׁלֹּא לְגַלּוֹת מוּמָהּ. **וַחֲכָמִים אוֹסְרִים**: כֵּיוָן שֶׁהִיא מְשׁוּנָּה מִשְּׁאָר שִׁינֶּיהָ — דִּלְמָא מְחַיְּיכֵי עֲלַהּ, וְשָׁלְפָא לַהּ וְאָתְיָא לְאָתוּיֵיהּ. וַהֲלָכָה כַּחֲכָמִים.

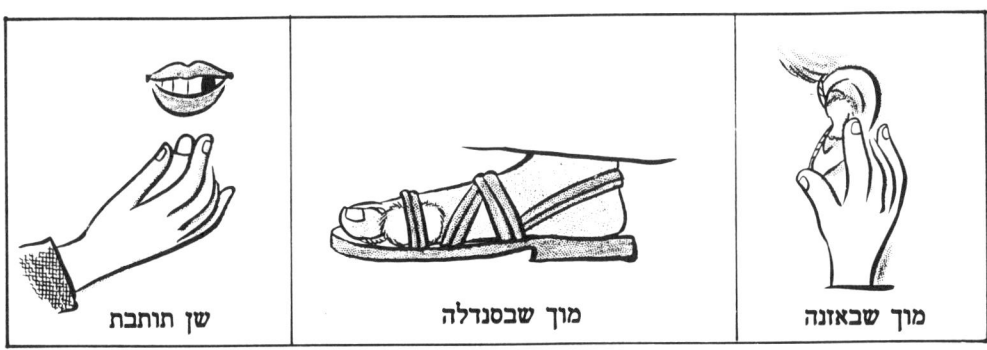

מוך שבאזנה

מוך שבסנדלה

שן תותבת

mishna 5

A woman may go out in hair ribbons, whether made (1) of her own hair or (2) of another woman's or (3) of an animal's. [She may go out] with a headband and with head bangles, when they are sewn on. [She may go out] into a courtyard with a protective cloth for the forehead and with a wig.

HAIR RIBBONS - Strands of hair which she fashions into threads, and which she uses to braid her hair or which she fastens tightly to her forehead.

She may go out with them, because - unlike the woolen or linen threads of Mishnah 1 (above) - water can penetrate these ribbons; thus, if she must immerse on Shabbat, there is no need for her to loosen them or take them off before immersing. Consequently, there is no concern here that she will end up carrying them in her hand on Shabbat in the public domain.

WHETHER MADE (1) OF HER OWN HAIR OR (2) OF ANOTHER WOMAN'S OR (3) OF AN ANIMAL'S - It was necessary to teach all three cases; [here's why:] If the Mishnah had only taught Case (1), the case of ribbons made of her own hair, [we might have mistakenly assumed that only in that case may she go out with them on Shabbat into the public domain,] since her own hair is not repulsive to her; but ribbons made of another woman's hair, which is repulsive to her and which she might therefore remove and carry in her hand in the public domain, we might have thought she may not go out with them.

And if the Mishnah had only taught Case (2), the case of ribbons made of another woman's hair, we might have mistakenly assumed that only in that case - where the hair is of her own kind and therefore does not stand out and draw ridicule - may she go out with them; but where the ribbons are made of animal hair - which is not of her own kind, stands out, and draws ridicule - we might have thought there is reason to be concerned that she might remove them and carry them in her hand in the public domain and, hence, may not go out with them. WHEN THEY ARE SEWN ON to her headcovering there is no concern at all that she might come to carry them in the public domain. [Why not? Because a married woman would not remove her headcovering and uncover her hair in the public domain.]

"INTO A COURTYARD" refers to the case of a woman wearing a protective cloth for the forehead, or a wig. In those cases, we have learned above [Mishnah 1] that she is forbidden to go out to the public domain. This Mishnah teaches that she may go out, wearing them, to a courtyard.

A WIG: A woman, whose hair is not full, wears a hair piece - made of other women's hair - which looks like her own.

משנה ה

יוֹצְאָה אִשָּׁה בְּחוּטֵי־שֵׂעָר בֵּין מִשֶּׁלָּהּ, בֵּין מִשֶּׁל חֲבֶ[י]רְתָּהּ,* בֵּין מִשֶּׁל בְּהֵמָה; וּבַטּוֹטֶפֶת וּבַסַּנְבּוּטִין — בִּזְמַן שֶׁהֵן תְּפוּרִין; בַּכָּבוּל וּבְפֵאָה־נָכְרִית — לֶחָצֵר;

* נ"א: חֲבֶרְתָּהּ

חוּטֵי־שֵׂעָר: שֵׂעָר תָּלוּשׁ, שֶׁעָשְׂתָה אוֹתָן כְּמִין חוּטִין וְקוֹלַעַת בָּהֶן שְׂעָרָהּ, אוֹ אֲפִילוּ קָשְׁרָה אוֹתָן עַל פַּדַּחְתָּהּ קֶשֶׁר מְהוּדָּק: **יוֹצְאָה בָּהֶן**, דְּלָא דָּמֵי לְחוּטֵי־צֶמֶר וְחוּטֵי־פִשְׁתָּן דִּלְעֵיל — לְפִי שֶׁהַמַּיִם נִכְנָסִין בָּהֶם, וְאִי מִתְרַמְיָא לַהּ טְבִילָה, אֵינָהּ צְרִיכָה שֶׁתַּתִּירֵם וְלָא אָתְיָא לְאַתּוּיֵינְהוּ. **בֵּין מִשֶּׁלָּהּ, בֵּין מִשֶּׁל חֲבֶרְתָּהּ, בֵּין מִשֶּׁל בְּהֵמָה:** צְרִיכֵי, דְּאִי תְּנָא: "מִשֶּׁלָּהּ" — מִשּׁוּם דְּלָא מְאִיס לַהּ, אֲבָל חֲבֶרְתָּהּ, דִּמְאִיס לַהּ — אֵימָא: נֵיחוּשׁ, דִּלְמָא שָׁלְפָא לְהוּ וְאָתְיָא לְאַתּוּיֵינְהוּ; וְאִי תְּנֵי: "שֶׁל חֲבֶרְתָּהּ" — מִשּׁוּם דְּבַת־מִינָהּ הִיא לָא מִינַּכַּר, וְלָא מְחַיְּיכֵי עֲלַהּ, וּמִשּׁוּם הָכִי לֵיכָּא לְמֵיחַשׁ, דִּלְמָא שָׁלְפָא וְאָתְיָא לְאַתּוּיֵיהּ; אֲבָל דִּ"בְהֵמָה", דְּלַאו בַּת־מִינָהּ הִיא, וּמִינַּכַּר — אֵימָא: נֵיחוּשׁ, דִּלְמָא שָׁלְפָא לַהּ וְאָתְיָא לְאַתּוּיֵיהּ. צְרִיכָא. **בִּזְמַן שֶׁהֵן תְּפוּרִין** לַשְּׂבָכָה שֶׁבְּרֹאשָׁהּ, דְּתוּ לָא שָׁלְפָא לְהוּ לְאַחְוּיֵי. **לֶחָצֵר:** אַכָּבוּל וְאַפֵּאָה נָכְרִית קָאֵי, דַּאֲסָרוּהָ לְעֵיל לְמִיפַּק בֵּיהּ לִרְשׁוּת־הָרַבִּים; וְהַשְׁתָּא אַשְׁמוֹעִינַן, דְּלֶחָצֵר — מוּתָּר. **פֵּאָה־נָכְרִית:** אִשָּׁה, שֶׁאֵין לָהּ רוֹב שֵׂעָר, לוֹקַחַת שְׂעַר נָשִׁים אֲחֵרוֹת וּמְשִׂימָה בְּרֹאשָׁהּ, וְנִרְאֶה, כְּאִילּוּ הוּא שְׂעָרָהּ.

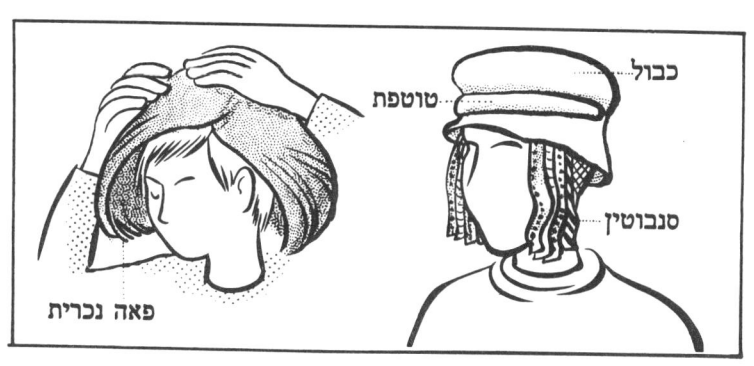

mishna 4

A garter is not subject to ritual impurity, and one may go out with it on Shabbat; ankle chains are subject to ritual impurity, and one may not go out with them on Shabbat.

A GARTER - a clasp worn by women on the calf to hold up their stockings, so that the calf not be uncovered. It is not subject to ritual impurity because it is neither an ornament - it is not worn for aesthetic purposes - nor is it itself a "utensil of service." Rather, it is "a utensil which serves a utensil" (an accessory to another utensil) - like the rings on a vessel, which are not subject to ritual impurity.

ONE MAY GO OUT WITH IT ON SHABBAT, because it is worn like a garment [and not carried like a burden]. Furthermore, there is no concern here that she might take if off to show a friend and carry it in the public domain, for she would not uncover her calf [in public].

ANKLE CHAINS ARE SUBJECT TO RITUAL IMPURITY - There was a certain family in Yerushalayim that would stride in very large steps. As a result, their girls would lose the signs of their virginity. To correct this, a chain was attached between the clasps on their two calves, forming anklets. The anklets restricted the girls' steps, preventing the loss of the signs of their virginity. Since these chains are for the use of man - and are not mere accessories to another utensil - they are subject to ritual impurity.

AND ONE MAY NOT GO OUT WITH THEM ON SHABBAT, lest she take off the chain - which was made of gold - to show her friends. (Taking off the chain does not uncover the calf since the garters are still in place.)

(המשך) משנה ד

בִּירִית – טְהוֹרָה, וְיוֹצְאִין בָּהּ בְּשַׁבָּת; כְּבָלִים – טְמֵאִין, וְאֵין יוֹצְאִין בָּהֶם בְּשַׁבָּת.

בִּירִית: אֶצְעָדָה עַל הַשּׁוֹק, לְהַחֲזִיק בָּתֵּי־שׁוֹקַיִם, שֶׁלֹּא יִפְּלוּ, וְיֵרָאוּ שׁוֹקֶיהָ; הִילְכָּךְ טְהוֹרָה, דְּלָאו תַּכְשִׁיט לְנוֹי הוּא, וּכְלִי־תַּשְׁמִישׁ נָמִי לָא הָוֵי, אֶלָּא כְּלִי הַמְשַׁמֵּשׁ כְּלִי – דּוּמְיָא דְּטַבְּעוֹת הַכֵּלִים, שֶׁהֵן טְהוֹרִים. **יוֹצְאִין בָּהּ,** דְּדֶרֶךְ לְבִישָׁה הִיא, וְלֵיכָּא לְמֵיחָשׁ, דִּלְמָא שָׁלְפָא וּמַחְוְיָא – דְּלָא מְגַלְּיָא שׁוֹקָהּ. **כְּבָלִים – טְמֵאִין:** מִשְׁפָּחָה אַחַת הָיְתָה בִּירוּשָׁלַיִם, שֶׁהָיוּ פְּסִיעוֹתֵיהֶן גַּסּוֹת, וְהָיוּ בְּתוּלֵיהֶן נוֹשְׁרִים; וְהִטִּילוּ שַׁלְשֶׁלֶת בֵּין בִּירִית לְבִירִית שֶׁבְּשׁוֹקֶיהָ, וְנַעֲשׂוּ כְּבָלִים, כְּדֵי שֶׁלֹּא יִהְיוּ פְּסִיעוֹתֵיהֶן גַּסּוֹת, וְלֹא יִהְיוּ בְּתוּלֵיהֶן נוֹשְׁרִים; הִילְכָּךְ שַׁלְשֶׁלֶת תַּשְׁמִישׁ דְּאָדָם הוּא וְלֹא תַּשְׁמִישׁ כֶּלִי; לְפִיכָךְ הִיא מְקַבֶּלֶת טוּמְאָה. **וְאֵין יוֹצְאִין בָּהֶן,** דִּלְמָא שָׁלְפָא לַשַּׁלְשֶׁלֶת, שֶׁהִיא שֶׁל זָהָב, וּמַחְוְיָא – דְּכִי שָׁקְלָא לַשַּׁלְשֶׁלֶת, לָא מְגַלְּיָא שׁוֹקָהּ, שֶׁהֲרֵי בִּירִית בִּמְקוֹמָהּ עוֹמֶדֶת.

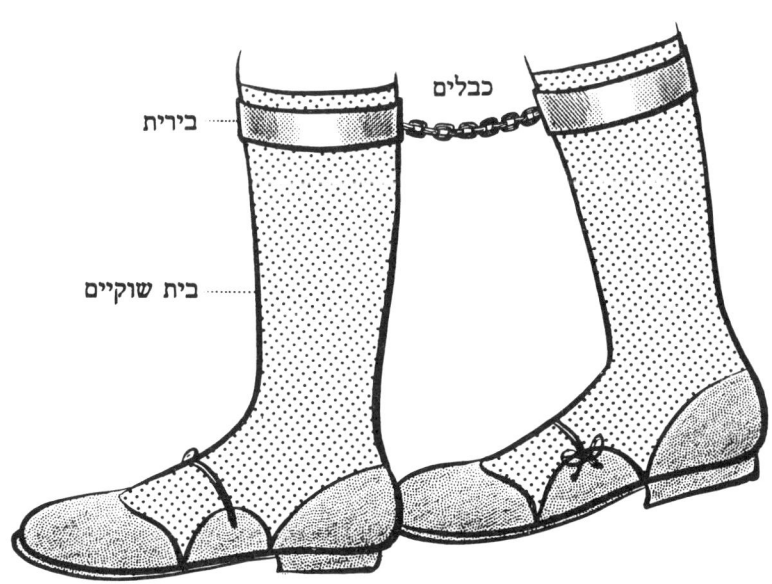

mishna 4

A man should not go out with a sword, a bow, a shield, an Alloh, or a spear. And if he did go out, he is liable for a sin-offering.
R. Eliezer says: they are ornaments for him! But the Sages say: they are nothing but dishonorable, as it is said: "And they shall beat their swords into plowshares, and their spears into pruninghooks: nation shall not lift up sword against nation, neither shall they learn war any more (Yeshayahu 2:4)."

A SHIELD, made in the shape of a triangle. AN ALLOH אַלָּה , a round shield. Both of these shields are made of wood. I have heard [another interpretation of] אַלָּה , in old french מצא , and in Arabic דסוס , [i.e., a club].

AND THEY SHALL BEAT THEIR SWORDS INTO PLOWSHARES: If they were really ornaments, they would not be abolished in "the time to come" [i.e., the time of the Mashiach].

משנה ד

לֹא יֵצֵא הָאִישׁ לֹא בְּסַיִף וְלֹא בְּקֶשֶׁת וְלֹא בִּתְרִיס וְלֹא בְּאַלָּה וְלֹא בְּרוֹמַח.

וְאִם יָצָא, חַיָּיב חַטָּאת.

רַבִּי אֱלִיעֶזֶר אוֹמֵר: תַּכְשִׁיטִין הֵן לוֹ.

וַחֲכָמִים אוֹמְרִים: אֵינָן אֶלָּא לִגְנַאי, שֶׁנֶּאֱמַר (ישעיה ב, ד): ״וְכִתְּתוּ חַרְבוֹתָם לְאִתִּים וַחֲנִיתוֹתֵיהֶם לְמַזְמֵרוֹת לֹא־יִשָּׂא גוֹי אֶל־גּוֹי חֶרֶב וְלֹא־יִלְמְדוּ עוֹד מִלְחָמָה״.

תְּרִיס: מָגֵן עָשׂוּי כְּתַבְנִית מְשׁוּלָּשׁ. **אַלָּה**: מָגֵן עָגוֹל. וּשְׁנֵיהֶם שֶׁל עֵץ. וַאֲנִי שָׁמַעְתִּי: אַלָּה — ״מצא״ בְּלַעַ״ז, וּבְעַרְבִי: ״דסוס״. **״וְכִתְּתוּ חַרְבוֹתָם לְאִתִּים״**: וְאִי תַּכְשִׁיטִין נִינְהוּ, לֹא יִהְיוּ בְּטֵלִים לֶעָתִיד!

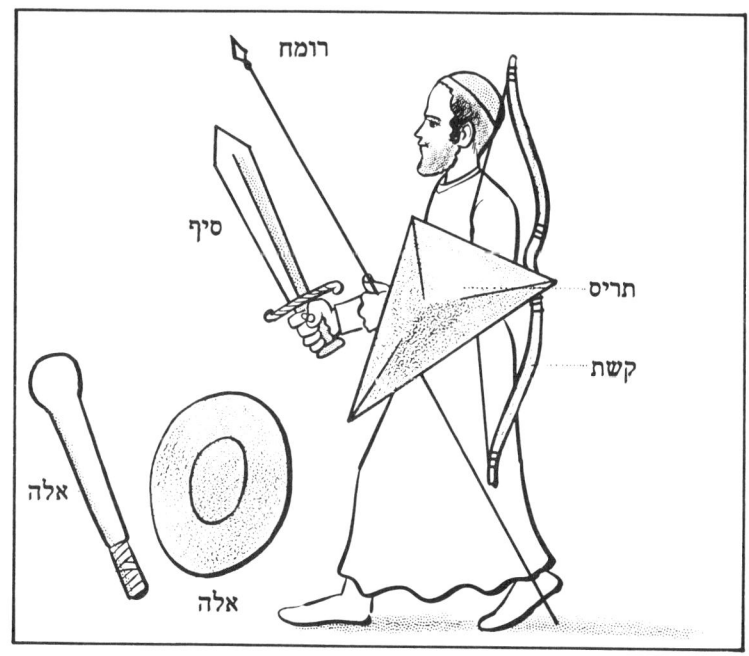

mishna 3

A woman should not go out with a needle that has a hole, nor with a ring that has a seal. Nor [should she go out] with a cochlea-shaped brooch, a Kovelet, or a perfume flask.

According to R. Meir, if she goes out, she is liable for a sin-offering. The Sages, however, exempt her in the case of a Kovelet and a perfume flask.

WITH A NEEDLE THAT HAS A HOLE - i.e., with a sewing needle, which is not an ornament. Even if she does not carry it out in her hand but wears it on her clothes, she is nevertheless liable for a sin-offering.

[Even though it would seem that this is not the normal way a needle is carried, and only Melacha which is performed in normal fashion is prohibited, nevertheless she is liable. The reason? Just as] it is quite normal for a tailor to walk about with a pinned needle on his garment, [it is also normal for a woman to do the same].

WITH A COCHLEA-SHAPED BROOCH - a ring worn by some women around the head. Since the majority of women do not go out with such a ring, it is [not considered a woman's garment but] a "burden."

A KOVELET - A silver or gold chain with perfume tied to it, worn as a deodorizer. A PERFUME (musk) FLASK.

THE SAGES, HOWEVER, EXEMPT HER [from a sin-offering.] They consider these items to be ornaments that are worn by a woman; [she may therefore go out with them into the public domain, according to the Torah.] Nevertheless, the Sages - as a preventative measure - forbid her to do so, lest she take them off to show them to a friend.

The Halakhah follows the opinion of the Sages.

משנה ג

לֹא תֵּצֵא אִשָּׁה בְּמַחַט הַנְּקוּבָה; וְלֹא בְטַבַּעַת, שֶׁיֵּשׁ עָלֶיהָ חוֹתָם; וְלֹא בַכּוּלְיָאר וְלֹא בַכּוֹבֶלֶת וְלֹא בִצְלוֹחִית־שֶׁל־פַּלְיָיטוֹן.
וְאִם יָצְתָה, חַיֶּיבֶת חַטָּאת — דִּבְרֵי רַבִּי מֵאִיר.
וַחֲכָמִים פּוֹטְרִין בַּכּוֹבֶלֶת וּבִצְלוֹחִית־שֶׁל־פַּלְיָיטוֹן.

בְּמַחַט נְקוּבָה, שֶׁתּוֹפְרִים בָּהּ, דְּלַאו תַּכְשִׁיט הִיא. וְחַיֶּיבֶת חַטָּאת אַף־עַל־פִּי שֶׁמּוֹצִיאָה אוֹתָהּ בְּמַלְבּוּשֶׁיהָ, וְלֹא בְּיָדָהּ — שֶׁאוּמָּן, שֶׁהוֹצִיא דֶּרֶךְ אוּמָּנוּתוֹ, חַיָּיב חַטָּאת. **בַּכּוּלְיָאר**: כְּלִי, שֶׁהָאִשָּׁה מְעַגֶּלֶת בְּרֹאשָׁהּ כְּמִין טַבַּעַת, שֶׁמְּסַבֵּב הָרֹאשׁ, וְהוּא מַשָּׂאוֹי לְפִי שֶׁאֵין רוֹב הַנָּשִׁים יוֹצְאוֹת בּוֹ. **בַּכּוֹבֶלֶת**: קֶשֶׁר שֶׁל כֶּסֶף אוֹ שֶׁל זָהָב, שֶׁקָּשׁוּר בְּתוֹכוֹ בּוֹשֶׂם, לְהַעֲבִיר רֵיחַ רַע שֶׁבָּאִשָּׁה. **שֶׁל פַּלְיָיטוֹן**: מוֹר, שֶׁקּוֹרִין "מוסקו". **וַחֲכָמִים פּוֹטְרִין**, דְּסָבְרֵי: תַּכְשִׁיטִין נִינְהוּ. וּלְכַתְּחִלָּה לֹא רַשָּׁאָה, דִּלְמָא שָׁלְפָא וּמַחְוְיָא. וַהֲלָכָה כַּחֲכָמִים.

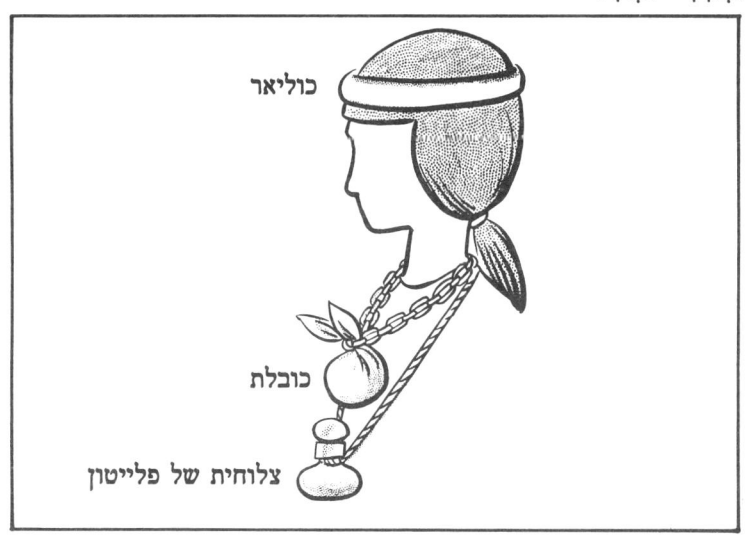

Mishnayot Shabbat * Commentary of Rabbi Ovadia M'Bartenura * Chapter **6**

mishna 1

NOR...WITH AN AMULET - worn as a cure - IF IT IS NOT FROM AN EXPERT, i.e., someone who is known to have cured [at least] three people. One may, however, go out on Shabbat with an amulet from an expert who is known to have cured at least three people with other amulets, even if this particular amulet has not yet been proven to cure. Why is it permitted? Because an amulet - for someone who is ill - is like an ornament, like an article of clothing.

NOR...WITH an iron HELMET, OR WITH GREAVES, i.e., iron leg-guards, worn in battle. Because they are worn only during wartime, one may not wear them [outside of wartime] on Shabbat.

וְלֹא בְּקָמֵיעַ, שֶׁתּוֹלִין לִרְפוּאָה, **שֶׁאֵינוֹ מִן הַמּוּמְחֶה** — מֵאָדָם מוּמְחֶה, שֶׁרִיפֵּא שְׁלֹשָׁה בְּנֵי־אָדָם. אֲבָל קָמֵיעַ, הַנִּלְקָח מֵאָדָם מוּמְחֶה, שֶׁרִיפֵּא שְׁלֹשָׁה בְּנֵי־אָדָם בִּשְׁאָר קְמֵיעוֹת — אַף־עַל־גַּב דְּלָא אִתְמְחִי קְמֵיעָא, שְׁרֵי, דְּתַכְשִׁיט הוּא לַחוֹלֶה כְּאַחַד מִמַּלְבּוּשָׁיו. **וְקַסְדָּא**: כּוֹבַע שֶׁל בַּרְזֶל. **מְגִיפַיִן**: כְּמוֹ בָּתֵּי־שׁוֹקַיִם שֶׁל בַּרְזֶל, שֶׁלּוֹבְשִׁים בַּמִּלְחָמָה; וּלְפִי שֶׁאֵין לוֹבְשִׁין אוֹתָן אֶלָּא בִּשְׁעַת מִלְחָמָה — אָסוּר לְלָבְשָׁן בְּשַׁבָּת.

mishna 2

WITH A NAIL-STUDDED SANDAL: Made of wood, it is studded with nails to strengthen it. The Rabbis prohibited these sandals on Shabbat and Yom Tov because of the following incident:

During a period of persecution, a group of people were hiding in a cave; suddenly, they heard a sound coming from above. Thinking that they [had been discovered and] were about to be set upon, [they panicked, and] many were trampled, killed by the nails of their sandals. Because this incident occurred on Shabbat, the Rabbis prohibited going out with these sandals on Shabbat and on Yom Tov, which is a day of assembly like Shabbat.

NOR WITH A SINGLE ONE, i.e., nor with a single sandal, IF HE HAS NO WOUND ON HIS FOOT. Two reasons were suggested for this prohibition:

(1) If he goes out, wearing only one sandal on Shabbat, people might suspect that he has the other one tucked under his arm and that he carries it in the public domain, [which is forbidden].

(2) If he goes out, wearing only one sandal, people might laugh at him; out of embarrassment he might then take it off and carry it in the public domain.

If, however, he has a wound on one foot, he is permitted to go out, wearing only one sandal (on the foot that has no wound), since his wound tells the whole story.

משניות שבת ★ פרוש ר״ע מברטנורא ★ פרק ו

בְּסַנְדָּל הַמְסוּמָּר: שֶׁל עֵץ הוּא, וְתוֹחֲבִין בּוֹ מַסְמְרוֹת, לְחַזְּקוֹ. וַאֲסָרוּהוּ בְּשַׁבָּת וּבְיוֹם־טוֹב מִשּׁוּם מַעֲשֶׂה, שֶׁהָיָה (ע״פ שבת ס, א) — שֶׁפַּעַם אַחַת הָיוּ נֶחְבְּאִים בִּמְעָרָה מִפְּנֵי הַגְּזֵירָה וְשָׁמְעוּ קוֹל מֵעַל גַּבֵּי הַמְּעָרָה; כִּסְבוּרִין, שֶׁעֲלֵיהֶן הֵן בָּאִים, דָּחֲקוּ זֶה אֶת זֶה וְהָרְגוּ זֶה אֶת זֶה בַּמַּסְמְרִים שֶׁבְּסַנְדְּלֵיהֶן. וּמִפְּנֵי שֶׁמַּעֲשֶׂה זֶה בְּשַׁבָּת הָיָה — אֲסָרוּהוּ בְּשַׁבָּת, וּבְיוֹם־טוֹב, שֶׁהוּא יוֹם שֶׁל כְּנוּפְיָא כְּמוֹ שַׁבָּת. **וְלֹא בְּיָחִיד:** וְלֹא בְּסַנְדָּל יָחִיד. **בִּזְמַן שֶׁאֵין בְּרַגְלוֹ מַכָּה:** אִית דְּאָמְרִי טַעְמָא — שֶׁמָּא יַחְשְׁדוּהוּ, שֶׁהַסַּנְדָּל הַשֵּׁנִי טָמוּן לוֹ תַּחַת כְּנָפָיו, וּמוֹצִיאוֹ בְּשַׁבָּת; וְאִית דְּאָמְרִי: דִּלְמָא מְחַיְּיכִי עֲלֵיהּ, וְשָׁלֵיף לֵיהּ לָזֶה שֶׁבְּרַגְלוֹ וּמַיְיתֵי לֵיהּ בִּידֵיהּ. וּמִיהוּ, בִּזְמַן שֶׁיֵּשׁ בְּרַגְלוֹ מַכָּה שְׁרֵי לָצֵאת בְּסַנְדָּל יְחִידִי בָּרֶגֶל, שֶׁאֵין בּוֹ מַכָּה, מִפְּנֵי שֶׁמַּכָּתוֹ מוֹכַחַת עָלָיו.

תפילין

סנדל יחיד

סנדל המסומר

nevertheless the Rabbis decreed that a woman may not go out with one, lest she take it off to show it to a friend [and inadvertently carry it in the public domain].

mishna 1

If a woman wears a ring that has a seal

A ring that has a seal is not considered to be a woman's ornament. As a result, if she goes out with such a ring into the public domain, she is not considered to be "wearing" the ring but rather to be "carrying" it, and she is liable for a sin-offering (as we shall soon see in Mishnah 3).

[You may ask: why should she be liable in this case? Since a woman does not wear such a ring as an ornament, this would seem to be a case of "carrying out" performed in unusual fashion; and the rule is that only Melacha that is performed in normal fashion is prohibited! Why, then, is she liable, if she goes out with such a ring?]

The answer is that husbands sometimes give such rings to their wives for safekeeping; she puts the ring on her finger and walks off with it. Therefore, wearing such a ring on the finger is considered a normal way of "carrying" even for a woman, and that is why she is liable.

If a man wears a ring that has no seal

Similarly, a ring that has no seal is not normally worn by a man; it is considered to be a piece of women's jewelry. [As a result, if a man goes out with such a ring on his finger, it would appear to be a case of "carrying out" performed in unusual fashion, for which he would not be liable.] Actually, though, he would be liable. Women sometimes give such rings to their husbands to take to the craftsman; he puts it on his finger and goes off with it. Therefore, wearing such a ring on the finger is considered a normal way of "carrying" even for a man.

BUT IF SHE DOES GO OUT with any of the items prohibited until this point in the Mishnah, SHE IS NOT LIABLE FOR A SIN OFFERING. Since they are all ornaments, if she goes out wearing one of them she does not thereby violate the prohibition of "carrying out" on Shabbat, according to the Torah. The Rabbis, however, prohibited her from going out with these ornaments, lest she take them off to show her friend [and end up carrying them in the public domain].

---

mishna 2

A man should not go out with nail-studded sandals, nor with a single one, if he has no wound on his foot. Nor [should he go out] with Tefillin; nor with an amulet, if it is not from an expert. Nor [should he go out] with a coat of mail, a helmet, or with greaves. But if he does go out, he is not liable for a sin-offering.

חוֹתָם: צוּרָה, לַחְתּוֹם בָּהּ אִיגְּרוֹת אוֹ כָּל דְּבַר־סֵתֶר; וְאַף־עַל־גַּב דְּתַכְשִׁיט הוּא לָהּ, אָסוּר — דִּלְמָא שָׁלְפָא וּמַחְוְיָא. אֲבָל, יֵשׁ עָלֶיהָ חוֹתָם — דְּלַאו תַּכְשִׁיט הוּא לָהּ — אָמְרִינַן לְקַמָּן, דְּחַיֶּיבֶת חַטָּאת, וְאַף־עַל־פִּי שֶׁמּוֹצִיאָתוֹ בָּאֶצְבַּע דֶּרֶךְ מַלְבּוּשׁ — לְפִי שֶׁפְּעָמִים, שֶׁהַבַּעַל מֵסִיר אוֹתוֹ מֵאֶצְבָּעוֹ וְנוֹתֵן אוֹתוֹ לְאִשְׁתּוֹ, לְהַצְנִיעוֹ, וְהִיא נוֹתַנְתּוֹ בְּאֶצְבָּעָהּ וְהוֹלֶכֶת בּוֹ, וְנִמְצָא, שֶׁדֶּרֶךְ הוֹצָאָתוֹ בְּכָךְ. וְכֵן טַבַּעַת, שֶׁאֵין עָלֶיהָ חוֹתָם, דְּלָא הָוֵי תַּכְשִׁיט לְאִישׁ, חַיָּיב חַטָּאת אַף־עַל־פִּי שֶׁמּוֹצִיאוֹ בְּאֶצְבָּעוֹ דֶּרֶךְ מַלְבּוּשׁ — שֶׁפְּעָמִים, שֶׁהָאִשָּׁה נוֹתַנְתּוֹ לוֹ, שֶׁיּוֹלִיכֶנּוּ לָאוּמָּן, וְהוּא מוֹצִיאוֹ בְּאֶצְבָּעוֹ. **וְאִם יָצְאת** הָאִשָּׁה בְּכָל הָנָךְ, דַּאֲסַרִינַן עַד הָכָא בְּמַתְנִיתִין, אֵינָהּ חַיֶּיבֶת חַטָּאת, דְּכוּלְּהוּ תַּכְשִׁיטִין נִינְהוּ, וְרַבָּנַן הוּא דִּגְזוּר בְּהוּ, דִּלְמָא שָׁלְפָא וּמַחְוְיָא.

פעמים שהבעל מסיר אותו מאצבעו ונותן אותו לאשתו

חותם
האגרות

משנה ב

לֹא יֵצֵא הָאִישׁ בְּסַנְדָּל הַמְסוּמָּר, וְלֹא בְּיָחִיד — בִּזְמַן שֶׁאֵין בְּרַגְלוֹ מַכָּה; וְלֹא בִתְפִילִּין; וְלֹא בְקָמֵיעַ — בִּזְמַן שֶׁאֵינוֹ מִן הַמּוּמְחֶה; וְלֹא בְשִׁרְיוֹן וְלֹא בְקַסְדָּא וְלֹא בְמַגָּפַיִם.* וְאִם יָצָא, אֵינוֹ חַיָּיב חַטָּאת.

* נ"א: בְּמְגִיפִין

mishna 1   WHEN THEY ARE NOT SEWN to her headcovering; if they are sewn on, however, there is no concern at all that she might come to carry them in the public domain. Why not? Because a married woman would not remove her headcovering and uncover her hair in the public domain.

WITH A PROTECTIVE CLOTH FOR THE FOREHEAD - a cloth headdress worn underneath the frontlet to protect the forehead from irritation. Women would sometimes wear it - without the frontlet - as an adornment. INTO THE PUBLIC DOMAIN - The implication is that [she may not go out into the public domain with this forehead cloth, but] she may go out with it into a courtyard.

As for the other ornaments mentioned above, she may not wear them in the public domain nor even in a courtyard. [Why not? The reason for this prohibition is the concern that women might take off these ornaments and inadvertently carry them in the public domain, which would be a violation of Torah law.] As a precautionary measure, the Rabbis prohibited women from going out with these ornaments.

They did not, however, prohibit a woman from wearing the forehead cloth in a courtyard, so that she not be completely unadorned and appear unattractive to her husband.

Rambam's interpretation

The Rambam offered a different interpretation. He explained that the words "into the public domain" refer not only to the case of going out with a protective cloth for the forehead but to all of the ornaments mentioned in the Mishnah: In all of these cases, the only reason why they were prohibited was as a preventative measure, lest a woman carry them a distance of four cubits in the public domain.

Nor [should she go out] with a "city of gold" crown, a [pressure] necklace, nose rings, a ring that has no seal, or a needle without a hole.   But if she does go out, she is not liable for a sin-offering.

A "CITY OF GOLD" CROWN - a golden crown fashioned like a city, in the form of Yerushalayim. A [PRESSURE] NECKLACE - an ornament worn tightly around the neck, whose purpose was to squeeze the flesh to give the appearance of being plump. In Arabic it is called מכנקא . NOSE RINGS - One may go out with earrings, though.

A RING THAT HAS NO SEAL - a design for stamping letters or other personal documents.

[Going out from domain to domain while wearing clothing or ornaments does not constitute a violation of "carrying out" on Shabbat, according to the Torah.] Although [a ring that has no seal] is considered to be an ornament,

בִּזְמַן שֶׁאֵינָן תְּפוּרִים בַּשְּׂבָכָה שֶׁבְּרֹאשָׁהּ; אֲבָל תְּפוּרִים — לֵיכָּא לְמֵיחָשׁ לְאַתוּיֵי, שֶׁאֵינָהּ נוֹטֶלֶת הַשְּׂבָכָה מֵרֹאשָׁהּ בִּרְשׁוּת־הָרַבִּים, שֶׁהֲרֵי הִיא מְגַלָּה שְׂעָרָהּ. **בַּכָּבוּל:** חֲתִיכָה־שֶׁל־בֶּגֶד, כְּמוֹ מִצְנֶפֶת קְטַנָּה, שֶׁקּוֹשְׁרִין אוֹתָהּ עַל הַמֵּצַח וְנוֹתְנִין הַצִּיץ עָלֶיהָ, כְּדֵי שֶׁלֹּא יַזִּיק הַצִּיץ בַּמֵּצַח; וּפְעָמִים, שֶׁהָאִשָּׁה מִתְקַשֶּׁטֶת בּוֹ בְּלֹא צִיץ. **לִרְשׁוּת־הָרַבִּים,** אֲבָל לֶחָצֵר — שְׁרֵי. וְכֹל הַנִּזְכָּר לְמַעְלָה אֲסוּרִים אַף בֶּחָצֵר, דִּגְזוֹר בְּהוֹ, שֶׁלֹּא תִּתְקַשֵּׁט בְּשַׁבָּת כְּלָל, לֹא בֶּחָצֵר וְלֹא בִּרְשׁוּת־הָרַבִּים; וּבְכָבוּל הִתִּירוּ, שֶׁלֹּא לֶאֱסוֹר אֶת כָּל תַּכְשִׁיטֶיהָ, וְתִתְגַּנֶּה עַל בַּעְלָהּ. וְרַמְבַּ"ם פֵּירַשׁ, דְּ"לִרְשׁוּת־הָרַבִּים" קָאֵי אַכּוּלְּהוּ תַּכְשִׁיטִין, הָאֲמוּרִין בְּמַתְנִיתִין, דְּכוּלְּהוּ לָא אֲסַרֵי, אֶלָּא גְּזֵירָה, שֶׁמָּא תַּעֲבִירֵם הָאִשָּׁה אַרְבַּע אַמּוֹת בִּרְשׁוּת־הָרַבִּים.

(המשך) משנה א

וְלֹא בְּעִיר־שֶׁל־זָהָב וְלֹא בְּקַטְלָא וְלֹא בִּנְזָמִים; וְלֹא בְּטַבַּעַת, שֶׁאֵין עָלֶיהָ חוֹתָם; וְלֹא בְּמַחַט, שֶׁאֵינָהּ נְקוּבָה.

וְאִם יָצָאת, אֵינָהּ חַיֶּיבֶת חַטָּאת.

עִיר־שֶׁל־זָהָב: עֲטֶרֶת־זָהָב, עֲשׂוּיָה כְּמִין עִיר, צוּרַת יְרוּשָׁלַיִם. **וְלֹא בְּקַטְלָא:** תַּכְשִׁיט, שֶׁנָּתוּן בַּצַּוָּאר בְּדוֹחַק, וְהָאִשָּׁה חוֹנֶקֶת עַצְמָהּ בּוֹ, כְּדֵי שֶׁתֵּירָאֶה בַּעֲלַת־בָּשָׂר. וּבְעַרְבִי — "מכנקא". **וְלֹא בִּנְזָמִים:** נִזְמֵי־הָאַף; אֲבָל נִזְמֵי־הָאוֹזֶן — יוֹצְאִין בָּהֶן.

עיר של זהב
נזמי האף
קטלא
מחט שאינה נקובה

mishna 1

With what may a woman go out [on Shabbat], and with what may she not go out? A woman should not go out with the woolen threads, linen threads, or straps that are on her head; nor should she ritually immerse herself while wearing them, unless she first loosens them. Nor [should she go out] with a forehead band or head bangles, when they are not sewn on. Nor [should she go out] with a protective cloth for the forehead --into the public domain.

WITH WHAT MAY A WOMAN GO OUT...THAT ARE ON HER HEAD - The words "that are on her head" refer also to the woolen and linen threads as well as to the straps, all of which she uses to braid her hair. What is the reason she may not go out with them on Shabbat? The reason is as follows:

The Sages have ruled that a woman should not IMMERSE IN A MIKVEH WHILE WEARING THESE THREADS AND STRAPS, not even during the week, UNLESS SHE FIRST LOOSENS THEM, allowing the water to enter between them and her hair. If she does not loosen them, the water will not reach the part of her hair that is covered by them, and the immersion is invalid.

It was because of this ruling regarding ritual immersion that women were prohibited from going out on Shabbat with these threads and straps. The concern was that when a woman would have to immerse on Shabbat, she might take off the threads and straps - in compliance with the law stated above - and then inadvertently carry them a distance of four cubits in the public domain.

WITH A FOREHEAD BAND - a frontlet, worn on the forehead, that stretches from ear to ear.

OR HEAD BANGLES - ornaments that hung from the headband, over the temples and down to the cheeks. Poor girls would make them of various dyed materials. Rich girls would make them of silver and gold. The concern here is that, because of the value of these ornaments, she might take them off to show them to a friend, [and then inadvertently carry them a distance of four cubits in the public domain].

משנה א

בַּמָּה אִשָּׁה יוֹצְאָה וּבַמָּה אֵינָהּ יוֹצְאָה? לֹא תֵּצֵא אִשָּׁה לֹא בְּחוּטֵי־צֶמֶר וְלֹא בְּחוּטֵי־פִשְׁתָּן וְלֹא בִּרְצוּעוֹת שֶׁבְּרֹאשָׁהּ — וְלֹא תִּטְבּוֹל בָּהֶן, עַד שֶׁתְּרַפֵּם; וְלֹא בַּטּוֹטֶפֶת וְלֹא בַסַּנְבּוּטִין — בִּזְמַן שֶׁאֵינָן תְּפוּרִין; וְלֹא בַּכָּבוּל — לִרְשׁוּת־הָרַבִּים.

בַּמָּה אִשָּׁה...? שֶׁבְּרֹאשָׁהּ: אַכּוּלְּהוּ קָאֵי — אַחוּטֵי צֶמֶר וּפִשְׁתָּן וּרְצוּעָה, שֶׁמְּקַלַּעַת בָּהֶן שֵׂעָר שֶׁבְּרֹאשָׁהּ. וּמַה טַּעַם — לֹא תֵּצֵא בָּהֶם בְּשַׁבָּת? מִפְּנֵי שֶׁאָמְרוּ חֲכָמִים: בְּחוֹל לֹא תִּטְבּוֹל בָּהֶם, עַד שֶׁתְּרַפֵּם; לְפִיכָךְ בְּשַׁבָּת לֹא תֵּצֵא בָּהֶם, דִּלְמָא מִתְרַמְיָא לַהּ טְבִילָה־שֶׁל־מִצְוָה, וְשָׁרְיָא לְהוּ וְאָתְיָא לְאַתוּיִינְהוּ אַרְבַּע אַמּוֹת בִּרְשׁוּת־הָרַבִּים. **עַד שֶׁתְּרַפֵּם** — שֶׁתַּתִּירֵם קְצָת, שֶׁיִּהְיוּ רְפוּיִין, וְיִכָּנְסוּ הַמַּיִם בֵּינֵיהֶם, שֶׁלֹּא יִהְיוּ חוֹצְצִים בַּטְּבִילָה. **בַּטּוֹטֶפֶת:** צִיץ, שֶׁקּוֹשְׁרִין עַל הַמֵּצַח מֵאוֹזֶן לְאוֹזֶן. **סַנְבּוּטִין:** תְּלוּיִין בַּטּוֹטֶפֶת וּבָאִין עַל הַצְּדָעִים עַד הַלְּחָיַיִם: עֲנִיּוֹת עוֹשׂוֹת אוֹתָן שֶׁל מִינֵי צִבְעוֹנִין, עֲשִׁירוֹת עוֹשׂוֹת אוֹתָן שֶׁל כֶּסֶף וְשֶׁל זָהָב. וּמִתּוֹךְ שֶׁחֲשׁוּבִין הֵן — חָיְישִׁינַן, דִּלְמָא שָׁלְפָא וּמַחְוְיָא לַחֲבֶרְתָּהּ.

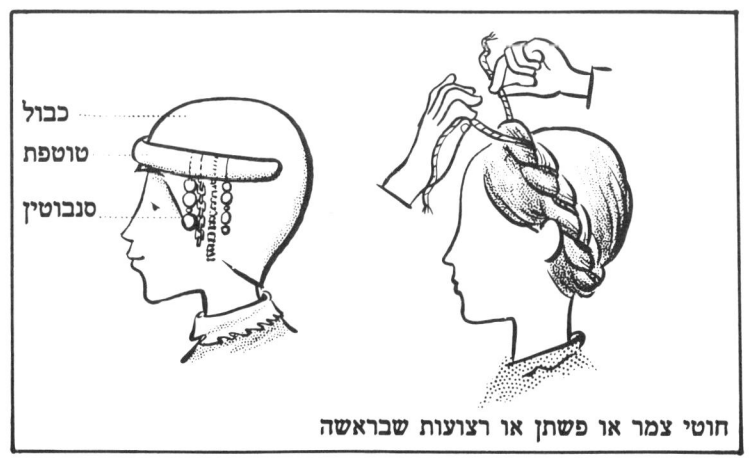

כבול
טוטפת
סנבוטין

חוטי צמר או פשתן או רצועות שבראשה

mishna 4

פרה לא תצא
ברצועה שבין קרניה
עטינים קשורים בעור הקופד
עגל בגימון

משניות שבת ★ פירוש ר"ע מברטנורא ★ פרק ה

חוטין

רצועות

אין הזכרים יוצאין בעגלה

רחלים — חנונות

mishna 4

(6) ...WITH HEDGEHOG SKIN - Hedgehog skins with needle-sharp hairs were used to cover the cow's udders, to prevent creeping things from sucking at them. OR WITH THE STRAP BETWEEN ITS HORNS -It is forbidden for a cow to go out to the public domain with this strap, whether it is for adornment or for controlling the cow; since it is not essential for controlling the cow, it is considered a burden.

THE COW OF R. ELAZAR B. AZARIAH - It did not belong to him but to his neighbor. Nevertheless, since he did not admonish her about her cow, [he was held responsible and] it was called "his."

(המשך) משנה ד

וְאֵין הַתַּרְנְגוֹלִין יוֹצְאִין בַּחוּטִין וְלֹא בָּרְצוּעוֹת שֶׁבְּרַגְלֵיהֶן.
וְאֵין הַזְּכָרִים יוֹצְאִין בָּעֲגָלָה שֶׁתַּחַת הָאַלְיָה שֶׁלָּהֶן.
וְאֵין הָרְחֵלִים יוֹצְאוֹת חֲנוּנוֹת.
וְאֵין הָעֵגֶל יוֹצֵא בַּגִּימוֹן.
וְלֹא פָּרָה — בְּעוֹר הַקּוּפָּד* וְלֹא בָּרְצוּעָה שֶׁבֵּין קַרְנֶיהָ. פָּרָתוֹ שֶׁל רַבִּי אֶלְעָזָר בֶּן עֲזַרְיָה הָיְתָה יוֹצְאָה בָּרְצוּעָה שֶׁבֵּין קַרְנֶיהָ — שֶׁלֹּא בִּרְצוֹן חֲכָמִים.

* נ"א: קוּפָּר

בַּחוּטִין, שֶׁעוֹשִׂים לָהֶן לְסִימָּנָא, שֶׁלֹּא יִתְחַלְּפוּ בְּתַרְנְגוֹלוֹת אֲחֵרִים. **וְלֹא בָּרְצוּעוֹת** — שֶׁקּוֹשְׁרִין שְׁתֵּי רַגְלֵיהֶן יַחַד בִּרְצוּעָה קְצָרָה, שֶׁלֹּא יְדַלְּגוּ וְיִשַׁבְּרוּ אֶת הַכֵּלִים. **בָּעֲגָלָה שֶׁתַּחַת הָאַלְיָה:** כְּמִין עֲגָלָה קְטַנָּה קוֹשְׁרִין תַּחַת הָאַלְיָה שֶׁל הַכְּבָשִׂים, שֶׁאַלְיָתָן גְּדוֹלָה, כְּדֵי שֶׁלֹּא תִּלָּקֶה בָּאֲבָנִים וּבַסְּלָעִים. **חֲנוּנוֹת:** עֵץ אֶחָד יֵשׁ, שֶׁשְּׁמוֹ יַחְנוּן: מְבִיאִין קֵיסָם מִמֶּנּוּ וּמַנִּיחִין לָהּ בְּחוֹטְמָהּ, כְּדֵי שֶׁתִּתְעַטֵּשׁ וְיִפְּלוּ הַתּוֹלָעִים שֶׁבְּרֹאשָׁהּ. וְלַזְּכָרִים אֵין צְרִיכִין לַעֲשׂוֹת כֵּן, שֶׁמִּתּוֹךְ שֶׁמְּנַגְּחִים זֶה בָּזֶה נוֹפְלִין הַתּוֹלָעִים מֵאֲלֵיהֶם. **בַּגִּימוֹן:** כְּמִין עוֹל שֶׁל גְּמִי נוֹתְנִים עַל צַוַּאר הָעֵגֶל, שֶׁיְּהֵא לָמוּד לָכוֹף רֹאשׁוֹ, כְּשֶׁיִּגְדַּל. **בְּעוֹר הַקּוּפָּד:** שֶׁרֶץ, שֶׁנִּימָיו חַדִּין כְּמַחַט, וְקוֹשְׁרִין עוֹרוֹ בְּדַדֵּי הַפָּרָה, שֶׁלֹּא יִינְקוּהָ הַשְּׁרָצִים. **וְלֹא בָּרְצוּעָה שֶׁבֵּין קַרְנֶיהָ:** בֵּין לְנוֹי, בֵּין לִשְׁמוֹר — אָסוּר, דְּכָל נְטִירוּתָא יְתֵירְתָּא מַשּׂאוֹי הוּא. **פָּרָתוֹ שֶׁל רַבִּי אֶלְעָזָר בֶּן עֲזַרְיָה:** לֹא שֶׁלּוֹ הָיְתָה, אֶלָּא שֶׁל שְׁכֶנְתּוֹ, וְעַל שֶׁלֹּא מִיחָה בָּהּ נִקְרֵאת עַל שְׁמוֹ.

Mishnayot Shabbat * Commentary of Rabbi Ovadia M'Bartenura * Chapter 5

mishna 4

(2) Roosters do not go out with ribbons or straps on their feet.

(3) Rams do not go out with wagonettes under their tails.

(4) Ewes do not go out with chips of Hanun.

(5) A calf does not go out with a training yoke.

(6) A cow does not go out with hedgehog skin or with the strap between its horns. The cow of R. Elazar b. Azariah would go out with the strap between its horns, against the will of the Sages.

---

(2) ...WITH RIBBONS, which were attached to them in order to identify them, to distinguish them from someone else's chickens. OR with the short STRAPS, used to tie their two legs together, so that they not jump about and break things.

(3) ...WITH WAGONETTES UNDER THEIR TAILS - A kind of small wagon was tied under their long tails, so that it not be struck by stones and rocks.

(4) ...WITH CHIPS OF HANUN - There is a tree by the name of "Yahnun" from which chips are taken and placed into the nostrils of ewes, causing them to sneeze; the sneezing rids the ewes of the parasites in their heads. The rams, however, do not need this special treatment; since it is their nature to head-butt with one another, the parasites fall off naturally.

(5) ...WITH A TRAINING YOKE - A kind of yoke made of reeds is put on the neck of the calf, so that it be used to lowering its neck by the time it matures.

(המשך) משנה ד

וְאֵין הַתַּרְנְגוֹלִין יוֹצְאִין בַּחוּטִין וְלֹא בָּרְצוּעוֹת שֶׁבְּרַגְלֵיהֶן.
וְאֵין הַזְּכָרִים יוֹצְאִין בָּעֲגָלָה שֶׁתַּחַת הָאַלְיָה שֶׁלָּהֶן.
וְאֵין הָרְחֵלִים יוֹצְאוֹת חֲנוּנוֹת.
וְאֵין הָעֵגֶל יוֹצֵא בַּגִּימוֹן.
וְלֹא פָּרָה — בְּעוֹר הַקּוּפָּד* וְלֹא בָרְצוּעָה שֶׁבֵּין קַרְנֶיהָ. פָּרָתוֹ שֶׁל רַבִּי אֶלְעָזָר בֶּן עֲזַרְיָה הָיְתָה יוֹצְאָה בָרְצוּעָה שֶׁבֵּין קַרְנֶיהָ — שֶׁלֹּא בִּרְצוֹן חֲכָמִים.

* נ״א: קוּפָּר

בַּחוּטִין, שֶׁעוֹשִׂים לָהֶן לְסִימָנָא, שֶׁלֹּא יִתְחַלְּפוּ בְּתַרְנְגוֹלוֹת אֲחֵרִים. **וְלֹא בָרְצוּעוֹת** — שֶׁקּוֹשְׁרִין שְׁתֵּי רַגְלֵיהֶן יַחַד בִּרְצוּעָה קְצָרָה, שֶׁלֹּא יְדַלְּגוּ וִישַׁבְּרוּ אֶת הַכֵּלִים. **בָּעֲגָלָה שֶׁתַּחַת הָאַלְיָה**: כְּמִין עֲגָלָה קְטַנָּה קוֹשְׁרִין תַּחַת הָאַלְיָה שֶׁל הַכְּבָשִׂים, שֶׁאַלְיָתָן גְּדוֹלָה, כְּדֵי שֶׁלֹּא תִּלָּקֶה בָּאֲבָנִים וּבַסְּלָעִים. **חֲנוּנוֹת**: עֵץ אֶחָד יֵשׁ, שֶׁשְּׁמוֹ יַחְנוּן: מְבִיאִין קֵיסָם מִמֶּנּוּ וּמַנִּיחִין לָהּ בְּחוֹטְמָהּ, כְּדֵי שֶׁתִּתְעַטֵּשׁ וְיִפְּלוּ הַתּוֹלָעִים שֶׁבְּרֹאשָׁהּ. וְלַזְּכָרִים אֵין צְרִיכִין לַעֲשׂוֹת כֵּן, שֶׁמִּתּוֹךְ שֶׁמְּנַגְּחִים זֶה בָּזֶה נוֹפְלִין הַתּוֹלָעִים מֵאֲלֵיהֶם. **בַּגִּימוֹן**: כְּמִין עוֹל שֶׁל גֹּמֶא נוֹתְנִים עַל צַוַּאר הָעֵגֶל, שֶׁיְּהֵא לָמוּד לָכוֹף רֹאשׁוֹ, כְּשֶׁיִּגְדַּל. **בְּעוֹר הַקּוּפָּר**: שֶׁרֶץ, שֶׁשִּׁנָּיו חַדִּין כְּמַחַט, וְקוֹשְׁרִין עוֹרוֹ בְּדַדֵּי הַפָּרָה, שֶׁלֹּא יִינְקוּהָ הַשְּׁרָצִים. **וְלֹא בָרְצוּעָה שֶׁבֵּין קַרְנֶיהָ**: בֵּין לְנוֹי, בֵּין לִשְׁמוֹר — אָסוּר, דְּכָל נְטִירוּתָא יַתִּירְתָּא מַשּׂאוֹי הוּא. **פָּרָתוֹ שֶׁל רַבִּי אֶלְעָזָר בֶּן עֲזַרְיָה**: לֹא שֶׁלּוֹ הָיְתָה, אֶלָּא שֶׁל שְׁכֶנְתּוֹ, וְעַל שֶׁלֹּא מִיחָה בָּהּ נִקְרֵאת עַל שְׁמוֹ.

mishna 4

(1) A donkey does not go out with a saddle cloth - when it is not tied on to him; nor with a bell, even if it is plugged; nor with a "ladder" on its neck; nor with a band around its leg.

---

(1) ...A BELL, tied around the neck of the animal, which would ring when it walked. EVEN IF IT IS PLUGGED with soft material so that the tongue of the bell cannot strike its chime - because he appears to be leading him off to market to be sold. A "LADDER" ON ITS NECK - When an animal had a wound, a wooden brace, built like a ladder, was tied to its neck to prevent it from turning its head to rub the wound. NOR WITH A BAND AROUND ITS LEG - When an animal's legs would knock against each other as it walked, a thick band was tied around the leg at the point of contact.

משנה ד

אֵין חֲמוֹר יוֹצֵא בַּמַּרְדַּעַת — בִּזְמַן שֶׁאֵינָהּ קְשׁוּרָה לוֹ; וְלֹא בַּזּוֹג אַף־עַל־פִּי שֶׁהוּא פָּקוּק; וְלֹא בַּסּוּלָּם שֶׁבְּצַוָּארוֹ; וְלֹא בָּרְצוּעָה שֶׁבְּרַגְלוֹ.

בַּזּוֹג: כְּמִין פַּעֲמוֹן, שֶׁתּוֹלִין בְּצַוַּאר הַבְּהֵמָה, שֶׁתַּשְׁמִיעַ קוֹל בַּהֲלִיכָתָהּ. **אַף־עַל־פִּי שֶׁהוּא פָּקוּק** בְּמוֹכִין, דְּהַשְׁתָּא אֵין הָעִנְבָּל שֶׁלּוֹ מְקַשְׁקֵשׁ לְהַשְׁמִיעַ קוֹל — מִפְּנֵי שֶׁנִּרְאֶה כְּמוֹלִיכוֹ לְמְכּוֹר בַּשּׁוּק. **בַּסּוּלָּם שֶׁבְּצַוָּארוֹ:** כְּשֶׁיֵּשׁ לוֹ מַכָּה, נוֹתְנִים בְּצַוָּארוֹ עֵצִים כְּמִין שְׁתִי־וָעֵרֶב, כְּדֵי שֶׁלֹּא יַחֲזִיר רֹאשׁוֹ, לְחַכֵּךְ חַבּוּרָתוֹ. **וְלֹא בָּרְצוּעָה שֶׁבְּרַגְלוֹ:** בְּהֵמָה, שֶׁמַּכָּה רַגְלֶיהָ זוֹ בָּזוֹ בַּהֲלִיכָתָהּ — עוֹשִׂין לָהּ כְּמִין טַבַּעַת שֶׁל רְצוּעָה עָבָה וְקוֹשְׁרִין אוֹתָהּ בִּמְקוֹם שֶׁרַגְלֶיהָ מְנַקְּשׁוֹת זוֹ בָּזוֹ.

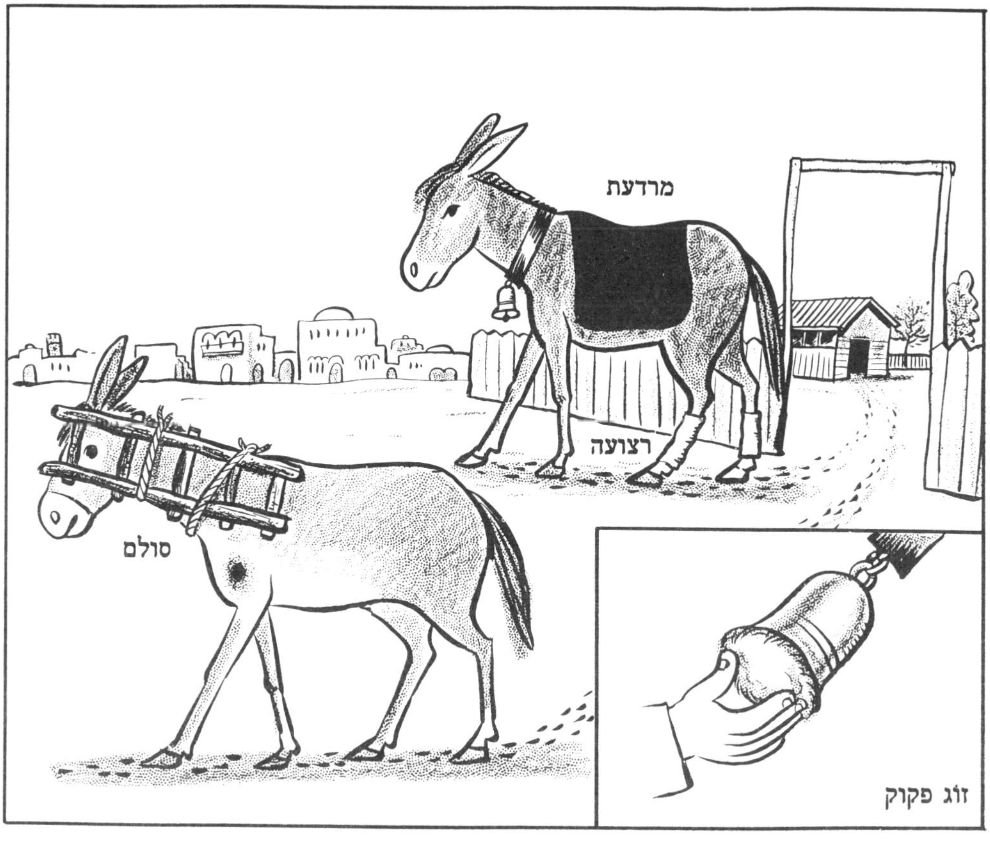

מרדעת
רצועה
סולם
זוג פקוק

mishna 3

One may not tie camels one to another and pull; but one may gather all of the ropes into his hand and pull, providing that he does not wind [them].

ONE MAY NOT TIE CAMELS ONE TO ANOTHER AND PULL one of them with the rest following; this would appear as if he were leading them off to market to be sold.

BUT ONE MAY GATHER ALL OF THE ROPES INTO HIS HAND - One should not allow a handbreadth or more of the ends of the ropes to dangle out of hand his hand, lest he appear to be carrying ropes on Shabbat.

PROVIDING THAT HE DOES NOT WIND [THEM] - This condition relates not to the laws of Shabbat but to the laws of Kil'ayim (mixed species, i.e., Shaatnez; see VaYikra 19:19). Its meaning is as follows: One who gathers ropes - some made of flax and some of wool - into his hand should not wind and tie them together, for by doing so he creates Kil'ayim. When he then holds the ropes in his hand, his hand is warmed by them, which is considered a violation of the prohibition of wearing Kil'ayim.

פְּנֵי שַׁבָּת משניות שבת ★ פרוש ר״ע מברטנורא ★ פרק ה

(המשך) משנה ג

לֹא יִקְשׁוֹר גְּמַלִּים זֶה בָּזֶה וְיִמְשׁוֹךְ; אֲבָל מַכְנִיס חֲבָלִים לְתוֹךְ יָדוֹ וְיִמְשׁוֹךְ, וּבִלְבַד שֶׁלֹּא יִכְרוֹךְ.

לֹא יִקְשׁוֹר גְּמַלִּים זֶה בָּזֶה וְיִמְשׁוֹךְ אֶחָד, וְכוּלָּן הוֹלְכִין, שֶׁלֹּא יֵרָאֶה כְּמוֹלִיכָן בַּשּׁוּק לְמָכְרָן; **אֲבָל מַכְנִיס הוּא חֲבָלִים לְתוֹךְ יָדוֹ**, וְהוּא — שֶׁלֹּא יִהְיוּ רָאשֵׁי הַחֲבָלִים תְּלוּיִין וְיוֹצְאִין מִתַּחַת יָדוֹ לָאָרֶץ טֶפַח אוֹ יוֹתֵר, כְּדֵי שֶׁלֹּא יֵרָאֶה כְּמִי שֶׁנּוֹשֵׂא חֲבָלִים תְּלוּיִין בְּיָדוֹ — **וּבִלְבַד שֶׁלֹּא יִכְרוֹךְ**: לָאו לְעִנְיַן שַׁבָּת קָא־מַיְירֵי הַשְׁתָּא, אֶלָּא לְעִנְיַן כִּלְאַיִם — וְהָכִי קָאָמַר: הַמַּכְנִיס חֲבָלִים בְּיָדוֹ, קְצָתָם שֶׁל פִּשְׁתָּן וּקְצָתָם שֶׁל צֶמֶר, לֹא יִכְרוֹךְ זוֹ בָּזוֹ, דְּכִי כָּרֵיךְ לְהוּ, הָווּ כִּלְאַיִם, וְיָדוֹ מִתְחַמֶּמֶת בַּאֲחִיזָתָן, וְאָסוּר.

לא יקשור גמלים זה בזה וימשוך

מכניס חבלים לתוך ידו וימשוך
לא יכרוך

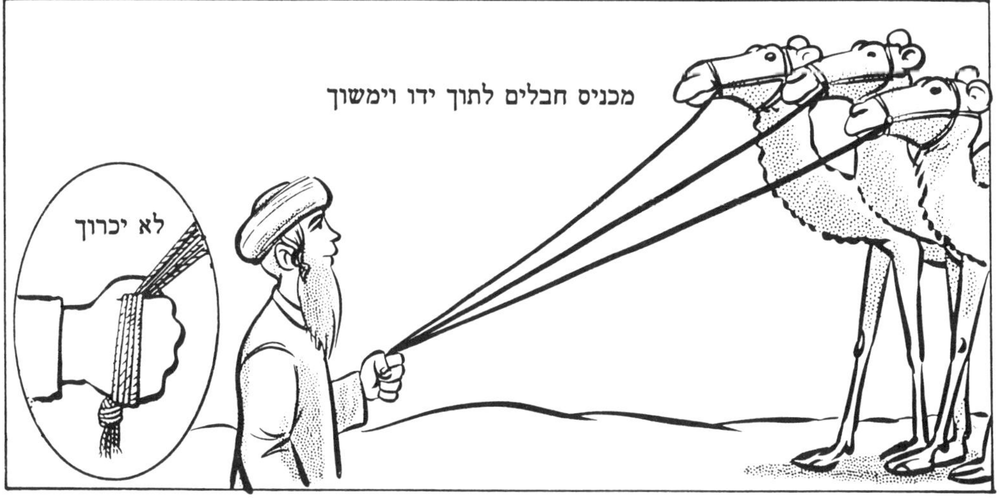

mishna 3

With what may [an animal] not go out?

A camel does not go out with a cloth on its tail, nor [does it go out] chained or with its leg tied back. This is the case with all other animals as well.

WITH A CLOTH - with a piece of cloth tied onto its tail to identify it or for some other purpose.

CHAINED - The camel's foreleg is chained to its hindleg, to prevent it from running off. WITH ITS LEG TIED BACK - Its foreleg is bent back to the shoulder and tied up.

משניות שבת ★ פרוש ר״ע מברטנורא ★ פרק ה

עז צרורה ליבש
עז צרורה לחלב

משנה ג

וּבַמָּה אֵינָהּ יוֹצְאָה? לֹא יֵצֵא גָּמָל בִּמְטוּטֶלֶת, לֹא עָקוּד וְלֹא רָגוּל; וְכֵן שְׁאָר כָּל הַבְּהֵמוֹת.

מְטוּטֶלֶת: חֲתִיכָה שֶׁל מַטְלִית, קְשׁוּרָה בִּזְנָבוֹ לְסִימָּן, אוֹ לְדָבָר אַחֵר. **עָקוּד** — שֶׁקּוֹשְׁרִים יְדֵיהֶם עִם הָרַגְלַיִם בִּכְבָלִים, שֶׁלֹּא יִבְרְחוּ. **רָגוּל** — שֶׁכּוֹפְפִין יָדוֹ עַל זְרוֹעוֹ וְקוֹשְׁרִין.

מטוטלת
עקוד

mishna 2

(3) Ewes go out exposed, tied, or covered up. (4) Goats go out [with their udders] tied.

R. Yossi forbids all these cases, except for the case of ewes that are covered up.

R. Yehudah says: goats may go out [with their udders] tied in order to dry up, but not for the sake of the milk.

---

(3) ...EXPOSED, i.e., with their tails tied back upwards, so that the rams mount them. TIED, i.e., with their tails tied down to their legs, so that the rams not mount them. COVERED UP - On the day that they are born a protective cloth is tied around them to keep the wool from becoming soiled.

(4) [WITH THEIR UDDERS] TIED: This is done either (a) to dry up the milk - in which case the udders are tied up tightly - or else (b) to prevent the milk from dripping and going to waste - in which case a pouch is tied on to the udders.

R. YOSSI FORBIDS ALL THESE CASES - According to R. Yossi, these are all cases of an animal "carrying out" a burden. EXCEPT FOR...COVERED UP - [Here, the protective cloth is worn] to keep the wool from becoming soiled, and is considered an ornament, [not a burden].

R. YEHUDAH...GO OUT [WITH THEIR UDDERS] TIED IN ORDER TO DRY UP - R. Yehudah agrees with the anonymous first section of the Mishnah that this is not a case of an animal "carrying out" a burden on Shabbat. Still, he only permits this where the udders are tied up tightly to dry the milk; since they are tied up tightly, there is no concern that the strap may fall off. He does not permit the case where a pouch is tied on to preserve the milk, however. In that case the pouch is tied on loosely and may fall off; the shepherd might then pick up the pouch and carry it in the public domain.

The Halakhah follows the anonymous first section of the Mishnah.

(המשך) משנה ב

רְחֵלוֹת יוֹצְאוֹת שַׁחוּזוֹת, כְּבוּלוֹת, וּכְבוּנוֹת. הָעִזִּים יוֹצְאוֹת צְרוּרוֹת.
רַבִּי יוֹסֵי אוֹסֵר בְּכוּלָּן חוּץ מִן הָרְחֵלִין הַכְּבוּנוֹת.
רַבִּי יְהוּדָה אוֹמֵר: עִזִּים יוֹצְאוֹת צְרוּרוֹת — לְיַבֵּשׁ, אֲבָל לֹא לְחָלָב.

שַׁחוּזוֹת — שֶׁאוֹחֲזִים אַלְיָה שֶׁלָּהֶן קְשׁוּרָה לְמַעְלָה, כְּדֵי שֶׁיַּעֲלוּ עֲלֵיהֶם זְכָרִים. **כְּבוּלוֹת** — שֶׁכּוֹבְלִים אַלְיָה שֶׁלָּהֶן וְקוֹשְׁרִים אוֹתָהּ בְּרַגְלֵיהֶן, כְּדֵי שֶׁלֹּא יַעֲלוּ עֲלֵיהֶן זְכָרִים. **כְּבוּנוֹת** — שֶׁקּוֹשְׁרִים בֶּגֶד סָבִיב הַכְּבָשִׂים בַּיּוֹם שֶׁנּוֹלָדִים, לִשְׁמוֹר צַמְרָן, שֶׁלֹּא יִטָּנֵף. **צְרוּרוֹת:** דַּדֵּיהֶן צְרוּרוֹת — פְּעָמִים לְיַבֵּשׁ הֶחָלָב שֶׁמְּהַדְּקִים אוֹתָן בְּחוֹזֶק, וּפְעָמִים קוֹשְׁרִין לָהֶם כִּיס בְּדַדֵּיהֶן, שֶׁלֹּא יְטַפְטֵף הֶחָלָב לָאָרֶץ וְיִפָּסֵד. **רַבִּי יוֹסֵי אוֹסֵר בְּכוּלָּן** — דְּמַשּׂאוֹי הוּא. **חוּץ מִן... הַכְּבוּנוֹת** — שֶׁהוּא שְׁמִירַת צַמְרָן, שֶׁלֹּא יִטָּנֵף, וְהָוֵי לְהוּ תַּכְשִׁיט. **יוֹצְאוֹת צְרוּרוֹת — לְיַבֵּשׁ.** רַבִּי יְהוּדָה סְבִירָא לֵיהּ כְּתַנָּא קַמָּא, דְּלַאו מַשּׂאוֹי הוּא; מִיהוּ, לְיַבֵּשׁ, דִּמְהַדֵּק שַׁפִּיר, לֵיכָּא לְמִגְזַר, דִּלְמָא נָפֵיל, וְאָתֵי לְאַתוֹיֵי; אֲבָל לְחָלָב, דְּלָא מְהַדֵּק שַׁפִּיר, אָסוּר: חָיְישִׁינַן, דִּלְמָא נָפֵיל, וְאָתֵי לְאַתוֹיֵי. וַהֲלָכָה כְּתַנָּא קַמָּא.

שחוזות
כבולות
כבונות

mishna 2

(1) A donkey goes out with a saddle cloth - when it is tied on to him.
(2) Rams go out strapped up.

---

(1) WITH A SADDLE CLOTH - A small saddle that is kept on the donkey all day long to keep him warm.

WHEN IT IS TIED ON TO HIM before Shabbat; it is clear that the saddle is not a burden that the donkey carries for its owner but rather is meant to keep it warm, as people say: a donkey gets chilled even during the summer.

It is forbidden, though, to tie the saddle to the donkey on Shabbat. The reason for this is that, in order to tie on the saddle, one must support himself against the sides of the animal; one would then be making use of an animal, [which is forbidden on Shabbat]. If one did tie on the saddle [on Shabbat] - in violation of the Halakhah - the donkey may not go out with it.

(2) STRAPPED UP - A leather strap is tied under the male organ, to keep them from mounting the ewes.

משנה ב

חֲמוֹר יוֹצֵא בְּמַרְדַּעַת — בִּזְמַן שֶׁהִיא קְשׁוּרָה לוֹ. זְכָרִים יוֹצְאִין לְבוּבִין.

בְּמַרְדַּעַת: כְּמִין אוּכָּף קָטָן, וּמַנִּיחִין אוֹתוֹ עַל הַחֲמוֹר כָּל הַיּוֹם כּוּלוֹ, כְּדֵי שֶׁיִּתְחַמֵּם.

בִּזְמַן שֶׁהִיא קְשׁוּרָה לוֹ מֵעֶרֶב־שַׁבָּת, דְּגַלֵּי דַּעְתֵּיהּ, שֶׁהַחֲמוֹר צָרִיךְ לוֹ לְחַמְּמוֹ — כִּדְאָמְרֵי אֵינָשֵׁי: חֲמָרָא אֲפִילּוּ בִּתְקוּפַת תַּמּוּז קָרִיר לֵיהּ — וְלַאו מַשּׂאוֹי הוּא. אֲבָל לִקְשׁוֹר מַרְדַּעַת עַל הַחֲמוֹר בְּשַׁבָּת — אָסוּר לְפִי שֶׁאִי־אֶפְשָׁר לְקָשְׁרָהּ לוֹ, אֶלָּא־אִם־כֵּן סוֹמֵךְ עַצְמוֹ בְּצִדֵּי הַבְּהֵמָה, וְנִמְצָא מִשְׁתַּמֵּשׁ בְּבַעֲלֵי־חַיִּים; וְאִם עָבַר וּקְשָׁרוֹ, אָסוּר לָצֵאת בּוֹ. **לְבוּבִין** בָּעוֹר, שֶׁקּוֹשְׁרִין לָהֶן כְּנֶגֶד זַכְרוּת, שֶׁלֹּא יַעֲלוּ עַל הַנְּקֵבוֹת.

זכרים יוצאי לבובין
חמור יוצא במרדעת

mishna 1

(4) a horse with a chain. All animals that wear a chain go out with a chain and may be led by a chain. [If the chains become ritually impure] we may sprinkle [water of the red heifer] upon them - and immerse them - in place.

---

(4) ...WITH A CHAIN, i.e., with a collar around the neck, to which a ring is attached; a rope is attached to the ring, and is used to lead the horse about.

ALL ANIMALS THAT WEAR A CHAIN - such as hunting dogs or small animals. GO OUT WITH A CHAIN - With a rope wound about their necks, the rope attached to the collar. AND MAY BE LED BY A CHAIN - One may lead the animal about with the rope that is attached to the collar.

[IF THE CHAINS BECOME RITUALLY IMPURE] on account of a corpse, WE MAY SPRINKLE [WATER OF THE RED HEIFER] UPON THEM, while they are in place on the body of the animal. AND IMMERSE THEM - IN PLACE. One leads the animal into water, in order to immerse the chain.

According to the Halakhah, utensils that are used strictly by animals do not receive ritual impurity. In this case, however, the chain, and other gear like it, do receive ritual impurity and require immersion. Why? Since men use these articles in order to lead an animal about, they are considered utensils made for the use of man.

(המשך) משנה א

וְסוּס — בַּשֵּׁיר. וְכָל בַּעֲלֵי־הַשֵּׁיר יוֹצְאִים בַּשֵּׁיר וְנִמְשָׁכִים בַּשֵּׁיר; וּמַזִּין עֲלֵיהֶן וְטוֹבְלִין בִּמְקוֹמָן.

בַּשֵּׁיר: כְּמִין אֶצְעָדָה סָבִיב צַוָּארוֹ, וְטַבַּעַת קְבוּעָה בּוֹ, וּמַכְנִיסִין בַּטַּבַּעַת חֶבֶל וּמוֹשְׁכִין הַבְּהֵמָה. **וְכָל בַּעֲלֵי־הַשֵּׁיר**, כְּגוֹן כְּלָבִים שֶׁל צַיָּידִים וְחַיּוֹת קְטַנּוֹת, **יוֹצְאִים בַּשֵּׁיר** — כָּרוּךְ עַל צַוָּארָן הַחֶבֶל, הַקָּבוּעַ בַּשֵּׁיר; **וְנִמְשָׁכִין בַּשֵּׁיר**: וְאִם רָצָה, מוֹשֵׁךְ הַבְּהֵמָה בַּחֶבֶל שֶׁבַּשֵּׁיר. **וּמַזִּין עֲלֵיהֶן** בִּמְקוֹמָן כְּמוֹת שֶׁהֵן בְּצַוַּאר הַבְּהֵמָה, אִם נִטְמְאוּ בְּמֵת; **וְטוֹבְלִים בִּמְקוֹמָן**: מַכְנִיסִים הַבְּהֵמָה בַּמַּיִם, לְהַטְבִּיל הַשֵּׁיר. וְאַף־עַל־גַּב דְּקַיְימָא לַן, שֶׁכָּל הַכֵּלִים הַמְיוּחָדִים לַבְּהֵמָה אֵין מְקַבְּלִין טוּמְאָה — הַשֵּׁיר, וְכַיּוֹצֵא בּוֹ, מְקַבֵּל טוּמְאָה וְצָרִיךְ טְבִילָה: הוֹאִיל וְנַעֲשׂוּ לְאָדָם, שֶׁיַּנְהִיג בּוֹ אֶת הַבְּהֵמָה, כִּכְלִי הֶעָשׂוּי לְתַשְׁמִישׁ אָדָם דָּמֵי.

בעלי השיר יוצאים בשיר...
שיר
שֵׁיר
...ונמשכים בשיר

mishna 1

With what may an animal go out [on Shabbat], and with what may it not go out?
(1) A camel goes out with a curb; (2) a dromedary with a nose ring; (3) a Libyan ass with a bridle;

WITH WHAT MAY AN ANIMAL GO OUT...? Since we have been commanded to rest our animals on Shabbat, [an animal may not perform Melacha [prohibited work] on Shabbat for us. Just as we are prohibited from "carrying out" an object on Shabbat from the public to the private domain (and vice versa), so too is it forbidden to have one's animal "carry out" a burden on Shabbat.]

The gear that is used to control an animal, however, is not considered a burden; [an animal may go out with such gear on Shabbat.] Gear that is not used for controlling an animal is considered a burden. [The following are used to control the animal:]

(1) ...A CURB - a rope which is tied onto the mouth of an animal.

(2) A DROMEDARY - The Gemara limits this to a white dromedary, which is more difficult to control. WITH A NOSE RING - The nose of the dromedary is pierced, and an iron ring is inserted.

(3) A LIBYAN ASS - They are stubborn and strong and are more difficult to control than ordinary donkeys. WITH A BRIDLE made of iron.

משניות שבת ★ פרוש ר״ע מברטנורא ★ פרק ה

משנה א

בַּמֶּה בְהֵמָה יוֹצְאָה וּבַמָּה אֵינָהּ יוֹצְאָה? יוֹצֵא הַגָּמָל בָּאַפְסָר; וְנָאקָה בַּחֲטָם; וְלוּבְדְקִיס — בַּפְּרוּמְבְּיָא;

בַּמֶּה בְהֵמָה יוֹצְאָה...? — לְפִי שֶׁאָדָם מְצוּוֶּה עַל שְׁבִיתַת בְּהֶמְתּוֹ בְּשַׁבָּת, וּמִידֵי דְמִינַטְרָא בֵּיהּ הַבְּהֵמָה לָא הָוֵי כְּמַשּׂאוֹי, וּמִידֵי דְלָא מִינַטְרָא בֵּיהּ הָוֵי כְּמַשּׂאוֹי. **אַפְסָר**: חֶבֶל, שֶׁקּוֹשְׁרִים עַל פִּי הַבְּהֵמָה. **וְהַנָּאקָה**: בַּגְּמָרָא מוֹקֵי לַהּ בְּנָאקָה לְבָנָה דַּוְקָא, שֶׁצְּרִיכָה נְטִירוּתָא יַתִּירְתָּא. **בַּחֲטָם**: לוֹקְחִין כְּמִין טַבַּעַת שֶׁל בַּרְזֶל וְנוֹקְבִין חוֹטֶם הַנָּאקָה וּמַכְנִיסִין אוֹתָהּ בְּתוֹכוֹ. **לוּבְדְּקֵס**: חֲמוֹר, הַבָּא מִמְּדִינַת לוֹד;* וְהֵם קָשִׁים וַחֲזָקִים וּצְרִיכִין שְׁמִירָה יוֹתֵר מִשְּׁאָר חֲמוֹרִים, הַנִּמְצָאִים בַּיִּשּׁוּב. **בַּפְּרוּמְבְּיָא**: רֶסֶן שֶׁל בַּרְזֶל.

* נ״א: לוּב

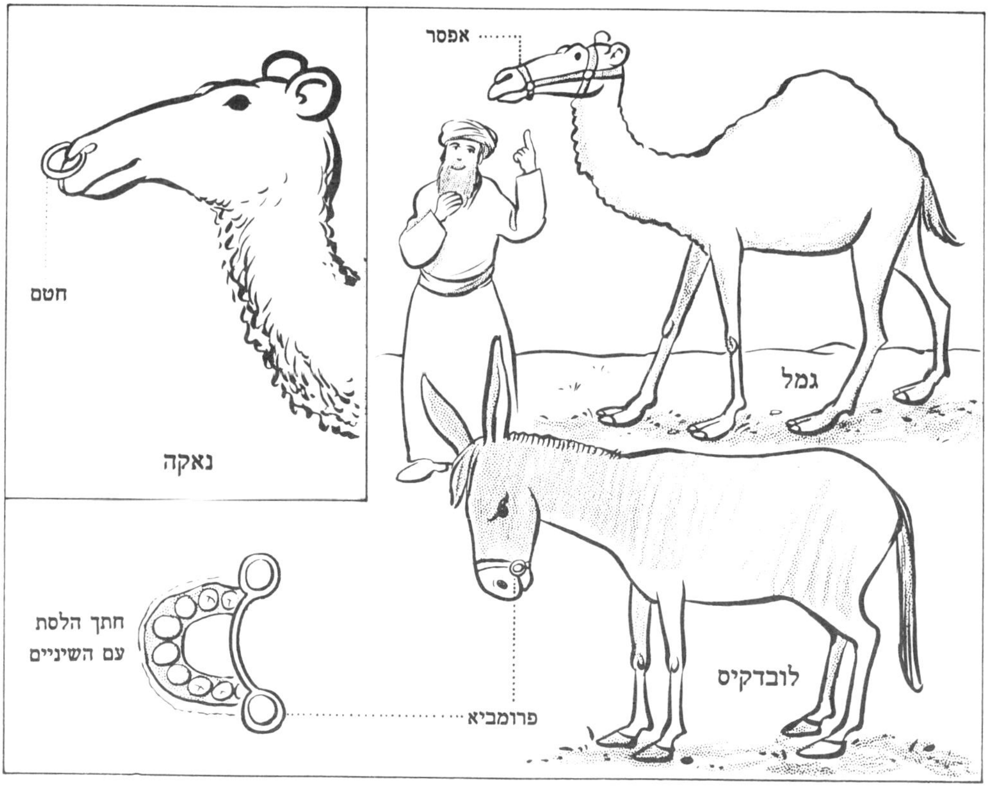

mishna 2

If one did not cover up [the food] while it was still day, one should not cover it up after dark. If he had covered it up and it became uncovered, it is permitted to cover it up [again].
One may fill up a jug and place it under a pillow or cushion [on Shabbat].

ONE SHOULD NOT COVER IT UP AFTER DARK, for it is forbidden to cover up hot food on Shabbat - not in material that adds heat nor even in material that does not add heat - if done in the usual manner of covering up food.

ONE MAY...AND PLACE IT on Shabbat under the pillow upon which he rests his head - even though it be full of soft flocking or feathers - since this is not the usual manner of covering up food. A CUSHION is larger than a pillow.

(המשך) משנה ב

לֹא כִסָּהוּ מִבְּעוֹד־יוֹם — לֹא יְכַסֶּנּוּ מִשֶּׁתֶּחְשַׁךְ. כִּסָּהוּ, וְנִתְגַּלָּה — מוּתָּר לְכַסּוֹתוֹ. מְמַלֵּא אֶת הַקִּיתוֹן וְנוֹתֵן לְתַחַת הַכַּר, אוֹ תַּחַת הַכֶּסֶת.

לֹא יְכַסֶּנּוּ

מִשֶּׁתֶּחְשַׁךְ — שֶׁאָסוּר לְהַטְמִין בְּשַׁבָּת, בֵּין בְּדָבָר, הַמּוֹסִיף הֶבֶל, בֵּין בְּדָבָר, שֶׁאֵינוֹ מוֹסִיף הֶבֶל, בְּדֶרֶךְ הַטְמָנָה. **וְנוֹתֵן** בְּשַׁבָּת תַּחַת הַכַּר, שֶׁמְּשִׂים מְרַאֲשׁוֹתָיו וְאַף־עַל־פִּי שֶׁהוּא מָלֵא מוֹכִין, אוֹ נוֹצָה — שֶׁאֵין דֶּרֶךְ הַטְמָנָה בְּכָךְ. **כֶּסֶת:** גָּדוֹל מִכַּר.

נותן הקיתון לתחת הכר

mishna 2

R. Elazar b. Azariah says: one should tilt a box [holding a pot that is covered in shearings] onto its side and remove [food], lest he remove [the pot] and be unable to return [it].
The Sages say: one may remove and return [it].

R. ELAZAR SAYS: ONE SHOULD TILT A BOX [HOLDING A POT THAT IS COVERED IN SHEARINGS] ONTO ITS SIDE AND REMOVE [FOOD] - When one wants to take food out of the pot, [rather than removing the pot from the box,] one should tilt the box onto its side [and remove food that way]. R. Elazar was concerned that if one removed the pot from the box on Shabbat, the wool shearings would then collapse into the hole, vacated by the pot; when one would later have to replace the pot into the box, one could not then move the shearings [which are Muktzeh and may not be handled on Shabbat] out of the way, in order to fashion a new hole in which to replace the pot.

THE SAGES SAY: ONE MAY REMOVE the pot, and if the shearings do not then collapse into the hole vacated by the pot, one can then replace the pot into the original hole. They do not prohibit - from the very outset - the removal of the pot, lest the shearings collapse into the hole, etc. If, however, it happens that, after the pot is removed, the shearings do collapse into the hole, the Sages agree that one should not then replace the pot.

The Halakhah follows the opinion of the Sages.

(המשך) משנה ב

רַבִּי אֶלְעָזָר בֶּן עֲזַרְיָה אוֹמֵר: קוּפָּה — מַטָּה עַל צִדָּהּ וְנוֹטֵל, שֶׁמָּא יִטּוֹל וְאֵינוֹ יָכוֹל לְהַחֲזִיר. וַחֲכָמִים — אוֹמְרִים: נוֹטֵל וּמַחֲזִיר.

לפי הגר״א

רַבִּי אֶלְעָזָר אוֹמֵר: קוּפָּה — מַטָּהּ עַל צִדָּהּ וְנוֹטֵל: כְּשֶׁבָּא לִיטְּלָהּ, מַטֶּה אֶת הַקּוּפָּה עַל צִדָּהּ, שֶׁמָּא יִטּוֹל אֶת הַקְּדֵירָה, וְיִפְּלוּ הַגִּיזִין שֶׁמִּכָּאן וּמִכָּאן לְתוֹךְ הַגּוּמָּא, שֶׁיֵּשׁ בָּהּ הַקְּדֵירָה; וְאִם יִצְטָרֵךְ לַחֲזוֹר וּלְהַטְמִינָהּ, לֹא יוּכַל לְטַלְטֵל הַגִּיזִין לְכָאן וּלְכָאן וְלַעֲשׂוֹת גּוּמָּא וּלְהַחֲזִירָהּ לְתוֹכָהּ. **וַחֲכָמִים אוֹמְרִים: נוֹטֵל** אֶת הַקְּדֵירָה; וְאִם לֹא נָפְלוּ הַגִּיזִין שֶׁמִּכָּאן וּמִכָּאן, וְלֹא נִתְקַלְקְלָה הַגּוּמָּא, מַחֲזִיר הַקְּדֵירָה לִמְקוֹמָהּ. וְלָא אָסְרִינַן לֵיהּ לִיטּוֹל אֶת הַקְּדֵירָה לְכַתְּחִילָּה — גְּזֵירָה, שֶׁמָּא תִּתְקַלְקֵל הַגּוּמָּא. וּמוֹדִים חֲכָמִים, שֶׁאִם נִתְקַלְקְלָה הַגּוּמָּא, שֶׁלֹּא יַחֲזִיר. וַהֲלָכָה כַּחֲכָמִים.

רבי אלעזר בן עזריה אומר: מטה על צידה ונוטל

לפי הר״ן

חכמים אומרים: נוטל ומחזיר

mishna 1

Why was it said, One may not cover hot food after nightfall in something that does not add heat? As a preventative measure, lest he cover it in hot ashes. And why was it said, One may not cover hot food before Shabbat in something that adds heat? As a preventative measure, lest he heat it up.

This is not the correct version. The correct text should read:

Why was it said, One may not cover hot food after nightfall in something that does not add heat? As a preventative measure, lest he heat it up.

[And why was it said,] One may not cover hot food before Shabbat in something that adds heat? As a preventative measure, lest he cover it in hot ashes.

---

mishna 2

(a) **Hot food may be covered up with hides, and they [the hides] may be handled [on Shabbat].**

(b) **[Hot food may be covered up] with wool shearings, and they [the shearings] may not be handled [on Shabbat]. How does one do it? One lifts the lid, and [the shearings] fall off.**

(a)...HIDES שְׁלָחִין , The Targum of וְהִפְשִׁיט , ["and he shall flay (the hide)" (VaYikra 1:6)] is וְיַשְׁלַח . AND THEY [THE HIDES] MAY BE HANDLED [ON SHABBAT] - whether he covered up the food with them or not. Since they are fit to recline on, [they are not Muktzeh].

(b)...AND THEY [THE SHEARINGS] MAY NOT BE HANDLED [ON SHABBAT] - because they are Muktzeh, "set aside" for spinning and weaving. Even though he now uses them for a purpose other than spinning and weaving (i.e., he now uses them to cover hot food), nevertheless they are still considered to be designated for spinning and weaving, and are Muktzeh on Shabbat. If, however, he designates the shearings for use as a food covering, they would no longer be considered Muktzeh and one would be permitted to handle them on Shabbat.

HOW DOES ONE DO IT? - He who covers up a pot of hot food with wool shearings, how can he then remove his pot on Shabbat, if it is completely covered up with material that is Muktzeh, which one may not handle on Shabbat?

ONE LIFTS the lid of the pot, since it (the lid) has the status of a utensil [and can therefore be handled on Shabbat]. Even though the wool shearings (which are Muktzeh) cover it, that does not matter; the lid does not become "a base" to the shearings, since its main function is not to hold up the shearings but rather to serve as a lid to the pot. [That which serves as a "base" to Muktzeh - even if it is not itself Muktzeh - also becomes Muktzeh.]

טוֹמְנִין בְּדָבָר, שֶׁאֵינוֹ מוֹסִיף הֶבֶל, מִשֶּׁחֲשֵׁיכָה? גְּזֵירָה, שֶׁמָּא יַטְמִין בְּרֶמֶץ; וּמִפְּנֵי־מָה אָמְרוּ: אֵין טוֹמְנִין בְּדָבָר, הַמּוֹסִיף הֶבֶל, מִבְּעוֹד־יוֹם? גְּזֵירָה, שֶׁמָּא יַרְתִּיחַ. וְאֵין הַגִּירְסָאוֹת כֵּן, אֶלָּא: מִפְּנֵי־מָה אָמְרוּ: אֵין טוֹמְנִין בְּדָבָר, שֶׁאֵינוֹ מוֹסִיף הֶבֶל, מִשֶּׁחֲשֵׁיכָה? גְּזֵירָה, שֶׁמָּא יַרְתִּיחַ; וְאֵין טוֹמְנִין בְּדָבָר, הַמּוֹסִיף הֶבֶל, מִבְּעוֹד־יוֹם — גְּזֵירָה, שֶׁמָּא יַטְמִין בְּרֶמֶץ.

משנה ב

טוֹמְנִין בִּשְׁלָחִין — וּמְטַלְטְלִין אוֹתָן; בְּגִיזֵּי־צֶמֶר — וְאֵין מְטַלְטְלִין אוֹתָן. כֵּיצַד הוּא עוֹשֶׂה?* נוֹטֵל אֶת הַכִּסּוּי, וְהֵן נוֹפְלוֹת.

* נ"א: יַעֲשֶׂה

שְׁלָחִין: עוֹרוֹת: תַּרְגּוּם "וְהִפְשִׁיט" (ויקרא א, ו) — "וְיַשְׁלַח". **וּמְטַלְטְלִין אוֹתָן** בֵּין שֶׁטָּמַן בָּהֶן, בֵּין שֶׁלֹּא טָמַן בָּהֶן, דַּחֲזוּ לְמִזְגָּא עֲלַיְיהוּ, כְּלוֹמַר, לְהִשָּׁעֵן עֲלֵיהֶם. **וְאֵין מְטַלְטְלִין אוֹתָן,** דִּמוּקְצוֹת הֵן לִטְווֹת וְלֶאֱרוֹג; וְאַף־עַל־פִּי שֶׁטָּמַן בָּהֶן לְפִי שָׁעָה, לֹא הִפְקִירָן לְגַמְרֵי, כְּשֶׁלֹּא יִיחֲדָן לְהַטְמָנָה; אֲבָל, יִיחֲדָן לְהַטְמָנָה — מְטַלְטְלָן. **כֵּיצַד יַעֲשֶׂה** זֶה שֶׁטָּמַן בָּהֶן? כֵּיצַד יִטּוֹל קְדֵירָתוֹ הוֹאִיל וְאָסוּר לְטַלְטְלָן — וַהֲרֵי הִיא טְמוּנָה כּוּלָּהּ בָּהֶן?! **נוֹטֵל** כִּיסּוּי שֶׁל קְדֵירָה, שֶׁיֵּשׁ תּוֹרַת־כְּלִי עָלָיו; וְאַף־עַל־פִּי שֶׁהֵן עָלָיו, לָא אִיכְפַּת לַן, דְּלֹא נַעֲשָׂה בָּסִיס לָהֶן, שֶׁאֵין עָשׂוּי, אֶלָּא לְכַסּוֹת אֶת הַקְּדֵירָה.

טומנין בשלחין

נוטל את הכיסוי

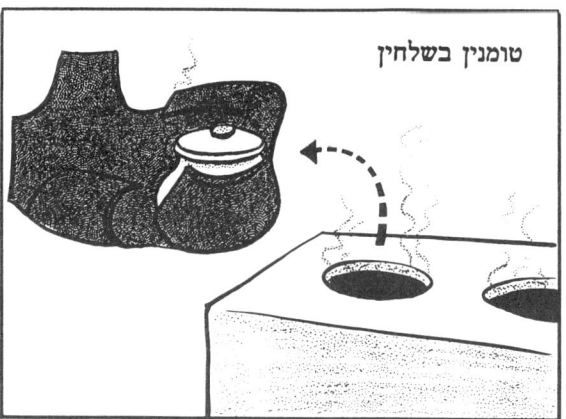

mishna 1

(3) Hot food may be covered up with clothing, produce, the feathers of a dove, carpenters' sawdust, and the fine chaff of combed flax. R. Yehudah prohibits [covering up with] fine [chaff] and permits [covering up with] coarse [chaff].

(3)...CARPENTERS' SAWDUST - the wood shavings that carpenters leave after sawing. CHAFF - the very fine chaff that is shaken out of the flax when it is combed.

R. YEHUDAH PROHIBITS [COVERING UP WITH] FINE [CHAFF] of combed flax, but he agrees that with sawdust it is permitted, whether it be fine or coarse.

The Halakhah is not like R. Yehudah.

A summary: the basic laws of covering hot food

The Rabbis prohibited covering hot food before Shabbat - with material which adds heat - as a preventative measure: if it were permitted, one might cover hot food, before Shabbat, in hot ashes, and then come to stir the ashes on Shabbat.

They prohibited covering hot food on Shabbat - with material which does not add heat and which does not induce cooking - as a preventative measure: one might find, upon covering up the food to preserve its heat, that it had cooled off; one might then come to heat it up over the fire, which would be a violation of "cooking," [one of the categories of work prohibited on Shabbat]. During twilight, however, there is no such concern: "a pot is usually boiling hot at twilight," [having just been taken off the fire]. That is why it is permitted to cover up hot food during twilight with something that does not add heat (see the end of the Chapter 2), but not on Shabbat.

The Rambam's comments on [the text], "a pot is usually boiling hot at twilight," are unacceptable, due to the faulty Gemara texts that he used for the end of Chapter 2. His text read:

Why was it said, One may not cover hot food after nightfall in some-

(המשך) משנה א

טוֹמְנִין בִּכְסוּת וּבְפֵירוֹת, בְּכַנְפֵי־יוֹנָה וּבִנְסוֹרֶת־שֶׁל־חָרָשִׁים וּבִנְעוֹרֶת־שֶׁל־פִּשְׁתָּן דַּקָּה. רַבִּי יְהוּדָה אוֹסֵר בְּדַקָּה וּמַתִּיר בְּגַסָּה.

נְסוֹרֶת: פְּסוֹלֶת, שֶׁמְּנַסְּרִין הַנַּגָּרִים מִן הָעֵץ, כְּשֶׁמְּגָרְרִים אוֹתוֹ בִּמְגֵירָה. **נְעוֹרֶת** דַּק־דַּק, שֶׁמְּנַעֲרִין מִן הַפִּשְׁתָּן, כְּשֶׁמְּנַפְּצִין אוֹתוֹ. **רַבִּי יְהוּדָה אוֹסֵר בְּדַקָּה:** בִּנְעוֹרֶת־שֶׁל־פִּשְׁתָּן דַּקָּה; אֲבָל בִּנְסוֹרֶת — מוֹדֶה, דִּשְׁרֵי בֵּין דַּקָּה, בֵּין גַּסָּה. וְאֵין הֲלָכָה כְּרַבִּי יְהוּדָה.

וּמַה שֶּׁאָסְרוּ לְהַטְמִין מִבְּעוֹד־יוֹם בְּדָבָר, הַמּוֹסִיף הֶבֶל — גְּזֵירָה, שֶׁמָּא יַטְמִין בְּרֶמֶץ וְיָבוֹא לַחְתּוֹת בַּגֶּחָלִים מִשֶּׁתֶּחְשַׁךְ. וְאָסְרוּ לְהַטְמִין בְּשַׁבָּת בְּדָבָר, שֶׁאֵינוֹ מוֹסִיף הֶבֶל, וְאַף־עַל־פִּי שֶׁאֵינוֹ מְבַשֵּׁל — גְּזֵירָה, שֶׁמָּא יִמְצָא קְדֵירָתוֹ, שֶׁנִּצְטַנְּנָה, וְיַרְתִּיחֶנָּה בָּאוּר בְּשַׁבָּת. וּבֵין־הַשְּׁמָשׁוֹת מוּתָּר לְהַטְמִין בְּדָבָר, שֶׁאֵינוֹ מוֹסִיף הֶבֶל, כִּדְאָמְרִינַן בְּסוֹף פֶּרֶק "בַּמֶּה מַדְלִיקִין", דְּלֵיכָּא לְמִגְזַר, שֶׁמָּא יִמְצָא קְדֵירָתוֹ, שֶׁנִּצְטַנְּנָה, וְיַרְתִּיחֶנָּה, "דִּסְתָם־קְדֵירוֹת בֵּין־הַשְּׁמָשׁוֹת רוֹתְחוֹת הֵן". וְרַמְבַּ"ם פֵּירַשׁ בִּ"סְתָם־קְדֵירוֹת בֵּין־הַשְּׁמָשׁוֹת רוֹתְחוֹת הֵן" — פֵּירוּשׁ, שֶׁאֵין הַדַּעַת סוֹבַלְתּוֹ, מִפְּנֵי שִׁיבּוּשׁ הַנּוּסְחָאוֹת וְגִירְסָאוֹת מְהוּפָּכוֹת, שֶׁנִּמְצָא בַּגְּמָרוֹת שֶׁלְּפָנָיו בְּפֶרֶק "בַּמֶּה מַדְלִיקִין", שֶׁהוּא הָיָה גוֹרֵס: מִפְּנֵי־מָה אָמְרוּ: אֵין

mishna 1

(2) One may not [do so] with straw, Zagim, soft flocking, or grass - when they are wet; when they are dry, however, one may cover up hot food with them.

---

(2)...ZAGIM זַגִּין , grapeskins; the חַרְצַנִּים , are the grape pits.

SOFT FLOCKING מוֹכִין , Things that are soft are called מוֹכִין ; this includes cotton, soft wool pluckings, and shreds of worn clothing.

WHEN THEY ARE WET - This applies to all of group (2): straw, Zagim, soft flocking, and grass. WET, i.e., naturally moist, and not because some other liquid fell on them after they had already dried out. Soft flocking can also be naturally moist, such as the wool near the fat tail, or the wool between the thighs of the animal.

עשבים

מוכין

(המשך) משנה א

לֹא בְּתֶבֶן וְלֹא בְזַגִּים וְלֹא בְמוֹכִים וְלֹא בַעֲשָׂבִים — בִּזְמַן שֶׁהֵן לַחִים, אֲבָל טוֹמְנִין בָּהֶן, כְּשֶׁהֵן יְבֵשִׁים.

זַגִּין: קְלִיפֵּי הָעֲנָבִים. "חַרְצַנִּים" — גַּרְעִינֵי הָעֲנָבִים. **מוֹכִין**: כָּל דָּבָר רַךְ קָרוּי "מוֹכִין", כְּגוֹן צֶמֶר־גֶּפֶן וּתְלִישֵׁי צֶמֶר רַךְ שֶׁל בְּהֵמָה וּגְרִירַת בְּגָדִים בְּלוּיִים. **בִּזְמַן שֶׁהֵן לַחִין**: אַכּוּלְּהוּ קָאֵי — אַתֶּבֶן, וְזַגִּים וּמוֹכִין וַעֲשָׂבִים. וְ"לַחִין", שֶׁאָמְרוּ — לַחִין מֵחֲמַת עַצְמָן, לֹא לַחִין מֵחֲמַת מַשְׁקִין, שֶׁנָּפְלוּ עֲלֵיהֶן לְאַחַר שֶׁיָּבְשׁוּ. וּמוֹכִין לַחִין מֵחֲמַת עַצְמָן מַשְׁכַּחַת לַהּ, כְּגוֹן בַּצֶּמֶר הַסָּמוּךְ לָאַלְיָה, אוֹ בַּצֶּמֶר שֶׁבֵּין יַרְכוֹת הַבְּהֵמָה.

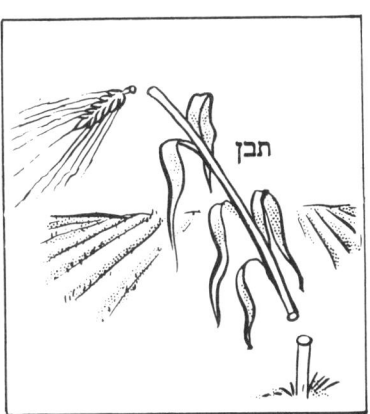

mishna 1

With what may one cover up hot food, and with what may one not cover up hot food?
(1) Hot food may not be covered up with Geffet, manure, salt, lime, or sand - whether wet or dry.

WITH WHAT MAY ONE COVER UP HOT FOOD? - This refers to someone who, before Shabbat, takes a hot pot off the stove to cover it up with an [insulating] material. The Sages ruled: one may not cover up hot food with a material that adds heat; one may only use a material that preserves heat. What are the materials that add heat, which are forbidden?

(1)...NOT...WITH GEFFET - The residue of olives and sesame seed; when it is together in a heap, it is very hot.

WET - These materials, when wet, produce more heat than when they are dry.

משנה א

בַּמֶּה טוֹמְנִין וּבַמָּה אֵין טוֹמְנִין? אֵין טוֹמְנִין לֹא בְגֶפֶת וְלֹא בְזֶבֶל, לֹא בְמֶלַח וְלֹא בְסִיד וְלֹא בְחוֹל — בֵּין לַחִים בֵּין יְבֵשִׁים;

בַּמֶּה טוֹמְנִין? הַבָּא לְסַלֵּק קְדֵירָה מֵעַל גַּבֵּי כִּירָה בְּעֶרֶב־שַׁבָּת וּלְטָמְנָהּ בְּדָבָר אַחֵר — וְאָמְרוּ חֲכָמִים: אֵין טוֹמְנִין בְּדָבָר, הַמּוֹסִיף הֶבֶל, אֶלָּא בְּדָבָר, הַמַּעֲמִיד הֶבֶל: אֵיזֶהוּ דָבָר הַמּוֹסִיף, וְאָסוּר? **לֹא בְגֶפֶת:** פְּסוֹלֶת שֶׁל זֵיתִים וְשׁוּמְשְׁמִין: כְּשֶׁהוּא כָּנוּס יַחַד, חַם מְאֹד. **לַחִים:** יֵשׁ בָּהֶן הֶבֶל הַרְבֵּה, יוֹתֵר מִיבֵשִׁין.

טומנין

טומנין

mishna 6

ONE MAY POSITION A VESSEL UNDER A LAMP on Shabbat TO CATCH THE SPARKS of the flame which drop beyond the lamp, so as to prevent that which is underneath from catching fire. This is permitted on Shabbat because sparks have no substance, and, upon falling into the vessel, do not cancel its state of "preparedness" for use on Shabbat.

BUT ONE MAY NOT FILL IT [THE VESSEL] WITH WATER, not even before Shabbat. Although there is no violation of Shabbat if one fills the vessel with water before Shabbat, nevertheless, the Rabbis prohibited this as a preventative measure: Since filling the vessel on Shabbat itself leads to a violation of "extinguishing" (one of the categories of work prohibited on Shabbat), they prohibited doing so before Shabbat, as well.

(המשך) משנה ו

מְטַלְטְלִין נֵר חָדָשׁ, אֲבָל לֹא יָשָׁן.
רַבִּי שִׁמְעוֹן אוֹמֵר: כָּל הַנֵּרוֹת מְטַלְטְלִין חוּץ מִן הַנֵּר הַדּוֹלֵק בְּשַׁבָּת.
נוֹתְנִין כְּלִי תַּחַת הַנֵּר, לְקַבֵּל נִ[י]צוֹצוֹת. וְלֹא יִתֵּן לְתוֹכוֹ מַיִם מִפְּנֵי שֶׁהוּא מְכַבֶּה.

מְטַלְטְלִין נֵר חָדָשׁ, שֶׁאֵינוֹ מָאוּס, וַחֲזֵי לְאִשְׁתַּמּוּשֵׁי בֵּיהּ. **אֲבָל לֹא יָשָׁן**, דְּמוּקְצֶה־מֵחֲמַת־מִיאוּס הוּא. **חוּץ מִן הַנֵּר הַדּוֹלֵק**: בְּעוֹד שֶׁהוּא דוֹלֵק אָסוּר — גְּזֵירָה, שֶׁמָּא יְכַבֶּה. וְלֵית לֵיהּ לְרַבִּי שִׁמְעוֹן מוּקְצֶה־מֵחֲמַת־מִיאוּס וְלֹא מוּקְצֶה־מֵחֲמַת־אִיסּוּר. וְאֵין הֲלָכָה כְּרַבִּי שִׁמְעוֹן, שֶׁמַּתִּיר לְטַלְטֵל כָּל הַנֵּרוֹת חוּץ מִן הַנֵּר הַדּוֹלֵק — שֶׁנֵּר, שֶׁהִדְלִיקוּהוּ לְלֵילֵי שַׁבָּת, אַף־עַל־פִּי שֶׁכָּבָה, אָסוּר לְטַלְטְלוֹ כָּל אוֹתוֹ שַׁבָּת, דְּמִיגּוֹ דְּאִיתְקְצַאי לְבֵין־הַשְּׁמָשׁוֹת אִיתְקְצַאי לְכוּלֵּי יוֹמָא; אֲבָל בִּשְׁאָר נֵרוֹת — הֲלָכָה כְּמוֹתוֹ, שֶׁאֵין מוּקְצֶה לְשַׁבָּת, אֶלָּא מוּקְצֶה־מֵחֲמַת־חֶסְרוֹן־כִּיס, דְּמוֹדֶה בֵּיהּ רַבִּי שִׁמְעוֹן. **נוֹתְנִין כְּלִי תַּחַת הַנֵּר** בְּשַׁבָּת, **לְקַבֵּל נִיצוֹצוֹת** שֶׁל שַׁלְהֶבֶת, הַנּוֹטְפוֹת מִן הַנֵּר, כְּדֵי שֶׁלֹּא יַדְלֵק מַה שֶּׁתַּחְתָּיו, דְּנִיצוֹצוֹת אֵין בָּהֶם מַמָּשׁ, וְאֵין הַכְּלִי מְבוּטָּל מֵהֲכָנוֹ בְּהָכִי. **וְלֹא יִתֵּן לְתוֹכוֹ מַיִם** — וַאֲפִילּוּ מֵעֶרֶב־שַׁבָּת, דְּגָזְרִינַן מֵעֶרֶב־שַׁבָּת אַטּוּ שַׁבָּת; וּבְשַׁבָּת — אִי הֲוָה עָבֵיד כִּי הַאי גַּוְונָא, הֲוֵי מְכַבֶּה וְחַיָּיב. הִילְכָּךְ בְּעֶרֶב־שַׁבָּת אָסוּר.

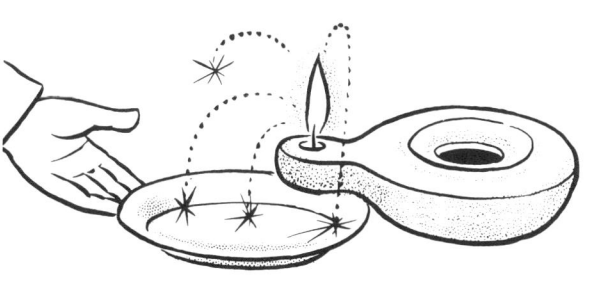

נותנין כלי תחת הנר לקבל ניצוצות

מטלטלין נר חדש

mishna 6 **One may handle a new lamp [on Shabbat], but not an old one.**

R. Shim'on says: one may handle any sort of lamp, except for a lamp which is burning on Shabbat.

One may position a vessel under a lamp to catch the sparks, but one may not fill it [the vessel] with water, because he [thereby] extinguishes [them].

ONE MAY HANDLE A NEW LAMP [- that has never held a flame - ON SHABBAT: Since it has not yet held a flame,] it is not yet repulsive and it is fit for other uses, [i.e., other than holding a flame, on Shabbat. That is why one may handle a new lamp on Shabbat.] BUT NOT AN OLD ONE: [Since it has held a flame, it has become repulsive; it is no longer fit for any permitted use on Shabbat. Therefore,] it is Muktzeh on account of being repulsive, [and may not even be handled on Shabbat].

R. Shim'on's position

EXCEPT FOR A LAMP WHICH IS BURNING: While it is actually burning, one may not handle it on Shabbat; this is a preventative measure, lest one inadvertently extinguish it. Once the flame goes out, however, one may then handle the lamp on Shabbat, according to R. Shim'on, who rejects both Muktzeh on account of being repulsive and Muktzeh on account of prohibition.

The Halakhah does not follow R. Shim'on in this regard. According to the Halakhah, anything which was Muktzeh during twilight, remains Muktzeh for all of Shabbat. If a lamp was alight during twilight, it remains Muktzeh - even if the flame goes out in the middle of Shabbat - and may not be handled.

As for an old lamp which had not been lit for that Shabbat, [the anonymous first opinion of Part 2 of our Mishnah rules that it may not be handled on Shabbat, because it is Muktzeh on account of being repulsive]. R. Shim'on, who rejects this form of Muktzeh, rules that it may be handled on Shabbat. The Halakhah follows his opinion in this regard.

There is another form of Muktzeh on Shabbat to which even R. Shim'on agrees, namely, "Muktzeh on account of monetary loss" [see Chapter 17, Mishnah 4].

(המשך) משנה ו

מְטַלְטְלִין נֵר חָדָשׁ, אֲבָל לֹא יָשָׁן. רַבִּי שִׁמְעוֹן אוֹמֵר: כָּל הַנֵּרוֹת מְטַלְטְלִין חוּץ מִן הַנֵּר הַדּוֹלֵק בְּשַׁבָּת. נוֹתְנִין כְּלִי תַּחַת הַנֵּר, לְקַבֵּל נִ[י]צוֹצוֹת. וְלֹא יִתֵּן לְתוֹכוֹ מַיִם מִפְּנֵי שֶׁהוּא מְכַבֶּה.

מְטַלְטְלִין נֵר חָדָשׁ, שֶׁאֵינוֹ מָאוּס, וַחֲזֵי לְאִשְׁתַּמּוֹשֵׁי בֵּיהּ. **אֲבָל לֹא יָשָׁן**, דִּמוּקְצֶה־מֵחֲמַת־מִיאוּס הוּא. **חוּץ מִן הַנֵּר הַדּוֹלֵק:** בְּעוֹד שֶׁהוּא דוֹלֵק אָסוּר — גְּזֵירָה, שֶׁמָּא יְכַבֶּה. וְלֵית לֵיהּ לְרַבִּי שִׁמְעוֹן מוּקְצֶה־מֵחֲמַת־מִיאוּס וְלֹא מוּקְצֶה־מֵחֲמַת־אִיסּוּר. וְאֵין הֲלָכָה כְּרַבִּי שִׁמְעוֹן, שֶׁמַּתִּיר לְטַלְטֵל כָּל הַנֵּרוֹת חוּץ מִן הַנֵּר הַדּוֹלֵק — שֶׁנֵּר, שֶׁהִדְלִיקוּהוּ לְלֵילֵי שַׁבָּת, אַף־עַל־פִּי שֶׁכָּבָה, אָסוּר לְטַלְטְלוֹ כָּל אוֹתוֹ שַׁבָּת, דְּמִיגּוֹ דְּאִיתְקְצַאי לְבֵין־הַשְּׁמָשׁוֹת אִיתְקְצַאי לְכוּלֵּי יוֹמָא; אֲבָל בִּשְׁאָר נֵרוֹת — הֲלָכָה כְּמוֹתוֹ, שֶׁאֵין מוּקְצֶה לְשַׁבָּת, אֶלָּא מוּקְצֶה־מֵחֲמַת־חֶסְרוֹן־כִּיס, דְּמוֹדֶה בֵּיהּ רַבִּי שִׁמְעוֹן. **נוֹתְנִין כְּלִי תַּחַת הַנֵּר** בְּשַׁבָּת, **לְקַבֵּל נִיצוֹצוֹת** שֶׁל שַׁלְהֶבֶת, הַנּוֹטְפוֹת מִן הַנֵּר, כְּדֵי שֶׁלֹּא יִדָּלֵק מַה שֶּׁתַּחְתָּיו, דְּנִיצוֹצוֹת אֵין בָּהֶם מַמָּשׁ, וְאֵין הַכְּלִי מְבוּטָּל מֵהֲכֵנוֹ בְּהָכִי. **וְלֹא יִתֵּן לְתוֹכוֹ מַיִם** — וַאֲפִילוּ מֵעֶרֶב־שַׁבָּת, דְּגָזְרִינַן מֵעֶרֶב־שַׁבָּת אַטּוּ שַׁבָּת; וּבְשַׁבָּת — אִי הֲוָה עָבֵיד כִּי הַאי גַּוְונָא, הֲוֵי מְכַבֶּה וְחַיָּיב. הִילְכָּךְ בְּעֶרֶב־שַׁבָּת אָסוּר.

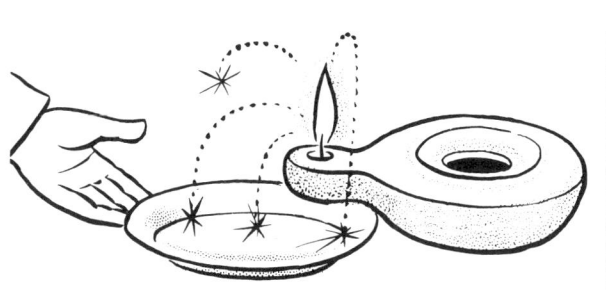

מטלטלין נר חדש

נותנין כלי תחת הנר לקבל ניצוצות

mishna 6

One may not put a vessel under a lamp to catch the oil, but if he put it there while it is still day, it is permitted.

One may not derive any benefit from it, since it is not something which was "prepared" [for use on Shabbat].

ONE MAY NOT PUT A VESSEL UNDER A LAMP on Shabbat TO CATCH THE dripping OIL. [Why not? The reason is as follows:]

The oil is Muktzeh [lit. "set apart"; "Muktzeh" is that which may not be used or handled on Shabbat or Yom Tov]; if it drips into a vessel on Shabbat, the vessel also becomes Muktzeh (its state of "preparedness" for use on Shabbat is cancelled), and one would then not be able to handle it or move it from its place. Since one could no longer move it from its place, it would be as if one had plastered it down in one place, an act which is prohibited on Shabbat. [That is why one may not put a vessel under a lamp on Shabbat to catch the dripping oil.]

ONE MAY NOT DERIVE ANY BENEFIT FROM IT, i.e., from the oil that drips from the lamp on Shabbat. Why not? Because the oil was not "prepared" before Shabbat for such use on Shabbat. Rather, it was set aside for fueling the Shabbat lamp.

משניות שבת ★ פרוש ר"ע מברטנורא ★ פרק ג

משנה ו

אֵין נוֹתְנִין כְּלִי תַּחַת הַנֵּר, לְקַבֵּל בּוֹ אֶת הַשֶּׁמֶן; וְאִם נוֹתְנוֹ מִבְּעוֹד־יוֹם, מוּתָּר. וְאֵין נֵיאוֹתִין מִמֶּנּוּ לְפִי שֶׁאֵינוֹ מִן הַמּוּכָן.

אֵין נוֹתְנִין — בְּשַׁבָּת — **כְּלִי תַּחַת הַנֵּר, לְקַבֵּל בּוֹ אֶת הַשֶּׁמֶן** הַמְטַפְטֵף — מִשּׁוּם דְּשֶׁמֶן מוּקְצֶה הוּא, וְאָסוּר לְבַטֵּל כְּלִי מֵהֲכֵנוֹ, כְּלוֹמַר, לְהוֹשִׁיב כְּלִי בְּמָקוֹם, שֶׁלֹּא יוּכַל עוֹד לִיטְּלוֹ מִשָּׁם, דְּהָוֵי לֵיהּ כְּקוֹבֵעַ לוֹ מָקוֹם וּמְחַבְּרוֹ בְּטִיט, וְדָמֵי לִמְלָאכָה; וּכְלִי זֶה, מִשֶּׁיִּפּוֹל בּוֹ הַשֶּׁמֶן, מוּקְצֶה הוּא, וְאָסוּר לְטַלְטְלוֹ. **אֵין נֵיאוֹתִין**: אֵין נֶהֱנִין מִן הַשֶּׁמֶן, הַמְטַפְטֵף מִן הַנֵּר בְּשַׁבָּת, לְפִי שֶׁאֵינוֹ מִן הַמּוּכָן, שֶׁכְּבָר הוּקְצָה לְהַדְלָקָה.

אין נותנין כלי תחת הנר

ואין נאותין ממנו

mishna 5

One may not put spices into a pan or pot that was taken off, boiling. But one may put [spices] into a plate or [serving] dish.

R. Yehudah says: One may put [spices] into anything, except into something that contains vinegar or brine.

ONE MAY NOT PUT SPICES, after it is dark, INTO A PAN OR POT THAT WAS TAKEN OFF the fire, BOILING, during twilight. [Why not?] Because such a pan or pot [which was heated up on the fire] has the status of a "primary vessel" [כְּלִי־רִאשׁוֹן, lit. "first vessel"], and "cooking" can take place within it, as long as it is boiling hot. [Spices would be "cooked" if put into such a pot or pan; that is why one may not do so on Shabbat.]

BUT ONE MAY PUT [SPICES] INTO A PLATE - [Why so?] Because a plate [into which hot food is transferred, but in which food is not heated up on the fire] has the status of a "secondary" vessel," in which "cooking" [as defined by the Halakhah] cannot take place. [That is why one may put spices into a plate of hot food on Shabbat.] SERVING DISH - A large dish into which one empties the entire contents of a cooking pot, and from which one then serves into plates.

R. YEHUDAH SAYS: ONE MAY PUT [SPICES] INTO ANYTHING [that was taken off the fire], even if it is a "primary vessel," EXCEPT INTO SOMETHING WHICH CONTAINS VINEGAR OR BRINE (of salted fish), which promote the "cooking" of the spices.

The Halakhah does not follow R. Yehudah's position.

We have learned that even after a cooking pot (which is a "primary vessel") has been taken off the fire, one may not put into it spices. Salt, however, may be put in. Salt cannot be "cooked," not even in a "primary vessel," except on the fire. It is therefore permissible to put salt even into a "primary vessel," after it has been removed from the fire.

(המשך) משנה ה

הָאִילְפָּס וְהַקְּדֵרָה, שֶׁהֶעֱבִירָן מְרוּתָּחִין — לֹא יִתֵּן לְתוֹכָן תְּבָלִין, אֲבָל נוֹתֵן הוּא לְתוֹךְ הַקְּעָרָה, אוֹ לְתוֹךְ הַתַּמְחוּי.
רַבִּי יְהוּדָה אוֹמֵר: לַכֹּל הוּא נוֹתֵן, חוּץ מִדָּבָר, שֶׁיֵּשׁ בּוֹ חוֹמֶץ, וְצִיר.

שֶׁהֶעֱבִירָן מִן הָאוּר. מְרוּתָּחִין — בֵּין־הַשְּׁמָשׁוֹת. לֹא יִתֵּן לְתוֹכָן תְּבָלִין מִשֶּׁתֶּחְשַׁךְ, דִּכְלִי־רִאשׁוֹן, כָּל זְמַן שֶׁרוֹתֵחַ, מְבַשֵּׁל. אֲבָל נוֹתֵן הוּא לְתוֹךְ הַקְּעָרָה, דִּכְלִי־שֵׁנִי אֵינוֹ מְבַשֵּׁל. תַּמְחוּי: כְּמִין קְעָרָה גְּדוֹלָה, שֶׁמְּעָרָה כָּל הָאִילְפָּס לְתוֹכוֹ וּמִשָּׁם מְעָרֶה לַקְּעָרוֹת. לַכֹּל הוּא נוֹתֵן, אֲפִילוּ לִכְלִי־רִאשׁוֹן. חוּץ מִדָּבָר, שֶׁיֵּשׁ בּוֹ חוֹמֶץ, אוֹ צִיר, הַנּוֹטֵף מִמְּלִיחַת דָּגִים — שֶׁהֵם מְבַשְּׁלִין הַתְּבָלִין. וְאֵין הֲלָכָה כְּרַבִּי יְהוּדָה. וְדַוְקָא תְּבָלִין הוּא דְּאָסוּר לִיתֵּן בִּכְלִי־רִאשׁוֹן אֲפִילוּ לְאַחַר שֶׁהֶעֱבִירוֹ מִן הָאוּר. אֲבָל מֶלַח — אֲפִילוּ בִּכְלִי־רִאשׁוֹן לֹא בְּשֵׁלָה, אֶלָּא עַל גַּבֵּי הָאוּר בִּלְבַד; לְפִיכָךְ מוּתָּר לָתֵת מֶלַח אֲפִילוּ בִּכְלִי־רִאשׁוֹן לְאַחַר שֶׁהֶעֱבִירוֹ מִן הָאוּר.

58

mishna 5

One may not pour cold water into a kettle [of hot water] that had been taken off [the fire], in order to heat up [the cold water]. But one may pour [cold water] into a kettle or into a cup [of hot water] so as to make it lukewarm.

A KETTLE made of copper, which is placed on the fire to heat up the water inside, THAT HAD BEEN TAKEN OFF the stove, and that contains hot water, ONE MAY NOT POUR a small amount of [cold] water [into the kettle], in order that [the cold water] be heated up by [hot] water of the kettle; to do so would be akin to "cooking" on Shabbat [and is prohibited]. BUT ONE MAY POUR INTO A KETTLE [OF HOT WATER] a large enough amount of [cold] water, so that all becomes lukewarm.

OR INTO A CUP [OF HOT WATER] - [Since the hot water was not originally heated up in the cup, but rather was transferred into it,] it is considered a "secondary vessel" כְּלִי שֵׁנִי , lit. "second vessel"]. Nevertheless, one may not pour into the cup of hot water a small amount of cold water, which will become heated by the hot water in the cup.

The reason why one may not do so is that Part 1 of this Mishnah holds that "cooking" [as defined by the Halakhah] can take place even in a "secondary vessel." [To pour into the cup of hot water a small amount of cold water, which will become heated by the hot water in the cup, would therefore be a violation of "cooking" on Shabbat. What the Mishnah here permits is pouring a large enough amount of cold water into the cup, so that all becomes lukewarm.]

(Part II of this Mishnah states: "But one may put [spices] into a plate, etc.," implying the opinion that "cooking" cannot take place in a "secondary vessel."

The Halakhah is that "cooking" cannot take place in a "secondary vessel."

משנה ה

הַמֵּיחַם, שֶׁפִּנָּהוּ — לֹא יִתֵּן לְתוֹכוֹ צוֹנֵן, בִּשְׁבִיל שֶׁיֵּחַמּוּ; אֲבָל נוֹתֵן הוּא לְתוֹכוֹ, אוֹ לְתוֹךְ הַכּוֹס, כְּדֵי לְהַפְשִׁירָן.

הַמֵּיחַם: קוּמְקוּם שֶׁל נְחוֹשֶׁת, שֶׁמְּשִׁימִין אוֹתוֹ עַל־גַּב הָאֵשׁ, לְחַמֵּם הַמַּיִם שֶׁבְּתוֹכוֹ. **שֶׁפִּנָּהוּ** מֵעַל הַכִּירָה, וְיֵשׁ בְּתוֹכוֹ מַיִם חַמִּין. **לֹא יִתֵּן לְתוֹכוֹ** מַיִם מוּעָטִים, כְּדֵי שֶׁיִּתְחַמְּמוּ מִן הַמַּיִם הַחַמִּין, שֶׁנִּשְׁאֲרוּ בְּתוֹךְ הַמֵּיחַם, דַּהֲוֵי לֵיהּ כִּמְבַשֵּׁל בְּשַׁבָּת. **אֲבָל נוֹתֵן לְתוֹכוֹ** מַיִם מְרוּבִּים, עַד שֶׁיָּשׁוּבוּ הַכֹּל פּוֹשְׁרִין. **אוֹ לְתוֹךְ הַכּוֹס:** וְאַף־עַל־פִּי שֶׁהוּא כְּלִי־שֵׁנִי — דַּוְקָא לְהַפְשִׁירָן מוּתָּר; אֲבָל מוּעָטִים, כְּדֵי שֶׁיֵּחַמּוּ — לֹא, דִּסְבִירָא לֵיהּ לְהַאי תַּנָּא, דִּכְלִי־שֵׁנִי מְבַשֵּׁל. וּלְקַמָּן תְּנַן: "אֲבָל נוֹתֵן הוּא לְתוֹךְ הַקְּעָרָה", דְּמַשְׁמַע, דִּכְלִי־שֵׁנִי אֵינוֹ מְבַשֵּׁל. וַהֲלָכָה — דִּכְלִי־שֵׁנִי אֵינוֹ מְבַשֵּׁל.

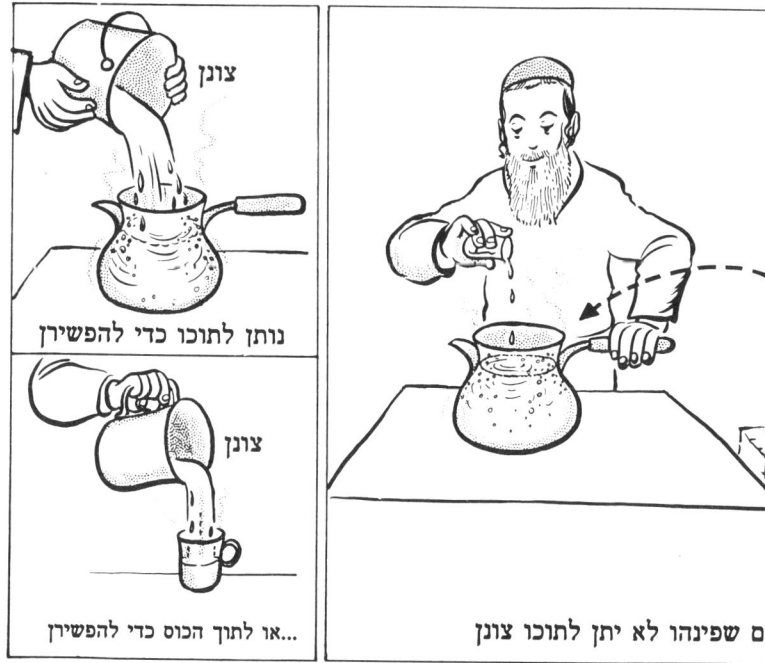

נותן לתוכו כדי להפשירן

...או לתוך הכוס כדי להפשירן

המיחם שפינהו לא יתן לתוכו צונן

mishna 4

One may drink on Shabbat from a miliarum that was cleared [of its coals]. One may not drink [on Shabbat] from an Antichi, even if it was cleared [of its coals].

MILIARUM - The Gemara explains that this was a vessel with water on the inside and coals on the outside. The coals were held in a small receptacle that was attached to the external side of the vessel; the water was held in the large, inner receptacle of the vessel.

If the coals were cleared out before Shabbat, one may drink the water of the large, inner receptacle on Shabbat. Even though the water was slightly heated on account of the vessel on Shabbat, it is permitted, since the vessel does not add heat but only preserves the heat of the water, preventing it from cooling off.

ANTICHI - A copper vessel with two bottoms. The water is held in the upper compartment, and the coals are placed in the lower compartment, between the two bottoms.

Because the coals are kept below, between the two bottoms, its heat lasts for a long time. As a result, even if the coals are swept out before Shabbat, it still heats up the water on Shabbat. That is why one may not drink the water on Shabbat.

(המשך) משנה ד

מוּלְיָאר הַגָּרוּף — שׁוֹתִין הֵימֶנּוּ בְּשַׁבָּת. אַנְטִיכִי, אַף־עַל־פִּי שֶׁגְּרוּפָה — אֵין שׁוֹתִין מִמֶּנָּה.

מוּלְיָאר: פֵּירְשׁוּ בַּגְּמָרָא: מַיִם מִבִּפְנִים וְגֶחָלִים מִבַּחוּץ; וְהוּא כְּלִי, שֶׁיֵּשׁ לוֹ בֵּית־קִיבּוּל קָטָן אֵצֶל דּוֹפְנוֹ מִבַּחוּץ, מְחוּבָּר לוֹ, וְנוֹתְנִין שָׁם גֶּחָלִים, וְהַמַּיִם — בְּקִיבּוּלוֹ הַגָּדוֹל. וְאִם גְּרָפוּהוּ מִן הַגֶּחָלִים מִבְּעוֹד־יוֹם, שׁוֹתִין מִן הַמַּיִם שֶׁבְּקִיבּוּלוֹ הַגָּדוֹל בְּשַׁבָּת, וְאַף־עַל־פִּי שֶׁהוּחַמּוּ קְצָת מֵחֲמַת כְּלִי, לְפִי שֶׁאֵינוֹ מוֹסִיף הֶבֶל, אֶלָּא מְשַׁמֵּר וּמְקַיֵּים חוֹם שֶׁלָּהֶם, שֶׁלֹּא יִצְטַנְּנוּ. **אַנְטִיכִי:** הוּא כְּלִי נְחוֹשֶׁת, שֶׁיֵּשׁ לוֹ שְׁתֵּי שׁוּלַיִם, וּמְשִׂימִין הַמַּיִם לְמַעְלָה, וְהָאֵשׁ לְמַטָּה בֵּין שְׁתֵּי הַשּׁוּלַיִם; וּמִתּוֹךְ שֶׁהָאֵשׁ לְמַטָּה בֵּין שְׁתֵּי הַשּׁוּלַיִם — חוּמּוֹ נִשְׁאָר הַרְבֵּה. וְאַף־עַל־פִּי שֶׁגָּרַף הַגֶּחָלִים מֵעֶרֶב־שַׁבָּת, הַמַּיִם מִתְחַמְּמִים בּוֹ בְּשַׁבָּת; לְפִיכָךְ אֵין שׁוֹתִים מֵהֶם בְּשַׁבָּת.

מוליאר

אנטיכי

mishna 4 — **It once happened that the people of Teveriah laid a pipe of cold water through a channel of hot springs. The Sages told them: (1) On Shabbat [the status of such water] is like that of water which was heated up on Shabbat: it is forbidden for bathing and for drinking. (2) On Yom Tov [the status of such water] is like that of water which was heated up on Yom Tov: it is forbidden for bathing but permitted for drinking.**

A PIPE: They conducted water through a pipe, which was submerged in the hot springs of Teveriah; the pipe would be heated up by the waters of the hot springs. When cold water was conducted through this pipe, the water was heated up by the pipe, which, in turn, had been heated by the hot springs.

The Sages ruled:

(1) The water which is conducted through this pipe on Shabbat has the same status as water heated up on Shabbat: it is forbidden to bathe in it, not even one of the smaller members of the body, and it is also forbidden to drink it.

(2) The water which is conducted through this pipe on Yom Tov has the same status as water heated up on Yom Tov: it is forbidden to bathe one's entire body in it, but one may bathe in it one's face, hands, and legs, and one may drink it.

The Halakhah is in accordance with the ruling of the Sages. (The people of Teveriah reversed themselves, and dismantled the pipe.)

ולא יטמיננה בחול

משנה ד

מַעֲשֶׂה, שֶׁעָשׂוּ אַנְשֵׁי טְבֶרְיָא וְהֵבִיאוּ סִלּוֹן שֶׁל צוֹנֵן לְתוֹךְ אַמָּה שֶׁל חַמִּין.

אָמְרוּ לָהֶן חֲכָמִים: אִם בְּשַׁבָּת — כְּחַמִּין, שֶׁהוּחַמּוּ בְּשַׁבָּת: אֲסוּרִין בִּרְחִיצָה וּבִשְׁתִיָּה; בְּיוֹם־טוֹב — כְּחַמִּין, שֶׁהוּחַמּוּ בְּיוֹם־טוֹב: אֲסוּרִין בִּרְחִיצָה וּמוּתָּרִין בִּשְׁתִיָּה.

סִלּוֹן: צִינּוֹר, שֶׁמַּמְשִׁיכִין הַמַּיִם לְתוֹכוֹ; וְהָיָה אוֹתוֹ צִינּוֹר מְשׁוּקָּע בְּחַמֵּי טְבֶרְיָא וּמִתְחַמֵּם מִכֹּחַ אוֹתָם הַמַּיִם הַחַמִּים; וּכְשֶׁהָיוּ הַמַּיִם צוֹנְנִין נִמְשָׁכִין בְּתוֹכוֹ, מִתְחַמְּמִים בְּאוֹתוֹ סִילוֹן, שֶׁנִּתְחַמֵּם בְּתוֹךְ חַמֵּי טְבֶרְיָא. וְאָמְרוּ חֲכָמִים, שֶׁהַמַּיִם, שֶׁנִּמְשְׁכוּ בְּאוֹתוֹ צִינּוֹר בְּשַׁבָּת — דִּינָם כְּדִין חַמִּין, שֶׁהוּחַמּוּ בְּשַׁבָּת, שֶׁאֲסוּרִין לִרְחוֹץ בָּהֶן אֲפִילוּ אֵבֶר קָטָן וַאֲסוּרִין אַף בִּשְׁתִיָּה; וְהַמַּיִם, שֶׁעוֹבְרִין בּוֹ בְּיוֹם־טוֹב — דִּינָן כְּדִין חַמִּין, שֶׁהוּחַמּוּ בְּיוֹם־טוֹב, שֶׁאֲסוּרִים לִרְחוֹץ בָּהֶם כָּל הַגּוּף, אֲבָל מוּתָּר לִרְחוֹץ בָּהֶן פָּנָיו, יָדָיו וְרַגְלָיו, וּמוּתָּרִין בִּשְׁתִיָּה. וַהֲלָכָה כַּחֲכָמִים. וְחָזְרוּ בָּהֶם אַנְשֵׁי טְבֶרְיָא וְשָׁבְרוּ אֶת הַסִּילוֹן.

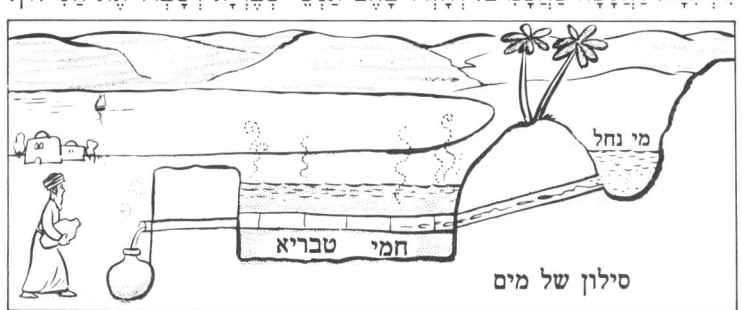

סילון של מים

Mishnayot Shabbat * Commentary of Rabbi Ovadia M'Bartenura * Chapter 3

mishna 3 **One may not put an egg beside a kettle, in order that it should be "rolled."**
Nor may one crack it open into a cloth. R. Yossi permits this.
One may not bury it in the sand or in the dust of the road, in order that it be roasted.

(1) ONE MAY NOT PUT - on Shabbat - AN EGG BESIDE A KETTLE: A copper kettle in which water is heated up on the fire. THAT IT SHOULD BE "ROLLED" שֶׁתִּתְגַּלְגֵּל , i.e., that it become partially cooked; here, is in the sense of "mixed."

(2) NOR MAY ONE CRACK IT OPEN ONTO A CLOTH - One should not break it open onto a cloth that has been heated up by the sun, in order that it become cooked there.

[Actually, according to the Torah it is permissible to cook by the heat of a sun-heated object on Shabbat;] the Rabbis however prohibited this, lest one mistakenly think that to cook by the heat of a fire-heated object on Shabbat is also permissible.

R. YOSSI PERMITS THIS - He did not agree with the preventative measure [just mentioned, above] of prohibiting [cooking with] a sun-heated object on account of a fire-heated object.

The Halakhah does not follow R. Yossi.

(3) ONE MAY NOT BURY IT IN THE SAND, OR IN THE DUST OF THE ROAD, which were heated by the sun.

In these cases of cooking with a sun-heated object, R. Yossi would agree that it is not permitted. Why are these cases different [than Case (2) above, in which he ruled: "permitted"?
There are two possibilities:]

(a) In Case 3, R. Yossi saw the need for a preventative measure, lest one mistakenly think that to cook (an egg) by burying it in hot ashes is also permissible. If we permitted cooking by burying in sand, one would be led to think that cooking by burying in hot ashes is also permissible: "What's the difference between sand and hot ashes?" one might say.

(b) In Case 3, R. Yossi saw the need for a preventative measure, lest one, while burying the egg in the sand on Shabbat, not find enough loose sand and come to move packed-in sand from its place, which is forbidden to do on account of "plowing," one of the categories of work prohibited on Shabbat.

משנה ג

אֵין נוֹתְנִין בֵּיצָה בְּצַד הַמֵּיחַם, בִּשְׁבִיל שֶׁתִּתְגַּלְגֵּל, וְלֹא יַפְקִיעֶנָּה בְּסוּדָרִין; וְרַבִּי יוֹסֵי מַתִּיר.
וְלֹא יַטְמִינֶנָּה בְּחוֹל, וּבַאֲבַק־דְּרָכִים, בִּשְׁבִיל שֶׁתִּצָּלֶה.

אֵין נוֹתְנִין — בְּשַׁבָּת — **בֵּיצָה בְּצַד הַמֵּיחַם**: קוּמְקוּם שֶׁל נְחוֹשֶׁת, שֶׁמְּחַמְּמִים בּוֹ הַמַּיִם עַל־גַּבֵּי הָאֵשׁ. **שֶׁתִּתְגַּלְגֵּל**: שֶׁתִּיצָּלֶה קְצָת, עַד שֶׁתְּהֵא מְגוּלְגֶּלֶת, כְּלוֹמַר, מְעוּרֶבֶת. **וְלֹא יַפְקִיעֶנָּה בְּסוּדָרִין**: לֹא יִשְׁבְּרֶנָּה עַל סוּדָר, שֶׁהוּחַם בַּחַמָּה, כְּדֵי שֶׁתִּיצָּלֶה בּוֹ — דְּגָזְרִינַן: תּוֹלְדוֹת חַמָּה אָטוּ תּוֹלְדוֹת הָאוּר. **וְרַבִּי יוֹסֵי מַתִּיר**, דְּסָבַר: לָא גָּזְרִינַן: תּוֹלְדוֹת חַמָּה אָטוּ תּוֹלְדוֹת הָאוּר. וְאֵין הֲלָכָה כְּרַבִּי יוֹסֵי. **לֹא יַטְמִינֶנָּה בְּחוֹל, וּבַאֲבַק־דְּרָכִים**, שֶׁהוּחַמּוּ מִכֹּחַ הַחַמָּה. וּבְהָא לָא שָׁרֵי רַבִּי יוֹסֵי, דְּגָזַר: חוֹל אָטוּ רֶמֶץ — הוֹאִיל וְתַרְוַיְיהוּ דֶּרֶךְ הַטְמָנָה, אָתֵי לְמֵימַר: מַה לִּי רֶמֶץ מַה לִּי חוֹל. אִי נָמִי גָּזַר רַבִּי יוֹסֵי: שֶׁמָּא יָזִיז עָפָר מִמְּקוֹמוֹ — שֶׁמָּא לֹא יְהֵא שָׁם חוֹל עָקוּר כְּכָל הַצּוֹרֶךְ, וְאָתֵי לַאֲזוֹזֵי עָפָר הַדָּבוּק, וְהָוֵי תּוֹלָדָה דְּ"חוֹרֵשׁ".

ביצה בצד המיחם

הפקעה בסודרין

mishna 2

One may not put cooked food inside or onto an oven that was heated with straw or with stubble.

AN OVEN - Because it is narrow at the top and wide at the base, it retains its heat to a greater extent than a double stove. With such an oven one can always speed up the cooking process; therefore, even if it is heated with straw and stubble, the concern exists that a person might, without thinking, stoke the fire.

OR ONTO - i.e., to lean up against it.

mishna 2

A single stove that was heated with straw or with stubble is like a double stove. [If it was heated] with Geffet or wood, it is like an oven.

A SINGLE STOVE is built just like the double stove, except that its length is equal to its width, and it has only one place for setting a cooking pot. The fire burns underneath; its heat is greater than that of a double stove, since the double stove has two openings at the top for setting cooking pots, whereas the single stove only has one. Its heat is less than that of an oven.

משנה ב

תַּנּוּר, שֶׁהִסִּיקוּהוּ בְּקַשׁ וּבִגְבָבָא — לֹא יִתֵּן בֵּין מִתּוֹכוֹ בֵּין מֵעַל גַּבָּיו.

תַּנּוּר: מִתּוֹךְ שֶׁצַּר לְמַעְלָה וְרָחָב לְמַטָּה — נִקְלָט חוּמּוֹ לְתוֹכוֹ טְפֵי מִכִּירָה; וַאֲפִילוּ הִסִּיקוּהוּ בְּקַשׁ וּבִגְבָבָא חָיְישִׁינַן, שֶׁמָּא יַחְתֶּה, דִּלְעוֹלָם אֵינוֹ מַסִּיחַ דַּעְתּוֹ מִמֶּנּוּ. **בֵּין מִגַּבָּיו** — לִסְמוֹךְ אֵצֶל דּוֹפְנוֹ.

תנור
מעל גביו

תנור עם מדף

(המשך) משנה ב

כּוּפָּח, שֶׁהִסִּיקוּהוּ בְּקַשׁ וּבִגְבָבָא — הֲרֵי זֶה כְּכִירַיִם; בְּגֶפֶת וּבְעֵצִים — הֲרֵי הוּא כְּתַנּוּר.

כּוּפָּח: עָשׂוּי כְּכִירָה, אֶלָּא שֶׁאָרְכּוֹ כְּרָחְבּוֹ, וְאֵין בּוֹ אֶלָּא מְקוֹם שְׁפִיתַת קְדֵירָה אַחַת, וְהָאֵשׁ עוֹבֶרֶת תַּחְתָּיו, וְהֶבְלוֹ רַב מֵהֶבֶל הַכִּירָה, שֶׁהַכִּירָה פְּתוּחָה מִלְמַעְלָה שִׁיעוּר שְׁתֵּי קְדֵירוֹת, וְהַכּוּפָּח אֵין פָּתוּחַ אֶלָּא שִׁיעוּר קְדֵירָה אַחַת; וּפָחוֹת מֵהֶבֶל הַתַּנּוּר.

mishna 1

The School of Shammai says: one may remove it, but one may not put it back; the School of Hillel says: one may even put it back.

THE SCHOOL OF SHAMMAI SAYS: ONE MAY REMOVE IT, BUT ONE MAY NOT PUT IT BACK. Even hot water - which may be placed onto a stove before Shabbat to be kept there on Shabbat (providing that the coals have been removed or covered with ashes) - may not be put back onto the stove, once removed. Why not? Because to do so would give the appearance of "cooking" on Shabbat.

THE SCHOOL OF HILLEL SAYS: Both hot water and cooked dishes may be put back on the stove [on Shabbat], if they had been removed.

They only permit this, however, on condition that, after removing the pot from the stove, one does not put down the pot, but rather continues to hold onto it, [until placing it once again back onto the stove. That way it is as if the pot has been kept continuously on the stove since before Shabbat.]

If, however, after removing the pot from the stove, one sets it down on the floor or onto anything else, it would be forbidden to then pick it up and put it back onto the stove, even according to the School of Hillel. [Why? Because once one has set down the pot, it can no longer be said that the pot has been kept continuously on the stove since before Shabbat; rather, to pick it up again and place it onto the stove on Shabbat] would be like placing it onto the stove initially on Shabbat itself, which is forbidden.

(המשך) משנה א

בֵּית־שַׁמַּאי אוֹמְרִים: נוֹטְלִין, אֲבָל לֹא מַחֲזִירִין;
וּבֵית־הִלֵּל אוֹמְרִים: אַף מַחֲזִירִין.

בֵּית־שַׁמַּאי אוֹמְרִים: נוֹטְלִין, וכו׳ — אֲפִילוּ חַמִּין, דְּשָׁרֵינַן לְהַשְׁהוֹת עַל־גַּבֵּי כִּירָה גְּרוּפָה וְשֶׁנָּתַן אֶת הָאֵפֶר — לְאַחַר שֶׁנְּטָלָן אֵין מַחֲזִירִין, דְּמִחֲזֵי כִּמְבַשֵּׁל בְּשַׁבָּת. **וּבֵית־הִלֵּל אוֹמְרִים:** בֵּין חַמִּין בֵּין תַּבְשִׁיל — יְכוֹלִין לְהַחֲזִיר לְאַחַר שֶׁנְּטָלָן. וְלָא שָׁרוּ בֵּית־הִלֵּל לְהַחֲזִיר, אֶלָּא בְּעוֹדָן בְּיָדוֹ, שֶׁלֹּא הִנִּיחָן עַל־גַּבֵּי דָּבָר אַחֵר; אֲבָל לְאַחַר שֶׁהִנִּיחָן בַּקַּרְקַע, אוֹ עַל־גַּבֵּי דָּבָר אַחֵר, אָסוּר לְהַחֲזִירָן, אֲפִילוּ לְבֵית־הִלֵּל, דְּהָוֵי כִּמְטַמֵּין לְכַתְּחִילָּה בְּשַׁבָּת.

mishna 1

The School of Shammai says: hot water, but not cooked food; the School of Hillel says: both hot water and cooked food.

THE SCHOOL OF SHAMMAI SAYS: Hot water may be placed on a stove after it has been cleared of coals. Since it needs no further cooking, there is no concern that one might stoke the coals on Shabbat.

BUT NOT COOKED FOOD - not even if the coals have been cleared away. Since it is impossible to remove all of the coals without leaving an ember or two, one might still come to stoke the fire, since this would help the cooking process.

גפת
עצים

גריפה

נתינת אפר

(המשך) משנה א

בֵּית־שַׁמַּאי אוֹמְרִים: חַמִּין, אֲבָל לֹא תַּבְשִׁיל; וּבֵית־הִלֵּל אוֹמְרִים: חַמִּין וְתַבְשִׁיל.

בֵּית־שַׁמַּאי אוֹמְרִים: מַיִם חַמִּין נוֹתְנִין עַל־גַּבֵּי כִּירָה לְאַחַר שֶׁגָּרַף, דְּלָא צְרִיכֵי לְבַשּׁוּלֵי, וְלֵיכָּא לְמִגְזַר, שֶׁמָּא יַחְתֶּה. **אֲבָל לֹא תַּבְשִׁיל** — אַף־עַל־פִּי שֶׁגָּרַף, שֶׁאִי־אֶפְשָׁר לִגְרֹף כָּל הַגֶּחָלִים עַד שֶׁלֹּא יִשָּׁאֵר שָׁם נִיצוֹץ אֶחָד, וְאָתֵי לַחֲתוּיֵי מֵאַחַר דְּנִיחָא לֵיהּ בְּבִשּׁוּלֵיהּ.

mishna 1

One may put cooked food upon a double stove that was heated with straw or with stubble.

If [the stove] was heated with Geffet or wood, one may not place [cooked food] upon it, until he sweeps or he puts in ashes.

A DOUBLE STOVE - This stove was built into the ground, with two places for setting cooking pots; the fire would burn under the two cooking pots. WITH STUBBLE - wood, thin like straw, which is raked from the fields.

ONE MAY PUT COOKED FOOD, before Shabbat, UPON A DOUBLE STOVE, in order to keep it there on Shabbat.

WITH GEFFET - The residue of olives and sesame seed, after the oil has been pressed out.

ONE MAY NOT PLACE [COOKED FOOD] UPON IT, before Shabbat, in order to keep it there on Shabbat, UNTIL HE SWEEPS out the coals, clearing them from the stove. OR PUTS IN ASHES onto the coals, covering them and cooling them off.

One might without thinking, stoke the coals on Shabbat

The reason [why the Mishnah forbids putting cooked food on the stove before Shabbat (in the second case)] is out of concern that one might, without thinking, stoke the coals on Shabbat, in order to speed up the cooking process.

Such a concern exists only in the case of (a) a cooked dish that has not yet been sufficiently cooked, or (b) one that has been fully cooked but would nevertheless improve with further cooking. Only in these cases are we concerned that a person might come to stoke the coals on Shabbat.

In the case of (c) a totally uncooked dish, or (d) one that has been sufficiently cooked and would shrink and deteriorate with further cooking, it is permitted to put them on a stove before Shabbat, in order to keep them there on Shabbat, even if the coals have not been removed or been covered with ashes. There is no concern that he might come to stoke the coals underneath these dishes on Shabbat: [Since he has nothing to gain by doing so,] his mind is not on them.

Similarly, if, close to twilight, a raw limb is thrown into a cooked dish that had been sufficiently cooked, it is all considered to be like a totally uncooked dish [and may be put on a stove before Shabbat in order to be kept there, etc.] In the case of this dish as well, [stoking the coals would not help to speed up its cooking process, and so] his mind is not on it.

משנה א

כִּירָה, שֶׁהִסִּיקוּהָ בְּקַשׁ וּבִגְבָבָא – נוֹתְנִים עָלֶיהָ תַּבְשִׁיל; בְּגֶפֶת וּבְעֵצִים – לֹא יִתֵּן, עַד שֶׁיִּגְרוֹף, אוֹ עַד שֶׁיִּתֵּן אֶת הָאֵפֶר.

כִּירָה: מָקוֹם עָשׂוּי בָּאָרֶץ כְּדֵי שְׁפִיתַת שְׁתֵּי קְדֵירוֹת, וְהָאֵשׁ עוֹבֶרֶת תַּחַת שְׁתֵּי הַקְּדֵירוֹת. **בִּגְבָבָא**: עֵצִים דַּקִּים כְּקַשׁ, שֶׁגּוֹבְבִין מִן הַשָּׂדֶה. **נוֹתְנִים עָלֶיהָ תַּבְשִׁיל** מֵעֶרֶב-שַׁבָּת, לְהַשְׁהוֹתוֹ שָׁם בְּשַׁבָּת. **בְּגֶפֶת**: פְּסוֹלֶת שֶׁל זֵיתִים וְשׁוּמְשְׁמִין לְאַחַר שֶׁהוֹצִיאוּ שַׁמְנָן. **לֹא יִתֵּן** מֵעֶרֶב-שַׁבָּת, כְּדֵי לְהַשְׁהוֹתָן שָׁם בְּשַׁבָּת – **עַד שֶׁיִּגְרוֹף** הַגֶּחָלִים וְיוֹצִיאֵם מִן הַכִּירָה, **אוֹ שֶׁיִּתֵּן הָאֵפֶר** עַל גַּבֵּי גֶּחָלִים, לְכַסּוֹתָם וּלְצַנְּנָם; וְטַעְמָא: גְּזֵירָה – שֶׁמָּא יַחְתֶּה בַּגֶּחָלִים בְּשַׁבָּת, כְּדֵי לְמַהֵר בִּישּׁוּלוֹ. וְדַוְקָא בְּתַבְשִׁיל, שֶׁלֹּא בָּשַׁל כָּל-צָרְכּוֹ, אוֹ אֲפִילוּ בָּשַׁל כָּל-צָרְכּוֹ וּמִצְטַמֵּק-וְיָפֶה-לוֹ – הוּא דִּגְזְרִינַן, שֶׁמָּא יַחְתֶּה; אֲבָל תַּבְשִׁיל, שֶׁלֹּא בָּשַׁל כְּלָל, אוֹ שֶׁבָּשַׁל כָּל-צָרְכּוֹ וּמִצְטַמֵּק-וְרַע-לוֹ – מוּתָּר לְהַשְׁהוֹתוֹ עַל-גַּבֵּי כִּירָה אַף-עַל-פִּי שֶׁאֵינָהּ גְּרוּפָה וּקְטוּמָה, וְלָא חָיְישִׁינַן, שֶׁמָּא יַחְתֶּה, הוֹאִיל וְהִסִּיחַ דַּעְתּוֹ מִמֶּנּוּ; וְכֵן תַּבְשִׁיל, שֶׁבָּשַׁל כָּל-צָרְכּוֹ, וְהִשְׁלִיךְ בְּתוֹכוֹ אֵבֶר חַי סָמוּךְ לְבֵין-הַשְּׁמָשׁוֹת, נַעֲשָׂה הַכֹּל כְּתַבְשִׁיל, שֶׁלֹּא בָּשַׁל כְּלָל, שֶׁהֲרֵי הִסִּיחַ דַּעְתּוֹ מִמֶּנּוּ.

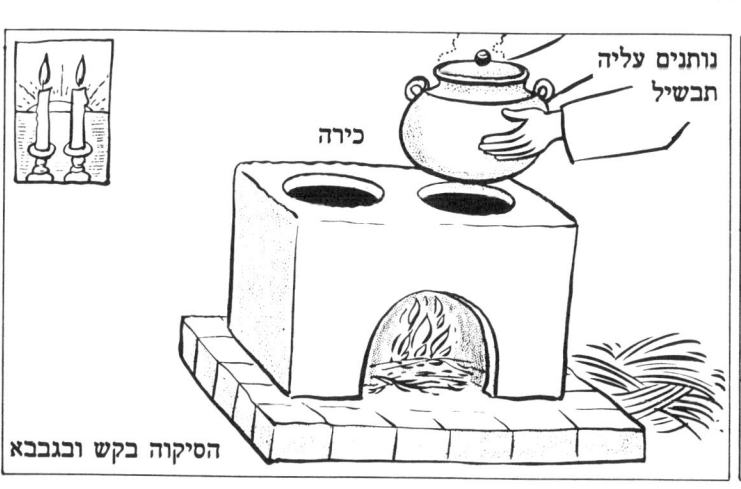

נותנים עליה
תבשיל
כירה

הסיקוה בקש ובגבבא

גבבת עצים

mishna 7

Apparently, the Mishnah is merely stating for us the obvious: "this, and it goes without saying, that" (Eruvin 76a).

A different answer to this question is that of my teachers, who interpreted that (3) "one may not kindle the [Shabbat] lights" comes to teach that one may not tell a gentile to kindle [the Shabbat lights during twilight, even though this, too, is only a rabbinic prohibition.

ONE MAY, HOWEVER (4) TITHE DEMAI - [We have seen, above, that (1) one may not, during twilight, tithe produce which has definitely not been tithed. The reason is that, by tithing it, one "repairs" it, by making it fit to eat; since this is similar to "repairing a vessel," which is forbidden on Shabbat, one may not tithe during twilight either.]

Demai, however, is different. [Demai is the produce of an Am-Ha'aretz, someone who, out of ignorance, may have been careless about tithing.] Since the majority of Amei-Ha'aretz do tithe their produce, [it may well have already been tithed, in which case one "repairs" nothing by tithing it again].

[ONE MAY...] (5) PREPARE THE ERUV of courtyards, but not the Eruv of boundaries. [What is the difference between the two?]

The need for an "Eruv of courtyards" is a mere stringency, [a precautionary measure enacted by the Rabbis. Fundamentally, though, it is permitted to carry to and fro on Shabbat in an enclosed and shared courtyard. That is why preparing an "Eruv of courtyards" to permit this carrying is not considered to be "repairing," and is permitted during twilight.]

The need for an "Eruv of boundaries," however, finds support in Scripture; [fundamentally, it is forbidden to go past the Shabbat limit. That is why preparing an "Eruv of boundaries" to allow for this is considered "repairing," and is forbidden during twilight.]

[ONE MAY...] (6) COVER UP HOT FOOD [during twilight] with something that does not add heat [but only preserves heat]. The reason why this is permitted is as follows:

On Shabbat itself, the only reason why this is forbidden is the concern that one might find, upon covering up the food to preserve its heat, that it had cooled off; one might then come to heat it up over the fire, which would be a violation of "cooking," one of the categories of work prohibited on Shabbat. During twilight, however, there is no such concern: "a pot is usually boiling hot at twilight," [having just been taken off the fire]. That is why it is permitted to cover up hot food during twilight with something that does not add heat, but not on Shabbat.

One may not cover up hot food with something that adds heat, not even before twilight.

אין מטבילין את הכלים

טומנין את החמין

— וְ״זוֹ וְאֵין צָרִיךְ לוֹמַר זוֹ״ (עירובין עו, א) קָתָנֵי. וְרַבּוֹתַי פֵּירְשׁוּ: ״וְאֵין מַדְלִיקִין אֶת הַנֵּרוֹת״ — אֵין אוֹמְרִים לְנָכְרִי, לְהַדְלִיק. **אֲבָל מְעַשְּׂרִים אֶת הַדְּמַאי** — וְלָא דָּמֵי לִמְתַקֵּן, דְּרוֹב עַמֵּי־הָאָרֶץ מְעַשְּׂרִין הֵן. **וּמְעָרְבִין** עֵירוּבֵי־חֲצֵרוֹת, דְּחוּמְרָא בְּעָלְמָא הוּא; אֲבָל לֹא עֵירוּבֵי־תְחוּמִין, דְּיֵשׁ לָהֶם סֶמֶךְ מִקְּרָאֵי. **וְטוֹמְנִין אֶת הַחַמִּין** בְּדָבָר, שֶׁאֵינוֹ מוֹסִיף הֶבֶל; דְּאִילּוּ בְּדָבָר, הַמּוֹסִיף הֶבֶל — אֲפִילּוּ מִבְּעוֹד־יוֹם אָסוּר. וְטַעְמָא דְּטוֹמְנִין אֶת הַחַמִּין בֵּין־הַשְּׁמָשׁוֹת בְּדָבָר, שֶׁאֵינוֹ מוֹסִיף הֶבֶל — שֶׁלֹּא אָסְרוּ לְהַטְמִין אֶת הַחַמִּין בְּשַׁבָּת עַצְמוֹ בְּדָבָר, שֶׁאֵינוֹ מוֹסִיף הֶבֶל, אֶלָּא גְּזֵירָה, שֶׁמָּא יִמְצָא קְדֵירָתוֹ, שֶׁנִּצְטַנְּנָה, וְיַרְתִּיחֶנָּה בָּאוּר וְנִמְצָא מְבַשֵּׁל בְּשַׁבָּת; וּבֵין־הַשְּׁמָשׁוֹת לֵיכָּא לְמִגְזַר בְּהָכִי, דִּסְתָם־קְדֵירוֹת בֵּין־הַשְּׁמָשׁוֹת רוֹתְחוֹת הֵן, וְלֵיכָּא לְמֵיחָשׁ, שֶׁמָּא נִצְטַנְּנָה, וְיַרְתִּיחֶנָּה; הִלְכָּךְ טוֹמְנִין אֶת הַחַמִּין בֵּין־הַשְּׁמָשׁוֹת אַף־עַל־פִּי שֶׁאֵין טוֹמְנִין בְּשַׁבָּת.

mishna 7

If there is doubt whether it is dark or not, (1) one may not tithe [produce] which has definitely not been tithed, (2) one may not immerse vessels, and (3) one may not kindle the [Shabbat] lights. One may, however, (4) tithe Demai, (5) prepare the Eruv, and (6) cover up hot food.

DOUBT WHETHER IT IS DARK OR NOT: From the beginning of sunset, so long as only one star is visible, it is day. As long as two medium sized stars are visible, there is doubt whether it is dark; this period is called בֵּין הַשְּׁמָשׁוֹת, (twilight) and receives the strict rulings of both day and night. When three medium stars are visible, it is night.

(1) ONE MAY NOT TITHE [PRODUCE] WHICH HAS DEFINITELY NOT BEEN TITHED, because it is similar to "repairing a vessel." [By tithing the produce, he "repairs" it by making it fit to eat.] Although this is only a rabbinic prohibition [which is generally ruled leniently in situations of doubt, such as twilight], this Mishnah is of the opinion that rabbinic prohibitions apply during twilight.

(2) ONE MAY NOT IMMERSE VESSELS, to bring them into a state of ritual purity. This is akin to "repairing a vessel," and is rabbinically prohibited.

AND (3) ONE MAY NOT KINDLE THE [SHABBAT] LIGHTS: If one may not even tithe the produce or immerse vessels - acts forbidden on Shabbat by rabbinic decree - during twilight, then certainly one may not kindle a light, an act forbidden by the Torah on Shabbat, during twilight. [Why then did the Mishnah have to state the last case, if we can infer it, logically?]

הדליקו את הנר!

(המשך) משנה ז

סָפֵק חֲשֵׁכָה, סָפֵק אֵין חֲשֵׁכָה — אֵין מְעַשְּׂרִין אֶת הַוַּדַּאי וְאֵין מַטְבִּילִין אֶת הַכֵּלִים וְאֵין מַדְלִיקִין אֶת הַנֵּרוֹת; אֲבָל מְעַשְּׂרִין אֶת הַדְּמַאי וּמְעָרְבִין וְטוֹמְנִין אֶת הַחַמִּין.

סָפֵק חֲשֵׁיכָה: מִתְּחִילַּת שְׁקִיעַת הַחַמָּה, כָּל זְמַן שֶׁנִּרְאֶה כּוֹכָב אֶחָד בִּלְבַד — וַדַּאי־יוֹם, וְכָל זְמַן שֶׁנִּרְאִים שְׁנֵי כוֹכָבִים בֵּינוֹנִיִּים — הוּא סָפֵק חֲשֵׁיכָה, וְקָרוּי "בֵּין־הַשְּׁמָשׁוֹת", וְנוֹתְנִים עָלָיו חוּמְרֵי יוֹם וְחוּמְרֵי לַיְלָה; וּמִשֶּׁיֵּרָאוּ שְׁלֹשָׁה כוֹכָבִים בֵּינוֹנִיִּים — הוּא וַדַּאי לַיְלָה לְכָל דָּבָר. **אֵין מְעַשְּׂרִין אֶת הַוַּדַּאי,** דְּתִיקּוּן מְעַלְּיָא הוּא. וְאַף־עַל־גַּב דְּאֵינוֹ אָסוּר אֶלָּא מִשּׁוּם שְׁבוּת, קָסָבַר הַאי תַּנָּא, דְּגָזְרוּ עַל הַשְּׁבוּת אַף בֵּין־הַשְּׁמָשׁוֹת. **וְאֵין מַטְבִּילִין אֶת הַכֵּלִים,** לְהַעֲלוֹתָן מִידֵי טוּמְאָתָן, דְּהָוֵי כִּמְתַקֵּן כְּלִי — וְאִית בֵּיהּ נָמֵי שְׁבוּת. **וְאֵין מַדְלִיקִין אֶת הַנֵּרוֹת** כָּל־שֶׁכֵּן, דִּסְפֵיקָא דְּאוֹרַיְיתָא הוּא

mishna 7

(2) HAVE YOU PREPARED THE ERUV of boundaries and of courtyards?

[The "Eruv of boundaries" (lit. the merging of boundaries) is a legal device which allows one (on Shabbat) to go beyond an inhabited area, further than the two thousand cubit limit that was set by the Rabbis. One prepares the "Eruv of boundaries" by placing food (before Shabbat) at a given location within the two thousand cubit limit; this entitles one to walk two thousand cubits from that given location.

The "Eruv of courtyards" (lit. the merging of courtyards) is a legal arrangement which allows one to carry to and fro (on Shabbat) in an enclosed courtyard that is shared by several apartments. One prepares the "Eruv of courtyards" by collecting food (before Shabbat) from each apartment which opens up into the courtyard.]

(1) "Have you tithed?" and (2) "Have you prepared the Eruv?" are stated in the form of a question, since they may or may not have been done already, without one's knowing. As for (3) [kindling] the Shabbat light, however, it does not make sense to ask: "Have you kindled the Shabbat light?" A quick look can determine whether they have been kindled or not.

"**עֵרַבְתֶּם**" עֵירוּבֵי תְּחוּמִים וַחֲצֵירוֹת? — וְהָנֵי תַּרְתֵּי שַׁיָּיךְ לְמֵמְרִינְהוּ בִּלְשׁוֹן־שְׁאֵלָה, דְּשֶׁמָּא כְּבָר עָשׂוּ; אֲבָל בַּנֵּר לֹא שַׁיָּיךְ לְמֵימַר: "הִדְלַקְתֶּם אֶת הַנֵּר?" — דְּדָבָר הַנִּרְאֶה לָעַיִן הוּא, אִי אַדְלֵיק, אִי לָא אַדְלֵיק.

הפרשת מעשרות

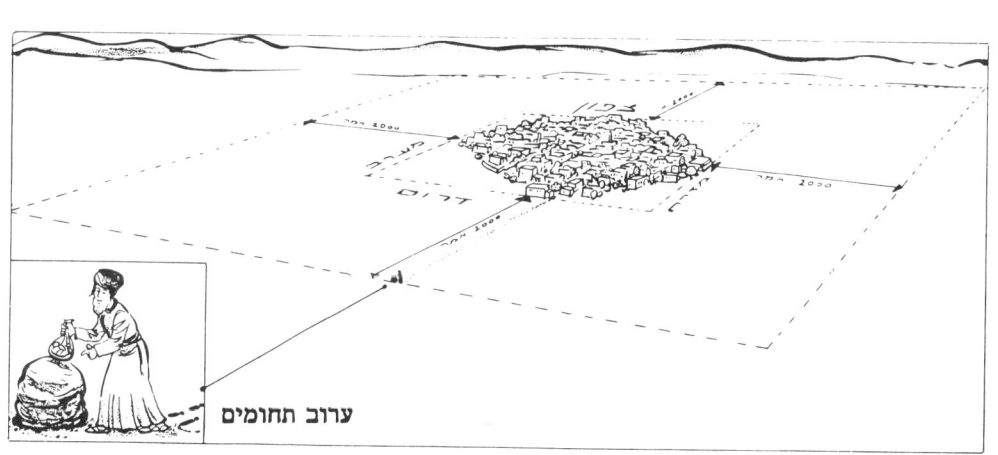

ערוב תחומים

Mishnayot Shabbat * Commentary of Rabbi Ovadia M'Bartenura * Chapter **2**

mishna 6

On account of three sins do women die during childbirth: because they do not carefully observe the laws of (1) Niddah [the menstruant], (2) Challah [the dough offering], and (3) the kindling of the [Shabbat] light.

DURING CHILDBIRTH - [The Gemara asks: Why was the time of childbirth singled out as the time of punishment for these sins? The answer: The Almighty, when he metes out punishment, does not normally do so by employing special acts of outright Divine intervention; he does not normally send "lightning bolts out of the blue" to strike down those who have sinned. Rather, he has ordered His world so that the risks and dangers of everyday life take their toll upon those deserving of punishment. As the saying goes:] "A time of danger is a time ripe for punishment."

[Thus, the time of childbirth, being a time when a woman's life is at risk, is a time when she is vulnerable to punishment, if deserved.]

(2) CHALLAH (THE DOUGH OFFERING), AND (3) THE KINDLING OF THE [SHABBAT] LIGHT: Because these laws relate to the home, where the woman is the one who is present, their fulfillment is largely up to her.

mishna 7

Three things must a man say in his home on Erev [the eve of] Shabbat, just before dark: (1) "Have you tithed?" (2) "Have you prepared the Eruv?" (3) "Kindle the [Shabbat] light!"

MUST A MAN SAY IN HIS HOME - He should speak in a gentle voice, so that [the members of the household] will listen to him. JUST BEFORE DARK, while there is still enough time before dark to tithe and to prepare the Eruv; but not too much before dark, though: Members of the household may then put off and neglect their duties, saying: there is still plenty of time.

(1) HAVE YOU TITHED the food that will be needed for the Shabbat meals?

Why tithe produce before Shabbat?

[Untithed produce may sometimes be eaten as a light meal or snack, but not as a regular meal. On Shabbat, however, even a light meal or snack has the status of a regular meal. As a result, the law is that untithed produce may not be eaten on Shabbat; one may eat on Shabbat only tithed produce. Since it is forbidden to tithe on Shabbat itself, one must therefore tithe, before Shabbat, the produce that one plans to eat, on Shabbat.]

46

משנה ו

עַל שָׁלֹשׁ עֲבֵירוֹת נָשִׁים מֵתוֹת בִּשְׁעַת לֵידָתָן: עַל שֶׁאֵינָן זְהִירוֹת בַּנִּדָּה, וּבַחַלָּה, וּבְהַדְלָקַת־הַנֵּר.

בִּשְׁעַת לֵידָתָן: בִּשְׁעַת סַכָּנָה מְזוּמָּן פּוּרְעָנוּתָא. **בַּחַלָּה, וּבְהַדְלָקַת־הַנֵּר:** לְפִי שֶׁצָּרְכֵי הַבַּיִת הֵן, וְהִיא מְצוּיָה בַּבַּיִת — תְּלוּיִין בָּהּ.

הפרשת חלה

הדלקת הנר

משנה ז

שְׁלֹשָׁה דְבָרִים צָרִיךְ אָדָם לוֹמַר בְּתוֹךְ בֵּיתוֹ עֶרֶב־שַׁבָּת עִם חֲשֵׁכָה: "עִשַּׂרְתֶּם?", "עֵרַבְתֶּם?", "הַדְלִיקוּ אֶת הַנֵּר!"

צָרִיךְ אָדָם לוֹמַר בְּתוֹךְ בֵּיתוֹ — וְצָרִיךְ לְמֵימְרִינְהוּ בְּנִיחוּתָא, כִּי הֵיכִי דְּלִקַבְּלוּ מִינֵּיהּ. **עִם חֲשֵׁיכָה:** כְּשֶׁהוּא סָמוּךְ לַחֲשֵׁיכָה, וְיֵשׁ עֲדַיִין שְׁהוּת בַּיּוֹם לְעַשֵּׂר וּלְעָרֵב; אֲבָל קוֹדֶם לַחֲשֵׁיכָה הַרְבֵּה — לֹא, דִּילְמָא פָּשְׁעִי וְאָמְרִי: עֲדַיִין יֵשׁ שְׁהוּת בַּיּוֹם. **"עִשַּׂרְתֶּם"** לִסְעוּדַּת שַׁבָּת? — שֶׁאַף אֲכִילַת־עֲרַאי שֶׁל שַׁבָּת קוֹבַעַת לְמַעֲשֵׂר.

mishna 5

[If, however, he puts it out] in order to spare (1) the lamp, (2) the oil, or (3) the wick - he is liable.

R. Yossi exempts [him] in all these cases, except in the case of the wick, because [in that case] he makes it [like] charcoal.

[IF, HOWEVER, HE PUTS IT OUT] IN ORDER TO SPARE...THE WICK - HE IS LIABLE. It is not the act of putting out the lamp itself which interests him but rather some other, secondary effect, such as conserving the wick or preventing the lamp from cracking; nevertheless, he is liable. The principle is: one is liable for performing "work not needed for itself" [but only for some other purpose].

EXEMPTS [HIM] IN ALL THESE CASES [because R. Yossi holds that if one performed "work not needed for itself, but only for some other purpose," one is exempt.] EXCEPT IN THE CASE OF THE WICK -These are the only incidences of "extinguishing a flame," where the act of "extinguishing" is "needed for itself": when extinguishing to create coals; and when extinguishing to singe a wick, so that the flame catches on to it quickly next time it is lit.

The Halakhah does not follow R. Yossi.

BECAUSE [IN THAT CASE] HE MAKES IT [LIKE] CHARCOAL, i.e., he intends, by putting out the flame, to make the wick like charcoal, i.e., that it be properly singed; that way it will light up beautifully the next time he lights it.

משניות שבת ★ פרוש ר"ע מברטנורא ★ פרק ב

מכבה בשביל החולה שיישן

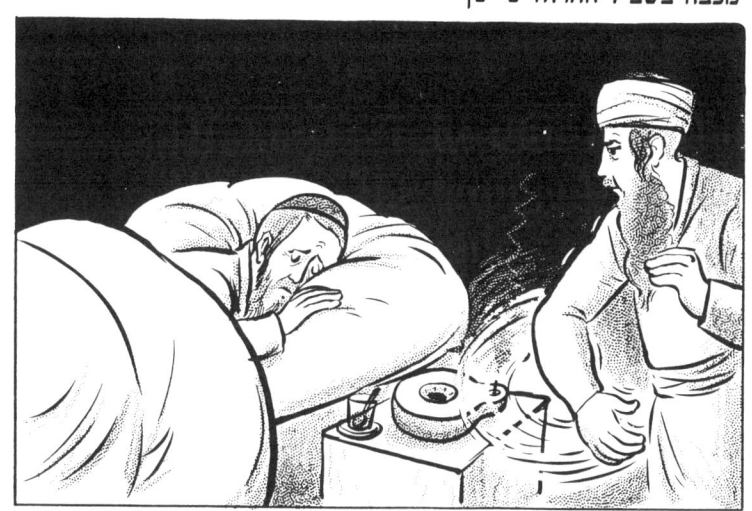

(המשך) משנה ה

כְּחָס עַל הַנֵּר, כְּחָס עַל הַשֶּׁמֶן, כְּחָס עַל הַפְּתִילָה — חַיָּיב.
וְרַבִּי יוֹסֵי פּוֹטֵר בְּכוּלָּן — חוּץ מִן הַפְּתִילָה מִפְּנֵי שֶׁהוּא עוֹשָׂה פֶּחָם.

כְּחָס עַל הַפְּתִילָה — חַיָּיב: וְאַף־עַל־גַּב דְּאֵינוֹ צָרִיךְ לְגוּף הַכִּיבּוּי, אֶלָּא לְצוֹרֶךְ דָּבָר אַחֵר, שֶׁלֹּא תִּדְלֹק הַפְּתִילָה, אוֹ שֶׁלֹּא יִפְקַע הַנֵּר — חַיָּיב, דִּמְלָאכָה, שֶׁאֵינָהּ צְרִיכָה לְגוּפָהּ, חַיָּיב עָלֶיהָ. **פּוֹטֵר בְּכוּלָּן — חוּץ מִן הַפְּתִילָה** — שֶׁאֵין לְךָ כִּיבּוּי, הַצָּרִיךְ לְגוּפוֹ, אֶלָּא כִּיבּוּי שֶׁל פֶּחָמִים וְכִיבּוּי שֶׁל הִבְהוּב פְּתִילָה, שֶׁעוֹשֶׂה הַכִּיבּוּי לְהַאֲחִיז הָאוּר מַהֵר, כְּשֶׁיִּרְצֶה לְהַדְלִיקוֹ. וְאֵין הֲלָכָה כְּרַבִּי יוֹסֵי. **שֶׁהוּא עוֹשָׂה פֶּחָם** — שֶׁהוּא מִתְכַּוֵּין לַעֲשׂוֹתָהּ עַכְשָׁיו, בְּכִיבּוּי זֶה, פֶּחָם, שֶׁתְּהֵא מְהוּבְהֶבֶת, לְהָאִיר יָפֶה.

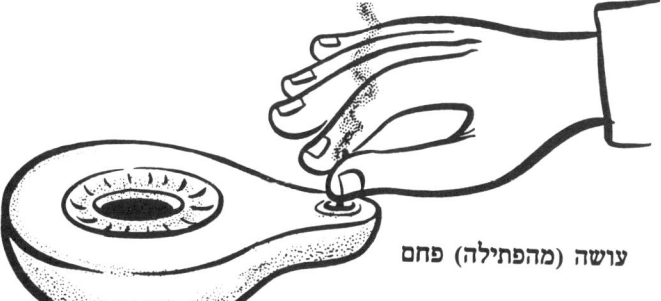

102

עושה (מהפתילה) פחם

mishna 5

He who puts out a lamp [on Shabbat] for any of the following reasons is exempt: (1) He is afraid of idolaters; (2) he is afraid of thieves; (3) because of a bad spirit; (4) in order that a sick person might sleep.

---

(1) HE IS AFRAID OF IDOLATERS, such as the Persians, who used to forbid the kindling of any light on the day of their festival outside of their temple. (2) HE IS AFRAID OF THIEVES - [He puts out the light] so that they will not see that he is there and come to assault him. (3) BECAUSE OF A BAD SPIRIT which he is in; he feels better when he cannot see. The Rambam explained that "a bad spirit" is an illness which can beset people suffering from severe depression; they feel at ease only when they are in the dark, away from other people.

HE WHO PUTS OUT A LAMP...(4) IN ORDER THAT A SICK PERSON MIGHT SLEEP is exempt, but only in the case of a dangerously ill person. The same is also true with regard to the first three cases of the Mishnah ("gentiles," "thieves," "a bad spirit") - they are all cases of danger to life.

The terms "exempt" פָּטוּר and "permissible" מֻתָּר .

[One is permitted - even obligated - to put out a light on Shabbat for a dangerously ill person, or to save oneself from a life threatening situation. Why, then, does the Mishnah state that in these cases one is "exempt" פָּטוּר , which normally means "exempt - but prohibited"?

The Gemara explains that] actually it would have been more accurate to state that these cases are "permissible" מֻתָּר ; but since the Mishnah later (in Part 2) uses the term "liable" חַיָּב , it chose to use here (in Part 1) the opposite term, i.e., "exempt" פָּטוּר .

If one put out a lamp on Shabbat for someone who was not dangerously ill, however, one would be held liable. That is because this Mishnah is of the opinion that one is liable for performing "work not needed for itself" [but only for some other purpose]...

משנה ה

הַמְכַבֶּה אֶת הַנֵּר מִפְּנֵי שֶׁהוּא מִתְיָרֵא מִפְּנֵי עוֹבְדֵי־כּוֹכָבִים, מִפְּנֵי לִסְטִים, מִפְּנֵי רוּחַ רָעָה, וְאִם בִּשְׁבִיל הַחוֹלֶה, שֶׁיִּישַׁן — פָּטוּר.

מִפְּנֵי עוֹבְדֵי־כּוֹכָבִים, כְּגוֹן פַּרְסִיִּים, שֶׁאֵין מַנִּיחִין לְהַדְלִיק אוֹר בְּיוֹם אֵידָם, אֶלָּא בְּבֵית־עֲבוֹדַת־כּוֹכָבִים שֶׁלָּהֶם. **מִפְּנֵי לִסְטִים**, שֶׁלֹּא יִרְאוּ, שֶׁיֵּשׁ שָׁם אָדָם, וְיָבוֹאוּ עָלָיו. **מִפְּנֵי רוּחַ רָעָה**, הַשּׁוֹרָה עָלָיו; וּכְשֶׁאֵינוֹ רוֹאֶה, נוֹחַ לוֹ. וְרַמְבַּ"ם פֵּירַשׁ "רוּחַ רָעָה": מִין מִמִּינֵי הַחוֹלִי, הַבָּא לְבַעֲלֵי הַמָּרָה הַשְּׁחוֹרָה, שֶׁלֹּא יָנוּחוּ, אֶלָּא כְּשֶׁיֵּשְׁבוּ בַּחוֹשֶׁךְ וּבְהַסְתָּרָה מִבְּנֵי־אָדָם. **וְאִם בִּשְׁבִיל הַחוֹלֶה, שֶׁיִּישַׁן — פָּטוּר**: הַאי חוֹלֶה, שֶׁיֵּשׁ בּוֹ סַכָּנָה, הוּא, דְּאִילּוּ מְכַבֶּה בִּשְׁבִיל חוֹלֶה, שֶׁאֵין בּוֹ סַכָּנָה, חַיָּיב לְמַאי דְּסָבַר הַאי תַּנָּא, דִּמְלָאכָה, שֶׁאֵינָהּ צְרִיכָה לְגוּפָהּ — חַיָּיב עָלֶיהָ. וְכֵן "מִפְּנֵי עוֹבְדֵי־כּוֹכָבִים", "מִפְּנֵי לִסְטִים", "מִפְּנֵי רוּחַ רָעָה" — כּוּלְּהוּ אִית בְּהוּ סַכָּנָה. וּבְדִין הוּא, דְּלִתְנֵי בְּהוּ "מוּתָּר", אֶלָּא מִשּׁוּם דְּבָעֵי לְמִתְנֵי סֵיפָא: "חַיָּיב", תְּנָא רֵישָׁא: "פָּטוּר".

המכבה את הנר

mishna 4

(3) A person should not fill a container with oil, put it beside the lamp, and place into [the container] one end of the wick in order that it might draw [oil].
R. Yehudah permits this.

AND PLACE INTO [THE CONTAINER] ONE END OF THE WICK (which protrudes from the lamp) in order to draw oil out of the container, along the length of the wick, to the end that burns.

Why the Mishnah teaches all three cases

The Mishnah teaches [three cases which are very similar to each other:] (1) an egg-shell filled with oil, placed at the mouth of the Shabbat lamp; (2) an earthenware vessel filled with oil, placed at the mouth of the Shabbat lamp; (3) a container filled with oil, placed beside the Shabbat lamp. All three cases are prohibited by the (anonymous) first opinion of the Mishnah; R. Yehudah permits all three.

[The question is, why did the Mishnah bother to teach all three cases? The Gemara explains that it was necessary to teach all three cases. Here's why:]

If the Mishnah had only taught Case (1), the case of the egg-shell, we might have mistakenly assumed that only in that case is there reason to be concerned that a person might draw off some oil, as the oil does not become repulsive; but where an earthenware vessel is used and the oil becomes repulsive, we might have thought that all would agree with R. Yehudah that it is permitted.

If the Mishnah had only taught Case (2), the case of the earthenware vessel, we might have mistakenly assumed that only in that case did R. Yehudah rule: permitted. [Since the oil becomes repulsive, there is no reason to be concerned that a person might draw off some oil.] But in the case of the egg-shell we might have thought that he would agree that it is prohibited.

If the Mishnah had only taught Cases (1) and (2), we might have mistakenly assumed that only in those cases did R. Yehudah rule: permitted. (Since - in those cases - the egg-shell or the earthenware vessel are placed directly inside the hollow of the lamp and appear to be a part of it, a person would not dare to draw off oil from them on Shabbat.) But in the case of the container - which is not placed inside the lamp but rather stands, as a separate entity, beside it - we might have thought that he would agree that there is reason to be concerned that a person might draw off some oil, and that it is therefore prohibited.

If the Mishnah had only taught Case (3), the case of the container, we might have mistakenly assumed that only in that case is there reason to be concerned that a person might draw off some oil (since the container does not appear to be a part of the lamp), but in Cases 1 and 2 we might have thought that all would agree with R. Yehudah that it is permitted.

The Halakhah follows the (anonymous) first opinion of the Mishnah.

(המשך) משנה ד

לֹא יְמַלֵּא אָדָם אֶת הַקְּעָרָה שֶׁמֶן וְיִתְּנֶנָּה בְּצַד הַנֵּר וְיִתֵּן רֹאשׁ הַפְּתִילָה בְּתוֹכָהּ, בִּשְׁבִיל שֶׁתְּהֵא שׁוֹאֶבֶת;
וְרַבִּי יְהוּדָה מַתִּיר.

וְיִתֵּן רֹאשׁ הַפְּתִילָה, שֶׁהוּא יוֹצֵא מִן הַצַּד, לִשְׁאוֹב הַשֶּׁמֶן, וְנִמְשָׁךְ דֶּרֶךְ הַפְּתִילָה לְרֹאשׁ הַדּוֹלֵק. וְאַשְׁמוֹעִינַן מַתְנִיתִין פְּלוּגְתָּא דְּרַבִּי יְהוּדָה וְרַבָּנַן בִּשְׁפוֹפֶרֶת־שֶׁל־בֵּיצָה וּבְחֶרֶס וּבִקְעָרָה. דְּאִי אַשְׁמוֹעִינַן שְׁפוֹפֶרֶת־שֶׁל־בֵּיצָה — בְּהָא קָאָמְרִי רַבָּנַן, דְּכֵיוָן דְּלָא מְאִיסָא אָתֵי לְאִסְתַּפּוּקֵי מִינַּהּ; אֲבָל שֶׁל־חֶרֶס, דְּמְאִיס, אֵימָא: מוֹדוּ לֵיהּ לְרַבִּי יְהוּדָה. וְאִי אַשְׁמוֹעִינַן שֶׁל־חֶרֶס — בְּהָא קָאָמַר רַבִּי יְהוּדָה; אֲבָל בְּהַהִיא אֵימָא: מוֹדֶה לְהוּ לְרַבָּנַן. וְאִי אַשְׁמוֹעִינַן הָנֵי תַּרְתֵּי — בְּהָא קָאָמַר רַבִּי יְהוּדָה מִפְּנֵי שֶׁהַשְּׁפוֹפֶרֶת־שֶׁל־בֵּיצָה וְהַחֶרֶס מוּנָּחִים בְּתוֹךְ חֲלַל הַנֵּר לְמַעְלָה, וְלֹא מַפְסִיק מִידֵי בֵּין הַנֵּר וּבֵינָם, וְלֵיכָּא לְמִגְזַר, שֶׁמָּא יִסְתַּפֵּק, דְּבָדֵיל מִינֵּיהּ; אֲבָל בִּקְעָרָה, דְּמַפְסֶקֶת, שֶׁהֲרֵי אֵצֶל הַנֵּר מוּנַּחַת, וְיֵשׁ כָּאן הֶפְסֵק, וְלֵיכָּא לְמֵימַר: גּוּפֵיהּ הוּא — אֵימָא: מוֹדֶה דְּנִגְזוֹר. וְאִי אַשְׁמוֹעִינַן בְּהַהִיא — בְּהַהִיא קָאָמְרִי רַבָּנַן; אֲבָל בְּהָנָךְ תַּרְתֵּי מוֹדוּ לְרַבִּי יְהוּדָה. צְרִיכָא. וַהֲלָכָה כַּחֲכָמִים.

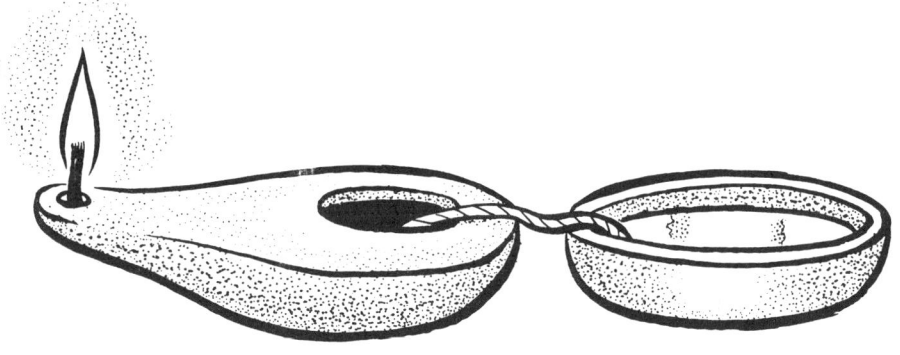

קערת שמן בצד הנר

mishna 4 A person should not (1) pierce an egg-shell, fill it with oil, and place it at the mouth of the [Shabbat] lamp so that it might drip [oil], (2) not even if [instead of an egg-shell] he used an earthenware vessel.

R. Yehudah permits this.

If, however, the potter attached it [to the lamp] beforehand, it is permitted, since it is all one vessel.

AN EGG-SHELL: the שְׁפוֹפֶרֶת, is the hard, outer shell which contains the egg. SO THAT IT MIGHT DRIP [OIL], drop by drop, into the lamp. The Rabbis prohibited this as a preventative measure: a person might draw off some oil from the egg-shell [on Shabbat], thinking that it was permissible. In reality, however, since the oil was committed to the lamp, to do so would be a violation of "extinguishing," one of the prohibited categories of work.

NOT EVEN IF [INSTEAD OF AN EGG-SHELL] HE USED AN EARTHENWARE VESSEL. Oil that is contained in an earthenware vessel becomes repulsive, and so it is less likely that a person would want to draw off oil from it. Nevertheless, it is prohibited to use an earthenware vessel. Since the burning end of the wick does not rest in the same vessel that contains the oil, a person might draw off some oil from the vessel, thinking that it was not a violation of "extinguishing."

R. YEHUDAH PERMITS THIS - he did not see the need for a preventative measure, lest a person think it permissible to draw off oil. Since one can see the oil dripping down, right onto the wick that lies below in the lamp, a person would realize that it was not permissible.

IF, HOWEVER, THE POTTER ATTACHED IT [TO THE LAMP] BEFOREHAND, ETC. Even if it was the householder who, before Shabbat, attached it, using plaster or potter's clay, it is permissible. In this case a person would refrain from drawing off oil, to avoid violation of the Shabbat.

משנה ד

לֹא יִקּוֹב אָדָם שְׁפוֹפֶרֶת-שֶׁל-בֵּיצָה וִימַלְאֶנָּה שֶׁמֶן וְיִתְּנֶנָּה עַל פִּי הַנֵּר, בִּשְׁבִיל שֶׁתְּהֵא מְנַטֶּפֶת – אֲפִילוּ הִיא שֶׁל חֶרֶס;
וְרַבִּי יְהוּדָה מַתִּיר.
אֲבָל, אִם חִבְּרָהּ הַיּוֹצֵר מִתְּחִלָּה, מוּתָּר מִפְּנֵי שֶׁהוּא כְּלִי אֶחָד.

שְׁפוֹפֶרֶת-שֶׁל-בֵּיצָה: הַקְּלִיפָּה הַקָּשָׁה הָעֶלְיוֹנָה, שֶׁהַבֵּיצָה מוּנַּחַת בְּתוֹכָהּ. **בִּשְׁבִיל שֶׁתְּהֵא מְנַטֶּפֶת** טִפָּה-טִפָּה לְתוֹךְ הַנֵּר. וְטַעְמָא: גְּזֵירָה – שֶׁמָּא יִסְתַּפֵּק מִמֶּנּוּ; וְכֵיוָן שֶׁהִקְצוּהוּ לְנֵר חַיָּיב מִשּׁוּם "מְכַבֶּה". **וַאֲפִילוּ הִיא שֶׁל חֶרֶס,** דִּמְאִיס: אֲפִילוּ הָכִי גָּזְרִינַן, שֶׁכֵּיוָן שֶׁאֵין הַפְּתִילָה-הַדּוֹלֶקֶת בְּתוֹךְ הַכְּלִי, שֶׁיֵּשׁ בּוֹ הַשֶּׁמֶן, אָתֵי לְאִסְתַּפּוּקֵי מִינֵּיהּ, דְּסָבַר: אֵין כָּאן מִשּׁוּם "מְכַבֶּה". **וְרַבִּי יְהוּדָה מַתִּיר,** דְּלָא גָּזַר – דִּילְמָא אָתֵי לְאִסְתַּפּוּקֵי מִינֵּיהּ, שֶׁהֲרֵי הוּא רוֹאֶה הַשֶּׁמֶן נוֹטֵף עַל הַפְּתִילָה שֶׁתַּחְתָּיו. **אִם חִבְּרָהּ הַיּוֹצֵר מִתְּחִלָּה,** וכו': וְהוּא הַדִּין, אִם חִיבְּרָהּ בַּעַל-הַבַּיִת בְּסִיד אוֹ בְּחַרְסִית מֵעֶרֶב-שַׁבָּת, לֵיכָּא לְמֵיחַשׁ – דְּמִשּׁוּם אִיסּוּרָא דְּשַׁבָּת בָּדֵיל מִינֵּיהּ.

שפופרת של ביצה

שפופרת שחיברה היוצר מתחילה

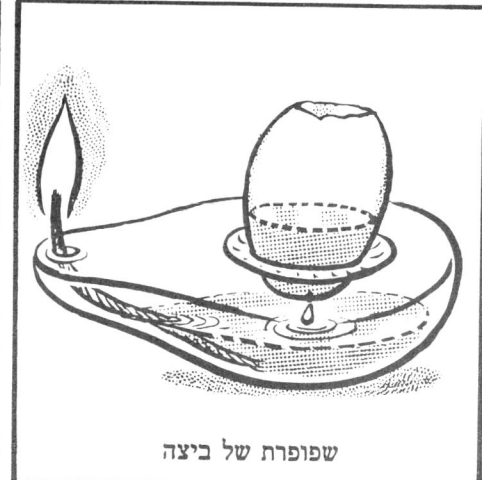

mishna 1

This is problematic, however. One is obligated to continue lighting the wick, until the greater part of of what protrudes of the wick is actually burning. Yet it is forbidden to continue lighting the wick in this case, since the wick has become Muktze. Therefore, R. Eliezer rules that, on Yom Tov, one may not light the Shabbat lamp with such a wick.

[Note: in order to use or handle things on Shabbat or Yom Tov, they must first be "prepared" — before Shabbat or Yom Tov — for such use. "Muktze" (lit. "set apart"), is that which may not be used or handled on Shabbat or Yom Tov. "Nolad" (lit. "newborn") is a form of Muktze. In the above mentioned case, for instance, the wick, which before Yom Tov had the status of "an article of clothing," loses that status and assumes a new (newborn) status, that of a "a clothing fragment". Since wicks are not "prepared" for such a status before Yom Tov, it (the wick) is considered Muktze on account of "Nolad" (a newborn status), and may not be handled on Yom Tov.]

According to R. Akiva (who holds that a three by three cloth, if twisted, loses its status as an "article of clothing"), one may light the Shabbat lamp on Yom Tov with such a wick. His reasoning is as follows:

The cloth loses its status as an "article of clothing" when it is twisted into a wick before Yom Tov. (Since "braiding" the wick is prohibited on Yom Tov, it must be done before Yom Tov.) Therefore, when one lights the wick on Yom Tov and the flame cuts it down in size to less than three by three, no change in status takes place. It does not change in status - on Yom Tov - from "article of clothing" to "fragment of clothing", because it had already become a "fragment" when it was braided before Yom Tov. There is no incidence on Yom Tov of "Muktze on account of Nolad" (i.e. newborn status) here, and so one may light such a wick on Yom tov.

...הבהבה

41B

(המשך) משנה ג

פְּתִילַת־הַבֶּגֶד, שֶׁקִּפְּלָהּ, וְלֹא הִבְהֲבָהּ — רַבִּי אֱלִיעֶזֶר אוֹמֵר: טְמֵאָה, וְאֵין מַדְלִיקִין בָּהּ; רַבִּי עֲקִיבָא אוֹמֵר: טְהוֹרָה, וּמַדְלִיקִין בָּהּ.

שֶׁקִּפְּלָהּ כְּדֶרֶךְ שֶׁגּוֹדְלִין הַפְּתִילוֹת. **הִבְהֲבָהּ** עַל הַשַּׁלְהֶבֶת, כְּדֵי שֶׁתְּהֵא מְחוֹרֶכֶת וְתַדְלִיק יָפֶה. וּבְבֶגֶד, שֶׁיֵּשׁ בּוֹ שָׁלֹשׁ אֶצְבָּעוֹת עַל שָׁלֹשׁ אֶצְבָּעוֹת מְצוּמְצָמוֹת, עָסְקִינַן. **טְמֵאָה הִיא** — דְּקִפּוּלָהּ אֵינוֹ מְבַטְּלָהּ מִתּוֹרַת בֶּגֶד הוֹאִיל וְלֹא הִבְהֲבָהּ. **טְהוֹרָה הִיא** — דְּקִפּוּלָהּ בִּטְּלָהּ מִתּוֹרַת בֶּגֶד, וְהִיא כְּאִילּוּ אֵין בָּהּ שָׁלֹשׁ־עַל־שָׁלֹשׁ; וְכֹל פָּחוֹת מִשָּׁלֹשׁ־עַל־שָׁלֹשׁ טָהוֹר מִלִּטַּמֵּא לֹא בִּנְגָעִים וְלֹא בְּטוּמְאַת־מֵת. **וְאֵין מַדְלִיקִין בָּהּ:** בְּיוֹם־טוֹב, שֶׁחָל לִהְיוֹת בְּעֶרֶב־שַׁבָּת, עָסְקִינַן, דְּשַׁיָּיךְ בֵּיהּ אִיסּוּר מוּקְצֶה — וְאֵין מַסִּיקִין בְּשִׁבְרֵי כֵלִים, שֶׁנִּשְׁבְּרוּ בּוֹ־בַּיּוֹם, דַּהֲווּ לְהוּ "נוֹלָד"; אֲבָל בְּכֵלִים מַסִּיקִין, דְּהָא חֲזוּ לְטַלְטוּל. וּדְכוּלֵּי עָלְמָא אִית לְהוּ: הַמַּדְלִיק צָרִיךְ לְהַדְלִיק רוֹב הַיּוֹצֵא מִן הַפְּתִילָה חוּץ לַנֵּר קוֹדֶם שֶׁיְּסַלֵּק יָדָיו; הִלְכָּךְ טַעְמָא דְּרַבִּי אֱלִיעֶזֶר, דְּאָמַר: "אֵין מַדְלִיקִין בָּהּ" — קָסָבַר: קִיפּוּלָהּ לֹא בִּיטְּלָהּ מִתּוֹרַת כְּלִי; וְכִי אַדְלֵיק בַּהּ פּוּרְתָּא, כֵּיוָן דְּשָׁלֹשׁ־עַל־שָׁלֹשׁ מְצוּמְצָמוֹת הָיוּ, הֲוָה לֵיהּ שֶׁבֶר־כְּלִי, דְּפָחוֹת מִשָּׁלֹשׁ־עַל־שָׁלֹשׁ לָאו כְּלִי הוּא; וְכִי מַדְלִיק בַּיָּדַיִם, לְהַשְׁלִים רוֹב הַיּוֹצֵא, נִמְצָא, שֶׁמַּדְלִיק בְּשֶׁבֶר כְּלִי, שֶׁנִּשְׁבַּר בְּיוֹם־טוֹב. דְּכִי אָמְרִינַן: מַסִּיקִין בְּכֵלִים — דַּוְקָא שֶׁלֹּא יִגַּע בּוֹ אַחַר שֶׁנִּפְחַת. וְרַבִּי עֲקִיבָא אוֹמֵר: "מַדְלִיקִין בָּהּ" — קָסָבַר: קִיפּוּלָהּ בִּיטְּלָהּ מִתּוֹרַת כְּלִי מִכִּי קִיפְּלָהּ מֵעֶרֶב־יוֹם־טוֹב, דְּאֵין גּוֹדְלִין פְּתִילָה בְּיוֹם־טוֹב, וְנִמְצָא, שֶׁאֵין כָּאן שֶׁבֶר כְּלִי, שֶׁנִּשְׁבַּר בְּיוֹם־טוֹב; הִלְכָּךְ מַדְלִיקִין בָּהּ. וַהֲלָכָה כְּרַבִּי עֲקִיבָא.

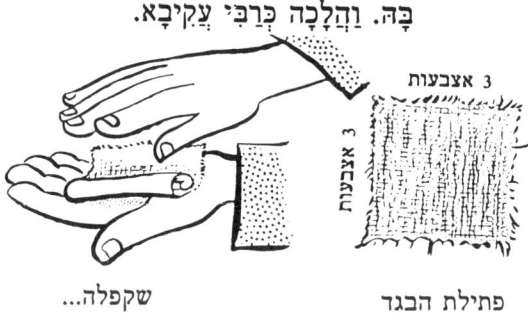

3 אצבעות
3 אצבעות

שקפלה... פתילת הבגד

mishna 3 **R. Eliezer rules: (1) a wick - made of cloth - which one twisted but did not singe, is still subject to ritual impurity [lit. "is ritually impure"], and (2) we may not light [the Shabbat lamp] with it.**
R. Akiva rules: (1) it is no longer subject to ritual impurity [lit. "is ritually pure"], and (2) we may light with it.

[We are talking about a piece of cloth, exactly three by three fingerbreadths in measure] WHICH ONE TWISTED in the manner which wicks are braided. SINGE with a flame, so that it might kindle easily.

R. Eliezer vs. R. Akiva: Dispute (1) [Let us first bear in mind that not just any piece of cloth can be subject to ritual impurity. In order to be subject to ritual impurity, a piece of cloth must be at least three by three fingerbreadths in measure, which gives it the status of an "article of clothing." Only such an "article of clothing" can be subject to ritual impurity.] That which is less than three by three handbreadths cannot receive ritual impurity, whether resulting from plagues or from a corpse. [Now we are ready to turn to the first dispute between R. Eliezer and R. Akiva:]

R. Eliezer is of the opinion that if a piece of cloth is twisted, in order to make of it a wick, it is] STILL SUBJECT TO RITUAL IMPURITY - the twisting of the cloth does not cancel its status as an "article of clothing." Only if it is twisted and then singed does it lose its status as an "article of clothing". R. Akiva, however, is of the opinion that the twisting of a cloth cancels its status as an "article of clothing": Because it was twisted, it is as if the piece of cloth (which, to begin with, was just barely three by three fingerbreadths) were no longer three by three fingerbreadths in measure. Therefore, it is no longer considered an "article of clothing," and NO LONGER SUBJECT TO RITUAL IMPURITY.

R. Eliezer vs. R. Akiva: Dispute (2) WE MAY NOT LIGHT [THE SHABBAT LAMP] WITH IT - Another point which they dispute in the Mishnah is whether one may light the Shabbat lamp with such a twisted cloth (if Yom Tov falls on a Friday). [Let us explain:] According to R. Eliezer (who holds that a three by three cloth, which was twisted, is still considered an "article of clothing"), one may not light the Shabbat lamp on Yom Tov with such a wick. His reasoning is as follows: The minute one begins to light the wick, it is immediately cut down in size by the flame. The (now burning) wick no longer measures three by three, and therefore loses its status of "article of clothing". Since it suddenly changes its status, the wick is considered "Muktze on account of Nolad" (see Note in next paragraph) and is forbidden to be handled; one must therefore quickly withdraw his hand from the wick.

(המשך) משנה ג

פְּתִילַת־הַבֶּגֶד, שֶׁקִּפְּלָהּ, וְלֹא הִבְהֲבָהּ — רַבִּי אֱלִיעֶזֶר אוֹמֵר: טְמֵאָה, וְאֵין מַדְלִיקִין בָּהּ; רַבִּי עֲקִיבָא אוֹמֵר: טְהוֹרָה, וּמַדְלִיקִין בָּהּ.

שֶׁקִּפְּלָהּ כְּדֶרֶךְ שֶׁגּוֹדְלִין הַפְּתִילוֹת. **הִבְהֲבָהּ** עַל הַשַּׁלְהֶבֶת, כְּדֵי שֶׁתִּהְיֶה מְחוֹרֶכֶת וְתַדְלִיק יָפֶה. וּבְבֶגֶד, שֶׁיֵּשׁ בּוֹ שָׁלֹשׁ אֶצְבָּעוֹת עַל שָׁלֹשׁ אֶצְבָּעוֹת מְצוּמְצָמוֹת, עָסְקִינַן. **טְמֵאָה הִיא** — דְּקִפּוּלָהּ אֵינוֹ מְבַטְּלָהּ מִתּוֹרַת בֶּגֶד הוֹאִיל וְלֹא הִבְהֲבָהּ. **טְהוֹרָה הִיא** — דְּקִפּוּלָהּ בִּטְּלָהּ מִתּוֹרַת בֶּגֶד, וְהִיא כְּאִילּוּ אֵין בָּהּ שָׁלֹשׁ־עַל־שָׁלֹשׁ; וְכֹל פָּחוֹת מִשָּׁלֹשׁ־עַל־שָׁלֹשׁ טָהוֹר מִלִּטַּמֵּא לֹא בִנְגָעִים וְלֹא בְטוּמְאַת־מֵת. **וְאֵין מַדְלִיקִין בָּהּ:** בְּיוֹם־טוֹב, שֶׁחָל לִהְיוֹת בְּעֶרֶב־שַׁבָּת, עָסְקִינַן, דְּשַׁיָּךְ בֵּיהּ אִיסּוּר מוּקְצֶה — וְאֵין מַסִּיקִין בְּשִׁבְרֵי כֵלִים, שֶׁנִּשְׁבְּרוּ בּוֹ־בַּיּוֹם, דְּהָווּ לְהוּ "נוֹלָד"; אֲבָל בְּכֵלִים מַסִּיקִין, דְּהָא חֲזוּ לְטִלְטוּל. וּדְכוּלֵּי עָלְמָא אִית לְהוּ: הַמַּדְלִיק צָרִיךְ לְהַדְלִיק רוֹב הַיּוֹצֵא מִן הַפְּתִילָה חוּץ לַנֵּר קוֹדֶם שֶׁיְּסַלֵּק יָדָיו; הִלְכָּךְ טַעְמָא דְּרַבִּי אֱלִיעֶזֶר, דְּאָמַר: "אֵין מַדְלִיקִין בָּהּ" — קָסָבַר: קִיפּוּלָהּ לֹא בִיטְּלָהּ מִתּוֹרַת כְּלִי; וְכִי אַדְלִיק בָּהּ פּוּרְתָּא, כֵּיוָן דְּשָׁלֹשׁ־עַל־שָׁלֹשׁ מְצוּמְצָמוֹת הָיוּ, הֲוָה לֵיהּ שֶׁבֶר־כְּלִי, דְּפָחוֹת מִשָּׁלֹשׁ־עַל־שָׁלֹשׁ לַאו כְּלִי הוּא; וְכִי מַדְלִיק בַּיָּדַיִם, לְהַשְׁלִים רוֹב הַיּוֹצֵא, נִמְצָא, שֶׁמַּדְלִיק בְּשֶׁבֶר כְּלִי, שֶׁנִּשְׁבַּר בְּיוֹם־טוֹב. דְּכִי אָמְרִינַן: מַסִּיקִין בְּכֵלִים — דַּוְקָא שֶׁלֹּא יִגַּע בּוֹ אַחַר שֶׁנִּפְחַת. וְרַבִּי עֲקִיבָא אוֹמֵר: "מַדְלִיקִין בָּהּ" — קָסָבַר: קִיפּוּלָהּ בִּיטְּלָהּ מִתּוֹרַת כְּלִי מִכִּי קִיפְּלָהּ מֵעֶרֶב־יוֹם־טוֹב, דְּאֵין גּוֹדְלִין פְּתִילָה בְּיוֹם־טוֹב, וְנִמְצָא, שֶׁאֵין כָּאן שֶׁבֶר כְּלִי, שֶׁנִּשְׁבַּר בְּיוֹם־טוֹב; הִלְכָּךְ מַדְלִיקִין בָּהּ. וַהֲלָכָה כְּרַבִּי עֲקִיבָא.

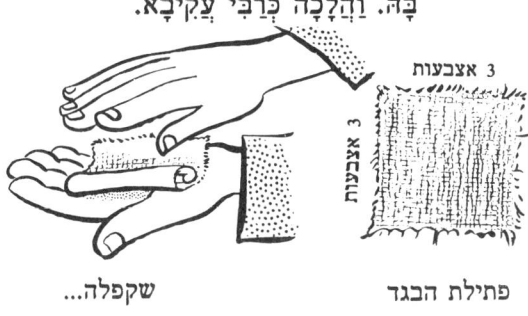

3 אצבעות
3 אצבעות

פתילת הבגד   שקפלה...

mishna 3

We may not light [the Shabbat lamp] with anything that was extracted from a tree, except for flax.

Anything that is extracted from a tree (except for flax) is not subject to the ritual impurity that a "tent" [itself] receives.

WE MAY NOT LIGHT [THE SHABBAT LAMP] with a wick that was made of ANYTHING THAT WAS EXTRACTED FROM A TREE, EXCEPT FOR FLAX - Flax is referred to as a tree עֵץ , in the verse: "She had hidden them under the stalks of flax בְּפִשְׁתֵּי הָעֵץ , (Yehoshua 2:6); nevertheless, we may light [the Shabbat lamp] with a flax wick.

Hemp and cotton are not extracted from trees but are types of herbs; that is why we may light with them. Since flax is a type of herb, too, there would seem to be no need to specifically state in the Mishnah that one may light with it. Since, however, the verse in Yehoshuah refers to flax as [deriving from] a tree the Mishnah felt that it was necessary to state that flax is permitted.

ANYTHING THAT IS EXTRACTED FROM A TREE (EXCEPT FOR FLAX) IS NOT SUBJECT TO THE RITUAL IMPURITY THAT A "TENT" [ITSELF] RECEIVES. [Any person, utensil, or food that is together with a human corpse inside a "tent" (i.e., under a shared roof or cover) is rendered ritually impure. What about the "tent" itself? Does it, too, become ritually impure, because of the corpse underneath it?] If the "tent" was made of material extracted from a tree, it is not rendered ritually impure by the corpse underneath it. Rather, it remains like any other house and does not require ritual sprinkling or immersion. The ritual impurity does not extend to the "tent" itself but only to the utensils [or people or food] underneath it.

EXCEPT FOR FLAX - [If, however, the "tent" was made of flax,] it (the "tent" itself) is rendered ritually impure. What is the source in the Torah for saying this?

In BaMidbar 19 the Torah speaks of a tent that must undergo a purification process: "He shall sprinkle on the tent etc." (BaMidbar 19:18). [Obviously, in this case ritual impurity had extended to the tent itself; that is why it must now undergo ritual sprinkling. And what kind of tent is the Torah talking about in BaMidbar 19? Of what is it made?] We can learn about the tent of BaMidbar 19 from the tent of the Tabernacle: Here (in BaMidbar 19) "tent" is written and there (Shemot 40:19) "tent" is written ["He spread the tent over the tabernacle"]. Just as the tent in the Tabernacle was not made from material extracted from a tree other than linen (as it is written, "make it of ten strips of cloth; make these of fine twisted linen" [Shemot 26:1]), so too in the case of the tent of BaMidbar 19 (i.e., the case where the tent itself becomes ritually impure); it was made not from material extracted from a tree other than flax.

משנה ג

כֹּל הַיּוֹצֵא־מִן־הָעֵץ — אֵין מַדְלִיקִין בּוֹ, אֶלָּא פִּשְׁתָּן; וְכֹל הַיּוֹצֵא־מִן־הָעֵץ אֵינוֹ מְטַמֵּא טוּמְאַת־אֹהָלִים, אֶלָּא פִּשְׁתָּן.

כֹּל הַיּוֹצֵא־מִן־הָעֵץ — אֵין מַדְלִיקִין בּוֹ, לַעֲשׂוֹת מִמֶּנּוּ פְּתִילָה, אֶלָּא פִּשְׁתָּן, דְּאִקְרֵי עֵץ, כְּדִכְתִיב (יהושע ב, ו): "וַתִּטְמְנֵם בְּפִשְׁתֵּי הָעֵץ". וַאֲפִילּוּ הָכִי מַדְלִיקִין בִּפְתִילָה, שֶׁעוֹשִׂין מִמֶּנּוּ. וְקַנְבּוֹס וְצֶמֶר־גֶּפֶן לָאו יוֹצְאִין מִן הָעֵץ נִינְהוּ, אֶלָּא מִינֵי זֶרַע הֵן; הִילְכָּךְ מַדְלִיקִין בָּהֶן. וּפִשְׁתָּן נָמֵי מִין זֶרַע הוּא, וְלָא אִיצְטְרִיךְ לְרַבּוּיֵיהּ, אֶלָּא מִשּׁוּם דְּאִקְרֵי עֵץ (דִּכְתִיב: "וַתִּטְמְנֵם בְּפִשְׁתֵּי הָעֵץ"). **אֵינוֹ מְטַמֵּא טוּמְאַת־אֹהָלִים**: אִם עָשָׂה מֵהֶן אֹהֶל, וְהַמֵּת תַּחְתָּיו, הָוֵי כִּשְׁאָר בַּיִת וְאֵינוֹ טָעוּן הַזָּאָה וּטְבִילָה, דְּאֹהֶל עַצְמוֹ אֵינוֹ מְקַבֵּל טוּמְאָה, אֶלָּא כֵּלִים שֶׁתַּחְתָּיו. **אֶלָּא פִּשְׁתָּן** — שֶׁהָאֹהֶל עַצְמוֹ טָמֵא, כְּדִכְתִיב (במדבר יט, יח): "וְהִזָּה עַל־הָאֹהֶל" — וְיַלְפִינַן "אֹהֶל" "אֹהֶל" מִמִּשְׁכָּן, דִּכְתִיב בֵּיהּ (שמות מ, יט): "וַיִּפְרֹשׂ אֶת־הָאֹהֶל עַל־הַמִּשְׁכָּן", וְלֹא הָיָה בְּאֹהֶל־מִשְׁכָּן דָּבָר יוֹצֵא מִן הָעֵץ, אֶלָּא פִּשְׁתָּן, כְּדִכְתִיב (שם כו, א): "עֶשֶׂר יְרִיעֹת שֵׁשׁ מָשְׁזָר".

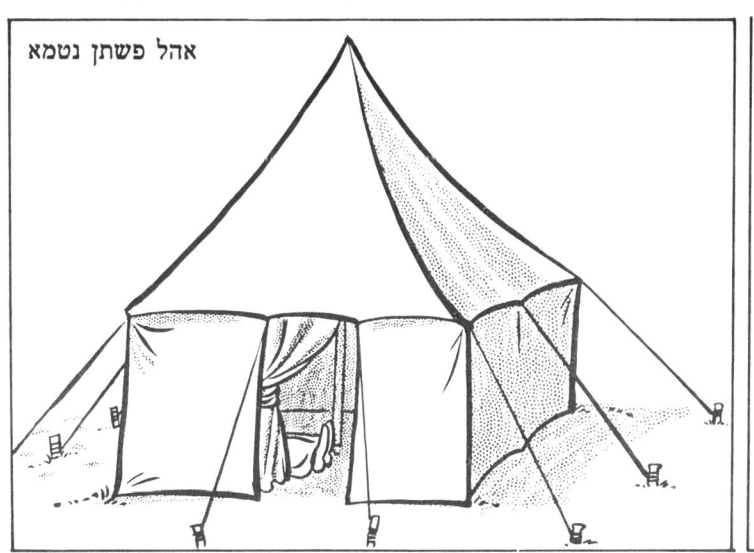

אהל פשתן נטמא

פשתן
פתיל
פשתן
חתך

<u>mishna 2</u>   SESAME שׁוּמְשׁוּם   so is its name in Arabic. It is a thin, sweet seed, abundant in Eretz Yisrael. RADISH OIL - oil, extracted from radish seed. PAKU'OT - desert gourd. NAPHTHA - a type of pitch, white, with a bad smell.

The Halakhah follows the Sages, who permit lighting with any of the oils, except for those listed in the previous Mishnah as unfit.

Balsam and white naphtha

Balsam oil and white naphtha, two substances which, when burned, give off highly flammable fumes, are further exceptions; the Sages prohibited lighting with them, lest one leave the house [to escape from danger].

Another reason to ban the use of balsam oil was as a preventative measure. Since it is so valuable an oil, one might try to draw off some from the lamp, while it is burning on Shabbat. This would be a violation of "extinguishing a flame," one of the categories of work prohibited on Shabbat. The rule is: whoever adds oil to a lamp is liable for "kindling"; whoever draws off [oil] from a lamp is liable for "extinguishing."

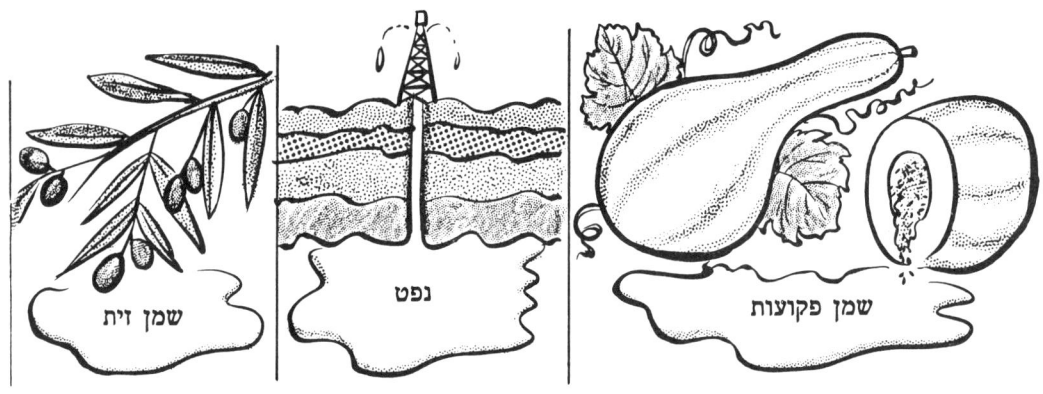

שׁוּמְשְׁמִין: כָּךְ שְׁמוֹ בְּעַרְבִי; וְהוּא זֶרַע דַּק מָתוֹק, וּבְאֶרֶץ־יִשְׂרָאֵל מִמֶּנּוּ הַרְבֵּה. **שֶׁמֶן־צְנוֹנוֹת:** שֶׁמֶן, הַיּוֹצֵא מִזֶּרַע צְנוֹן. **פַּקּוּעוֹת:** דְּלַעַת מִדְבָּרִית. **נֵפְט:** מִין זֶפֶת הוּא, וְלָבָן, וְרֵיחוֹ רַע. וַהֲלָכָה כַּחֲכָמִים, שֶׁמַּדְלִיקִין בְּכָל הַשְּׁמָנִים חוּץ מֵאוֹתָן הַפְּסוּלוֹת, שֶׁנִּמְנוּ לְעֵיל בְּמַתְנִיתִין, וְחוּץ מִשֶּׁמֶן אֲפַרְסְמוֹן וְנֵפְט לָבָן, שֶׁכָּל אֶחָד מִשְּׁנֵי אֵלּוּ הַשְּׁמָנִים הוּא עָף וְשׂוֹרֵף, וְחָיְישִׁינַן, שֶׁמָּא יַנִּיחֶנּוּ וְיֵצֵא. וְעוֹד יֵשׁ טַעַם אַחֵר לֶאֱסוֹר בְּשֶׁמֶן אֲפַרְסְמוֹן: גְּזֵירָה — שֶׁמָּא יִסְתַּפֵּק מִמֶּנּוּ מִפְּנֵי חֲשִׁיבוּתוֹ, וְקַיְימָא לַן: הַנּוֹתֵן שֶׁמֶן בַּנֵּר חַיָּב מִשּׁוּם ״מַבְעִיר״, וְהַמִּסְתַּפֵּק מִמֶּנּוּ חַיָּב מִשּׁוּם ״מְכַבֶּה״.

סוגי שמנים

mishna 2

We may not light with "oil to be burned" - on Yom Tov.
R. Yishma'el says: we may not light with Itran, because of the honor of Shabbat.

WE MAY NOT LIGHT WITH "OIL TO BE BURNED" ON YOM TOV - This [Mishnah] explains the previous Mishnah. Why did the previous Mishnah prohibit lighting [the Shabbat lamp] with "oil to be burned"? Because "we may not light with 'oil to be burned' [i.e., ritually impure Terumah oil] on Yom Tov." Why not on Yom Tov? Because we may not burn "consecrated things" on Yom Tov, [and that includes Terumah].

WE MAY NOT LIGHT WITH ITRAN - the residue of pitch. It has a very bad smell, [unbefitting the honor of Shabbat]. Because it is soft, it flows to the wick better than pitch. That is why, were it not for the honor of Shabbat, we would light with it.

The Sages permit [lighting] with all of the [following] oils: with sesame oil, with nut oil, with radish oil, with fish oil, with Paku'ot oil, with Itran, and with naphtha.
R. Tarfon says: we may light only with olive oil.

משניות שבת ★ פרוש ר"ע מברטנורא ★ פרק ב

משנה ב

אֵין מַדְלִיקִין בְּשֶׁמֶן־שְׂרֵפָה — בְּיוֹם־טוֹב. רַבִּי יִשְׁמָעֵאל אוֹמֵר: אֵין מַדְלִיקִין בְּעִטְרָן מִפְּנֵי כְּבוֹד־הַשַּׁבָּת.

אֵין מַדְלִיקִין בְּשֶׁמֶן־שְׂרֵפָה — בְּיוֹם־טוֹב. טַעְמָא דְּמַתְנִיתִין דִּלְעֵיל קָאָמַר: מַה טַּעַם תְּנַן: "וְלֹא בְּשֶׁמֶן־שְׂרֵיפָה"? לְפִי שֶׁ"אֵין מַדְלִיקִין בְּשֶׁמֶן־שְׂרֵפָה בְּיוֹם־טוֹב" — שֶׁאֵין שׂוֹרְפִין קָדָשִׁים בְּיוֹם־טוֹב. **אֵין מַדְלִיקִין בְּעִטְרָן:** פְּסוֹלֶת שֶׁל זֶפֶת, וְרֵיחוֹ רַע בְּיוֹתֵר, וּמִיהוּ, נִמְשָׁךְ אַחַר הַפְּתִילָה יוֹתֵר מִן הַזֶּפֶת מִפְּנֵי שֶׁהוּא רַךְ. הִילְכָּךְ, אִלְמָלֵא מִפְּנֵי כְּבוֹד־שַׁבָּת, הָיוּ מַדְלִיקִין בּוֹ.

רבי ישמעאל אומר: אין מדליקין בעטרן מפני כבוד השבת

(המשך) משנה ב

וַחֲכָמִים מַתִּירִין בְּכָל הַשְּׁמָנִים: בְּשֶׁמֶן־שׁוּמְשְׁמִין, בְּשֶׁמֶן־אֱגוֹזִים, בְּשֶׁמֶן־צְנוֹנוֹת, בְּשֶׁמֶן־דָּגִים, בְּשֶׁמֶן־פַּקּוּעוֹת, בְּעִטְרָן וּבְנֵפְט. רַבִּי טַרְפוֹן אוֹמֵר: אֵין מַדְלִיקִין אֶלָּא בְּשֶׁמֶן־זַיִת בִּלְבַד.

mishna 1

OR WITH OIL TO BE BURNED - i.e., Terumah oil, which became ritually impure. Why does [the Mishnah] call it "oil to be burned"? Since [ritually impure Terumah oil] is forbidden as food, it must be burned.

Why we may not light with ritually impure Terumah oil:
[Why does the Mishnah state that we may not light the Shabbat lamp with ritually impure Terumah oil ("oil to be burned")? Why should a Kohen not light his Shabbat lamp with it?

Actually, he may, ordinarily, light the Shabbat lamp with this oil.] The prohibition of the Mishnah is limited to a special case: when Yom Tov (a festival) falls on a Friday. In that case, when one lights the Shabbat lamp as usual, on Friday before Shabbat, one is burning the ritually impure Terumah oil on Yom Tov, and the law is that it is forbidden to burn "consecrated things" on Yom Tov. Since Terumah falls into this category (of "consecrated things"), it is forbidden to light the Shabbat lamp with ritually impure Terumah oil on a Friday which is a Yom Tov.

The prohibition of burning "consecrated things" on Yom Tov
The prohibition of burning "consecrated things" on Yom Tov is derived from the verse: "You shall not leave any of it [the Pesach sacrifice] over until morning; if any of it is left until morning, you shall burn it" (Shemot 12:10). The verse is expounded as follows:

[Why are the words "until morning" repeated? To teach that] if any [of the meat of the Pesach sacrifice] is left over "until (-the first-) morning" (i.e., the morning of Yom Tov, the fifteenth of Nisan), it should not be burned "until (-the second-) morning" (i.e., the morning after Yom Tov, the sixteenth of Nisan).
From this verse we learn that what is "left over" is forbidden to be burned on Yom Tov. The same holds true for all "consecrated things" that must be burned, [including ritually impure Terumah.]

BUT THE SAGES SAY: WHETHER MELTED OR NOT, WE DO NOT LIGHT WITH IT - [This opinion of "the Sages," to outlaw lighting with tallow of any kind, would seem to be identical with the position of the "first" (anonymous) Mishnaic opinion, cited in Part 2 of the Mishnah: "Nor [may we light] with... tallow," i.e., not with any kind of tallow. Why, then, did the Mishnah bother to record both statements? The Gemara suggests that the reason is because there is a difference of opinion between the two: One position permits lighting with melted tallow, providing that one mixes in a bit of good oil, and the other position prohibits this. (It was not clear to the Gemara, however, which position permitted this, or which prohibited.)

The Halakhah follows the opinion of "the Sages."

וְלֹא בְּשֶׁמֶן־שְׂרֵיפָה: שֶׁמֶן־שֶׁל־תְּרוּמָה, שֶׁנִּטְמָא. וְאַמַּאי קָרֵי לֵיהּ "שֶׁמֶן־שְׂרֵיפָה"? הוֹאִיל וְלִשְׂרֵיפָה עוֹמֵד, שֶׁהֲרֵי אָסוּר בַּאֲכִילָה. וּבְיוֹם־טוֹב, שֶׁחָל לִהְיוֹת בְּעֶרֶב־שַׁבָּת, עָסְקִינַן: שֶׁכְּשֶׁמַּדְלִיק הַנֵּר מִבְּעוֹד־יוֹם, נִמְצָא שׂוֹרֵף שֶׁמֶן טָמֵא שֶׁל תְּרוּמָה בְּיוֹם־טוֹב — וַאֲנַן קָיְימָא לַן: אֵין שׂוֹרְפִין קָדָשִׁים בְּיוֹם־טוֹב, דִּכְתִיב (שמות יב, י): "וְהַנֹּתָר מִמֶּנּוּ עַד־בֹּקֶר בָּאֵשׁ תִּשְׂרֹפוּ", וְדָרְשִׁינַן קְרָא הָכִי: "וְהַנֹּתָר מִמֶּנּוּ עַד־בֹּקֶר" רִאשׁוֹן — עַד בֹּקֶר שֵׁנִי עֲמוֹד וְתִשְׂרְפֶנּוּ, שֶׁאֵין שׂוֹרְפִים הַנּוֹתָר בְּיוֹם־טוֹב. וְהוּא הַדִּין לְכָל שְׁאָר קָדָשִׁים, הַטְּעוּנִים שְׂרֵיפָה. **וַחֲכָמִים אוֹמְרִים: אֶחָד מְבוּשָּׁל וְאֶחָד שֶׁאֵינוֹ מְבוּשָּׁל — אֵין מַדְלִיקִין בּוֹ:** וְתַנָּא קַמָּא נָמִי אָמַר: "וְלֹא בְּחֵלֶב" — כָּל חֵלֶב בְּמַשְׁמָע?! אֶלָּא אִיכָּא בֵּין חֲכָמִים לְתַנָּא קַמָּא — דְּחַד מִנַּיְיהוּ סָבַר, דִּשְׁרֵי לְהַדְלִיק בְּחֵלֶב מְבוּשָּׁל, כְּשֶׁמְּעָרֵב בּוֹ שֶׁמֶן כָּל־שֶׁהוּא, וְחַד אוֹסֵר אֲפִילוּ עַל־יְדֵי תַּעֲרוֹבֶת־שֶׁמֶן. וְלֹא נִתְבָּרֵר לְחַכְמֵי הַשַּׁ״ס, מִי מִשְּׁנֵיהֶם הָאוֹסֵר וּמִי הַמַּתִּיר. וַהֲלָכָה כַּחֲכָמִים.

mishna 1

Nor [may we light] with pitch or wax; nor with Kik oil or with oil to be burned; nor with tail fat or tallow.

Nahum the Mede says: we may light with melted tallow. But the Sages say: whether melted or not, we do not light with it.

NOR WITH PITCH OR WAX - One should not use melted pitch or wax, instead of oil, to fuel the [Shabbat] lamp. One may, however, use wax as casing for a long wick, the common method of making [wax candles].

NOR WITH KIK OIL - cottonseed oil. Another interpretation is that [Kik oil] is the very thick oil of Yonah's Kikayon, a large-leafed plant (called כרוע, in Arabic).

Why we may not kindle with these wicks and oils:

What is the reason we may not light with the wicks that are listed in [Part 1 of] the Mishnah? Because the flame does not penetrate and catch onto the wick but remains on its outside edges.

What is the reason we may not light with the oils that are listed in the Mishnah? Because they do not flow [properly] to the wick. As a result, the lamp produces poor light. This raises the concern that one might then tilt the lamp [on Shabbat], to make the oil flow into the wick and produce a brighter light. This would be a violation of "kindling," one of the categories of work prohibited on Shabbat.

Another concern is that, [due to the poor light produced by the lamp], a person might get up and leave [the house]. This is against the Halakhah, which insists that a person enjoy the light of Shabbat [in his own home].

(המשך) משנה א

וְלֹא בְזֶפֶת וְלֹא בְשַׁעֲוָה וְלֹא בְשֶׁמֶן־קִיק וְלֹא בְשֶׁמֶן־שְׂרֵיפָה וְלֹא בְאַלְיָה וְלֹא בְחֵלֶב. נַחוּם הַמָּדִי אוֹמֵר: מַדְלִיקִין בְּחֵלֶב מְבוּשָּׁל; וַחֲכָמִים אוֹמְרִים: אֶחָד מְבוּשָּׁל וְאֶחָד שֶׁאֵינוֹ מְבוּשָּׁל — אֵין מַדְלִיקִין בּוֹ.

לֹא בְזֶפֶת וְלֹא בְשַׁעֲוָה, שֶׁלֹּא יִתֵּן זֶפֶת נָמֵס, וְשַׁעֲוָה נִתֶּכֶת, בַּנֵּר, בִּמְקוֹם שֶׁמֶן, וְיַדְלִיק; אֲבָל לַעֲשׂוֹת כְּמִין פְּתִילָה אֲרוּכָּה, שֶׁרְגִילִין לַעֲשׂוֹת מִשַּׁעֲוָה — שָׁרֵי. **וְלֹא בְשֶׁמֶן־קִיק:** שֶׁמֶן, הַיּוֹצֵא מִגַּרְעִינִים שֶׁבְּתוֹךְ הַצֶּמֶר־גֶּפֶן, שֶׁקּוֹרִין "קוטון". וְיֵשׁ מְפָרְשִׁים: קִיקָיוֹן־דְּיוֹנָה, וְהוּא עֵשֶׂב, שֶׁעָלָיו גְּדוֹלִים, וְנִקְרָא בְּעַרְבִי "כרוע"; וְהַשֶּׁמֶן, הַיּוֹצֵא מִמֶּנּוּ, עָב בְּיוֹתֵר. — וּפְתִילוֹת, שֶׁאָמְרוּ חֲכָמִים: "אֵין מַדְלִיקִין" בָּהֶם — מַה טַּעַם? מִפְּנֵי שֶׁהָאוּר מְסַכְסֶכֶת בָּהֶם, כְּלוֹמַר, שֶׁאֵין הָאוּר נִכְנֶסֶת תּוֹךְ הַפְּתִילָה, [אֶלָּא] סָבִיב מִבַּחוּץ. וּשְׁמָנִים, שֶׁאָמְרוּ חֲכָמִים: "אֵין מַדְלִיקִין" בָּהֶם — לְפִי שֶׁאֵין נִמְשָׁכִין אַחַר הַפְּתִילָה, וּמִתּוֹךְ שֶׁאֵין הַנֵּר דּוֹלֶקֶת יָפֶה, חָיְישִׁינַן, שֶׁמָּא יַטֶּה הַשֶּׁמֶן עַל־פִּי הַנֵּר וְנִמְצָא מַבְעִיר; אִי־נָמִי — שֶׁמָּא יַנִּיחַ הַנֵּר וְיֵצֵא, וַאֲנַן קָיְימָא לַן, דְּנֵר שֶׁל שַׁבָּת חוֹבָה.

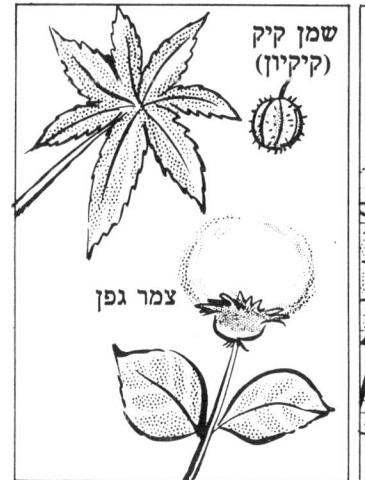

זפת

שעוה

שמן קיק
(קיקיון)
צמר גפן

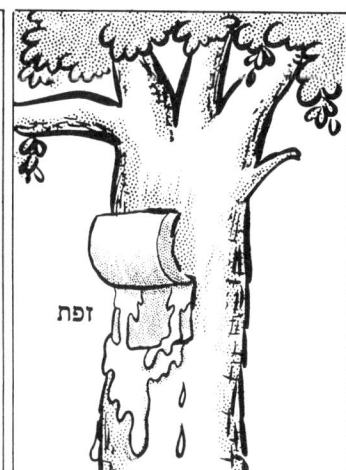

mishna 1

With what may we light, and with what may we not light?
We may not light with Lechesh, Hosen, or Chalach; nor with wick of Idan, desert wick, or seaweed.

WITH WHAT MAY WE LIGHT the Shabbat lamp? Of what material must the wicks be made? Which oils may be used?

Wicks that are unfit

NOT...WITH LECHESH - the wooly substance underneath the bark of a cedar tree. HOSEN - uncombed flax. OR CHALACH - the residue of silk. WICK OF IDAN -the wooly substance underneath the bark of a willow tree. DESERT WICK - long grass leaves which are made into wicks and can be lit. OR SEAWEED - a wooly substance, which grows on the sides of a ship that has been in the water for a long time.

This concludes the [list of] unfit wicks; a list of unfit oils is what follows:

משנה א

בַּמֶּה מַדְלִיקִין וּבַמָּה אֵין מַדְלִיקִין? אֵין מַדְלִיקִין לֹא בְּלֶכֶשׁ וְלֹא בְחוֹסֶן וְלֹא בְכַלָּךְ וְלֹא בִּפְתִילַת־הָאִידָן וְלֹא בִפְתִילַת־הַמִּדְבָּר וְלֹא בִירוֹקָה שֶׁעַל פְּנֵי הַמָּיִם;

בַּמֶּה מַדְלִיקִין נֵר שֶׁל שַׁבָּת — בַּמֶּה עוֹשִׂין פְּתִילוֹת וּשְׁמָנִים לְהַדְלִיק? **לֹא בְלֶכֶשׁ**: כְּמִין צֶמֶר יֵשׁ בָּאֶרֶז בֵּין הַקְּלִיפָּה לָעֵץ, וְקָרוּי "לֶכֶשׁ". **בְּחוֹסֶן**: פִּשְׁתָּן, שֶׁאֵינוֹ מְנוּפָּץ. **בְּכַלָּךְ**: פְּסוֹלֶת שֶׁל מֶשִׁי. **בִּפְתִילַת־הָאִידָן**: כְּמִין צֶמֶר יֵשׁ [בָּעֲרָבָה] בֵּין הַקְּלִיפָּה לָעֵץ. **בִּפְתִילַת־הַמִּדְבָּר**: עֲלֵי עֵשֶׂב אָרוֹךְ, שֶׁגּוֹדְלִין אוֹתָם וּמַדְלִיקִין בָּהֶן. **בִּירוֹקָה שֶׁעַל פְּנֵי הַמָּיִם**: כְּמִין צֶמֶר, שֶׁגָּדֵל בְּדוֹפְנֵי הַסְּפִינָה, שֶׁשָּׁהֲתָה זְמַן מְרוּבֶּה בַּמַּיִם. עַד כָּאן — פְּסוּל פְּתִילוֹת; מִכָּאן וְאֵילָךְ — פְּסוּל שְׁמָנִים.

סוגי פתילות

* לפי מראות המשנה

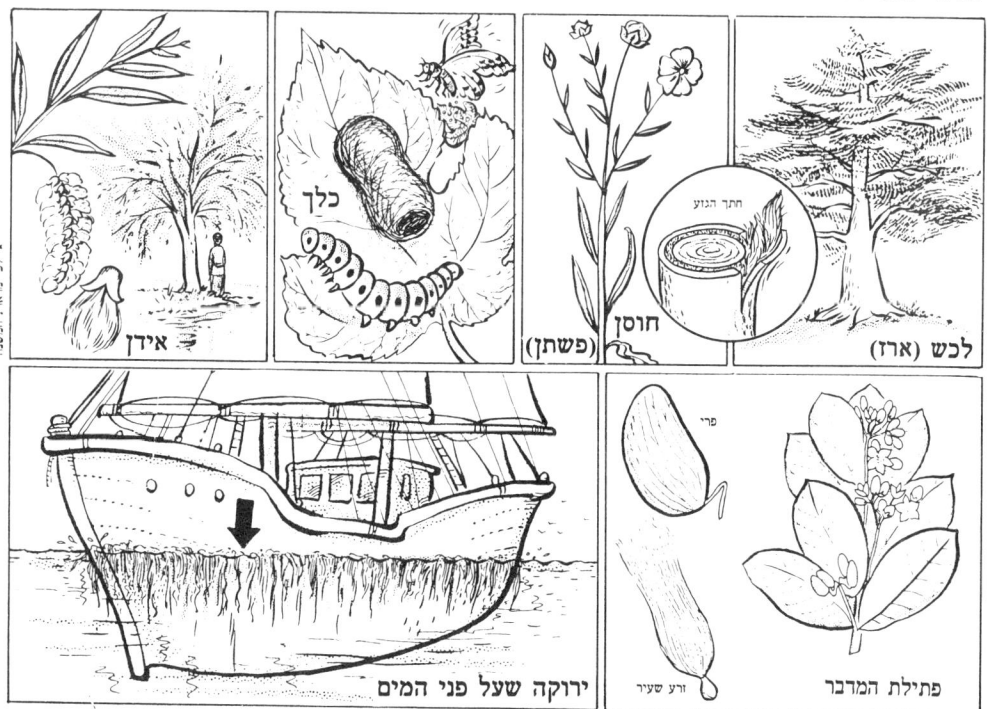

mishna 11

(b) BUT OUTSIDE OF THE SANCTUARY, the fire that one lights in his fireplace must - while it is still day - TAKE HOLD OF THE GREATER PART OF [THE WOOD]. What is meant by a fire that takes hold of "the greater part of [the wood]"? It should reach the stage where the flame rises on its own, without needing to be fueled with kindling chips, underneath.

SO, TOO, IN THE CASE OF CHARCOAL: THE SLIGHTEST FIRE [THAT ONE LIGHTS BEFORE SHABBAT] SUFFICES - [This sentence (R. Yehudah's comment) refers back to case (a) of Part 2 of our Mishnah:] Just as we are lenient - with the Kohanim - in the case of the fireplace of the Hearth Chamber [i.e., we permit them to light even a small fire before Shabbat, and do not fear that they will stoke it on Shabbat], SO TOO are we lenient - with any man - in the case of charcoal. The slightest flame that he ignites [before Shabbat], suffices, [and we do not fear that he will stoke it on Shabbat]. Why do we not fear this? A charcoal fire does not grow increasingly weaker; he will not need to stoke it [on Shabbat].

The Halakhah follows R. Yehudah, as his ruling is undisputed.

משניות שבת ★ פרוש ר״ע מברטנורא ★ פרק א

וּבַגְּבוּלִין צָרִיךְ אָדָם לְהַבְעִיר מְדוּרָתוֹ מִבְּעוֹד־יוֹם, כְּדֵי שֶׁתֶּאֱחוֹז הָאוּר בְּרוּבָּהּ; וְכַמָּה בְּרוּבָּהּ? כְּדֵי שֶׁתְּהֵא שַׁלְהֶבֶת עוֹלָה מֵאֵלֶיהָ וְאֵינָהּ צְרִיכָה לְקֵיסָמִין דַּקִּין תַּחְתֶּיהָ לְהַבְעִירָהּ. **אַף בְּפֶחָמִין – כָּל־שֶׁהֵן:** כִּי הֵיכִי דִּמְדוּרַת־בֵּית־הַמּוֹקֵד מְקִילִינַן בְּבֵית־הַמּוֹקֵד לַכֹּהֲנִים, כְּמוֹ־כֵן בִּמְדוּרַת־פֶּחָמִים מְקִילִינַן לְכָל אָדָם, וְאֵין צָרִיךְ לְהַאֲחִיז בָּהֶן הָאוּר אֶלָּא כָּל־שֶׁהוּא, דְּאֵין דַּרְכָּהּ לִהְיוֹת כָּבָה וְהוֹלֶכֶת, וְלֹא אָתוּ לַחֲתוּיֵי בְּהוּ. וַהֲלָכָה כְּרַבִּי יְהוּדָה, דְּלֵיכָּא מַאן דִּפְלִיג עָלֶיהָ.

בגבולין — כדי שתאחוז האור ברובן

mishna 11

(a) One may light a fire [before Shabbat] in the fireplace of the Hearth Chamber [of the Sanctuary], but (b) outside of the Sanctuary [one may do so] only if there is enough time [before Shabbat] for the flame to take hold of the greater part of [the wood].
R. Yehudah says: So, too, in the case of charcoal: the slightest fire [that one lights before Shabbat] suffices.

(a) ONE [of the Kohanim] MAY LIGHT A FIRE - [even] a small fire - under the wood of the fireplace in the Hearth Chamber [before Shabbat]. We are not afraid that [the Kohen] may forget himself and try to stoke the fire after dark [on Shabbat]. Why not? Because the Kohanim are [known to be] scrupulous [in the fulfillment of their duties].

THE HEARTH CHAMBER was a large room in the Sanctuary court, in which a fire was always kept burning. The Kohanim, who served barefoot, on the marble floor, would warm themselves there.

(המשך) משנה יא

וּמַאֲחִיזִין אֶת הָאוּר בִּמְדוּרַת־בֵּית־הַמּוֹקֵד; וּבַגְּבוּלִין — כְּדֵי שֶׁתֶּאֱחוֹז הָאוּר בְּרוּבָּן. רַבִּי יְהוּדָה אוֹמֵר: בְּפֶחָמִין — כָּל־שֶׁהוּא.*

* נ"א: אַף בְּפֶחָמִים — כָּל־שֶׁהֵן

וּמַאֲחִיזִין אֶת הָאוּר מְעַט בְּעֵצִים שֶׁל מְדוּרַת־בֵּית־הַמּוֹקֵד, וְלָא חָיְישִׁינַן, שֶׁמָּא יָבוֹאוּ הַכֹּהֲנִים־לְהַבְעִירָהּ מִשֶּׁתֶּחְשַׁךְ, דְּכֹהֲנִים זְרִיזִין הֵן. **בֵּית־הַמּוֹקֵד:** לִשְׁכָּה גְּדוֹלָה הָיְתָה בָּעֲזָרָה, שֶׁמַּסִּיקִין בָּהּ מְדוּרָה תָּמִיד, וְהַכֹּהֲנִים מִתְחַמְּמִים שָׁם לְפִי שֶׁהוֹלְכִים יְחֵפִים עַל הָרִצְפָּה־שֶׁל־שַׁיִשׁ.

מאחיזין את האור במדורת בית המוקד

mishna 11

One may lower the Pesach sacrifice into the oven near nightfall [before Shabbat].

ONE MAY LOWER THE PESACH SACRIFICE - Their ovens were open at the top, and they would lower roasts down into them. That is why the Mishnah opens: "One may lower..."

NEAR NIGHTFALL - Even though we have learned [in Mishnah 10] that, ordinarily, one may not [begin to] roast meat [just before Shabbat], in the case of the Pesach sacrifice it is permitted. Why? The reason why the Pesach sacrifice is exceptional is that the members of the groups, who roast it, are scrupulous in meeting their obligations; they remind each other not to stir the coals on Shabbat.

משנה יא

מְשַׁלְשְׁלִין אֶת הַפֶּסַח בַּתַּנּוּר עִם חֲשֵׁכָה.

מְשַׁלְשְׁלִין אֶת הַפֶּסַח: הַתַּנּוּרִים שֶׁלָּהֶן — פִּיהֶן לְמַעְלָה, וּמוֹרִידִין הַצְּלִי לְתוֹכוֹ: לְהָכִי תָּנֵי "מְשַׁלְשְׁלִין". **עִם־חֲשֵׁיכָה:** וְאַף־עַל־גַּב דִּבְעָלְמָא אֵין צוֹלִין כְּדַאֲמַרַן — הָכָא שְׁרֵי, דִּבְנֵי־חֲבוּרָה זְרִיזִין הֵן וּמַדְכְּרֵי אַהֲדָדֵי וְלָא אָתוּ לַחֲתוּיֵי בַּגֶּחָלִים.

משלשלין את הפסח בתנור

mishna 10

One should not [begin to] roast meat, onions, or eggs [before Shabbat], unless there is time for them to be roasted while it is still day.

One should not place bread into an oven near nightfall, nor cake upon the coals, unless there is time for the [bread or cake] surface to form a crust while it is still day. R. Eliezer says: [unless there is] time for their bottommost surface to form a crust.

[Consider the case of a person who puts meat on the fire to roast just before Shabbat, with the intention that it continue to roast on Shabbat. The Rabbis were concerned that he might forget himself and stir up the coals on Shabbat, to speed up the roasting. Therefore, they decreed that one should not begin to roast before Shabbat, unless there is...] TIME FOR THEM TO BE as ROASTED as the food of Ben Derusai, i.e., a third done - before Shabbat. If it is a third cooked, it is considered edible. Once it is already edible - before Shabbat - the Rabbis no longer fear that one will stir up the coals - on Shabbat - [to speed up the roasting].

Part 2 [Consider the case of a person who puts bread into an oven or cakes upon coals just before Shabbat, with the intention that it continue to bake on Shabbat. The Rabbis were concerned that he might forget himself and stir up the coals on Shabbat, to speed up the baking. Therefore, they decreed that one should not begin to bake before Shabbat, unless there is time for...] THE [BREAD OR CAKE] SURFACE, which faces the interior space of the oven.

CAKE חֲרָרָה , (I Melachim 19:6), [cake baked on hot stones].

TO FORM A CRUST שֶׁיִּקְרְמוּ . The first stage of baking gives rise to a skin-like top layer קְרוּם . [Once the bread or cake has already started to bake - before Shabbat - the Rabbis no longer fear that one will stir up the coals - on Shabbat - to speed up the baking.]

TIME FOR THEIR BOTTOMMOST SURFACE, which adheres to the side of the oven. It is the surface which bakes first, before the other surface (the one facing the interior space of the oven) forms a crust. [According to R. Eliezer,] even if there is only time left [before Shabbat] for [the bread or cake to reach] this [first, early stage (i.e., the crusting of the bottommost surface)] - it is enough [to permit roasting before Shabbat].

The Halakhah does not follow R. Eliezer's opinion.

משנה י

אֵין צוֹלִין בָּשָׂר, בָּצָל, וּבֵיצָה, אֶלָּא כְּדֵי שֶׁיִּצּוֹלוּ מִבְּעוֹד־יוֹם.
אֵין נוֹתְנִין פַּת לַתַּנּוּר עִם חֲשֵׁכָה, וְלֹא חֲרָרָה עַל־גַּבֵּי גֶחָלִים, אֶלָּא כְּדֵי שֶׁיִּקְרְמוּ פָּנֶיהָ מִבְּעוֹד־יוֹם.
רַבִּי אֱלִיעֶזֶר אוֹמֵר: כְּדֵי שֶׁיִּקְרוֹם הַתַּחְתּוֹן שֶׁלָּהּ.

כְּדֵי שֶׁיִּצּוֹלוּ — כְּמַאֲכַל בֶּן־דְּרוּסַאי, וְהוּא שְׁלִישׁ בִּשּׁוּל, וּבְכָךְ הוּא רָאוּי לַאֲכִילָה; וְתוּ לֵיכָּא לְמִגְזַר, שֶׁמָּא יַחְתֶּה בַּגֶּחָלִים. **חֲרָרָה**: עוּגַת רְצָפִים. **שֶׁיִּקְרְמוּ**: תְּחִלַּת אֲפִיָּה עוֹשִׂין כְּמוֹ קְרוּם. **פָּנֶיהָ**, שֶׁהֵם כְּלַפֵּי אֲוִיר הַתַּנּוּר. **כְּדֵי שֶׁיִּקְרוֹם הַתַּחְתּוֹן**, הַמְדוּבָּק לְחֶרֶס הַתַּנּוּר, דְּהוּא נֶאֱפֶה תְּחִלָּה קוֹדֶם שֶׁיִּקְרְמוּ הַפָּנִים שֶׁכְּלַפֵּי אֲוִיר הַתַּנּוּר — וּבְהָכִי סַגֵּי. וְאֵין הֲלָכָה כְּרַבִּי אֱלִיעֶזֶר.

נתינת פת לתנור

חררה על גבי גחלים.

משניות שבת ★ פרוש ר״ע מברטנורא ★ פרק א

א   דריכת ענבים בגת

ב   טוענים עגולי הגת   יין

משניות שבת ★ פרוש ר״ע מברטנורא ★ פרק א

ב ׀ טחינת הזיתים

ג ׀ טוענים קורות בית הבד

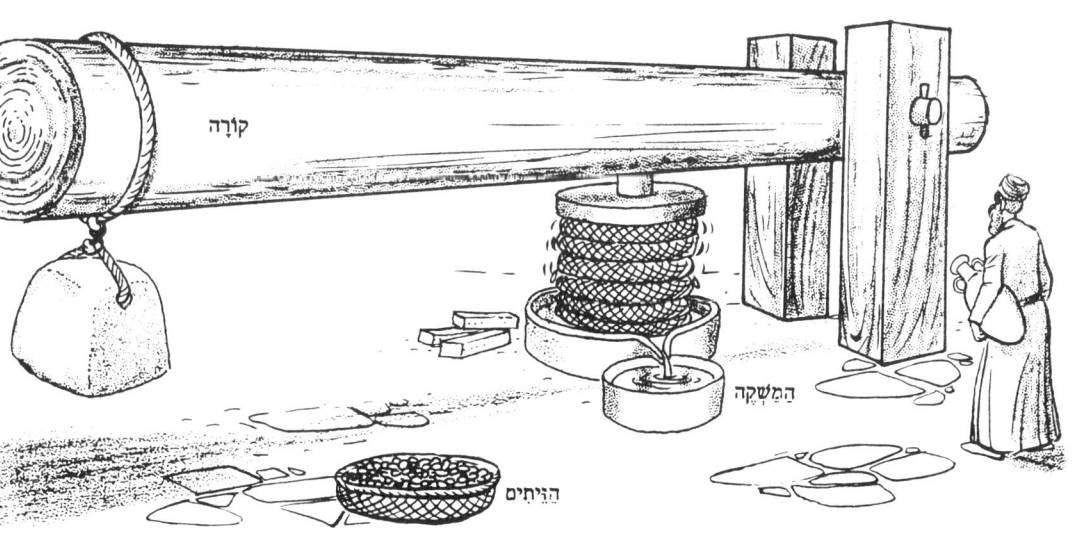

mishna 9

Both [sides] agree that one may lay down [before Shabbat] the beams of the olive press and the round [boards] of the wine press.

BOTH schools - of Shammai and of Hillel - AGREE that one may laden the olives with the beam of the olive press before Shabbat. The olives are crushed and then laden with heavy beams; oil oozes out on its own, over the course of Shabbat. THE ROUND [BOARDS] OF THE WINE PRESS - The thick boards of the wine press are called עִגּוּלִין , because they were constructed in the round.

[We have seen that the School of Shammai held that one must rest one's utensils on Shabbat. One may not put in motion - before Shabbat - Melacha [prohibited work] which will be carried out automatically by one's utensils on Shabbat. Even utensils must rest on Shabbat.]

Here, however, in the case of the beams, the School of Shammai agrees with the School of Hillel [that it is permissible to laden the olives and the grapes - before Shabbat - so that the oil and juice will ooze out on its own - on Shabbat. This would seem to be a case of Melacha - deriving from דָּשׁ (threshing) - carried out by one's utensils on Shabbat. Why then did the School of Shammai agree that it is permissible?]

The reason is that this case is not really similar to דָּשׁ: The beams are placed on the olives only after the olives are first crushed by millstone. The grapes are also first trodden upon. Liquid would continue to ooze out of these olives and grapes, even if they were not laden with beams - just not as steadily. Even if one were to laden the olives or grapes with beams on Shabbat, one would not be liable to a sin-offering.

(המשך) משנה ט

וְשָׁוִין אֵלּוּ וָאֵלּוּ, שֶׁטּוֹעֲנִין קוֹרוֹת־בֵּית־הַבַּד וְעִגּוּלֵי־הַגַּת.

וְשָׁוִין בֵּית־שַׁמַּאי וּבֵית־הִלֵּל — שֶׁטּוֹעֲנִין אֶת הַזֵּיתִים מִבְּעוֹד־יוֹם בְּקוֹרַת־בֵּית־הַבַּד: לְאַחַר שֶׁטְּחָנוּ הַזֵּיתִים טוֹעֲנִין עֲלֵיהֶם קוֹרוֹת כְּבֵדִים, וְהַמַּשְׁקֶה זָב וְהוֹלֵךְ מֵאֵלָיו כָּל הַשַּׁבָּת. **וְעִגּוּלֵי־הַגַּת**: הָנָךְ דְּגַת קָרֵי "עִגּוּלִין", שֶׁהָיוּ דַּפִּין עָבִין, עֲשׂוּיִין בְּעִגּוּל. וּבְהָא מוֹדוּ בֵּית־שַׁמַּאי לְבֵית־הִלֵּל מִשּׁוּם דְּאִי נָמִי עָבֵיד לְהוּ בְּשַׁבָּת, לֵיכָּא חִיּוּב חַטָּאת, דְּאֵין נוֹתְנִין קוֹרָה עַל־גַּבֵּי זֵיתִים עַד שֶׁטּוֹחֲנִין תְּחִלָּה בְּרֵיחַיִם. וְכֵן בָּעֲנָבִים: דּוֹרְכִים אוֹתָן בְּרֶגֶל תְּחִלָּה; וּבְלַאו קוֹרָה נָמִי מַשְׁקֶה נָפֵיק מִמֵּילָא, אֶלָּא דְּלָא נָפֵיק שַׁפִּיר כִּי הַשְׁתָּא; הִלְכָּךְ לָא דָּמֵי לְ"דָשׁ".

א כתישת הזיתים

mishna 8

The School of Shammai rules: one should not give hides to a [gentile] tanner or clothes to a gentile laundryman [before Shabbat,] unless there is time for them to be done, while it is still day. In all of these cases, the School of Hillel rules: permitted - with the sun.

לְעַבְּדָן, to a tanner of hides. PERMITTED - WITH THE SUN, i.e., while the sun is still up, before it sets.

mishna 9

Said R. Shim'on b. Gamliel: It was the practice in my father's house to give white clothes to a gentile laundryman [no later than] three days before Shabbat.

WHITE CLOTHES, which are difficult to launder, require three days of work. R. Shim'on b. Gamliel's family accepted upon themselves the stringent opinion of the School of Shammai. The Halakhah, however, follows the School of Hillel, which rules: it is permitted [to give clothes to a gentile laundryman before Shabbat], while the sun is up.

משנה ח

בֵּית־שַׁמַּאי אוֹמְרִים: אֵין נוֹתְנִין עוֹרוֹת לְעַבְּדָן וְלֹא כֵּלִים לְכוֹבֵס־עוֹבֵד־כּוֹכָבִים, אֶלָּא כְּדֵי שֶׁיֵּעָשׂוּ מִבְּעוֹד־יוֹם. וּבְכוּלָּן בֵּית־הִלֵּל מַתִּירִין עִם־הַשֶּׁמֶשׁ.

לְעַבְּדָן: מְעַבֵּד הָעוֹרוֹת. מַתִּירִין עִם־הַשֶּׁמֶשׁ: בְּעוֹד שֶׁהַחַמָּה עַל הָאָרֶץ, קוֹדֶם שֶׁתִּשְׁקַע.

נתינת כלים לכובס עובד כוכבים

משנה ט

אָמַר רַבָּן שִׁמְעוֹן בֶּן גַּמְלִיאֵל: נוֹהֲגִין הָיוּ בֵּית־אַבָּא, שֶׁהָיוּ נוֹתְנִין כְּלֵי־לָבָן לְכוֹבֵס־עוֹבֵד־כּוֹכָבִים שְׁלֹשָׁה יָמִים קוֹדֶם לַשַּׁבָּת.

כְּלֵי־לָבָן, שֶׁהוּא קָשֶׁה לְכַבֵּס — צָרִיךְ שְׁלֹשָׁה יָמִים; וּמַחֲמִירִין עַל עַצְמָן כְּבֵית־שַׁמַּאי. וְאֵין הֲלָכָה כְּרַבָּן שִׁמְעוֹן בֶּן גַּמְלִיאֵל, אֶלָּא כְּבֵית־הִלֵּל, שֶׁמַּתִּירִין עִם־הַשֶּׁמֶשׁ.

mishna 7

The School of Shammai rules: one should not (1) sell [anything] to a gentile [before Shabbat], nor should one (2) help him in loading or (3) lift up upon him [before Shabbat], unless there is time for him to reach a nearby place. The School of Hillel rules: permitted.

NOR SHOULD ONE (2) HELP HIM IN LOADING a mule OR (3) LIFT UP UPON HIM a load onto his shoulders - because, in these cases, he appears to others to be collaborating with [the gentile] in arranging for the carrying of the load on Shabbat. UNLESS THERE IS TIME FOR HIM TO REACH A NEARBY PLACE, i.e., the gentile's destination should be close enough to reach before Shabbat. THE SCHOOL OF HILLEL RULES that it is PERMITTED, so long as [the gentile] leaves [the Jew's] house before Shabbat.

משנה ז

בֵּית־שַׁמַּאי אוֹמְרִים: אֵין מוֹכְרִין לְעוֹבֵד־כּוֹכָבִים וְאֵין טוֹעֲנִין עִמּוֹ וְאֵין מַגְבִּיהִין עָלָיו, אֶלָּא כְּדֵי שֶׁיַּגִּיעַ לְמָקוֹם קָרוֹב; וּבֵית־הִלֵּל מַתִּירִין.

וְלֹא טוֹעֲנִין עִמּוֹ עַל הַחֲמוֹר **וְלֹא מַגְבִּיהִים עָלָיו** מַשֹּׂאוֹי עַל כְּתֵפוֹ, דְּמִיחֲזֵי כִּמְסַיְּיעוֹ לְהוֹלִיךְ הַמַּשֹּׂאוֹי בְּשַׁבָּת. **אֶלָּא כְּדֵי שֶׁיַּגִּיעַ לְמָקוֹם קָרוֹב**, כְּלוֹמַר, שֶׁיְּהֵא הַמָּקוֹם, שֶׁרוֹצֶה לְהוֹלִיכוֹ, קָרוֹב, שֶׁיּוּכַל לְהַגִּיעַ שָׁם מִבְּעוֹד־יוֹם. **וּבֵית־הִלֵּל מַתִּירִין**, כְּדֵי שֶׁיֵּצֵא מִפֶּתַח בֵּיתוֹ מִבְּעוֹד־יוֹם.

mishna 6

The School of Shammai rules: one should not spread out snares [before Shabbat] for [the trapping of] beasts, fowl, or fish, unless there is time for them to be caught while it is still day. The School of Hillel rules: permitted.

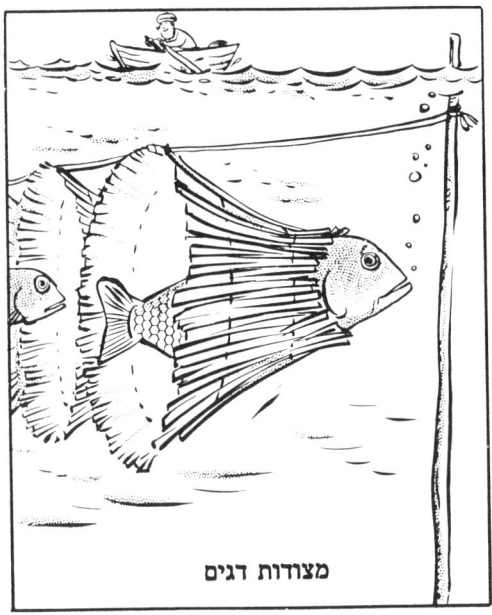

מצודות דגים

מצודת עופות

(המשך) משנה ו

בֵּית־שַׁמַּאי אוֹמְרִים: אֵין פּוֹרְשִׂין מְצוּדוֹת חַיָּה וְעוֹפוֹת וְדָגִים, אֶלָּא כְּדֵי שֶׁיִּצּוֹדוּ מִבְּעוֹד־יוֹם; וּבֵית־הִלֵּל מַתִּירִין.

מצודת חיה

mishna 6

The School of Shammai rules: one should not place bundles of flax into the oven [before Shabbat], unless there is time for them to begin to steam while it is still day. Nor should one put wool into the kettle [before Shabbat], unless there is time for the wool to absorb the color. The School of Hillel rules: permitted.

BUNDLES of combed flax are put into the oven to be bleached.

TO BEGIN TO STEAM, i.e., to heat up, such that they begin to steam.

INTO THE dyer's KETTLE, UNLESS THERE IS TIME FOR IT TO ABSORB THE COLOR, while it is still day.

THE SCHOOL OF HILLEL RULES: IT IS PERMITTED to place [wool] into a [kettle] before Shabbat, so that the wool absorbs the color all night long [on Shabbat]. They permitted this only if the kettle is removed from the fire. Where there is a flame underneath the kettle, however, they did not permit this. Why not? To prevent one from inadvertently stirring the coals. Furthermore, the School of Hillel permitted this [putting wool into the kettle, before Shabbat] only if the kettle is sealed. Why so? To prevent one from inadvertently stirring up [the wool] on Shabbat, which would be a violation of "cooking."

משנה ו

בֵּית־שַׁמַּאי אוֹמְרִים: אֵין נוֹתְנִין אוּנִין שֶׁל פִּשְׁתָּן לְתוֹךְ הַתַּנּוּר, אֶלָּא כְּדֵי שֶׁיַּהְבִּילוּ מִבְּעוֹד־יוֹם,
וְלֹא אֶת הַצֶּמֶר לַיּוֹרָה, אֶלָּא כְּדֵי שֶׁיִּקְלוֹט הָעַיִן; וּבֵית־הִלֵּל מַתִּירִין.

אוּנִין: אֲגוּדוֹת שֶׁל פִּשְׁתָּן מְנוּפָּץ, וְנוֹתְנִין אוֹתָן בַּתַּנּוּר, וּמִתְלַבְּנִים. **שֶׁיַּהְבִּילוּ:** שֶׁיִּתְחַמְּמוּ, שֶׁיַּעֲלֶה בָּהֶם הַהֶבֶל. **לְיוֹרָה** שֶׁל צְבָעִים. **אֶלָּא כְּדֵי שֶׁיִּקְלוֹט אֶת הָעַיִן:** שֶׁיִּקְלוֹט הַצֶּבַע מִבְּעוֹד־יוֹם. **וּבֵית־הִלֵּל מַתִּירִים** לִתְּתָן לְתוֹכוֹ מִבְּעוֹד־יוֹם, וּתְהֵא קוֹלֶטֶת כָּל הַלַּיְלָה; וְלֹא שָׁרוּ בֵּית־הִלֵּל, אֶלָּא בְּיוֹרָה עֲקוּרָה מִן הָאֵשׁ, שֶׁאִם יֵשׁ תַּחְתֶּיהָ אֵשׁ בְּשַׁבָּת, אָסוּר — גְּזֵירָה, שֶׁמָּא יַחְתֶּה בַּגֶּחָלִים. וְצָרִיךְ נָמִי שֶׁתְּהֵא הַיּוֹרָה סְתוּמָה וְטוּחָה בְּטִיט — גְּזֵירָה, שֶׁמָּא יָגִיס, וִיהַפֵּךְ בָּהּ בְּשַׁבָּת וְחַיָּב מִשּׁוּם "מְבַשֵּׁל".

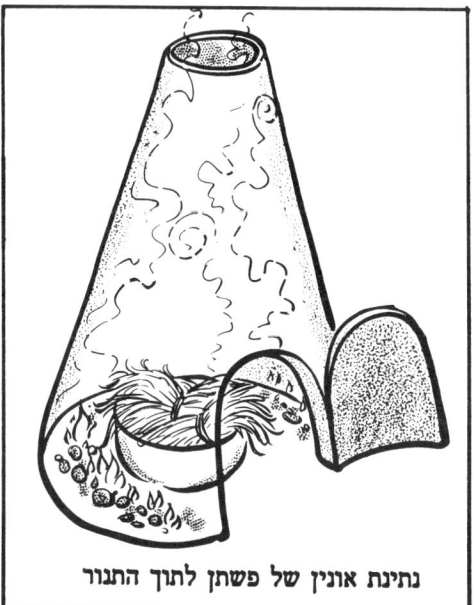

נתינת אונין של פשתן לתוך התנור

נתינת הצמר ליורה

Measure 18
The Rabbis decreed that a gentile boy imparts ritual impurity like a Zav, [even though he may not actually be suffering from that malady]. The reason for the decree: to prevent Jewish boys from associating with gentile boys, who practice sodomy.

mishna 5

The School of Shammai rules: one should not soak ink, dyes, or vetch [before Shabbat], unless there is time for them to soak through while it is still day. The School of Hillel rules: permitted.

ONE SHOULD NOT SOAK INK, i.e., dyes, from which ink, for writing, is made. DYES for paint. VETCH - cattle feed, commonly pre-soaked in water. (In Arabic they are called כרסנה, in Old French, ויצש .

Shabbat rest - for utensils?
The School of Shammai was of the opinion that just as we are commanded to rest our animals on Shabbat [Shemot 23:12], so too are we commanded to rest our utensils. That is why they ruled that it is forbidden to place bundles of flax into the oven - or to set traps - just before Shabbat. [In both of these cases, one's utensils would not be in a state of rest on Shabbat.]

They did permit, however, a lamp to burn on Shabbat and a pot to sit on a heated range, if the owner renounces his ownership of them. [That way, he is under no legal obligation to rest them, since he no longer owns them.]

THE SCHOOL OF HILLEL RULES: PERMITTED - Since he put in the water before Shabbat, they [the ink, dyes, vetch] may continue to soak on Shabbat itself. The School of Hillel was of the opinion that we are commanded to rest our animals (on account of "the suffering of animals"), but not our utensils.

הַשְּׁמוֹנֶה־עֶשְׂרֵה: גָּזְרוּ עַל תִּינוֹק עוֹבֵד־כּוֹכָבִים, שֶׁיְּהֵא מְטַמֵּא בְּזִיבָה, כְּדֵי שֶׁלֹּא יְהֵא תִּינוֹק יִשְׂרָאֵל רָגִיל אֶצְלוֹ בְּמִשְׁכַּב־זְכוּר.

משנה ה

בֵּית־שַׁמַּאי אוֹמְרִים: אֵין שׁוֹרִין דְּיוֹ וְסַמְמָנִים וְכַרְשִׁינִים, אֶלָּא כְּדֵי שֶׁיִּשּׁוֹרוּ מִבְּעוֹד־יוֹם; וּבֵית־הִלֵּל מַתִּירִין.

אֵין שׁוֹרִין דְּיוֹ: סַמְמָנִים, שֶׁעוֹשִׂים מֵהֶם דְּיוֹ לִכְתִיבָה. **וְסַמְמָנִים** לְצֶבַע. **וְכַרְשִׁינִים**: מַאֲכַל־בְּהֵמָה, וּרְגִילִים לִשְׁרוֹת אוֹתָן בְּמַיִם תְּחִלָּה, וְקוֹרִין לָהֶם בְּעַרְבִי "כרסנה", וּבְלַעַז "ויצש". וְסָבְרֵי בֵּית־שַׁמַּאי: אָדָם מוּזְהָר עַל שְׁבִיתַת־כֵּלִים כְּמוֹ עַל שְׁבִיתַת־בְּהֶמְתּוֹ — וְהַיְינוּ טַעְמָא, דְּאֵין נוֹתְנִין אוּנִין, וְהַיְינוּ טַעְמָא, דְּאֵין פּוֹרְשִׂין מְצוּדוֹת. וְנֵר הַדּוֹלֵק בְּשַׁבָּת וּקְדֵירָה שֶׁעַל־גַּבֵּי כִּירָה — דְּמוֹדוּ בְּהוּ בֵּית־שַׁמַּאי, [בִּדְמַפְקַר] אַפְקוֹרֵי לְכֵלִים, וְשׁוּב אֵינוֹ מְצֻוֶּה עַל שְׁבִיתָתָן. **וּבֵית־הִלֵּל מַתִּירִין** — מִשֶּׁנָּתַן הַמַּיִם מִבְּעוֹד־יוֹם, אַף־עַל־פִּי שֶׁהֵן נִשּׁוֹרִין וְהוֹלְכִין בְּשַׁבָּת — דְּסָבְרִי: עַל שְׁבִיתַת־בְּהֵמָה אָדָם מוּזְהָר, דְּאִית בַּהּ צַעַר־בַּעֲלֵי־חַיִּים, אֲבָל לֹא עַל שְׁבִיתַת־כֵּלִים.

שריית דיו וסממנים

שריית כרשינים

vent this they decreed that what grows from Terumah - even if the original seed perishes, as in grains and legumes - is also to be considered Terumah. The produce of impure Terumah, then, would likewise be considered impure Terumah, and would be forbidden to be eaten. [The Kohanim would now no longer have reason to keep impure Terumah in their possession until planting season.]

Measure 14

[According to the Torah, it is forbidden to carry an object for a distance of four cubits in the public domain, on Shabbat.] But what if someone is on the road, and darkness [i.e., Shabbat] overtakes him? What does he do with his wallet?

(1) One permitted solution is to give the wallet to a non-Jew [to carry for him.

(2) There is another permitted solution: That is,] to carry the wallet less than four cubits at a time, always coming to a complete stop before covering four cubits, then starting again.

The Rabbis, however, ruled that one should not make use of the second solution, [lest one inadvertently carry the wallet four cubits, without stopping.]

Measures 15 and 16

One should not search his clothes [for vermin] - or read - by the light of a lamp [on Shabbat], as stated in Mishnah 3.

Measure 17

The Rabbis prohibited the bread, the oil, the wine, and the daughters of the gentiles. Actually, all these prohibitions had but one intent, as it was said: "They prohibited their bread on account of their oil, their oil on account of their wine, their wine on account of their daughters, their daughters on account of "something else," i.e., idolatry.

משניות שבת ★ פרוש ר״ע מברטנורא ★ פרק א

רִאשׁוֹן־לְטוּמְאָה דְּאוֹרַיְיתָא אֵין יְכוֹלִים לְטַמֵּא אָדָם וְכֵלִים, שֶׁאֵין אָדָם וְכֵלִים מְקַבְּלִים טוּמְאָה אֶלָּא מֵאַב־הַטּוּמְאָה, וְלֹא מִמַּשְׁקִין, שֶׁנִּטְמְאוּ בְּשֶׁרֶץ, שֶׁהֵם רִאשׁוֹנִים; וְרַבָּנַן גְּזוּר עֲלַיְיהוּ, שֶׁיְּטַמְּאוּ כֵּלִים — גְּזֵירָה מִשּׁוּם מַשְׁקֶה דְּזָב וְזָבָה, שֶׁהֵן רוּקוֹ וּמֵימֵי־רַגְלָיו, שֶׁהֵן אַב־הַטּוּמְאָה וּמְטַמְּאִין כֵּלִים מִדְּאוֹרַיְיתָא. וְהַגְּזֵירָה הָעֲשִׂירִית, שֶׁיְּהוּ בְּנוֹת כּוּתִים נִדּוֹת מֵעֲרִיסָתָן, כְּלוֹמַר, מִיּוֹם שֶׁנּוֹלְדוּ, שֶׁתִּינוֹקֶת בַּת־יוֹמָא מְטַמְּאָה בְּנִדָּה; וְכוּתִים לֵית לְהוּ מִדְרָשׁ זֶה, וְכִי חָזְיָין, לָא מְפָרְשֵׁי לְהוּ; הִלְכָּךְ גְּזוּר בְּהוּ רַבָּנַן. וְהַגְּזֵירָה הָאַחַת־עֶשְׂרֵה — שֶׁיְּהוּ כָּל הַמִּטַּלְטְלִין מְבִיאִין אֶת הַטּוּמְאָה בְּעָ[ו]בִי הַמַּרְדֵּעַ, וְהוּא מַלְמַד־הַבָּקָר, וְיֵשׁ בְּהֶקֵּיפוֹ טֶפַח, אֲבָל אֵין בְּעָ[ו]בְיוֹ טֶפַח. וְאַף־עַל־פִּי שֶׁמִּן הַתּוֹרָה אֵין אֹהֶל פָּחוֹת מִטֶּפַח, גָּזְרוּ רַבָּנַן עַל כָּל הַמִּטַּלְטְלִין, שֶׁיֵּשׁ בְּהֶקֵּיפָן טֶפַח, שֶׁאִם רֹאשָׁן אֶחָד הֶאֱהִיל עַל הַמֵּת, וְרֹאשָׁן אֶחָד עַל הַכֵּלִים, מְבִיאִין לָהֶן טוּמְאַת־אֹהֶל — גְּזֵירָה אָטוּ מִי שֶׁיֵּשׁ בְּעָ[ו]בְיוֹ טֶפַח, שֶׁמֵּבִיא אֶת הַטּוּמְאָה מִן הַתּוֹרָה. וְהַגְּזֵירָה הַשְׁתֵּים־עֶשְׂרֵה: הַבּוֹצֵר עֲנָבִים, לְדָרְכָן בַּגַּת — הַמַּשְׁקֶה, הַיּוֹצֵא מֵהֶן בִּשְׁעַת בְּצִירָה, מַכְשִׁירָן לְקַבֵּל טוּמְאָה; וְאַף־עַל־פִּי שֶׁהוֹלֵךְ לְאִבּוּד, וְלָא נִיחָא לֵיהּ — גְּזֵירָה, שֶׁמָּא יִבְצוֹר בְּקוּפּוֹת מְזוּפָּפוֹת, דְּאָז נִיחָא לֵיהּ בַּמַּשְׁקֶה, הַיּוֹצֵא מֵהֶן, שֶׁהֲרֵי אֵינוֹ הוֹלֵךְ לְאִבּוּד וּמַכְשִׁיר מִן הַתּוֹרָה. וְהַגְּזֵירָה הַשְּׁלֹשׁ־עֶשְׂרֵה — שֶׁיִּהְיוּ גִּדּוּלֵי תְרוּמָה תְּרוּמָה, וַאֲפִילוּ בְּדָבָר, שֶׁזַּרְעוֹ כָּלֶה, כְּגוֹן תְּבוּאָה וְקִטְנִית — גְּזֵירָה מִשּׁוּם תְּרוּמָה טְמֵאָה בְּיַד כֹּהֵן, שֶׁאֲסוּרָה בַּאֲכִילָה, וּבָא לְזָרְעָהּ; וּגְזוּר, שֶׁתְּהֵא בִּשְׁמָהּ הָרִאשׁוֹן, וַהֲרֵי הִיא תְּרוּמָה טְמֵאָה, דְּחָיְישִׁינַן, דִּלְמָא מַשְׁהֵי לַהּ עַד זְמַן זְרִיעָה וְאָתֵי לְמֵיכְלַהּ בְּטוּמְאָה. וְהַגְּזֵירָה הָאַרְבַּע־עֶשְׂרֵה: מִי שֶׁהֶחְשִׁיךְ לוֹ בַּדֶּרֶךְ נוֹתֵן כִּיסוֹ לְנָכְרִי וְלֹא יְטַלְטְלֶנּוּ פָּחוֹת־פָּחוֹת מֵאַרְבַּע אַמּוֹת. וְהַגְּזֵירָה הַחֲמֵשׁ־עֶשְׂרֵה וְהַשֵּׁשׁ־עֶשְׂרֵה: אֵין פּוֹלִין וְאֵין קוֹרִין לְאוֹר־הַנֵּר, דִּתְנַן בְּמַתְנִיתִין. וְהַגְּזֵירָה הַשְּׁבַע־עֶשְׂרֵה: גָּזְרוּ עַל פִּתָּן שֶׁל עוֹבְדֵי־כוֹכָבִים וְעַל שַׁמְנָן וְעַל יֵינָן וְעַל בְּנוֹתֵיהֶן; וְכוּלְּהוּ גְּזֵירָה חֲדָא הִיא, כִּדְאָמְרִינַן; גָּזְרוּ עַל פִּתָּן מִשּׁוּם שַׁמְנָן, וְעַל שַׁמְנָן — מִשּׁוּם יֵינָן, וְעַל יֵינָן — מִשּׁוּם בְּנוֹתֵיהֶן, וְעַל בְּנוֹתֵיהֶן — מִשּׁוּם דָּבָר אַחֵר, כְּלוֹמַר, מִשּׁוּם עֲבוֹדַת־כּוֹכָבִים. וְהַגְּזֵירָה

Measure 10
A decree concerning the daughters of the Kutim

According to the Halakhah, if a newborn infant girl experiences a bloody discharge from the womb, she has the status of a Niddah and is ritually impure.

The Kutim [descendants of the heathen who settled in Shomron after the destruction of the Northern Kingdom of Israel] disregarded this law. They would not regard a newborn, who experienced such a discharge, as ritually impure. [This created a Halakhic problem: How to distinguish which of their daughters were ritually pure or impure?]

The Rabbis therefore decreed that all of the daughters of the Kutim were to be considered ritually impure, from birth.

Measure 11

A vessel can be rendered ritually impure by a human corpse [not only by direct contact but also] by being together with the corpse under a shared (partial) covering. [What kind of covering?] According to the Torah, it (the covering) must be at least one handbreadth in width.

The Rabbis decreed that even a covering which is one handbreadth in circumference ("like the size of a cattle prod") serves to bring ritual impurity to a vessel, if it (the covering) covers (partially) both corpse and vessel, simultaneously.

Measure 12
A decree concerning liquid that renders foodstuffs fit to receive ritual impurity

[(a) For foodstuffs to be subject to ritual impurity, they must first come into contact with certain liquid; only then are they fit to receive ritual impurity.

(b) According to the Torah, this contact with liquid must be in the interest of the owner of the foodstuffs. Otherwise, the foodstuffs are not rendered fit to receive ritual impurity.]

(c) During the process of vintaging grapes for the wine press, liquid is exuded from the grapes. If the vintaging is done in baskets lined with pitch, the baskets retain the liquid. The owner of the grapes is interested in this liquid, which therefore makes the grapes fit for ritual impurity, according to the Torah.

(d) If special baskets are not used, however, and the exuded liquid goes to waste, the owner of the grapes derives no benefit from such liquid. Therefore, according to the Torah, it does not serve to make the grapes fit to receive ritual impurity.

(e) The Rabbis, however, decreed that the exuded liquid in this case does make the grapes fit to receive ritual impurity, even though the owner derives no benefit from the liquid.

(f) Their decree was a preventative measure, so that people would not mistake the law in the case where the owner does derive benefit from the liquid.

Measure 13
A decree concerning "what grows from Terumah"

[According to the Torah, what grows from Terumah is not Terumah. Therefore, if a Kohen planted ritually impure Terumah (which is forbidden to be eaten), its produce may be eaten.]

The Rabbis, however, were concerned that Kohanim might inadvertently eat impure Terumah, kept in their possession over a long period of time for the planting season. To pre-

רִאשׁוֹן־לְטוּמְאָה דְּאוֹרַיְיתָא אֵין יְכוֹלִים לְטַמֵּא אָדָם וְכֵלִים, שֶׁאֵין אָדָם וְכֵלִים מְקַבְּלִים טוּמְאָה אֶלָּא מֵאַב־הַטּוּמְאָה, וְלֹא מַשְׁקִין, שֶׁנִּטְמְאוּ בְּשֶׁרֶץ, שֶׁהֵם רִאשׁוֹנִים; וְרַבָּנַן גְּזוּר עֲלַיְיהוּ, שֶׁיְּטַמְּאוּ כֵּלִים — גְּזֵירָה מִשּׁוּם מַשְׁקֶה דְּזָב וְזָבָה, שֶׁהֵן רוּקוֹ וּמֵימֵי־רַגְלָיו, שֶׁהֵן אַב־הַטּוּמְאָה וּמְטַמְּאִין כֵּלִים מִדְּאוֹרַיְיתָא. וְהַגְּזֵירָה הָעֲשִׂירִית, שֶׁיִּהוּ בְּנוֹת כּוּתִים נִדּוֹת מֵעֲרִיסָתָן, כְּלוֹמַר, מִיּוֹם שֶׁנּוֹלְדוּ, שֶׁתִּינוֹקֶת בַּת־יוֹמָא מְטַמְּאָה בְּנִדָּה; וְכוּתִים לֵית לְהוּ מִדְרָשׁ זֶה, וְכִי חָזְיָין, לָא מְפָרְשֵׁי לְהוּ; הִלְכָּךְ גְּזוּר בְּהוּ רַבָּנַן. וְהַגְּזֵירָה הָאַחַת־עֶשְׂרֵה — שֶׁיִּהוּ כָּל הַמִּטַּלְטְלִין מְבִיאִין אֶת הַטּוּמְאָה בְּעָ[וֹ]בִי הַמַּרְדֵּעַ, וְהוּא מַלְמַד־הַבָּקָר, וְיֵשׁ בְּהֶקֵּיפוֹ טֶפַח, אֲבָל אֵין בְּעָ[וֹ]בְיוֹ טֶפַח. וְאַף־עַל־פִּי שֶׁמִּן הַתּוֹרָה אֵין אֹהֶל פָּחוֹת מִטֶּפַח, גָּזְרוּ רַבָּנַן עַל כָּל הַמִּטַּלְטְלִין, שֶׁיֵּשׁ בְּהֶקֵּיפָן טֶפַח, שֶׁאִם רֹאשָׁן אֶחָד הֶאֱהִיל עַל הַמֵּת, וְרֹאשָׁן אֶחָד עַל הַכֵּלִים, מְבִיאִין לָהֶן טוּמְאַת־אֹהֶל — גְּזֵירָה אָטוּ מִי שֶׁיֵּשׁ בְּעָ[וֹ]בְיוֹ טֶפַח, שֶׁמֵּבִיא אֶת הַטּוּמְאָה מִן הַתּוֹרָה. וְהַגְּזֵירָה הַשְּׁתֵּים־עֶשְׂרֵה: הַבּוֹצֵר עֲנָבִים, לְדָרְכָן בַּגַּת — הַמַּשְׁקֶה, הַיּוֹצֵא מֵהֶן בִּשְׁעַת בְּצִירָה, מַכְשִׁירָן לְקַבֵּל טוּמְאָה; וְאַף־עַל־פִּי שֶׁהוֹלֵךְ לְאִבּוּד, וְלָא נִיחָא לֵיהּ — גְּזֵירָה, שֶׁמָּא יִבְצוֹר בְּקוּפּוֹת מְזוּפָּפוֹת, דְּאָז נִיחָא לֵיהּ בַּמַּשְׁקֶה, הַיּוֹצֵא מֵהֶן, שֶׁהֲרֵי אֵינוֹ הוֹלֵךְ לְאִבּוּד וּמַכְשִׁיר מִן הַתּוֹרָה. וְהַגְּזֵירָה הַשְּׁלֹשׁ־עֶשְׂרֵה — שֶׁיִּהְיוּ גִּדּוּלֵי תְּרוּמָה תְּרוּמָה, וַאֲפִילוּ בְּדָבָר, שֶׁזַּרְעוֹ כָּלֶה, כְּגוֹן תְּבוּאָה וְקִטְנִית — גְּזֵירָה מִשּׁוּם תְּרוּמָה טְמֵאָה בְּיַד כֹּהֵן, שֶׁאֲסוּרָה בַּאֲכִילָה, וּבָא לְזָרְעָהּ; וּגְזוּר, שֶׁתְּהֵא בִּשְׁמָהּ הָרִאשׁוֹן, וַהֲרֵי הִיא תְּרוּמָה טְמֵאָה, דְּחָיְישִׁינַן, דִּלְמָא מַשְׁהֵי לַהּ עַד זְמַן זְרִיעָה וְאָתֵי לְמֵיכְלַהּ בְּטוּמְאָה. וְהַגְּזֵירָה הָאַרְבַּע־עֶשְׂרֵה: מִי שֶׁהֶחְשִׁיךְ לוֹ בַּדֶּרֶךְ נוֹתֵן כִּיסוֹ לְנָכְרִי וְלֹא יְטַלְטְלֶנּוּ פָּחוֹת־פָּחוֹת מֵאַרְבַּע אַמּוֹת. וְהַגְּזֵירָה הַחֲמֵשׁ־עֶשְׂרֵה וְהַשֵּׁשׁ־עֶשְׂרֵה: אֵין פּוֹלִין וְאֵין קוֹרִין לְאוֹר־הַנֵּר, דִּתְנַן בְּמַתְנִיתִין. וְהַגְּזֵירָה הַשְּׁבַע־עֶשְׂרֵה: גָּזְרוּ עַל פִּתָּן שֶׁל עוֹבְדֵי־כּוֹכָבִים וְעַל שַׁמְנָן וְעַל יֵינָן וְעַל בְּנוֹתֵיהֶן; וְכוּלְּהוּ גְּזֵירָה חֲדָא הִיא, כִּדְאָמְרִינַן; גָּזְרוּ עַל פִּתָּן מִשּׁוּם שַׁמְנָן, וְעַל שַׁמְנָן — מִשּׁוּם יֵינָן, וְעַל יֵינָן — מִשּׁוּם בְּנוֹתֵיהֶן, וְעַל בְּנוֹתֵיהֶן — מִשּׁוּם דָּבָר אַחֵר, כְּלוֹמַר, מִשּׁוּם עֲבוֹדַת־כּוֹכָבִים. וְהַגְּזֵירָה

Measure 7

The Rabbis decreed that one's hands - unless washed and consciously kept from unclean objects - disqualify Terumah, upon contact. Their reason for this decree was that one frequently and unconsciously touches with one's hands unclean objects, including parts of the body.

Hands, then, are assumed to be unclean; unless consciously kept clean, one should not handle Terumah with them. To do so would be dishonorable to [the sanctity of] Terumah, rendering it unappetizing to those who eat it.

Measure 8
A decree on liquids

The Rabbis decreed: Anything, which disqualifies Terumah (such as "hands" - see Measure 7, above), also renders liquid ritually impure to the first degree, upon contact.

Reason for the decree

(This decree was adopted, lest people make a mistake and say: "Just as liquid is not rendered ritually impure by that which disqualifies Terumah, so too is it not rendered ritually impure by contact with a Sheretz [a dead creeping thing, decreed by the Torah to be a prime source of ritual impurity, which renders liquids ritually impure to the first degree, upon contact].)

If those liquids then came into contact with food

Such liquid, rendered impure to the first degree, would, in turn, render food ritually impure, upon contact. That food, it was decreed, would then disqualify Terumah, upon contact.

Difference between liquids and solids

A similar decree was not adopted, however, with regard to food solids. We do not say: "Anything, which disqualifies Terumah, also renders food solids ritually impure to the first degree, upon contact - lest people mistakenly assume that food is not rendered ritually impure by a Sheretz." Why not?

There was a reason why not: The Rabbis were more stringent in the case of liquids than in the case of solids, because liquids are much more susceptible to ritual impurity than are solids. Liquids are subject to ritual impurity without any prior preparation. Solids, on the other hand, must first come into contact with water, in order to be subject to ritual impurity.

Measure 9
A decree concerning liquid, rendered ritually impure by a Sheretz

(a) According to the Torah, man and vessels can be rendered ritually impure only by a primary source of ritual impurity.

(b) Liquid, rendered ritually impure by a Sheretz, is impure to the first degree (but is not a primary source of impurity).

(c) According to the Torah, then, such liquid cannot render man or vessels ritually impure.

(d) The Rabbis, however, did not want people to mistakenly conclude from this that no liquid can render vessels impure. That is not the case! (Liquids emanating from a Zav or Zavah - i.e., saliva, urine, etc. - are a primary source of ritual impurity and do render vessels impure, according to the Torah.) Therefore, they decreed that even liquid rendered impure by a Sheretz can render vessels ritually impure.

הַתְּרוּמָה. הֲרֵי שָׁלֹשׁ. וְטַעְמָא דִּגְזוּר בְּהָנֵי — דִּזְמְנִין, דְּאָכֵיל אוֹכָלִין טְמֵאִים וְשָׁדֵי מַשְׁקִין דִּתְרוּמָה בְּפוּמֵיהּ, בְּעוֹד שֶׁהָאוֹכָלִים טְמֵאִים בְּפִיו, וּפָסֵיל לְהוּ; וְזִמְנִין, דְּשָׁתֵי מַשְׁקִין טְמֵאִים וּבְעוֹדָן בְּפִיו שָׁדֵי אוֹכָלִין דִּתְרוּמָה בְּפִיו וּפָסֵיל לְהוּ. וְגָזְרוּ עַל הַבָּא רֹאשׁוֹ־וְרוּבּוֹ, לְאַחַר שֶׁטָּבַל מִטּוּמְאָתוֹ בּוֹ־בַּיּוֹם, בְּמַיִם שְׁאוּבִין. וְעַל טָהוֹר גָּמוּר, שֶׁנָּפְלוּ עַל רֹאשׁוֹ שְׁלֹשָׁה לוּגִּין מַיִם שְׁאוּבִין. הֲרֵי חָמֵשׁ גְּזֵירוֹת. וְטַעְמָא דִּגְזוּר טוּמְאָה עַל הָנֵי, לְטַמֵּא אָדָם — לְפִי שֶׁהָיוּ טוֹבְלִין בְּמֵי־מְעָרוֹת סְרוּחִין וְהָיוּ נוֹתְנִין עֲלֵיהֶם אַחַר־כָּךְ מַיִם שְׁאוּבִין, לְהַעֲבִיר סִרְחוֹן הַמַּיִם; הִתְחִילוּ וַעֲשָׂאוּם קֶבַע, לוֹמַר: לֹא מֵי־הַמְּעָרוֹת מְטַהֲרִים, אֶלָּא הַמַּיִם שְׁאוּבִין מְטַהֲרִים; עָמְדוּ וְגָזְרוּ עֲלֵיהֶם טוּמְאָה, דִּלְמָא אָתוּ לְבַטּוּלֵי תּוֹרַת מִקְוֶה וְטָבְלֵי בִּשְׁאוּבִים. **וְהַגְּזֵירָה הַשִּׁשִּׁית:** שֶׁיְּהֵא הַסְּפָרִים שֶׁל כִּתְבֵי־הַקֹּדֶשׁ פּוֹסְלִין אֶת הַתְּרוּמָה בְּמַגָּע — שֶׁבַּתְּחִלָּה הָיוּ מַצְנִיעִין אוֹכָלִין דִּתְרוּמָה אֵצֶל סֵפֶר־תּוֹרָה, אָמְרֵי: הַאי קֹדֶשׁ וְהַאי קֹדֶשׁ; כֵּיוָן דַּחֲזוֹ, דְּקָא־אָתוֹ סְפָרִים לִידֵי פְּסֵידָא, שֶׁהָעַכְבָּרִים, הַמְּצוּיִין אֵצֶל הָאוֹכָלִין, הָיוּ מַפְסִידִים אֶת הַסְּפָרִים, גָּזְרוּ, שֶׁיִּהְיוּ הַסְּפָרִים, דְּהַיְינוּ, תּוֹרָה, נְבִיאִים וּכְתוּבִים, בְּמַגָּעָן, פּוֹסְלִין אֶת הַתְּרוּמָה. **וְהַגְּזֵירָה הַשְּׁבִיעִית:** גָּזְרוּ עַל סְתַם־יָדַיִם, שֶׁפּוֹסְלוֹת אֶת הַתְּרוּמָה מִפְּנֵי שֶׁהַיָּדַיִם עַסְקָנִיּוֹת הֵן וְנוֹגְעוֹת בִּבְשָׂרוֹ בִּמְקוֹם הַטִּנּוּפֶת, וּגְנַאי לַתְּרוּמָה, אִם יִגַּע בָּהּ בְּיָדַיִם מְזוֹהָמוֹת, וְהִיא נִמְאֶסֶת עַל אוֹכְלֶיהָ. **וְהַגְּזֵירָה הַשְּׁמִינִית:** הָאוֹכָלִין, שֶׁנִּטְמְאוּ בְּמַשְׁקִין, שֶׁאוֹתָן הַמַּשְׁקִין נִטְמְאוּ מֵחֲמַת יָדַיִם, שֶׁנָּגְעוּ בָּהֶן קוֹדֶם נְטִילָה — גָּזְרוּ עַל הַמַּשְׁקִין, שֶׁיְּטַמְּאוּ אֶת הָאוֹכָלִין: שֶׁכָּל הַדְּבָרִים, הַפּוֹסְלִין אֶת הַתְּרוּמָה, מְטַמְּאִין אֶת הַמַּשְׁקִין, לִהְיוֹת תְּחִלָּה — גְּזֵירָה מִשּׁוּם מַשְׁקִין, הַבָּאִים מֵחֲמַת שֶׁרֶץ, דְּאַשְׁכַּחַן בָּהֶן, שֶׁהֵן רִאשׁוֹנִים מִדְּאוֹרַיְיתָא. וְהַאי דִּגְזוּר בְּכָל טוּמְאַת־מַשְׁקִין, לִהְיוֹת תְּחִלָּה, וְלָא גְּזוּר נָמֵי בָּאוֹכָלִין — גְּזֵירָה מִשּׁוּם (מַשְׁקִין) [אוֹכָלִין] הַבָּאִים מֵחֲמַת שֶׁרֶץ, הַיְינוּ, טַעְמָא דְּאַחְמוּר רַבָּנַן בְּמַשְׁקִים מִשּׁוּם דַּעֲלוּלִים לְקַבֵּל טוּמְאָה, שֶׁאֵינָן צְרִיכִין תִּיקּוּן־הֶכְשֵׁר, לַהֲבִיאָן לִידֵי קַבָּלַת טוּמְאָה, כְּמוֹ הָאוֹכָלִין, שֶׁצְּרִיכִין נְתִינַת מַיִם, לְהַכְשִׁירָן לְקַבֵּל טוּמְאָה. **וְהַגְּזֵירָה הַתְּשִׁיעִית:** כֵּלִים, שֶׁנִּטְמְאוּ בְּמַשְׁקִין, שֶׁנִּטְמְאוּ, הַמַּשְׁקִים, בְּשֶׁרֶץ — אַף־עַל־פִּי שֶׁהֵם

Measure 3

He who drinks liquid, which is ritually impure, becomes ritually impure - to the second degree - himself, such that his body disqualifies Terumah, upon contact.

The reason for measures 1-3

Why did the Rabbis adopt these three measures? [Why did they decree ritual impurity on one who eats or drinks something ritually impure?]

The answer, in three steps:

(a) The Torah cautions us to preserve Terumah in a state of purity: "I have given unto you the keeping of my elevated gifts תְּרוּמֹתָי , (BaMidbar 18:8). Rashi, ad loc.: "This means that you have to keep them in a state of ritual purity."]

(b) At times, [Kohanim], while eating ritually impure food, would take a drink of liquid Terumah; the liquid Terumah would come into contact with the impure food inside the Kohen's mouth, rendering it (the Terumah) unfit. Or at times, [Kohanim], while drinking ritually impure liquids, would begin to eat Terumah; the Terumah would come into contact with the impure liquid inside the Kohen's mouth, rendering it (the Terumah) unfit.

[(c) Therefore, to prevent this, the Rabbis decreed that eating or drinking ritually impure food or drink renders one ritually impure. Thus, a Kohen, while eating or drinking ritually impure food or drink, would be forced to keep his distance from Terumah.]

Measures 4 and 5
Decrees concerning "drawn water"

[In order to become ritually pure, a person who is ritually impure must immerse in a Mikveh (lit., "a gathering [of water]," or ritual bath). The water of a Mikveh may not be "drawn water" (i.e., water artificially accumulated by such means as plumbing). Rather, it must be naturally collected water, such as well or lake or rain- water.]

There was a time when the people used to immerse in cave water that had collected together. Although this water was perfectly valid for ritual purification, it was foul-smelling, and so they used to shower, afterwards, in fresh (but invalid) "drawn water."

When the people began to believe that it was the (invalid) "drawn water" that ritually purified them, and not the cave water, the Rabbis were concerned that [the people] might begin to immerse in "drawn water," instead of in a proper Mikveh. Therefore, they decreed ritual impurity (that disqualifies Terumah) upon anyone who, after properly immersing, then (on that day) enters into - with head and most of body - "drawn water."

Similarly, they decreed ritual impurity (that disqualifies Terumah) on anyone who, while in a state of ritual purity, had three Lugim of "drawn water" poured upon his head.

Measure 6

It used to be that people would store Terumah (food) together with Torah scrolls. They would say: "This is holy, and that is holy." As a result of this practice, however, the scrolls were damaged. Mice, attracted by the food, would damage the scrolls.

In order to correct this situation, the Rabbis decreed that the holy books - Torah, Nevi'im, and Ketuvim - disqualify Terumah, upon contact. People could then no longer store Terumah together with the scrolls, lest it (Terumah) become disqualified.

הַתְּרוּמָה. הֲרֵי שָׁלֹשׁ. וְטַעְמָא דִּגְזוּר בְּהָנֵי — דִּזְמְנִין, דְּאָכֵיל אוֹכָלִין טְמֵאִים וְשָׁדֵי מַשְׁקִין דִּתְרוּמָה בְּפוּמֵיהּ, בְּעוֹד שֶׁהָאוֹכָלִים טְמֵאִים בְּפִיו, וּפָסֵיל לְהוֹ; וְזִמְנִין, דְּשָׁתֵי מַשְׁקִין טְמֵאִים וּבְעוֹדָן בְּפִיו שָׁדֵי אוֹכָלִין דִּתְרוּמָה בְּפִיו וּפָסֵיל לְהוֹ. וְגָזְרוּ עַל הַבָּא רֹאשׁוֹ־וְרוּבּוֹ, לְאַחַר שֶׁטָּבַל מִטּוּמְאָתוֹ בּוֹ־בַּיּוֹם, בְּמַיִם שְׁאוּבִין. וְעַל טָהוֹר גָּמוּר, שֶׁנָּפְלוּ עַל רֹאשׁוֹ שְׁלֹשָׁה לוּגִּין מַיִם שְׁאוּבִין. הֲרֵי חָמֵשׁ גְּזֵירוֹת. וְטַעְמָא דִּגְזוּר טוּמְאָה עַל הָנֵי, לְטַמֵּא אָדָם — לְפִי שֶׁהָיוּ טוֹבְלִין בְּמֵי־מְעָרוֹת סְרוּחִין וְהָיוּ נוֹתְנִין עֲלֵיהֶם אַחַר־כָּךְ מַיִם שְׁאוּבִין, לְהַעֲבִיר סִרְחוֹן הַמַּיִם; הִתְחִילוּ וַעֲשָׂאוּם קֶבַע, לוֹמַר: לֹא מֵי־הַמְּעָרוֹת מְטַהֲרִים, אֶלָּא הַמַּיִם שְׁאוּבִין מְטַהֲרִים; עָמְדוּ וְגָזְרוּ עֲלֵיהֶם טוּמְאָה, דִּלְמָא אָתוֹ לְבַטּוּלֵי תּוֹרַת מִקְוֶה וְטָבְלֵי בִּשְׁאוּבִים. וְהַגְּזֵירָה הַשִּׁשִּׁית: שֶׁיְּהֵא הַסְּפָרִים שֶׁל כִּתְבֵי־הַקֹּדֶשׁ פּוֹסְלִין אֶת הַתְּרוּמָה בְּמַגָּע — שֶׁבַּתְּחִלָּה הָיוּ מַצְנִיעִין אוֹכָלִין דִּתְרוּמָה אֵצֶל סֵפֶר־תּוֹרָה, אָמְרֵי: הַאי קֹדֶשׁ וְהַאי קֹדֶשׁ; כֵּיוָן דַּחֲזוֹ, דְּקָא־אָתוֹ סְפָרִים לִידֵי פְּסֵידָא, שֶׁהָעַכְבָּרִים, הַמְּצוּיִין אֵצֶל הָאוֹכָלִין, הָיוּ מַפְסִידִים אֶת הַסְּפָרִים, גָּזְרוּ, שֶׁיִּהְיוּ הַסְּפָרִים, דְּהַיְינוּ, תּוֹרָה, נְבִיאִים וּכְתוּבִים, בְּמַגָּעָן, פּוֹסְלִין אֶת הַתְּרוּמָה. וְהַגְּזֵירָה הַשְּׁבִיעִית: גָּזְרוּ עַל סְתַם־יָדַיִם, שֶׁפּוֹסְלוֹת אֶת הַתְּרוּמָה מִפְּנֵי שֶׁהַיָּדַיִם עַסְקָנִיּוֹת הֵן וְנוֹגְעוֹת בִּבְשָׂרוֹ בִּמְקוֹם הַטִּנּוֹפֶת, וּגְנַאי לַתְּרוּמָה, אִם יִגַּע בָּהּ בְּיָדַיִם מְזוֹהָמוֹת, וְהִיא נִמְאֶסֶת עַל אוֹכְלֶיהָ. וְהַגְּזֵירָה הַשְּׁמִינִית: הָאוֹכָלִין, שֶׁנִּטְמְאוּ בְּמַשְׁקִין, שֶׁאוֹתָן הַמַּשְׁקִין נִטְמְאוּ מֵחֲמַת יָדַיִם, שֶׁנָּגְעוּ בָּהֶן קוֹדֶם נְטִילָה — גָּזְרוּ עַל הַמַּשְׁקִין, שֶׁיְּטַמְּאוּ אֶת הָאוֹכָלִין: שֶׁכָּל הַדְּבָרִים, הַפּוֹסְלִין אֶת הַתְּרוּמָה, מְטַמְּאִין אֶת הַמַּשְׁקִין, לִהְיוֹת תְּחִלָּה — גְּזֵירָה מִשּׁוּם מַשְׁקִין, הַבָּאִים מֵחֲמַת שֶׁרֶץ, דְּאַשְׁכַּחַן בָּהֶן, שֶׁהֵן רִאשׁוֹנִים מִדְּאוֹרַיְיתָא. וְהַאי דִּגְזוּר בְּכָל טוּמְאַת־מַשְׁקִין, לִהְיוֹת תְּחִלָּה, וְלָא גְּזוּר נָמֵי בְּאוֹכָלִין — גְּזֵירָה מִשּׁוּם (מַשְׁקִין) [אוֹכָלִין] הַבָּאִים מֵחֲמַת שֶׁרֶץ, הַיְינוּ, טַעְמָא דְּאַחְמוּר רַבָּנַן בְּמַשְׁקִים מִשּׁוּם דַּעֲלוּלִים לְקַבֵּל טוּמְאָה, שֶׁאֵינָן צְרִיכִין תִּיקּוּן־הֶכְשֵׁר, לַהֲבִיאָן לִידֵי קַבָּלַת טוּמְאָה, כְּמוֹ הָאוֹכָלִין, שֶׁצְּרִיכִין נְתִינַת מַיִם, לְהַכְשִׁירָן לְקַבֵּל טוּמְאָה. וְהַגְּזֵירָה הַתְּשִׁיעִית: כֵּלִים, שֶׁנִּטְמְאוּ בְּמַשְׁקִין, שֶׁנִּטְמְאוּ, הַמַּשְׁקִים, בְּשֶׁרֶץ — אַף־עַל־פִּי שֶׁהֵם

[The implication from this passage is that] only the Kohanim may not eat, but the rest of Israel may eat. [This appears to contradict Torah law!] Another apparent contradiction is the passage in Yehezkel, "You shall do the same on the seventh day of the month etc.," which speaks of a sacrifice - mentioned nowhere in the Torah!

What did Hananiah b. Hizkiah do? He closeted himself in the upper chamber, where he sat and explained [the difficult passages in] the Book of Yehezkel.

ON THAT DAY THEY DECREED EIGHTEEN PREVENTATIVE MEASURES: The schools of Shammai and Hillel differed, [as to the law]. They took a vote, and, [this time,] the School of Shammai was found to be in the majority. The law was therefore decided, [on this occasion,] in their favor, as it is written: "Decide according to the majority" (Shemot 23:2). All of the eighteen measures are cited in the Gemara (Shabbat 13b-17b); they are as follows:

[Note: For the sake of clarity in translation, the order of R. Ovadiah's words has often been changed, here.]

Measures 1 and 2

Decrees meant to safeguard the ritual purity of Terumah

[According to the Torah, if someone eats food which is ritually impure, his body does not normally become, as a result, ritually impure.]

The Rabbis, however, decreed that, by eating food ritually impure - to the first or second degree - a person's body becomes impure - to the second degree, such that it (the person's body) disqualifies Terumah (the share which is given to the Kohen), upon contact.

Background: A,B,C's of ritual impurity

[What makes something ritually impure, to the first degree? to the second degree?

Food or vessels, rendered ritually impure through contact (or certain other relations) with an אַב הַטֻּמְאָה , (lit., "father," or primary source of ritual impurity), are termed "ritually impure, to the first degree."

That which is rendered ritually impure, by food or vessels which are ritually impure to the first degree, is termed "ritually impure, to the second degree."

What is the difference between (1) the state of "ritual impurity" and (2) the state of "disqualification"? What is the difference between the first and second degrees of ritual impurity? A few of the basic principles follow:

(a) That which is ritually impure - to the first degree - renders other food impure, by contact.

(b) That which is ritually impure - to the second degree - disqualifies Terumah (but does not render it impure), upon contact.

(c) That which is "disqualified" does not disqualify other food, upon contact.]

In Summary

These, then, are the first two - of the eighteen - Rabbinic measures:

(1) He who eats food, ritually impure to the first degree, becomes ritually impure to the second degree himself, such that he disqualifies Terumah, upon contact.

(2) He who eats food, ritually impure to the second degree, becomes ritually impure to the second degree himself, such that he disqualifies Terumah, upon contact.

(המשך) משנה ג

כַּיּוֹצֵא־בּוֹ — לֹא יֹאכַל הַזָּב עִם הַזָּבָה מִפְּנֵי הֶרְגֵּל עֲבֵירָה.

כַּיּוֹצֵא־בּוֹ — לַעֲשׂוֹת הַרְחָקָה מִן הָעֲבֵירָה — אָמְרוּ: לֹא יֹאכַל הַזָּב עִם אִשְׁתּוֹ זָבָה וְאַף־עַל־פִּי שֶׁשְּׁנֵיהֶם טְמֵאִים. **מִפְּנֵי הֶרְגֵּל עֲבֵירָה** — שֶׁמִּתּוֹךְ שֶׁהֵם מִתְיַחֲדִים יָבֹא לִבְעוֹל זָבָה, שֶׁהִיא בְּכָרֵת. וְ"זָב" וְ"זָבָה" לְרְבוּתָא נָקַט, שֶׁהַתַּשְׁמִישׁ קָשֶׁה לָהֶן; וְאִיכָּא לְמֵימַר, דְּוַדַּאי לֹא יָבֹאוּ לִידֵי הֶרְגֵּל עֲבֵירָה — אֲפִילוּ הָכִי לֹא יֹאכְלוּ זֶה עִם זוֹ.

משנה ד

וְאֵלּוּ — מִן הַהֲלָכוֹת, שֶׁאָמְרוּ בַּעֲלִיַּית חֲנַנְיָה בֶּן חִזְקִיָּה בֶּן גּוּרְיוֹן. כְּשֶׁעָלוּ לְבַקְּרוֹ, נִמְנוּ, וְרַבּוּ בֵּית־שַׁמַּאי עַל בֵּית־הִלֵּל; וּשְׁמוֹנָה־עָשָׂר דְּבָרִים גָּזְרוּ בּוֹ־בַּיּוֹם.

אֵלּוּ — מֵהֲלָכוֹת: אֵין פּוֹלִין וְאֵין קוֹרִין לְאוֹר־הַנֵּר, דִּתְנַן בְּמַתְנִיתִין. **בַּעֲלִיַּית חֲנַנְיָה בֶּן חִזְקִיָּה** — שֶׁבִּקְשׁוּ חֲכָמִים לִגְנוֹז סֵפֶר יְחֶזְקֵאל, שֶׁדְּבָרָיו נִרְאִים כְּסוֹתְרִים דִּבְרֵי־תּוֹרָה, כְּגוֹן: "כָּל־נְבֵלָה וּטְרֵפָה מִן־הָעוֹף וּמִן־הַבְּהֵמָה לֹא יֹאכְלוּ הַכֹּהֲנִים" (יחזקאל מד, לא): כֹּהֲנִים הוּא דְּלָא אָכְלֵי — הָא יִשְׂרָאֵל אָכְלֵי?! וּכְגוֹן: "וְכֵן תַּעֲשֶׂה בְּשִׁבְעָה בַּחֹדֶשׁ" (שם מה, כ): הֵיכָן נִרְמָז קָרְבָּן זֶה בַּתּוֹרָה?! וְנִטְמַן חֲנַנְיָה בֶּן חִזְקִיָּה בָּעֲלִיָּה וְיָשַׁב שָׁם וּפֵירֵשׁ סֵפֶר יְחֶזְקֵאל. **וּשְׁמוֹנָה־עָשָׂר דָּבָר גָּזְרוּ בּוֹ־בַּיּוֹם** — שֶׁנֶּחְלְקוּ בֵּית־שַׁמַּאי וּבֵית־הִלֵּל וְעָמְדוּ לְמִנְיָן, וְרַבּוּ בֵּית־שַׁמַּאי וּפָסְקוּ כְּמוֹתָם, כִּדְכְתִיב (שמות כג, ב): "אַחֲרֵי רַבִּים לְהַטֹּת". וְכוּלְּהוּ שְׁמוֹנָה־עָשָׂר דָּבָר מַיְיתֵי לְהוּ בַּגְּמָרָא (שבת יג, ב — יז, ב) — וְאֵלּוּ הֵן: הָאוֹכֵל אוֹכֶל, שֶׁהוּא רִאשׁוֹן־לְטוּמְאָה, אוֹ שֵׁנִי־לְטוּמְאָה — גָּזְרוּ, שֶׁיְּהֵא נַעֲשֶׂה גּוּפוֹ שֵׁנִי־לְטוּמְאָה, וּפוֹסֵל אֶת הַתְּרוּמָה בְּמַגָּעוֹ, שֶׁשֵּׁנִי פּוֹסֵל בַּתְּרוּמָה. הֲרֵי אֵלּוּ שְׁתֵּי גְּזֵירוֹת: אוֹכֵל אוֹכֶל־רִאשׁוֹן, וְאוֹכֶל־שֵׁנִי. וְהַשּׁוֹתֶה מַשְׁקִין טְמֵאִים נַעֲשֶׂה גַּם־כֵּן שֵׁנִי־לְטוּמְאָה וּפוֹסֵל אֶת

mishna 3

Similarly, a Zav [a man who has had an abnormal discharge from his organ] should not eat together with a Zavah [a woman who has had an abnormal discharge from her womb], because it may lead to sin.

SIMILARLY - they have stated a [further] preventative measure: A ZAV SHOULD NOT EAT TOGETHER WITH his wife, who is A ZAVAH.

BECAUSE IT MAY LEAD TO SIN: [Any man - even if he is not a Zav - who joins his wife, who is a Zavah,] for an intimate meal, may, as a result, come to have relations with her, an act which bears a severe penalty ("being cut off"). [That is why the Mishnah teaches that a Zav - or for that matter any man - should not eat together with his wife, who is a Zavah.

If, as we have stated, this prohibition applies to any man (i.e., no man should eat together with his wife, while she is a Zavah),] why did the Mishnah formulate the law in terms of a Zav? The answer is that the Mishnah wanted to teach us something: Even though sexual relations are difficult for Zav and Zavah, and one might think that surely they will not come to sin, nevertheless, they should not eat together.

mishna 4

These are some of the laws, which they adopted in the upper chamber of Hananiah b. Hizkiah b. Gurion, when they went up to visit him. They took a vote, and the School of Shammai outnumbered the School of Hillel. On that day they decreed eighteen preventative measures.

THESE [two laws, in Part 2] of the previous Mishnah, i.e., "One should not (1) search his clothes - or (2) read - by the light of a lamp," ARE SOME OF THE LAWS...

IN THE UPPER CHAMBER OF HANANIAH B. HIZKIAH - There was a time when the Sages wanted to hide away the Book of Yehezkel. Why? Because it contains passages that seem to contradict the Torah. For example, it is written in Yehezkel: "The Kohanim shall not eat anything, whether bird or animal, that died or was torn" (44:31).

(המשך) משנה ג

כַּיּוֹצֵא־בּוֹ — לֹא יֹאכַל הַזָּב עִם הַזָּבָה מִפְּנֵי הֶרְגֵּל עֲבֵירָה.

כַּיּוֹצֵא־בּוֹ — לַעֲשׂוֹת הַרְחָקָה מִן הָעֲבֵירָה — אָמְרוּ: לֹא יֹאכַל הַזָּב עִם אִשְׁתּוֹ זָבָה וְאַף־עַל־פִּי שֶׁשְּׁנֵיהֶם טְמֵאִים. **מִפְּנֵי הֶרְגֵּל עֲבֵירָה** — שֶׁמִּתּוֹךְ שֶׁהֵם מִתְיַחֲדִים יָבֹא לִבְעוֹל זָבָה, שֶׁהִיא בְּכָרֵת. וְ"זָב" וְ"זָבָה" לְרְבוּתָא נְקַט, שֶׁהַתַּשְׁמִישׁ קָשֶׁה לָהֶן; וְאִיכָּא לְמֵימַר, דְּוַדַּאי לֹא יָבֹאוּ לִידֵי הֶרְגֵּל עֲבֵירָה — אֲפִילוּ הָכִי לֹא יֹאכְלוּ זֶה עִם זוֹ.

משנה ד

וְאֵלּוּ — מִן הַהֲלָכוֹת, שֶׁאָמְרוּ בַּעֲלִיַּית חֲנַנְיָה בֶּן חִזְקִיָּה בֶּן גּוּרְיוֹן. כְּשֶׁעָלוּ לְבַקְּרוֹ, נִמְנוּ, וְרַבּוּ בֵּית־שַׁמַּאי עַל בֵּית־הִלֵּל; וּשְׁמוֹנָה־עָשָׂר דְּבָרִים גָּזְרוּ בּוֹ־בַּיּוֹם.

אֵלּוּ — מֵהֲלָכוֹת: אֵין פּוֹלִין וְאֵין קוֹרִין לְאוֹר־הַנֵּר, דִּתְנַן בְּמַתְנִיתִין. **בַּעֲלִיַּית חֲנַנְיָה בֶּן חִזְקִיָּה** — שֶׁבִּקְּשׁוּ חֲכָמִים לִגְנוֹז סֵפֶר יְחֶזְקֵאל, שֶׁדְּבָרָיו נִרְאִים כְּסוֹתְרִים דִּבְרֵי־תּוֹרָה, כְּגוֹן: "כָּל־נְבֵלָה וּטְרֵפָה מִן־הָעוֹף וּמִן־הַבְּהֵמָה לֹא יֹאכְלוּ הַכֹּהֲנִים" (יחזקאל מד, לא): כֹּהֲנִים הוּא דְּלָא אָכְלֵי — הָא יִשְׂרָאֵל אָכְלֵי?! וּכְגוֹן: "וְכֵן תַּעֲשֶׂה בְּשִׁבְעָה בַּחֹדֶשׁ" (שם מה, כ): הֵיכָן נִרְמָז קָרְבָּן זֶה בַּתּוֹרָה?! וְנִטְמַן חֲנַנְיָה בֶּן חִזְקִיָּה בָּעֲלִיָּה וְיָשַׁב שָׁם וּפֵירֵשׁ סֵפֶר יְחֶזְקֵאל. **וּשְׁמוֹנָה־עָשָׂר דָּבָר גָּזְרוּ בּוֹ־בַּיּוֹם** — שֶׁנֶּחְלְקוּ בֵּית־שַׁמַּאי וּבֵית־הִלֵּל וְעָמְדוּ לְמִנְיָן, וְרַבּוּ בֵּית־שַׁמַּאי וּפָסְקוּ כְּמוֹתָם, כִּדְכְתִיב (שמות כג, ב): "אַחֲרֵי רַבִּים לְהַטּוֹת". וְכוּלְּהוּ שְׁמוֹנָה־עָשָׂר דָּבָר מַיְיתֵי לְהוּ בַּגְּמָרָא (שבת יג, ב — יז, ב) — וְאֵלּוּ הֵן: הָאוֹכֵל אוֹכֶל, שֶׁהוּא רִאשׁוֹן־לְטוּמְאָה, אוֹ שֵׁנִי־לְטוּמְאָה — גָּזְרוּ, שֶׁיְּהֵא נַעֲשָׂה גּוּפוֹ שֵׁנִי־לְטוּמְאָה, וּפוֹסֵל אֶת הַתְּרוּמָה בְּמַגָּעוֹ, שֶׁשֵּׁנִי פּוֹסֵל בַּתְּרוּמָה. הֲרֵי אֵלּוּ שְׁתֵּי גְּזֵירוֹת: אוֹכֵל אוֹכֶל־רִאשׁוֹן, וְאוֹכֶל־שֵׁנִי. וְהַשּׁוֹתֶה מַשְׁקִין טְמֵאִים נַעֲשָׂה גַּם־כֵּן שֵׁנִי־לְטוּמְאָה וּפוֹסֵל אֶת

mishna 3

משניות שבת ★ פרוש ר"ע מברטנורא ★ פרק א

ולא יקרא לאור הנר

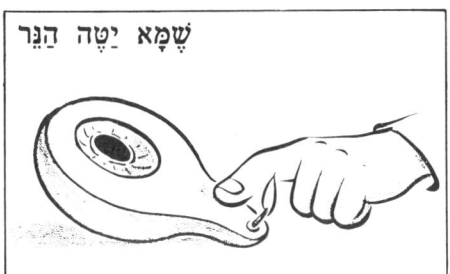

שֶׁמָּא יַטֶּה הַנֵּר

mishna 3

One should not search his clothes [for vermin] - or read - by the light of a lamp [on Shabbat]. They have stated as [established] truth, however, that a teacher may [check to] see - [by lamplight] - where the children are reading. He, himself, may not read, though.

ONE SHOULD NOT SEARCH HIS CLOTHES, ridding יְפַלֶּה , them of vermin. (The Targum of בִּעַרְתִּי , "I have rid," is פַּלֵּיתִי , OR READ a book BY THE LIGHT OF A LAMP - lest he [by force of habit] tilt the lamp, to make the oil flow into the wick and produce a brighter light. This would be a violation of "kindling," one of the categories of work prohibited on Shabbat. Even if an oil lamp was placed out of reach - at two or three times the height of a man - it would still be forbidden to read by its light. One may read by the light of a lamp, only if (1) there is another person present, who will prevent him from tilting the lamp, or (2) he is an important person, who would not normally tend to the lamp himself, not even during the week.

A TEACHER - of young children. WHERE THE CHILDREN ARE READING, i.e., where they should begin to read. There is no concern that a brief glance, such as this, would lead him to tilt the lamp. Young children, in the presence of their teacher, may read by lamplight; since the fear of the teacher is upon them, they will not tilt the lamp. HE, HIMSELF, MAY NOT READ, THOUGH, the entire section; since he does not fear the children, their presence does not inhibit him from tilting the lamp. For the same reason there is an opinion that the presence of the wife does not inhibit the husband from tilting the lamp; he does not fear her. [Therefore, he may not read by lamplight, even if she is present.]

(המשך) משנה ג

וְלֹא יְפַלֶּה אֶת כֵּלָיו וְלֹא יִקְרָא — לְאוֹר־הַנֵּר. בֶּאֱמֶת אָמְרוּ: הַחַזָּן רוֹאֶה הֵיכָן תִּינוֹקוֹת קוֹרְאִים,* אֲבָל הוּא לֹא יִקְרָא.

* נ"א: קוֹרִין

וְלֹא יְפַלֶּה אֶת כֵּלָיו: מְבַעֵר כִּנִּים מִבְּגָדָיו: תַּרְגּוּם "בִּעַרְתִּי הַקֹּדֶשׁ" (דברים כו, יג) — "פַּלֵּיתִי". **וְלֹא יִקְרָא — לְאוֹר־הַנֵּר** — בְּסֵפֶר, שֶׁמָּא יַטֶּה הַנֵּר, לְהָבִיא הַשֶּׁמֶן לְפִי הַפְּתִילָה, כְּדֵי שֶׁיַּדְלִיק יָפֶה, וְנִמְצָא מַבְעִיר בְּשַׁבָּת; וַאֲפִילוּ הָיָה הַנֵּר גָּבוֹהַּ שְׁתַּיִם וְשָׁלֹשׁ קוֹמוֹת — לְעוֹלָם אָסוּר לִקְרוֹת לְאוֹר־הַנֵּר, אֶלָּא־אִם־כֵּן יֵשׁ עִמּוֹ אָדָם אַחֵר לְשָׁמְרוֹ, אוֹ אִם הוּא אָדָם חָשׁוּב, שֶׁאֵינוֹ רָגִיל לְעוֹלָם לְתַקֵּן הַנֵּר. **הַחַזָּן:** מְלַמֵּד־תִּינוֹקוֹת. **מֵהֵיכָן הַתִּינוֹקוֹת קוֹרִין:** מֵהֵיכָן יַתְחִילוּ לִקְרוֹת, דִּבְעִיּוּן מוּעָט כִּי הַאי — לָא גָּזְרִינַן, שֶׁמָּא יַטֶּה. וְהַתִּינוֹקוֹת קוֹרִין לִפְנֵי רַבָּן לְאוֹר־הַנֵּר, שֶׁאֵימַת רַבָּן עֲלֵיהֶם. **אֲבָל הוּא לֹא יִקְרָא** כָּל הַפָּרָשָׁה — מִפְּנֵי שֶׁאֵין אֵימָתָן עָלָיו, וּשְׁמִירָתָן לָא הָוְיָא שְׁמִירָה. וּמֵהַאי טַעְמָא נָמֵי אִיכָּא לְמַאן דְּאָמַר, דְּאִשָּׁה שׁוֹמֶרֶת לְבַעְלָהּ — אֵין שְׁמִירָתָהּ שְׁמִירָה, שֶׁאֵין אֵימָתָהּ עָלָיו.

ולא יפלה את כליו

mishna 3

A tailor should not go out - with his needle - close to nightfall [just before Shabbat], lest he forget and go out [with it on Shabbat itself]; neither should a scribe with his pen.

A TAILOR SHOULD NOT GO OUT - WITH HIS NEEDLE - CLOSE TO NIGHTFALL [JUST BEFORE SHABBAT], even if it is pinned to his garment. The concern is that this may lead him to forget and go out with it on Shabbat itself, [in which case he would be liable for "carrying out" on Shabbat]. **Melacha must be performed in normal fashion.**

[Anyone else, other than a tailor, who goes out on Shabbat with a needle pinned to his garment, would not be liable for "carrying out" on Shabbat. The reason: since this is not the normal way a needle is carried, it is not prohibited. Only Melacha which is performed in normal fashion is prohibited.]

For a tailor, [however,] it is quite normal to walk about the marketplace with a pinned needle on his garment. That is why, if he goes out on Shabbat with a pinned needle, he is liable.

LEST HE FORGET AND GO OUT [WITH IT ON SHABBAT ITSELF], i.e., after nightfall. NEITHER SHOULD A SCRIBE go out [- before Shabbat -] with his pen behind his ear. For a scribe this is normal practice; [therefore, if he did so on Shabbat, he would be liable].

משנה ג

לֹא יֵצֵא הַחַיָּט בְּמַחֲטוֹ סָמוּךְ לַחֲשֵׁכָה, שֶׁמָּא יִשְׁכַּח וְיֵצֵא;
וְלֹא הַלַּבְלָר — בְּקוּלְמוֹסוֹ.

לֹא יֵצֵא הַחַיָּט בְּמַחֲטוֹ, אֲפִילוּ תְּחוּבָה לוֹ בְּבִגְדוֹ, "שֶׁמָּא יִשְׁכַּח וְיֵצֵא"; וְאוּמָּן דֶּרֶךְ אוּמָּנוּתוֹ, חַיָּיב, שֶׁדֶּרֶךְ הָאוּמָּנִין לְתָחֳבָן בְּבִגְדֵיהֶן, כְּשֶׁיּוֹצְאִין לַשּׁוּק. **שֶׁמָּא יִשְׁכַּח וְיֵצֵא** — מִשֶּׁתֶּחְשַׁךְ. **הַלַּבְלָר**: הַסּוֹפֵר. **בְּקוּלְמוֹסוֹ**, הַתָּחוּב אֲחוֹרֵי אָזְנָיו כְּדֶרֶךְ הַסּוֹפְרִים.

לא יצא החייט במחטו

mishna 2

They have to stop [what they were doing] to recite the Shema, but do not have to stop for "the prayer" (i.e. the Shemoneh

THEY HAVE TO STOP [WHAT THEY WERE DOING] TO RECITE THE "SHEMA": This part of the Mishnah refers to a completely different case than those of the previous section. It should be read as follows: Torah scholars, who are engaged in the study of Torah, must interrupt their studies in order to recite the "Shema." This is because there is a set time for its recitation, as it is written: "When you lie down and when you get up."
BUT [Torah scholars] DO NOT HAVE TO STOP [their studies] FOR "THE PRAYER" (I.E., THE SHEMONEH ESREI), which has no set time according to the Torah.

This teaching of the Mishnah only applies to Torah scholars, such as R. Shim'on bar Yochai and the like, who devote themselves exclusively to Torah study. We, however, interrupt our Torah study to engage in our professional and business pursuits; certainly, then, we can interrupt for "the prayer."

ואין מפסיקין
לתפילה

(המשך) משנה ב

מַפְסִיקִין — לִקְרוֹת קְרִיאַת־"שְׁמַע",* וְאֵין מַפְסִיקִין לַתְּפִלָּה.

מַפְסִיקִין — לִקְרִיאַת־"שְׁמַע": מִלְּתָא אַחֲרִיתִי נְקַט, וְהָכִי קָאָמַר: חֲבֵרִים, הָעוֹסְקִים בַּתּוֹרָה, מַפְסִיקִים תּוֹרָתָם לִקְרִיאַת־"שְׁמַע", דִּזְמַנָּהּ קָבוּעַ, דִּכְתִיב (דברים ו, ז): "וּבְשָׁכְבְּךָ וּבְקוּמֶךָ". **וְאֵין מַפְסִיקִין לַתְּפִלָּה,** שֶׁאֵין לָהּ זְמַן קָבוּעַ דְּאוֹרַיְיתָא. וְלֹא שָׁנוּ, אֶלָּא כְּגוֹן רַבִּי שִׁמְעוֹן בַּר־יוֹחַאי וַחֲבֵירָיו, שֶׁתּוֹרָתָן אוּמָּנוּתָן. אֲבָל אָנוּ, הוֹאִיל וְאָנוּ מַפְסִיקִים תּוֹרָתֵנוּ לְאוּמָּנוּתֵנוּ — כָּל־שֶׁכֵּן שֶׁנַּפְסִיק לַתְּפִלָּה.

* נ"א: מַפְסִיקִין — לִקְרִיאַת "שְׁמַע"

מפסיקין — לקרות קריאת שמע

mishna 2

IF THEY HAVE STARTED any of the above mentioned activities, they do not have to stop. Rather, they may finish what they have started, and pray afterwards. This is only on condition, however, that there will be enough time, later, for prayer, before the time of the afternoon prayer passes.
What constitutes "starting"?

[The Mishnah states: "If they have started...they do not have to stop." *What, exactly, constitutes "starting"* in each of the above mentioned cases of the Mishnah? When is one considered to have already "started," such that he need not stop immediately for prayer?]

A haircut is considered to have started, once the barber has spread his sheet on the customers's lap, so that hair will not fall on his clothes.

Bathing at the bathhouse is considered to have started, once the innermost garment has been taken off; another opinion: once the headcovering has been taken off, which is the first step in undressing.

Work at the tannery is considered to have started, once worksleeves have been fastened behind the shoulders, in order to work on the hides.

One who has washed his hands is considered to have started eating.

Judges are considered to have begun to judge a case, once they have wrapped themselves in their prayer shawls (Tallit), in order to sit in judgment in a mood of fear and awe. What if they had already been sitting in judgment, wrapped in their prayer shawls, when a new case came before them, close to the afternoon prayer? In that case, the stating of the claims by the parties would be considered the beginning of judgment.

ולא לאכול

וְאִם הִתְחִילוּ בְּחַד מִכָּל הָנֵי, דְּאָמְרִינַן, אֵין מַפְסִיקִין, אֶלָּא יִגְמוֹר וְאַחַר־כָּךְ יִתְפַּלֵּל, וְהוּא — שֶׁיֵּשׁ שְׁהוּת בַּיּוֹם לִגְמוֹר קוֹדֶם שֶׁיַּעֲבוֹר זְמַן הַתְּפִלָּה. וְהַתְחָלַת הַתִּסְפּוֹרֶת — מִשֶּׁיַּנִּיחַ מַעֲפוֹרֶת־שֶׁל־סַפָּרִים בֵּין בִּרְכָּיו, הוּא הַסּוּדָר, שֶׁנּוֹתֵן הַמִּתְגַּלֵּחַ עַל בִּרְכָּיו, כְּדֵי שֶׁלֹּא יִפּוֹל הַשֵּׂעָר עַל בְּגָדָיו. וְהַתְחָלַת הַמֶּרְחָץ — מִשֶּׁיִּפְשׁוֹט הַבֶּגֶד הַסָּמוּךְ לִבְשָׂרוֹ; וְאִית דִּמְפָרְשִׁי: מִשֶּׁיָּסִיר הַסּוּדָר שֶׁעָלָיו, שֶׁהוּא רִאשׁוֹן לְהַפְשָׁטַת בְּגָדָיו. וְהַתְחָלַת הַבּוּרְסְקִי — מִשֶּׁיַּחְגּוֹר בֵּין כְּתֵפָיו אֶת בָּתֵּי־זְרוֹעוֹתָיו, כְּדֵי לְהִתְעַסֵּק בָּעוֹרוֹת. וְהַתְחָלַת אֲכִילָה — מִשֶּׁיִּטּוֹל יָדָיו. וְהַתְחָלַת הַדִּין — מִשֶּׁיִּתְעַטְּפוּ הַדַּיָּנִין בְּטַלִּיתָן, לָשֶׁבֶת לַדִּין בְּאֵימָה וּבְיִרְאָה; וְאִם הָיוּ מְעוּטָּפִים וְיוֹשְׁבִים בַּדִּין, וּבָא לִפְנֵיהֶם דִּין אַחֵר סָמוּךְ לַמִּנְחָה, הָוְיָא הַתְחָלַת אוֹתוֹ הַדִּין — מִשֶּׁפָּתְחוּ בַּעֲלֵי־הַדִּין בְּטַעֲנוֹתָם.

mishna 2

A man should not enter a bathhouse or a tannery, [start] to eat or begin [to judge] a case. If they have started, however, they do not have to stop.

HE SHOULD NOT ENTER A BATHHOUSE, close to the afternoon prayer, lest he begin to feel faint [and miss the prayer]. OR A TANNERY - where hides are tanned. He might see hides being ruined, and - to avoid financial loss - begin to move them and treat them; he may become so involved in his work that the time for the afternoon prayer might pass.

HE SHOULD NOT...START TO EAT, close to the afternoon prayer, not even a small meal, lest he linger and prolong the meal. OR BEGIN [TO JUDGE] A CASE, [close to the afternoon prayer,] not even to issue a verdict. Even if the judges have already heard the pleas of all the parties, and all that remains for them to do is to issue the final verdict, [nevertheless, if they have not yet prayed, they should not issue the verdict]. The concern is that a new legal argument might occur to them; this might overturn their original decision and force them to begin again. [They might, then, become delayed and miss the afternoon prayer.]

משניות שבת ★ פירוש ר״ע מברטנורא ★ פרק א

(המשך) משנה ב

לֹא יִכָּנֵס אָדָם לַמֶּרְחָץ וְלֹא לַבּוּרְסְקִי וְלֹא לֶאֱכוֹל וְלֹא לָדִין; וְאִם הִתְחִילוּ, אֵין מַפְסִיקִין.

וְלֹא יִכָּנֵס לַמֶּרְחָץ סָמוּךְ לַמִּנְחָה — שֶׁמָּא יִתְעַלֵּף. וְלֹא לַבּוּרְסְקִי — מְקוֹם עִבּוּד הָעוֹרוֹת — דִּלְמָא חָזֵי פְּסֵידָא וְקִלְקוּל בָּעוֹרוֹת, אִם לֹא יְנִיעֵם מִמְּקוֹמָם, וִיתַקְּנֵם וְיִמְשֹׁךְ בִּמְלַאכְתּוֹ עַד שֶׁתַּעֲבוֹר עוֹנַת הַתְּפִלָּה.

לא יכנס אדם למרחץ

ולא לבורסקי

וְלֹא לֶאֱכוֹל, אֲפִילוּ בִּסְעוּדָה קְטַנָּה, שֶׁמָּא יִמְשֹׁךְ בִּסְעוּדָה. וְלֹא לָדִין, אֲפִילוּ בִּגְמַר דִּין, שֶׁכְּבָר שָׁמְעוּ טַעֲנוֹת בַּעֲלֵי־דִינִין, וְלֹא נִשְׁאַר עֲלֵיהֶן אֶלָּא לִפְסוֹק הַדִּין בִּלְבַד — דִּלְמָא חָזוּ טַעְמָא וְיִסְתְּרוּ מַה שֶּׁהָיוּ רוֹצִים לִפְסוֹק, וְחוֹזֵר לִהְיוֹת תְּחִלַּת הַדִּין.

mishna 2

A man should not sit down before a barber, close to [the time of] Minhah, until he has prayed.

A MAN SHOULD NOT SIT DOWN BEFORE A BARBER, ETC., not even on a work day. There is a question which we must immediately ask: Since this law applies all week long, why then does the Mishnah teach it here? After all, the subject which the chapter has opened with is the prohibition of "carrying out" on Shabbat.

The answer is that this ruling ("A man should not sit down before a barber, etc.") is strikingly similar to the ruling in the very next Mishnah (1:3):

This ruling	Next Mishnah (Mishnah 3)
A man should not sit down...	A tailor should not go out...
close to [the time of] Minhah	close to nightfall
[lest he forget to pray]	lest he forget and go out

That is why this ruling — and all the other rulings of Mishnah 2, which also apply all week long — were taught at this point, right next to Mishnah 3.

[Why, though, you may ask, were these rulings taught before, and not after, Mishnah 3? The answer is that,] since they are few in number, they were disposed of first; the Mishnah was then free to proceed and treat the subject of Shabbat at great length.

CLOSE TO [THE TIME OF] MINHAH, i.e., the early Minhah, which is as of six and a half hours into daylight. "Close to [the time of] Minhah" would then be about a half hour earlier, as of [midday,] the beginning of the seventh hour of daylight. Even though this leaves a lot of time [for the afternoon prayer], nevertheless, [the Mishnah's ruling] is a precautionary measure: The scissors might break in the middle of the haircut; by the time they are fixed and the haircut completed, the time for the afternoon prayer might pass.

Mishnaic hours are different,

[Note: The "hours" mentioned here, in regard to the afternoon prayer, are not the same as the standard hours of sixty minutes that we are used to. Rather, they are calculated by dividing the day's span of daylight into twelve equal parts. Each part constitutes a Mishnaic hour. These hours are proportional to the length of daylight. That is why they are longer — than the standard hour of sixty minutes — in the summer, and shorter in the winter.]

פְּנֵי שַׁבָּת

משנה ב

לֹא יֵשֵׁב אָדָם לִפְנֵי הַסַּפָּר סָמוּךְ לַמִּנְחָה עַד שֶׁיִּתְפַּלֵּל.

לֹא יֵשֵׁב אָדָם לִפְנֵי הַסַּפָּר, וַאֲפִילוּ בְּחוֹל; וּמִשּׁוּם דִּבְעֵי לְמִתְנֵי: "לֹא יֵצֵא הַחַיָּיט בְּמַחֲטוֹ", וְכוּ', "שֶׁמָּא יִשְׁכַּח וְיֵצֵא", דְּדָמֵי לַגְּזֵרָה דְ"לֹא יֵשֵׁב אָדָם לִפְנֵי הַסַּפָּר סָמוּךְ לַמִּנְחָה", שֶׁמָּא יִשְׁכַּח וְלֹא יִתְפַּלֵּל — מִשּׁוּם הָכִי תְּנָא לְהוּ הָכָא. וְאַיְּידֵי דְּזוּטְרָן מִילַּיְיהוּ פָּסֵיק וְתָנֵי לְהוּ בְּרֵישָׁא, וְהָדַר־מְפָרֵשׁ מִילֵּי דְשַׁבָּת וּמַאֲרִיךְ בָּהֶן. **סָמוּךְ לַמִּנְחָה:** מִנְחָה גְּדוֹלָה מִשֵּׁשׁ שָׁעוֹת וָמֶחֱצָה וּלְמַעְלָה. וְ"סָמוּךְ לַמִּנְחָה" — הַיְינוּ, מִתְּחִלַּת שָׁעָה שְׁבִיעִית; וְאַף־עַל־פִּי שֶׁעוֹנָתָהּ מְרוּבָּה — גְּזֵרָה, שֶׁמָּא יִשָּׁבֵר הַזּוּג שֶׁל סַפָּרִים אַחַר שֶׁהִתְחִיל לְהִסְתַּפֵּר, וְתַעֲבוֹר עוֹנַת הַתְּפִלָּה קוֹדֶם שֶׁיְּתַקְּנֶנּוּ וְיַשְׁלִים הַתִּסְפּוֹרֶת.

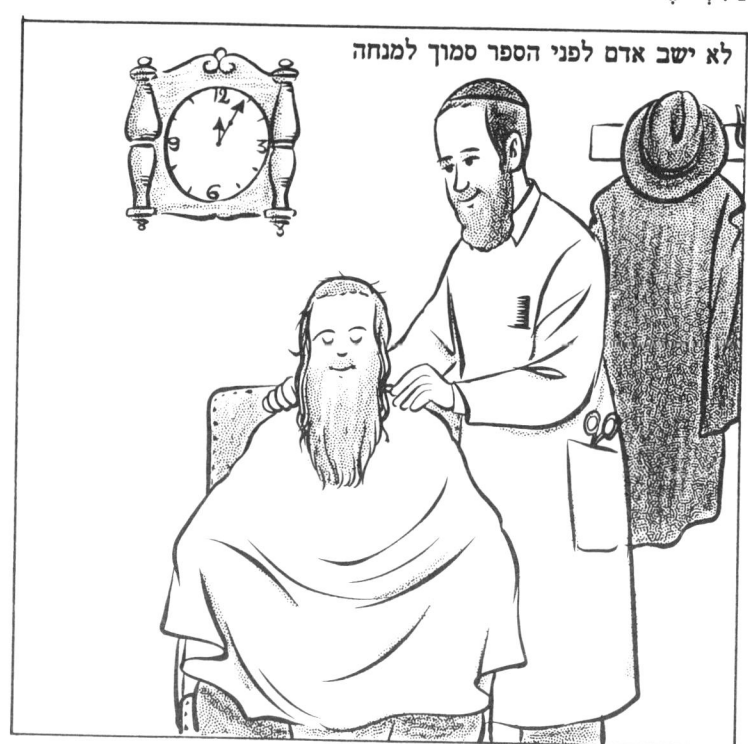

לא ישב אדם לפני הספר סמוך למנחה

mishna 1

(Case 4)

If the householder reaches outside with his hand, and the beggar [either] (1) removes from it [an object], or (2) places into it an object which [the householder] then brings in, [in these two instances] both of them are exempt.

או שנתן (העני) לתוכה והכניס (בעה"ב)

(המשך) משנה א

פָּשַׁט בַּעַל־הַבַּיִת אֶת יָדוֹ לַחוּץ, וְנָטַל הֶעָנִי מִתּוֹכָהּ, אוֹ שֶׁנָּתַן לְתוֹכָהּ, וְהִכְנִיס – שְׁנֵיהֶם פְּטוּרִין.

פשט בעל הבית את ידו לחוץ, ונטל העני מתוכה

mishna 1

AND THE HOUSEHOLDER [EITHER] (1) REMOVES FROM IT [- THE BEGGAR'S HAND - AN OBJECT] and sets it down, inside. Thus, it is the householder who sets it down in the private domain.

OR (2) PLACES INTO IT [- THE BEGGAR'S HAND - AN OBJECT] - [By doing so] it is the householder who removes the object from the private domain.

WHICH [THE BEGGAR] THEN BRINGS OUT and sets down in the public domain.

Exempt - but prohibited

[IN THESE TWO INSTANCES] BOTH OF THEM ARE EXEMPT [according to the Torah], since neither one of them performed, on his own, the Melacha in its entirety [i.e., removed an object from one domain and set it down into another domain]. Nevertheless, the Rabbis prohibited this. Why? They were concerned that such activity might lead one of them [beggar or householder] to perform the entire Melacha on his own.

These are two ways of "carrying out" that were prohibited by the Rabbis: one for the beggar (outside) and one for the householder (inside).

Understanding the Mishnah's count,

[Let us, now, take a closer look at the Mishnah. The Mishnah opens by stating that there are "two ways - which are four," both inside and outside. As we have seen, this means that the Rabbis added on two prohibitions of "carrying out," for both the householder (inside) and the beggar (outside).]

The problem is that, actually, there are - not two, but - four such prohibitions each, for both householder and beggar. [Let's count them: Case 3 - (a) The beggar may not reach inside with an object; (b) the householder may not, then, take that object from him and set it down. (c) The householder may not place an object into the beggar's outstretched hand; (d) the beggar may not, then, bring out that object and set it down. Case 4 - (e) The householder may not reach outside with an object; (f) the beggar may not, then, take that object from him and set it down. (g) The beggar may not place an object into the householder's outstretched hand; (h) the householder may not, then, bring in that object and set it down.]

Apparently, the Mishnah only included in its count the [rabbinic prohibitions relating to the] initial removal of the object [a,c,e, and g, above]. Only then is there the chance that [the violation of rabbinic law may develop into a full-blown violation of Biblical law:] A person who removes an object, initially, [from one domain,] may go on to complete the act, himself, [by setting down the object in another domain. Rabbinic prohibitions at the tail end of the Melacha, however - the setting down of the object by the second party (b,d,f, and h, above) - were not counted.

משניות שבת ★ פרוש ר"ע מברטנורא ★ פרק א

וְנָטַל בַּעַל־הַבַּיִת מִתּוֹכָהּ וְהִנִּיחַ בִּפְנִים וַעֲבֵיד לֵיהּ בַּעַל־הַבַּיִת הֲנָחָה בִּרְשׁוּת־הַיָּחִיד. **אוֹ שֶׁנָּתַן לְתוֹכָהּ** דַּעֲבֵיד לֵיהּ בַּעַל־הַבַּיִת עֲקִירָה בִּרְשׁוּת־הַיָּחִיד. **וְהוֹצִיא** הֶעָנִי וְהִנִּיחַ בִּרְשׁוּת־הָרַבִּים.

שְׁנֵיהֶם פְּטוּרִים — שֶׁלֹּא עָשָׂה שׁוּם אֶחָד מֵהֶם מְלָאכָה שְׁלֵימָה. אֲבָל אֲסוּרִים לַעֲשׂוֹת כֵּן, שֶׁמָּא יָבוֹאוּ, כָּל אֶחָד בִּפְנֵי־עַצְמוֹ, לַעֲשׂוֹת מְלָאכָה שְׁלֵימָה בְּשַׁבָּת. הֲרֵי שְׁתַּיִם מִדִּבְרֵיהֶם — אַחַת לֶעָנִי בַּחוּץ וְאַחַת לְבַעַל־הַבַּיִת בִּפְנִים. וְהָא דְּלָא חָשֵׁיב שְׁתַּיִם לְכָל אֶחָד, עֲקִירָה לֶעָנִי וַעֲקִירָה לְבַעַל־הַבַּיִת, הֲנָחָה לֶעָנִי וַהֲנָחָה לְבַעַל־הַבַּיִת — מִשּׁוּם דְּלָא חָשֵׁיב אֶלָּא עֲקִירוֹת, שֶׁהֵן תְּחִלַּת הַמְּלָאכָה, וְאִיכָּא לְמֵיחַשׁ, שֶׁמָּא יִגְמְרֶנָּה; אֲבָל הֲנָחוֹת, שֶׁהֵן סוֹף הַמְּלָאכָה, לָא קָחָשֵׁיב.

או שנתן (בעה"ב) לתוכה והוציא (העני)

mishna 1

(Case 3)

If the beggar reaches inside with his hand, and the householder [either] (1) removes from it [an object], or (2) places into it [an object] which [the beggar] then brings out, [in these two instances] both of them are exempt.

Two ways prohibited by the Rabbis

IF THE BEGGAR REACHES... - [By doing so, the beggar] removes the object from the public domain.

פשט העני את ידו לפנים ונטל בעל הבית מתוכה

או שנטל (בעה"ב) מתוכה והכניס

(המשך) משנה א

פָּשַׁט הֶעָנִי אֶת יָדוֹ לִפְנִים, וְנָטַל בַּעַל־הַבַּיִת מִתּוֹכָהּ, אוֹ שֶׁנָּתַן לְתוֹכָהּ, וְהוֹצִיא — שְׁנֵיהֶן פְּטוּרִין.

פָּשַׁט הֶעָנִי, וְכוּ׳ — דַּעֲבֵיד הֶעָנִי עֲקִירָה מֵרְשׁוּת־הָרַבִּים.

mishna 1

(cont. from previous page)

because there is nothing more natural than for objects, even very large ones, to be placed into - and taken from - the hand.

Exempt - and permissible
AND THE HOUSEHOLDER, EXEMPT: Not only is he exempt - it is permissible, since he really did not do anything.

(Case 2)
If the householder reaches outside with his hand and [either] (1) places [an object] into the hand of the beggar, or (2) removes [an object] from the beggar's hand and brings it in, [in these two instances] the householder is liable and the beggar, exempt.

Case 2
Two ways prohibited by the Torah, for one who stands inside
IF THE HOUSEHOLDER REACHES...THE HOUSEHOLDER IS LIABLE: These are the two ways of "carrying out," that are prohibited by the Torah, for one who stands inside.

עֲשׂוּיָה לְהַנִּיחַ בָּהּ וְלִיטוֹל מִמֶּנָּה חֲפָצִים, וַאֲפִילוּ גְּדוֹלִים הַרְבֵּה.
וּבַעַל-הַבַּיִת פָּטוּר: פָּטוּר וּמוּתָּר גָּמוּר, דְּהָא לָאו מִידֵי עֲבַד.

או שנטל (העני) מתוכה והוציא

(המשך) משנה א

פָּשַׁט בַּעַל-הַבַּיִת אֶת יָדוֹ לַחוּץ וְנָתַן לְתוֹךְ יָדוֹ שֶׁל עָנִי, אוֹ שֶׁנָּטַל מִתּוֹכָהּ וְהִכְנִיס – בַּעַל-הַבַּיִת חַיָּב, וְהֶעָנִי פָּטוּר.

פָּשַׁט בַּעַל-הַבַּיִת... – בַּעַל הַבַּיִת חַיָּב: הֲרֵי "שְׁתַּיִם" מִן הַתּוֹרָה לָעוֹמֵד-בִּפְנִים.

פשט בעל הבית את ידו לחוץ ונתן לתוך ידו של עני

mishna 1

How so?

(Case 1)

[Let us say that] a beggar stands outside, and a householder, inside. If the beggar reaches inside with his hand and [either] (1) places [an object] into the hand of the householder, or (2) removes [an object] from the householder's hand and brings it out, [in these two instances] the beggar is liable and the householder, exempt.

IF THE BEGGAR REACHES INSIDE WITH HIS HAND, carrying a Tzedakah box or a basket to receive loaves of bread from the householder. The Mishnah intentionally chose the case of the poor beggar and the wealthy householder in order to teach us that [even] a Mitzvah [giving Tzedakah], if performed in forbidden fashion, is prohibited, and that one is liable for such an action.

Two ways prohibited by the Torah, for one who stands outside,

AND [EITHER] (1) PLACES [AN OBJECT] INTO THE HAND OF THE HOUSEHOLDER - [By doing so, the beggar] has both removed the object from the public domain and has set it down in the private domain. OR (2) REMOVES [AN OBJECT] FROM THE HOUSEHOLDER'S HAND AND BRINGS IT OUT, setting it down in the public domain. Here, too, the beggar has both removed the object [from one domain] and set it down [in another domain]. [IN THESE TWO INSTANCES] THE BEGGAR IS LIABLE, since he performs a prohibited act in its entirety. These are the two ways of "carrying out," that are prohibited by the Torah, for one who stands outside.

A hand is considered to be four by four,

It should be noted that, ordinarily, only on condition that an object is removed from an area, four by four handbreadths [square], and only if it is set down in an area, four by four handbreadths [square], is it considered an action prohibited by the Torah. In the case of the Mishnah, however, where the object is transferred from hand to hand, this condition would seem to be lacking. After all, neither the beggar's hand nor the householder's hand is of that size. [How, then, can the Mishnah state that this case (hand of beggar to hand of householder, or vice versa) is prohibited by the Torah?]

The Gemara explains that a person's hand is considered as if it were four by four. This is   (cont. next page)

(המשך) משנה א

כֵּיצַד? הֶעָנִי עוֹמֵד בַּחוּץ, וּבַעַל-הַבַּיִת בִּפְנִים. פָּשַׁט הֶעָנִי אֶת יָדוֹ לִפְנִים וְנָתַן לְתוֹךְ יָדוֹ שֶׁל בַּעַל-הַבַּיִת, אוֹ שֶׁנָּטַל מִתּוֹכָהּ וְהוֹצִיא — הֶעָנִי חַיָּב, וּבַעַל-הַבַּיִת פָּטוּר.

פָּשַׁט הֶעָנִי אֶת יָדוֹ, וּבְתוֹכָהּ קוּפָּה, אוֹ הַסַּל, שֶׁמְּקַבֵּל בּוֹ כִּכָּרוֹת מִבַּעַל-הַבַּיִת. וּלְהָכִי נָקַט הוֹצָאָה בִּלְשׁוֹן "עָנִי" וְעָשִׁיר, דְּאַגַּב אוֹרְחֵיהּ קָא-מַשְׁמַע לַן, דְּמִצְוָה, הַבָּאָה בַּעֲבֵירָה, אֲסוּרָה, וְחַיָּבִין עָלֶיהָ. **וְנָתַן לְתוֹךְ יָדוֹ שֶׁל בַּעַל-הַבַּיִת**, — דַּעֲבֵיד לֵיהּ עֲקִירָה מֵרְשׁוּת-הָרַבִּים וְהַנָּחָה בִּרְשׁוּת-הַיָּחִיד.

פשט העני את ידו לפנים ונתן לתוך ידו של בעל הבית

אוֹ שֶׁנָּטַל מִתּוֹכָהּ וְהוֹצִיא הַחֵפֶץ וְהִנִּיחַ בִּרְשׁוּת-הָרַבִּים, — דַּעֲבֵיד עֲקִירָה וְהַנָּחָה. **הֶעָנִי חַיָּב**, שֶׁעָשָׂה מְלָאכָה שְׁלֵימָה. וַהֲרֵי "שְׁתַּיִם" מִן הַתּוֹרָה לָעוֹמֵד-בַּחוּץ. וְאַף-עַל-גַּב דְּבָעֵינַן עֲקִירָה מִמָּקוֹם, שֶׁיִּהְיֶה בּוֹ אַרְבָּעָה טְפָחִים עַל אַרְבָּעָה טְפָחִים, וְהַנָּחָה בְּמָקוֹם, שֶׁיִּהְיֶה בּוֹ אַרְבָּעָה-עַל-אַרְבָּעָה — וְלֵיכָּא, דְּיַד הֶעָנִי וּבַעַל-הַבַּיִת אֵין בָּהּ מָקוֹם, שֶׁיִּהְיֶה אַרְבָּעָה-עַל-אַרְבָּעָה — אָמְרִינַן בַּגְּמָרָא, דְּיָדוֹ שֶׁל אָדָם חֲשׁוּבָה כְּאַרְבָּעָה-עַל-אַרְבָּעָה כֵּיוָן שֶׁהִיא

Mishnayot Shabbat * Commentary of Rabbi Ovadia M'Bartenura * Chapter **1**

mishna 1 The [forbidden] ways of carrying out [objects] on Shabbat are two - which are four - [for one who is] inside; and two - which are four - [for one who is] outside.

"Carrying out" on Shabbat: background

THE [FORBIDDEN] WAYS OF CARRYING OUT [OBJECTS] ON SHABBAT: i.e., carrying out from one domain to another. These also include "carrying in" - from the public domain to the private domain - since there, too, he removes an object from one domain to another. As in the language of the Mishnah, יְצִיאוֹת, literally: "outgoings" instead of the more common, הוֹצָאוֹת, i.e., "carryings out"), follows the language of the verse: "Let no man go out יֵצֵא, from his place on the seventh day" (Shemot 16:29). The verse is expounded to be referring to the prohibition of carrying out: "Let no man go out (carrying a vessel in his hands) to collect the manna."

Two ways prohibited by the Torah

TWO - WHICH ARE FOUR: "Two" [ways of "carrying out"] are prohibited by the Torah. The householder, who stands inside the private domain, may not (1) carry out or (2) carry in. [If he does "carry out" in [either of] these two ways, he is liable [as follows]: If he sins unwittingly, he must bring a sin-offering; if he sins intentionally, he is subject to premature death (literally: being "cut off"); if he sins despite warning, he is subject to death by stoning. This is the case with all other Melachot (prohibited categories of work), as well.

Two ways prohibited by the Rabbis

WHICH ARE FOUR: In addition to the two ways [of "carrying out"] prohibited by the Torah, two more ways were prohibited by the Rabbis. [Together, they total four; this is the meaning of the Mishnah's phrase, "two - which are four].

According to the Torah, the rule is that two people, who join together to perform one prohibited act, are exempt. This is learned from a verse in VaYikra: "...In doing any one of the things prohibited by Divine command" (4:27) - he who does the entirety of an action [is liable], not he who does only part of it. This is true of all the Melachot of Shabbat. A single individual who performs a forbidden act is liable; two people who, together, perform a prohibited act, are exempt.

What about the case of our Mishnah? What if two people got together and, between them, split up the act of "carrying out" an object? For instance, one person removes [an object from its place], but a different person sets it down [in a different domain. According to the Torah, they are exempt; the Rabbis, however, prohibited this.]

AND TWO - WHICH ARE FOUR - [FOR ONE WHO IS] OUTSIDE: "Two" [ways] are prohibited by the Torah: The beggar, who stands outside, may not (1) carry out or (2) carry in. WHICH ARE FOUR: Two more [ways of "carrying out"] were prohibited by the Rabbis. This is when one party removes [an object from its place], but a different party sets it down [in a different domain].

משנה א

יְצִיאוֹת־הַשַּׁבָּת — שְׁתַּיִם, שֶׁהֵן אַרְבַּע, בִּפְנִים, וּשְׁתַּיִם, שֶׁהֵן אַרְבַּע, בַּחוּץ.

יְצִיאוֹת־הַשַּׁבָּת: הוֹצָאוֹת שֶׁמֵּרְשׁוּת לִרְשׁוּת, הָאֲמוּרוֹת אֵצֶל שַׁבָּת; וְהַכְנָסוֹת נָמֵי קָא־קָרֵי "יְצִיאוֹת" הוֹאִיל וּמוֹצִיא מֵרְשׁוּת לִרְשׁוּת. וְהַאי דְּתָנֵי "יְצִיאוֹת" וְלָא תָּנֵי "הוֹצָאוֹת" — לִישָּׁנָא דִּקְרָא נָקַט, דִּכְתִיב (שמות טז, כט): "אַל־יֵצֵא אִישׁ מִמְּקֹמוֹ", וּמִינֵּיהּ דָּרְשִׁינַן הוֹצָאָה: אַל יֵצֵא אִישׁ עִם הַכְּלִי שֶׁבְּיָדוֹ לִלְקוֹט הַמָּן.

שְׁתַּיִם, שֶׁהֵן אַרְבַּע: "שְׁתַּיִם" מִן הַתּוֹרָה, הוֹצָאָה וְהַכְנָסָה, לְבַעַל־הַבַּיִת, הָעוֹמֵד בִּפְנִים, בִּרְשׁוּת־הַיָּחִיד. וְעַל שְׁתַּיִם אֵלּוּ חַיָּיב: עַל שִׁגְגָתוֹ — חַטָּאת, וְעַל זְדוֹנוֹ — כָּרֵת, וְעַל הַתְרָאָתוֹ — סְקִילָה, כְּמוֹ בְּכָל שְׁאָר מְלָאכוֹת שֶׁל שַׁבָּת.

שֶׁהֵן אַרְבַּע: מִדִּבְרֵיהֶם הוֹסִיפוּ שְׁתַּיִם, לֶאֱסוֹר לְכַתְחִלָּה הֵיכָא שֶׁהַמְּלָאכָה נַעֲשֵׂית עַל־יְדֵי שְׁנַיִם — זֶה עוֹקֵר וְזֶה מַנִּיחַ, דִּשְׁנַיִם, שֶׁעֲשָׂאוּהָ, פְּטוּרִים, שֶׁנֶּאֱמַר (ויקרא ד, כז): "בַּעֲשֹׂתָהּ אַחַת מִמִּצְוֹת ה'": הָעוֹשֶׂה אֶת כּוּלָּהּ, וְלֹא הָעוֹשֶׂה מִקְצָתָהּ. וְכֵן בְּכָל מְלָאכוֹת שֶׁל שַׁבָּת אָמְרִינַן: יָחִיד, שֶׁעֲשָׂאָהּ, חַיָּיב; שְׁנַיִם, שֶׁעֲשָׂאוּהָ, פְּטוּרִים.

וּשְׁתַּיִם, שֶׁהֵן אַרְבַּע, בַּחוּץ: "שְׁתַּיִם" מִן הַתּוֹרָה, הוֹצָאָה וְהַכְנָסָה, לֶעָנִי, הָעוֹמֵד בַּחוּץ, בִּרְשׁוּת־הָרַבִּים. **שֶׁהֵן אַרְבַּע:** מִדִּבְרֵיהֶם הוֹסִיפוּ שְׁתַּיִם, לֶאֱסוֹר לְכַתְחִלָּה, כְּשֶׁזֶּה עוֹקֵר וְזֶה מַנִּיחַ.

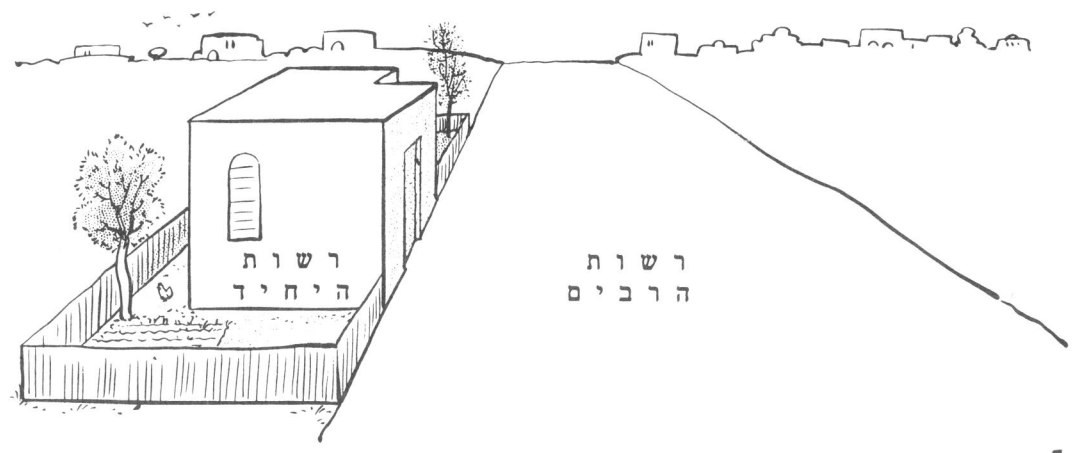

The Illustrated

MISHNAYOTH SHABBATH

פְּנֵי שַׁבָּת

CONTENTS

Chapter 1	7	פרק א	יְצִיאוֹת הַשַּׁבָּת
Chapter 2	35	פרק ב	בַּמֶּה מַדְלִיקִין
Chapter 3	50	פרק ג	כִּירָה
Chapter 4	61	פרק ד	בַּמֶּה טוֹמְנִין
Chapter 5	67	פרק ה	בַּמֶּה בְּהֵמָה
Chapter 6	76	פרק ו	בַּמָּה אִשָּׁה
Chapter 7	95	פרק ז	כְּלָל גָּדוֹל
Chapter 8	114	פרק ח	הַמּוֹצִיא יַיִן
Chapter 9	127	פרק ט	אָמַר רַבִּי עֲקִיבָא
Chapter 10	138	פרק י	הַמַּצְנִיעַ

Due to technical reasons illustrations may appear on pages following text.

דְּבַר הַנַּקְדָן

הַסֵּפֶר הַקָּדוֹשׁ שֶׁלְּפָנֵינוּ, "פְּנֵי שַׁבָּת", הֲרֵיהוּ מְנֻקָּד שֶׁלֹּא בַּדֶּרֶךְ הָרְגִילָה, דְּהַיְנוּ, עַל כְּתִיב חָסֵר, כַּנִּדְרָשׁ עַל־פִּי חֻקֵּי לְשׁוֹן־הַקֹּדֶשׁ (וְהַלָּשׁוֹן הָאֲרָמִית), כִּי אִם עַל כְּתִיב מָלֵא כְּפִי שֶׁהוּא בַּמִּשְׁנָה וּבַפֵּרוּשׁ שֶׁל רַבִּי עֹבַדְיָה מִבַּרְטֶנוּרָא (בֶּרְטִינוֹרוֹ) בְּמַהֲדוּרַת וִילְנָא הַמְקֻבֶּלֶת. הַדָּבָר הַזֶּה נַעֲשָׂה בְּעִקְּבוֹת פְּנִיָּתוֹ שֶׁל עוֹרֵךְ הַסֵּפֶר וְהַמּוֹצִיאוֹ לָאוֹר, הר"ר יוֹנָתָן גֶּרְשְׁטֵין, שליט"א, לְהִתְיָעֲצוּת אֶל הרה"ג הָרַב חַיִּים קַנְיֶבְסְקִי, שליט"א, אֲשֶׁר חִוָּה אֶת־דַּעְתּוֹ בָּעִנְיָן וְעָץ אֶת־עֲצָתוֹ, לְבִלְתִּי שַׁנּוֹת אֶת־כְּתִיב הַמִּשְׁנָה וּפֵרוּשָׁהּ בִּגְרִיעַת אִמּוֹת־הַקְּרִיאָה, ו' וְ־י', כְּדֵי לַהֲפֹךְ אֶת־הַכְּתִיב הַמָּלֵא הַקַּיָּם לִכְתִיב חָסֵר לְצֹרֶךְ הַנִּקּוּד, אֶלָּא לְהַטִּיל אֶת־הַנְּקֻדּוֹת עַל הַכְּתִיב הַמָּלֵא כְּמוֹת שֶׁהוּא.

נָטַלְתִּי עַל עַצְמִי אֶת־הַמַּטָּלָה וְהוֹצֵאתִיהָ בְּעֶזְרַת ה' אֶל הַפֹּעַל בְּמֵרַב הַזְּהִירוּת. אֶלָּא דָּא עָקָא: מִכֹּחַ דִּקְדּוּק לְשׁוֹן־הַקֹּדֶשׁ (וְהַלָּשׁוֹן הָאֲרָמִית) **אֵין** הַנִּקּוּד "מִשְׁתַּדֵּךְ" יָפֶה עִם הַכְּתִיב הַמָּלֵא בִּגְלַל אוֹתָן אִמּוֹת־הַקְּרִיאָה, ו' וְ־י', הַבָּאוֹת בִּמְקוֹם הַנְּקֻדּוֹת (חוֹלָם, וְלִפְעָמִים קָמַץ קָטָן, קֻבּוּץ, חִירִיק וְאַף צֵירֶה); אֲבָל יֶשְׁנָן מִלִּים מְסֻיָּמוֹת, שֶׁהַנִּקּוּד בָּהֶן מַמָּשׁ "מִתְנַגֵּשׁ" בָּאוֹתִיּוֹת הַ"יְּתֵרוֹת" הַלָּלוּ וְאֵינוֹ סוֹבֵל אֶת־נוֹכְחוּתָן. בְּמִקְרִים כָּאֵלֶּה נֶאֱלַצְתִּי לִסְגֹּר אֶת־הָאוֹת הַ"מַּפְרִיעָה" בְּסוֹגְרַיִם מְרֻבָּעִים. וַהֲרֵי כַּמָּה דֻּגְמָאוֹת: "הדילועים" (כד, ד) — "הַדְּ[י]לוּעִים": הֲרֵי לֹא תִּתָּכֵן אוֹת י' אַחֲרֵי אוֹת שְׁוָאִית! וְעַל זוֹ הַדֶּרֶךְ: "מאיליהם" (כד, א) — "מֵאֲ[י]לֵיהֶם": גַּם פֹּה י' אַחֲרֵי אוֹת חֲטוּפָה! "אוכלים" — "אֳ[ו]כָלִים": ו' אַחֲרֵי אוֹת חֲטוּפָה. "חבירתה" — "חֲבֶ[י]רְתָּהּ": י' אַחֲרֵי סְגוֹל! וְכֵן: "אוכלי" (רִבּוּי שֶׁל "אֹכֶל" בִּסְמִיכוּת) — "אָ[ו]כְלֵי" (קָמַץ קָטָן וּשְׁוָא נָח): שֶׁהֲרֵי "אוכלי" יָכוֹל לִהְיוֹת מַשְׁמָעוֹ גַּם רִבּוּי שֶׁל "אוֹכֵל"! וְכֵן "לשומרם", "לשומרו" — "לְשָׁ[ו]מְרָם", לְשָׁ[ו]מְרוֹ" (קָמַץ קָטָן וּשְׁוָא נָח): שֶׁהֲרֵי "לשומרם", לשומרו" יָכוֹל לִהְיוֹת מַשְׁמָעָם גַּם: לַשּׁוֹמֵר שֶׁלָּהֶם, לַשּׁוֹמֵר שֶׁלּוֹ!

וּלְעֻמַּת הַמִּקְרִים הַנַּ"ל יֵשׁ גַּם מִקְרִים הֲפוּכִים שֶׁל אוֹת "חֲסֵרָה": "כסוי" (יז, ח) — "כִּסּוּיֵ[י]": הַמִּלָּה הִיא בְּרִבּוּי, אֲבָל י' הָרִבּוּי "חֲסֵרָה"! וְכֵן "נצוצות" — "נִ[י]צוֹצוֹת": הַמִּלָּה הִיא מִקְרָאִית (ישעיה א, לא), וְאִם תְּנֻקַּד בְּלִי י', צָרִיךְ לָבוֹא דָּגֵשׁ בַּ־צ' — וַהֲרֵי זוֹ סְטִיָּה מִכְּתִיבָהּ הַמְּקוֹרִי! גַּם בְּמִקְרִים כָּאֵלֶּה סָגַרְתִּי אֶת־הָאוֹת הַ"נּוֹסֶפֶת" בְּסוֹגְרַיִם מְרֻבָּעִים.

הֶעָרָה נוֹסֶפֶת: אַל יִתְמַהּ הַמְעַיֵּן בִּרְאוֹתוֹ חֹסֶר־אֲחִידוּת בִּכְתִיבָן שֶׁל מִלִּים מִמִּלִּים שׁוֹנוֹת, הֵן בַּמִּשְׁנָה הֵן בַּפֵּרוּשׁ, הַבָּאוֹת פַּעַם בִּכְתִיב מָלֵא וּפַעַם בִּכְתִיב חָסֵר, כְּגוֹן בַּמִּשְׁנָה: "שריפה" וּ"שְׂרֵפָה", "תפילין" וּ"תְפִלִּין", "חבירתה" וַ"חֲבֶרְתָּהּ", "שיניו" וְ"שִׁנָּיו", "דבילה" וּ"דְבֵלָה" — וְכֵן רַבּוֹת; וּבַפֵּרוּשׁ: "גזירה" וּ"גְזֵרָה", "לכתחילה" וּ"לְכַתְּחִלָּה", "מיחזי" וּ"מִחְזֵי", "הילכך" וְ"הִלְכָּךְ" — וְכֵן רַבּוֹת.

פִּשְׁרָן הֵן שֶׁל הָאוֹתִיּוֹת הַ"יְּתֵרוֹת" וְהַ"חֲסֵרוֹת", כִּדְלְעֵיל, הֵן שֶׁל חֹסֶר אֲחִידוּת הַכְּתִיב בַּמִּשְׁנָה וּבַפֵּרוּשׁ — קְטַנְתִּי מֵהָבִין. בְּסִכּוּמוֹ שֶׁל דָּבָר: הַנִּקּוּד בַּסֵּפֶר הַזֶּה הִנּוֹ מְדֻיָּק וּמְדֻקְדָּק **רַק** מִבְּחִינַת הַגִּיּוּן שֶׁל הַמִּלִּים, אַךְ **לֹא** מִבְּחִינַת כְּלָלֵי דִּקְדּוּק לְשׁוֹן־הַקֹּדֶשׁ — וְזֹאת בִּגְלַל הָאִלּוּץ שֶׁל הַכְּתִיב הַמָּלֵא, כְּפִי שֶׁכְּבָר הִסְבַּרְתִּי לְעֵיל. וְכֵיוָן שֶׁהַנִּקּוּד אֵינֶנּוּ יָכוֹל לִהְיוֹת מְדֻקְדָּק מִן הַטַּעַם הַנַּ"ל — לֹא דִּקְדַּקְתִּי בְּיִשּׁוּם הַכְּלָל שֶׁל הָאוֹתִיּוֹת בג"ד־כפ"ת לְאַחַר הָאוֹתִיּוֹת אהו"י וְנִקַּדְתִּין דְּגוּשׁוֹת בְּכָל מָקוֹם; וְכֵן לֹא יִשַּׂמְתִּי אֶת־כְּלָלֵי הַנִּקּוּד בְּאֶתְנַחְתָּא.

עֶזְרָא קִינְוָלְד.

...שכרו הרבה מאד על פי פעלו.

My deep appreciation is extended to the מרא דאתרא, R. Yitzhak Zilberstein שליט״א, who encouraged me to undertake this project; to the Torah scholars who assisted me with insight and devotion, first of all to R. Gideon Shachar שליט״א, who invested much labor so that our work should be precise, and who checked every detail; to R. Ezra Kinwald שליט״א, who expertly vocalized and punctuated the Hebrew text; and to those who examined my work — to R. Meir Munk שליט״א and to R. Aharon Roth שליט״א, who enlightened me with their comments.

Following the tremendous success of the Hebrew *Penei Shabbath*, we gratefully accepted the idea of Mr. Tuvia Rotberg that we publish an English edition. Rabbi Daniel Haberman undertook the translation project and many years of hard work have resulted in this volume. Rabbi Haberman also added background material to the translation of the Bartenura commentary, which greatly enhances the value of this work. I express my sincere gratitude to him, and to Rabbi Dovid Oratz, who edited the manuscript.

Blessings to the holy Yeshiva Nesivos Olam and its Rabbis שליט״א, to whom I am so greatly indebted. And finally my warmest thanks to my dear wife שתחי׳; my learning — is hers. May we merit to see much נחת from our daughters for many many happy years.

The title of the Hebrew edition of *Penei Shabbath* commemorates the name of my dear mother ע״ה. May the learning be לעלוי נשמתה.

Would that the Name of Heaven and the honor of Shabbath be magnified and sanctified through the study and learning of school children with love and sweetness.

Upon the coming of משיח צדקנו speedily in our days our joy will be undivided and complete.

With hope in God,
Yoni Gerstein
Sivan, 5759

IN APPRECIATION

כל מקדש שביעי כראוי לו. . .

How fortunate we are and how good is our portion to have been granted the privilege of studying God's Torah and teaching it visually to the holy flock.

כבד את ה' מהונך (משלי ג:ט) — ממה שחננך.

"Honor God with your wealth" [*Mishlei* 3:9] — with all the gifts he has bestowed upon you.

Thus, it is our duty to use all the tools at our disposal to make God's Torah available to our perception. It is our hope that the publication of this volume and others like it will express even a small part of the gratitude we feel for all the kindnesses and favors God has bestowed upon us.

The purpose of the Mishnah illustrations is simply to bring to life the reality and the subjects of which the Mishnah speaks, to endear the learning to the students and to enable them to gain insight and understanding. Sometimes, an illustration reflects only one out of several possible interpretations. In such a case, we have chosen one visualization, in order to stimulate the student and impel him to further study. We are sure that the main element of the learning experience will remain the investigation and careful analysis of every word and letter of the holy Mishnah.

To the Mishnah we have attached only the Commentary of R. Ovadiah of Bartenura, but our illustrations are based also on other commentators who add to our detailed understanding of the Mishnah: *Rashi*, the *Rambam*'s commentary on the Mishnah, the *Meiri*, the *Arukh*, *Tosafoth Yom Tov, Melekheth Shelomo, Tifereth Yisrael,* and *Shenoth Eliyahu*.

The work extended over three years, includes more than 600 drawings, and is certainly not complete. For lack of time, and wishing to present the material to the public, I could not recast all the illustrations as I had wished. For this I apologize. Nevertheless, I would be happy to receive reactions and comments, so as to make corrections for future editions and thus benefit the public.

beyond them to explain through illustrations things that should be self-understood. Otherwise, we run the risk of inducing mental laziness in our students; they will merely learn the illustrations, and will avoid delving into the reasoning and theory.

Shabbath is one of the *Massechtoth* where illustrations are required to describe the utensils that are mentioned. We are unfamiliar with the design of these utensils — either because we do not normally use them, or because today we use utensils that are entirely different. The illustrations in this book will undoubtedly add a great deal, both to beginners as well as to adults, so that they perceive what is under discussion.

This is the place to cite the words of *Rabbeinu* Akiva Eiger זיע"א, which he wrote to his son when שו"ת רע"א was being prepared for publication, and which are printed in the Introduction to that book:

אבקשך בני ידידי לפקוח עין על זה שיהיה נדפס על נייר יפה דיו שחור ואותיות נאותות, כי לדעתי הנפש מתפעלת והדעת מתרוחת והכוונה מתעוררת מתוך למוד בספר נאה ומהודר . . . כי אלו מעירים ומשמחים הנפש. . . .

I shall ask of you, my dear son, to oversee [the publication of the book], so that it is printed on beautiful paper in black ink and attractive lettering. For, in my view, one's soul is excited, one's mind is set at ease, and one's attention is stimulated by study in an aesthetically pleasing and attractive book. . . . These awaken and gladden the soul . . . .

It appears that the present volume also meets this request.

Ha-Rav Meir Munk
Director, Talmud Torah Toras Emmes, Bnei Brak

to them. So, too, in the case of birds . . . and similarly in the case of the swarming reptiles . . . ."

Everyone remembers the Mishnah in *Rosh Hashanah* (2:8): "Rabban Gamliel had illustrations of the various shapes of the moon on a tablet fixed onto the wall of his upper chamber, which he showed to the simple. He would ask them: 'Did you see like this drawing, or like this drawing?'"

This is not the place to list all the pages in ש״ס that have drawings or sketches, for every student encounters them in his studies. We shall mention here only two examples: the drawings of the Menorah and the Table in the *Rambam*'s commentary on the Mishnah in *Massecheth Menachoth*, and the sketch of the triangle — known to every boy who begins to learn Gemara — in *Bava Metzia* (23b) explaining תלתא קרנתא.

Ha-Rav Ha-Gaon Rabbi D. Feldman זצ״ל, who was a Rav in Leipzig and in Manchester, published an annotated illustrated edition of the קצור שלחן ערוך (with illustrations of קשר של תפילין, et al.). In his later years, he published a book called שמושה של תורה with pictures and illustrations on many subjects: kosher and unkosher fish; how to inspect food, to determine if it has תולעים (we should note that this book, which was published almost fifty years ago, in 5711, to this day serves as the cornerstone of many of the instruction manuals on this subject); שעטנז; שחיטה; et al. In his introduction to the book, he explains that primarily because of the technical difficulty involved in printing illustrations, previous generations were prevented from employing the pedagogical method of visual illustration. He tells of expressions of gratitude and letters of thanks and encouragement he has received regarding his illustrated edition of the קצור שלחן ערוך, and of how he was urged to publish שמושה של תורה.

There is another side to the issue as well. Every day we recite the blessing לעסוק בדברי תורה, and the inference is that we must *engage* (לעסוק) in Torah study — and not just *study* (ללמוד) Torah. For Torah study requires התעסקות — one must study with great preoccupation. The Torah is our occupation; we labor and toil in it, exploring its depths by posing questions, offering answers, bringing proofs. Teachers of Torah must not only teach their students Torah, but must also teach them to labor and toil in the study of Torah.

Now, when we consider the few illustrations that we do have from earlier times, we see that they address one of two things: the profound depth of the perception ("שנתקשה משה רבנו"), or the limitations of the perceiver ("רבן גמליאל היה מראה את ההדיוטות"). Hence, in making use of illustrations, we must abide by these two principles and must not go

ILLUSTRATION AS A TOOL IN TORAH STUDY

In *Massecheth Avodah Zarah* (14b) it is told that Abaye once asked Rav Dimi: "In the Mishnah, נקלס is mentioned among the things that are forbidden to be sold to idolaters, and we do not know what it is. You tell us it is קורייטי — yet we do not know what that is either. What, then, do we gain from your words?" Rav Dimi answered: "You gain the following: If you go to Eretz Yisrael and say 'נקלס', no one will know what you are referring to, but if you say 'קורייטי', they will understand and show it to you."

There are things that cannot be grasped through the imagination, but must actually be seen. The קורייטי/נקלס was unknown in Bavel. In Eretz Yisrael, קורייטי was known, whereas נקלס was unknown. The first step was to explain that נקלס is identical to קורייטי. Henceforth, if one travelled to Eretz Yisrael and said "נקלס", the people there would know to what he was referring, and would show it to him.

True, there is no limit to the imagination. Nevertheless, where the rule of the imagination ends, there we need to perceive things actually, or to view illustrations.

In the Torah itself we find visualizations. Here are some examples, as explained by *Chazal*:

In פרשת בא (*Shemoth* 12:2): "Moshe was puzzled about the *Molad* of the new moon. God showed it to him as though with His finger . . . and said: 'When you see the moon in a stage of renewal like *this*, you may proclaim that a new month has begun'."

In פרשת תרומה (ibid. 25:40): This teaches us that Moshe was puzzled about the workmanship of the Menorah, until the Holy One, blessed be He, showed him a Menorah of fire."

In פרשת כי תשא (regarding מחצית השקל — ibid. 30:13): "'*This* shall they give.' God showed Moshe a coin of fire . . . and said to him: 'Like *this* shall they give'."

In פרשת שמיני (*Vayikra* 11:2,9,13,29): "'*This*' teaches us that Moshe would hold each animal and show it to Israel and say: '*This* you may eat, and *this* you may not eat.' Similarly, in the case of the swarming creatures of the waters he held some of every species and showed them

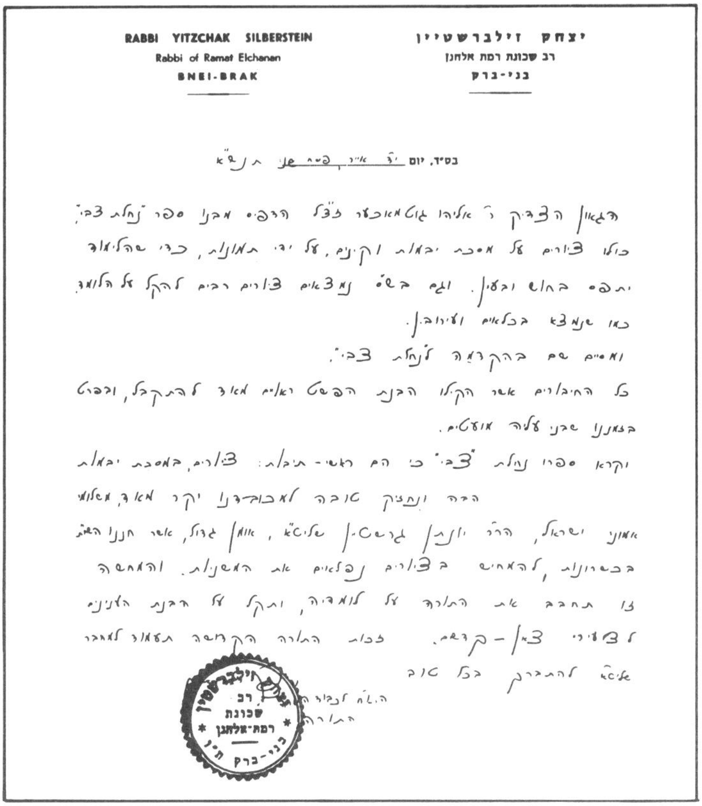

RABBI YITZCHAK SILBERSTEIN
Rabbi of Ramat Elchanan
BNEI-BRAK

יצחק זילברשטיין
רב שכונת רמת אלחנן
בני-ברק

יצחק זילברשטיין
רב שכונת רמת אלחנן
בני ברק

בס"ד, יום י"ד אייר, פסח שני תנש"א

הגאון הצדיק ר' אליהו גוטמאכער זצ"ל הדפיס מבנו ספר "נחלת צבי", כולו ציורים על מסכת יבמות וקינים, על ידי תמונות, כדי שהלימוד יתפס בחוש ובעין, וגם בש"ס נמצאים ציורים רבים להקל על הלומד, כמו שנמצא בכלאים ועירובין. ומסיים שם בהקדמה ל"נחלת צבי", כל החיבורים אשר הקילו הבנת הפשט ראויים מאד להתקבל, ובפרט בזמננו שבני עליה מועטים. וקרא ספרו נחלת "צבי" כי הם ראשי-תיבות: ציורים במסכת יבמות.

הבה ונחזיק טובה למכובדנו יקר מאד, משלומי אמוני ישראל, הר"ר יונתן גרשטיין שליט"א, אומן גדול, אשר חננו השי"ת בכשרונות, להמחיש בציורים נפלאים את המשניות, והמחשה זו תחבב את התורה על לומדיה, ותקל על הבנת הענינים לצעירי צאן-קדשים. זכות התורה הקדושה תעמוד למחבר שליט"א להתברך בכל טוב.

הכו"ח לכבוד התורה
יצחק זילברשטיין

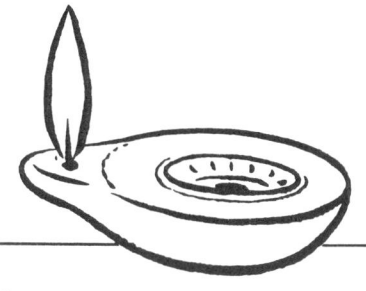

זכרון נצח בהיכלי התורה
לע"נ הורי היקרים ז"ל

לעלוי נשמת או"מ ר' **ישראל יצחק** ב"ר חיים יעקב ז"ל
נלב"ע ו' אלול תשנ"ג

לעלוי נשמת אמי מורתי ע"ה מרת פנינה ב"ר בנימין ז"ל
נלב"ע י' ניסן תשמ"ז

ת. נ. צ. ב. ה.

The Publishers express
their appreciation to

Tuvia Rotberg

who proposed the
publication of this work

2-volume boxed set
ISBN 1-58330-386-3

volume I
ISBN 1-58330-387-1

Copyright © 1999 by
Yoni Gerstein

All rights reserved

No part of this publication may be translated, reproduced,
stored in a retrieval system or transmitted, in any form
or by any means, electronic, mechanical, photocopying,
recording or otherwise, without prior permission in writing
from the publishers.

FELDHEIM PUBLISHERS
200 Airport Executive Park
Nanuet NY 10954

POB 35002 / Jerusalem, Israel

www.feldheim.com

Printed in Israel

The Illustrated MISHNAYOTH SHABBATH

with the commentary of
R' OVADIA M'BARTENURA

Volume I
Chapters 1-10

English Translation by
R' Daniel Haberman

Edited by
R' Dovid Oratz

Illustrated by
Yoni Gerstein

FELDHEIM PUBLISHERS
JERUSALEM · NEW YORK

בס"ד

משניות

שבת

עם פרוש רבינו עובדיה מברטנורא

בתוספת

ציורים בעניני המשנה

פני שבת

מאת

יונתן גרשטין

בלאו"מ ר' ישראל יצחק הכ"מ

ולע"נ א"מ מרת פנינה ע"ה

מהדורה מתוקנת

הוצאת ספרים

פלדהיים

The Illustrated

MISHNAYOTH SHABBATH

מְסֶ׳ שַׁבָּת